COLLECTION
FOLIO/ESSAIS

Françoise Dolto

Solitude

Édition revue, augmentée
et présentée par
Gérard Guillerault, Élisabeth Kouki,
Colette Manier et Alain Vanier

Gallimard

DANS LA MÊME COLLECTION

LES CHEMINS DE L'ÉDUCATION, *nº 368.*
LES ÉTAPES MAJEURES DE L'ENFANCE, *nº 315.*
SEXUALITÉ FÉMININE, *nº 314.*

Préface

1962, 1975, 1985, trois haltes dans la carrière et la vie d'une psychanalyste.

Conférences, dialogues, écrits : trois modes de transmission d'une théorie et d'une clinique qui ont bouleversé la représentation que l'on se faisait du monde de l'enfance et de ses structures d'accueil.

Or ces trois temps et ces trois modes viennent à se croiser pour donner naissance à Solitude, *dans une lutte entre ses extrêmes : « Solitude qui ressource, solitude qui détruit », quand elle se mue en isolement*[1].

Au début de l'année 1961, Françoise Dolto est sollicitée par la Faculté universitaire Saint-Louis de Bruxelles pour donner une conférence à l'École des sciences philosophiques et religieuses. Elle accepte, en avril, le principe d'une intervention en deux leçons pour les 22 et 23 février 1962, sans pour autant en préciser le thème.

Cette même année 1961 est marquée par des dissensions au sein du mouvement psychanalytique. Pour situer leur origine, il faut revenir à la crise de 1953 qui vit le départ de Daniel Lagache, Juliette

1. Cf. Françoise Dolto, ouverture de *Solitude.*

Favez-Boutonier, Françoise Dolto et Jacques Lacan de la Société Psychanalytique de Paris (SPP), elle-même membre de l'International Psychoanalytical Association (IPA). Les démissionnaires fondèrent alors la Société Française de Psychanalyse (SFP) que l'IPA, dans un premier temps, refusa de reconnaître. Mais le dynamisme de ce nouveau groupe se traduisit par un développement important, et, huit ans plus tard, certains de ses membres souhaitèrent présenter une demande d'affiliation à l'IPA. Selon les règles en vigueur, un comité vint enquêter, en mai 1961, sur les méthodes de formation des psychanalystes au sein de la SFP.

Dolto qui avait — comme Lacan — élaboré une théorie et une pratique dont le tranchant rompait avec le conformisme stéréotypé où certains figeaient l'héritage freudien, se trouva confrontée à une procédure de standardisation visant à l'exclure de toute activité d'enseignement et de contrôle. L'argument avancé portait sur son charisme personnel qui entraverait toute possibilité d'élaboration et de transmission de connaissances.

Ces dissensions institutionnelles autour de Lacan et Dolto culminent en août 1961 lors du Congrès d'Édimbourg et se poursuivront jusqu'à l'« excommunication » d'octobre 1963, où la direction de l'IPA énonce son verdict : la SFP est admise en son sein à la condition que Lacan et Dolto soient déchargés de toute fonction d'enseignement et de formation[1].

1. Sur ce point, voir Élisabeth Roudinesco, *La bataille de cent ans. Histoire de la psychanalyse en France. 2.* Paris, Seuil, 1986.
Voir aussi *La communauté psychanalytique en France* : tome I, «*La scission de 1953*» ; tome II, «*L'excommunication*». Document édité par J.A. Miller, *Ornicar*, supplément aux n° 7 et n° 8, 1976 et 1977.

C'est dans ce contexte, probablement à la rentrée scolaire de 1961, que Françoise Dolto définit le thème de sa conférence : « Solitude et vie familiale[1]. »

Mais un autre événement d'importance intervient dans cette période : le 21 janvier 1962, sa mère, Suzanne Marette, meurt brutalement. Vingt-trois ans plus tard, en 1985, quand Françoise Dolto évoque ces conférences, elle commet une erreur de date, les situant en 1963, année qui vit l'aboutissement des mesures d'isolement institutionnel prises à son égard. Mais, à cela, elle ne fait pas référence. Elle associe « 1963 » à 1975, date de ses écrits personnels sur la solitude, au moment où Boris, son mari, ressentit la nécessité de consigner par écrit son expérience professionnelle, alors qu'apparaissaient les premières atteintes du mal qui l'emportera en 1981. Elle y voit comme un comportement testamentaire, l'obligeant à envisager la perspective d'avoir à poursuivre sa route sans compagnon.

Son écriture se déploie alors, pour elle-même, à la frontière ténue de la solitude créatrice et de l'isolement mortifère à l'œuvre aux différents âges de la vie. Ces écrits personnels, intimistes, remplissent donc une fonction de ressourcement, dans une solitude encore conviviale, destinée à combattre l'isolement affectif insidieux dont elle entrevoit le proche avenir lors de cet été 1975.

Entre « 1963 » (conférence sur la solitude) et 1975 (écrits solitaires), douze ans, auxquels elle associe l'âge qu'elle avait lorsque sa sœur mourut[2] : *« Cet*

1. Cf. Françoise Dolto, ouverture de *Solitude*.
2. Jacqueline Marette est morte le 30 septembre 1920, à l'âge de dix-huit ans. Cf. ouverture de *Solitude, Enfances* (Le Seuil, 1986), *Autoportrait d'une psychanalyste* (Seuil. 1989).

événement m'a propulsée, moi, comme seule fille de notre famille[1] *».*

Ainsi, cette erreur de date sur la conférence, qui s'est tenue un mois après la mort de sa mère, rassemble, en un nouage, mère et sœur, par la mort réunies, ainsi que sa propre solitude. «La solitude m'a toujours accompagnée, de près ou de loin[2]*.» Mais les épreuves, loin de l'abattre, l'ont conduite à affermir ses positions psychanalytiques.*

Quelques éclaircissements s'imposent concernant la genèse peu banale de Solitude.

À l'issue de sa conférence de Bruxelles, Françoise Dolto reçut, pour mémoire, les notes prises par un membre de l'Université. Elle les conserva dans sa maison d'Antibes, la Villa Soledad. L'été 1985, elle y reçoit son éditeur, qui en prend connaissance ainsi que des manuscrits de 1975 qu'elle ne destinait pas à la publication mais plutôt, disait-elle, à sa «corbeille à papiers[3]*»! Il lui propose immédiatement de les publier.* Solitude *est donc, en quelque sorte, un livre… rescapé.*

Il est composé par les écrits de 1975 qui, découpés en chapitres et transcrits en italiques, alternent avec un dialogue entre l'éditeur et Françoise Dolto, sur la base des notes de 1962. Lui, l'«Étranger», les cite, et elle, la «Praticienne», les développe au gré de ses réflexions présentes[4]*. Le ton, souvent détendu, parfois relâché, de cette discussion enregistrée témoigne de la confiance de Françoise Dolto dans la valeur d'une rencontre. Des digressions nous emportent*

1. Cf. Françoise Dolto, ouverture de *Solitude.*
2. *Ibid.*
3. Cf. annexe II
4. Cf. annexe II

souvent loin du thème initial; échappées dont les deux interlocuteurs soulignent la dimension imaginaire en empruntant les noms de personnages fictifs — «le kangourou des murs», «la négresse verte» — censés apporter une résonance particulière à leur voix singulière[1].

Néanmoins, même quand ces dérives les font sortir du champ propre de la psychanalyse, on ne cesse d'y être ramené, et de façon essentielle : la trame du dialogue épouse sa conception du développement libidinal du sujet marqué par des moments successifs de remaniement psychique.

Quant aux écrits de 1975, ils dessinent les méandres dans lesquels se risque l'humain en quête de son devenir. On remarquera le contraste de ces textes avec le dialogue, par l'aspect ouvré, et, par moments, presque maniéré de l'écriture qui s'y déploie. Ils mêlent tout à la fois l'élaboration théorique et la rêverie spontanée propre au journal intime, ce qui est particulièrement sensible dans les dernières sections de l'ouvrage.

À travers l'oscillation entre écrits «privés» et échange oral, l'unité thématique du livre s'y dessine comme un parcours de la naissance à la mort qui nous dit l'irréductible de la solitude et sa tension dialectique dans le rapport à autrui. Car, pour Françoise Dolto, si la solitude peut être la voie structurante d'un ressourcement créatif, elle peut aussi, s'il n'y a pas la référence à l'Autre, ouvrir à une impossible autarcie et devenir consomption délétère. En filigrane de cette bipolarité apparaît une solitude qu'il faudrait dire de structure, à la mesure de la prématurité qui caractérise à la nais-

1. Cf. annexe II.

sance le petit humain et qui le place dans une dépendance radicale. On retrouve dans ces pages une variation sur le thème de cette solitude primordiale, cette béance originelle dans l'être, qui renvoie à ce que Freud désignait comme sentiment de détresse (Hilflosigkeitsgefühl).

Malgré son caractère de grande fresque de l'histoire du sujet, de l'origine à la fin, Solitude *n'est pas seulement le condensé d'une pensée toujours en mouvement. La plupart des grands thèmes de l'œuvre de Françoise Dolto y sont présents, avec des variations sensibles de ton et de temps, car ce livre composite traverse plus de vingt ans de sa recherche.*

Le livre paraît aux Éditions Vertiges en novembre 1985.

Nul ne pourra évidemment se plaindre d'un éditeur dont le comportement quelque peu intrusif a permis cette publication. Malheureusement, le manque de rigueur éditoriale dans l'établissement du texte pose problème.

Les enregistrements ont été transcrits tel quels, sans le travail indispensable que nécessite le passage de l'oral à l'écrit. On y trouve donc aussi bien des tâtonnements à voix haute, recherchant l'expression la plus adéquate de la pensée, que des digressions s'étalant, parfois inutilement, sur plusieurs pages. Les écrits de 1975 ont été publiés de la même manière avec, notamment, une ponctuation discutable. Or la diversité des scansions envisageables entraîne des interprétations significativement différentes. Pourtant, c'est peut-être l'intérêt paradoxal de ce livre de contenir le déchet que fait normalement disparaître tout travail d'écriture.

Malgré les carences de l'édition originale, la parution en «Poche» eut lieu en 1987. Des corrections furent apportées, mais parfois au détriment du sens, car la révision a été faite sans souci de rigueur psychanalytique. Ainsi, ici et là, des contresens vinrent prendre la place des défauts de la première version.

Lors de la parution du livre, Françoise Dolto se plaignit de l'état du texte[1]*. Elle porte pourtant sa part de responsabilité car elle avait souvent tendance à ne pas suivre l'édition de ses travaux, en particulier les transcriptions d'échanges oraux, et ne relisait pas systématiquement les épreuves. Son désir était ailleurs : du côté des questions qui étaient en mouvement dans son travail de psychanalyste. C'est pourquoi, bien qu'elle ait émis de sérieuses réserves après coup, nous devons considérer que les deux tirages avaient reçu son aval.*

Cette situation qui nous commandait de rendre à l'écrit toute sa dignité n'en était pas moins délicate vu l'existence du texte déjà imprimé et l'absence de Françoise Dolto pour valider nos choix.

Pour l'ensemble, nous avons adopté une règle d'intervention a minima, *ne visant qu'à rendre aux propos tenus leur cohérence.*

Concernant les dialogues, nous avons maintenu les nombreux apartés qui n'auraient, selon nous, jamais dû être imprimés en raison de leur peu d'intérêt. Au lecteur de tracer son propre chemin dans ce dédale !

Concernant les parties écrites, nous avons voulu suivre avec rigueur toutes les sinuosités du texte, en

1. Cf. annexe II.

serrant au plus près la logique des développements conceptuels de Françoise Dolto.

Nous espérons avoir ainsi pu rendre ce texte à lui-même.

Gérard Guillerault, Élisabeth Kouki,
Colette Manier, Alain Vanier.

Ouverture

Pédiatre et psychanalyste, toute une vie à l'écoute des autres, lointains ou proches, à l'écoute des miens et de moi-même, émerveillée par ce que nous avons aussi à comprendre et à faire, et encore plus par ce que nous ne soupçonnons même pas et qui, un jour, advient, inexplicable, la solitude m'a toujours accompagnée, de près ou de loin. Comme elle accompagne tous ceux qui, seuls, tentent de *voir* et d'*entendre*, là où d'aucuns ne font que regarder et écouter. Amie inestimable, ennemie mortelle — solitude qui ressource, solitude qui détruit, elle nous pousse à atteindre et à dépasser nos limites.

En 1963[1*], je donnai une conférence à Bruxelles, sur le thème « Solitude et vie familiale ». J'ai retrouvé les notes qu'un auditeur attentif, probablement un prêtre, avait prises à l'époque. Douze ans après, en juillet 1975, à Antibes, dans le jardin de notre maison, *La Soledad*[2], j'écrivis sans souci de publication quelques centaines de pages sur la solitude.

* Les notes sont regroupées en fin d'ouvrage, p. 647. *(N.d.É.)*

Douze ans : je les avais quand ma sœur aînée est morte, fait qui a définitivement bouleversé ma mère et mon père, encore entourés par six enfants, et que je sentais totalement seuls dans leur douleur, obligés de *tenir* et y réussissant. Cet événement m'a propulsée, moi, comme seule fille de notre famille.

1975 : l'année où Boris, mon conjoint de toujours, pressé par l'âge à délivrer son testament de clinicien exceptionnel de médecine physique et d'enseignant de masso-kinésithérapie, consacrait son temps de vacances à écrire. Le soir, il partageait avec moi l'épreuve de sa journée de combat avec les mots. Lui aussi *tenait* face à la vieillesse qu'il sentait l'appesantir, face à la tâche qu'il s'était assignée.

Nos étés à Antibes, à La Soledad, que nous aimions tant ! De 1950 à 1970, c'était le temps plein de notre vie de famille — le bateau, la pêche, les amis, ceux des enfants, planter le jardin, installer d'été en été la maison —, une vie joyeuse et sans doute assez folklorique. Antibes était pour Boris le climat de son enfance et de sa jeunesse. Il était né en Crimée et, jusqu'à dix-neuf ans, avait vécu sur la mer d'Azov, où son père cultivait des vignes. Après 1970, les enfants partis, Boris se sentait talonné par la nécessité de transmettre par écrit son expérience d'enseignant prestigieux. Il consacra son temps à rédiger *Le corps entre les mains*[3], puis le *Traité de podologie*[4].

Il s'éloignait, aux heures de repos, dans la solitude de sa méditation créatrice, embrumée de sensations de plus en plus précises, quoique peu visibles, de sa maladie menaçante. Il s'absorbait, il s'éloignait, pourtant si proches l'un de l'autre que nous étions. Je me sentais impuissante à l'aider, plongée moi aussi dans ma solitude. Dans le jardin, auprès de lui, sur la terrasse, je travaillais à écrire, pour témoigner moi aussi de mon expérience de psychanalyste praticienne. Et, pour moi-même, parfois je notais des réflexions. Cela m'aidait à *tenir* devant le naufrage de la vieillesse rapide de Boris, dès son dernier livre terminé. Sa mort physique est venue, le livre étant à l'impression, à Antibes, en juillet *1981*. Mission accomplie.

Depuis, la souffrance aidant, tous ces mots — pensés, parlés, écrits —, ont refait surface. Ma vie et mon âge, de nouvelles lectures, mes efforts de pratiquer, sous la surveillance d'un ami, une discipline chinoise vieille comme le monde, le tai-chi-chuan, ont fait ressurgir des facettes de mon expérience d'analyste que j'avais involontairement laissées de côté.

Deux fils tressent, en se croisant, ce texte : d'une part, mes monologues sur la solitude, datant de 1975, et retranscrits ici tels qu'à l'époque je les avais couchés sur de longs papiers ; d'autre part, une conversation libre et dérapante sur La Soledad, lieu de solitude, et ses incidences dans nos vies, fragilement construites sur des soupçons de certitudes.

Là, pour laisser librement s'exprimer les errances, des personnages interviennent : la Praticienne et l'Étranger d'abord, mais aussi le Mainate, le Kangourou des Murs, la Digue et la Négresse verte. Pour que Soledad trouve ainsi ses Voix.

Ce livre n'est donc pas un ouvrage de psychanalyse. Ni de science. J'ai essayé cependant de faire profiter le lecteur de ma connaissance, en me référant constamment à mes rencontres cliniques.

Toutefois, des faits de ma vie privée, ainsi que des expériences que j'avais considérées comme marginales, se trouvent ici éclairés autrement mieux, bien qu'ils ne fassent pas « officiellement » partie d'un savoir.

Nombre d'enseignements sont tirés des conversations qu'a eues Carlos Castaneda avec don Juan Matus, Indien et sorcier yaqui, Homme de Connaissance et Praticien, ami de la « petite fumée » et de Mescalito[5].

Revenu lui rendre visite au Mexique, après avoir publié son premier livre en Californie, Carlos, fier, le lui offre :

« — Don Juan, c'est un livre sur vous.

« Il le prit, en feuilleta les pages comme s'il s'agissait d'un jeu de cartes. La couleur verte de la jaquette et la taille du livre lui plurent. Il tâta la couverture de la paume de sa main, puis il tourna et retourna le livre et me le tendit. Une vague d'orgueil me submergea.

« — Je veux que vous le gardiez, dis-je.

« Il hocha la tête, tout en riant silencieusement.

« — Mieux vaut pas, répondit-il.

« Puis, avec un large sourire, il ajouta :

« — Tu sais ce qu'on fait avec le papier au Mexique... »

Alors, ceux qui, comme don Juan, n'apprécient ni le papier, invention des guêpes cartonnières, ni les longs discours, s'ils veulent toutefois apprendre un peu sur Solitude-Soledad, peuvent, à la place, écouter avec un plaisir infini l'*Adagio* du *Quintette à cordes* opus 163 de Schubert...

Antibes, La Soledad, juillet 1985.

Je te l'ai déjà dit, seul un toqué entreprendrait volontairement la tâche de devenir homme de connaissance. C'est par la ruse qu'on y engage l'homme équilibré.

CARLOS CASTANEDA[6]

Par *praticien*, j'entends un participant qui possède une connaissance adéquate de toutes, ou presque toutes, les unités de signification entrant en jeu dans un système particulier d'interprétation sensée.

J'étais *l'étranger*, celui qui n'a pas la capacité de faire des interprétations intelligentes des unités de signification...

CARLOS CASTANEDA[7]

La découverte du poids : air, masse et sexe

L'ÉTRANGER : Il y a longtemps, dans un plat pays, devant un auditoire de religieux, tu as parlé de la solitude en relation avec la vie familiale. Un de tes auditeurs a, tant bien que mal, pris des notes; je les ai ici, devant moi. Tu n'arrives pas à parler de la solitude tout de suite, tu commences par raconter...

LA PRATICIENNE : ... par raconter comment un être humain s'insère dans la vie de groupe, grâce auquel il deviendra humain par le langage.

L'ÉTRANGER : Bon. Ça commence par : « Drame au moment de la naissance ».

LA PRATICIENNE : Par la « séparation » de l'enfant de sa mère... C'est seulement en apparence qu'il se sépare de sa mère. En fait, il se sépare d'une partie de lui-même qui est restée dans sa mère. La mère a le souvenir du fœtus et, lui, il ne l'a pas. Elle garde le placenta et lui s'en va, laissant celui-ci et la plus grande partie de son cordon ombilical. Il y a partition plus que séparation... Recueilli ainsi, extrait du corps de sa génitrice, il cherche à retrouver une perfusion vitalisante par une autre issue.

C'est l'aller et le retour d'air par ses poumons;

et il cherche une perfusion du tube digestif par une issue qui, *in utero*, plongeait dans les eaux amniotiques : au pôle céphalique il les déglutissait, au pôle caudal il les éliminait par l'urine.

Assoiffé, le nouveau-né greffe temporairement sa bouche au sein de la mère, si c'est possible, ou à un substitut ; la mère — qui sent qu'il en a besoin — lui propose téton ou tétine. De nouveau, le corps du nouveau-né est perfusé par la mère extérieure vers l'intérieur de lui et, de nouveau, autrement, au sein, et non dans le sein, il fait un avec un autre être, dont sa survie dépend.

Séparations et retrouvailles scandent les moments d'absence et de présence maternelle pour les soins du corps et la nourriture. Alternance de malaise et d'aise de la masse tégumentaire, alternance de soif et faim avec la réplétion apaisante, alternance de veille et de sommeil.

L'ÉTRANGER : À la naissance, il y a un moment de faille, de clivage...

LA PRATICIENNE : ... qu'en psychanalyse on appelle une castration[8], qui se symbolise par l'amour et la reconnaissance par la mère de son bébé et, pour le bébé, très rapidement, par la reconnaissance de sa mère par l'olfaction, de son odeur, la reconnaissance du goût du lait et de la forme du téton dans sa bouche, la connaissance de la voix et du visage de sa mère.

L'ÉTRANGER : Cette première étape du drame, finalement, est très courte...

LA PRATICIENNE : Elle est très courte, dans le temps, oui, mais c'est une transformation des modalités de vie qui laisse des traces telles que, dans la solitude, tout bébé cherche à mettre son pouce en bouche pour se faire illusion d'avoir retrouvé l'amarrage au sein, au corps porteur maternel, déclencheur de l'illusion de sa présence.

C'est l'image même de la détresse de la solitude, qu'un leurre sensoriel peut tenir à distance…

L'ÉTRANGER : Je continue à lire les notes : « La mère est personne porteuse de la mort de la vie fœtale. »

LA PRATICIENNE : La partition du fœtus laisse placenta et enveloppes amniotiques dans l'utérus de la parturiente. La matrice ne peut encore se détacher d'une partie morte d'un organisme, dont la partie vivante est à l'extérieur : nouveau-né qui attend d'être nourrisson.

C'est peut-être pour ça que les Parques sont des femmes, parce qu'elles détiennent la vie et la mort… Pour qu'il y ait vie, il faut qu'elles acceptent la mort de qui elles donnent à la vie.

L'ÉTRANGER : Il y a une dialectique immédiate, primaire, entre vie et mort, qui est détenue par la mère. Elle représente, elle soutient cette dialectique dans son propre corps. Et puis : « Dans un flot qui restera présent symboliquement pendant toute la vie apparaît par une brèche l'homme nu, déshonoré, épuisé, nouveau, qui sent un poids qui n'existait pas auparavant. »

LA PRATICIENNE : Oui, avant, c'était l'apesanteur. Patrick Baudry, le premier Français qui est allé dans la navette spatiale, a dit que c'était une extraordinaire jouissance de se trouver en état d'apesanteur… Ça a été pour lui une révélation. Cette retrouvaille de l'apesanteur se produit aussi dans les fonds, sous l'eau. Les hommes-grenouilles l'appellent « la drogue de la profondeur » : n'ayant plus l'impression de la pesanteur, ils ne veulent plus remonter. Il faut que ce soit un autre qui leur casse la figure pour les faire remonter. Sans ça, ils savent, avec leur raison, qu'ils mourront s'ils restent, mais ils préfèrent rester. Ils s'enfoncent dans l'apesanteur, et ils ont cette merveilleuse sensation, une sorte d'ivresse jouissive et séductrice, qui doit être quelque chose de retrouvé de la vie fœtale.

L'ÉTRANGER : Et cette découverte du poids fait partie de la naissance, du clivage... C'est curieux, parce qu'on dit : « L'air est lourd, l'air est léger », alors que l'air, il n'est jamais ni lourd ni léger. Il s'agit de pression atmosphérique, mais peut-être aussi d'une façon d'imager un climat affectif.

LA PRATICIENNE : Nous nous sommes découverts lourds, quand nous avons découvert notre besoin d'oxygène. Privés de perfusion sanguine ombilicale, nous nous greffons sur le placenta subtil, commun à tous les vivants, l'air atmosphérique. C'est peut-être ça qu'on peut répondre : l'association de l'air et de la lourdeur, qui ne va pas de soi, si l'on ne pense pas à cette découverte de la pesanteur, en même temps que celle qui nous fait inventer de respirer. Oui, le besoin d'air fait entrer en fonctionnement tout l'arbre respiratoire, entraînant à son tour les modalités fonctionnelles cardio-circulatoires.

L'ÉTRANGER : D'ailleurs, une irrigation se brise — celle de l'intérieur. C'est la mort menaçante qui déclenche tout ce processus et la manifestation sonore de la vie de l'enfant nouveau-né, le cri.

LA PRATICIENNE : C'est ça, oui, ce cri est associé à l'air « expiré ». Inspirer et expirer l'air. On dit que quelqu'un qui meurt, il expire, ce qui n'est pas vrai. Ce n'est qu'une image, parce que l'être humain, en mourant (ou tout au long de ses expirations) garde toujours de l'air en lui.

Il y a un seul être humain qui, nous dit l'histoire, a poussé un grand cri en vidant ses poumons : c'est le Christ. C'est un agissement étrange. Aucun supplicié par crucifixion ne pouvait le faire. Ils asphyxiaient. Et, lui, à la surprise des témoins, a encore poussé un énorme cri. Tout le monde l'a entendu. Enfin, c'est quelque chose de certainement objectif. Étrange vie que celle de cet homme, étrange mort. Et la suite, encore plus...

Le mot « expirer » est associé à l'idée de mort. En effet, si nous n'inspirons pas pendant un certain laps de temps, nous mourons et, si nous expirons tout ce que nous avons dans les poumons sans inspirer après, nous avons la sensation que nous pourrions mourir d'asphyxie.

Enfin, le nouveau-né est séparé de l'ambiance confinée dans la chaleur obscure du corps de sa génitrice, que rythmaient les battements du cœur de la mère, associés au bruitement rapide et pendulaire de son propre cœur à lui.

Dans une maternité des États-Unis — qu'une de mes amies a visitée —, on a amplifié les battements du cœur d'une femme ; les enfants nés prématurés entendent par des haut-parleurs comme les battements du cœur maternel. On leur supprime cette audition le jour où ils auraient neuf mois de vie fœtale, et donc l'âge de développement fœtal suffisant pour « naître » et accéder à la vie relationnelle, sans la présence auditive du cœur de la mère[9].

Ce qui est intéressant, c'est que les maternantes, les infirmières qui travaillent là, ont dit combien cette innovation avait bouleversé leur propre notion du temps. Dans ce service-là, on n'avait plus l'impression qu'on travaillait. Quand arrivait la fin de la journée, on était tout à fait surpris, comme si la journée s'était passée hors du temps. C'était un peu étrange et quelques-unes avaient été dérangées même dans leur vie personnelle, par cette espèce de dérèglement du temps. Elles ne savaient pas pourquoi, mais cela avait été concomitant de cette expérience concernant l'audition, dans ce service de prématurés, du bruit d'un cœur adulte. Expérience très positive pour les bébés. Mais pas pour les infirmières. On ne peut pas entendre le bruit du cœur… Si on est dans la vie courante, on n'entend pas son cœur. L'un des responsables disait : « Cela a été une étrangeté qu'on a eu du mal à ventiler dans notre vie personnelle. »

Le fait d'être mis constamment dans l'audition amplifiée des battements du cœur, c'est anormal pour un être adulte. Ça le remet dans une situation inconsciente, archaïque, dont il ne se souvient pas, qui était sa vie fœtale. Ça fait beaucoup de bien, en revanche, à ces enfants prématurés, fœtus trop tôt délogés, qui ont manifesté (selon les statistiques) un meilleur développement en couveuse, sans incidents au moment de l'arrêt du bruit, le jour de son terme physiologique advenu. Chez les adultes, ça les dépersonnalise…

L'ÉTRANGER : Étrange histoire. Continuons la lecture : « Dès la naissance, masse et sexe. » Masse, ça se rapporte au poids. Pourquoi sexe, tout de suite ?

LA PRATICIENNE : Eh bien, sexe parce qu'il y a d'abord le dire et la reconnaissance par les adultes du sexe de l'enfant, la réaction des parents signifiant leurs affects face à la réalité de cet enfant. Tous les dires que l'enfant perçoit, plus ou moins, se rapportent à son apparence et à son sexe : c'est un garçon ou une fille, inscrit à l'état civil. Déjà à travers émois et propos de ceux qui l'aiment ou l'assument, un destin s'élabore par rapport au sexe de chacun, destin qui n'est pas le même si on naît garçon ou si on naît fille, dans les articulés imaginaires des parents et des adultes qui donnent son nom à l'enfant (qui s'intègre dans la société), et des surnoms, qui l'intimisent au nid familial.

La pesanteur et le sexe, inséparables de cette masse du corps en tant qu'objet vu par les adultes et en tant que signifiants associés aux phonèmes de son nom, sujet futur inséré dans la société, sont tout de suite très importants.

Il y a certainement aussi une attraction due au sexe qui est différente pour le père et pour la mère, les frères et sœurs, suivant le sexe de l'enfant.

Ça, ce n'est pas objectif, mais subjectif pour le nourrisson. On le voit à l'occasion des tétées du tout petit bébé, qui ne se laisse pas déranger — si c'est un garçon — par la venue d'un homme auprès de la mère, même si c'est le père ; tandis que, si c'est une fille, à peine est-elle rassasiée qu'elle s'intéresse à ce monsieur, probablement à cause de son odeur[10].

On sait maintenant que c'est la voix grave de l'homme qui est entendue *in utero*. Le nouveau-né reconnaît la voix du père, plus qu'il ne reconnaît la voix de la mère qu'*in utero* il entend moins bien, surtout si sa voix est d'un timbre aigu.

L'ÉTRANGER : La masse et le sexe feront donc désormais partie existentielle, indélébile, de cet être qui se constitue des échanges substantiels et subtils avec son entourage. L'enfant, dès sa naissance, séparé de sa mère, cherche quelque chose, qui lui rappellerait, peut-être, l'irrigation introfœtale, le sein maternel... ?

LA PRATICIENNE : Oui. Et ce n'est pas un besoin animal. C'est déjà langagier. Quand il a connu déjà, deux ou trois fois, la nourriture, c'est l'odeur de la mère qui lui est nécessaire pour reconnaître la nourriture qu'il veut. Et il préfère refuser la nourriture, si ce n'est pas accompagné de l'odeur de la mère[11]. Donc, il y a là un *désir*, — parce qu'on ne peut pas dire que l'odeur est nécessaire au *besoin* —, un désir discriminatif de la relation qui accompagne ses besoins de santé, respiration, mouvement, soins d'hygiène corporelle et alimentation, remplacement des forces éliminées et soutien de croissance.

C'est une vie qui commence, déjà humaine. Cette demande de l'enfant ne doit pas satisfaire seulement la bouche et le corps. L'enfant est satisfait par le regard satisfait de sa mère, même s'il n'est pas, faute de moyens, satisfait biologiquement. S'il ne peut pas manger, si elle n'a pas de quoi, ou bien si lui ne peut pas avaler, les regards et la tendresse des paroles, l'audition et l'olfaction de la mère, sont pour lui déjà un réconfort. Peut-être aussi que les animaux sont comme ça, tout au moins les mammifères, dont l'espèce humaine fait partie.

Il reconnaît qu'il est ce corps par rapport à celui qui lui fait se reconnaître, par la répétition de la retrouvaille de la mère et les discriminations sensorielles qui la lui font reconnaître.

Pour qu'il se connaisse comme tube digestif personnel, il faut qu'il ait quitté souvent sa mère, qu'il ait faim tout seul, qu'elle l'apaise, mais aussi que parfois ce soit une autre personne qui lui donne cet apaisement et non la mère, avec, pour lui, certains désagréments, parce qu'il n'a pas tout ce qu'il cherche. Il a de quoi combler faim et soif, pour son appareil digestif en état de manque, il a l'agrément du change de ses langes, mais il n'a pas la voix, il n'a pas l'odeur ni le rythme connus de sa mère. Et pourtant, il vaut mieux ça que rien du tout, et c'est peu à peu qu'il reconnaît que lui-même peut survivre en n'ayant pas la satisfaction de ses désirs, mais seulement l'apaisement des besoins.

Mais au départ, il a désirs et besoins mêlés, et c'est peu à peu que les besoins se discriminent des désirs[12] : dialectique des besoins non frustrés, associés à des désirs temporisés (désirs pas toujours satisfaits, qui structurent un être humain), aiguillonnant les sens de l'enfant par la joie de la retrouvaille de qui les satisfait dans la richesse de nuances sensorielles à découvrir et à nommer. La sécurité existentielle de chaque enfant dépend de cette heureuse croissance au contact de sa mère (et de son père), mais pas seulement.

Tout enfant, si jeune soit-il, doit être initié à la tension de ses désirs, qui donne valeur aux retrouvailles, dans l'apaisement de ses besoins, indépendamment de celui de ses désirs.

Une fois séparé physiquement de sa mère, il faut que l'espace soit « mamaïsé[13] » : toute ambiance peut avoir couleur de maman, toute odeur être référée un peu à celle de maman, même absente, tout peut être nimbé de maman. Alors, il est en sécurité, si elle, familière des lieux et des personnes auxquels temporairement elle le confie, l'est aussi.

C'est très tôt, dès sa naissance, que l'enfant devrait fréquenter, avec sa mère, la société des adultes et des enfants, au-delà du cercle étroit de sa famille nucléaire.

L'ÉTRANGER : Que dire du père ? L'homme répondant de la vie au masculin ?

LA PRATICIENNE : Est ressenti père par l'enfant petit, l'homme qui rend maman plus heureuse. Tout géniteur n'est pas un père. C'est l'homme qui donne plus de sécurité à maman lorsqu'il est présent que quand il n'est pas là. C'est celui dont elle s'inquiète s'il est absent plus que d'une autre tierce personne familière qu'il voit autour d'elle.

C'est ainsi qu'il reconnaît comme père l'adulte qui focalise les émois de désir de la mère, et c'est pour cela aussi qu'il y a des ambiguïtés inconscientes quand l'homme au foyer n'est pas le géniteur de l'enfant, mais un autre homme, surtout si cela ne lui a pas été verbalisé très précocement. Ce n'est ni bien ni mal pour l'enfant, mais cela pluralise l'image qu'il se fait de l'homme qui satisfait les désirs de sa mère, celle à l'image de qui, dans sa relation au monde, il s'identifie. Au contraire, si l'enfant s'entend dire la vérité concernant la présence dans la vie de sa mère (et donc la sienne) de tel ou tel homme qui a succédé à son géniteur, cette verbalisation focalise sa structure et sécurise sa sexuation en cours d'organisation.

Le bébé se sent entouré et faisant partie d'une triangulation dont le point principal est la mère. Et c'est par la mère que l'autre angle du triangle, ce troisième (peut-être temporaire) prend valeur de sécurité de la cohésion de ce triangle.

La dyade jouissive de l'enfant et sa mère est

nocive au développement humain, parce que non stimulante de désirs ni de langage.

À ce stade, la notion de corps est plus ou moins équivalente à celle de masse. Il n'y a pas les détails, les moignons. Le nourrisson n'a pas l'idée des cinq doigts, des deux articulations des membres supérieurs et inférieurs.

D'ailleurs, dans les premiers dessins que l'enfant fera, on se rend bien compte. C'est un pseudopode unique, qui n'est pas articulé et puis qui émet à son tour un ou deux palpes avec au bout comme des pétales. L'enfant ressent son être au monde comme une masse qui a des pseudopodes palpeurs, et, celui qui prend soin de lui, sa mère, comme une masse avec des pseudopodes irrigants. Il entre en contact avec ses palpes[14].

L'ÉTRANGER : Sa première découverte, une fois « seul », c'est celle d'un être de poids, difficile à manier, parce que lui-même ne peut pas se mouvoir, et avec cette image de la masse qui doit être, pour se sentir en sécurité, en contact avec un espace que tu appelles « mamaïsé ». La place du père, sur cette carte ?

LA PRATICIENNE : C'est le rôle du troisième, élu, qui modifie la présence de la mère par une énergie visiblement ajoutée.

L'ÉTRANGER : Qui l'intensifie...

LA PRATICIENNE : Qui intensifie la sécurité que la mère apporte.

Bousculades

LA PRATICIENNE : Sur le plan de la demande, l'olfaction est nécessaire au début. La demande peut être de besoin ou de plaisir. Sur ce plan donc, l'olfaction est le moyen discriminatif qu'a l'enfant pour savoir que c'est bien l'interlocuteur dont il a besoin et désir.

Il y a, d'autre part, le bruit et le rythme des bousculades chargées des mêmes sonorités. Les rythmes de la motricité de la mère, le style moteur de la mère. Chaque mère a son rythme à elle. Moi, avec mes enfants, j'étais un peu... bousculante, à tel point que Jean, petit, quand on lui demandait : « Comment est-ce qu'elle est, maman ? », il répondait : « Maman ? Elle est à la brusquelle. »

J'aimais beaucoup danser avec chacun de mes enfants dans les bras, quand ils étaient bébés, avant de marcher. D'ailleurs, j'ai un déplacement rapide et, avec eux, c'était ça : « à la brusquelle », ce qui les amusait, comme moi. Forcément, chaque enfant se met à se faire au type de motricité de sa mère. Il y a des mères qui sont ralenties et d'autres rapides...

L'enfant construit son corps, maison de son

cœur, dans laquelle il peut entrer en sécurité. La construction du corps comme endroit de sécurité commence par cette prise de contact avec les palpes qui explorent l'extérieur.

LA NÉGRESSE VERTE : Ce qui est tellement amusant dans le tai-chi, c'est qu'on a l'impression qu'on construit une maison, comme tu le dis pour les bébés. On construit une maison, on construit presque un placenta de sécurité autour de soi…

LE MAINATE : Je dirais plutôt un espace esthétisé par le mouvement et l'enchaînement des figures… Un espace sans failles. Je vous regarde tous les matins, du haut du toit…

L'ÉTRANGER : «Le sommeil doit être conditionné par la bonne construction de son corps, qui lui rappelle la sécurité intérieure de sa mère.» Les perturbations du sommeil viennent des failles dans cette construction ?

LA PRATICIENNE : Oui, des failles de cette sécurité. Elles peuvent venir des rythmes du monde extérieur, de bruits, de violences ou de tensions affectives entre les gens, pouvant elles-mêmes entraîner réactionnellement des malaises de transit digestif, des spasmes circulatoires. On ne sait pas. Cela peut venir de quantité de choses, l'insomnie. Cela peut venir aussi bien de l'organicité du corps, des rythmes, de ce qui dérange le silence des organes par des perceptions insolites.

Ces perturbations, la mère peut les apaiser immédiatement, si elle-même ne s'en angoisse pas. Quand la mère, par sa parole, dit : «Je suis là», il semble que, pour l'enfant, l'insolite précédent n'a plus aucune importance.

J'ai vu ça avec les bombardements terribles, pendant la guerre, les sirènes et tout ça : maman est là, maman sait qu'il est là; elle entend, elle aussi, elle nomme, elle sait. Papa aussi. Donc tout ça fait partie de maman. Il ne faut pas s'inquiéter. Il n'est pas seul. C'est s'il n'y a pas de paroles dessus que ça devient inquiétant pour l'enfant, ou si la mère fait écho à l'insolite par sa propre angoisse, par sa panique. Si la mère s'angoisse de son insomnie ou de ce qui angoisse l'enfant, alors là, il n'y a plus de sommeil du tout.

L'ÉTRANGER : Là, ils paniquent tous les deux.

LA PRATICIENNE : Il perd le sommeil. Ils paniquent tous les deux, oui. Il entre en résonance avec la panique secondaire de sa mère. Mais le père peut calmer tout le monde parce que, justement, s'il arrive à calmer la mère, l'enfant se sent calmé aussi. C'est déjà du langage, tu vois, intercontamination inconsciente responsable de l'insécurité du groupe.

L'ÉTRANGER : Oui. C'est très hiérarchisé comme transmission.

LA PRATICIENNE : Je ne sais pas si c'est une hiérarchie; je crois que c'est plutôt en pelures d'oignons, en enveloppes successives.

L'ÉTRANGER : Oui, une structuration.

LA PRATICIENNE : Une structure.

L'ÉTRANGER : Donc, à propos de cette maison ou de ce que parfois tu appelles « la maison de son cœur » — parce que le cœur c'est l'apaisement — « en se développant, apparaît l'idée de son centre ». Son centre ? De cette maison ?

LA PRATICIENNE : Oui. Lui.

L'ÉTRANGER : « La mère, source de joie et de tristesse, joie d'être présente aux sens et quand, à l'intérieur du corps, l'irrigation est bonne, la zone érogène élective est conçue comme bonne. » Là, c'est un trajet un peu rapide. La mère comme source de joie et de tristesse, c'est-à-dire, étant entendu que tout est structuré...

LA PRATICIENNE : Oui. Ce sont des variations viables que la mère instaure. Elle donne un style de variations viables, de joie et de tristesse ressenties, admises comme vivables. Chaque mère, à son insu, donne, à leur propos, son style à l'enfant.

C'est déjà une langue. Tout en n'étant pas une langue audible, c'est une langue de mimiques et de gestes compatibles avec la sécurité existentielle.

L'ÉTRANGER : Et qu'est-ce que l'histoire de la zone érogène ?

LA PRATICIENNE : Ah ! Eh bien, la zone érogène est la partie par laquelle le contact se fait avec la mère pour l'essentiel des besoins, ce qui apporte répétitivement la pacification du corps, en même temps que le plaisir s'y mêle. L'enfant, si parfois d'autres personnes s'en occupent, reconnaît que c'est avec sa mère qu'il éprouve, liée à la satisfaction répétitive des besoins, une qualité spécifique de plaisir.

La zone érogène naît de ce que c'est le lieu ultime du plaisir et de la séparation du plaisir, parce que la zone érogène se construit du fait que c'est le lieu du deuil de la mère. C'est le dernier lieu de contact où se souffre la séparation avant la perception aiguë du plaisir dans le moment et dans le lieu où il cesse d'être ressenti.

L'ÉTRANGER : Là, je ne comprends pas très bien les notes de notre prêtre : « Aussi, pour le siège, il s'y passe aussi des irrigations. »

LA PRATICIENNE : Oui, il y a deux pôles : le pôle

oral céphalique et le pôle du siège. Au pôle oral, il y a la bouche pour les besoins et les lieux de discrimination de la personne désirée par les sens subtils, c'est-à-dire l'olfaction, l'audition, le goût et la tactilité des zones cutanéo-muqueuses qui touchent aux seins de la mère, au corps de la mère. Et l'autre zone qui est la zone de bien-être dû à l'expulsion et à la propreté du lieu des échanges par les soins de toilette, c'est le pôle caudal. *In utero*, celui-ci ne connaissait que la miction urinaire puis, dès la naissance, la défécation régulière avec les soins de corps mais seulement après les sensations de masse, la respiration et le cri. Cette libération de tensions internes par la miction et par la défécation fait de l'anus et de la région fessière, du pénis et du scrotum, chez le garçon, de la vulve, chez la fille, une vaste zone érogène, parce que c'est aussi le lieu du retour répétitif de la mère pour le besoin. La qualité de ces soins, la modalité de leur style sont reconnues par l'enfant, ainsi que la façon dont elle est affective en le faisant et dont elle est en harmonie avec le sexe de l'enfant qui lui est alors imposé à la vue.

Ces nuances émotionnelles sont très perceptibles chez la mère, qui regrette que l'enfant soit du sexe qu'elle n'aurait pas voulu. L'une d'entre elles, pendant qu'elle changeait son enfant, disait : « Ah ! j'aime autant ne pas le regarder. Cela me déçoit chaque fois. » Et elle ajoutait, son garçon changé, bien apprêté : « Comme il est beau comme ça ! Vous voyez ? On dirait presque une fille ! » Ou bien, si l'enfant est une fille, telle autre mère vous dit, quand celle-là est bien arrangée : « On pourrait croire que c'est un garçon ! » Mais quand elle le change, elle est bien obligée de subir la vérité :

elle ne peut pas nier le sexe de son enfant. Celui-ci le perçoit. C'est pour ça que c'est important, cette zone érogène.

L'ÉTRANGER : Il y a des mères qui le disent ?

LA PRATICIENNE : Oui, qui le disent gentiment, comme ça, tout innocemment. Et c'est mieux que celles qui n'en pensent pas moins et qui le cachent...

L'ÉTRANGER : Alors, à propos du siège : « Il s'y passe aussi des irrigations, des expulsions hors de lui-même, dont il perçoit la tactilité, l'odeur, le soulagement parfois ou l'irritation cutanée. » Ce sont des expulsions dédiées à la mère, naturellement, mais il ressent la solitude si la mère ne les reçoit pas, ne les accepte pas ou même se fâche en le changeant, avec humeur, ou en refusant de le faire...

LA PRATICIENNE : Oui, c'est ça, parce que l'odeur des excréments est une odeur de sécurité pour l'enfant, puisque c'est elle qui fait venir la mère.

Mais, si elle ne supporte pas cette odeur, si elle la retire trop vite et qu'elle ne parle pas de façon enjouée des soins que le bébé provoque parfois exprès, alors son corps lui devient ennemi de n'être pas accepté par sa mère et... il n'a plus rien. Il a que ça l'a fait venir, mais soit pour repartir tout de suite avec ses couches, soit pour gronder, pour se fâcher.

La servitude du corps, quand nous ne pouvons que dépendre d'un autre, quelle épreuve, si cet autre à charge de qui notre corps est dévolu — quelle qu'en soit la raison — éprouve les soins à nous donner comme quelque chose à subir. C'est ce que bien des bébés ressentent et qui module le style de l'érotisation précoce « malheureuse», ce qui nuancera le sexe plus tard et bien avant la période œdipienne, d'un trop précoce «interdit de séjour», en tant que masculin ou féminin.

L'angoisse de Heidegger et le pet de Jean Genet

LA PRATICIENNE : Si la mère ne supporte jamais de laisser l'enfant « se salir » et qu'elle est dégoûtée de le changer, alors il est très malheureux parce que cette région excrémentielle, encore par nature incontinente, en appelle à elle, et que cet appel, elle le méprise...

L'ÉTRANGER : Il y a, dans un des romans de Jean Genet, quelque part, peut-être dans le *Journal du voleur*[15], une histoire de pet. Il était en prison et il parle, justement dans ce sens, de l'odeur de son pet qu'il sentait comme une espèce de voile qui l'entourait et qui le remplissait de...

LA PRATICIENNE : De sécurité. C'est un souvenir direct de son enfance.

L'ÉTRANGER : « ... parler avec toute la nature ». C'est elle qui investit tout ce qui est autour. « Il faut que l'enfant se fasse valeureux. »

LA PRATICIENNE : C'est à l'occasion de ces deux pôles et des contacts à la mère à l'occasion de ces deux pôles que se précise pour lui — comment dire ? — ce qui fait ou non sa valeur, une espèce de champ en pointillé des valeurs qui sont les siennes et qui, à force de se répéter, lui donnent valeur de son être dans la nourriture, dans son visage et dans le siège, c'est-à-dire dans ses fonctionnements réguliers et aussi dans son sexe avec ce que cela produit comme angoisse, inquiétude, énervement, fatigue ou, au contraire, joie, gazouillements agréables de la mère, amusement de celle-ci.

C'est à l'occasion de tout cela, des échanges pendant les soins de la vie quotidienne que s'élabore le sens de la valeur, chez un petit d'homme, masculin ou féminin, et bien avant de se savoir garçon ou fille.

Et je crois que c'est important pour le climat, un peu un climat musical : être en do majeur, être en ré mineur, ou bien être comme une musique qui aurait des ratés qui reviennent.

Je crois que c'est ça qui peut traduire le mieux le climat du ressenti-valeur de l'enfant, dans le haut de son corps et dans le bas de son corps, ces deux régions qui sont des régions de zones érogènes.

L'ÉTRANGER : On parle là de la construction parfaite... S'il y a des perturbations dans cette construction ?

LA PRATICIENNE : S'il y a des perturbations, ça peut donner des perturbations dans le fonctionnement du tube digestif, par exemple, ou des dysfonctionnements des éliminations urinaires ou excrémentielles, ou encore des perturbations dans l'audition, des otites, des perturbations du fonctionnement de la relation qui lui a permis d'entendre qu'il était mal reçu dans la façon dont il a exprimé son être au monde à sa mère. Alors il peut y avoir la naissance d'une angoisse première de solitude dans le sens de non-acceptation de non-reconnu valeureux.

L'ÉTRANGER : À ce moment-là, il est replongé dans...

LA PRATICIENNE : Il est replongé dans l'absence d'une partie de lui-même parce que cette partie de lui-même n'a pas été acceptée et valorisée par sa mère, et cela réveille en lui la naissance, la première castration, la césure ombilicale et la perte des enveloppes. Il ne se sent plus accepté et il ne s'accepte plus lui-même.

C'est ce que j'appelle la structure du narcissisme de base[16]. Ou il l'a ou il ne l'a pas, ou il est fragile ou il est très solide. C'est très important dans la vie d'un être humain ce narcissisme de base qui ne peut pas être atteint sans dérangement physiologique profond.

L'ÉTRANGER : Dans cette construction graduelle de l'image du corps, on retrouve les grands thèmes de la philosophie existentialiste de Heidegger : l'être jeté dans le monde, la naissance de l'angoisse. C'est curieux...

LA PRATICIENNE : Ce n'est pas curieux, puisque tout être qui a réfléchi à la philosophie est un être subjectif, avant de le dire pour tout le monde, et il a éprouvé tout ça lui-même. La philosophie est une expression subjective qui met au service de tous des sensations fines de quelqu'un qui a pensé le mystère du problème humain.

La solitude qui permet de réfléchir, de se sentir, même seul, en sécurité, est articulée à la mère et se construit au contact d'une mère suffisamment compréhensive, suffisamment tolérante, pas trop fatigable, qui nous a assisté jusqu'au moment où nous nous sentons devenir une personne, et où elle devient pour nous, en acquiescement ou en opposition à elle, une personne autre que nous-mêmes.

Le moment où la relation s'autonomise par rapport à l'adulte permet de structurer la mère, nous-mêmes à l'instar des autres, comme à la fois des sujets et des objets.

Heureusement, bien des mères sont ainsi, sachant donner et prendre, nous laissant en mémoire paroles et chansons, laissant ainsi d'elles et acceptant de leurs petits, bruits et salissures, bêtises et cris, preuves, en leur absence, de nos prolongements expressifs dans l'espace.

C'est grâce à cela que ces mères, suffisamment présentes et permissives, mais sachant aussi s'absenter et supporter la souffrance que ces absences nous font éprouver, nous permettent d'accéder à une solitude saine. Je veux dire celle qui n'est jamais complète, parce que l'être aimé, elle, absente, existe au monde et que la pensée d'elle n'éveille aucun sentiment de culpabilité à son égard, mais seulement espérance d'elle.

Dans les moments de solitude, les sensations de privation érogènes ne sont jamais que partielles, parce que l'être aimé existe au monde, nous a dit au revoir, a parlé de son retour, a prouvé qu'il ne nous oubliait pas. Son odeur est partie pas très loin, son audition est partie pas trop loin, sa vision revient et l'enfant est au guet de ce retour. Il sait qu'elle est là, dans son ambiance, même s'il ne la voit pas à ce moment-là.

C'est cela que je veux dire : la solitude s'expérimente temporaire et partielle...

L'ÉTRANGER : Donc, supportable.

LA PRATICIENNE : Supportable. Et lui-même fait le point, fait le relais. Il s'aime à la place de sa mère, pendant qu'elle n'est pas là.

C'est l'histoire du pet de Jean Genet dans sa prison, dans la solitude.

L'ÉTRANGER : Oui, surtout que Jean Genet est quelqu'un qui a été trouvé dans un caniveau, ou sur le pas d'une porte et qui n'a pas connu sa mère.

Passons plus loin, dans ces notes : « Chez le bébé, au début, la motricité est végétative, péristaltique. La bouche, dans l'apaisement des tensions de besoin, faim et soif, besoins d'apports alimentaires, est complémentation du sens, amour de l'amour et, par le déport, l'expulsion secondaire de l'excrément, bien-être qui traduit un fonctionnement plaisant du corps, à défaut d'autres plaisirs. »

LA PRATICIENNE : Oui, et par le péristaltisme de la bouche à l'anus. Notre prêtre ne l'a pas noté mais c'est très important parce que, justement, le péristaltisme, qui est continu de la bouche à l'anus, fait que l'être humain sait tout le temps où se trouve la présence de la mère en lui, sous la forme de l'objet partiel qui vient d'elle et qu'il lui retourne.

L'ÉTRANGER : C'est une espèce de sensation d'existence...

LA PRATICIENNE : C'est une espèce de sensation intuitive d'existence et qui ne se perçoit pas, puisque tout le monde vit avec, sauf dans certaines maladies mentales dans lesquelles les gens vous disent : « Je n'ai plus d'estomac ; je n'ai plus tel bout d'intestin. » Ils ont des absences de sensations de leur tube digestif et ça fait des grands anxieux qui sont dans des hôpitaux psychiatriques. Ces troubles portent le nom — c'est les psychiatres qui les ont nommés ainsi — de syndrome de Cotard[17], où le patient a perdu son estomac, souffre de polynévrites avec, entre autres, ce symptôme anxiogène. Si cette sensation peut manquer, c'est qu'habituellement nous sentons notre estomac...

Si certains ont des images du corps absent, cela prouve que tout le monde sent tout le temps qu'il a un estomac, sent tout le temps qu'il a un tube digestif qui, continuellement, péristalte. Il ne sait pas très bien comment. Cette sensation inconsciente de santé fait partie du silence des organes. C'est tout le temps habité, un petit peu comme une mère est tout le temps habitée par la pensée inconsciente de ses enfants.

L'ÉTRANGER : Par des vagues.

LA PRATICIENNE : Par des vagues de perceptions.

L'ÉTRANGER : Par une sorte de bruit.

LA PRATICIENNE : Oui, comme la présence constante d'un péristaltisme familier.

L'ÉTRANGER : C'est un rythme et un bruit familier qui remplit le temps...

LA PRATICIENNE : ... et l'espace de sécurité des échanges et des activités de chacun dans la maisonnée. Et qui est une « mamaïsation » interne, qui fait écho à la sécurité dans le monde extérieur, audelà des murs qui limitent le foyer.

Végétaux, animaux la solidarité de l'espèce

Tout être vivant s'origine dans un co-être avec un organisme porteur qui organise, miniaturisées, ses potentialités biologiques. S'il trouve de quoi entretenir et développer ces potentialités, un individu conforme à l'espèce qui l'a engendré se développe avec les caractéristiques fonctionnelles et reproductrices de son espèce. C'est ainsi que la vie se transmet à travers le temps et l'espace par des organismes vivants.

À tout mammifère, la réalité a donné un destin marqué à son origine dans une individuation, impuissante à survivre isolée.

La graine d'un végétal peut demeurer isolée dans le temps jusqu'à des millénaires, être transportée dans l'espace loin de sa plante d'origine et conserver vivantes ses potentialités de donner un spécimen achevé de son espèce, pour peu qu'elle rencontre les conditions telluriques et climatiques nécessaires à sa croissance.

L'œuf fécondé d'un insecte, d'un poisson, d'un batracien, d'un serpent, d'un oiseau, peut survivre plus ou moins longtemps, en attente des conditions de son éclosion.

L'œuf fécondé d'un mammifère (et donc d'un être humain) ne peut donner un individu viable, s'il n'est pas nidé dans les entrailles d'un spécimen femelle de son espèce, qui a produit la part femelle de l'œuf, avant fécondation par la part mâle provenant d'un spécimen mâle adulte de la même espèce. L'individu mâle géniteur n'est pas alors indispensable à la survie des petits.

Une fois nés, les petits mammifères doivent être un temps allaités. Que ce soit par leur génitrice, par une femelle de leur espèce ou d'une autre qui les adopte et les protège, pour un temps plus ou moins long, ou que leur protection soit assurée par l'homme qui prend soin d'eux et les nourrit, les petits mammifères, une fois sevrés, qu'ils soient solitaires ou en compagnie d'individus d'une autre espèce que la leur, grandissent et se comportent conformément aux caractéristiques de leur espèce.

En grandissant, s'ils rencontrent un spécimen de leur espèce, ils savent d'instinct le reconnaître, recherchent sa compagnie. Devenus adultes, en présence d'un spécimen de leur espèce de sexe opposé, inconnu jusque-là d'eux, leur instinct génésique, sans apprentissage, les incite à l'accouplement fécondateur.

Certaines espèces animales, plus particulièrement mammifères, depuis des millénaires accoutumées à la présence humaine, ont acquis à son contact une covivance tolérante ou complice. Les êtres humains peuvent en apprivoiser certains spécimens que, vivant en leur dépendance, ils dressent à leur obéir. D'autres sont devenus domesticables, c'est-à-dire de génération en génération auxiliaires de leur vie, pour l'agrément mutuel ou pour le travail auxquels leur force et leur résistance, à condition d'être nour-

ris et protégés par ceux qui les emploient, les rendent amis et serviteurs.

L'intelligence, l'astuce et la mémoire de certaines espèces sont connues des humains qui, par l'observation, ont réussi à diriger certaines activités de ces animaux à leur profit, leur utilité ou leur agrément, l'animal domestique et l'homme se comprenant, en communiquant par signes et comportements significatifs.

Affection réciproque, compréhension de gestes attendus, obéissance ou refus d'obéissance, souffrance affective aussi quand l'animal en dépendance de son maître est jaloux de son attention donnée à un autre, bouderie quand il se sent négligé, agressivité parfois contre l'intrus qui accapare l'attention de son maître, souffrance de son absence et joie de sa retrouvaille.

Quelle que soit l'adaptabilité de la race d'une espèce animale à l'espèce humaine, jamais cependant l'animal ne se détourne des potentialités instinctuelles de son espèce, quels que soient les substituts à sa nourriture et à son mode de vie dans la nature que l'homme arrive à lui faire accepter. Sans l'homme, il peut toujours revenir à l'état de nature, survivre et se reproduire conformément au programme biologique de son espèce.

Solitaire, un animal, à qui sont donnés abri et nourriture, survit peut-être malheureux, mais conserve l'habitus de son espèce.

Le petit d'homme, comme les autres mammifères, ne naît viable qu'après des mois de covivance et de nidation dans sa mère génitrice.

Après sa naissance qui lui fait laisser le placenta aux entrailles de la mère, être dans son organisme séparé d'elle, il subit une mutation — respiration, circulation, digestion viscérale fonctionnelle et excrémentation autonome. Il ne peut cependant pas survivre, et cela pendant au moins le double du temps de sa nidation, sans dépendre de l'allaitement, de la chaleur, des soins du corps et de la protection assurée par une créature vivante qui en assume la responsabilité.

Il lui faut longtemps des parents naturels ou substitutifs et le comportement à son égard de ces covivants tutélaires, le forment et l'informent dans sa charnalisation au jour le jour, de façon structuralement et langagièrement indélébile, tant dans les fonctionnements de son organisme physique, qualitativement et quantitativement, que dans le devenir du développement de ses potentialités génétiques, que son individuation exprimera dans son mode d'insertion sociale.

L'arrivée des objets

L'ÉTRANGER : Alors la sécurité doit être intégrée, surtout que, de la notion globale de masse, au fur et à mesure de son développement, l'enfant va de plus en plus détailler ses sensations. Sa masse vient d'un nombre de combinaisons, de mouvements.

LA PRATICIENNE : Oui, il devient actif dans l'émission sonore, où il joue à répéter les mêmes phonèmes que ceux qu'il entend, surtout de sa mère et des familiers. Il les déforme, mais il ne le sait pas.

C'est très intéressant parce que, très rapidement, l'enfant qui jase ne peut plus émettre tous les sons. En naissant, il pourrait émettre tous les phonèmes de toutes les langues du monde (il les entend). Mais, très rapidement, sa bouche ne pourra plus le faire, n'en a plus les articulés inconscients.

L'ÉTRANGER : Tu veux dire que le nouveau-né a la capacité de le faire...

LA PRATICIENNE : Il l'a eue mais il l'a perdue, par mimétisme de ce qu'il entend dans le milieu dans lequel il vit. C'est parce qu'il veut pérenniser la présence de la mère, qu'il s'exerce à des lallations et à des phonématisations qui sont l'écho, en miroir sonore, pour lui, des sons de la langue que parle la mère.

L'ÉTRANGER : Donc, maintenant, il devient actif...

LA PRATICIENNE : Il devient actif dans la répétition et pour rechercher la communication « à la manière de » l'autre, aimant et aimé.

L'ÉTRANGER : Actif dans la recherche de communication ?

LA PRATICIENNE : Oui, absolument. Quand, seul dans son berceau, l'enfant jase, il imagine la présence d'un autre.

Il imite, il répète et il attend réponse à ce qu'il a émis, et il souffre si ce n'est qu'en miroir que ça lui est répondu et non pas autrement, en vraie réponse. C'est-à-dire que, si l'adulte en l'entendant lui répète les sons qu'il vient de prononcer, d'abord, l'enfant l'entend, et il est un moment heureux parce qu'il y a quelqu'un qui lui parle, mais vite, si on ne lui parle pas vraiment, ça le décourage. Ce n'est pas une imitation de lui qu'il cherche. Pourtant, beaucoup d'adultes font cela.

L'ÉTRANGER : Ils mimétisent l'enfant.

LA PRATICIENNE : Oui, ils le mimétisent, alors que l'enfant, quand il dit des phonèmes maladroits, croit dire des phonèmes que ses parents diraient. Et, s'il demande : « À miam miam. À beau soupe » et si la mère lui répond : « Oui, voilà miam miam la beau soupe », alors c'est pour lui décourageant. Il aime beaucoup mieux de vraies paroles, parce qu'il y a ainsi une conversation, un échange, et pas une répétition.

Exactement comme, quand un enfant va vers quelqu'un, si ce quelqu'un supposé c'est son image dans le miroir, eh bien, ça ne l'intéresse pas. Ce qu'il veut c'est que ce soit un vivant complémentaire, un répondant.

Les adultes ignorent souvent que l'enfant est à la recherche d'un échange et non pas d'une copie conforme, tout comme lui n'est pas la copie conforme des adultes. Même s'il le paraît, c'est parce qu'il cherche à communiquer avec eux à la façon dont eux communiquent avec lui et avec les autres. Mais c'est pour communiquer, ce n'est pas pour imiter, alors que les adultes pensent que c'est pour imiter. En fait, c'est une expression inventée, un appel hors de ses limites, un appel à un autre.

L'imitation de l'adulte par l'enfant est un moyen pour entrer en contact avec eux. Ce n'est pas un but en soi pour l'enfant. Il recherche un contact-échange. On l'humanise, en lui répondant par des mots qui reflètent une pensée, un agir, un intérêt dont il n'est pas exclu, au lieu de ne pas répondre du tout parce que l'adulte est trop absorbé dans ses pensées ou dans ses occupations pour entendre…

L'ÉTRANGER : « Son pouce, illusion de la présence de la mère qui le satisfera. Il ne cherchera plus ailleurs. » C'est là une limitation ou un blocage, il me semble.

LA PRATICIENNE : Oui, si la mère ne lui apporte pas des éléments nouveaux, il va se contenter de ceux qu'il connaît. C'est justement ce qui est important. On laisse souvent à des enfants pour les occuper des fétiches tactiles, visuels, et maintenant sonores, les mêmes petits disques joujoux. C'est vrai qu'un temps cela les occupe, quand ils sont seuls. Pourquoi pas ? Mais, se contenter de ça pour qu'ils se taisent et qu'ils soient tranquilles, au lieu de leur apporter des éléments sensoriels nouveaux, témoins et médiateurs d'une communication authentique pour l'enfant et sensée pour l'adulte, qui s'y exprime vraiment, cela enferme l'enfant.

Cela entraîne quelque chose d'obsessionnel dans le vivre humain qui, spontanément, existe du fait de son corps de besoins répétifs. L'habitude devient sa seule sécurité, et même, inconsciemment, comme une morale : est bon seulement ce qui est déjà connu. Une morale de robot fonctionnant. Au lieu d'une morale de vivant qui continuellement assume son désir de communication, de connaissance, de découverte du monde dans son innombrable variété.

L'ÉTRANGER : L'enfant commence à ressembler à une sorte d'objet mécanique.

LA PRATICIENNE : Oui, le nounours de l'adulte, son objet de soins, souvent un peu plus son animal de compagnie, bien ou mal entretenu, incapable d'échapper à ce maître.

L'ÉTRANGER : « À trois mois, besoin de la présence de la mère. » Pourquoi justement à cet âge plus qu'avant ?

LA PRATICIENNE : Déjà avant bien sûr, mais à trois mois, le besoin d'échanges affectifs domine le besoin d'échanges physiques qu'il désire surtout. Parce qu'il est suffisamment développé à trois mois pour rester de longs moments éveillé. Ça ne lui suffit pas d'être nourri, d'être changé, quelques instants déambulé en chantonnant, en le berçant, et puis d'être mis au berceau. Il a besoin de mouvement, de déambulation dans l'espace, de beaucoup d'animation autour de lui, d'échanges subtils, de conversations, de jeux, de regards, de mimiques.

Il a besoin de relations variées signifiées avec tous les sens, et de paroles sur ce qu'il manifeste, ressentir, intérêt, plaisir ou déplaisir, angoisse, tout cela indépendamment de la satisfaction de ses besoins, mais aussi à leur occasion.

L'ÉTRANGER : De la présence de la mère en tant que personne.

LA PRATICIENNE : Et pas comme objet dont on satisfait les besoins d'hygiène et de soins.

L'ÉTRANGER : «Sa main est faite pour l'autre, comme la main de l'adulte est faite pour donner» ?

LA PRATICIENNE : Oui, pour prendre contact avec l'autre, pour entrer en relation d'échange, de plaisir, de langage en fait. À travers l'échange manuel, une présence se donne. Il se donne en présence et il reçoit la présence de l'autre, et c'est une communication à travers des objets médiateurs, des menus objets, mais aussi à travers les couleurs que ces objets ont. Et plus on peut verbaliser la caractéristique de ce qui est manipulé, y compris de l'instrument «main», en nommant les mains, les doigts, plus l'enfant est heureux de cette relation par les mains.

C'est spécifique à l'humain : les mains sont, comme la bouche et l'anus, un sphincter, grâce au pouce, l'opposant des autres doigts. Les zones érogènes bouche et anus se projettent sur les mains qui deviennent zones érogènes par assimilation à la bouche prenante et à l'anus rejetant, «faisant» sur la matière fécale. Cela se révèle inconsciemment, par la manipulation d'objets médiateurs entre la personne de la mère et la personne de l'enfant, pour le plaisir partagé en affects sonorisés, en mots qui prennent sens expérimenté dans l'échange.

L'ÉTRANGER : Des objets qui se donnent, qui se reprennent.

LA PRATICIENNE : Dont l'enfant devient le sujet intentionnellement maître.

L'ÉTRANGER : Il y a toute la manipulation, l'échange avec l'adulte. « Comme la main de l'adulte est faite pour donner », c'est-à-dire ? À l'enfant ?

LA PRATICIENNE : Pour l'enfant. Donner à l'enfant, pour lui donner la paix, la réfection de lui, les soins. La mère doit alors nommer les objets. Nommer parce que, quand elle ne sera plus là, cet objet, si elle l'a nommé, fonctionnera comme représentant d'elle et donc de la non-solitude de l'enfant.

L'ÉTRANGER : C'est cela. On construit, et, maintenant, les objets arrivent.

LA PRATICIENNE : Le monde est habité par des substituts partiels, sonores, visuels, tactiles, olfactifs, de la relation à la personne de la mère, de l'adulte aimé absent momentanément et dont ils évoquent la présence éclipsée.

L'ÉTRANGER : Et ces objets sont toujours les premiers supports de la sécurité, ce que l'on trouve sous la main pour se rassurer, nimbés qu'ils sont de la présence de l'adulte, qui leur donne valeur. Ils doivent l'être. « Sonorités accompagnant l'objet. »

LA PRATICIENNE : Sonorités du mot. La représentation sonore du mot qui signifie ces premiers objets associés au plaisir avec la mère est comme investie de magie, de promesses de plaisir, de retrouvailles exquises.

L'enfant devient ainsi « intelligent », il a l'intelligence du monde autour de lui, sinon, les objets n'ayant pas de noms sont interchangeables et ne représentent pas la relation affinée qu'il a avec quelqu'un. En même temps, il va pouvoir avec ses mots parler avec d'autres personnes qu'avec sa mère, c'est-à-dire que sa relation à une personne, il va pouvoir l'étendre à d'autres. Rendre l'enfant intelligent dans le sens : avoir l'intelligence du monde et des relations humaines.

C'est ainsi qu'il y a beaucoup d'autres mamans, d'autres papas, enfin d'autres personnes « comme maman », d'autres personnes « comme papa » et que le monde devient un monde intelligible, d'échanges, sur un fond un peu connu et pourtant variant, associé à de nouvelles perceptions.

L'ÉTRANGER : Dans le sens où on peut le manipuler, et pas seulement physiquement…

LA PRATICIENNE : Poétiquement aussi, créativement.

« Colomba, tes yeux sont de vivantes étincelles »

L'ÉTRANGER : Tout ce que le bébé tient, manipule, échange, donne, peut être tenu alors pour représentation de la mère : « S'il ne peut rien prendre, sa solitude est épouvantable. Il perd confiance dans la présence du monde. » Comment ça, il ne peut rien prendre ? Parce qu'il n'a rien sous la main ?

LA PRATICIENNE : Rien sous la main venant de sa mère ; il n'a rien à « faire », rien qui lui serve de substitut de bouche ou d'anus, comme objet partiel. Il ne lui reste que le corps-chose qui centre compulsivement désirs sur besoins, et leurs sensations à répéter continuellement.

Parce qu'il n'a plus rien pour lui-même, il n'a rien non plus pour les autres, il n'y a plus de sens. Même les phonèmes de son nom, s'ils ne sont plus promesse de plaisir avec un autre, perdent leur sens de le signifier, lui, vivant. N'a de sens que ce qui est valorisé par la relation qu'il a eue avec quelqu'un, par une complicité avec quelqu'un, dont il espère encore la retrouvaille.

C'est ce qui est dit d'ailleurs au début de la Genèse : Dieu demande à Adam de nommer tout mais, pour l'homme lui-même, il n'avait pas d'aide. Il ne pouvait pas nommer l'homme tant qu'il n'avait pas un autre, différent et semblable à la fois. C'est alors que Dieu lui donna Ève, la sortant de son côté, accotée à lui, pour qu'il puisse dire : « Je me reconnais. Voici l'os de mes os, la chair de ma chair. » Donc, en nommant Ève, la semblable sauf par le sexe, il a nommé l'homme.

Ève représente l'homme dans sa joie reconnue d'exister, comme Adam représente pour Ève celui qui, différent d'elle par son sexe, lui délivre le rôle d'être l'« intelligence » de leur joie partagée.

L'ÉTRANGER : Donc, la solitude de l'homme a commencé... ou plutôt, c'est par la solitude de Dieu qu'il est venu au monde.

LA PRATICIENNE : Oui, plutôt, Dieu s'emmerdait — dans la Genèse c'est raconté comme ça —, et puis il a créé l'homme et le monde des créatures. Et puis, il lui a demandé de nommer tout ce que lui avait créé. Curieux déjà. Alors l'homme a tout nommé. Et il était content de ce qu'il avait nommé. Dieu aussi, sans doute. L'homme (anonyme) avait nommé les végétaux, les animaux, mais il ne pouvait pas se nommer lui-même, il s'ignorait hors sa relation à Dieu. Alors, Dieu s'est dit : « Mais, qu'est-ce qu'il faut faire pour qu'il nomme l'homme ? Il faut lui en mettre un autre. » C'est, en fait, la recréation de chacun qui est racontée dans la Genèse...

L'ÉTRANGER : Revenons au bébé. Donc, s'il ne peut rien prendre, rien faire, rien nommer, il perd confiance dans sa présence au monde.

LA PRATICIENNE : Oui, il perd confiance même dans son pouvoir de modifier le monde par les palpes pseudopodes, ses membres qui prolongent la masse de son corps.

L'ÉTRANGER : Sa présence au monde, c'est... tout ce qui commence à faire sens par et avec lui ?

LA PRATICIENNE : Sa présence de lui reconnu comme valeureux par mère et père. Sa présence dans la communication. Et la solitude, en tant que mal, c'est la perte du sens, tout simplement. Déjà à cet âge.

L'ÉTRANGER : Le sens, avant d'être un concept philosophique, est donc affaire de bébé qui bouge, qui s'introduit dans le monde avec tout ce qu'il a...

LA PRATICIENNE : Il se met aussi à aimer tout ce qui bouge, il devient lui-même mouvant dans le mouvant.

L'ÉTRANGER : Pourquoi tout ce qui bouge ?

LA PRATICIENNE : Parce que c'est la vie. Ça provoque en lui des perceptions variantes, puis la motricité, qui est agréable. L'enfant se meut dans un monde qui se meut, il devient relatif, il entre dans la relation avec le monde entier. Maintenant, il voit se mouvoir autour de lui et de sa mère des adultes différents. Ce sont toutes les personnes avec qui elle est en relation et, grâce à elle, lui aussi, par procuration.

L'ÉTRANGER : Et puis la motricité commence, il développe ses jambes, se met à ramper, tâche de se dresser.

LA PRATICIENNE : C'est le génie de son espèce que la croissance actualise.

L'ÉTRANGER : Ton auditeur avait noté, à cet endroit du développement du bébé : « Sentiment alors de l'esthétique. Beau comme maman. » Pourquoi seulement maintenant le sentiment du beau ?

LA PRATICIENNE : Non, je crois qu'il existait avant. Il doit exister. Je crois que c'est le premier sentiment de tout être humain : le sentiment du beau, associé aux premières perceptions à la naissance.

L'ÉTRANGER : On considère habituellement le sentiment esthétique comme plus sophistiqué, tardif et même aléatoire... Explique-toi un peu.

LA PRATICIENNE : Il n'y a pas grand-chose à expliquer. C'est un fait, c'est une observation.

Est beau, lié au masculin et au féminin, ou seulement au féminin : beau pour femme, beau pour homme, beau masculin, beau féminin, beau végétal, beau animal, beau immobile, beau mobile, beau cosmique. Le beau c'est la quintessence de l'humain, ce sentiment précoce qui est lié à l'odeur du corps de la mère, à l'éclat de son regard — pour les enfants voyants —, à la caresse auditive de la voix de la mère — pour ceux qui ne sont pas sourds — et à la tactilité spéciale reconnue de la mère, qui s'est reconnue en son enfant extérieur à elle. C'est articulé déjà au fait de la trouvaille d'elle-même valeureuse dans un enfant extérieur à elle.

C'est pour ça qu'un enfant qui, en naissant, n'a pas apporté la joie à sa mère en est marqué, et que pour lui le sens banal de vivre ne peut pas être celui de joie. Le sens de la vie est marqué, pour lui, d'un bémol.

L'ÉTRANGER : Mais, quand un enfant éclate comme ça en exprimant : « c'est beau ! », tu dis « sentiment esthétique », mais qu'est-ce qu'il y a à l'intérieur ? C'est la joie ?

LA PRATICIENNE : C'est la joie, c'est tout d'un coup une force de poussée de vie. Il y a un éclat dans le regard qui n'existe qu'à ce moment-là, qui est doux, un éclat doux; ce n'est pas un éclat métallique. C'est admiratif, c'est reconnaissant. Je crois que c'est quelque chose de divin, qui touche à la reconnaissance d'un au-delà de l'être humain, au-delà de ce que la mère elle-même peut apporter, la mère elle-même référencée à qui l'a faite.

L'ÉTRANGER : Donc, on sème la psychanalyse...

LA PRATICIENNE : Oui. La psychanalyse, science de l'homme, étudie ce qui, inconsciemment, se répète dans toute relation et permet de découvrir ce qui de l'énergie en jeu dans les échanges a été refoulé, rendu énergétiquement nuisible ou définitivement inutilisable. La psychanalyse ne découvre pas l'invécu, l'inconnaissable. Elle n'invente rien, elle inventorie le vécu méconnu.

L'ÉTRANGER : Bon, laissons alors la psychanalyse tranquille.

Quand les enfants disent, par exemple, d'un chanteur qui chante pour eux, qu'ils aiment, un chanteur qui s'appellerait Carlos[18], « Carlos est beau », qu'est-ce qu'ils veulent dire par là ?

LA PRATICIENNE : Oui, il est beau, pour eux. Il est épanouissant pour eux, chaleureux, réjouissant.

L'ÉTRANGER : Tout en joie.

LA PRATICIENNE : Oui, tout en joie. C'est qu'ils se sentent pardonnés de tout aussi. Il y a quelque chose d'une élation, qui est narcissisante, je veux dire rédemptrice de toutes leurs impuissances. Leur « idole » les réconcilie avec eux-mêmes.

La beauté est au-delà du temps et de l'espace. Est-ce que ce n'est pas solaire par rapport à la planète Terre ? La lumière est beauté.

L'ÉTRANGER : Et quand tu parles de l'éclat du regard ?

LA PRATICIENNE : L'éclat du regard de la mère.

L'ÉTRANGER : Tu m'as raconté l'autre jour l'histoire d'un enfant qui était considéré comme un grand arriéré physique et mental, un infirme moteur cérébral, de plus infirme du bassin et des membres inférieurs, enfin de tout, presque...

LA PRATICIENNE : Un petit Tunisien, déposé en pouponnière, par une mère célibataire.

L'ÉTRANGER : Tu lui as dit : « J'ai confiance en toi », et là tu as vu dans son regard quelque chose qui...

LA PRATICIENNE : Oui, son regard a brillé, tout d'un coup. C'était l'intelligence d'avoir été reconnu par quelqu'un, ce n'était pas la beauté, parce qu'il était handicapé physique. Je suis heureuse d'apprendre qu'il marche maintenant sans appareils aux jambes et sans tripodes ; quand sa cure psychothérapique s'est terminée, il se déplaçait encore comme un mammifère marin, sur ses avant-bras, traînant son bassin et ses membres inférieurs. C'étaient les jambes qui tiraient les pieds. Et une force dans les bras, et une joie dans le regard et dans la relation à autrui, merveilleuse !

L'ÉTRANGER : Revenons en famille. Ici l'enfant dit : « Beau comme maman. » Est-ce que « maman » est l'objet, enfin, l'être, le plus beau qui soit ?

LA PRATICIENNE : Sûrement.

L'ÉTRANGER : Pourquoi sûrement ? Je n'ai jamais aimé ma mère.

LA PRATICIENNE : Sûrement, en principe. Parce que son odeur est à la naissance associée à la lumière et à l'ouverture de la soufflerie pulmonaire, à la mutation cardio-circulatoire. C'est ça l'irruption de la vie-beauté. La mère en est le mot de passe.

L'ÉTRANGER : En principe.

LA PRATICIENNE : Et en réalité. Parce que c'est elle qui a comblé le début de la vie.

Oui, « maman », c'est celle qui a comblé désir et besoin associés du début de la vie. Ça peut être une image surimposée, la sage-femme par exemple — la maman n'étant pas à la hauteur de la sage-femme —, image perdue après les premières heures où elle a aidé la mère et où l'enfant a reconnu la vie, bonne à y persévérer dans le regard de cette femme.

Je me rappelle, pour Jean, mon premier enfant. Certainement, la beauté humaine, pour lui enfant, c'était les yeux bleus. D'ailleurs, il a choisi une femme qui a les yeux bleus. C'était extraordinaire. Il avait trois ans, à la campagne. Un couple est venu livrer du bois à brûler. Ils ont accepté de se faire aider par Jean qui manipulait les bûches avec eux. Ils vivaient ensemble, un couple non marié. Ça se disait dans le pays. Si on rencontrait la jeune femme, Jean se cachait dans mes jupes et ne voulait pas la regarder. Je ne comprenais pas cette timidité, totalement étrangère à Jean d'ordinaire. Un jour, Jean me dit : « Je sais qui c'est Colomba. » Il y avait une chanson à ce moment-là : *Colomba, tes yeux sont comme de vivantes étincelles*, et je ne sais plus la suite. Et Jean me dit : « Colomba, c'est la dame du Monsieur qui livre le bois. » Et il était bouleversé, les yeux écarquillés, dans le vague, comme ravi, en disant cela. Or, la sage-femme qui s'est occupée de lui, à la maison, dès l'accouchement, les huit à dix premiers jours, avait ces mêmes yeux très bleus. Et c'est formidable, parce que ça lui est resté toujours en engramme, alors qu'il ne connaissait personne aux yeux bleus dans la famille, ou autour de lui. C'est, pour lui, associé à la première mère.

C'est elle qui s'est occupée de ses premiers

soins. J'en suis sûre, parce qu'il n'y a pas d'yeux bleus dans la famille. Enfin, il y en a, mais qu'il n'a pas connus ; mon grand-père maternel, une tante paternelle à moi qu'il n'a jamais rencontrée, ma sœur aînée, tôt décédée dans ma jeunesse. La seule personne aux yeux bleus connue de lui était cette sage-femme.

Donc, il y a la mère génitrice, mais il y a la première mère, au sens de « maman », rôle maternant secourable. Elle est associée, par le regard, à l'immédiat après-naissance.

Je crois que c'est très important, la première personne qui joue le rôle de mère. Toute femme maternante est d'ailleurs une « maman ». Mère c'est un fait, maman c'est un rôle. Les deux se combinent. C'est une mère combinée dont l'enfant garde trace.

Un œuf à la dérive

L'être humain, doué d'intelligence et de mémoire (parfois en cela moins que certains animaux), diffère totalement des autres mammifères de la création. Il est surtout doué d'un encéphale très développé, peut-être responsable de la fonction symbolique précocissime, conjointement à ses parties génitales, à sa naissance très développées aussi, par rapport au reste de son corps marqué de nécessaire assistance prolongée. Il est, avant tout, être de langage, de communication et de créativité.

Comme les autres mammifères, mais beaucoup plus longtemps que toutes les espèces vivantes, il a besoin d'un co-être pré- et postnatal, d'un co-agir, très longtemps subi passivement après sa naissance et sa déambulation autonome. Ses conditions vitales entretenues font la sécurité de son long naître, jusqu'à ce qu'il acquière la capacité de s'assurer à lui-même les conditions de survie. Toute variante de son connu vitalement sécurisant, toute suppression partielle compatible avec la survie excite en lui la recherche et la trouvaille indispensable d'un substitut qui, lorsqu'il l'a trouvé, lui apporte plaisir d'un connu retrouvé et nouvelle sécurité à vivre. Ce plai-

sir le rend dépendant de qui ou de quoi le lui satisfait à l'occasion des variantes dans ses besoins. Le plaisir et sa focalisation se situent aux régions de son corps où les sensations de séparations et de retrouvailles s'effectuent : la réunion de deux parties séparées dont la congruence retrouvée crée plaisir d'être.

La créature vivante qui lui permet de survivre quant à ses besoins substantiels est appréhendée par ses perceptions subtiles olfactives, auditives, gustatives et tactiles, qui deviennent représentation dans sa mémoire de sensations revitalisantes substantielles, éprouvées dans son corps de besoins et qui l'apaisent de son malaise, associant ainsi une perception formelle visuelle et tactile médiatrice des besoins à une perception olfactive et auditive, liées ou non ; il découvre la différence entre les besoins vitaux pour le corps et le plaisir psycho-affectif qui s'y festonne à l'origine, mais qui se distingue en désir, de n'être pas sujet à l'apaisement par un fonctionnement d'apport ou de déport du tube digestif.

Ainsi marche la fonction symbolique. Elle nous fait comprendre la dépendance à l'égard des parents naturels ou substitutifs et leur rôle informateur créatif du plaisir qui festonne de variances signifiantes, ce qui, par le besoin, entretient la survie et le déroulement dans le temps et l'espace du programme biologique contenu dans l'œuf fécondé d'un être humain. Ce rôle est joué par les êtres tutélaires à l'époque d'impuissance à survivre seul de l'être humain.

C'est la fonction symbolique, à l'œuvre dans chaque petit d'homme, qui est responsable de ce qui est particulier à chaque être humain selon les modalités impressives de toutes sortes qui accompa-

gnent sa survie et sa croissance, jusqu'à la maturation achevée de son système nerveux (dix-huit à vingt-cinq mois) et à l'involution relative des proportions de ses génitoires par rapport au reste de son corps squeletto-musculaire.

Cela explique que, seul, parmi les mammifères, l'être humain nourri par une louve ou par une biche reconnaît ses semblables dans les individus de la même espèce que sa nourrice et se met à croître en développant ses potentialités génétiques motrices et langagières selon des engrammes organisateurs de sa connaissance qui l'induisent à l'imitation des modalités d'habitus de ses compagnons d'enfance, avec lesquels seuls il se reconnaît être de plaisir et de covivance.

Il est imaginairement et symboliquement enfant-loup ou enfant-biche, la réalité de son corps d'homme ne lui est plus appréhendable et sa propre image dans le miroir n'est plus par lui reconnue sienne mais d'espèce étrangère. Découvert par des hommes, dépassé l'âge de six à sept ans, il ne peut plus retrouver des habitus humains après un premier développement en compagnie d'une autre espèce.

La fonction symbolique, à l'œuvre sans discontinuer dans le petit d'homme (incapable de survivre solitaire), explique aussi que les séparations répétées de son espace de sécurité (sans la présence nidante et corps à corps et sans la retrouvaille olfactive, auditive de sa mère, comme signifiante de sa continuité) lui font congruer entre elles des perceptions viscérales avec des perceptions substantielles (sans lesquelles il ne survivrait pas), et constituer ainsi un auto-langage refermé sur ses sensations élémentaires d'une communication avec des modalités fonctionnelles de son corps à la seule écoute de lui-même et de signaux concernant ce qui dans l'environnement touche à ses besoins.

Cela entraîne des troubles graves de la communication qui peuvent aller jusqu'à l'autisme, psychose hélas fréquente maintenant, où des enfants bien portants physiquement, par absence prolongée de leur mère, seule connue d'eux avant leur séparation d'avec elle, ou par des séparations répétées, des changements successifs de nourrices ou des déménagements et des séjours hospitaliers prolongés, se referment et régressent du fait de la fonction symbolique toujours à l'œuvre, sans éléments langagiers assurant la médiation de leur passé au présent. Ils deviennent absolument incapables à vie de communication — mimique, gestuelle ou langagière — avec le monde extérieur et sans plus rechercher quoi ou qui complémenterait un désir ayant regressé au niveau de congruence aux seules sensations de leur corps, qui n'est en sécurité en aucune compagnie humaine[19].

Sur les avenues du langage conjugué à la connaissance et à la reconnaissance de soi et de l'autre élu comme co-être de plaisir, comme objet du désir qui languit de lui quand son absence suscite sa recherche et promeut la découverte d'objets partiels visuels, auditifs, tactiles — signes de présence communicante substantielle ou d'objets formels tactiles — tétine pour la bouche, tissus ou joujoux pour les mains sont supports de présentification de l'autre dans le temps et l'espace, l'autre momentanément absent dont ces objets sont un avoir coexistentiel de sécurité dans la solitude du bébé séparé de l'être tutélaire qu'il connaît, et représentants de communication subtile (quoique leurrée).

Le petit d'homme, pendant une enfance très longue par rapport aux autres mammifères, dépend de la nourriture, des soins, de la tutelle, de la médiation d'une créature vivante qui l'alimente et donne à son corps chaleur et protection ; il lui faut des parents naturels ou substituts. En l'absence de provende et de protection prolongée, il périt ou stagne sans se développer.

L'espace investi par leur présence devient celui où il se reconnaît ; leur absence prolongée, même dans cet espace connu, crée chez lui, quand même y reçoit-il les soins nécessaires, des troubles dans son développement intellectuel et affectif. C'est pour lui la solitude décréative.

La prédominance de la fonction symbolique liée à sa mémoire fait que toutes ses perceptions sont liées d'abord à ses besoins, aux modalités de satisfaction physiques et affectives qui deviennent symboliques, langage de présence d'un autrui sécurisant ou non.

C'est à l'imitation en tout des créatures qui prennent soin de lui qu'il oriente ses potentialités, à leur image introjectée que son être d'habitus éclôt, élaborant au jour le jour un réseau de phonèmes assemblés de mimiques et gestes qui prennent signification. L'adaptabilité de son organisme et de sa neurophysiologie le modèle aux comportements des créatures dont sa vie dépend et qui assurent sa survie au cours de sa croissance, jusqu'à la terminaison neurologique de son schéma corporel. Celui-ci est soumis dans ses fonctionnements aux images introjectées de ceux dont par instinct grégaire il est dépendant. Ces images mémorisées se conjuguent en s'y croisant aux potentialités innées de son gosier et de son schéma corporel[20] *pour une semblance qu'il désire inconsciemment à tout ce qui questionne sa curiosité.*

Sa lente maturation neurologique nécessaire à sa motricité de préhension et de déplacement autonome, à sa vocalisation et à sa phonématisation, le rendent, pour l'expression de ses désirs, infans et impuissant à s'exprimer, alors qu'il a perception mémorisée et compréhension du langage verbal, mimique, gestuel et sensibilisation précocissime au climat émotionnel de plaisir et de déplaisir.

Cette longue impuissance infantile, lorsqu'elle est assistée d'affection, de caresses, de présence attentive parlée par les parents humains, suscite sa puissance idéatoire et imaginative à l'envi des images achevées de son être au monde en cours d'achèvement.

Dès que son développement neurologique le lui permet, une plurivalence stupéfiante de son adaptabilité et de son inventivité créatrice suscite en lui la recherche et la découverte des moyens de maîtrise de ses agirs, pour communiquer avec des familiers réels ; en leur absence il s'ingénie dans son imagination, s'il est sans compagnon dans la réalité, à se remémorer ou à inventer des scènes en leur compagnie.

À l'imitation immédiate ou mémorisée des covivants qu'il observe, il développe ses potentialités symboliques. À l'imitation, co-être et co-agir, qui est déjà peut-être désir de communication, fait très tôt suite l'identification qui structure son psychisme à l'envi des êtres humains tutélaires. À son observation de plus en plus affinée des différences entre les perceptions de tous ses organes des sens, qui deviennent pour lui signifiance et support de sa fonction symbolique de connaissance, fait suite, grâce à la découverte de ses mains et de leur exercice manipulatoire, le désir de maîtrise de tout son environne-

ment spatial dans lequel son réseau de repères s'organise d'autant mieux que le langage verbal peut en fixer l'image sonore.

À l'être humain, la réalité a donné un destin marqué par l'impuissance à survivre isolé. Pendant une enfance très longue, par rapport aux autres mammifères, l'être humain est capable de survivre de la provende, de la tutelle, de la médiation du corps de sa nourrice et des adultes qui de lui se ressentent responsables et le protègent. Leur absence prolongée le voue à une solitude totalement impuissante et même au dérèglement psychosomatique — destin unique parmi les créatures mammifères et auquel peut-être il doit la puissance de son désir salvateur, la prédominance associée à sa mémoire et à son imagination vitale de sa fonction symbolique. Son impuissance même, soutenue par ses parents, ses premiers autres, suscite sa puissance imaginaire et idéatoire et la plurivalence stupéfiante de son inventivité de moyens de lutte pour communiquer avec les autres à travers les séparations. Ce destin dont son intelligence a su marquer pour soutenir sans s'y soumettre son instinct grégaire par l'interdit de l'inceste, a su ainsi encore renforcer son angoisse à désirer sexuellement ce qui lui est interdit et à sublimer en amour chaste un désir frappé de refoulement, à sublimer le sevrage en vocalisation, son adresse manuelle signifiante de ses besoins, après le portage, la marche debout et la continence sphinctérienne lui faisant faire le deuil du dernier corps à corps utilitaire avec l'adulte tutélaire, au service de l'agressivité d'attaque et de conservation en industrie, au service d'un agir d'abord imitatif puis symbolisé en travail productif, pour le troc et le don, devenus œuvres chastes avec ses familiers, ses alliés, substitution de corps à corps impossibles, d'œuvres de chair hors la loi.

Enfin, le désir sexuel est dans cette espèce interdit d'accomplissement dans la famille d'élevage. Cet interdit dit de l'inceste, après les angoisses dont il s'accompagne, donne la signifiance de valeur sociale majeure et consciente et de responsabilité non seulement à la parole donnée dans le travail et l'échange mais à la procréation, faisant de la paternité et de la filiation un processus de langage dominant sur le processus charnel, et soumettant le désir hors la loi au refoulement qui oblige aux sublimations créatrices d'œuvres tout ce qui dans son activité focalise ses énergies illicites dans le corps à corps directement interdit.

Un œuf de poisson, d'oiseau, de serpent peut survivre longtemps attendant la couvade. L'œuf d'humain comme tous les mammifères ne peut donner l'individu de l'espèce que nidé dans sa mère.

La cuiller magique

L'ÉTRANGER : Tout de suite après ce drame, après ce clivage, cette première angoisse, celle de la vie aérienne qui sait le danger d'asphyxie de la parturition, il doit y avoir une angoisse résolue par la révolution physiologique cardio-respiratoire liée à la révélation de la lumière. « Voir le jour », dit-on de la naissance.

LA PRATICIENNE : Oui, une angoisse terrible puisque c'est la vie ou la mort, l'asphyxie déclenchant la naissance. On en sort. Le nouveau-né vit, respire, crie. Tout le monde est heureux, mais quel drame !

C'est l'angoisse, du fait qu'elle est dépassée, qui crée la jouissance du vivre avec les perceptions annexes qui deviennent signal de sortie de l'angoisse.

L'ÉTRANGER : Bon, pourquoi est-ce que tu dis — ou peut-être c'est ton auditeur qui l'a écrit : « sentiment alors de l'esthétique », après le premier développement moteur ? Est-ce que le sentiment de l'esthétique se développe un peu plus à ce moment-là à cause des mouvements ?

LA PRATICIENNE : Oui, avec la verticalité, la

puissance, le sentiment de nouveauté, la découverte de sa puissance donne à l'enfant la joie. Les premiers pas d'un enfant, quand il découvre la marche pour lui-même, tout seul (ou se croyant tel) ! Pour mes deux fils, c'est arrivé quand j'étais présente mais occupée. C'est extraordinaire le visage d'un enfant qui se dresse pour la première fois, se lâche et marche !

Il y a un film sur ces premiers pas, admirable. Un enfant rampe, marche à quatre pattes, va vers un meuble, se dresse debout et marche quelques pas. C'est extraordinaire de voir le rayonnement de son visage. Le bonheur !

Et moi, j'ai vu le rayonnement du visage de mes deux garçons. Catherine, elle, a marché seule, un jour, sur le sable, à la plage, à un moment où je n'étais pas là ! Mais, sûrement, avait-elle aussi cette expression inoubliable de joie que j'ai vue chez ses frères et sur le visage du petit garçon filmé.

C'est un sentiment de puissance nouvelle qui est révélée. Certainement l'enfant se sent beau ; il se sent beau parce qu'il est comme l'adulte, cet adulte dont il a l'intuition que cet état l'appelle à devenir « comme » un grand.

Ce qui est curieux, c'est que les perceptions annexes circonstancielles de cette révélation, il peut les croire indispensables et causales de sa marche debout.

Pour notre fils aîné, Jean, il a visiblement cru que c'était la cuiller de bois qu'il tenait à bout de bras qui faisait qu'il s'était mis debout et avait lâché tout support fixe, car depuis quelques jours, il se hissait à une chaise et marchait debout en la poussant. Là, c'était avec mon siège habituel face à mon bureau qu'il avait fait le déplacement (d'ailleurs, les déplacements, c'est toujours relatif à la mère : ou aller vers elle ou s'en aller d'elle). Arrivé à son but, il s'était remis à quatre pattes et est ainsi retourné au point d'où il venait, croyant que c'est de ce lieu-là qu'il pouvait seulement se lever debout. Il est revenu à quatre pattes, mais alors il n'avait plus en main la cuiller en bois, dont il s'est aperçu qu'elle était restée près du fauteuil du bureau. Alors, il est parti à quatre pattes rechercher la cuiller et il est retourné, toujours à quatre pattes, avec la cuiller de bois à l'endroit d'où il était parti la première fois. Et, à nouveau, lâchant le coin du meuble et brandissant la cuiller en bois, il a renouvelé son exploit.

LE MAINATE : On peut appeler ça, chez les humains, la superstition...

LA PRATICIENNE : La superstition, c'est ça. Et pendant deux jours, il ne pouvait marcher debout que s'il avait cette cuiller à la main. Une petite cuiller de bois, comme ça, qu'il avait ramassée, comme par hasard je ne sais où ni comment — c'était ça qui, croyait-il, lui permettait d'être debout, même dans d'autres lieux de l'appartement car le coin du premier meuble dans le bureau de « maman » allant vers son fauteuil était déjà une condition dépassée, mais pas la cuiller ! Il était convaincu que, sans ça, il ne pouvait pas être debout !

LE MAINATE : Peut-être avait-il raison ; subjectivement, ça l'aidait à se mettre debout. C'est la genèse de la superstition. Et peut-être son pouvoir réel. Il prend la cuiller. Non seulement il la prend, mais il revient...

LA PRATICIENNE : Il revient à quatre pattes la chercher pour pouvoir se remettre debout. Pas seulement la cuiller. La cuiller et le premier point de départ dans l'espace. Il est allé la chercher et il est revenu à quatre pattes à l'endroit d'où il s'était levé la première fois, pour enfin réitérer l'exploit : se lever et marcher avec la cuiller. Et moi, j'étais en train d'écrire et je ne pipais pas. J'étais désolée parce que Boris m'avait, à l'avance, mise en garde de n'être pas comme toutes les mères, à qui il reprochait leur fierté de la précocité de leur enfant pour la marche (ou pour une autre performance). C'était, à ses yeux de technicien du corps, très mauvais pour un enfant de marcher tôt. Plus tard, ce serait mieux. Il développe son thorax tant qu'il marche à quatre pattes. Ensuite, ses pectoraux et son thorax ne font plus assez de travail. Ce sont des idées de médecin de médecine physique.

Alors, j'essayais de cacher à son père que Jean savait marcher et je n'ai rien dit. Mais j'étais émue et surtout bouleversée de voir l'expression du visage de l'enfant qui ne se savait pas observé et qui se référait à moi, bien sûr, puisque c'était dans mon bureau et que j'étais silencieusement absorbée dans du courrier. C'est qu'il a marché à neuf mois et demi.

L'ÉTRANGER : Il a marché en cachette.

LA PRATICIENNE : Oui, à neuf mois et demi, il a marché en cachette. Et puis, on n'a pas pu le cacher parce que, le deuxième jour — enfin, le troisième jour — il marchait sans la cuiller et partout dans l'appartement. La personne qui m'aidait, et moi-même, étions un peu ennuyées à cause des recommandations de son père, mais enfin il fallait se rendre à l'évidence. Il marchait. Son père l'a vu, bien sûr. Il a dit tant pis !

L'ÉTRANGER : Je pense à ce que tu m'as raconté,

quand, plus tard, il a commencé à faire de la musique. Il a commencé en cachette aussi.

LA PRATICIENNE : Oui, peut-être y avait-il le piment de la découverte de ce plaisir tout seul pour la musique. Son père n'était pas contre. Peut-être, pour la marche, le piment de la transgression ?

L'ÉTRANGER : « L'enfant reconnaît les choses de ce qui est vivant. »

LA PRATICIENNE : Oui, il reconnaît la différence entre le vivant et la chose qui contient un certain pouvoir, mais reste semblable à elle-même. C'est ça qui m'étonne avec Kaspar Hauser[21] parce que, petit, il ne le fait pas : c'est après.

L'ÉTRANGER : Pourquoi le reconnaît-il seulement maintenant ? Parce qu'il y a des histoires de mouvement ?

LA PRATICIENNE : Parce que lui-même est capable de mouvement et reconnaît que c'est lui qui impose le mouvement.

L'ÉTRANGER : Par un effet d'identification.

LA PRATICIENNE : Non, c'est un effet de cause à effet, la chose sans lui ne bouge pas. La cuiller était ce qui lui permettait de marcher. Donc, la cuiller portait la vertu de l'homme debout. Elle détenait certainement pour lui une force magique. Un jour, il a pu voir qu'il marchait sans elle. Donc, elle est venue à l'état de chose non magique.

Je crois que, pour tout, c'est comme ça. Les choses sont d'abord humanisées, déifiées, si tu veux, mamaïsées, la mère étant le Dieu de l'enfant, puisqu'elle semble régner sur tout. C'est quand l'enfant s'aperçoit que la mère, elle aussi, a été faite par quelqu'un d'autre qu'alors elle n'est pas Dieu. Une autre personne (entité ?) a pouvoir sur elle. Le père ? Il est alors le roi de la reine, la maison est son royaume. Et puis, le père s'avère diminuable, variant. Qui est Dieu ?

L'ÉTRANGER : C'est alors que le sentiment religieux peut naître.

LA PRATICIENNE : Oui. Où est donc le maître du faire et du défaire, des joies et des peines, de toutes les variables et de l'immuable ? Pour les choses, les créatures animales et végétales, c'est pareil. Quand il se passe quelque chose, quand il fait lui-même quelque chose, il croit que c'est grâce à cette chose (ou à cause d'elle, si ça n'a pas de suites agréables). Et puis, il s'aperçoit que, si ce n'est pas lui qui est avec elle, cette chose toute seule ne fait rien d'elle-même, sans d'autres facteurs ou sans son activité personnelle à lui.

L'ÉTRANGER : Tu disais que c'est ça qui était curieux chez Kaspar Hauser.

LA PRATICIENNE : Parce qu'il était comme un enfant beaucoup plus jeune qui n'est pas passé par ce stade de s'apercevoir que c'est lui qui donne la vie aux choses.

C'est d'ailleurs un élément qui joue beaucoup quand des enfants veulent arracher le jouet d'un autre enfant alors que ce jouet est dans le lieu à plusieurs exemplaires, que parfois eux-mêmes ont en main la réplique de ce jouet. Ils ont un seau. Il est rouge ou il est beau ; il est même quelquefois de la même couleur, et ils veulent celui de l'autre. Il semble que le leur qui est à côté est mort, alors que celui que l'autre tient en main est vivant.

Je leur explique ça à la Maison Verte[22]. Il y a trois ou quatre jeux pareils pour tous, ils pourraient donc prendre n'importe lequel. C'est le petit auquel son jouet a été arraché, qui, la surprise passée, va vers le jeu mort (enfin, libre) pour le rendre vivant. Le grand, l'arracheur, voyant le petit en possession de cet autre jouet, veut alors le jeu qui réjouit visiblement le petit, et ça continue si on n'intervient pas. Et pourquoi pas ? Si on explique à l'enfant ce manège qui fait que, finalement, il ne s'amuse pas vraiment, que c'est parce qu'il croit que le jeu est plus vivant quand il est dans les mains d'un autre, il réfléchit ; oui, il écoute, s'immobilise un moment et il réfléchit. À partir de là, il va vers un autre jeu. « C'est toi qui rends le jeu vivant. »

L'ÉTRANGER : Tu lui expliques exactement comme ça ?

LA PRATICIENNE : Oui, je lui explique comme ça : « Tandis que, tu vois, c'est Christian qui rend le jeu vivant. Tu crois que le jeu est vivant par Christian mais, toi, quand tu prends le jeu, tu le rends vivant encore plus, puisque tu es plus grand que lui. » Il réfléchit, et ça y est. Il va vers le jeu. Il sait, il a compris quelque chose.

C'est extraordinaire de voir l'intelligence d'un enfant, quand nous-mêmes nous avons eu l'intelligence de comprendre.

L'ÉTRANGER : Ce n'est pas une question de niveau de langage.

LA PRATICIENNE : Non.

L'ÉTRANGER : C'est plutôt de pouvoir lui « parler » le sens qui peut se donner à lui à ce moment-là.

LA PRATICIENNE : Reprocher à l'enfant son comportement n'a aucun sens pour lui sinon celui que l'adulte veut régner sur lui, comme lui sur les choses, que l'adulte a besoin de l'enfant pour vivre. Alors, il ne se comprend pas dans son agir et persévère dans des comportements compulsifs, motivés inconsciemment par un mobile magique.

L'ÉTRANGER : C'est ça qui paraît étonnant. Ceux qui écoutent peuvent se dire : « Mais comment ? Mais elle leur parle comme ça ? Mais, moi, j'ai essayé et ça ne marche pas. »

LE MAINATE : Peut-être qu'ils ne parlent pas de la même chose.

LA PRATICIENNE : Oui, ils n'expriment pas qu'ils essaient de comprendre ce qui fait problème anxiogène à l'enfant.

Ce n'est pas une question de niveau de langage, mais de coïncidence du sens et du temps de le dire.

L'ÉTRANGER : « Ce qui est vivant répond par des mouvements. » Ça, c'est sûr. Mais, cela dit, il connaissait les vivants avant, par sa mère qui bouge...

LA PRATICIENNE : Oui, par sa mère. Mais, comme, quand sa mère n'est pas là, tous les objets la représentent, sa mère est aussi dans les choses[23].

L'ÉTRANGER : « L'être humain qui crée sa solitude a besoin qu'on lui dise : Oui, je t'aime malheureux. »

LA PRATICIENNE : L'être humain qui souffre de solitude a besoin de savoir que cette souffrance ne lui est pas reprochée et qu'il est aimé même dans sa souffrance. Au lieu de lui dire : « Mais ce n'est pas vrai. Tu ne t'ennuies pas. » Ou alors : « Joue donc à ceci ! » C'est tout différent si on dit à l'enfant : « C'est vrai que tu t'ennuies. C'est vrai. Mais je t'aime même si tu t'ennuies. » Ce n'est pas agréable de s'ennuyer mais ce n'est pas mal.

L'ÉTRANGER : C'est alors l'acceptation de l'état de fait.

LA PRATICIENNE : L'acceptation de l'état de fait d'une souffrance, d'un sentiment d'impuissance chez l'autre, qui réconcilie avec ces états que traversent tous les humains. Tous les humains souffrent de la solitude très jeunes, souffrent du manque d'interlocuteurs valables.

L'ÉTRANGER : Mais, chez un enfant qui ne parle pas, comment reconnais-tu ce sentiment de solitude qui l'envahit brusquement ?

LA PRATICIENNE : Je ne sais pas comment. Je le ressens.

L'ÉTRANGER : En dehors des manifestations de malheur ou de souffrance.

LA PRATICIENNE : Oui. On n'en reconnaît pas plus qu'avec un adulte mais autant. Je sais que ça existe autant chez l'enfant que chez l'adulte. Voilà. C'est humain. Ce n'est pas une question d'âge. Il a besoin qu'on lui dise : « Moi, je t'aime. Tu es malheureux, mais je t'aime tout de même et aussi comme ça. » L'acceptation de son état. En lui disant ça, on ne normalise pas, mais on inscrit cet état dans l'ordre du monde.

Qui parle de qui ?

L'ÉTRANGER : « Le langage commence. L'enfant parle pour lui parce qu'on lui a parlé d'une façon significative. Pour ne pas être seul, il redit les mots entendus. Scansion de la parole maternelle. »

LA PRATICIENNE : Il commence à parler pour lui comme sa mère lui parlait. Il habite l'espace des paroles répétées de sa mère. Il se souvient d'elle avec les propos qu'elle tenait. Naturellement, il les déforme, jusqu'à ce qu'il ait des phonèmes parfaits. D'ailleurs, il a besoin que la mère, en revenant, n'imite pas ses phonèmes à lui mais les redise dans leur perfection.

L'ÉTRANGER : Mais, par exemple, quand les enfants se parlent en s'appelant par « il » ou « elle », à la troisième personne ?

LA PRATICIENNE : En réalité, ils parlent d'eux-mêmes à la deuxième personne, mais ça ne s'entend pas en français. Je ne sais pas comment c'est dans les autres langues, mais il parle à la deuxième personne quand il parle de lui. « Toto fait ça », c'est « Toto, tu fais ça », dit par lui comme s'il était adulte parlant. Seulement, en français, on n'entend pas.

On croit que c'est la troisième personne, mais ce n'est pas vrai.

L'ÉTRANGER : Ce n'est pas la troisième personne ?

LA PRATICIENNE : Non. « Toto, tu fais ça. Maman, elle fait ça » ou « Tu fais ça ». C'est l'un ou l'autre. Mais, de lui, il parle comme ses parents lui parlent et entre eux parlent de lui. En Louisiane et même en France à la campagne, quand des parents parlaient à l'enfant à la troisième personne, l'enfant faisait de même. Il y en a encore de rares exemples aujourd'hui. Mais maintenant les parents parlent à l'enfant à la deuxième personne, et lui parle de lui comme les parents lui parlent, c'est-à-dire à la deuxième personne.

L'ÉTRANGER : Même quand ils s'appellent par leur nom...

LA PRATICIENNE : C'est à partir du moment où ils disent : « Moi fais ci ou ça ». C'est : « Moi-Toto, tu fais ça. » Après, ils disent « moi-je ». Ils ne disent pas « je » avant de dire « moi » en français.

Mais c'est assez troublant puisque, en langue africaine — je ne sais pas laquelle, c'est une femme noire qui me l'a dit — les enfants disent « je » avant de dire « moi ». Mais ce « je », ça veut dire eux en tant que fusionnels à la mère qui est à la fois leur porteuse et leur parleuse, puisqu'ils ne sont jamais séparés du corps à corps de leur mère avant la marche. Ils disent « je » parce que « l'enfant-sa mère », par la bouche de lui, dit « je ». Alors, jamais ces enfants ne parlent d'eux comme chez nous à la deuxième ou à la troisième personne.

Mais ce « je » dit des choses que l'enfant ne ressent pas du tout. Il dit des choses — comment dire ? — comme des bandes magnétiques de la mère. Il sonorise des phonèmes à l'instar de sa mère, mais n'élabore pas une pensée d'après sa propre expérience. L'enfant n'est pas séparé du tout, et peut-être il n'est pas séparable de sa tribu. Ce n'est pas un sujet qui pense par lui-même : il pense comme participant de la tribu. Je crois que c'est ça. La tribu porte la mère et lui donne sens, comme la mère, elle, porte l'enfant.

Il y a des enfants chez nous qui ont un défaut de développement psychologique, ceux qui parlent d'eux en disant « tu ». Ça, c'est un problème en linguistique d'enfant. « Tu veux ci. Tu veux ça », comme s'ils parlaient d'eux en étant la mère qui parle d'eux. Le « tu » remplace le prénom, dont le sujet en tant que source de désir n'est pas situé dans son corps.

L'ÉTRANGER : Le lieu de cet énoncé est extérieur.

LA PRATICIENNE : C'est ça. Alors, ceux-là n'atteignent pas le « je ». Ça demande tout un travail psychanalytique d'expérience personnalisée non parlée qu'ils ont besoin de rejouer sans paroles dans les séances de cure pour s'en sortir. Ce sont probablement des enfants qui ont été en parole et de fait interdits d'expérience en même temps que la mère leur parlait beaucoup, sans référence à ce qu'ils pouvaient expérimenter.

L'ÉTRANGER : Comment ça, « interdits d'expérience » ?

LA PRATICIENNE : Interdits d'expérience personnelle avec leurs mains, leur corps, leurs zones érogènes. Dans le parc, figés dans leur lit, et la mère parlant de choses mais eux n'ayant pas l'expérience de « moi, moi veux ». Ils sont dans le bruit des paroles de leur mère, équivalant à du silence vide, si ce qu'elle dit ne les réfère à rien qu'au son des mots. Ils ne sont pas structurés par leur expérience de corps.

L'ÉTRANGER : À propos de tribu, j'ai été très frappé par les Gitans, ceux des Balkans. Ils sont toujours en groupes et, quand ils parlent, il n'y a pas de monologue. Jamais ! Ils parlent tous en même temps. J'ai eu vraiment l'impression que ces groupes n'étaient, en fait, qu'un seul individu qui se parlait. Je n'ai jamais entendu un monologue dans un groupe de Gitans. Toujours le polylogue, la polyphonie complète. Personne ne se tait. Et on a également l'impression qu'ils tiennent toujours des propos qui se heurtent. J'avais toujours eu l'impression que c'était un groupe qui pensait tout le temps collectivement, dans la fureur et le bruit.

LA PRATICIENNE : Tu sais, les bandes d'adolescents, c'est comme ça. D'ailleurs, ici, autour de La Soledad, à Antibes, les enfants disaient : « La Digue » (c'est comme ça que s'appelait leur bande) « pense ci, la Digue pense ça. » Catherine me parlait comme ça, à treize, quatorze ans. Elle disait au cours des conversations familiales : « Ce n'est pas ce que pense la Digue. La Digue pense comme ci. La Digue pense comme ça. » Alors, je riais et disais : « Écoute, si la Digue pense comme ça, elle a sûrement raison, la Digue. » La période des bandes d'adolescents, c'est étonnant : ils n'ont pas une pensée à eux, alors que ce sont des enfants intelligents. Mes enfants étaient intelligents mais, quand ils étaient dans la bande, c'est la bande qui pensait, la bande qui riait, la bande qui avait ses slogans particuliers. Les adultes, en les entendant, ne comprenaient pas ce qui les faisait rire ni enchaîner leurs propos. Ces bandes d'adolescents ont leurs mots de passe et, comme tu dis, quelquefois, c'est chaotique, ils parlent en même temps de choses différentes.

L'ÉTRANGER : On est parti de l'enfant qui commence à se parler à lui-même pour ne pas se sentir seul.

LA PRATICIENNE : Il répète, il fait comme s'il était anonyme mais nommé par les autres, particulièrement sa mère ou quelqu'un d'autre — et il dit tout haut en mots ce qu'il fait quand il est occupé. C'est d'ailleurs comme ça qu'on entend ce que fait un enfant dans une pièce voisine : il est toujours en train de le dire. Même s'il fait des bêtises, il accompagne ce qu'il fait de dires : « Non, pas une bêtise », et il la fait. Alors qu'avec son langage à lui, ce serait : « Je m'amuse bien. »

Je me rappelle, par exemple, un enfant qui mettait l'une après l'autre toutes les chaussures de ses parents dans la baignoire qui était en train de couler et il disait : « Pichant, non ! Bêtises, non ! Pichant, non ! » (Méchant, non. Bêtises, non.) Au bout d'un certain temps, la mère a saisi les mots et s'est dit : « Il faut quand même que j'aille voir », et toutes les chaussures de son père et de sa mère étaient dans la baignoire.

On dit bien que ce sont des bateaux.

Un enfant raconte tout.

L'ÉTRANGER : La parole vient maintenant accompagner les agirs et la pensée des objets, avant de se substituer à eux, ce qui se fera dans la communication verbale.

LA PRATICIENNE : Oui, aux personnes pendant qu'elles sont là. Pendant qu'elles sont là, ce sont des échanges nouveaux mais, quand elles ne sont pas là, c'est le souvenir et la réminiscence, probablement pour occuper, et déjouer la solitude.

Solitude première : une cascade d'interdits

Nouveau-né, il vagit sa pesante détresse, césuré de son placenta, l'insolite séparation des entrailles nidantes de sa mère qui lui fait découvrir un mode de vie nouveau, sa survie dépendant d'abord de cet air commun à toutes les créatures. Menaçante pour sa survie, la solitude ne lâchera plus cet homme, cette femme, pour la première fois séparés après neuf mois de covivance accordée à leur mère, que ravit ce cri de solitude première, ce cri de besoin d'elle, ce cri de vie qui pour elle est le premier langage de son nourrisson.

Nourrisson assoiffé, ensommeillé, il naît tout de besoin, impuissant à survivre sans le gonflé d'un sein, la chaleur de la voix rassurante, la provende de mains attentionnées, de bras secourables et nidants. Longtemps, très longtemps, sa vie dépend des soins de ses premiers élus qui l'ont reconnu leur, son père et sa mère, ceux-là qui ressourcent dans ses sourires leur courage à travailler, leur goût à créer ; sans eux, il n'éprouve en son corps que sécheresse aride et en son cœur que solitude. C'est leur absence qui fait surgir ses cris, des appels qui, peut-être, vont faire réapparaître ce père, cette mère et, avec eux, la sécurité.

Ses besoins apaisés de l'émoi d'amour attaché à la mémoire visuelle et auditive des parents — image première, hallucinée, de qui apaise l'impuissance solitaire —, la mémoire de la présence tutélaire parentale reste le premier modèle de n'être pas seul. Grandis, déambulants, bavards, quémandant regards, aide, les yeux pleins de pourquoi, c'est au couple de nos parents, à ces «grandes personnes» tutélaires, si ce n'est aux aimés qui parfois déçoivent notre confiance, alors qu'ils nous paraissent exemples fiables et gens de bons conseils, c'est à ces autres familiers que nous sommes asservis parce que notre croissance nous fait chercher modèles dans leurs gestes, leur parler, leur comportement de gens avertis du sens et du savoir de toutes les choses que nous voulons connaître. Les meilleurs de ces parents, les plus attendris, comme les plus affectionnés à nous se souviennent bien mal de leur enfance toute de quêtes. Ils ne savent plus que leurs petits, impuissants qu'ils sont dans leur berceau à se mouvoir et à communiquer, souffrent de solitude, ont besoin de sécurité. Petits enfants encore malhabiles, souvent troublions, dérangeant l'ordonnance des choses pour ces gens raisonnables, nous allons, venons, grimpons, déambulons, touchant à tout, expérimentons tout dans l'espace qui s'ouvre à notre curiosité, sans comprendre les impatiences que nous provoquons, cherchant quoi nous manque, quoi nous questionne, avides d'atteindre de quoi affabuler notre puissance, étendre notre savoir et notre agir au-delà de ses limites connues, pour fuir notre solitude.

Le petit homme ou la petite femme ainsi se développe bavard et industrieux, de plus en plus en confiance avec le monde extérieur si la tutelle fait confiance à son libre jeu et à ses libres affinités avec les petits et grands de l'entourage, sertissant de mots et de verbes toutes ses actions et tous ses intérêts quand l'adulte en est témoin, respectant ses initiatives, tolérant des dérangements et des bruitages dont s'accompagne sa journée très occupée.

La continence sphinctérienne, fait de nature chez tous les mammifères supérieurs, est souvent l'occasion de perversion de la communication du fait, par paresse des adultes, du désir d'une continence trop précoce de l'enfant.

L'adulte érotise, en l'interdisant, en l'ordonnant à son gré, un fonctionnement sécurisant, car, comme pour tous les mammifères, l'excrémentation est un besoin, mais aussi un moyen d'investir un territoire inconnu pour le faire sien. Le petit d'homme a des moyens verbaux, industrieux et manuels de déplacement du fonctionnement excrémentiel, mais pas avant de s'être désintéressé naturellement de l'utilisation du plaisir sphinctérien (associé aux soins et donc à la communication interhumaine valorisée autour du don). L'assistance tutélaire à ses jeux industrieux, habiles et explorateurs, à la perfection phonématique du langage parlé et chanté, fait plus pour stimuler la continence sphinctérienne que son « dressage ».

L'importance proportionnelle des génitoires est, chez les petits des hommes, aussi marquée par rapport à leur thoraco-abdomen que l'est leur tête. Aussi, quand les besoins excrémentiels et le siège sont très valorisés par les manipulations et les exigences de la nourrice initiatrice au vivre, l'enfant éprouve le lieu de ses génitoires comme moyen de séduction. Obédients ou réfractaires, ils prennent un plaisir qui s'associe aux sensations premières d'une génitalité qui s'ignore plus en cet endroit de leur corps qu'ailleurs, mais dont la sensualité trop tôt éveillée par la valeur chosifiante et fétichique pour la mère excite la sexualité infantile à s'autosatisfaire en imaginant le corps à corps avec elle.

Indubitablement, la répétition des besoins excrémentiels (comme ceux de l'alimentation) s'accompagne de la découverte des sensations de cette région, et la continence sépare les sensations utilitaires des sensations langagières à plaisir pour le désir. Celui-ci, attirant l'enfant devenu capable d'observation, lui fait découvrir la caractéristique masculine ou féminine de ses génitoires, qu'il interprète différemment selon les paroles qui lui sont dites en réponse à ses questions.

L'expérience du miroir, advenue aussi à sa connaissance, lui a donné un visage et un aspect qu'il ignorait. Il s'est découvert «enfant», fille ou garçon; il se découvre marqué par la nature à devenir en grandissant non pas «comme» tout (train, auto vrombissante, aussi bien qu'animal, homme aussi bien que femme), mais bien dans la réalité — soit futur homme soit future femme.

Il découvre son passé, représenté par les enfants plus petits que lui, et son futur par les aînés de son sexe et le compagnon du même sexe ou non que lui, élu de sa mère. Il se sait promu à devenir adulte et le désire, si rien dans l'attitude de ses adultes modèles, ses dieux, ne vient barrer ou infléchir ce désir, en se valorisant moins l'un l'autre qu'ils ne valorisent leur compagnonnage de plaisir avec lui ou dans la compagnie de plus jeunes que lui.

Sans entrer dans toutes les modalités de l'éducation inconsciente du désir, qui est toujours soumis à la combinaison vivante de la solitude et de la communication, dans l'expérience de la séparation dans la solitude, l'enfant garde l'amour de son corps et du sexe qui est le sien dans la réalité, selon qu'il lui en a été délivré valeur par les mots des adultes et par la fierté promotionnante de s'identifier imaginairement, en se projetant dans l'avenir comme le père ou la mère dans ses rapports psycho-affectifs et langagiers à l'autre. Dans la communication, il éprouve le plaisir ou le déplaisir des rencontres complices ou rejetantes de ses comportements expressifs.

Depuis la toute petite enfance, la continuité de la relation tutélaire a permis à l'enfant l'accès au langage de tout son être sans freiner ni barrer l'accès à la communication. Les mots tombés des lèvres maternelles et paternelles ont informé, grammatisant et sonorisant en « langue maternelle » toutes les activités, les unes admises à se faire sans qu'il en soit parlé (elles restent dans l'habitus), d'autres à se dire et se faire, d'autres à ne pas se faire qui restent désirées, d'autres enfin à ne jamais faire, dont le désir est à taire sinon à renoncer, pour plus de sécurité.

C'est le parler échangé avec les autres autant que l'exemple par eux donné (modèles absolus qu'ils sont au début, relatifs à l'habitus masculin ou féminin, ensuite selon l'affectivité du climat des relations intersexuelles observées), c'est ce langage et cet agir des parents secourables ou grondeurs qui ont donné au jour le jour sens à nos cris, à nos mimiques, à notre parler maladroit à les imiter et nous a permis de nous connaître dans le temps et l'espace, êtres de valeur.

Car l'être humain que la réalité à sa naissance a séparé, vivant petit d'homme, de sa nidante protection, est marqué à l'ombilic du deuil de son pla-

centa. La mère devient mère par la présence de l'enfant et, grâce aux engrammes laissés dans son inconscient par sa propre mère nourrice, elle tend à s'occuper mêmement de lui. Pour lui, elle est la femme, premier autre de l'homme et de la femme, indispensable à sa survie première. Devenue impuissante à garantir la survie au sein et la croissance de son enfant, ceci impose une seconde séparation — le sevrage d'elle comme nourriture, lien nécessaire encore aux soins de ses besoins. La croissance et la maturation neuro-musculaire stimulent les petits d'hommes à s'exercer dans l'espace et à se mouvoir, séparés de la tutelle, à se risquer à l'imitation des aînés et des parents, reptation, quatre pattes puis debout, découvrant la marche autonome dans l'espace plan et les dénivellations acrobates, et rêvant d'égaler la puissance et la désirance conjuguées des aînés et des adultes tutélaires.

Notre définition sexuée au masculin et au féminin interdit la puissance de nos désirs à satisfaire cette double identification[24]*. La fille en son sexe est soumise à recevoir, le garçon à pénétrer. Leurs destins dès lors se démarquent et la séparation du corps à corps qu'interdit l'inceste décide alors du sentiment d'angoissante solitude, sans plus de recours au corps à corps, devenu inquiétant à cause du désir qui s'éveille à la conjonction des sexes opposés ; à l'envi des modèles aimés du couple parental se heurte la loi qui interdit au fils sa mère et ses sœurs, à la fille son père et ses frères.*

Cette mutation des options du désir, que la croissance focalise au sexe, introduit la nécessaire métamorphose psychique ancrée dans l'angoisse dite de castration[25] *au cœur de tous les humains. Dans l'imaginaire des enfants, elle marque le désir d'au-*

tant plus de valeur que, pour le soutenir, le sujet doit y risquer un danger peut-être vital dont ni père ni mère ne peuvent plus le protéger, devenus dans son imagination tous deux différemment incompréhensifs et dangereux. Les engendrés projettent sur l'adulte leurs sentiments contradictoires (que parfois ces adultes éprouvent), dans la réalité rivaux et jaloux des succès et des privautés sensuelles que leurs enfants trouvent hors de la famille et qui les dépossèdent, eux, parents, de leur enfant dérobé à leur totale possession, à leur seule influence.

L'ombilic marquant l'interdit du corps à corps viscéral (l'abdomen), le visage est devenu lieu de langage et ses issues lieux d'expression du désir. Le sevrage marquant l'interdit du corps à corps nutritif, les mains et la motricité continuent d'être lieux de lien tactile et complicité tendre de corps à corps, tandis que le langage est médiateur codé des désirs et besoins de l'enfant et lui ouvre la communication sociale encore réduite aux familiers.

La coupure ombilicale est cicatrice indélébile de sa première blessure. Puis, c'est le corps à corps à sa mère, par la bouche et le sein tous deux confondus, dont il lui faut au sevrage se séparer, privant ses lèvres et ses mains pelotantes de la gorge de sa mère, qui lui interdit ce qu'il croyait son dû. Assoiffé de ce qui lui manque que son corps croit sien et qui reste en possession d'elle, c'est en fuyant l'épreuve de sa solitude, à la recherche de communication avec elle éloignée de lui qu'il invente en son absence les vocalisations illusoires du parler maternel, les manipulations de menus objets laissés par elle, dans son berceau, médiations premières de langage vocal et gestuel, non seulement avec elle mais avec toutes les autres présences, grâce auxquelles l'épreuve du sevrage est surmontée par le langage, tandis que la faim, autrement apaisée que par le sein ou le biberon, lui fait, par le goût et l'odeur des choses bonnes et variées, oublier sa bouche de lait et sa conjonction au téton.

Vient ensuite, avec la marche, la déambulation autonome, la continence sphinctérienne, la séparation du corps à corps, des bras et des mains d'autrui qui jusque-là s'adjoignaient imaginairement à ses maladresses et à ses impuissances, et son corps doit alors accepter de se réduire aux limites de ses téguments, au pouvoir de sa seule activité motrice, déambulatoire et manipulatrice. Pour ses besoins, comme pour ses désirs, c'est à sa fonction symbolique qu'il est tenu de recourir pour communiquer avec les autres.

Toute suppression d'un co-être ou d'un co-agir connu, grâce auquel le bébé est en sécurité, excite son désir à y trouver un substitut dont la valeur plaisir l'initie par le leurre de cette substitution réussie. Mais deux voies s'ouvrent au désir, à la réévocation mémorisée d'une communication avec la mère retrouvée. Ainsi en est-il du désir oral du pouce à sucer, quand la mère est absente, mais aussi des cris qui la font revenir, des vocalisations qui donnent aux oreilles d'un bébé l'illusion de lui parler. Si le nourrisson est capable de trouver le plaisir de gorge de vocaliser avec la mère restée présente, il acquiert le langage, substitution symbolique; mais la solitude douloureuse, ajoutée au sevrage, peut lui faire trouver un substitut à la perception dans sa bouche du corps à corps perdu qui lui permet de s'imaginer au sein et meuble sa solitude d'une présence illusoire.

Voici les deux voies de substitution : l'une, symbo-

lique, passe par des médiations issues du corps, ses perceptions subtiles associées et, par un circuit long, ouvre les voies de la communication à distance avec le premier autre dont le corps à corps a cessé, ce qui satisfait en l'enrichissant l'individu solitaire, mais en outre avec les autres de cet autre et de proche en proche avec tous les êtres humains; l'autre, fétichique, *soutenue par l'imaginaire du passé, ferme les voies de la communication au désir qui se satisfait par un circuit court, où une partie distale de son corps (le pouce sucé par exemple) ou un objet partiel toujours semblable, comme la sucette, obture le lieu du désir, qui ne s'éveille pas à des médiations différenciées.*

À chaque progrès de son développement correspondent, pour l'être humain, des pouvoirs nouveaux, qu'il a engrammés en mémoire auprès des adultes, à supporter une perte de communication au corps et à trouver des substituts soit symboliques *soit* fétichiques et imaginaires, *au désir interdit qui subit le refoulement de la première modalité de plaisir au lieu perceptif de son corps, mais qui exige de s'accomplir pour que l'organopsychisme reste en équilibre.*

Si le substitut trouvé peut servir à médiatiser une communication avec l'autre connu, autant ou encore plus agréable que le corps à corps précédent dont il est privé, ce substitut symbolique ouvre la communication avec tous les autres associés à la présence tutélaire première. Si le substitut du corps à corps enfant-adulte est imaginaire et dépend d'un objet fixe toujours semblable, il devient «fétiche», leurre imaginaire sans valeur symbolique pour autrui, ni à perceptions de plaisir plus riches ni pouvoir de communication à d'autres plus étendue; cela devient un substitut imaginaire pour l'individu qui arrête les potentialités du développement de son agir. Solitaire, la fonction symbolique toujours présente, le réseau de communication ne se développe plus avec les semblables, et peut donner valeur d'illusoire rencontre aux perceptions du corps même du sujet, sans passer par des médiations de langage qui en permettraient la communication modulée de façon signifiante. Illusoires mises à distance de la détresse de solitude que sont suçage de pouce, ongles rongés, rumination mentale, masturbation.

La solitude devient ainsi un refuge leurrant de la présence d'un autre aimé, en même temps qu'un danger de dévitalisation psychique. Chez l'être humain, le corps propre imaginairement fétichisé se tient lieu illusoire des autres dans une communication autre que par le cri ou le silence qui ne sont plus signifiants. Il en est de même des gestes compulsifs qui n'ont pas de signification compréhensible pour autrui, tension qui s'exprime à un rythme plus ou moins rapide sans rien «dire», car celui qui répète toujours le même geste répète un substitut de co-présence de plaisir qu'il se remémore fétichiquement, meublant ainsi la détresse de sa solitude.

L'apprentissage de la solitude enrichissante ou appauvrissante de moyens langagiers et créatifs est donc lié, d'une part à la bonne relation première avec la première tutelle nécessairement co-corporelle (la mère ou une même nourrice), d'autre part à l'inauguration et à l'installation, grâce à l'imitation de la mère en communication avec un autre que le bébé (un tiers), des substituts langagiers de moyens de communication. Ceux-ci, déjà installés en présence de la mère dans des corps à corps et des échanges langagiers avec des familiers associés en mémoire à la mère, avec l'autre de ce premier autre (qui l'est devenu du fait de la partition) permettent la communication par-delà l'absence et l'obtention de plaisirs connus, reconnus et nouveaux. Ces séparations, ces deuils partiels de corps à corps pour le plaisir des besoins ou le plaisir du désir de communiquer deviennent donc, selon les conditions qui les entourent : maturité suffisante de l'enfant soutien affectueux des efforts substitutifs par celui dont son corps à corps est privé, présence d'autres personnes associées à la dyade dont il est dans son corps à corps privé et qui répondent à l'appel de communication qui s'exprime, personnes à l'imitation desquelles il s'efforce de communiquer. Enfin, l'appel auditif ou gestuel à la communication ayant été entendu par un autre, il y a retrait du premier objet et liberté dans l'espace laissé à l'enfant d'établir (sans aide du premier objet) sa communication et ses expériences avec les autres.

Des paroles d'adultes et d'aînés modèles ont soutenu ou découragé nos expériences, nos velléités d'expansion, nos jeux. Elles ont donné sens valorisé à nos réussites comme à nos échecs. Leurs sourires, leurs rires de géants tutélaires ont apprivoisé nos craintes imaginaires, consolé nos déboires. Leurs mines fâchées ou leur angoisse à nos intrépidités ont censuré nos certitudes de facilité devant des difficultés que nous n'appréhendions pas ; elles ont aussi délivré l'inquiétude ou la fiabilité à nos désirs. En leur absence, la mémoire de leurs paroles et de leurs gestes gardés habite l'espace qui les sépare de nous.

Notre solitude ne sait pas qu'elle est aussi la leur, angoissée aussi de notre jeune vie qui s'ignore fra gile et mortelle encore, et que c'est de notre existence que la leur s'allège d'espérance.

Souffrance de la solitude et souffrance de ne pas comprendre alternent encore à cet âge avec le réconfort du tendre corps à corps et des caresses consolatrices, moments exquis pour les parents comme pour leurs petits, moments où la solitude est bannie de leur cœur comblé de joie.

Garçons ou filles, grandissants, nous marchons dans le sillage de nos pères et mères et de nos maîtres à vivre, dans le climat de leur langage devenu trame de nos pensées, soutien de nos projets, musique et variations de notre rêverie solitaire qui accompagne notre valeur à les imiter, à les satisfaire, eux qui sont en homme et femme l'image de notre stature future.

Survient alors l'épreuve (que depuis Freud on appelle l'Œdipe) qui, de tout temps, marque au fer rouge de la raison l'impossible désir imaginaire qui a soutenu tous les élans de notre enfance, et la rêverie de nos moments de solitude.

Espoir qui donne à tous nos projets cette note ambiguë à l'amour qui veut circonvenir l'un des parents et rivaliser avec celui qui prévaut pour l'autre, paré qu'il est de toutes les séductions que nous désirons lui dérober.

Quelle épreuve c'est alors de nous heurter au miroir du désir conjugué de nos parents, ce maître et cette maîtresse des moires de notre sensibilité ! Voilà que le désir du sexe, au lieu des génitoires lucidement différenciés masculins ou féminins et quêtant réponse au désir accordé du sexe parental de l'autre sexe, ce désir décanté de ce qui jusque-là se mêlait aux fonctionnements des besoins auxquels le corps émouvant de nos parents venait en aide à l'inexpérience de l'enfant ; voilà que ce désir, pour le garçon, exigeant réponse de sa mère, pour la fille, de son père, se heurte à leur surdité, à leur incompréhensible indifférence, plus encore, s'ils l'entendent, à l'interdit radical de la conjonction incestueuse des sexes.

Cet impossible, est-ce l'âge de son impuissance naturelle à donner ou à porter le fruit de ce désir, l'enfant incestueux tant désiré, qui le rend impitoyable ?

La solitude d'amant ou d'amante trahi, la douleur d'être le tiers exclu de ce couple à l'envi duquel nous avons conquis notre être, notre avoir, notre pouvoir — en un mot le sens de notre vie et de ses désirs, le savoir de les parler et de les satisfaire — font que ces parents désirés, il ne faut plus que les aimer.

Voilà que l'enfant découvre son impuissance radicale à éveiller la réponse de leur désir au lieu semblable de leurs corps. Et si fort est ce désir que le refus qu'il rencontre réveille tous les moyens connus d'affirmer sa puissance et ses droits, non sans l'imaginaire angoisse qui, dans sa démesure, lui fait craindre tout et plus encore des modèles du corps achevé de l'adulte rival, jusque-là consolateur dans toutes les épreuves que le désir de l'imiter et de l'égaler dans ses modes — de gestes et de paroles — lui avait fait risquer.

Amour, tendresse, volupté chaste des caresses maternelles ou paternelles, sécurité consécutive aux gronderies et corrections qui ont scandé des expériences dangereuses, voilà que le sexe advenu au désir de se conjoindre au sexe de l'adulte tutélaire fait se rompre l'amarre de l'esquif, faite de dépendance totale où confiance, aimance et désirance, tout du vivre de l'enfant le reliait au bâtiment parental.

Chutes : les arracheurs de cheveux

L'ÉTRANGER : « Verticalité. Il se sent être sa mère, veut faire comme elle. Dans les chutes, la médiation est nécessaire. »

LA PRATICIENNE : Oui, « dans les chutes », quand il tombe, il a perdu la notion d'être et c'est sa mère qui la lui rend ; il se répand.

L'ÉTRANGER : La chute prend là son sens véritablement philosophique.

LA PRATICIENNE : Sûrement. Sens de dépréciation, de perte de sa valeur liée à la verticalité, d'abord celle des corps porteurs, puis la sienne propre, dans la station debout et la marche.

L'ÉTRANGER : Il a conquis cette valeur de verticalité. Il est radieux, il est joyeux et la chute provoque... une déchéance brutale.

LA PRATICIENNE : Oui, une déchéance. Peut-être une déchéance en réminiscence du danger de la naissance.

L'ÉTRANGER : Et alors, c'est la mère qui doit lui rendre cette valeur perdue. Sa face d'homme ou de femme en devenir.

LA PRATICIENNE : Comme s'il était coupable. Il faut que ce soit sa mère qui le réconcilie avec lui-même. La réconciliation. Il ne s'aime plus. Il est en état dépressif.

L'ÉTRANGER : Il a un sentiment de culpabilité ?

LA PRATICIENNE : Sans doute, oui. Un sentiment de déchéance dont il se sent vaguement responsable, puisqu'il n'a pas pu l'empêcher ou dont la mère (même absente) est rendue responsable

L'ÉTRANGER : Ce petit exploit de Jean, l'histoire de la découverte de la marche. Lui, finalement, il s'est relevé tout seul[26].

LA PRATICIENNE : Ah oui, mais il n'est pas tombé ! Non, pas du tout. Il était arrivé là où il voulait. Il venait vers mon fauteuil de bureau habituel. Moi, ailleurs dans la pièce, je n'y faisais pas attention. Il était arrivé, il était tout content. Bon. Je n'ai pas pipé parce que je n'étais pas contente et que je ne voulais pas le féliciter en espérant qu'on attendrait encore quelques jours. Je m'attendais à ce qu'il marche à dix mois puisqu'il était très fort, mais à neuf mois et demi, c'était très tôt et je redoutais cette précocité à cause des dires de son père.

L'ÉTRANGER : Au bout de combien de temps l'enfant comprend-il que la chute n'est pas si grave ?

LA PRATICIENNE : Quand la mère l'a plusieurs fois réconcilié avec lui-même en état d'impuissance. Nous, les personnes d'accueil à la Maison Verte[27], nous ramassons l'enfant, le petit qui, d'être tombé tout seul ou à cause d'un autre, s'est défait comme un puzzle. Nous le portons à sa mère. Sur ses genoux, immédiatement il se reconstitue, mais, avec nous, il ne se reconstituerait pas vite du tout — tout au moins, avant de nous connaître très bien, nous, les personnes d'accueil. Et ce qui est amusant, c'est qu'il repart au danger qui l'a fait dégringoler, même si c'est un autre enfant. Immédiatement, il retourne à l'expérience qui l'a fait chuter, tout de suite. Et c'est assez important.

L'ÉTRANGER : Pour l'affronter encore une fois.

LA PRATICIENNE : Pour l'affronter, et d'autant plus qu'il s'aperçoit que ce n'est pas durable, donc que ce n'est pas dangereux puisqu'il peut se réfectionner rapidement grâce à la présence de sa mère ou de la personne tutélaire familiale.

C'est cela qui ne se passe pas aussi bien à la crèche et dans les garderies. Là, il ne se réfectionne pas immédiatement de ses épreuves psychosociales, parce qu'il n'a pas été vacciné au jour le jour, par la présence de sa mère, contre toutes ces petites épreuves de la vie. Il le fait à la Maison Verte parce qu'un des parents au moins est toujours là, et que nous lui amenons l'enfant qui crie sa détresse tout de suite. Mais dans les garderies, il reste avec cette expérience dans laquelle il s'est répandu sans retour *ad integrum*.

L'ÉTRANGER : Trauma.

LA PRATICIENNE : Trauma, oui. Et il ne dort pas la nuit et la mère dit : « Il ne veut pas retourner à la garderie » alors que, chez nous, au contraire, dès qu'il est rasséréné sur les genoux tutélaires, il retourne à l'agresseur parce qu'il a été réconcilié deux, trois fois dans l'après-midi — enfin, très rapidement. « Mais enfin, il est idiot (ou elle) ! Il y retourne, ça va recommencer ! » — Non, sûrement pas. Votre enfant sait très bien ce qu'il fait. Il sent que c'est une expérience qui n'est pas du tout définitive puisqu'il est tout de suite remis en état dans son intégrité antérieure quand il revient vers vous, et qu'à chaque expérience, il apprend quelque chose de l'autre.

En effet, très rapidement, on peut dire que, lorsque des enfants se sont élus justement pour s'agresser mutuellement et qu'il y en a un qui est vaincu par l'autre, au bout de trois ou quatre rencontres, ce sont des amis indélébiles dans la vie, et des alliés. C'est très drôle.

Mais, avec des enfants au jardin public, c'est impossible parce que la mère de l'agressé se fâche avec celle de l'agresseur et puis toutes les mères ramassent leurs enfants et s'en vont quand elles voient arriver celui qui fait tomber les autres. Elles ont tout à fait tort. Nous entendons parfois la mère mettre en garde son enfant : « Écoute, il est méchant ce garçon » ou : « Elle est méchante cette fille. N'y retourne pas ! » L'enfant répond : « Pas méchant, pas méchant. Gentil. Fait tomber. » Il est gentil, il fait tomber mais ce n'est pas du méchant. C'est comme ça. (Et après tout, nous deux, on s'amuse comme ça.) En fait c'est comme une paire de clowns. Alors que, s'il restait sur l'expérience de la première chute qui le met dans un état de déréliction, il dirait comme la mère : « Il est méchant. »

C'est une des choses les plus intéressantes, les rencontres des mères : celles qui ont un enfant mordeur, un enfant arracheur de cheveux, un enfant renverseur des autres.

L'ÉTRANGER : Des arracheurs de cheveux !

LA PRATICIENNE : Ah oui ! les arracheurs de cheveux, il y en a. Et c'est chaque fois une explication à trouver, différente. Il faut observer comment ça se passe. Ce n'est pas du tout n'importe qui, ce ne sont pas les cheveux de tous. C'est toujours électif.

C'est un langage relationnel qui souvent est une

question muette qui n'a pas reçu réponse, et pour cause. Simplement, on ne comprend pas toujours.

J'ai vu trois histoires qui, d'avoir été parlées, ont été terminées d'une seconde à l'autre. Donc, ça avait sans doute bien le sens qu'on a pu déceler et exprimer en paroles, sans aucun blâme à la clef. Le dernier, le plus drôle, c'était une question muette concernant les poils pubiens. Cette question muette, je m'en suis aperçue parce que c'était un enfant très concentré, intelligent, qui restait longtemps sur un jouet. Il était installé avec son jouet (les jouets Fisher Price, jouets dits logiques, qui amusent beaucoup les enfants). Passait une petite tête près de lui, à droite ou à gauche. Il prenait — pas dans tous les cas ; c'est justement ça que j'ai observé — il prenait brusquement, en redressant la tête, les yeux dans le vague, comme une espèce de pose photographique, brusquement et, en un dixième de seconde, avec sa main droite ou gauche, il arrachait les cheveux de cette tête, dont le petit propriétaire tombait par terre en hurlant. Alors, il restait un moment comme ça, décentré de son jeu, figé, avec l'expression de celui qui ne comprend rien.

C'était la raison pour laquelle il venait à la Maison Verte. La mère ne pouvait plus aller dans les jardins publics à cause de cette manie irrépressible. J'ai donc observé une bonne demi-heure cet enfant, à distance, puis j'ai dit à la mère : « Venez auprès de moi. Vous allez voir, j'ai observé quelque chose de très particulier. Votre enfant ne tire les cheveux que des enfants qui ont les cheveux blonds et ondulés, un peu plus serrés que les siens. » Il avait les cheveux ondulés à peu près de la même couleur que ceux de sa mère, blond cendré. J'ai dit : « Comment est le père ? — Il est blond. Nous sommes de la même couleur de cheveux. D'ailleurs on nous avait même dit que notre enfant pourrait être roux parce que, paraît-il, deux blonds peuvent avoir des enfants roux. Par bonheur, dit-il, il n'est pas roux. » Bon. On parlait donc de ça. J'ai dit : « Regardez. Un petit Noir approche avec sa tête aux cheveux noirs frisés. Il ne va pas y faire attention. » En effet, il a continué son jeu. De même un enfant à cheveux plats bruns est passé : il ne lui a pas tiré les cheveux du tout. Un enfant s'est approché qui avait les cheveux blonds ondulés. J'ai dit : « Attention ! Vous allez voir celui-là. » En effet, pose photographique et geste rapide de la main accrochant les cheveux de l'autre, et la suite. Alors, je dis à la mère : « Vous voyez, il ne cherche pas du tout à tirer les cheveux. Vous avez vu comme il semble y être obligé, ça le dérange de son jeu, et il semble ahuri que ça crie. »

L'ÉTRANGER : Comme un automate.

LA PRATICIENNE : Oui, comme si tout d'un coup il était devant une question. Il y a comme une question qui se pose à lui. Laquelle ? Et il cherche la réponse. Alors, je lui dis : « Est-ce que vous vous promenez nue devant lui ? »

Elle dit : « Oui, pourquoi ? Il ne faut pas le faire ? » Je dis : « Non, ce n'est pas ça. — On a même fait du nudisme. Cet été, on est allés dans un camp de nudistes. Vous ne trouvez pas ça bien ? » Je dis : « Si, c'est très bien, mais est-ce que vous lui avez expliqué que les adultes ont des poils et que, lui, il n'en a pas sous les aisselles et au pubis ? Et il ne vous a jamais touché vos poils pubiens ? » (puisqu'il arrivait, près de ses trois ans, à la hauteur du pubis des adultes). « Ah non ! jamais ! — Ça lui pose sûrement question. Il doit se demander : “Qu’est-ce que c’est que ces deux têtes ?” puisqu’ils ont des cheveux là. » Il se pose la question de ces cheveux à la place du sexe. Les adultes ont deux têtes : une là, une là. Alors, je lui dis : « Écoutez, il est là-bas en train de jouer. Moi, je ne vais pas m’en mêler mais, ce soir, ce serait bien que son père lui explique que les poils pubiens, ce n’est pas des cheveux, qu’il ne faut pas les tirer et qu’il aura lui aussi des poils là quand il sera grand. J’ai l’impression que votre enfant cherche une réponse à une question muette ou qu’il ne sait pas poser, une question que ne lui posent que les cheveux blonds ondulés serrés, comme les poils pubiens de son père et de sa mère, de la même couleur que les vôtres et que les siens. »

Alors, ce qui a été drôle, c’est que le père a dit : « Elle est comme ça » (l’index sur la tempe) « ta dame ! » Et puis, il a dit : « Qu’est-ce qu’on risque après tout ? Il est tellement un problème avec ses tirages de cheveux. » Alors, il lui a dit ce qu’il avait à lui dire — je ne sais pas ce qu’il lui a dit exactement. Le lendemain, la mère est allée dans une grande surface et l’enfant a encore tiré les cheveux à un autre qui passait à la portée de sa main. « J’ai pensé, m’a dit la mère, que l’explication du père n’avait servi à rien. Ce n’était donc pas ça. » C’était un mardi. Mais le mercredi, elle revient à la Maison Verte. Probablement que l’enfant avait dû entendre sa mère parler à son père et comprendre que « ta dame » se référait à ce lieu. Moi, je n’avais pas parlé à l’enfant. Je n’avais parlé qu’à la mère. J’avais observé longuement pour essayer de comprendre. Ce mercredi donc, en arrivant à la Maison Verte, il a abordé la personne d’accueil de ce jour-là (personnes différentes chaque jour de semaine) quand il est arrivé, tout de suite. Il n'avait pas parlé avec sa mère depuis que son père lui avait parlé le soir du lundi. « Tu sais, mon papa, il m'a dit que les cheveux c'est pas des poils, les poils c'est pas des cheveux. — Ah oui ! lui dit Une Telle. Ton papa a raison. » Sûrement savait-elle qu'il était un arracheur de cheveux. Elle ne savait pas du tout ce qui s'était dit le lundi. « Ah bon. Très bien. Tu as tout à fait raison. Ton papa a raison. » Et puis, il est resté près de la porte et, à toutes les mamans qui arrivaient : « Mon papa, il m'a dit : "Les cheveux c'est pas des poils, les poils c'est pas des cheveux." — Ah ! eh bien, il a raison, ton père. » Et ça a été fini, définitivement terminé.

Celui-là, c'était une question qui demandait une explication, sans doute depuis les nudistes, à l'occasion de quoi les parents (modernes) avaient donné toutes les réponses concernant les questions sur la différence sexuelle, mais aucune concernant les poils et les cheveux.

À chaque fois, il y a quelque chose de différent.

Un autre arracheur de cheveux, terreur du jardin public et des garderies, c'était tout à fait autre chose. C'était un enfant dont la mère ne pouvait pas passer à côté d'un crâne, qu'il ait des cheveux ou qu'il n'en ait pas, sans faire, comme aller et retour, une caresse.

L'ÉTRANGER : Sa mère ?

LA PRATICIENNE : Oui, la mère de cet enfant avait aussi très souvent ses mains dans les cheveux de son enfant. Elle passait ainsi ses doigts dans la chevelure de son enfant et des autres.

Un jour qu'elle parlait de ce problème de son fils arracheur de cheveux, je lui ai dit, à elle :

« Mais vous vous rendez compte que vous ne pouvez pas voir un bébé sans mettre la main dans ses cheveux ? » Elle a dit : « Oh ! ce n'est pas possible ! »

Et toutes les mamans alors de lui dire : « Mais oui, c'est comme ça que tu fais. Regarde. Même celui qui n'a pas un cheveu sur le caillou, tu lui fais tout le temps comme ça sur son crâne. — Ah oui, c'est vrai, je ne m'en rendais pas compte. »

Elle-même est une femme aux cheveux admirables, ondulés, bouclés, longs, de couleur naturelle roux foncé, retombant sur ses épaules. Vraiment, une publicité pour shampooing. « Mais vous-même, vous avez de si beaux cheveux aussi. » Alors, elle répond : « Ah ! vous savez, la joie de mon père c'était de passer ses mains dans mes cheveux quand j'étais petite. J'ai perdu mon père à huit ans. » C'était une Allemande, qui avait perdu son père alors officier d'occupation allemande en France. Elle a épousé un Français parce que son père leur écrivait qu'il adorait la France et les Français. Son fils aussi avait, comme elle, de très beaux cheveux. Alors, après que je lui ai parlé de la beauté de ses cheveux, mise en confiance d'avoir parlé de son père, de son mari, elle m'a dit : « Mais, vous savez, dans la rue, je m'amuse parce que les femmes disent : "Tu sais, c'est sûrement une perruque", je me retourne et je leur dis : "Si, madame, ce sont mes vrais cheveux." » Elle était touchante, avec son accent allemand et sa fierté de fille à son père !

Je lui dis : « Eh bien, voilà. Il tire les cheveux parce qu'il croit que c'est comme ça qu'on fait connaissance. Comme il ne parle pas encore » (il avait vingt-sept, vingt-huit mois avec sa difficulté des deux langues, allemand et français) « c'est sa manière de prendre connaissance, comme vous, vous faites ça aussi avec les petits pour faire connaissance, gentiment. Alors, expliquez-lui tout ce que vous m'avez dit, surtout son grand-père maternel.» Elle lui a expliqué, en allemand, devant moi. Il écoutait, très concentré. Puis son père a repris les dires de sa mère. En moins d'une semaine, il ne tirait plus les cheveux.

Il y a eu deux choses pour cet enfant-là. Ça et le fait qu'il ne disait pas un mot et jouait toujours tout seul. Sans être autiste, parce qu'il était en grands échanges gestuels avec sa mère qui, elle, lui parlait allemand. Son père lui parlait français. Elle était ennuyée qu'il ne se mette pas à parler. Il comprenait très bien, naturellement, l'allemand et le français.

Un jour qu'il jouait tout seul, toujours, l'un de nous, Bernard, s'est approché et lui a dit : «Das ist rot.» (Ça, c'est rouge. Il tenait un cube rouge.) Il a regardé Bernard comme s'il avait commis un crime de lèse-majesté et s'est précipité presque en pleurant, la tête dans la jupe de sa mère, parce que le monsieur avait parlé en allemand. Sa mère, en allemand, lui dit : «Mais qu'est-ce qui t'est donc arrivé ?» Bernard, qui suivait l'enfant, lui répond en français (qu'elle parlait très bien) : «Mais oui, je lui ai dit que le cube qu'il tenait était rouge. Je le lui ai dit en allemand.» Alors, elle : «Mais oui, il a raison, Bernard. Das ist rot. En français, "rot" c'est "rouge".» Bernard alors a montré un autre cube et lui a dit : «Bleu.» La mère prenait part à la conversation. Donc, elle permettait qu'il parle les deux langues avec des personnes des deux sexes. Il écoutait. Elle dit : «Mais son père ne parle jamais, jamais allemand, et moi, je lui parle toujours, toujours allemand. » Bernard a dit : « Mais oui ton père peut et sait parler allemand et ta mère peut et sait parler français. Ton grand-père maternel, le père de ta mère, qui a été tué à la guerre, parlait français et allemand. C'est permis de parler les deux langues. » Les jours qui ont suivi, il allait présenter les objets aux gens pour que les gens les nomment, mais les gens les nommaient en français ; ils ne savaient pas qu'il aurait voulu qu'on les lui nomme dans les deux langues. Bernard a dit à la mère : « Dites-lui les mots allemands et français, et dites à son père s'il peut aussi parfois lui dire des mots en allemand, avec l'accent français, puisqu'il ne parle pas aussi bien l'allemand que vous le français. Expliquez cela à votre fils. » Et en huit-dix jours, l'enfant s'est mis d'abord à jouer avec d'autres enfants plus jeunes que lui et sans plus tirer les cheveux. C'était déjà mieux que d'être tout seul. Il avait le droit de jouer « en français », et ça ne le séparait pas de la mère, qui jouait avec lui en allemand. En même temps, l'histoire des cheveux avait été élucidée par la mère. Comme il ne tirait plus les cheveux, on ne le fuyait plus. Jusque-là, cet enfant qui était fort, qui était beau, était aussi la terreur des mères au jardin public. Sa mère en avait souffert. Et il était devenu isolé avec elle. Il y a des enfants qui tirent les cheveux, qui mordent les autres, mais qui aiment aussi jouer avec les autres. Leur impulsivité agressante n'est pas constante, quoique bien gênante.

L'ÉTRANGER : Mais, là, pour revenir à cette histoire des deux langues, comment expliques-tu son attirance vers la solitude dans le jeu ?

LA PRATICIENNE : Eh bien, parce qu'il jouait avec sa mère. Il était enfant unique encore. Il jouait avec des mots allemands que prononçait sa mère. Quand il jouait avec des Français, il avait déjà en tête quelques mots français, mais il ne le parlait pas encore car il ne jouait pas avec son père, il jouait avec sa mère. Son père ne s'en occupait pas... enfin, il était ingénieur et, comme disait la mère : « Le soir, quand il rentre, mon fils est couché et, quand il part le matin, le petit est encore couché. » Il ne voyait donc pas beaucoup le père et, quand il le voyait, les jours de congés, ce n'était que des échanges de couple d'homme et femme, entre son père et sa mère, mais guère d'échanges du père avec son fils !

Que Bernard lui ait parlé, ça avait vraiment eu l'air d'un événement ! Comme si c'était un crime ! Ça a choqué l'enfant comme s'il l'avait piqué au point vif. Il est allé se réfugier dans le giron de sa mère, comme s'il lui disait : « Il a osé me parler en me disant des mots d'allemand ! » Un monsieur qui a osé dire des mots d'allemand ! À moi, ton fils à toi ! On n'imagine pas à quel point tout ça est précis.

Les histoires de cheveux veulent toujours dire quelque chose ; ce n'est pas toujours une agression dans le but d'agresser ; c'est une agression dans le but de chercher à résoudre une question ou d'exprimer un désir aimant, un intérêt.

L'ÉTRANGER : Celui qui agresse, qui provoque la chute de l'autre, tu as donné deux exemples. Mais qu'est-ce qui se passe avec celui qui est agressé ?

Un enfant qui marche, qui se déplace et va vers les autres s'il a l'occasion d'en rencontrer, n'est plus seulement avec sa mère. En rencontrant d'autres enfants, il rencontre l'agression, il tombe. Comment ressent-il les choses ? Je suppose que vous ne vous occupez pas seulement de celui qui a agressé...

LA PRATICIENNE : Naturellement. Celui qui est tombé, il est dans l'état de déréliction, de la perte de ses repères, peut-être même de son être. Il n'y a pas eu de médiation entre le moment où il était debout et le moment où il est tombé, puisqu'il n'a rien fait qui le fasse tomber, il a été renversé (ou mordu, ou on lui a tiré les cheveux).

Ce n'est pas du tout la même chose quand un enfant court, se prend le pied et tombe. Il sait très bien qu'il l'a provoqué par une maladresse. Ça ne le détruit pas du tout, comme il est détruit quand c'est un autre qui l'a mis dans cet état. C'est à ce moment-là qu'il est incapable de se relever, même si dans d'autres circonstances il le pourrait : justement quand il est lui-même tombé tout seul. Parce que c'est à cause d'un autre, il en est incapable et il faut que quelqu'un le ramasse et le conduise à sa mère ; une autre personne arriverait peu à peu à le rasséréner mais beaucoup plus lentement que sa mère. Il se restitue immédiatement, comme par miracle, lorsqu'il est sur les genoux de la mère qui le console, essuie ses larmes, le nide, le palpe un petit peu. Il se met dans son giron trente secondes et ça y est : il est de nouveau complètement tout prêt et repart vers cet agresseur. Visiblement il veut rencontrer à nouveau celui (ou celle) par qui il a eu cette épreuve, ce qui prouve que d'avoir été remis lui a fait comprendre ce qui s'est passé comme une expérience presque érotisante, je crois.

Quand quelque chose de nouveau l'intéresse, il veut avoir l'explication de ce qui est arrivé et semble l'avoir surpris à tel point qu'il n'a pas fait le rapprochement entre avant et après. Alors, il y retourne et, très souvent, ça recommence. De nouveau, il est répandu par terre; de nouveau, il est remis. Et la maman lui pose la question : « Mais pourquoi tu y retournes puisque tu sais bien que, si tu vas vers Un Tel ou Une Telle, il va te remettre par terre ? » On dirait que ce qu'on lui dit là n'a pas d'intérêt. C'est un petit peu comme s'il retournait à une drogue. Il y a là quelque chose... d'attirant, de fascinant. « Ça ne m'a pas détruit puisque je suis de nouveau... et je voudrais voir, en me remettant à cet endroit-là, ce qui va se passer. » Il arrive très souvent que l'autre en ait marre ; il n'a plus du tout envie d'attaquer ce petit qui vient le provoquer par sa seule présence. Alors, le petit attend un moment. Voyant que rien n'arrive, il continue son petit train-train, cherchant échange, bonne ou mauvaise fortune ailleurs.

Je parle d'enfants très jeunes qui sont château branlant à la marche, mais qui se tiennent debout et pour qui c'est important d'avancer.

Il se passe un autre événement quand c'est arrivé tout à fait par inadvertance de l'agresseur.

Par exemple, il y a des enfants qui aiment courir d'un bout à l'autre, comme on voit des abeilles qui filent comme ça, et, s'il se trouve une petite chaise d'enfant, ils la renversent en courant. Ils ne font pas du tout attention. Ce qu'ils veulent, c'est courir. Et puis, ils renversent ce qu'il y a sur le chemin.

L'ÉTRANGER : Couvrir l'espace ?

LA PRATICIENNE : Couvrir l'espace avec une sorte de joie de vitesse motrice. Ce sont des enfants de deux ans et demi qui savent courir et qui sont heureux de faire ça. Cette course peut renverser une chaise, puis une autre chaise. Des petites choses mobiles, ils n'y font aucune attention. Même s'il y a un bébé sur le chemin, ils ne l'évitent pas. Leur course est en ligne droite, en ligne directe : ça le renverse, l'imprudent petit piéton.

Ce qui est intéressant, c'est que, si on se trouve là et qu'on leur explique : « Tu vois ? Un Tel, il court vite. C'est un grand et il n'a pas fait exprès. Il fait tout tomber et puis tu étais là. Alors, si tu le vois qui commence à partir, recule. »

Reculer est impensable pour un enfant qui commence à marcher. Et cependant, quand on le lui explique, il y arrive, pas tout de suite, mais il y arrive beaucoup plus vite qu'un enfant qui ne risque rien.

L'ÉTRANGER : Pourquoi ?

LA PRATICIENNE : Je ne sais pas. C'est un fait qu'un enfant avance et qu'il met longtemps avant de savoir reculer.

J'ai connu une petite qui était une exception. Elle commençait à se tenir debout, mais elle ne savait pas avancer ; elle ne faisait que reculer. Ça, c'est un cas particulier, mais c'est rare. Quatre-vingt-dix-neuf enfants sur cent avancent. Et puis, quand ils veulent reculer, ils s'assoient par terre. Ils vont à quatre pattes dans le sens inverse, mais ils ne savent pas, debout, reculer, avant longtemps.

Or, quand ils sont informés avec une parole qui leur explique ce que c'est que reculer, parce qu'il y a effectivement un danger, que ce danger ne les vise pas en tant que sujet, mais en tant que leur personne est un objet dans l'espace d'expansion d'un autre, là alors, ils comprennent et découvrent comment reculer. Du fait qu'ils observent quelqu'un, ils arrivent à reculer pour ne pas être dans l'axe de la motricité de celui qui s'est lancé, qu'ils ont vu de loin se lancer et qui va arriver dans le champ de leur présence. Ça prouve qu'à ce moment-là ils ont déjà la notion, par la vue, que c'est le même être qui est loin et qui va approcher.

Quand je lisais Kaspar Hauser[28], je me suis dit : mais à quel âge l'enfant est-il capable de voir que quelqu'un qui part et qui est loin, qui est donc plus petit puisqu'il est loin, va approcher et qu'il s'agit de la même personne ?

Je suis en admiration de voir qu'un enfant apprend à reculer pour se protéger de quelque chose le visant qui n'était pas volontaire, comme s'il voulait ne pas être confondu avec une chose. La chaise va être renversée et, lui, le fait qu'on lui dise qu'il peut reculer et qu'il ne sera donc pas dans le champ de la course de l'autre, on dirait que ça le promotionne et qu'il est capable, à ce moment-là, de reculer quand on lui montre ce que c'est que reculer. On se met à côté de lui et on lui montre avec nos pieds ce que reculer veut dire, les pieds se déplaçant en arrière. Alors, il y arrive, il recule comme ça et il est content. Il vous regarde. Il a triomphé, en sachant laisser la place. Ce qui prouve qu'il ne cherche pas à se faire agresser. Mais, si ça lui arrive, alors, il ne se comprend plus. Il n'est pas capable de lui-même de se remettre debout. Il faut que ce soit la mère, connue de lui, qui lui délivre à nouveau son intégrité.

L'ÉTRANGER : Jusque-là, on a vu comment l'enfant d'abord arrive à maîtriser un peu le monde extérieur, en le « mamaïsant ». Sauf, évidemment, s'il a une mère qui le martyrise — ça c'est différent. Mais il ne rencontre pas l'agression. Il y a des petites choses seulement, des manquements à sa sécurité, mais pas d'agression. Maintenant, il commence à rencontrer la communauté et ses risques.

LA PRATICIENNE : Oui, et dans la communauté, c'est toujours par l'agression qu'il y a rencontre. Il y a des forts et des faibles, pot de terre et pot de fer. C'est fatal. Jamais, *a priori*, l'enfant pot de terre ne prend l'enfant pot de fer pour du méchant, jamais, jamais. Il n'a pas de jugement. C'est désagréable. C'est, après coup, une expérience quand il s'en est remis. C'est la même chose pour l'enfant pot de fer d'ailleurs, si un adulte ne s'en mêle pas avec un jugement moral. La mère dit : « Regarde comme il est méchant. N'y va pas. » Et là, vraiment, il ne comprend pas quand on lui dit ça.

L'ÉTRANGER : Ils sont sur des longueurs d'ondes complètement différentes, les enfants et les adultes, devant les épreuves qui leur arrivent, celle d'être victimé ou celle d'être le victimant. L'agresseur est stupéfait de sa force, parfois embarrassé d'elle, comme l'agressé est emprunté dans sa faiblesse.

LA PRATICIENNE : Oui, tout à fait. Il ne peut pas projeter une agressivité nuisante. Il ne la projette pas. Elle n'est pas en lui. Il a toujours une agressivité conquérante, mais pas avec esprit de nuisance à l'autre. L'agresseur exprime une force qui émane de lui, tout heureux s'il rencontre un autre de force à peu près égale. Le jeu continue jusqu'à ce qu'un des deux flanche, déçu, déprimé, fuyant ou aplati sur place.

L'ÉTRANGER : L'agresseur comme l'agressé considèrent cette expérience comme une expérience positive puisqu'ils y retournent à l'occasion.

LA PRATICIENNE : Oui, comme toute expérience. Toute expérience est positive s'il y a eu une restitution *ad integrum* de l'image du corps qui fait que l'enfant se dit : « Mais qu'est-ce qui m'est donc arrivé ? J'y retourne pour voir. »

L'ÉTRANGER : Donc, un dépassement de la limite. La limite c'est la chute...

LA PRATICIENNE : La limite, dans ce genre de compétition, c'est la chute. Le dépassement a été réparé. Alors, on y retourne !

L'ÉTRANGER : Alors, forcément, les mères empêchent leurs enfants de prendre trop de risques.

LA PRATICIENNE : Elles n'ont pas tort, si c'est « trop ». Mais sans aucun risque encouru dans la rencontre d'autrui il n'y a pas d'apprentissage de la société. Elles nuisent alors à la sociabilité future. La sociabilité en devenir nécessite ce genre d'expérience qui, lorsqu'elle se répète avec le même enfant, prouve que ces deux enfants ont des affinités l'un pour l'autre. Et des affinités, ça veut dire positives toujours au bout de quelques rencontres.

L'ÉTRANGER : On arrive à voir comment se constitue la solitude en tant que mal.

LA PRATICIENNE : La solitude trop longue devient souffrance.

L'ÉTRANGER : On peut supposer qu'à partir de cette expérience, de l'agressivité de l'autre, de reconstitution de son image du corps, de retour à l'agresseur, de dépassement de la limite, si elle ne se fait pas, on peut supposer que, plus tard, ça laissera des traces. L'enfant sera prédisposé à une mauvaise solitude.

LA PRATICIENNE : Oui, c'est vrai, il y a deux sortes de mauvaise solitude. Il y a la mauvaise solitude dépressive, et puis, il y a un second temps qui est la mauvaise solitude *a priori* agressive par sentiment de persécution. Quel que soit l'autre, il est supposé nous rejeter, alors que dans la solitude dépressive c'est soi-même qui ne s'y retrouve pas et qui demande à quelqu'un d'autre : « Dis-moi quelque chose pour que je puisse exister. » Une solitude en demande et une solitude en refus de contact.

L'ÉTRANGER : La solitude dépressive, à ce stade-là, ce serait l'impossibilité de reconstituer son image du corps.

LA PRATICIENNE : Oui, c'est cela.

L'ÉTRANGER : Et là, ça peut être la faute de la mère ou la faute de la pouponnière...

LA PRATICIENNE : Faute, je ne dirais pas cela. C'est le fait d'un événement qui, du fait de l'époque vécue, est articulé à la relation d'enfant-sa mère et où il n'y a pas la possibilité de réfection[29].

L'ÉTRANGER : Et ce serait la solitude dépressive. Et l'autre donc ?

LA PRATICIENNE : L'autre, c'est la solitude réactionnelle défensive d'une éventuelle dépression, par agression passive, pour ainsi dire, par fermeture prudentielle à toute relation supposée douloureuse, un état comme de bouderie bourrue visant à décourager tout autre de vous atteindre.

L'ÉTRANGER : « Dans la chute, la médiation est nécessaire. La mère ne doit pas répondre par l'angoisse à l'angoisse. »

C'est là que peut se créer l'ouverture systématique à l'angoisse, à l'occasion de toute épreuve, une angoisse qui, si elle se laissait deviner, provoquerait encore plus de tension en résonance à celle d'autrui, elle-même venue de la compassion angoissée de la personne tutélaire.

LA PRATICIENNE : Comme un noyau de l'amour de la vie, de la complicité avec un autre être. C'est dans l'angoisse parfois que certains la trouvent.

Donc, c'est dans la dépression en soi que l'on trouve la valeur de la communication et de l'amour de l'autre qui se manifeste ainsi !

Si l'autre personne se précipite dans l'abîme, elle aussi, alors il n'y a pas d'autre recours que la non-vie.

«Moi – Ma mère, je vous dis bonjour !»

L'ÉTRANGER : «Il faut des paroles rassurantes de la mère au moment des expériences nouvelles difficiles, risquées, mais que l'enfant désire tenter.»

«Alors, il devient sujet», c'est-à-dire il se sent, lui, avec son désir, en sécurité. «Il peut aller vers sa périphérie tenter de se dépasser vers le but qu'il brigue et revenir vers son centre, fatigué d'avoir réussi (en ayant eu peur) ou ayant échoué et un peu déconfit mais non humilié.»

LA PRATICIENNE : C'est ce que je disais en affirmant que le noyau du narcissisme constitue le centre de l'image inconsciente du corps, qui répond à ce que j'ai appelé la «sécurité de base[30]». Ensuite, il y a l'image de fonctionnement[31] constituée d'une représentation inconsciente de palpes au service d'une masse bipolaire, céphalique et caudale. Et puis, à la périphérie, sont les zones érogènes.

L'ÉTRANGER : «Les zones érogènes, ce sont des zones de communication devenant langage répétitif pour les échanges de besoin et langage très varié, par référence aux satisfactions ou à l'absence de satisfaction, des désirs de communication.»

LA PRATICIENNE : Communication et arrêt de communication ont fait que ces zones limitées du corps de fonctionnement sont devenues érogènes. L'être humain peut retourner à ce fonctionnement comme par le passé, ou inventer un mode nouveau d'appel à la communication pour le plaisir, en espérant que l'autre aussi réponde et en éprouve le même plaisir. C'est la communication à plaisir pour soi toujours et, parfois, accordé au plaisir de l'autre.

C'est cela qui peut se passer quand un enfant est très intensément grondé de son agression sur un autre. Ça peut devenir érotisé pour lui de nuire à un autre. Puisque les grandes personnes en font cas, c'est que c'est très important. Alors, si on n'agresse pas un enfant agresseur et qu'on cherche à comprendre ce qu'il veut dire par ce comportement, à en décoder le sens supposé, le lui proposer en paroles non blâmantes, alors, ce n'est plus érotisé/érotisable. Il s'agit d'un sens traduisant de sa part un désir, donc un manque à combler. Lequel ?

Sinon, l'enfant agresseur que l'on gronde, l'enfant qui mord et que l'on mord pour lui montrer que ça fait mal, devient de plus en plus agresseur, puisque l'adulte valorise l'agression en en faisant encore plus que lui car l'adulte est un modèle de moi-idéal et de Ça idéalisé.

On ne peut décharger l'agresseur de ses tensions visant de plus en plus une érotisation de l'agression qu'en ne faisant pas cas de son agression, mais en cherchant à en décoder le sens pour son narcissisme : « Qu'est-ce que tu veux me dire ou dire à cet autre ? », en donnant le sens.

L'ÉTRANGER : L'agression, c'est une manière de

questionner, de signaliser l'intérêt pour une différence incompréhensible, un fait insolite, de susciter l'autre à expliquer la raison de sa présence.

LA PRATICIENNE : C'est une question mimée.

Si l'enfant se sent blâmé d'un comportement d'appel au savoir, il éprouve un sentiment de culpabilité qui éveille l'érotisation de ce qui le questionne.

C'est une érotisation, une fixation à une zone indépassable qui en devient érogène alors que c'était du psychisme questionnant. C'était, au fond, des pulsions, comme on dit, épistémophiliques.

L'ÉTRANGER : Le désir de connaissance.

LA PRATICIENNE : Oui, de co-naissance.

L'ÉTRANGER : Et finalement, donc, là, il s'exercerait une espèce de perversion de la zone érogène en tant que moyen de communication et une mise en valeur secondaire, du fait des réactions sociales et personnelles des enfants, de l'agressivité en tant que telle.

Ce mouvement pendulaire de la périphérie vers le centre et le contraire, c'est l'établissement d'une dynamique ?

LA PRATICIENNE : Oui, de communication.

L'ÉTRANGER : Qui lui permet à la fois d'être lui-même, de se recentrer et de se retrouver en sécurité et d'être en rapport non bloqué, non répétitif avec autrui.

LA PRATICIENNE : Il y a une belle image dans la nature, c'est l'escargot, ce que j'appelle « s'escargoter », c'est retourner à son centre, se protéger ou bien se mettre en sécurité ; au contraire, l'escargot en sécurité a tous les sens ouverts à la communication, quand il ressort de sa coquille, parce qu'il y a longtemps qu'il n'a pas été agressé.

C'est un peu ça dans la libido d'un enfant et dans son image du corps qui reprend sa pleine stature. Chez les végétaux, c'est l'image de la sensitive. Chez les animaux, comme chez l'enfant, c'est l'escargot qui est une image excellente.

L'ÉTRANGER : Je pense à ce que disait Feuerbach à propos de Kaspar Hauser[32] — qui t'a paru faux d'ailleurs : « Il sort de l'huître. »

LA PRATICIENNE : Oui. Ça m'a paru faux. Un petit peu. C'est un peu l'escargot tout de même, mais l'huître n'a pas de pseudopodes. Elle ne peut que se fermer ou s'ouvrir. Il n'y a pas d'image du corps ni de zone érogène au bout de pseudopodes comme chez l'escargot, et les mains chez l'être humain.

L'ÉTRANGER : Mais revenons au cas de l'enfant. Dans la mesure où cette construction se passe bien, l'enfant se trouve dans un monde qui est à la fois fermé et ouvert, c'est-à-dire qu'il n'y a pas de coupure entre le fermé et l'ouvert, entre l'intérieur et l'extérieur. Ça se passe dans un mouvement continu du désir qui peut se dire, même se mimer, mais non toujours s'exprimer aux dépens d'autrui.

LA PRATICIENNE : Dans un mouvement qu'il découvre après césure du cordon ombilical, le mouvement respiratoire, un mouvement entretenu, autonome, qui lui permet de continuer à vivre physiquement, même en l'absence de sa mère, il y a quelques minutes encore indispensable à sa survie par l'irrigation sanguine, ses poumons à elle assurant l'oxygénation.

L'ÉTRANGER : « L'enfant est parti. La mère peut mourir. » Est-ce toujours en rapport avec la périphérie et le centre ?

LA PRATICIENNE : Oui. Quand il a au maximum l'expérience du retour de sa périphérie et qu'il y rencontre des gens, c'est comme s'il avait introjecté la mère, et la mère, dans sa réalité, peut disparaître. Elle est structurée à l'intérieur de lui-même. C'est ce qu'on appelle introjecter. Il est « moi-ma maman, je suis en sécurité. Moi-maman-toujours là ».

Un peu plus tard quand le père a besoin d'être là, si la mère dit des choses positives de lui, l'enfant intègre le père en lui à travers les dires de la mère le concernant.

D'où le danger quand une mère parle méchamment de son mari devant l'enfant, ou à lui. Elle lui fait introjecter le danger d'être masculin et c'est ça qui peut en faire ou un homosexuel ou un haineux, un méchant, puisque c'est le méchant qui a été fécond et qui lui a permis de vivre à lui, son fils. Plus on va être méchant, agressif, méprisant vis-à-vis des autres, comme la mère dit, par exemple, que le père était devenu après l'avoir épousée et fécondée de ce fils, plus on est beau mec — il est beau mec fécond puisqu'il l'a fait, il a donné une gestation à cette femme qui voulait être mère, — plus on est un modèle de valeur-vie.

Donc, c'est quelque chose d'assez pervertissant pour l'enfant. Ça pervertit ses pulsions actives. Et comme un garçon se manifeste, dans la relation de corps à corps génital par les pulsions actives, ça pervertit, ça hystérise, pour le spectacle, sa fausse virilité pugnace, comme si c'était le pugnatif qui faisait qu'un homme pouvait devenir père, donc valeureux.

L'ÉTRANGER : Pour revenir à notre histoire de la mère, c'est à ce moment-là, donc, quand il a acquis cette dynamique de centre-périphérie, qu'il est en sécurité, qu'il commence à pouvoir être « seul ».

LA PRATICIENNE : Il commence à n'être jamais seul, même quand il est seul. Le monde a sens pour lui.

L'ÉTRANGER : Mais justement, c'est là qu'il se donne la possibilité de ne pas dépendre du giron de la mère.

LA PRATICIENNE : Il n'est plus dépendant de telle ou telle personne. Il a besoin de la société, mais il a une foi en lui-même.

L'ÉTRANGER : Ça me fait penser à la différence qu'il y a entre les enfants qui grandissent dans les villes et à la campagne. Au Brésil, par exemple, les enfants sont tout simplement des humains responsables d'eux-mêmes sans aucun recours à une mère ou un père.

LA PRATICIENNE : Dans la campagne, c'est moins typique que dans les grandes villes parce que tout le monde connaît tout le monde.

L'ÉTRANGER : On voit que ce sont des adultes presque à l'âge de six ans. Ils comprennent tout. Le fait d'être pratiquement, non pas jetés à la rue, mais d'être en contact tout de suite avec ce monde visible et varié, ça les fait se structurer beaucoup plus rapidement.

LA PRATICIENNE : Pour ceux qui survivent ! Mais il se fait une terrible sélection naturelle. Parce que là, au Brésil, les femmes nourrissent leurs bébés au sein jusqu'à seize, dix-huit mois, et à ce moment-là, elles les abandonnent définitivement. Ils n'ont plus de mère. Mais ils savent déjà ramasser des trucs pour manger. Alors, ou bien ils en meurent ou ceux qui restent vivants ont la mère en eux, la mère fusionnelle, la mère perfusante de lait, puisqu'elle les a fait assez solides pour résister et trouver leur survie dans n'importe quelle cochonnerie qu'ils réussissent à consommer. Mais il y a une grande casse.

Ceux qui passent, c'est la nature qui est devenue leur mère et, eux-mêmes, ils sont « moi-ma maman en moi ».

C'est ce qui fait que, au début, lorsqu'ils ont de dix-huit mois à quatre, cinq ans ils sont tellement en confiance avec tout le monde. Ils se sentent comme l'adulte, le garçon comme la fille. Ils sont : « Moi avec mon adulte mère, je vous dis bonjour. »

LE MAINATE : Dans le deuxième livre de Castaneda[33], Carlos raconte à don Juan l'expérience qu'il a faite dans une ville du Mexique. Au Mexique, il y a beaucoup de petits enfants qui sillonnent les rues, et c'est vrai qu'il sont très collants, surtout quand il y a un étranger, parce qu'ils voient tout de suite la gueule du con, le gringo.

Lui, Carlos, s'est mis à l'intérieur pour ne pas être dérangé par ces enfants. Il a vu leur manège sur la terrasse du café. Ils ont attendu un couple.

LA PRATICIENNE : Il fait comme moi quand j'observe le mordeur ou le tireur de cheveux. Je suis dans mon coin et j'observe.

LE MAINATE : Il a vu donc le couple qui avait mangé. Les enfants avaient ciré leurs chaussures, ils ont été payés. Ils ont attendu que les gens s'en aillent. Alors, ils se sont précipités et ils ont mangé tous les restes des assiettes, nettoyé complètement. Et le responsable de l'hôtel a fermé les yeux.

Au bout de quelques tours comme ça, Castaneda s'est dit : il y a sans doute un arrangement entre eux et le restaurateur. Et il disait à don Juan : « Ça m'a fait une très, très grande peine, ces enfants sont démunis de tout. Il faudrait que je les aide.» Don Juan a commencé à rire tout simplement et il lui a demandé : «Mais qu'est-ce qui te fait penser qu'ils sont démunis de tout ?» Ça rejoint ce que tu dis. «Mais ils n'ont pas à manger; ils mangent les restes», etc. Et don Juan : «Oui, mais n'importe quel enfant de ce groupe-là peut devenir un homme de connaissance et beaucoup plus vite que toi.» Carlos a été perturbé par cette chose.

L'ÉTRANGER : Pour don Juan, ces enfants avaient survécu à la sélection naturelle et, comme tu dis, ils retrouvent leur mère dans n'importe quoi, même dans les cochonneries qu'ils mangent...

LA PRATICIENNE : Oui... Mais c'est comme lorsqu'il disait à Carlos : «Tu n'es pas à ta place.» Carlos ne savait pas ce qu'il voulait dire et il s'est épuisé à chercher. Il allait se décourager complètement, quand il a trouvé qu'il était très bien assis à un certain endroit, et l'autre lui a dit tout le temps : «Cherche la place que tu dois trouver», alors qu'il aurait pu lui dire à quel endroit il devait aller. S'il le lui avait dit, il n'aurait pas fait cette recherche qui a valeur de sélection pour un apprenti en sorcellerie. Il a risqué la sélection naturelle, c'est-à-dire d'être contraint d'abandonner sa recherche.

LE MAINATE : Tout à fait! Là, Castaneda est un nourrisson par rapport à don Juan qui serait sa mère éducatrice.

LA PRATICIENNE : Oui. C'est un nourrisson.

Et il l'a sevré du conseil qu'il attendait. «Toi qui sais, dis-moi où. — Non, c'est à toi de le découvrir pour toi. Moi, je l'ai découvert pour moi. Découvre-le pour toi.»

Ça prouve aussi que c'est très maternel. Ça veut dire qu'il fait confiance à son élève. Il y a eu un moment où Castaneda s'est dit : « Oh ! je laisse tout tomber. Je retourne aux États-Unis. » Et puis, pas du tout ! L'autre a soutenu son désir. Il y avait eu peut-être d'autres étudiants qui avaient commencé comme ça et puis qui avaient abandonné.

L'ÉTRANGER : Il y a sans doute ce qu'on appelle le destin qui l'a soutenu. Une sorte de dynamique au-delà de la subjectivité, qui fait que l'autre, son maître, ne l'a pas abandonné alors que lui-même ne croyait plus à sa recherche, ne s'intéressait plus à un but trop difficile à atteindre.

LE MAINATE : Ça, c'était à propos de l'espoir. Ça montre à quel point, sortis de leurs vues ordinaires, les adultes sont aussi des enfants par rapport à des expériences d'un autre type.

Des leurres symboliques

L'être humain subit obligatoirement, du fait de la nature des choses, des séparations successives dont les premières sont mutantes dans son corps. La naissance, le sevrage du sein s'accompagnent — quelles que soient les modalités de sa vie fœtale et de son nourrissonnage, s'il reste viable par-delà ces ruptures — d'un mode de vie charnelle nouveau, expérience réussie de ces modifications fonctionnelles.

La croissance pondérale neurologique squeletto-musculaire, dont son corps est le théâtre, procure chaque jour des pouvoirs nouveaux à ses perceptions qui s'affinent et servent à la découverte de la motricité de ses mains, de ses pieds, à celle de ses moyens de communication et de ses sensations de plaisir-déplaisir. Les mains deviennent le lieu substitut de préhension, pour mettre à la bouche, car elles ont commencé leur fonctionnement adjointes à la bouche, pressant le sein. Tous les objets manipulables sont aux mains leurres de présence maternelle associée à son souvenir. Les objets rejetés par les mains sont associés aux excréments qui, pour la mère, sont valeur à recevoir-prendre. Les pieds, dans les sensations neurologiquement associées au plexus sacré, associés aux soins du siège et à l'expulsion des excréments et aux sensations viscérales et tactiles du bassin, deviennent, avec les membres inférieurs et la motricité qui s'y confirme, moyen de gesticulations et, dans la marche, symbolique de déambulation sur le sol, référé à la mère porteuse.

Toutes ses extrémités distales deviennent substituts de bouche et anus anoblis au service du prendre, manipuler, garder, maîtriser, rejeter. Son corps lui-même se fait métaphore de son fonctionnement digestif et son comportement vis-à-vis de tout ce qu'il aborde se fait à l'imitation observée du comportement de ses modèles vis-à-vis de ses objets extérieurs à lui ou de modalités de comportement des adultes à l'égard de lui-même et entre eux. Et tout est plaisir et déplaisir.

Descendu des bras de l'adulte, il mime la maternance nidante enveloppante et la paternance modèle ou corrective, vis-à-vis d'objets qui lui permettent de se représenter mimant l'autre vis-à-vis de lui, plus petit qu'eux dans sa masse, comme sont ses objets familiers, de les toucher ou de les tancer, de meubler sa solitude de ces leurres par lesquels il s'exprime en exerçant et développant le langage à l'envi de son entourage. Grâce à ces leurres symboliques il satisfait son désir de communiquer ses sentiments, de jouer à imiter ce qu'il observe des adultes. Il en est de même des objets miniaturisés, qui le rendent imaginairement maître de l'espace.

Sa solitude devient industrieuse et source de plaisirs combinatoires d'incorporations, de dissociations, d'assemblages de séquences d'objets, sur lesquels son imagination modifie l'espace qui l'entoure, à sa guise, pour le plaisir d'une création continuelle accompagnée de babillements et de paroles pour scander ses réussites, ses échecs et appeler le soutien devant l'impossible que la réalité oppose parfois à ses désirs déçus de ne pouvoir s'accomplir et appelant alors à l'aide l'adulte à ses yeux tout-puissant.

Où est le sujet ?

L'ÉTRANGER : « L'enfant est parti. La mère peut mourir. Sinon, perte de l'extérieur ou de l'intérieur de lui-même jusqu'à épuisement du symptôme de déréliction de lui-même. »

LA PRATICIENNE : Ça, ce sont les enfants qui tombent dans la psychose. La mère étant partie sans qu'ils l'aient introjectée, eux n'arrivant pas à survivre dans la relation psychique à d'autres adultes ou à d'autres enfants. On a beau les nourrir, ils n'arrivent pas à faire le lien de plaisir avec la maternante chargée de leurs soins. Ils attendent certainement des perceptions qui feraient que cette personne représenterait la mère : certaines perceptions connues et perdues, olfactives, motrices, cutanées, visuelles. Alors, on les voit faire des maladies d'organes ou de système d'organes, parce que ces organes ont été désertés par la mère. Comme il y a toujours des microbes sur ou dans un organisme, quand la vie ne fait pas ces pulsations d'entretien vraiment sthénique de courant sanguin, les microbes présents se mettent à proliférer. Ces enfants font des otites, des mastoïdites ; ils font une maladie du tube digestif dont ils meurent.

Mais, s'ils n'en meurent pas ou s'ils ne font pas ces maladies, c'est le psychisme qui est le plus atteint. Ils ne cherchent plus à prendre contact et c'est là l'autisme qui arrive, toujours après un temps de séparation d'avec la mère et surtout de séparation non parlée.

Évidemment, on dit : « Il y a peut-être certains enfants qui sont plus conditionnés par leur génétique que d'autres. » C'est possible. Mais il y a toujours eu une absence. C'est-à-dire qu'il ne s'est pas reconnu complet physiologiquement avec la mère soignante de substitution et, à son retour, n'a pas reconnu sa mère génitrice. Il y a eu une lacune en lui qui va, lors d'une autre épreuve, s'agrandir, une espèce de faille qui va devenir une rupture entre des parties de son image du corps et l'autre. Il ne va pas avoir son narcissisme de base et son narcissisme fonctionnel en prolongement l'un de l'autre[34], restitution, garants de sa sécurité fonctionnelle et de base. Il y a des cicatrices profondes. Plus que des cicatrices : il y a des failles, il y a des blessures.

L'ÉTRANGER : Il est un peu fractionné.

LA PRATICIENNE : Oui, il est fractionné.

L'ÉTRANGER : Et c'est dans ce fractionnement, justement, qu'apparaît ce que tu appelles « le symptôme de dérélection », mais on peut l'appeler, en termes plus courants, l'esseulement, la détresse.

LA PRATICIENNE : Déréliction, c'est la détresse de ne plus savoir qui on est, sa vie semble en morceaux qui n'ont pas de sens. L'enfant touche quelque chose, s'accroche à un geste, toujours le même, qui n'a plus de sens pour lui. Quand il a commencé ce geste — on appelle ça une compulsion, par exemple, il crache, ou bien il regarde de près ses doigts devant ses yeux en les remuant de la même façon et sans discontinuer — au début, ça a eu un sens. Lequel ? Il cherchait. Peut-être se posait-il une question sur la vision. Pourquoi ne voyait-il pas ? Ou bien qui allait lui dire que les doigts sont comme des feuilles que le vent bouge au bout des branches ? Est-il un arbre ? Les gens aussi, sont-ils des arbres qui se déplacent ? Qui sait quelle question n'a pas eu réponse et qu'il attend toujours ? Mais il ne sait même plus qu'il la pose. Il a conservé ce geste. C'est tout ce qui lui reste d'un jour où le sens l'a quitté de n'avoir pas été parlé. Il s'est alors posé question sur le monde extérieur. Il vit dans un état, apparemment, de non-contact au monde qui l'entoure. Il semble ne pas entendre ce qu'on lui dit, mais n'est pas sourd. Il ne se défend pas, il ne va vers rien. Il est devenu ce qu'on appelle un enfant psychotique. Ses parents pour vous le décrire n'ont pas d'autres mots que : « C'est une énigme vivante, autant dire un martien à la maison. » Ils ajoutent parfois : « À la campagne, loin de tout, il ne gênerait pas, mais en ville ! en appartement ! Et puis, il ne connaît pas le danger. »

Dans cet état de déréliction, où est le sujet ? C'est que je me demande. Où est le sujet qui avait voulu s'incarner ? Qui, dans cet enfant, permet qu'il continue de vivre ?

On dirait qu'il vit sans que ça ait sens pour lui de vivre. Il ne choisit plus rien. On peut lui donner n'importe quoi à manger. Il s'arrête quand il n'a plus faim, mais il n'a pas de désir, il n'a plus de désir sauf celui de ses compulsions, ses gestes stéréotypés qui ne gênent que s'ils sont accompagnés de bruits répétitifs ou de cris, toujours les mêmes.

C'est ça la déréliction. Un état émotionnel invariant, déserté de désir, tellement dépressif. Et pourtant le corps continue de vivre, comme dans le sommeil profond d'ailleurs, mais, éveillés, physiquement sains, beaux, parfois très beaux, les enfants psychotiques ne sont jamais malades.

L'ÉTRANGER : Vides de sujet.

LA PRATICIENNE : Vides de sujet, en apparence.

L'ÉTRANGER : Mais tu as dit tout à l'heure qu'à chaque fois que la vie n'est plus là, les microbes...

LA PRATICIENNE : Cela, c'est dans le schéma corporel même des névrosés dont la souffrance affective s'exprime par l'inhibition partielle de leur image du corps ou son surinvestissement qui joue alors sur le corps, de sa réalité : suppression circulatoire ou surabondance de tension locale, nerveuse ou circulatoire. Les microbes (toujours présents) atteignent alors cette zone déficiente dans ses défenses et dans sa relation au reste du schéma corporel, mais justement cela n'arrive pas aux psychotiques. Ils se portent à merveille !

L'ÉTRANGER : Ça me fait penser à une sorte de médecine « énergétique », et non pas analytique. Les microbes sont toujours là, mais ils ne deviennent actifs qu'au moment où la vie n'est pas présente.

LA PRATICIENNE : Notre médecine, par des antibiotiques, attaque ces microbes qui colonisent le corps de l'enfant. C'est aussi une agression thérapeutique : piqûres, séparation du milieu, hospitalisation. Cela change son habitus familial. Il peut se « payer » une régression, vivre comme un tout-petit, assisté par sa mère à domicile ou ailleurs par un personnel soignant. Une vitalité possible, anonyme, autre que dans l'état de santé, avec ses contraintes — le lit, le repos — permet une certaine démission du moi. Soulagement ! Le sujet reprend le dessus, l'individu guérit et redevient sain de corps.

Un enfant malade, pour vraiment guérir, doit revoir les siens. On a compris maintenant qu'il faut que la mère vienne souvent le voir à l'hôpital avec ceux qui l'ont structuré. Avant, on l'empêchait plutôt de venir, parce que certains pleuraient de chagrin quand elle s'en allait. D'autres enfants hurlaient en la voyant, comme s'ils avaient peur de leur mère.

L'ÉTRANGER : Pourquoi ?

LA PRATICIENNE : Parce que l'enfant ne s'y reconnaissait plus avec elle et qu'il avait l'impression que c'était elle la cause de ses souffrances, de son malaise physique, de sa détresse d'isolement. Elle rappelait quelque chose de perdu : la maison qu'il oubliait lorsqu'il ne voyait personne qui la lui rappelait. Ce quelque chose de perdu est une partie de lui-même. Il y a un sentiment d'abandon, de rejet. Par qui ? C'est précisément grâce à cette souffrance morale que les visites de la mère permettent consciemment d'exprimer que l'enfant évite le traumatisme inconscient dû à l'hospitalisation, hiatus dans le continuum de sa structure psychique. La mère, le père ou une personne familière aimée évite les suites, à long terme traumatisantes, des hospitalisations. Peut-être par leur compassion pour l'enfant malade, immobilisé, devenu comme étranger à lui-même. Il doit reconnaître — surtout les petits, ceux qui pleurent le plus à ces visites — à un moment, tout d'un coup, l'odeur de la mère. Et c'est l'apaisement, la consolation jusqu'à son départ.

L'ÉTRANGER : Pourquoi toutes ces maladies d'enfance ?

LA PRATICIENNE : Je pense qu'elles sont nécessaires à l'adaptation à la société. Végétativement aussi, autant que psychiquement, il faut avoir appris par des épreuves dépassées à vivre avec les autres. Un enfant psychotique, justement, autiste, n'est jamais malade. Mais si on le soigne par une tentative de relation, une psychothérapie psychanalytique, dès que le traitement commence à agir, l'enfant s'enrhume, par exemple, ou montre des troubles digestifs, des troubles auditifs, etc., c'est-à-dire que son corps redevient sensible à la contamination microbienne, il est soumis à la maladie comme les humains.

Les enfants normalement bien portants prennent contact avec les autres avec risques et épreuves. À la façon dont ils réagissent au contact des autres enfants qui nous paraissent à nous, adultes, agressifs, et qui les désorientent, les font tomber, pleurer, être en insécurité, parfois en détresse jusqu'à perdre leur propre fierté d'eux-mêmes, nous observons qu'ils n'en veulent pas à l'enfant qui leur a fait ressentir leur impuissance. Cela même semble, après rétablissement par consolation maternelle, bien sûr, les intéresser beaucoup et les inciter à réitérer l'expérience.

Les enfants psychotiques n'y ont pas réussi, devant une expérience probablement trop intensément troublante pour eux, provoquée peut-être par un incident du monde extérieur ou provoquée par eux-mêmes, à un moment où ce désarroi n'a pas été décelé par la mère ni par ceux qui l'entouraient. Ils ont vécu cela tout seul et ne sont jamais arrivés à retrouver leur tonus, leur ressenti connu en sécurité qui a précédé le désarroi provoqué par cette épreuve (imaginaire ou réelle), passée inaperçue d'autrui.

L'ÉTRANGER : Cette réfection que les autres trouvent dans la consolation de leur mère ?

LA PRATICIENNE : Oui... Cette « mêmeté » connue d'eux dans leur état de sécurité avec la mère. Ils peuvent alors renoncer à ces parties du corps ou de désir qui sont les zones érogènes ou fonctionnelles, parce qu'ils n'ont pas récupéré la force pour s'en servir et ils restent concentrés sur le peu qui reste, assez pour vivre, de leur résidu d'images du corps, ce que j'appelle l'« image de base ». Ils restent avec ça, mais ils n'ont plus de moyen utilisable pour la communication.

Ils peuvent, de ce fait, paraître des arriérés et des enfants sans relations. En fait, ce sont des enfants trop inquiets pour essayer de risquer de nouvelles relations puisqu'ils ne savent même plus qui ils sont, ni comment manifester leurs sentiments.

Il faut un minimum de « savoir qui on est » pour questionner vers le monde extérieur ou pour écouter la question d'un autre.

L'ÉTRANGER : D'autant qu'ils ont peur.

LA PRATICIENNE : Ils sont sensibles à la question d'un autre.

L'ÉTRANGER : Ils ont sans doute peur que cette entrée en relation puisse réveiller le même désarroi déjà trop éprouvé antérieurement.

LA PRATICIENNE : Oui, mais ce n'est pas « réfléchi ». C'est l'escargot qu'on ne reprendra plus à sortir de sa coquille. L'enfant entre très facilement en réaction phobique. Cela peut se dire ainsi. Puis le temps passe dessus.

Je me rappelle un petit de trois à quatre ans dans cet état, venu à l'hôpital pour observation quand j'étais externe. Il ne parlait pas, avait un sourire niais, inexpressif, figé et paraissait indifférent à tout. Un jour, je lui prenais le pouls. Il se laissait faire comme pour tout, apparemment indifférent. Un camarade de la salle s'est approché de nous. Le pouls s'est subitement accéléré. Il s'est éloigné. Le pouls s'est calmé. Un autre est venu lui mettre un gâteau sur son lit. Le pouls s'est mis à battre la chamade puis, l'enfant parti, s'est calmé. L'infirmière m'a adressé la parole. Le pouls s'est accéléré, etc. Sous son aspect complètement figé, sottement gentil, immobilisé, cet enfant ne marquait sa sensibilité que par la variation de sa circulation. J'étais bien novice, mais cela m'avait marquée. Bien sûr, il ne répondait pas aux tests de la psychologue. L'« observation » avait conclu dans ce temps lointain, 1932, dans une salle d'hôpital général : « Bonne santé générale, arriération mentale globale... » Qu'est-il devenu ?

Lorsqu'il n'avait pas d'émoi, de mouvement intérieur, il n'avait pas peur, mais tout état variant émotionnel intérieur lui faisait peur. Un mouvement d'un autre vers lui, positif ou négatif, c'était pareil. C'était quelque chose qui ébranlait ce qui lui restait et qu'il fallait défendre comme un dernier îlot de sécurité, comme si, après, ce devait être la mort. En dernière analyse, ces enfants terrorisés sous un aspect d'indifférence ont peur de mourir.

Peut-être est-ce quelque chose qui ressemble à ce qui est le dernier quitus avant de naître où on ne peut plus rester et on ne sait pas encore ce qu'il y a de l'autre côté. Peut-être est-ce un retour à cette avant-respiration. Je ne sais pas.

Derrière un état comme ça, il semble qu'il y en ait qui développent, avec une imagination de quelque chose qui n'a plus rien à voir avec la réalité et qui serait un héritage de besoin de société, une société tout à fait folle qu'ils imaginent — enfin, qui n'a pas de rapports avec la nôtre. Ils ne s'ennuient pas.

L'ÉTRANGER : Cette société folle, ils la fantasment ?

LA PRATICIENNE : Ils l'imaginent, oui. Ils la peuplent silencieusement de personnages magiques ou étranges.

On le voit chez certains qui font, par exemple, des sculptures, des modelages : il y a des têtes à trois visages, quatre visages. Il semble bien qu'avec eux-mêmes ils ne s'ennuient pas, qu'ils ont des colloques intérieurs. On dit qu'ils sont « hallucinés ». Mais c'est en eux qu'il y a plusieurs entités qui conversent et dont ils sont comme un spectateur de théâtre. Le monde extérieur ne les intéresse plus. On ne les dérange pas. Ils rient tout seuls ou se fâchent parfois, ça n'a aucun rapport avec ce qu'on leur dit ni avec rien de ce qui se passe autour d'eux.

Je me souviens d'un enfant, justement, qui représentait un personnage à trois visages. Il était complètement inabordable. Il n'était pas désagréable ni agréable ; il représentait « mon ami à moi », me dit-il un jour. Je lui avais demandé de me faire un dessin. Il ne pouvait pas. Je lui ai tendu de la pâte à modeler. Il a fait cette tête avec un corps à deux petits moignons de bras sans jambes et murmurait en la manipulant. C'était son monde intérieur à lui. C'était un enfant autiste déjà, de six à sept ans, qui vivait chez une grand-mère à la campagne. Ils venaient à Paris pour essayer de le sortir de là. Je n'ai pas su la suite. La grand-mère n'a pas persévéré.

J'ai vu ce garçon plusieurs fois. Dès la deuxième fois, il parlait bas, pour lui tout seul, mais enfin, avec moi, il s'était mis ainsi à murmurer presque de façon audible. Les parents étaient touchés parce qu'avec eux, il ne parlait jamais, avec la grand-mère non plus. Tout seul dans le cellier où il aimait se tenir ou sous un arbre préféré, il murmurait ainsi. Avec moi, si quelqu'un approchait, il ne disait plus rien mais semblait ne pas l'avoir vu. Avec moi, sans paraître faire attention à ma présence, il vivait comme il vivait quand il était tout seul. Mais moi, je n'en ai pas compris plus. Il n'a pas pris contact avec moi, mais il n'était pas gêné par moi non plus. Voilà.

L'ÉTRANGER : Quel genre de langage se tenait-il ?

LA PRATICIENNE : De temps en temps, il riait. Des propos que je ne comprenais pas. Il n'y avait pas de thème, semblait-il, des « entités » se disputaient ou des gens parlaient sur un ton de conversation. C'était une espèce de bruitage de conversation ou d'agression entre des personnes, mais comme dérisoire, pour de rire, mais pas pour vraiment se méchanter. Alors, il riait comme si les gens se faisaient une plaisanterie, se parlaient entre eux, entre lui et lui.

L'ÉTRANGER : C'étaient des imitations de ce qu'il avait entendu.

LA PRATICIENNE : Sans doute. Oui, c'était un peu des imitations de conversation.

Autisme : «J'ai mal à mon père»

LA PRATICIENNE : On voit des enfants qui jouent à imaginer; des enfants petits et tout à fait «normaux», qui prennent le téléphone pour parler à un copain.

«Allô. Comment ça va, Michel? Tu vas bien?» Ils répètent des conversations entendues des parents. Ils miment. Ils n'entendent pas les répliques. De même ils marquent des silences, et ils ont l'air de répondre à quelqu'un d'imaginaire. Bien des enfants jouent à cela entre deux ans et demi et trois ans. Ça dure plus ou moins longtemps. Ils sont bien plus contents s'il y a quelqu'un au bout du fil qui répond et leur parle, mais même s'il n'y a personne, ils jouent ainsi.

Je crois que ces artistes très occupés seuls, comme celui que je cite, sont des enfants qui se sont laissé piéger au jeu imaginaire de la compagnie et qui, après, sont convaincus qu'il y a une compagnie. Cette compagnie qui fait ce qu'ils veulent est bien plus intéressante que le compagnon véritable qui ne leur est rien.

L'ÉTRANGER : Et en ce qui concerne les enfants déclarés autistes?

LA PRATICIENNE : L'autisme, c'est un diagnostic dû d'abord au fait de notre impuissance à entrer en contact avec eux, deuxièmement, à leur bonne santé. Ils sont en aussi bonne santé que s'ils étaient réfectionnés par un sommeil merveilleux. Dans une famille et même dans une région, quand la plupart des enfants sont souffrants, eux ne le sont jamais. Donc là, dans la réalité, leur corps est complètement bien irrigué par eux, mais ils vivent comme dans le sommeil un rêve permanent, tout en étant apparemment réveillés, mais sans contact avec l'entourage. Des somnambules, si tu veux.

L'ÉTRANGER : L'autisme est un défaut de construction ou peut-être tout à fait autre chose ?

LA PRATICIENNE : Je crois que c'est un accident de construction. Ça paraît comme un accident ou une suite d'incidents de construction.

LE MAINATE : Par rapport à l'évolution des espèces de Darwin, des mutants, s'agit-il, selon toi, d'un mécanisme semblable de mutation ?

LA PRATICIENNE : Non. Il y a mutation à l'occasion de la rencontre d'un autre, servant de complice. Il faut de la compagnie dans un autre individu qui est reconnu comme semblable, tout en étant une source différente d'expérience, tandis que les autistes sont des individus qui ne cherchent plus le contact. Ils ne le cherchent même pas avec les animaux. Les animaux les fuient ; les animaux domestiques les ignorent. Ils aiment certainement des lieux, davantage quelques végétaux : ils aiment parfois tel ou tel arbre. Certainement ont-ils des amis arbres, des amis buissons, des alliés.

Ils aiment être près d'eux. Mais je n'ai jamais vu qu'ils agressaient des arbres. Si, parfois des feuilles des plantes d'appartement ou la terre des plantes en pot. Compulsivement, ils feraient cela sans arrêt. Mais dans la nature ? Je ne sais pas. Au contraire, s'ils faisaient quelque chose, ce serait plutôt des actes sadiques avec des petits animaux sans défense comme les poussins. Il y en a qui les tuent, indifférents à être agressés par la mère poule ; la plupart du temps, ils sont un peu indifférents.

S'ils faisaient quelque chose, ce serait ça : comme ils mâchent pour manger. Il leur faut bien manger, eh bien, ils mâchent avec leur bouche-main[35]. Une bouche mâcheuse interdit la vie d'un poussin. Peut-être qu'ils le voient avec sa maman et qu'eux n'ont plus le sentiment d'avoir une maman. Mais cela ne semble pas provenir d'une volonté sadique. Ils ne vont pas chercher le poussin. C'est qu'il se trouve là où ils sont, là où ils passent.

L'ÉTRANGER : Ils ont des contacts entre eux ? entre enfants autistes ?

LA PRATICIENNE : Non, pas du tout, pas du tout.

L'ÉTRANGER : Des mondes qui passent complètement à côté !

LA PRATICIENNE : Oui. Celui dont je parle, qui avait sept-huit ans, faisait des sculptures qui avaient trois visages, deux comme Janus et le troisième à l'apex.

Ce bonhomme avait un corps avec un visage devant, un derrière et un visage sur le dessus de la tête. Il ne disait pas ce que c'était. Ça lui plaisait d'avoir fait ça pour lui.

L'ÉTRANGER : Personne n'est arrivé à entrer en communication avec eux ?

LA PRATICIENNE : Si, peu à peu. Les autistes, il y en a qu'on arrive à guérir, mais on ne sait pas très bien ce qu'on a fait. Je crois qu'on a laissé une enclave et ce qui restait de nouveau en eux a pu se fixer sur le thérapeute. Les films sur l'école de Bettelheim ont montré cela.

Généralement, quand un autiste guérit, il devient plus obsessionnel et attaché à la personne grâce à laquelle il a guéri. C'est difficile de lui faire transférer cette relation devenue privilégiée vers d'autres personnes. Si on y arrive, c'est parce qu'on a pu réveiller quelque chose survenu dans le tout petit âge, un événement qui l'avait blessé, la perte d'un lien, d'un animal familier ou de la personne unique pour lui à l'époque grâce à laquelle il existait émotionnellement. Son corps vide avait continué de vivre physiquement.

C'est par la parole tout de même et la reviviscence grâce à l'entourage, à la mère surtout, qu'on arrive à retrouver ça. Ce n'est pas retrouvé avec un affect complice vécu par la mère, mais trouvé comme un fait datable. « Ah ? Vous croyez ? dit la mère, que ça peut être ça qui lui est dit ? » « Ta mère ne s'était pas rendu compte que tu avais souffert de son absence » ou « du départ de celle qui s'était toujours occupée de toi (départ ou mort) quand tu avais six semaines », par exemple, ou bien « que ta mère t'avait laissé quelques jours à telle occasion sans t'avoir prévenu. Tu as pleuré pendant deux heures de suite et, quand elle est revenue, tu dormais. Tu ne t'es pas réveillé pendant un certain temps ». Enfin, quelque chose d'un incident que la mère a retrouvé. Pour ma part, je me souviens d'un cas où la mère était partie trois jours pour le décès de sa mère à elle, et puis elle est restée parce que son père, tombé malade de son deuil, est mort après deux semaines (suicide non déclaré). Ces incidents en chaîne ont retenu la mère et l'ont beaucoup éprouvée. L'enfant était resté avec la personne qui, habituellement, s'occupait de la maison, son père plus ou moins présent. Ces ruptures psychotisantes se passent généralement entre quatre et sept, huit mois. Ça peut arriver plus tôt, mais c'est généralement entre quatre et sept, huit mois que la séparation de la mère nourrice ou le bouleversement de l'habitus familial (pendant la guerre, l'exode, le bombardement de la maison suivi du déplacement du bébé ici ou là) entraînent ces graves perturbations structurales chez les petits bébés, qui étaient et sont restés consciemment traumatisés, mais pas psychotiques.

L'ÉTRANGER : Comment évoluent-ils ?

LA PRATICIENNE : On dit qu'il y a des autistes qui naissent autistes. J'en doute. Ce ne sont pas des autistes. C'est sans doute une sorte de psychose. Ils ont l'air de ne pas entendre, ils ne parlent pas, mais ils sont plutôt caractériels. Ils communiquent avec leur entourage familial. Cela vient de ce qui est arrivé à la fin de la grossesse ou des chocs de la mère.

L'ÉTRANGER : Au cours de l'état fœtal de l'enfant ?

LA PRATICIENNE : Oui. Quelque chose de dramatique s'est passé pour la mère, que l'enfant a partagé. Mais il n'est pas autiste. Il aime sa mère. Il n'est pas « comme les autres ». Il ne peut pas se dégager d'elle, il reste un peu comme un animal domestique près d'elle, mais ce n'est pas l'autisme, l'indifférence totale. Il a des rapports aux autres. Ce n'est pas un autiste, pas du tout.

L'ÉTRANGER : Et en grandissant ?

LA PRATICIENNE : Il est aimé des autres. C'est le pauvre malheureux.

L'ÉTRANGER : Sans qu'il en ait une quelconque conscience ?

LA PRATICIENNE : Non. Ils sont naïfs, un peu collants comme des enfants qui veulent intéresser, mais pas méchants. Du moins en général. Peut-être que rejetés, maltraités, enfermés, ils le deviennent.

On les appelle les schizophrènes, c'est-à-dire qu'ils sont dissociés... Alors, on ne peut pas savoir ce qui, un jour, peut se passer, qui n'est absolument pas prévisible et qui viendrait d'une pulsion sexuelle non socialisée. L'inceste pour eux, ça n'a pas de sens. Leur érotisme n'a pas pu être éduqué, si bien que, devenus adolescents ou surtout adultes, la provocation ou la sensation d'érection les laisse sans frein — pour les garçons. Une fille peut se donner à n'importe qui. Ce sont de pauvres malheureux qui ne sont pas responsables de ce qu'ils font. Évidemment, ça peut être dangereux parce que, sans préalable pour l'entourage, un innocent peut avec sa force pulsionnelle d'adulte tout d'un coup sauter sur une fille et la tuer parce qu'elle se dérobe à lui. Ce sont de tels actes impulsifs que l'on craint. Malheureusement. Parce que, souvent, ces gens restent tout à fait inoffensifs. On les place par prudence, en général, en hôpitaux psychiatriques, par peur de leur sexualité, quand on commence à voir qu'ils poursuivent d'une façon un peu collante une jolie femme du voisinage ou qu'ils deviennent épuisants de jalousie possessive vis-à-vis de leur maman, d'une façon infantilement érotique, pas du tout assumée par l'adulte qu'ils sont physiquement. On les sent excités. L'entourage alerte la famille. « Écoutez, maintenant, il faudrait le calmer. Il faut le dire au docteur. Il faudrait le mettre à l'écart. Il peut être dangereux. On ne sait pas. »

L'ÉTRANGER : Donc, à la limite, les psychiatres, les psychanalystes n'ont rien à faire dans l'autisme ?

LA PRATICIENNE : Mais ils essaient. Il y a des psychanalystes qui ont guéri des enfants autistes. On a dit de moi que j'en avais guéri. J'ai permis de survivre à une grande blessure, mais je ne pense pas que ce soient des gens vraiment guéris. Par rapport à ce qu'ils étaient, c'est-à-dire tout à fait hors circuit des échanges, ils sont arrivés à un certain niveau culturel, parfois marginalement créatif. Ce sont des enfants que j'ai pu aider à grandir en restant libres. Peut-être en ai-je « guéri » quelques-uns, je ne sais pas. C'est bien difficile à savoir.

Le plus atteint, c'est celui qui m'a dit qu'il n'avait mal à rien de son corps, mais qu'il avait mal à son père.

L'ÉTRANGER : Qu'il avait mal à son père[36] ?

LA PRATICIENNE : Oui, mal à son père. Il avait mal à tout ce qui était de l'ordre de la sexualité, de la virilité, des pulsions actives, de l'attention, de la concentration — enfin, tout ce qui permet à un individu d'assumer consciemment son désir de passer à l'acte efficace à le satisfaire. C'était en effet tout ce qui symboliquement tient du sens « Père », l'actif initiateur de sens à l'agir.

Je n'ai jamais pu voir le père de ce garçon, parce qu'en effet, il ne voulait pas s'intéresser à son fils. J'ai su, mais très tardivement — on n'a pas voulu me le dire au début —, que son propre père était mort d'une maladie génétique qui s'est déclarée quand lui-même avait vingt-six ans. Il est mort d'une maladie héréditaire transmissible aux mâles par le géniteur. Cet homme pensait avoir donné à son fils cette maladie reçue de son père, à laquelle lui-même avait échappé. À la mort du grand-père paternel, le couple avait une fille. Ils ne voulaient pas avoir d'autre enfant. Et puis, la mère avait tellement envie d'en avoir un autre que son époux a cédé. Cet enfant, c'était ce fils.

Je ne sais pas, personne ne saura jamais, mais deux ou trois fois, au cours de son traitement, il a parlé, il a laissé entendre qu'il n'était pas le fils de son père. Il est bien possible que la mère, à l'insu de son époux, ait eu ce bébé tant désiré avec un autre partenaire, sachant que, si c'était un fils, elle risquait d'avoir un enfant atteint de cette maladie neurologique dramatique, une myélite ascendante. Je ne le saurai jamais. Le garçon a plusieurs fois abordé cette hypothèse.

Ce qui était très étrange c'est que la guérison psychosociale du garçon lui a permis d'apprendre à lire, à écrire, de passer à peu près l'âge de six-onze ans scolaire — il avait quatorze à quinze ans à ce moment-là, après deux ans de psychothérapie psychanalytique — et d'être à peu près admis dans une école à scolarité personnalisée où, socialement, ça s'est bien arrangé. Curieusement la mère est devenue lesbienne en même temps que son fils devenait pubère. Elle a changé complètement. C'était une femme féminine, souffrant d'avoir un fils comme ça, puis, tout d'un coup — enfin, en trois mois de temps — pendant qu'il faisait sa puberté, elle s'est transformée, comme déguisée en homme — surtout pour qui l'avait vue toujours coquettement soignée — avec une femme qu'elle embrassait dans la salle d'attente de la consultation. C'est la surveillante de l'hôpital qui me l'a dit, car je ne la voyais pas. Ils venaient de loin, elle accompagnait son fils. « La mère d'Un Tel, elle est toute changée, elle n'est plus comme avant, elle est là avec une femme qui est sûrement un mec. Le fils est gêné d'être avec elles. » Lui, il devenait un homme. Et ils ne sont plus revenus.

L'ÉTRANGER : Tu ne sais ce qu'ils sont devenus ?

LA PRATICIENNE : Je sais qu'il était socialement sorti de l'autisme. Il faisait du sport à cette école ; il dessinait très bien. On pensait l'orienter vers cette discipline. Moi, je crois qu'il sera toujours plus ou moins, toute sa vie, un parasite, de sa mère ou de son père. Enfin, il était comme ça.

Avant de venir à ma consultation d'hôpital, il avait fait trois ans de psychothérapie, disait la mère, mais il n'y avait eu aucun contact ni désir clair de cet enfant. Il m'a dit, un jour : « Moi ? une psycho-thé-rapie ? » (Il parlait comme ça à son arrivée, en scandant lentement les syllabes séparées.) « Non, mada-me, ja-mais. » Sa mère étant présente, je lui dis : « Mais votre mère m'a dit que vous avez été pendant trois ans, deux fois par semaine, chez Mme Un Tel. — Ah ! elle ap-pel-le ça une psy-cho-thé-ra-pie ! — Vous ne le saviez pas ? » Et la mère me dit : « Mais non, je ne lui avais pas dit. Vous comprenez, il n'aurait rien compris ! — Mais alors, lui dis-je à lui, que faisiez-vous chez cette personne, Mme Un Tel ? — J'allais chez elle parce que maman m'avait dit que ce serait une amie, que c'était une dame qui aimait les enfants. — Mais elle ? Que vous disait-elle ? » Long silence. Puis : « Oh, rien. De jouer... — Ça vous intéressait ? — Pas du tout ! »

Enfin, sa mère le pervertissait. Elle faisait plaisir à une dame, en lui amenant un enfant. Moi, je lui ai dit que ça n'allait pas comme ça ; qu'il fallait qu'il paye pour venir[37] et qu'à chaque séance, quoi qu'il me dise, je chercherais le sens qui faisait qu'il ne pouvait pas suivre l'école comme les autres, qu'il ne se faisait pas d'amis comme les autres et que je voulais bien l'aider, mais qu'il paierait à chaque fois. Sans cela, je ne le verrais pas parce que ça ne me faisait pas plaisir de voir les enfants pour m'amuser avec.

C'est là que je lui ai dit : « Mais de quoi souffrez-vous ? » Il était comme égaré, resté debout, les yeux vers le plafond. Avait-il entendu ma question ? « Est-ce que vous souffrez de la tête ? Est-ce que vous souffrez des bras, des jambes, du corps ? Vous avez l'air de ne rien faire. Votre mère dit que vous ne faites rien, que, toute la journée, vous êtes assis à ne rien faire. Est-ce que vous souffrez ? Est-ce que vous avez mal ? » C'est là que, se penchant vers moi, en me regardant cette fois, il me dit : « Moi, madame, j'ai mal à rien dans mon corps. — Ah ! Mais alors, vous avez peut-être tout de même mal, mais pas à votre corps ? — Ah oui, alors ! » Et puis, il se penche vers moi. « J'ai mal à mon père ! » Je dis : « Ah !!! Eh bien, d'accord. Pour le mal à votre père, je suis d'accord pour qu'on commence à travailler, et que nous cherchions ensemble à comprendre comment vous débarrasser de ce mal. »

Père, c'est peut-être p-è-r-e, c'est peut-être p-a-i-r, p-e-r-d. Je ne sais pas. On ne sait pas ce que voulait dire ce mot chez ce somnambule.

L'ÉTRANGER : On a tendance à penser tout de suite au père = père.

LA PRATICIENNE : Il y avait quelque chose avec le père en tant que personne, mais… le père n'est pas venu.

L'ÉTRANGER : Les autistes sont des cas de solitude absolue, en quelque sorte…

LA PRATICIENNE : Vus par nous, ils vivent dans une solitude absolue, et ils composent avec l'espèce humaine pour avoir la pitance.

Je crois que là où ils seraient les plus heureux, c'est dans un endroit où il y aurait du terrain — parce qu'ils aiment les végétaux —, des petites bicoques séparées où loger, avec l'indispensable, lieux où ils pourraient se réfugier, vivre comme celui-là avant de me voir, assis toute la journée à ne rien faire, rien, vraiment rien, les yeux dans le vague. Il y aurait une bâtisse centrale où ils viendraient chercher à manger ou bien manger à un réfectoire.

Les autistes ne sont pas sales au point de vue de leurs besoins ; ils ne font pas sur eux, ils sont continents pour leurs besoins excrémentiels. Ils ne mangent pas non plus salement. Ils sont plutôt comme des chats. Ils mangent proprement, mais souvent avec leurs mains. Quand on leur dit de prendre une fourchette, ils la regardent et puis la posent. Parfois, on arrive à les « dresser » à s'en servir… On arrive à leur donner des habitudes, à paraître plus ou moins en société comme tout le monde. Tout leur est alors indifférent, alors pourquoi pas ?

L'ÉTRANGER : Le dressage social n'ajoute rien.

LA PRATICIENNE : Rien à leur relation. On ferait mieux de les laisser se promener seuls dans la nature, en prenant soin simplement qu'ils aient le confort minimum nécessaire à l'hygiène. Parce qu'ils ne sont pas malheureux, ils ne souffrent pas.

Quand un psychotique n'est pas angoissé, je trouve qu'on n'a pas le droit de le déranger « pour le soigner ». De quoi ?

S'il souffre, on peut peut-être l'aider. Ou d'autres qui n'ont rien dit mais qui viennent attendre à la porte du psychothérapeute qu'ils ont vu une fois. Bien sûr, il est juste de les recevoir. Peut-être sont-ils demandeurs, angoissés ?

Quand ils viennent et qu'au bout d'un certain temps ils ne veulent plus venir, mais qu'ils sont heureux dans leur état marginal, de quel droit agir cliniquement sur eux ou les soumettre à une présence psychothérapeutique ? Quand ils ne sont plus phobiques des événements quotidiens de leurs lieux de vie, ils ne sont plus angoissés, ils vivent dans un état qui, pour nous, est angoissant, à les voir, mais eux ne le sont pas.

Pour moi, ce sont des mondes uniquement subjectifs, isolés. Il n'y a pas d'entente entre deux autistes. C'est ça qui est frappant. Ils n'entrent pas en communication avec d'autres comme eux. Ils se laissent prendre en main par un autre qui a la volonté de s'occuper d'eux, mais n'accrochent pas.

L'ÉTRANGER : Pas d'interférence. Comme des langages codés différemment.

LA PRATICIENNE : Oui. Ils n'ont pas le code d'un autre et c'est en ce sens-là qu'ils sont autistes. Sinon, on pourrait dire que ce sont des mutants. Ou encore, on peut dire que ce sont des mutants qui n'ont pas encore rencontré un mutant de la même espèce qu'eux.

L'ÉTRANGER : Ce sont des mutations disséminées et atomiques, sans suite.

LA PRATICIENNE : Mais ce n'est jamais dans une famille où tout le monde est ouvert et communique. Ou bien, si c'est dans une famille saine au point de vue des relations, c'est une famille qui a été marquée à un moment, quand l'enfant était tout jeune, de drames venus de l'extérieur. Mais ce n'est jamais dans une famille sans histoires que ça arrive. C'en est un qui a souffert plus que les autres et autrement de ce qui est arrivé pour tout le monde. Peut-être est-ce arrivé à un moment de sa structure où il ne pouvait pas supporter l'angoisse qui était celle de tous, surtout si la mère n'a pas réussi à comprendre ce dont son enfant souffrait, ni à lui en parler et à le rassurer quand il était angoissé. Elle ne pouvait pas plus le rassurer qu'elle ne l'était. Je crois que c'est cela, à l'origine lointaine de ces cas dans le petit âge.

L'ÉTRANGER : C'est lui qui a tout pris.

LA PRATICIENNE : C'est celui-ci ou celle-là qui a tout pris, et après, on sent que chaque fois qu'on l'améliore, on en détraque un peu un autre ou même la relation des autres.

Comme dans ce cas-là. Ce garçon a fait une puberté à peu près normale. S'il n'arrive pas à vivre en dessinant, il peut peut-être être plongeur ou jardinier, en assistant un jardinier professionnel qu'il aimerait bien. Il aime la musique d'ailleurs. À part son école où il se plaisait, chez lui il se mettait des disques et restait passivement à écouter de la musique. Mais ce n'est pas quelqu'un qui cherchait à rendre service. À son école, tous les élèves participaient à la tenue de la pension où il restait deux fois deux jours par semaine. Il paraît qu'il faisait comme les autres, mais sans initiative personnelle.

Alors, quand il a évolué, que la puberté est venue, qu'il était vraiment physiquement beau garçon, tout le monde disait : « Mais on ne le remarque plus. Il est gentil. » Il savait se tenir, donner le change en société. Mais que veut dire le fait que sa mère soit devenue lesbienne, enfin visiblement inversée de sexe, alors que, quand il était petit, elle le cajolait ?

Le Kangourou des Murs

L'ÉTRANGER : « L'enfant est parti. La mère peut mourir. » On a parlé de tout ça.

« Sinon, perte de l'extérieur et de l'intérieur. À ce moment, il dit "Ma". À ce moment, angoisse de la nuit. »

LA PRATICIENNE : Oui, « ma » veux ci ou ça, pour « moi ».

En langue française, ce « ma » est curieux parce que le même enfant peut prononcer le phonème « boa » pour « boîte », mais il ne peut pas dire « moa » pour « moi », en parlant de lui. Qu'est-ce qui l'empêche ? Il dit « ma », comme s'il disait en élidant « maman qui parle pour moi » ou « moi qui parle de moi comme maman ». Je crois que ce « ma », c'est comme s'il disait « moi-ma maman ».

Et il ne dit pas « ta » pour « toi » qu'il sait déjà prononcer. Il dira « toi » tout de suite, alors que, pour se désigner dans un vouloir, il dit « ma », sujet du verbe à l'infinitif « ma manger ci ou ça ».

L'ÉTRANGER : Il n'y a donc pas un moment de passage ?

LA PRATICIENNE : Non, non. Ce « ma » est, soi-disant, dans la langue française quelque chose d'écorché mais se substitue à «ma» «moi tout seul», «moi pas toi, non» ou «toi, non, moi tout seul», avant de devenir vite «moi, je».

L'ÉTRANGER : Et pourquoi «l'angoisse de la nuit»?

LA PRATICIENNE : Il se trouve qu'il ne la ressentait pas avant. Est-ce parce que, jusque-là, il croyait le monde affaire de sa mère et qu'il ressent le désir d'autonomie, ce qui peut alors entraîner la peur de l'abandon en cas de danger supposé? Dans le noir, il ne voit pas le monde, il peut croire qu'il n'y en a plus. C'est là que, si on lui allume une petite lampe et qu'on lui dit: «Tu vois. C'est parce que tu ne vois pas clair, mais, dans l'obscurité, tout reste comme quand il y a de la lumière», ça le rassure un peu. C'est pour ça que mettre une veilleuse dans la chambre rassure un enfant aux prises avec cette étape à dépasser.

L'ÉTRANGER : Dans l'obscurité, dans le clair-obscur parfois, les enfants peuvent avoir l'impression que les contours des objets changent et bougent...

LA PRATICIENNE : C'est cela! Les contours des objets changent et suggèrent autre chose que ce qu'ils sont, c'est-à-dire qu'ils plaquent leur vie imaginaire affective sur les objets.

LA NÉGRESSE VERTE : Moi, j'avais une sensation très étrange quand j'étais peut-être à cet âge. Je voyais les contours des objets qui changeaient, par exemple, l'armoire qui devenait plus grosse, qui gonflait, comme dans les contes.

Il y avait une autre chose, c'est le tic-tac du réveil qui devenait assourdissant.

LA PRATICIENNE : Tu devenais hyperacoustique. Les sens n'ont plus les mêmes repères quand la vue ne maîtrise plus les formes.

Quand quelqu'un est sur le divan, dans le silence, il peut arriver que l'analyste fasse : « hum ! » tout simplement ou qu'il y ait dans la rue un son, tout à fait banal habituellement. Tout d'un coup, cette personne sursaute pour un son habituellement banal. Sans le savoir, sur le divan, dans le silence, ses associations inconscientes l'ont amenée dans l'état de, peut-être, relative dépersonnalisation où ce son l'a surprise. Elle réagit comme si c'était un bruit de klaxon d'automobile dans son oreille, alors que ce n'est pas grand-chose qui s'est passé, venu de l'analyste ou venu du monde extérieur.

L'ÉTRANGER : Et l'angoisse de l'enfant à cet âge dans le noir, la nuit, n'est-ce pas la même chose que la perte du contact avec la mère ?

LA PRATICIENNE : Ça passe par là, puisque c'est pour cela qu'il pleure, appelle et demande le contact avec la mère, pour se retrouver dans une sécurité qu'il n'a plus en étant livré à lui-même. Ce lui-même est probablement devenu une imagination de puissance qu'il projette sur les choses : le désir de les modifier (qui lui fait se sentir lui aussi modifié, étranger à lui-même).

L'ÉTRANGER : Mais cette fantasmatique de la nuit, elle reste. C'est une constante.

LA NÉGRESSE VERTE : Je viens de l'éprouver, moi, ici, en regardant ce dessin que je trouve drôle, que j'ai envie de reproduire sur du papier. Un dessin que fait une moisissure sur la pierre, on dirait un animal héraldique en lutte avec un lutin géant. C'est ce genre de projections qu'utilise le test de Rorschach.

Et cet autre ! on dirait une espèce de kangourou debout qui joue et danse avec la forme à gauche, et puis un autre qui les regarde à droite.

LE MAINATE : C'est le Kangourou des Murs. Est-il réel, est-il imaginaire ?

L'ÉTRANGER : Mais pourquoi — c'est un peu idiot —? les criminels sortent la nuit? Pourquoi Jack l'Éventreur a opéré la nuit ?

LA PRATICIENNE : La nuit, il y a moins de témoins. Non, ça c'est dans la réalité, c'est logique, c'est expérimental. Et dans les rues éclairées, on ne craint rien. Dans les rues sombres, c'est là que des gars peuvent attendre pour faire un mauvais coup.

L'ÉTRANGER : Ce qui se passe, par exemple au Mexique, dans les petites villes. Tout est parfait, ensoleillé, coloré dans la journée. Une fois que la nuit tombe, les coups de pistolet commencent. Chaque soir, c'est la même chose : comme si tout le monde attendait que le jour finisse et après, toute la nuit, ils règlent leurs comptes.

LA PRATICIENNE : Je connais quelqu'un qui a fait une analyse avec moi et qui a été, il y a vingt-cinq ans je crois, au Mexique. Il allait dans les petits restaurants — c'était un artiste ; les gens, la vie l'intéressaient plus que les hôtels pour étrangers. Il racontait que les gens, en prenant les repas, posaient leur revolver à côté d'eux sur la table. Et il n'y avait pas deux jours qu'il était au Mexique que quelqu'un qui était à sa petite table, tout seul, à manger des haricots rouges, a tiré, comme ça, sans blesser personne, tout en mangeant, puis s'est mis à rire bruyamment. Et il a remis son revolver à côté de lui.

Personne n'a bronché. Il y en a deux qui ont remis leur chapeau, un grand chapeau. Les autres aussi l'un après l'autre. Il a payé ses haricots. Personne ne s'en est formalisé. Il n'avait tué per sonne. Alors, la personne que je connais s'est dit : « Qu'est-ce que ça veut dire qu'ils aient remis leur chapeau ? » Elle n'a rien compris.

L'ÉTRANGER : C'était simplement un mouvement d'humeur.

LA PRATICIENNE : Un besoin comme ça. Mon monsieur s'est dit : « C'est comme ça au Mexique », c'était dans un petit caboulot à déjeuner en plein jour. Il a essayé de comprendre en parlant au garçon que ça n'avait pas étonné. Enfin, le propriétaire lui a dit que c'était banal. « Ne vous inquiétez pas, vous, touriste. C'est comme ça chez nous ! »

L'ÉTRANGER : « La nuit, ne voyant plus que devient le monde ? » C'est-à-dire ?

LA PRATICIENNE : Il voit son imagination qu'il projette. Et l'enfant se rassure d'en protéger quelqu'un, par exemple il protège son ours en peluche. S'il joue le rôle de la mère sur un autre, parce que l'autre joue son rôle à lui, il n'a plus peur. C'est comme ça qu'un enfant se rassure avec ce qu'on appelle un « objet transitionnel[38] », c'est-à-dire un objet qui représente pour lui qu'il est le grand du petit, comme il a été le petit rassuré par un grand. Il rétablit une situation de sécurité, grâce à laquelle le monde extérieur, après tout, peut faire ce qu'il veut. Il n'est plus seul. Nous sommes protégés de nous aimer.

L'ÉTRANGER : Lui et le monde.

LA PRATICIENNE : Oui, le monde rassurant de moi-maman ou moi-papa. Il aime l'ours et son ours l'aime et ça le protège. C'est son allié peut-être.

L'ÉTRANGER : « On peut aussi aider un enfant à passer cette période en jouant à colin-maillard. Cela habitue l'enfant à admettre le monde nocturne quand on ne distingue plus les formes des choses, comme s'il était en plein jour.»

LA PRATICIENNE : Oui, à savoir que, sans ses yeux, au tactile, il se débrouille dans l'espace et que l'espace reste le même.

L'ÉTRANGER : On peut dire que colin-maillard est quelque chose de très important pour les enfants.

LA PRATICIENNE : Oui, très important. Le fait de toucher, de reconnaître au toucher : le toucher sans la vue, sans les modifications de distance, la perspective, les modifications relationnelles des formes que la vue produit. C'est grâce à la complicité avec les gens qu'on peut se priver d'un des sens et, si on est privé d'un sens, s'apercevoir que le monde reste le même, aussi sûr qu'on le connaît d'habitude.

L'ÉTRANGER : C'est le soir, quand l'enfant est seul dans son lit, alors c'est un moment de fantasmes à l'état naissant.

LA PRATICIENNE : Oui, c'est comme un rêve éveillé. C'est un état avant le sommeil. On appelle ça, je crois, le mentisme[39]. C'est un moment où, suivant les états — chez les adultes — dans un moment pénible, ils ne voient que des choses très tristes, dramatiques qui pourraient se passer, et, quand ce n'est pas dans un moment dépressif, ils voient au contraire des scènes agréables. Ce sont des mises en scène de sentiments.

L'ÉTRANGER : «Moment de se fortifier dans le prendre et le déprendre.» Se fortifier pour la subjectivité ?

LA PRATICIENNE : Oui. Le prendre et le déprendre expriment que les choses viennent de soi. On peut laisser tomber. Ce n'est pas dangereux de laisser tomber ce qui se passe autour de soi, au lieu d'être au guet.

Le déprendre, c'est laisser vivre les autres, le monde, tous les autres, sans avoir peur que cela nous soit hostile. Sans avoir peur d'être pris, emporté, rapté ou agressé. D'où la peur du rapt, la peur du voleur de tant d'enfants et adolescents. C'est apprendre à ne pas être casse-pieds avec le monde. Apprendre à être en sécurité en laissant en repos l'imagination anale et orale : l'imagination de prendre — enfin du loup qui va dévorer — l'imagination de dévoration : d'être un objet de dévoration et d'être un objet de rejet ou de danger, de risque.

Je pense que l'enfant a accumulé des expériences avec sa mère qui font qu'il arrive à s'en détacher dans la journée et que les angoisses passées ou présentes des parents lui reviennent à ce moment-là, quand il n'est plus en situation d'activité. Il met en scène tout ce qu'il perçoit, tout ce qu'il télépathise de ce qui est autour.

Pendant toute la journée, il est soumis à des sollicitations qui l'occupent et non à ce qu'il y a en lui de récent du monde extérieur.

Mais quelque chose de cet ordre-là reste peut-être toute la vie en ce sens que, face à une grande émotion, un deuil par exemple, si on s'arrange pour être très occupé, on arrive à surmonter la douleur de cette mutilation émotionnelle, affective, sensible. Je crois que, même si c'est une blessure du corps, et que l'on peut tout de même se déplacer, si vraiment les gens ont besoin de vous, on l'oublie et on fait pour eux. Si on peut continuer à avoir des rapports avec le monde extérieur, on surmonte les épreuves. Mais, une fois au repos, tout revient de ce qui est en soi sous forme de mise en scène. Il faut bien pouvoir le dire. Alors, on le dit avec des images puisque la personne à qui le dire est absente. Justement, la personne qui manque, c'est l'autre, celui qui fait la paire avec soi : le compère, l'allié, le complice de la vie.

Je pense que c'est ça chez l'enfant. Il voudrait retrouver le complice, comme il était avec sa mère, et ce n'est plus possible parce qu'il a grandi. D'ailleurs, éveillé, il revendique l'autonomie « moi tout seul ! ». Alors, c'est remplacé par sa propre imagination qui lui représente ce qu'il essaie de maintenir au second plan parce qu'il ne peut rien faire contre ce qu'il reçoit d'angoisse du monde extérieur. Le Kangourou des Murs, le compagnon, l'allié.

L'ÉTRANGER : « Et lui-même, il est libre parce qu'il peut rejeter et prendre. »

LA PRATICIENNE : Oui, il devient autonome, en sachant qu'il peut ne pas prendre. Par exemple, il a une imagination : « Non, ce n'est pas vrai. Je sais que ce n'est pas vrai. Je sais que je l'imagine mais que ce n'est pas vrai. »

Alors, il se rassure. C'est ce qu'on appelle se raisonner : « Ça me fait un peu peur, mais je sais que ce n'est pas vrai. »

Les enfants passent par cette période-là où ils savent que ce n'est pas vrai, en même temps qu'ils ont tout de même peur comme si c'était vrai. Et c'est la période où c'est raconté dans des contes. Alors, ça quitte leur imagination subjective à eux.

L'ÉTRANGER : Les contes jouent le rôle d'objectivation.

LA PRATICIENNE : Oui, ce catharsis. Mais ils font encore aussi un peu peur parfois. C'est comme les films, pour les adultes. On y pleure, on a peur, on sait que ce sont des acteurs, que c'est un scénario, mais on éprouve des émotions vraies.

Ça humanise cette période subjective où on ne peut pas tout échanger, parce que c'est trop dans l'émotion, dans des émotions qui donnent des effets psychologiques.

Mais que veulent-ils de lui ces adultes ?

Pour un enfant, jusqu'à six, sept ans, le meilleur de son désir, le plus valorisant dans ses fantasmes, lui dont le corps en croissance s'est développé à l'imitation et à l'envi d'un agir en tout comme il voit les adultes le faire, «bon» était le plaisir du sexe promis au plaisir et «bien» l'identification au moi idéal représenté par la personne parentale du même sexe que lui, qu'il briguait d'égaler et qui, chaque fois qu'il avait réussi à le faire, lui avait fait reconnaître valeur par l'entourage.

Voilà que ce «bon» fantasmé comme «bien» à réaliser a été déclaré irrecevable. Est-il ravalé au niveau d'un animal auquel il jouait à s'identifier «pour de rire», alors qu'à un père, à une mère, à un adulte c'était «pour de vrai»? Cette déclaration et ce refus lui font «mal» par la tension conflictuelle qu'il en ressent et qui provoque ses comportements de révolte, qui lui sont déclarés «mal» en valeur éthique dans le langage des parents.

Qu'alors on lui laisse imaginer qu'il est encore bon et gentil comme ce petit qui vient de naître pour lequel on n'a que soins et pas d'exigences, qu'on le laisse revenir à une incontinence sphinctérienne du temps où il fantasmait maman toute à l'intérêt de son corps et qui le cajolait contre son merveilleux corps. Non, là encore, c'est « mal ». Que faire ? Quand son père le « corrige », n'est-il pas calmé ? Ne faut-il pas provoquer les corrections ou les punitions puisque ça fait du « bien » au corps d'y avoir « mal » ?

Que désirent donc ces adultes de lui ? Et voilà qu'il perd ses dents et devient laid de visage, maladroit à manger et parler, ridicule avec sa bouche édentée, comme un bébé ou un vieillard ?

Bien sûr, cette loi génétique à l'œuvre dans le langage des relations interpersonnelles pourrait prendre sens nouveau. C'est elle qui impose distance de corps à corps et relations chastes, tendre respect et entraide entre les adolescents, les collatéraux et leurs enfants, quand l'enfant a la chance de connaître ses grands-parents des deux lignées, ses oncles et tantes maternels et paternels, dont il est neveu ou nièce, et ses cousins. Il comprend alors les conséquences de cette loi d'interdit de privautés sensuelles et sexuelles, si tant est que la chasteté des relations familiales, l'entraide et l'affection qui unit tous les membres de la famille, lui soient objet d'observation. Ce qui n'est plus guère le cas dans la vie urbaine où les familles sont réduites, dans les meilleurs cas, à la cellule familiale parents et enfants, ou si, du fait d'un décès, il n'entend parler que de dissensions d'héritage au lieu d'une assistance aux obsèques qui lui ferait connaître sa famille. Encore heureux quand on ne lui escamote pas le savoir de la mort de ceux qu'il aimait et dont alors on ne lui parle plus du jour au lendemain, comme s'il s'agissait d'un objet usuel cassé ou d'un animal crevé.

Combien d'enfants sont au contraire habilités à croire parents (oncles et tantes), des étrangers à la famille, dont les jeux sensuels et sexuels entre adultes sont pour lui signifiants d'inceste.

Quoi qu'il en soit, pour en revenir à l'impossible réalisation d'union incestueuse entre lui et ses parents, et même si ceux-ci s'interdisent des privautés sensuelles à son égard, s'ils n'explicitent pas à leur enfant que la loi vaut ni plus ni moins pour eux que pour lui, et même s'ils le disent, les adultes qui sont médiateurs de sa souffrance conflictuelle font du père un castrateur désirable et de la mère, pour le garçon, une rejetante séductrice interdite, des sœurs des tentatrices désirables sur lesquelles, à défaut de génitalité, il est suscité à exercer son sadisme, tandis que les filles sont réduites face au père non accessible génitalement à user de minauderies puériles, en se méfiant de la mère, jalousée supposée jalouse, et faisant des frères des rivaux vis-à-vis de la mère et des séducteurs auxquels il faut cacher qu'on les désire, puisque cela n'entraîne que conflits caractériels dont on est menacé d'en référer à papa ou maman, celui qui détient l'autorité.

Quoi qu'on fasse, les parents restent les détenteurs du savoir et de la vérité du «mal» qui se cache dans le «bon» du désir et du «bien», lié à la souffrance des tensions conflictuelles inconscientes, et, quoi qu'on fasse, on n'est jamais certain qu'une initiative nouvelle ne déclenchera pas réprobation sinon action punitive.

Ajoutons encore que la dépendance entière aux parents est aussi le fait de la loi, qui les oblige à la responsabilité pénale et civile de leurs enfants jusqu'à la majorité, laquelle n'a rien à voir avec leur amour et ne dépend pas non plus des «satisfac-

tions» que leur procure l'enfant, et cela n'est pas enseigné aux enfants.

Combien en ai-je vu qui redoutaient d'être «abandonnés» par des parents qui les menaçaient! Les enfants se croient, par ignorance des lois, soumis totalement au bon ou au mauvais plaisir de leurs parents à leur égard; pire, lorsque ce sont des adultes pervers ou névrosés, ce qui est très fréquent, taquins, vindicatifs, jaloux, sadiques pour le plaisir, ou peloteurs, possessifs, interdicteurs de plaisirs sains, de fréquentations d'amis, d'activités culturelles qui leur sont étrangères, comment l'enfant post-œdipien peut-il savoir que son droit d'être humain et son devoir à l'égard de lui-même est de ne pas prendre toujours ses parents pour exemple et que ses désirs sont valables, même si ses parents s'opposent par leur autorité abusive à ce qu'il les mène à réalisation.

Les enfants dans la société, livrés à des maîtres ou à des aînés plus forts qu'eux, parce qu'ils transfèrent sur eux les sentiments qu'ils ont sur leurs parents, peuvent être aussi piégés.

Les enfants, qui ne sont pas soutenus à s'exprimer et à comprendre que les adultes sont mus par leur désir, qu'ils sont passionnés, névrosés ou pervers, croient que des maîtres ou des éducateurs qui leur sont nuisibles ont des droits sur leur personne, alors qu'ils n'ont que des devoirs face à la loi qui les délèguent à l'éducation ou à l'enseignement. Ils n'ont aucun droit sur leur personne.

Combien d'enseignants torturent des enfants, leur faisant perdre confiance en eux parce qu'ils ne trouvent pas de plaisir à étudier, ou parce que les conditions de temps ou d'espace rendent «mauvaises» pour son développement les exigences des ensei-

gnants à leur égard, ou que leurs exigences ne sont pas compatibles avec la vie à leur foyer et son organisation carencée ou perturbée !

Que de solitude amère et peu de solitude agréable et vitalisante, pour tant d'enfants auxquels l'intelligence de leurs expériences du vivre n'est pas soutenue à s'exercer dans la communication, dans l'écoute discrète et surtout pas dans l'inféodation !

Savoir résister à la pression du grégarisme, garder la liberté de penser et de désirer, la liberté d'agir, qui est momentanément, par la force des choses et la force des puissants, interdite d'expression. Tel devrait être le but de tout adulte auquel incombe la charge d'éduquer les enfants. Nul ne détient la vérité. C'est au jour le jour que l'enfant doit être initié à cette contradiction entre notre désir de puissance et notre impuissance. Il y a des compétences que l'on reconnaît à l'œuvre, mais le jugement sur ces œuvres est toujours à reconsidérer.

Quand enseignera-t-on aux enfants le bien-fondé de leurs observations des contradictions entre le dire et l'agir des adultes, entre leur devoir selon la loi écrite et les droits qu'ils s'arrogent ? Quand les complimentera-t-on d'exercer leur intelligence à comprendre le relatif en toutes choses et la nécessité de contestations et de conflits de jugements et d'opinions ?

C'est cette continuelle contradiction de la condition humaine à laquelle les enfants spontanément font le procès et à laquelle ils devraient être soutenus à réfléchir.

Suivant les conditions qui sont faites à leur faiblesse (à eux comme à d'autres qu'ils observent), par des aînés ou des adultes qui détiennent de droit ou de force le pouvoir de les opprimer, il doit leur être dit que tolérer un temps, subir un temps est parfois nécessaire pour survivre, mais que ce n'est pas digne d'un être humain de laisser son désir subjugué par celui d'autrui.

Les enfants devraient être enseignés à ne jamais confondre l'amour avec un lien de dépendance. Ne jamais voir dans un échec un tort, mais une expérience. Ne jamais considérer une réussite apparente comme un signe de valeur morale, ni comme valeur d'exemple. Bref, retirer chez l'être humain très jeune, dès l'Œdipe, toute valeur à l'imitation et à la dépendance passive à l'égard du désir d'un autre, fût-il père ou mère ou maître, sans garder son quant-à-soi. La raison du plus fort n'a, comme l'a dit La Fontaine, sens de vérité que sur le plan physique mais jamais sur le plan moral.

L'enfant doit être enseigné à supporter que tout est relatif dans un monde relatif et que chaque individu humain enrichit la communauté, dans la mesure où il fait servir son désir au bien de tous, tel que lui-même en y réfléchissant l'entend. Si un être humain se sent un désir assez fort pour en assumer tous les risques, c'est qu'il honore la vie dont il est porteur, quitte à faire de la peine à ceux qui ne le comprennent pas, mais à condition de ne négliger aucune des responsabilités qu'il engage, quant à ceux dont ses actes antérieurs lui ont donné la charge.

Un enfant devrait être mis au courant, dès qu'il s'y intéresse, des lois en cours, lois écrites qui encadrent le permis et le non-permis, et comprendre qu'elles n'ont de valeur qu'aussi longtemps qu'elles servent le plus grand nombre, mais qu'aussi chacun de nous est tenté, les connaissant, de les violer à son profit. Quelle que soit la loi, l'important est de ne jamais s'en servir avec un esprit de nuisance, mais dans un esprit de coopération et d'intérêt pour le groupe dont chacun fait partie, dans l'intérêt du plus grand nombre et surtout préservant les potentialités d'avenir.

Or l'avenir est aux mains des jeunes d'une société. On ne le leur donne pas assez à savoir et à se préparer et, dès la majorité légale, à assumer leur désir.

Compréhension différente, options différentes et contradictions sont le ressort des progrès d'une société, et ce ressort c'est la jeunesse et sa confiance en elle, c'est-à-dire chacun en son désir dominant que l'éducation doit promouvoir, et cela dans la période qui va de sept ans à la puberté, si nous voulons, nous adultes, préparer les enfants à une adolescence véritablement humaine, c'est-à-dire responsable, coopérante, productrice et créative.

Si nous voulons que notre société, dite occidentale, ne sombre pas, ce n'est pas à dix-huit ans qu'arrive l'âge de la majorité et de l'entrée de droit dans la vie productrice et la pleine responsabilité de ses actes, c'est à quinze ans, seize au plus tard que les jeunes devraient être en droit de se libérer de la tutelle parentale si souvent abusive. Mais, pour cela, c'est une autre éducation et un autre enseignement du savoir nécessaire pour se conduire qui devrait être délivré aux enfants de sept à quinze ans, et un autre style de communication et d'échanges entre les adultes et les jeunes, et pour eux une accession possible dès dix ans à la coopération et à l'organisation entre eux de besognes d'intérêt civique dans leur commune, à la campagne, et dans leur quartier, dans les villes. Les insérer très tôt, s'ils le désirent — et beaucoup le désireraient et en seraient capables —, à des responsabilités de citoyens. Combien de solitudes et de détresses enfantines dues au sentiment d'être inutile et sans communication seraient ainsi épargnées ! Combien de mal-être d'enfants sont dus à des sentiments de culpabilité pour des actes et des comportements sains, qui gênent la tranquillité des adultes, sans plus !

Drames : Œdipe, paresse et Tai Chi

L'ÉTRANGER : « Drame du début de l'Œdipe ». Ça commence vers... ?

LA PRATICIENNE : Deux ans et demi. C'est le désir de la mère, le désir du père, qui doit être gardé par l'adulte que l'enfant a à devenir. C'est l'adulte qui doit être garant que ce n'est que devenu adulte qu'il possédera l'être qu'il aime parce que, si maintenant (son désir, ce serait de l'agir maintenant) ce désir se réalisait, il ne pourrait pas se développer vers l'âge adulte.

L'ÉTRANGER : Il y aurait un court-circuit.

LA PRATICIENNE : Oui. Ou alors c'est que la mère qui lui paraît adulte serait une enfant — ou le père un enfant.

C'est pour cela que c'est si dangereux les pères qui jouent trop avec leurs petits, comme s'ils étaient eux-mêmes de leur niveau d'âge, et qui passent tout à un enfant. Finalement l'enfant, en jouant ainsi avec son père, arrive à faire quelque chose de dangereux, même pour le père qui est obligé de devenir méchant, comme un animal domestique qui devient méchant si l'enfant, en jouant, exagère et l'agresse vraiment au-delà du jeu. Et cela parce que l'enfant veut voir jusqu'où il peut aller si le père se laisse détruire, comme il aimerait, lui, aller au bout de ses possibilités contre un rival que ce père devient : il n'est plus l'objet d'amour et de prestige, puisqu'il se met au même niveau qu'un camarade de l'âge de son enfant. Il devient fantasmatique. Or, il faut que le père soit dans la réalité. Le père « pensé » est pour l'enfant fantasmatique, mais lui, ce père, doit rester dans la réalité un de son âge — pour une fille — et, pour un garçon, la mère doit rester dans la réalité une femme parmi les femmes, la femme de son mari (ou de son couple), tout en étant avec l'enfant compréhensive, mais génitalement non émotionnable par lui.

L'ÉTRANGER : De là, une tension.

LA PRATICIENNE : De là, une tension, oui, et ce besoin de lutter contre. « Qui va gagner entre ce père et moi quand, moi, je vais donner ma volonté ? », si le père veut tancer l'enfant et que la mère dit : « Mais tu es injuste avec lui. » Elle le « défend ». Alors, « c'est parce que je suis petit que mon père serait vraiment capable de me détruire ? » ou « c'est qu'elle me préfère, comme grand, à lui ». Alors, il est pris entre les deux et il ne peut pas arriver à se développer, parce qu'il ne sait pas si l'être désiré par lui — sa mère — l'aime impuissant petit ou si elle voudrait faire de lui son conjoint. Mais il voit bien que son sexe n'est pas de taille par rapport au sexe de la mère, et qu'il n'est pas de taille à rivaliser avec le sexe du père. Alors, il est très angoissé.

L'Œdipe doit rester un fantasme du désir incestueux jamais réalisable, constamment désiré et impossible à accomplir.

L'ÉTRANGER : Pour qu'il fonctionne d'une manière positive...

LA PRATICIENNE : Oui, parce qu'il arrive à susciter, à sous-tendre le développement adulte en organisant ses pulsions pour la création d'œuvres dans la joie.

L'ÉTRANGER : Question annexe : pourquoi l'appelle-t-on « complexe » ?

LA PRATICIENNE : Parce que c'est un jeu complexe de forces, un peu comme un corps soumis à des forces, divergentes ou non. Une résultante potentialise l'ensemble des forces et fait que la dynamique de cet ensemble — ici un être vivant, lieu de désirs divers — continue à se développer et que ces forces ne s'annulent pas les unes les autres.

Or, les forces en jeu dans l'Œdipe pourraient annuler la croissance d'un enfant et son idéation, même son vouloir vivre.

L'ÉTRANGER : Dans le langage courant, les connotations sont différentes. « Tu es complexé » = « Tu es handicapé »...

LA PRATICIENNE : Oui, mais « avoir un complexe » peut aller jusqu'à insinuer que l'on souffre d'une annulation des forces qui finalement mènent l'individu qui en est le théâtre à être le pantin du complexe d'Œdipe croisé à l'angoisse de castration[40] (ou de viol). C'est le lot commun de tout être humain. On peut y rester piégé ou le dépasser. C'est en général cela qui se produit. On y laisse plus ou moins de plumes.

L'ÉTRANGER : Donc, le but positif est d'arriver à en sortir par une force résultante qui triomphe de l'angoisse et de la culpabilité.

LA PRATICIENNE : À un désir qui ne peut pas se

réaliser. S'il se réalise dans un jouir, il y a annulation.

L'ÉTRANGER : « La maman a besoin d'un autre que lui et il n'arrive pas à comprendre les relations de sa mère avec d'autres adultes. » Il ne s'agit pas du père... ?

LA PRATICIENNE : Du père ou d'autres adultes aussi. « Pourquoi aime-t-elle parler avec eux et pas avec moi ? Pourquoi ce n'est pas moi qui suis tout le temps l'objet de sa sollicitude ? Quels sont ses intérêts ? » Et en même temps, c'est le fait de vouloir connaître ses intérêts, depuis les plus terre à terre, ou plutôt corps à corps, érotiques, jusqu'à ses intérêts culturels. Elle lit le journal. Qu'est-ce qu'il y a d'intéressant ? Alors, il faut apprendre à lire. Elle aime la musique. Qu'est-ce qu'il y a d'intéressant ? Apprendre la musique.

C'est là où le milieu et, justement, l'être aimé qui a autre chose dans la vie que l'intérêt pour l'enfant, le plaisir de faire plaisir à l'enfant ou d'en prendre son plaisir, est éducateur. Celui ou celle qui n'a pas autre chose que l'enfant en tant que tel à s'occuper ne peut pas être éducateur au sens formateur à la culture.

L'ÉTRANGER : Une fois encore, on renverse les sentiments ordinaires, qui veulent que l'on doit être gentil, on doit faire ci ou on doit faire ça.

LA PRATICIENNE : Suffisamment, mais pas trop. Il faut surtout avoir une vie personnelle pour que l'enfant ait, dans le modèle de qui il aime et dont il est aimé, quelqu'un dont le mobile de sa vie, la « clef » de son désir lui échappe. Il cherche où cet adulte qui ne camoufle pas ses faiblesses et ses manques trouve ce qui lui manque. Cela permet à l'enfant que cet adulte forme (et informe à leur insu à tous deux), d'avoir quelque chose qui lui manque et que l'adulte n'a pas plus à connaître que lui, l'enfant, a à connaître ce qui manque au désir de l'adulte. C'est ainsi que, peu à peu, il développe sa propre autonomie et focalise ses désirs sans dépendance à l'adulte.

Il s'agit d'un substrat dynamique à la communication.

L'ÉTRANGER : C'est tout le temps le combat, la tension entre des êtres qui sont en rapport. Et pour que cela arrive à des résultats positifs, il faut que ce combat soit mené selon les lois qui sont celles des niveaux de la libido pour chaque âge.

LA PRATICIENNE : Du désir de chacun, et qu'aucun être ne soit l'objet du désir de sa mère ou de son père. Et même un amant, il ne peut pas être l'objet total du désir de qui l'aime. Sinon, très vite, ça s'arrête, il n'y a plus de dynamique. Deux êtres qui s'aiment, c'est parce qu'il y a toujours une partie inconnue dans l'autre. Quand on connaît parfaitement, qu'on a fait le tour de l'être, si riche soit-il affectivement, il n'y a plus de mystère, d'inconnu et plus de place pour le désir. Il peut y avoir de l'amour, mais il n'y a plus de désir.

Il y a toujours des mouvements incongrus et insolites qui interrogent. On ne connaît pas. Tout d'un coup on découvre des pans de la personnalité de celui qu'on aime et qu'on désire. On croyait le connaître et tout d'un coup on ignore. « Mais tiens ? Ça l'intéressait ? Je ne savais pas. » Ça ne l'intéressait pas deux mois avant, c'est peut-être nouveau, mais c'est cela la vie d'un couple, constitué ou pas. Je crois qu'entre amis, ça fait partie, dès le début, de quelque chose qu'on ne saura pas, tandis qu'entre amants, il y a toujours cette recherche de tension, on désire être celui ou celle qui pourrait satisfaire cet autre élu.

Entre amis, la question de la sexualité de l'ami ne fait pas partie de la relation d'allié, tandis qu'entre amants, il faut tout le temps cette tension pour que continue d'être suscitée l'évolution de chacun des adultes amants. C'est ce qui fait la difficulté dans les couples. On voudrait une sécurité et, finalement, retourner à quelque chose de maternant — co-maternant, co-paternant l'un de l'autre — qui existe aussi dans le compagnonnage mais qui n'est pas compatible avec la tension nécessaire au désir et la part d'inconnu nécessaire à l'amour.

L'ÉTRANGER : Une alliance plus qu'autre chose.

LA PRATICIENNE : Une alliance, oui. L'amitié, c'est une alliance de confiance.

L'ÉTRANGER : «Sa solitude lui permettra de s'identifier à son père.» Le fait de faire l'expérience de s'interroger : «Mais pourquoi ?»...

LA PRATICIENNE : Il fait l'expérience de l'éloignement, d'une distance avec ce qui l'étreint en présence d'autrui. Il reconnaît que le fait d'être autonome s'accompagne par moments de solitude qu'il reconnaît être celle que son père ou sa mère lui ont montré connaître aussi. Donc, cela fait partie de la condition humaine.

L'ÉTRANGER : Là, il commence à comprendre... d'une façon structurante pour lui ?

LA PRATICIENNE : Tout à fait. Certains enfants ont plus tôt que d'autres, par moments, ce besoin de solitude ; ils ne s'ennuient pas du tout, ils ont besoin de se retrouver seuls. D'autres, au contraire, ont tout le temps besoin d'être dans un milieu porteur, qui a l'air d'être un milieu maternant, d'avoir quelqu'un qui les dirige, un leader quelconque.

C'est difficile, dans une famille, de savoir d'avance qu'un enfant aura besoin de solitude ou qu'un autre aura besoin de compagnie. On ne sait pas quand ni comment.

Nous nous en rendons compte, maintenant qu'on peut proposer à un enfant le climat de la Maison Verte. Certains des enfants (ce sont des enfants très jeunes, tous moins de trois ans) dès qu'ils peuvent se propulser par reptation, quatre pattes ou debout, sont contents d'aller vers les autres et, par moments, contents d'être seuls au milieu des autres.

L'ÉTRANGER : Les mêmes ?

LA PRATICIENNE : Oui, les mêmes, ils sont contents d'aller dans un coin, réfléchir tout seuls. Bien sûr, de toutes façons, ils savent leur mère ou leur père quelque part présents dans les lieux. C'est cela qui les maintient en sécurité, même éloignés de l'adulte tutélaire et référent de leur existence. Ils pourraient prendre contact avec d'autres. Ce n'est pas du tout qu'ils les fuient, c'est une espèce de rythme de repos compensateur à une grande stimulation.

Je crois qu'on doit respecter cette recherche de relative solitude sereine, visiblement sereine, pesante parfois aussi, quelquefois observatrice à distance des autres. L'isolement — un relatif isolement — d'un être humain est très important dans la vie. Nous devons pouvoir respecter quelqu'un qui recherche la solitude sans pour cela dire : « Ah, mais il nous en veut, il nous bat froid. Quelle bêtise mijote-t-il ? »

Il y a des gens — et ça fait partie de leur personnalité — qui ont besoin d'être seuls. Par exemple, il est interdit à l'école qu'un enfant reste dans la classe pendant la récréation. C'est très dommage, parce que certains souffrent dans leur cohésion intérieure psychique d'être tout le temps à vingt-cinq ou trente à la fois, ils ont besoin de se ressourcer en eux-mêmes, apparemment avec un joujou ou un livre d'images, parfois sans, rien, éveillés, tranquilles.

Je l'ai vu dans les kibboutz où les enfants vivent dans leur maison à eux : la maison pour les plus petits jusqu'à dix-huit mois, la maison de dix-huit mois à trois ans, la maison de trois à six ans, puis après six jusqu'à la puberté. En visitant un kibboutz, un dimanche — les enfants étaient partis en promenade — il y en avait un sur son lit, en train de lire. J'ai dit : « Il est malade ? — Non, non pas du tout. C'est un enfant qui a besoin d'être seul et qui est content de rester le dimanche à lire ou à ne rien faire, alors, nous lui permettons de ne pas aller avec le groupe. » C'était intelligent et ça m'a frappée, parce que je connais cette souffrance que certains enfants ont de ne pas avoir un coin à eux, tranquille, où ils peuvent ne rien faire, où personne ne vient les tarabuster. Ils ne sont pas l'objet de sollicitations ou même du « Viens jouer avec moi » d'un autre

Ce serait une bonne chose pour l'éducation des enfants si l'on pouvait apprendre par la psychologie à respecter leur besoin de solitude. On ne sait pas du tout ce qu'est ce besoin, d'ailleurs. Peut-être vient-il du fait que l'enfant s'identifie à quelqu'un qu'il a connu et qui était comme ça ? On ne sait pas. À l'école, il n'est pas permis d'être seul. Quand on en voit un à la récréation rester dans la cour un peu seul, il y a comme une inquiétude de l'adulte surveillant. « Allez ! Il faut jouer, il faut jouer. La récréation, c'est fait pour jouer. » Jouer ? C'est courir avec un autre alors que, pour lui, c'était peut-être se reposer, réfléchir, écouter les bruits, regarder tournoyer les feuilles... observer une fourmi...

Ça angoisse l'adulte de voir un enfant solitaire. Or, il y a des solitudes ressourçantes aussi bien pour l'adulte, sûrement, que pour l'enfant.

LE MAINATE : Ça angoisse surtout les adultes qui sont pédagogues, les maîtresses de classe. Elles se disent : « Il doit être triste. » Elles ont peur que leur rôle d'éducation ne parte en morceaux.

LA PRATICIENNE : Je crois qu'elles se projettent.

L'ÉTRANGER : « Toujours la solitude est dépassée par la compréhension de l'adulte et l'acceptation de la souffrance de l'enfant », si c'est elle qui le fait s'isoler. Mais alors un « Ça va comme tu veux ? » attentif à sa personne suffit.

LA PRATICIENNE : Si un adulte voit qu'un enfant est content d'être seul, il dit : « Où vas-tu ? — Je vais là. — Ah ! mais qu'est-ce que tu vas faire ? — Eh bien, je ne sais pas. » Tout de suite, l'adulte se méfie. « C'est parce que tu me caches ce que tu vas faire. » Mais pas du tout (et quand bien même ce serait vrai !). Il va se promener ; il ne sait pas ce qu'il va faire. Très bien. Un « N'oublie pas l'heure, la classe reprend dans dix minutes » ou « On sert le déjeuner dans une heure » suffit.

LE MAINATE : Il va lui administrer la culpabilité... La culpabilité d'être disponible, d'aller sans but précis le nez au vent, la culpabilité de vivre. La culpabilité aussi de toujours devoir faire quelque chose de précis...

LA PRATICIENNE : Oui, oui. « Qu'est-ce que tu fais ? — Rien. — Il faut t'occuper. C'est très mal. L'oisiveté est un vilain défaut. » C'est l'oisif, paraît-il. Quand j'étais jeune, je réfléchissais comme ça beaucoup et ça s'appelait « baguenauder ». Ne rien faire de ses mains, c'était baguenauder. Ça m'étonnait ce mot. C'était très curieux. C'est comme ça d'ailleurs que j'ai appris à coudre, broder, bricoler en silence, ça m'a peut-être aidée... J'aime les besognes matérielles comme la couture parce que je peux penser. Le ménage m'ennuie un peu mais enfin, m'occuper de cuisine, de vaisselle et de toutes les choses de la maison, c'est formidable pour moi parce que, pendant ce temps-là, je pense à ce qui m'intéresse.

L'ÉTRANGER : Tu ne baguenaudes pas ?

LA PRATICIENNE : Mais mon esprit baguenaude, bien sûr. Notre institutrice, qui faisait étudier « les grands » m'a enseigné à ne pas baguenauder. Elle m'y a initiée très jeune, dès avant quatre ans, bien que ça n'ait jamais été un problème pour moi de faire les choses, ça me libère l'esprit. Sinon probablement que je me sentirais coupable de ne rien faire du tout. C'est possible. Je ne sais pas. Sans doute, mon « surmoi », comme on dit en psychanalyse, me fait prendre plaisir au « faire » quelque chose (surmoi anal). Mais quand j'étais enfant, ne rien faire, ça me semblait faire quelque chose.

L'ÉTRANGER : Et maintenant ?

LA PRATICIENNE : Non. Maintenant, je ne peux plus. Je suis toujours en train de faire quelque chose qui n'a pas d'importance, qui m'occupe. Pour penser, je fais quelque chose.

LE MAINATE : Ne rien faire... par exemple, en faisant le tai-chi, quand tu l'apprends, évidemment tu as toujours l'impression de l'effort parce qu'il faut un apprentissage physique. Mais, une fois que tu le connais et quand tout se passe bien, quand tu le fais sans effort, tu dois avoir l'impression que tu ne fais rien. Parce que ce n'est rien, si quelqu'un te regarde de l'extérieur. Alors, on se dit : « Mais qu'est-ce qu'il fait ? Il attrape des ombres ? »

LA PRATICIENNE : Oui. Le yoga me semblait... ennuyeux. Je ne pouvais pas parce que c'était rien. Il n'y avait pas de travail moteur pour libérer le penser. J'ai l'impression que le tai-chi, si je savais les mouvements de façon très consciente, le fait de respirer — je respire mal malheureusement, physiologiquement — aide encore plus à être dans un mouvement qui rassure peut-être, qui aide à rester éveillé et à penser.

LE MAINATE : Le yoga, c'est peut-être quelque chose de trop immobile pour vous, Occidentaux...

LA PRATICIENNE : C'est uniquement végétatif. Ça me dispersait... m'endormait parfois. Ça ne fait pas travailler les muscles striés. Et je suis motrice. Je l'ai toujours été. Dans ma famille, quand j'étais jeune, ils étaient toujours épatés. « Qui est-ce qui veut aller me chercher... ? » J'étais toujours debout tout de suite, alors que j'étais plutôt une grosse fille et qu'il y en avait des maigres parmi nous, moi j'étais toujours à ressort. « Françoise n'est pas paresseuse. » Si, autant qu'une autre devant quelque chose de difficile, de contraignant, mais ça me repose d'agir physiquement.

LE MAINATE : Dans le tai-chi, on n'a jamais l'impression d'être seul, c'est toujours une ouverture. En même temps, on se construit sa maison.

LA PRATICIENNE : Oui, sa bulle.

LE MAINATE : C'est une bulle faite d'ouvertures ; au fur et à mesure qu'on construit sa maison, on s'ouvre vers quelque chose de l'extérieur. Mais, apparemment, pour les yeux externes, on est là seul à faire des mouvements incompréhensibles. À l'intérieur, on se sent en paix.

LA PRATICIENNE : Oui, parce que le schéma corporel est entièrement sollicité. Je ne parle pas de l'image du corps ; je parle du schéma corporel. Il est complètement mis en mouvement. Il entre dans la danse.

Il y a des mouvements qui sont, quand tu serres le poing, un petit peu agressifs, mais c'est contre rien. Alors...

LE MAINATE : Oui, c'est agressif parce qu'on a toujours des images culturelles. Mais le poing n'est pas plus agressif que les doigts, mais vous, dans votre imagerie de western...

LA PRATICIENNE : On a plus de force dans le contondant que si on ouvre les doigts...

LE MAINATE : Non..., on peut avoir exactement la même force, les doigts peuvent être tout aussi agressifs que le poing.

LA PRATICIENNE : Ils sont plus fragiles au bout. Le poing est plus solide.

LE MAINATE : Dans tous les cas, il n'est pas plus agressif que le coude, que la main, que le bras, qu'autre chose. C'est un instrument.

LA PRATICIENNE : Oui. Et il y a l'imagerie de défense, de tirer, de pousser un peu comme les vagues de la mer, le ressac, et puis le grand soin imaginaire de la sphère figurée qu'on prend comme un ballon et qu'on protège. Tout ça tient sereinement éveillé.

Silence, on écoute !

L'ÉTRANGER : « Il faut que l'enfant admette la séparation indispensable entre lui et la mère ou le père. »

LA PRATICIENNE : Sinon, il reste fusionnel et il ne peut pas assumer son image du corps, son individuation dans sa réalité. Là, c'est plutôt intégrer son individuation pour entrer en relation avec autrui d'une façon authentique, c'est-à-dire en échange, pas en inclusion ni en côtoiement inattentif à l'autre, mais en contact communicant.

L'ÉTRANGER : De façon structurante et authentique : « Sinon, il va nier la prééminence de l'adulte. »

LA PRATICIENNE : Parce qu'il est fusionnel avec l'adulte, il va nier la valeur d'advenir adulte : il n'est pas suscité à le devenir. Comme une plante qui vivrait sur la plante adulte, elle ne le devient pas elle-même, elle ne va pas pousser comme l'adulte.

L'ÉTRANGER : « Ce n'est qu'en l'acceptant que naîtra en lui la notion d'une autre relation qui n'est ni prendre ni déprendre ni faire. »

LA PRATICIENNE : Non, ni faire. Être aux côtés d'un autre, mais être. Ce n'est pas faire obligatoirement quelque chose. C'est respirer dans son espace, comme l'autre respire dans le sien. C'est être.

L'ÉTRANGER : Donc, arriver à se définir sans passer par des médiations...

LA PRATICIENNE : ... sensorielles de communication tout le temps. La communication peut se reprendre et peut s'interrompre dans la sécurité, sans que ça mette en danger son existence.

L'ÉTRANGER : Parfois, ça reste à l'âge adulte. Par exemple, il y a des gens qui sont très souvent angoissés s'ils ne parlent pas et qui se ruent dans un flot de paroles.

LA PRATICIENNE : Oui, ou si un autre ne leur parle pas : « Dis-moi quelque chose. »

En psychanalyse, au début, leur silence et celui de l'analyste les angoissent et ils disent n'importe quoi. « Vous êtes là pour dire ce qui vous passe par l'esprit, oui, c'est la règle fondamentale, mais pas n'importe quoi. » C'est encore la période où l'on bouche le trou en disant n'importe quoi (le silence est ressenti comme un trou dans le tissu relationnel).

L'ÉTRANGER : Il faut dire qu'il y a des psychanalystes qui utilisent ça d'une manière...

LA PRATICIENNE : Non relationnelle, quasi mortifère, obsessionnelle, oui.

L'ÉTRANGER : Certains psychanalystes ont une façon de parler au téléphone extrêmement énervante quand on parle de choses absolument banales. On dit quelque chose — je pense à L., j'ai envie de le gifler à chaque fois —, silence au téléphone. On demande : « Quelle heure est-il ? » ou : « Ça va ? » Silence. Je trouve que c'est un détournement de la fonction.

LA PRATICIENNE : Oui, parce que, dans le social,

au téléphone, tu n'es pas dans le contact de la séance. Tu es un être social comme un autre. Mais c'est qu'il n'est pas un être social comme un autre. Ça ne vient pas de ce qu'il joue au psychanalyste : c'est qu'il est coincé.

Je t'ai parlé de la dame qui m'a téléphoné vers six heures et demie du matin, pour me dire qu'elle était en analyse depuis je ne sais pas combien de temps et qu'elle voulait se suicider ?

L'ÉTRANGER : Non.

LA PRATICIENNE : Il paraît qu'elle avait fait ça avec beaucoup d'autres psychanalystes, je l'ai su après. Et moi, je lui ai dit : « Écoutez, ce n'est pas une mauvaise idée. Mais pourquoi me réveiller à six heures et demie du matin pour me dire ça ? Pourquoi ne vous suicidez-vous pas ? Vous dites que ça fait trois ans que vous hésitez à vous suicider. Vous me téléphonez ça à six heures et demie du matin. Non, vraiment, vous exagérez ! » Et puis, j'ai raccroché. Elle m'a dit que ça avait été formidable, parce que les autres psychanalystes étaient : « Oui... Gnagnagna. » Moi, je lui ai dit : « Mais pourquoi pas ? Ce n'est pas une si mauvaise idée. En tout cas, ne réveillez pas les gens pour leur dire ça à six heures et demie du matin. Foutez-moi la paix ! »

Et ça lui a donné de la vie.

L'ÉTRANGER : Une joie de vivre.

LA PRATICIENNE : Oui, une joie de vivre. Ça l'a fait rire, et puis elle s'est dit : « Vous avez bien raison. C'est vrai. Qu'est-ce que je fais ? » Alors, elle a pu parler à son analyste de ce coup de téléphone car elle m'a rappelée : « Je suis la dame qui vous a réveillée à six heures pour vous dire que je voulais me suicider. Je vais beaucoup, beaucoup mieux.

Ça faisait trois ans que je traînais. Mon analyse n'avançait pas et, grâce à votre réaction bien naturelle, j'ai redémarré, je m'excuse. C'est pour ça que je vous téléphone, pour vous dire que ça a servi à quelque chose.» C'est comme ça que je l'ai su.

Il y a quelques jours, une amie psychanalyste m'a parlé d'une autre personne, en analyse depuis quatre ans et internée depuis six ou sept mois à Sainte-Anne. Elle avait décompensé. Elle aussi m'avait téléphoné (on sait dans le milieu que je ne reçois plus) et dit combien elle souffrait. Ce n'est pas une femme qui geignait, mais elle me téléphonait : «Je suis à bout. Je suis à Sainte-Anne.» Je l'ai écoutée, autrement que son analyste qui, lui, la connaissait sans doute trop. «J'ai fait entre trois ans et demi et quatre ans d'analyse. L'analyse avait l'air de bien marcher et, tout d'un coup, je suis tombée dans un trou. On a été obligé de me mettre à Sainte-Anne. Ce n'est pas que je l'ai cherché. Je n'ai rien fait contre, je n'ai rien fait pour, mais je ne pouvais plus travailler, gagner ma vie, etc.» Je lui ai dit : «Mais c'est curieux ce que vous me dites, que cela vous soit arrivé après trois ou quatre ans d'analyse.» Je lui ai seulement répété ce qu'elle venait de me dire, simplement. J'ai ajouté : «Que s'est-il passé entre vos trois et quatre ans? Il me semble que vous souffrez de quelque chose de votre mère mais pas de vous, de vous qui, à cet âge-là, vous supposiez devenir une grande personne comme votre mère. Peut-être elle, ce modèle, passait un mauvais moment?» Elle est sortie trois jours après de Sainte-Anne! C'était entre ses trois ans et demi et quatre ans que sa mère avait été déportée. Pour l'enfant (par les dires entendus), elle a été emmenée, elle a été enfermée, emprisonnée (à Drancy). Et personne n'avait pensé que c'est ça qu'elle revivait entre trois ans et demi et quatre ans d'analyse, par revécu d'identification à sa mère (compliqué sans doute de culpabilité, bien sûr) le besoin de se faire enfermer. Plus envie de vivre, pas envie de suicide, délirante, hors d'état de s'assumer. Et elle est avec un bon analyste, mais qui n'avait pas compris ce qui se passait dans les séances qui avaient précédé sa décompensation. Comme elle sortait de la clinique pour aller à son analyse, elle lui a dit : « J'ai téléphoné à F. Dolto. Vous ne m'avez pas aidée. C'est sûrement ça. J'ai senti qu'elle disait juste. Entre trois ans et demi et quatre ans. J'ai réfléchi. C'est ça qui s'est passé. J'étais à tel endroit et c'est là que mes parents ont été déportés. Vous ne m'avez pas aidée. » Il lui a dit : « Je le reconnais et je vous fais toutes mes excuses. Je n'ai rien compris. C'est vrai. Vous avez sûrement raison. » Si cette amie qui connaît cette femme ne me l'avait pas raconté, je n'aurais jamais su la suite de ma banale réponse de psychanalyste. Mon amie m'a dit : « Tu l'as sauvée, cette femme, parce qu'elle serait restée indéfiniment dans un état de no man's land si le rendu de son dire, par tes paroles, n'avait pas permis de lui faire revivre vraiment nouvellement ses souvenirs très usés, de fillette. »

L'analyse fait revivre des choses comme cela. Si on ne tombe pas dessus, on s'y piège.

Il faut attendre et voir. Quelque chose qui se passe entre trois ans et demi et quatre ans d'analyse, ça peut être quelque chose qui s'est passé entre « vos » trois ans et demi et quatre ans. C'est une hypothèse à aborder. Bien sûr que, si ça n'avait rien donné, cette hypothèse-là serait fausse. Mais la psychanalyse est tout de même une science des hypothèses du revécu, car les enfants revivent les choses de leurs parents. C'est ainsi que moi, une femme de l'âge d'être sa mère dans un transfert de sa part (sans ça, elle ne m'aurait pas téléphoné), je lui ai permis de s'identifier à ma pensée éclairante autrement que ce qu'elle vivait depuis six à sept mois (« cette moi ? » qui avait perdu son moi).

L'ÉTRANGER : Ça se dénoue tout de suite ?

LA PRATICIENNE : Oui. Les adultes en analyse revivent souvent les épreuves de leurs parents de l'époque où ils étaient en train de s'identifier à eux. Et elle était arrivée là à un blocage parce qu'elle ne réussissait pas à comprendre. Elle tombait dans un état physiologique de dépression et personne pour lui dire : « Mais ce n'est pas grave. Ça veut dire que tu as ressenti, voulu expérimenter ce qui, indépendamment de sa volonté, s'est passé pour ta mère. L'abandon de poste, la mise en prison. C'est à ce moment-là que ton modèle a disparu, ton soutien a disparu et tu vis ça sur ton analyste. » Elle a provoqué aussi l'analyste, en décompensant de la sorte. Elle a provoqué la compréhension de l'analyste.

L'ÉTRANGER : Elle a transféré la situation et l'autre est tombé, piégé, dedans.

LA PRATICIENNE : C'est vécu dans le transfert, c'est vécu dans des affects. Mais comment comprendre, là ? Faire revivre à son analyste le manque de sa présence et de sa compréhension parce qu'on avait besoin de revivre ce qui était estompé, refoulé, passé devenu flou, qui avait été vécu avec la maman, avec le papa qui, à ce moment-là mis en prison, l'avaient laissée comme abandonnée. Alors que la déportation de ses parents, c'était une chose qu'elle avait vécue dans la petite enfance. C'est cela que l'analyse, dans la relation inconsciente à l'analyste, quel qu'il soit, homme ou femme, fait revivre. C'est ce qui est difficile. Si c'était conceptuel seulement...

Elle savait qu'elle avait perdu sa mère entre trois ans et demi et quatre ans, qu'elle avait été éduquée par quelqu'un d'autre.

L'ÉTRANGER : Intellectuellement, elle le voit.

LA PRATICIENNE : Oui, elle le voit, mais ce qu'elle a vécu, enfant, et qu'elle ne savait pas qu'elle a vécu, c'est ce qui s'est actualisé vis-à-vis de l'analyste, mais qui heureusement n'a pas interrompu son analyse. C'est parce qu'elle sortait de sa clinique pour aller à ses séances et que l'analyste a persévéré malgré l'internement à « l'écouter », et non à soigner son angoisse qui paralysait sa vie en la rendant irresponsable d'elle-même, qu'elle a pu s'en sortir (les « soins », l'abri hôtelier minimum et des médicaments calmants, c'était le psychiatre de l'établissement qui en avait la charge, qui assumait la survie matérielle de cette femme, comme redevenue enfant). Elle continuait donc son analyse, cette recherche de sa vérité ordonnée par la relation rythmée du parler sur le divan, dans le transfert, chez son analyste. C'est elle-même (par la médiation de mon écoute d'analyste d'enfants) qui a trouvé la manière de sortir de son piège.

C'est pourquoi on se dit quelquefois qu'on ne sait pas si c'est une analyse qui est nécessaire ou un autre mode de traitement. On dit que par l'analyse on essaye de comprendre. Oui et non. C'est dans un transfert d'abord et secondairement peut-être, comprendre ce que l'on revit. Ce n'est pas un savoir. C'est une initiation à revivre sa jeunesse. On pourrait s'en passer peut-être, si c'est si difficile. C'est vrai qu'on peut se piéger en route.

Tous dans le même sac

L'ÉTRANGER : Il y a des écrivains qui refusent l'analyse parce que ça peut tarir leur imagination créatrice.

LA PRATICIENNE : Personne ne peut leur dire ni oui ni non à ce sujet. Je crois qu'il faut faire une analyse quand vraiment on ne peut plus survivre disponible du fait de ses angoisses — mais tant qu'il y a une résultante positive dans les conflits, ce n'est pas indispensable, ni peut-être nécessaire d'y recourir. Sauf pour les petits. C'est royal pour les enfants de moins de trois ans : ils revivent avec l'analyse ce qu'ils ont vécu depuis leur conception dans la vie intra-utérine et après. Mais alors, il faut savoir que la psychanalyse de leur enfant, surtout jeune, est dangereuse pour les parents, dangereuse pour le frère ou la sœur immédiatement avant celui-là (au contraire très salutaire aux puînés).

L'ÉTRANGER : La famille, c'est comme un organisme...

LA PRATICIENNE : Oui, c'est comme une formule de chimie organique des associations de CH-CH-CH. En en changeant, on change un CH de place ; et tout bouge dans la formule.

C'est pour cela que la psychanalyse est si enrichissante, enfin, si positive. Et pour les enfants qui n'ont plus leurs parents et dont la croissance psychologique et physique est bloquée, les enfants de l'Assistance publique (la D.D.A.S.S., dit-on maintenant), la psychanalyse est la voie royale pour les sauver du marasme angoissé inconscient qui se manifeste par leur mauvais développement en nourrice ou en institution.

L'ÉTRANGER : Les enfants abandonnés.

LA PRATICIENNE : Oui, des enfants abandonnés qui sont en pouponnière ou en familles d'accueil souvent très affectueuses, sauf que, évidemment, par le langage au sens large du terme, les maternantes influent sur leur état mental, leur conscient, mais pas dans l'histoire de ces enfants enracinée dans leurs géniteurs.

Alors, une fois qu'ils ont compris, avec l'aide de l'analyste, qu'ils peuvent s'absenter de l'analyste, que l'analyste qui temporairement représente le père ou la mère leur a rendu ce père et cette mère en leur en parlant avec des mots vrais, l'expérience montre que leur désir de devenir un adulte de leur sexe, pour rencontrer un adulte de l'autre sexe, leur est aussi rendu. Ces enfants sans parents ne sont pas « dangereux » s'ils s'autonomisent. À partir de là, de se savoir fils ou fille de tel ou telle, perdus, les enfants de pouponnière sont forts d'avoir survécu, même si leur mère était névrosée, psychotique et leur père criminel. C'est comme si les paroles vraies leur avaient délivré le droit de vivre, sains, la vie à assumer par eux seuls. En effet, le destin de ces parents inconnus est la conséquence aussi de dysfonctionnements en chaîne scandés de pièges où leur évolution s'est bloquée. Les enfants qui ont vécu l'abandon ont une intelligence de la vie qui surprend toujours.

Je ne suis pas sûre qu'avec la liberté, ils ne retrouveront pas en eux les qualités et les défauts, enfin la dynamique difficile vécue par leur père inconnu. Il est possible qu'en grandissant masculins, ils deviennent, sans le savoir, comme lui. Les témoins parleraient d'hérédité. Pourquoi pas? Peut-être vont-ils aussi vivre les épreuves qui ont fait que leur père géniteur n'a pas pu reconnaître son enfant, et si c'est une fille, dans la situation de leur mère génitrice qui fait qu'elle n'a pas pu assumer l'enfant qu'elle avait mis au monde. Or, cela, je ne crois pas qu'on puisse le savoir. On les a aidés à structurer une libido autonome, pour en faire quelque chose en n'ayant pas besoin de parents. Ce traitement leur a fait dépasser l'angoisse de leur âge dans leur situation. Les voilà donc en échange avec ceux de leur âge. Nul ne peut certifier qu'il n'y aura pas rechute devant les épreuves ultérieures de leur vie longtemps encore à dépendre d'éducateurs mercenaires.

L'ÉTRANGER : Pour les enfants qui ont leur famille, ça revient à dire qu'une «thérapie» ne peut être qu'une thérapie du groupe entier, de la famille.

LA PRATICIENNE : Une thérapie relative. Ça ne peut être une véritable psychanalyse. Tandis qu'avec un enfant sans parents, ça peut être une vraie psychanalyse.

L'ÉTRANGER : Dans la mesure où tu changes la formule CH dans un coin, ça se déplace de l'autre côté. Alors, il faut tout reprendre...

LA PRATICIENNE : Oui, sans que ce soit une thérapie familiale — puisque je ne suis pas beaucoup pour ça — ça induit l'un des parents à entrer pour lui-même en analyse. Très souvent, d'ailleurs, maintenant — enfin, depuis déjà pas mal d'années — je disais aux parents de venir seuls d'abord pour parler des difficultés de leur enfant. Très souvent, du fait qu'ils en parlaient, eux, l'enfant n'avait plus besoin de voir quelqu'un ; il guérissait peu à peu de ce qui faisait son anomalie dans son groupe d'âge parce que les parents, eux, pouvaient parler l'angoisse que présentait leur enfant. Leur enfant était sans doute soulagé d'un essai de compréhension de cette manifestation qui exprimait sa sensibilité à une souffrance non dicible le jour où il avait commencé à les inquiéter. Et puis, les parents étant rassurés d'avoir parlé avec un tiers technicien, l'enfant n'était plus l'objet de leur angoisse et n'était plus regardé par eux avec des yeux inquiets. Comme si un enfant prenait le rôle de justificateur de l'angoisse des adultes qui en fait l'éprouvent pour toute autre raison connue ou inconnue d'eux. En focalisant cette angoisse, en devenant boue émissaire, il est comme un thérapeute au service du narcissisme de ses parents. Bien sûr, c'est tout à fait inconscient de part et d'autre[41].

L'ÉTRANGER : Qu'est-ce que tu as contre la thérapie familiale ?

LA PRATICIENNE : Eh bien, ce que j'ai vu comme effets de la thérapie familiale, c'est que plus personne n'est à sa place. Cela se fait à deux thérapeutes, un homme et une femme, qui prennent pour les patients la place de « sachants », masculin et féminin, qui seraient d'ailleurs père et mère des deux parents adultes qui, dans ce transfert commun à ces deux praticiens parentaux, deviennent comme frère et sœur relationnels. Cela ressemble à du scoutisme de bas étage : on enseigne à ces adultes comment être parents, mais on ne laisse plus du tout le père avoir une place de désirant de sa femme. Les adultes demandeurs sont ramenés à une attitude de préadolescents ; on leur enseigne à se comporter vis-à-vis de leur poupée-enfant ou, s'ils sont plusieurs, à manipuler pour les dresser leur meute de chiens que sont leurs enfants.

Dans la thérapie familiale, chaque individu de la famille doit s'exprimer. Sa parole (consciente) est considérée hiérarchiquement aussi importante que père et mère, est aussi écoutée ou mise en question que celle de ses parents. Et moi, je crois que, dans une famille, la parole de père ne doit pas être mise en question devant les enfants. Que lui-même, seul avec un thérapeute, la mette en question en allant voir quelqu'un, ça, c'est autre chose.

Non, c'est une assistance sociale, psychique, comme on fait l'assistance économique. Il s'agit de la régulation économique libidinale normative.

L'ÉTRANGER : Ça aide à porter des béquilles. Cette thérapie familiale est très à la mode aux États-Unis.

LA PRATICIENNE : Très. Et en France, de plus en plus, parce que ça évite de subir le transfert de la même façon qu'en analyse pour un psychanalyste. C'est une psychothérapie comportementale, une psycho-pédagogie. Ce n'est pas une psychanalyse.

L'ÉTRANGER : Mais, vue ainsi, ça peut ressembler à une espèce de rapiéçage, un entraînement à vivre les relations les uns avec les autres. Ça reste au niveau comportemental, tout en permettant d'ajuster les caractères obligés de se côtoyer et de donner une espèce de surface acceptable au moins pour les voisins d'immeuble, souvent les plaignants.

LA PRATICIENNE : En thérapie familiale, par exemple, l'enfant de huit ans va traiter sa mère : « Tu es une pute ! Tu es ceci. Tu es cela. » Et le thérapeute dit : « Il faut comprendre, à cet âge-là, que tout se remet en question », alors que si c'est un père qui a des couilles, en entendant son fils ou sa fille parler ainsi à sa femme, il lui flanquera une raclée ou lui fera prendre la porte : « C'est ma femme. Je ne te permets pas de lui parler comme ça. Si ça ne te plaît pas, va-t'en. Mais c'est ma femme. » C'est ça, un père normal. Et le père, en thérapie familiale, qui doit entendre : « Il faut comprendre qu'à cet âge on dit n'importe quoi », eh bien, non !

Je pense qu'il y a des tensions qui doivent être laissées aux gens et il ne faut pas les détendre par la parole avec de bons conseils qui disent de se comprendre les uns les autres.

L'ÉTRANGER : Ça me fait penser à l'angoisse d'être seul et, à défaut de sa famille parentale, de tenter de vivre ensemble, jeunes couples dans la même maison, couples réguliers ou non, célibataires ou avec enfants.

LA PRATICIENNE : Les sectes ?

L'ÉTRANGER : Non, pas particulièrement les sectes. Les communautés tout simplement, les gens qui se mettaient ensemble, partageant la vie matérielle, les charges de la vie quotidienne, l'élevage de leurs enfants.

LA PRATICIENNE : Au douzième siècle ?

L'ÉTRANGER : Non, pas seulement. De nos jours aussi.

LA PRATICIENNE : C'était une question de logement, c'est parce qu'ils ne trouvaient pas d'appartements.

L'ÉTRANGER : Tu crois ?

LA PRATICIENNE : Ah oui. Je crois que c'était à cause de raisons économiques et aussi parce qu'ils en avaient ras-le-bol de vivre chez les parents.

La vie communautaire. Oui, justement, j'ai vu combien les enfants étaient bien, jusqu'à huit ans et neuf ans, c'est formidable comme ils poussaient bien dans ces communautés. Ils savaient très bien qui étaient leurs parents — je veux dire ceux qui les avaient mis au monde — et il y avait une clarté limpide pour eux concernant la vie sexuelle des adultes — leurs parents et les autres. Les enfants ne cherchaient pas à coucher dans la chambre des parents, comme les enfants seuls avec leurs parents. Il n'en était pas question. Il n'y avait pas ce retour régressif au giron. Ils savaient que les parents avaient une vie sexuelle maritale et de passage. Ils savaient que cette vie sexuelle parfois engendrait les enfants, dont eux qui avaient été engendrés par ce couple, alors que leurs copains qui étaient comme frère et sœur avaient été engendrés par un autre couple. Il n'y avait pas d'erreur. Il y avait une prise en charge des tâches communes par les familles et aussi par les enfants. Cela donnait l'impression que ces enfants de huit-neuf ans étaient à la fois ouverts, équilibrés, intelligents, des égaux de ces adultes et quelquefois beaucoup plus raisonnables que les adultes qui, eux, étaient pris par des histoires passionnelles les uns avec les autres.

L'ÉTRANGER : Il n'y a pas eu de perturbations ?

LA PRATICIENNE : Si, les perturbations sont

apparues après parce que ces communautés se dissociaient pour des raisons œdipiennes rémanentes des adultes, des intrigues, des jalousies, des envies de rivalité fraternelle ou sororale. Celui qui, lorsque c'était son tour, dirigeait le mieux la maison devenait comme le père. Celle qui faisait la tambouille la meilleure et la plus économique devenait la mère de la communauté. Puis, finalement, tout se rejouait par rapport à ces rôles, même temporaires — racontars, potins — comme dans les familles pathogènes.

Je crois que ces communautés ne sont pas possibles dans le libre jeu des sexes. Le libre jeu sexuel en communautés n'est pas possible. Les communautés qui tiennent, ce sont les communautés chastes, par définition, qui par vœu vivent leur sexualité d'une manière dégradée en se détestant, en disant du mal les uns des autres, ou sublimée, déplacée sur une œuvre commune qui exige beaucoup de temps et d'énergie mentale ou physique, mais pas en vivant leur sexualité génitale comme ils le veulent et en faisant des enfants ou en les concevant pour en avorter ensuite. Avec la fécondité charnelle qui est, assumable ou non, maîtrisable ou non, à la clef de toutes nos vies d'adultes, la vie en groupe mixte exige une maîtrise exceptionnelle. Dans ces conditions, la chasteté est très difficile.

L'ÉTRANGER : C'était au nom de la liberté sexuelle.

LA PRATICIENNE : C'était au nom de la liberté sexuelle, oui, mais ce n'était pas des gens particulièrement axés sur la bagatelle. Ils voulaient vivre plus commodément dans un contexte économique et social où il était difficile de se loger, de travailler ou de faire des études supérieures en élevant ses bébés.

J'ai connu C.H. juste à ce moment-là. Elle vivait dans une communauté. C'est par cette communauté-là que j'ai connu le phénomène social et ses divers cas de figure. Il y avait sept ou huit enfants, trois couples, un ou deux célibataires. J'y ai déjeuné plusieurs fois. C'était très sympa.

L'ÉTRANGER : Ils étaient où ?

LA PRATICIENNE : Tous près de Paris, à Gentilly. C'était un pavillon très bien organisé. Il y avait un des hommes qui conduisait tous les matins les enfants à l'école. Les couples faisaient la cuisine, pendant une semaine, à tour de rôle ; il y avait un tableau des charges et des occupations tenu à jour, visible par tous. C'était gai. Il y avait, disait tout le monde, une semaine où l'on bouffait mieux que les autres.

Je l'ai connue quand ça marchait. Après, la communauté s'est dégradée et chacun a voulu aller habiter chez lui... Je ne sais pas si même ils se sont dit pourquoi. Les autres essayaient de culpabiliser les partants : « Tu nous fais ça à nous de t'en aller ! T'es pas chic... avec tout ce qu'on a vécu ensemble. » C'était surtout les couples qui cherchaient à se loger ailleurs, quand un couple trouvait un studio et était content de s'en aller. Les célibataires ne cherchaient pas. Les enfants auraient voulu rester. On leur promettait qu'ils reverraient leurs copains, adultes et enfants.

Dans ces communautés, au début, ça marchait bien ; ils avaient le sentiment d'avoir été très heureux.

L'ÉTRANGER : Du point de vue de leurs relations, ce n'était pas déstructurant ?

LA PRATICIENNE : Non, au contraire. C'était des gens de professions ou d'intérêts culturels divers. Cela leur ouvrait les horizons de voir les copains les uns des autres, de jouer le rôle d'oncles et tantes d'occasion avec les enfants...

La plupart du temps, ces communautés se logeaient dans des pavillons très bon marché parce qu'ils étaient délabrés. Alors, tous ensemble remettaient ces pavillons en état. Tout le monde peignait, tapissait, brodait. Tout le temps de l'organisation était un temps merveilleux de créativité. Un petit pavillon, on l'arrangeait pour que chacun soit bien chez soi. Et puis, après un temps de marche organisée, ça éclatait. Quand on n'avait plus rien à faire de matériel, alors on était occupé par des sentiments, à la veillée. Dans la journée, chacun travaillait ailleurs et, au lieu de l'alternance, celui qui était chômeur s'occupait des enfants, la chômeuse s'occupait de la cuisine. C'est une façon aussi d'apaiser l'angoisse de se retrouver seul avec ses problèmes.

L'ÉTRANGER : Et pourquoi cette expérience, si répandue à un moment donné, s'est effritée... ?

LA PRATICIENNE : Je crois d'abord que c'est parce qu'on a beaucoup construit. Avec le prêt au logement dans toutes les banques.

L'ÉTRANGER : Mais ça paraît un peu circonstanciel. Ce n'était pas un désir plus profond, de trouver une communauté ?

LA PRATICIENNE : Je ne crois pas... après Mai 68, peut-être. Les gens avaient tellement pris l'habitude de se rencontrer, de papoter, de vraiment vivre en groupe, j'allais dire en grappes, et finalement ne rien faire que parler sans arrêt, que ça les a reposés de se mettre en communauté, d'avoir besoin de « faire » en même temps qu'ils parlaient, pour arranger le logement à vivre et en n'ayant pas beaucoup d'argent. Cette mise en commun de ce que chacun avait, qui était se choisir une famille en quittant la sienne qui empêchait ou gênait, pour vivre avec son jules ou sa juliette, c'était comme se choisir une famille qui tolérait la liberté sexuelle.

L'ÉTRANGER : Pour revenir à la thérapie familiale, donc, elle est de plus en plus répandue en France ?

LA PRATICIENNE : Il me semble, oui. Moi, je comprends ça car c'est très difficile d'être un analyste dans un centre et comme de plus en plus on donne une aide psychologique payée par l'État, donc dans des centres organisés, des institutions, on ne peut y faire bien que du réconfort au jour le jour. Et le rôle de la psychanalyse demeure très, très important mais pas — comment dire ? — distribuable dans ces lieux-là, sauf exception et pendant peu de temps.

L'ÉTRANGER : De toute façon, la psychanalyse n'est pas distribuable ; c'est toujours une aventure. Parfois une mésaventure.

LA PRATICIENNE : Oui, une psychanalyse, c'est une aventure que chacun doit décider sans que ce soit un autre qui l'y conduise. Personne ne peut vous en faire faire l'économie d'angoisse ni vous permettre la gratuité au nom d'un bien-être distribué par la société.

L'ÉTRANGER : C'est toujours le voyage d'Ulysse, des rencontres insolites, inattendues, comme cette femme dont tu nous as parlé et qui se trouve justement en face de ce qu'elle avait vécu à l'âge de trois ans...

LA PRATICIENNE : Oui, le revécu d'une période de sa vie vis-à-vis de son analyste. Le cas de la femme piégée à avoir dû se faire assister en clinique. Il fallait que son analyste joue son compère en étant absent, comme sa mère l'avait été pour elle, et malgré elle, comme son analyste, malgré lui et sa formation d'excellent praticien.

L'ÉTRANGER : Le fait de revivre ces situations est tellement fort que tomber dans le piège est facile.

LA PRATICIENNE : Oui. Cette amie avait l'air de croire que cet analyste — qu'elle connaît, comme moi — n'avait pas été à la hauteur. Moi je crois que si. Alors, elle m'a dit : « Ce qui est curieux, c'est ce qu'il avait dit à sa patiente, paraît-il : "Je n'ai pas compris. Je ne vous ai pas aidée. Vous avez tout à fait raison. Même, quand vous êtes entrée à la clinique, je suis devenu impuissant", avait-il ajouté. » Pourquoi l'a-t-il dit ? Que voulait-il dire exactement ? Jusqu'à quel point, lui, a-t-il fait aussi son analyse en revivant quelque chose probablement un peu semblable dans sa vie, à un autre moment, à ce qu'avait vécu sa patiente ? C'est aussi un juif. Alors, peut-être a-t-il vécu aussi l'abandon de qui il avait aimé. Je ne sais pas.

Mais ce n'est pas rien, l'analyse.

L'ÉTRANGER : Puisque tu parles de juifs... hier soir, tu nous parlais de *Shoah*. Tu ne crois pas que, pour ceux qui sont impliqués génétiquement, de revoir ça, peut agir d'une certaine manière, pas seulement dans le domaine des sentiments ?

LA PRATICIENNE : Sûrement. Il y en a sur qui ça va jouer un peu comme une analyse. Oui, sûrement.

D'ailleurs, c'est ennuyeux comme certains

moments en analyse. Deux séances de cinq heures ! Et la façon dont Lanzmann a fait ça, c'est sûrement très bien. Il a fait tout le temps préciser des petites choses qui paraissent presque sans intérêt, en interrogeant la même personne qui, dans sa vie réelle, avait été impliquée dans le génocide des juifs à un niveau ou à un autre.

« Mais, dites-moi, M. Un Tel, le train, vous m'avez dit qu'il arrivait sur les rails. Les rails qu'on vient de voir, ceux-là, ou est-ce que c'étaient ceux-ci ? » Le spectateur se dit : « Mais quelle importance cela a-t-il ? » Eh bien, si ! Chaque question, si minime soit le petit point de détail supplémentaire évoqué, est importante. On s'en aperçoit petit à petit. C'est comme en analyse quand on se sert de tel ou tel détail allégué pour analyser, on arrive finalement non seulement à une vérité de souvenir de fait, par ce témoin, mais à une vérité émotionnelle de sa part. Par exemple, tout d'un coup, il dit : « Mais pourquoi ai-je dit ça ? J'aurais pu dire... — Oui, mais vous avez dit ça. » Et il s'effondre et dit : « Eh bien oui, c'est parce que... » n'importe quoi, quelque chose qui lui revient et qui est tellement important à dire, qu'il voulait ou qu'il avait oublié. C'est très curieux le système que Lanzmann a pris, qui est de faire tout le temps préciser des petites choses.

L'ÉTRANGER : Et la thérapie de groupe ?

LA PRATICIENNE : La thérapie de groupe ? Je ne connais pas assez cela. Je trouve que ça déstructure les groupes par rapport à celui qui est le leader adulte de la famille, sinon le responsable légal.

Tout à l'heure, on parlait d'une histoire de couples, mais, quand il s'agit d'une famille, je trouve dangereux que le père perde, devant sa femme et ses enfants, la valeur de celui qui représente l'adulte du groupe. Même si cet homme a des conflits, qu'il les éclaire seul à seul avec un psychanalyste, mais il ne faut pas que son enfant le voie être mis en question par un autre, ni plus ni moins que lui-même d'ailleurs. Chacun a bien le droit de penser tout ce qu'il veut, même si c'est pour, en paroles, agresser son père ou sa mère d'une manière vulgaire et obscène, mais le père ou la mère réels sont aussi pour leurs enfants les supports de leur propre future paternité ou maternité. Ils peuvent s'autodétruire en laissant parler la subjectivité en société devant des techniciens et de façon objective. S'ils tenaient des propos érotiques transférentiels positifs en séance, seul à seul, sur un divan, pas en face à face, ce serait tout différent et probablement libérateur. Ils viennent laver leur linge sale ou en dentelle de luxe devant des techniciens, payés par l'alma mater « sécu », au lieu de faire comme à la maison où il recevrait une taloche, un coup de pied, serait mis à la porte. On provoquerait père et mère à se disputer en rivaux pour ou contre !

Bon, ça se liquide en paroles et en actions d'éclats. Mais là, il y a deux témoins qui ne sont pas impliqués du tout et qui se foutent complètement de l'humiliation du père ou de la mère à travers le père, ou de l'humiliation que l'adulte, dans l'enfant, reçoit si est humilié l'adulte qui actuellement représente pour lui la personne support, à tort ou à raison, de son Moi idéal.

Tout cela est très dangereux. On ne sait pas ce qu'on fait. On fait une espèce de purée, de mélange. C'est une manipulation que d'essayer de rendre « raisonnables » les propos des gens d'après quelque chose, un schéma théorique qui ne serait pas passionnel, ça me semble très artificiel et nuisible pour l'avenir, ne laissant pas à chacun, en fait, le travail de s'autonomiser par rapport aux difficultés qui sont les siennes. Rendre facile ce qui est nécessairement un travail personnel difficile, je crois qu'à long terme c'est démobilisant.

LE MAINATE : Et surtout, cela semble répondre à une morale qui serait : « Il faut surtout empêcher des drames. »

LA PRATICIENNE : Oui, il faut empêcher qu'il y ait trop de tensions, il faut calmer tout le monde. Sous le prétexte de ne pas laisser l'individu en arriver à des situations de danger physique les uns pour les autres. Normalisation de comportement ! Mais je crois qu'il doit y avoir de plus profonds refoulements qui subsistent et vont sortir dans la génération suivante. C'est là le danger.

Peut-être est-ce devenu nécessaire du fait que la psychanalyse n'est pas possible pour des gens qui ne le désirent pas profondément et qui ne sont pas prêts à en payer le prix affectif, le prix du temps et le prix de l'argent aussi. Ceci, vu du côté des parents. Et pour les thérapeutes, enfin les psychanalystes, il y a le fait d'être impliqués dans le transfert des gens et ce n'est pas drôle tous les jours d'être pris dans le collimateur de quelqu'un qui vous prend pour un « sachant », comme un supposé « maître » avec qui on revit ce qu'on a vécu. C'est autre chose que d'être un arbitre des joutes familiales assistées de techniciens psy.

L'ÉTRANGER : Sous prétexte de ne pas laisser l'individu seul, de l'intégrer, on en arrive à des espèces de magmas communautaires qui, sous des apparences de « tout le monde il est beau, tout le monde il est gentil, on est tous ensemble et qu'est-ce qu'on est bien », provoquent des effondrements beaucoup plus profonds dans chacun, et qui ne sont pas évidents tout de suite.

LA PRATICIENNE : Oui, qui ne sont pas évidents et qui mènent les gens à vivre d'une façon acculturée, déstructurée, comme des enfants dans un pensionnat ou une pouponnière, usant des dérivatifs et non de créations qui sont vécues dans l'épreuve. La création naît dans l'épreuve. On diminue l'épreuve et alors, finalement, la vie est un sport.

L'ÉTRANGER : Pour faire une équipe.

LA PRATICIENNE : Oui, un sport d'équipe.

Alors que la psychanalyse est une entreprise risquée, mais qui vaut qu'on s'y lance si c'est à bon escient en acceptant de payer le prix du temps, de l'argent, de la souffrance assistée, bien sûr, mais inévitable. C'est parfois douloureux pour la solitude.

Et le psychanalyste, celui qui assiste, écoute, compatit, essaie de comprendre pour aider et qui subit le transfert du patient, il se trouve que sa personne est particulièrement marquée, elle, de solitude.

Un support pour les autres

LA PRATICIENNE : C'est pour cela que j'ai écrit sur la solitude, parce que c'est un métier où on est seul. Tout le monde est seul, mais le psychanalyste plus encore que les autres et il n'a personne à qui en référer parce que personne d'autre que lui ne peut ressentir ce qu'il subit d'un psychanalysant, même s'il peut le comprendre. Il n'a personne à qui il pourrait l'expliquer. Sauf quand les jeunes qui apprennent le métier font des contrôles. Mais ils font un contrôle sur un patient. Les autres, il faut qu'ils se les tapent tout seuls.

L'ÉTRANGER : Donc, des expériences extrêmement singularisantes.

LA PRATICIENNE : Oui. Alors, ou elles peuvent rendre mégalomane ou bien, quand on est vraiment conscient de n'être qu'un support pour tout le monde, on est vraiment dans une terrible solitude parce qu'on passe son temps à être un support sans avoir de réalité d'échanges. On est un objet de support d'échanges avec d'autres personnes et il faut tout le temps travailler pour comprendre, pour aider les patients à revivre à travers le leurre que nous sommes pour eux afin qu'ils ne s'y piègent pas en croyant qu'ils sont avec leur analyste en situation de réalité. Et d'un autre côté, il faut donc avoir, soi, la journée de travail terminée, encore assez d'énergie et de libido disponible pour sa vie personnelle et que cette vie personnelle marche assez bien. Sans ça, comme c'est déjà très pénible toute la journée, si le soir c'est encore très pénible avec ses enfants et son mari (ou sa femme) on ne tient pas le coup.

LE MAINATE : Ça peut rendre mégalomane ? Et ça ne peut pas, par exemple, comme pour certains savants atomistes, mener tout simplement à la foi en Dieu ?

LA PRATICIENNE : Peut-être, justement. Et personne ne peut dire que, si ça mène à la foi en Dieu, ça ne mène pas à une recherche de sécurité tout simplement et pas plus à la foi en Dieu qu'en une entité supposable de secours, un papa-maman de service, une « représentation tutélaire ». Donc, encore une nouvelle solitude parce que personne ne peut savoir si c'est une réalité transcendante ou si cette foi en Dieu est une consolation maimaïsante, même soi-même.

L'ÉTRANGER : Peut-être est-ce parce qu'ils se sentent terriblement seuls dans ce qui fait leurs expériences particulières, qu'on n'en a jamais vu autant qui aient envie de communiquer, d'écrire, de publier des revues, de se réunir dans des écoles ? Quand vous, les anciens, avez créé les différentes associations de psychanalyse — la Société de psychanalyse — au début et ensuite, quelle était l'idée qui présidait ?

LA PRATICIENNE : C'était celle de former des gens. De la formation d'analystes praticiens.

L'ÉTRANGER : Pas une sécurisation… ?

LA PRATICIENNE : Non, pas à ce moment-là, au début. D'ailleurs, au début, on n'avait pas institué le contrôle, ce qu'on appelle dans les pays anglo-saxons « supervision » ; il n'y avait que la formation par la psychanalyse personnelle, de quelqu'un qui ensuite prenait place dans le fauteuil. C'était une chose qui m'a toujours étonnée. C'est vrai qu'avoir été psychanalysé est la condition indispensable, pour être psychanalyste, mais ça ne suffit pas. Or, à beaucoup cela leur semblait suffisant. Quelqu'un qui avait été psychanalysé s'installait à la place de l'analyste et écoutait d'autres personnes, lesquelles, après leur analyse terminée, servaient d'analystes à d'autres. C'est une espèce de contamination, d'identification à l'analyste qui, pour moi, me semblait souvent un comportement mimétique. De même qu'ils avaient répété de faire comme papa-maman, ils répétaient de faire comme leur analyste. Mais ça ne voulait pas dire qu'ils avaient les qualités — et les défauts — enfin, les caractéristiques qui permettent qu'un autre fasse la remontée de son histoire en se repérant à son transfert sur cette personne.

L'ÉTRANGER : La configuration ?

LA PRATICIENNE : ... La configuration nécessaire pour qu'un autre puisse faire son chemin par rapport à son propre itinéraire, comme celui-là avait fait le sien grâce à son analyste par rapport à son itinéraire. C'est très difficile, parce que je ne connais pas les qualités qu'il faut et je crois que personne ne les connaît. C'est pour cela qu'on a trouvé la solution d'apprentissage du métier qu'est le contrôle (ou la supervision), deux termes aussi peu justes que possible.

LE MAINATE : Peut-être que les qualités sont en dehors de la psychanalyse.

LA PRATICIENNE : Peut-être.

LE MAINATE : Du genre : voir et entendre.

LA PRATICIENNE : Oui, oui. Savoir écouter.

L'ÉTRANGER : À chaque fois que tu nous parles d'une découverte, dans un cas comme ça, j'en suis réduit à voir à la fin quelque chose qui n'a rien à voir avec la théorie psychanalytique. C'est tout simplement une intuition.

LA PRATICIENNE : Ou c'est un affinement d'un sens.

L'ÉTRANGER : L'affinement d'un sens : *voir* dans l'autre.

LA PRATICIENNE : Et *entendre* quelque chose qu'il dit effectivement sans le savoir. Entendre, ce n'est peut-être pas ce qu'il voulait consciemment dire qu'on a entendu. Comme tout à l'heure, « j'ai mal à mon père », je n'ai pas su ce qu'il voulait dire ; j'ai entendu qu'il avait raison. Il ne pouvait pas le dire autrement, et c'était pour lui une motivation suffisante pour entreprendre un travail, soulager ce mal à son père. J'ai compris qu'il avait mal à sa génétique due au père en tant que conjoint de sa mère, père qui, supposait-on, l'avait engendré, chose qui plus tard fut mise en doute par les associations qu'il a données, en référence à ce qui a été dit par un médecin à la mère et qu'il avait entendu sa mère répéter : « Si vous voulez avoir un enfant sans qu'il y ait danger, si c'est un fils, évidemment, ce n'est pas avec votre mari qu'il faut le concevoir. Nous ne savons pas encore actuellement déceler si le fils qu'il aura passera à travers le risque de cette hérédité. » Comme lui, cet homme, son père, est en effet passé à travers, car il avait largement dépassé alors les vingt-six ans fatidiques, âge où cette maladie s'était déclarée.

Le père avait alors trente-cinq ans, mais c'est à vingt-cinq ans qu'ils avaient conçu cette fille, et il désirait dix ans après un enfant garçon, sachant l'épée de Damoclès éventuelle ! Entre-temps, quand le père avait trente-deux ans, voilà que sa sœur, à vingt-huit ans, a été prise de malaises confus qui se sont avérés l'entrée dans le processus de cette même maladie neurologique. Les médecins ont dit : « Nous croyions jusque-là que ce n'était que les garçons qui en étaient porteurs et la manifestaient, mais cela peut aussi toucher les filles ! » Alors, il faut imaginer l'angoisse de ce père, de ce couple d'avoir donné la vie à une fille et de découvrir qu'elle serait peut-être un jour une infirme, comme sa tante paternelle ! Et s'ils donnaient la vie à un fils ? La mère racontait les choses ainsi : « Nous avions raisonnablement renoncé à avoir un autre enfant. Et puis nous avons emmené en vacances un neveu qui avait huit ans. Et mon mari a trouvé que c'était si sympathique un garçon, que c'était si différent d'une fille. Il m'a dit : « Écoute, prenons le risque. Après tout, nous pouvons très bien élever deux enfants. Et puis, les médecins sont peut-être idiots. Moi, je me porte très bien. » C'est ainsi que la mère expliquait la gestation désirée de cet enfant devenu ce fils, qualifié d'autiste.

Et cette femme a été enceinte de ce garçon avec beaucoup d'angoisse, disait-elle. Jamais elle ne m'a dit : « Je ne l'ai pas eu avec mon mari », mais seulement : « Le docteur m'avait dit : "Si vous voulez être sûre que votre enfant ne risque pas d'avoir cette hérédité, ce n'est pas avec votre mari qu'il faudrait l'avoir." »

C'est toujours resté flou et elle n'a jamais voulu

me parler personnellement, seule, sans la présence de son fils. Elle avait, disait-elle, beaucoup parlé avec la première thérapeute psychanalyste de son fils, chez qui il était allé deux fois par semaine pendant trois ans.

La solitude du psychanalyste vient du fait de la souffrance qu'il entend, ce qui permet parfois que s'allège l'angoisse du patient qui alors prend autrement les événements actuels de sa vie ou ceux, passés, de son destin.

L'ÉTRANGER : Ce qu'il entend plutôt et qu'il permet à un autre de résoudre.

LA PRATICIENNE : De dépasser. Pas de résoudre. Parce qu'on ne résoud pas ses problèmes, mais on les dépasse et on se reconstruit. L'enfant, l'arracheur de cheveux, qui prenait la pose photographique et qui arrachait, il a fallu que je voie la question muette dans ses yeux, et dans son être tout entier. La question qui lui était posée par les cheveux à la hauteur de son visage, à droite ou à gauche, qui le dérangeaient dans ce qu'il faisait, et pas n'importe quels cheveux. C'est justement le fait que ce n'était pas n'importe quelle tête d'enfant, n'importe quels cheveux, texture et couleur et surtout le fait qu'il ne regardait même pas ceux qu'il agressait et qu'il était subitement comme somnambule une demi-seconde, c'est cela qui m'avait frappée.

L'ÉTRANGER : C'était un arracheur automatique.

LA PRATICIENNE : Absolument. C'était compulsif.

L'ÉTRANGER : On parlait, donc, de l'insécurité du psychanalyste et du fait que les psychanalystes se sont constitués en sociétés. Au départ, c'était pour former. Est-ce que, plus tard, ce n'était pas subrepticement pour se rassurer sur leur pratique ?

LA PRATICIENNE : Sûrement. Je crois que c'est à cause de cela qu'ils formaient des petits groupes chauvins qui disaient que l'autre groupe ne valait rien, que ceux qu'ils formaient étaient bien et pas les autres. Enfin, ce narcissisme de groupe a été très curieux.

L'ÉTRANGER : Quand Lacan a fondé l'École freudienne, c'était simplement un besoin de s'entourer par rapport à son exclusion de l'Internationale ou... ?

LA PRATICIENNE : Non, non. C'était vraiment pour former des gens à entendre de la même façon que lui, dans les paroles des gens qu'il sortait vraiment d'états très graves. C'était un psychiatre de la famille des aliénistes de la génération précédente, auxquels le langage de l'inconscient avait ouvert (comme le surréalisme) un horizon nouveau. À ce moment-là, il y avait dans la société internationale fondée par Freud une espèce d'institutionnalisation de la formation. Il fallait avoir fait trois ans de psychanalyse trois fois par semaine et on était psychanalyste ! Comme en université, on pouvait obtenir un diplôme, si on avait appris la théorie en trois années — concomitantes ou plutôt consécutives à cette analyse —, première, deuxième et troisième années de théorie. Si on était présent à toutes les « leçons », on était nommable psychanalyste, mais seulement si on était diplômé médecin par ailleurs ! Tout cela était ridicule. Les psychanalystes de l'Internationale, donc, par ces conditions formelles, bloquaient ainsi l'ouverture de la psychanalyse aux ethnologues, aux linguistes, aux philosophes, à des gens qui en avaient la maturité tout en pratiquant (comme disait Lacan) des sciences affines de la médecine, parce que la médecine ne permet pas du tout, pas plus que la psychologie, l'ethnologie ou la linguistique d'être psychanalyste praticien.

C'est tout à fait autre chose. Oui, c'est une étude de la dynamique des relations au fur et à mesure d'une évolution. Alors, comme le corps évolue, ça relève de la médecine ; comme le corps parfois est malade, ça a l'air de revenir à la médecine, comme les psychologues étudient ce qui est, pour quatre-vingt-dix-neuf pour cent des gens, habituel, on le nomme la norme, alors, les autres sont marginaux. Donc, cela peut intéresser la psychologie, parce que la psychologie fait des tableaux de ce qui est normal à tel âge, normal dans telle situation et qui ne l'est pas dans une autre.

Mais quand on est psychanalyste, la manière d'écouter un autre selon la technique des associations libres inventée par Freud, d'une façon régulière et répétitive, n'est pas du tout celle d'un psychologue.

La psychanalyse se pratique comme Freud et ses successeurs l'ont inventée et appliquée, c'est une méthode de travail qui ne correspond à aucune discipline qui avait jusque-là existé dans la cure d'une personne souffrante ou dans la formation professionnelle de praticiens à en soigner d'autres.

Mon « bon maître », comme on dit en médecine, Pichon[42], qui est mort au début de la guerre, avait une entente avec Cathala (ils étaient camarades d'internat) : s'il mourait en activité de médecine des hôpitaux — puisqu'il était asystoglique et qu'il risquait de mourir tous les ans —, Cathala avait promis qu'il continuerait à s'occuper de ses élèves. Alors, Pichon mort, il m'a téléphoné en disant : « J'avais cette entente avec votre maître Pichon. Qu'est-ce que vous voulez ? Venez me voir. » Je lui ai expliqué ce que je faisais, ce que je voulais, il m'a dit : « En somme, d'après ce que je vois, ce qu'il vous faudrait, c'est un petit confessionnal. » Cathala était protestant.

Les gens ne comprenaient pas autrement le sens de parler à quelqu'un. Sauf que le confessionnal, c'est ce que l'on sait consciemment être coupable en soi, qui vous angoisse consciemment.

L'ÉTRANGER : Le confessionnal est déjà codé.

LA PRATICIENNE : Il est déjà codé tandis que, là, c'est tout à fait autre chose. Mais voilà comment les gens comprenaient, et ils faisaient d'un psychanalyste aussi un modèle, comme autrefois les gens voulaient que le recteur, leur curé, fût un modèle de vie normale.

Je pense que, quand on a créé les chirurgiens, au point de départ des barbiers, tous les barbiers n'étaient pas capables d'être chirurgiens. Ce n'est pas simplement un fait d'adresse manuelle, ni même l'habileté à manier le scalpel, ce n'est pas un signe suffisant pour être bon chirurgien. Il y a aussi autre chose qui est l'analyse des rapports géographiques et physiologiques des organes les uns avec les autres, n'est-ce pas ? C'est un métier dans le vivant. Ce n'est pas la même chose que le barbier qui ne faisait que des choses à la superficie du corps : des poils, des choses comme ça. Mais au début ce sont les barbiers qui ont commencé à faire l'opération de la taille. Ensuite ce sont eux et non les médecins qui devenaient des chirurgiens.

Hippocrate observait des processus de dysfonctionnement du corps et il essayait de trouver le rapport de cause à effet de ce dysfonctionnement avec la nourriture, le milieu extérieur, les émois, les échanges, etc. C'est une forme d'esprit : le respect du fait et, en même temps, une sensibilité de compassion qui ne se laisse pas gagner par le pathos de la compassion ; sans ça, on ne peut plus faire son travail avec objectivité ; il faut observer en établissant une distance avec ce qu'on observe.

L'ÉTRANGER : Tu crois qu'avec l'analyse la médecine a fait des progrès ?

LA PRATICIENNE : Avec la psychanalyse ? Elle aurait pu faire faire des progrès à la médecine ? Pas du tout, pas du tout. Ça n'a pas joué du tout là-dessus. Si la psychanalyse a fait faire des progrès ? Oui, à l'éducation des enfants, sûrement ; à la relation du médecin avec ses patients, aussi.

L'ÉTRANGER : Toujours à propos du psychanalyste, qu'éprouve-t-il quand il se trouve, seul, devant un casse-tête comme ça ?

LA PRATICIENNE : Un casse-tête ? Tu veux dire le cas de quelqu'un qui tourne en rond, qui n'avance pas et qui souffre ?

L'ÉTRANGER : Oui. Il doit avoir parfois le sentiment d'être perdu.

LA PRATICIENNE : Oui. C'est d'ailleurs pour cela que très souvent il va voir un confrère, pour parler de ce cas. On appelle ça un « contrôle ponctuel ». On va voir quelqu'un en qui on a confiance en disant : « Eh bien, voilà quelques mois que cette personne tourne en rond, n'apporte aucun souvenir antérieur à telle époque de sa vie. Je ne comprends pas. Et puis ça me tourmente. » C'est une cure en panne, ce qu'on appelle dans notre jargon, absence d'apport, de matériel nouveau. On a à analyser des faits, des émois. Cela vient par associations libres, actes manqués autour d'éléments de rêves ou au point de départ de fantasmes, de pensées supposées concernant le psychanalyste, etc.

L'ÉTRANGER : Est-ce que le confrère qui est en dehors de cette histoire, peut, lui... ?

LA PRATICIENNE : Oui, quelquefois. Mais, quelquefois, c'est simplement le fait que le psychanalyste praticien a réussi à mettre en forme pour quelqu'un ce qu'il a perçu et compris de son patient, le fait même d'avoir mis en forme lui permet de dépasser la difficulté.

L'ÉTRANGER : Le fait seul de parler ?

LA PRATICIENNE : Le fait même de parler et de mettre en forme sa difficulté qui restait, tant qu'il ne la disait à personne, non formulable.

L'ÉTRANGER : Il ressemble un peu au gosse qui retourne au centre et qui a besoin de se ressourcer... Il se retrouve tout aussi perdu qu'un enfant.

Monde balisé ou monde piégé ? Une latence active

Revenons au développement de l'enfant, fille ou garçon, en fin de phase dite de latence, cette période qui va jusqu'à la puberté, au cours de laquelle se construisent les bases de la personnalité, quand l'enfant a pu développer assez d'autonomie pour se faire des camarades et des amis, tant dans le partage de ses jeux que de ses activités culturelles.

Cette phase de latence est au contraire une période de névrose latente lorsque l'enfant est soumis à une discipline exclusivement centrée sur les acquisitions scolaires — qu'il s'y prenne au jeu ou non — et à des activités dites de loisir dans lesquelles son choix n'est ni libre ni pluridisciplinaire, quand il s'agit d'une orientation définitive pour laquelle il ne peut être libre que s'il a le choix, c'est-à-dire s'il a l'occasion d'observer et d'expérimenter successivement ou simultanément divers types d'options industrieuses, sportives, artistiques ou artisanales.

Temps perdu aussi pour son intelligence et sa sensibilité et l'acquisition qu'il doit faire de son autonomie, la planification de ses horaires et de ses activités dans une étroite soumission aux directives des adultes tutélaires, familiaux ou des éducateurs.

Cette période devrait être celle d'une très large ouverture au monde social, et les enfants devraient être invités à s'adresser dans les cités urbaines à des responsables capables dans chaque secteur de leur distribuer de nombreuses tâches utiles à tous, où ils auraient, à temps contractuel court et librement choisi, des responsabilités, et où toutes leurs suggestions seraient accueillies, discutées et leurs initiatives soutenues quand le bien-fondé en serait reconnu. C'est ce qui se passe dans certains milieux familiaux, mais de plus en plus rarement.

Il y aurait beaucoup à faire dans les villes, en organisant des rapprochements entre les enfants et des retraités capables d'initier les enfants aux métiers artisanaux qu'ils ont pratiqués toute leur vie. On a bien des contractuels municipaux pour la circulation et le stationnement…

Tant d'enfants dans les villes manquent de parents latéraux, de relations ; à la campagne, les enfants vont chez le cordonnier, le forgeron, le potier, le jardinier, le menuisier, le pâtissier, le plombier, le peintre, le maçon, le photographe, l'imprimeur, le tapissier, le mécanicien, le tailleur, la couturière, la dactylo. On regarde, on parle, on écoute, on développe, chacun selon ses intérêts, une autre façon de voir le monde selon le travail et le matériau qui intéresse. Des sympathies se développent entre générations. On se met à aider, à s'essayer à faire soi-même quelque chose, à comprendre le sens de choses de la vie civique tout autrement et bien avant qu'il soit question « d'apprentissage ».

On rendrait leurs mains aux enfants — l'école ne fait que les atrophier —, et aux adultes du troisième âge qui souffrent tant dans les villes d'isolement et de manque de communication. On faciliterait ce rôle d'éducateur qu'ils remplissent si souvent à la maison, des grands-pères ou grands-mères et des artisans âgés à la campagne ou en petites sociétés rurales. Ce rôle, ils le remplissent à merveille en l'ignorant quand, libérés de la nécessité du rendement professionnel et chérissant leur métier, ils aiment à en parler et à initier les jeunes qu'ils connaissent, tout en racontant leurs souvenirs qui, pour les jeunes, sont de l'histoire.

Cette phase de latence est celle qui est la plus négligée actuellement dans nos sociétés, alors que c'est d'elle que va dépendre la façon dont l'adolescent, après la puberté s'orientera dans ses activités.

L'Éducation nationale est entièrement centrée sur des programmes scolaires et la régression des initiatives, le parquage-garderie des enfants, les «promenades-visites» dans les écoles les mieux dirigées. Pour tout ce qui intéresse l'activité, c'est aux seuls parents qu'est laissée l'initiative, alors que leur travail ne leur offre pas le temps de s'occuper de leurs enfants qu'ils laissent en jachère, les plus anxieux imposant des heures de chaise devant des devoirs, les plus tolérants leur autorisant la rue ou la télévision, mais la plupart attendent de ces «études» des notes de leçons et de devoirs dont le contenu ne les intéresse absolument pas, pas plus que ce que «pensent» et désirent leurs enfants, ni ce qui les intéresse. Et, si les parents ont connaissance de l'intérêt de l'enfant, c'est pour remettre à «plus tard» la liberté de s'y consacrer, et le plus souvent en les décourageant à l'avance. «Passe d'abord ton examen de 3e ou de bac, c'est ça le plus important!» Et le temps qui ne reviendra pas passe… dans l'impréparation à la vie.

La puberté annonce l'éclosion génitale dont

l'adolescence est la période plus ou moins longue psychologiquement, où la transformation du corps chez le garçon et la fille modifie autant leur être subjectif au monde que les relations sociales.

Chez le garçon, il s'agit de la mue de la voix, du développement du système pileux, de la croissance du corps, du développement thoracique et musculaire, tandis que les organes génitaux sont le siège d'une transformation volumétrique, d'érections fortes et fréquentes, avec l'apparition de la spermatogenèse et sa puissance reproductrice. Chez la fille, où la mue de la voix est moins audible, la pilosité, le développement des seins, la croissance et l'apparition des règles s'accompagnent du modelé féminin des hanches et des membres.

Tout ce qui chez l'un et chez l'autre annonce en leur corps leurs potentialités reproductrices, provoque chez les humains, êtres de langage, la modification de leurs relations dans la mixité, du fait de l'éclosion du désir de plaire pour conquérir et de retenir l'attention d'un partenaire qui fait naître le projet du contact et des échanges amoureux, de la rencontre, de la communication des émotions et des paroles de désir qui occupent leur imagination.

En même temps que cette mutation, un besoin à leur sexe, comme chez tous les mammifères, exige apaisement que la solitude exaspère car il s'agit d'une force qui attire les uns vers les autres les individus de sexe complémentaire, force qui en chacun exprime l'instinct reproducteur de l'espèce.

Ceux chez qui les conflits œdipiens n'ont été qu'estompés par le retrait dû à la période physiologique de latence, mais qui sont restés vis-à-vis de leurs parents dans une attitude de soumission et de dépendance, tout autant que ceux qui sont restés dans une attitude de contrainte ou de révolte qui les a empêchés d'utiliser leur désir vers la conquête de sublimations pour le plaisir personnel qu'ils y trouvaient — et non pour des motivations pseudo-incestueuses de satisfaire un père, une mère ou de rivaliser caractériellement avec l'un ou l'autre ou encore avec un aîné — c'est-à-dire qui n'ont pas développé des intérêts authentiques pour s'affirmer en société en devenant de plus en plus autonomes, ceux-là retrouvent multiplié le conflit œdipien non résolu. L'énergie absorbée dans ce conflit peut entraîner la perte des acquisitions faites dans la dépendance obédientielle puérile, pour satisfaire des parents aimés ou par soumission et crainte des représailles de parents exigeants.

Les intérêts culturels trouvés, alors que la sexualité est en repos, sont de toute façon mis en concurrence avec cet appel révolutionnant de l'intérêt à ce corps transformé, à cette sensualité puissante qui parle aux génitoires, faux désir qui, dans la solitude, se répète comme un besoin quand aucun langage ne vient l'humaniser.

Les sentiments d'infériorité, tant réels qu'imaginaires, dus à la rémanence de leur désir génital refoulé à l'époque œdipienne, jouent sur le narcissisme qui fait surestimer l'objet de leur désir et le supposer inaccessible. Les plus avantagés par la nature, quant à leur corps, sont les plus insatisfaits de leur aspect physique. Dans la solitude, ils questionnent en vain le miroir, fantasment un autre qu'ils imaginent en projetant leur désir dans cette apparence qui est leur duplication, impuissante à leur apporter ce qui leur manque, la présence d'un autre à qui manque ce qu'ils ont, et qui par le désir répondrait à leur question. Avec les autres dont ils subissent l'attrait ou qui les attirent, la communication est difficile, car les mots et les gestes qu'ils connaissent n'arrivent pas à traduire des sentiments nouveaux, jusque-là inconnus et qu'ils voudraient exprimer. Que faire de cette force, de cette violence difficile à maîtriser ? En famille, quand ils y sont retenus ou s'y croient retenus, les franges du désir incestueux sont réactivées, provoquant pour s'en défendre (car l'angoisse de la castration œdipienne entre en résonance) des comportements caractériels qui sont source d'incompréhension et de tensions avec parents et fratrie.

Repliements solitaires douloureux alternent avec des comportements provocateurs. S'ils cherchent à s'exprimer avec leurs proches, ils risquent d'être pris au piège de parents possessifs ou surprotecteurs, dont ils doivent se défendre, plus encore de ceux qui, insatisfaits affectifs et sexuels, sont troublés, séduits, angoissés de ce bouleversement qui prend pour l'entourage un aspect parfois inquiétant, voire alarmant, quand la crise pubertaire se prolonge.

C'est toujours pour les parents une période difficile. Ils ne peuvent plus ignorer la radicale différence entre leur génération et celle de leurs adolescents, à travers lesquels ils revoient leur jeunesse qu'ils voudraient ranimer en en parlant avec leurs enfants. Mais à cet âge-là cela ne les intéresse absolument pas.

D'autres dont la vie est terne voudraient, restant « camarades », alimenter leurs fantasmes en suscitant des confidences ; d'autres usent du pouvoir abusif que peuvent facilement prendre des parents — dont le jeune est, du fait de nos lois, pécuniairement dépendant — pour les retenir au foyer parental au-delà du temps venu de le quitter. Ces enfants, hélas, atermoient leur essor et les risques qu'il implique et se laissent prendre au piège où ils se morfondent, sans oser s'échapper, ne fût-ce que vers une famille amie où s'exprimer, sortir de l'étouffoir, craignant la jalousie d'un père ou d'une mère (qui ne se dit pas telle), qui s'exprime en doléances insupportables ou en représailles.

L'adolescence prolongée, caractérisée par une activité verbigérante et non productive mais bruyante, ou une activité silencieuse, laborieuse, obédientielle, manifeste la fuite du jeune devant la vie dans laquelle il n'arrive pas à s'engager, je veux dire la vie affective et sexuelle, en dehors de l'orbe familial. Revendicants ou soumis, parfois les deux à la fois, rejetant la raison de leur souffrance sur les parents, le manque d'argent alors qu'il s'agit d'une fuite d'un désir qui ne sait où ni comment s'insérer à la société, n'ayant pas pu ou su pendant la phase de latence amorcer des sublimations, ils entretiennent dans l'irresponsabilité leur désir brouillon, confondu avec un besoin précis qui, par poussées, en leur corps exige apaisement. Y résistant ou y cédant, de plus en plus inaptes à le connaître, ils tombent dans l'insatisfaction du plaisir solitaire, de ses fantasmes érotiques et sans joie partagée.

Si sa raison conjointe à ses possibilités médiatrices acquises antérieurement à la puberté — langage, amitiés, intérêts culturels, capacité au travail, créativité, inventivité (toutes sublimations orales et anales et fonctions symboliques du désir) — lui permettent de triompher dans les moments d'accalmie des pulsions sexuelles, l'adolescent ou l'adolescente réussit à trouver à communiquer avec d'autres et à s'apercevoir que tous souffrent comme lui de se sentir changer. À la fois Polyeucte, Hermione et Roméo et Juliette, l'adolescence est une période d'intensités émotionnelles facilement dramatiques, du Tout ou Rien, où se succèdent désespoirs et folles espérances, bouleversant les fondements du narcissisme, de la confiance en soi. Imaginaire et réalité deviennent parfois tellement antinomiques que le jeune s'y perd.

La solitude est la plus dangereuse des fuites, même si elle paraît prudentielle : l'intensité émotionnelle qui surgit à l'attrait du sexe opposé, la crainte d'être ridicule, et, s'il y a des témoins familiers, que leur fratrie soit mise au courant, reliquat de l'Œdipe qui fait se sentir coupable en famille de tout désir sexuel, dont — en quelque chose ne fût-ce que par ouï-dire — les proches pourraient avoir connaissance. Bouder leur désir, le masquer derrière une indifférence de blasé, ou fabuler en public des succès mythomanes est encore un moyen de bloquer les avenues de la communication authentique et conduit bien des adolescents à des actes spectaculaires, licites ou non, visant à neutraliser l'angoisse des pulsions génitales qui n'osent affronter l'échec d'une tentative de communiquer directement avec l'objet de leur désir.

Que n'entend-on pas dire aux adultes sur le temps merveilleux de leur jeunesse, nostalgique fuite de l'amère difficulté de beaucoup à supporter, adultes, l'échec de rencontres qui ne leur ont pas apporté la fin de leur solitude, et piégés dans une rencontre à peine ébauchée qu'ils ont voulu aussitôt rendre durable, se sont chargés pour la vie du fardeau de responsabilité. Souvent par crainte de voir à l'époque l'objet de leur désir leur échapper et subir la solitude, après des rêves de bonheur imaginaire que rien dans la réalité ne pouvait confirmer, du moins pour les partenaires, chacun piégé dans ses fantasmes et désireux de jouer aux adultes.

Qui dira la solitude des mal-mariés, malgré tous les artifices qui absorbent leur désir qui ne s'est jamais rencontré sauf dans la procréation. Ce sont ces couples-là qui rendent l'adolescence surabondamment difficile à leurs enfants qui n'ont jamais vu au foyer leurs parents heureux l'un par l'autre, penser ensemble pour le plaisir, librement agir pour être ensemble, comme le font deux êtres donnés et accueillants, dans leur irréductible altérité, cherchant à se comprendre, à se faire discrets dans les moments où s'éloignant l'un de l'autre en apparence, la retrouvaille ne s'en fait que plus enthousiaste. Les jeunes qui n'ont pas connu cette ambiance dans le couple parental redoutent de répéter pareille expérience.

Sans doute de nos jours les jeunes sont « officiellement » moins ignorants sexuels que l'était à leur âge la génération précédente. Tant mieux. Mais combien prennent aussi l'habitude de conclure la moindre attirance physique dans un corps à corps qui — devenu substitut de langage — ne les renseigne que sur eux-mêmes et non sur l'autre avec qui la communication est réduite à celle du contact des corps, sans risque, mais aussi sans autre chose qu'une solitude à deux que les enfants nés de ces unions ont « meublée » et qui se fait ravageante quand ces enfants arrivent à l'âge de quitter le foyer, en laissant face à face deux étrangers, pire, deux victimes du sacrifice de leur vie — comme ils le disent — pour essayer par leur victimat affiché de retenir par culpabilité ces adolescents déjà peu confiants en l'amour qui, au foyer parental, n'a jamais eu signifiance que de séparation, de fuite torpide, de narcissisme aigri, de disputes, de jalousie jamais assez motivée pour que l'un des parents, enfin, se dérobant à ce triste jeu, opte pour une authentique liberté, sans retomber pour cela dans un autre couple, dans le cirque de la possessivité sado-masochiste, sans avoir en rien tiré l'expérience de sa première erreur, se retrouver à trente, quarante ou cinquante ans, libéré de son conjoint par un divorce mais aussi incapable de s'assumer seul dans la vie pratique pour un homme, économique pour une femme, et de continuer d'assumer ou plutôt enfin d'assumer la responsabilité de ses enfants — aussi incapable de désirer ou d'aimer sans pour cela s'emprisonner l'un l'autre face à la société, dans une vie qui n'est de couple qu'au lit.

On comprend que les jeunes devant les ratés non seulement du couple de leurs parents mais devant la maturité morale inexistante dont ils ont l'exemple, soient peu armés pour affronter, sans aucune préparation morale et sans exemple fiable, leur entrée dans la vie de relations sexuelles....

Séparations

L'ÉTRANGER : Dans le texte, il y avait donc l'histoire de l'enfant qui doit intégrer son isolement, son individuation.

« Entre les adultes, il se passe quelque chose qu'il ne sait pas, quelque chose qui est caché pour lui et lui suppose que cela se passe au niveau caché du sexe. »

Pourquoi forcément crois-tu qu'il suppose cela ? Il pourrait supposer d'autres choses.

LA PRATICIENNE : Parce qu'il a l'intuition juste que c'est là que gît l'essentiel des problèmes de vie et de mort, l'essentiel de ce que l'avenir par sa croissance lui révélera dans l'au-delà de son désir d'enfant pour ceux qu'il aime. Comment on est né, de qui, de quel désir, pourquoi, etc. C'est fondamental pour le garçon comme pour la fille. La fille a l'intuition que les enfants sont choses de mère. Donc, cette intuition, elle la rationalise, elle l'interprète comme caca magique de mère, venu de gratification orale magique aussi, un fruit qui a été donné merveilleux par quelqu'un de merveilleux et qui fait un gros ventre qu'on ou qui s'ouvrira, et ce sera comme une fleur dont il va sortir un fruit.

Elle a cette intuition. Le garçon a l'intuition d'une force plus forte que lui : ses érections. Il ne sait pas ce que ça vient faire là, ça le gêne et, en même temps, c'est articulé à un jet qui l'a beaucoup gratifié quand il était bébé, jusqu'à vingt-huit mois. Le garçon urine en érection et il est très fier d'uriner loin. Tu sais que les garçons font le concours d'uriner loin, plus loin que le voisin, d'avoir un pénis plus long, etc., et ce sont des signes différentiels qui jouent un rôle narcissique entre garçons. Un jet puissant est signe de force des muscles du périnée, c'est tout, mais c'est articulé à quand il était bébé. Jusqu'à vingt-huit mois, le garçon urine en érection et puis, presque du jour au lendemain, ce n'est plus possible. Entre vingt-huit et trente mois, il perd la faculté de l'érection émissive. Et c'est là que naît le déplacement sur un objet : flèche, caillou, le jet. Le jet, c'est quelque chose qui donne la fierté de lui-même au garçon et pas du tout à la fille. Non, la fille ramasse et garde. Le garçon jette habilement et fort, pour être fier. La fille ramasse et garde et le garçon jette. C'est tout à fait différent. La fille prend par-devers elle et le garçon fait à distance. « Comment ? De quoi ? Je donne à qui je veux. » On voit ça chez les petits. C'est étonnant ce rejet par le garçon de la fille qui veut prendre quelque chose au garçon sans rien lui donner en échange. Le garçon, agressif contre une fille non choisie, donne facilement ce qu'il a à un garçon qui lui demande ou à une fille qu'il choisit, mais pas à celle qui veut lui prendre ce qu'il a. Et la fillette de deux ans et demi, trois ans et plus, donne à toutes les filles qui veulent ce qu'elle a, surtout si elles l'ont vue refuser ce don aux garçons, qu'ils lui aient demandé ou non ce qu'elle a.

Cela se passe au moment où l'enfant commence à entrer dans l'Œdipe et dure jusqu'à ce qu'une fille et un garçon se soient réciproquement élus comme « pseudo fiancés », visiblement amoureux l'un de l'autre, et le temps que ça dure.

Au moment où il commence à sentir sa sexualité riche d'un avenir inconnu, il sent bien que l'interprétation qu'il en fait n'est pas celle des adultes.

Les enfants n'arrêtent pas de parler de « caca boudin ». C'est pour eux érotique sexuel quoique non génital encore. Et ils voient que ça n'intéresse pas les adultes. Alors, c'est mystérieux, puisque les adultes ne rient pas à gorge déployée de « caca boudin » : est-ce que, pour eux, le jouissif est autre chose, ailleurs ? « Qu'est-ce que ça peut être ? C'est tout de même par là que ça se passe », dans la région qu'on ne veut pas qu'ils montrent à tout le monde et que les adultes ne montrent pas et lorsqu'ils le montrent, par exemple dans le nudisme, ça leur pose le problème : « Tiens ! ils ont deux têtes ! ils ont des cheveux là. »

L'ÉTRANGER : Donc, le nudisme ne défait pas... ?

LA PRATICIENNE : Non, pas du tout. Ce n'est pas le fait de voir. La maturité du corps est un problème entre autres, mais ce qui est problème, c'est ce qui intéresse, qu'est-ce qui manque et qu'il serait jouissif d'avoir pour un ressentir, plus que pour le montrer. Pour eux, c'est « caca boudin » et ce n'est pas pour l'adulte. « Qu'est-ce qu'ils sont compliqués ces gens », pour trouver quelque chose de jouissif, puisque ça n'a pas l'air de les faire jouir cette histoire-là. Donc, ils sont devant un mystère.

L'ÉTRANGER : C'est l'intuition de cette histoire cachée, parce que, en plus, le langage n'est pas le même.

LA PRATICIENNE : Oui, les mots n'ont pas le même sens. C'est-à-dire que l'adulte ne s'amuse pas de ce qui l'amuse, lui, et lui ne comprend pas cet adulte : qu'est-ce qu'ils font ensemble quand ils sont amoureux eux ? de quoi parlent-ils ?

L'enfant, qu'il soit garçon ou fille, a déjà l'intuition, la vision du fait qu'il y a quelque chose d'émouvant qui se passe au point de départ dans la région qualifiée anatomiquement des adjectifs « honteux » et « sacrés » pour les nerfs, les artères et veines de la région uro-génitale et qu'il est né de leur union, mais il ne sait pas très bien comment. C'est à ce moment-là que les parents peuvent intervenir, soit en occultant complètement, ce qui est peut-être pour certains enfants pas plus mal, ou en riant, en disant : « Ah ! quand tu seras grand, tu trouveras bien », un peu comme l'initiateur, dans Castaneda, rit quand il lui demande une réponse immédiate à ses questions.

Évidemment, la pire des choses, c'est que les parents se fâchent ; quand les parents se fâchent, ce sont toujours des gens gênés de leur propre sexualité. Mais ceux qui l'ont épanouie rient ; ceux qui ont passé l'initiation à la sexualité d'une manière pour eux positive, laissent l'enfant chercher et, s'il dit des bêtises, ils lui disent : « Tu dis des bêtises » en riant, mais ils ne se fâchent pas.

L'ÉTRANGER : Dans le cas où les parents le disent, le parlent, qu'est-ce que ça provoque pour l'enfant, puisqu'il ne peut pas comprendre tout de suite ? Ça ouvre une porte, une petite porte quelque part ?

LA PRATICIENNE : Ça lui donne envie de devenir adulte.

L'ÉTRANGER : Est-ce que ça lui donne aussi la patience de devenir adulte ?

LA PRATICIENNE : Je pense que la patience fait partie du jouir quotidien de la vie.

L'ÉTRANGER : Oui, bien sûr, mais est-ce que, pour l'enfant, ça ne pose pas un problème à ce moment-là ? Cette connaissance de tête, de paroles, vient beaucoup plus tôt, en lui apportant des images qu'il ne peut atteindre par son évolution que dix ans après.

LA PRATICIENNE : Non, je crois que ce qui lui donne la patience, c'est de prendre son plaisir d'une façon érotique qui lui convient à lui, éventuellement même à l'occasion de rencontres de sexe à sexe avec des enfants de son âge.

L'ÉTRANGER : C'est là que le jeu du docteur commence.

LA PRATICIENNE : Oui, le jeu du docteur. Mais ce ne sont tout de même pas des jeux qui engageraient existentiellement leur vie comme ils pourraient le comprendre des adultes. Le drame de l'amour chez les adultes ! L'enfant éprouve des souffrances d'être séparé de l'être qu'il aime — mais ce n'est pas un drame dans le sens où sa fécondité serait en jeu.

L'ÉTRANGER : Comment crois-tu qu'un enfant perçoit le drame de la jalousie, par exemple, quand il voit des parents... ?

LA PRATICIENNE : Ça, il le perçoit tout à fait puisque lui est horriblement jaloux. Il y a une belle réflexion d'enfant qui a été entendue par quelqu'un qui me l'a racontée il y a huit jours. C'était une famille : une femme, un homme et un enfant de sept ans. La mère lisait tranquillement dans son coin et le père et l'enfant jouaient, mais la personne qui était là disait que l'enfant voulait gagner tout le temps dans leur petit jeu ; il était vexé si le père gagnait. Alors, le père le laissait gagner un peu, mais on sentait la tension du fils qui voulait avoir raison sur le père. Et puis, à ce moment, la maman dit : « Ah ! J'ai un peu frais. Veux-tu me passer mon gilet ? » L'enfant se précipite pour prendre le petit tricot de la maman et le père aussi, tous les deux ensemble s'arrachant le gilet. Il y a eu un petit moment où la voisine qui me racontait l'histoire a vu cette tension, l'œil meurtrier du fils à son père, qui voulait donner la petite laine à sa mère. Et le fils a sorti à son père : « D'abord, toi tu n'as pas de mère. Elle est morte quand tu étais petit. » Le père a lâché le gilet que le fils a donné à la mère. « Tu n'as pas le droit de le donner à ta mère puisque ta mère est morte. » Voilà une phrase d'enfant qui a vraiment frappé la voyageuse témoin. Phrase qui a surgi comme ça, en stupéfiant vraiment le père, la mère et la dame qui entendaient ça. Argument de la rivalité. C'est intéressant, parce qu'il y avait dans leur jeu, la voyageuse l'avait remarqué, une rivalité du garçon vis-à-vis du père. « Toi, tu es un type qui n'a pas eu de mère. Alors, tu ne me la fais pas, hein. Tu me la laisses la mienne ! Tu restes à ta place. Tu ne donnes pas le gilet. Donner le gilet, c'est une chose qu'un fils peut faire. Je le fais. »

L'ÉTRANGER : Je pensais aussi à la jalousie entre parents, quand l'enfant assiste au drame.

LA PRATICIENNE : Oui, parce qu'il sent, il croit qu'il en est la source ; les enfants croient toujours qu'ils sont le centre de tout.

L'ÉTRANGER : D'un côté, quand tout se passe bien entre ses parents, l'enfant œdipien soupçonne qu'il y a quelque chose, il a l'intuition de quelque chose de caché. Mais quand ça se passe mal entre les parents, quelle est la réaction de l'enfant à ce moment-là ?

LA PRATICIENNE : Il souffre de la dispute ; il voudrait, comme les gens de la thérapie familiale, que tout soit arrondi.

Il ne comprend pas. Il est à un âge, à ce moment-là, où ça devrait n'avoir plus beaucoup d'intérêt. Ce qui, lui, l'intéresse, c'est la sécurité des lieux et la vie sociale avec des enfants de son âge sur lesquels il revit les tensions : « Mon copain, qu'un autre ne me le prenne pas », copain garçon, copain fille, des rivalités à trois garçons, des rivalités à garçon-fille. Mais il les vit avec ceux de sa classe d'âge, parce que c'est fini. Le mystère des adultes, ce n'est plus intéressant, ce n'est pas de son âge. C'est un moment où l'enfant est mieux avec les enfants de son âge qu'en famille.

On voit dans tous les divorces ce que les enfants désireraient. Ils s'en moquent d'aller avec papa ou avec maman. L'important c'est qu'ils voudraient rester dans l'appartement où ils étaient avec les deux, et avec les mêmes camarades de classe et voisins, même si les parents n'y étaient pas présents tout le temps. Qu'il y ait n'importe qui, que le foyer continue, et puis qu'on voie maman, qu'elle y vienne, que papa y vienne. Pourquoi pas ? Mais eux, qu'ils restent là. C'est leur maison, et voilà que leur maison est démolie par le fait que les deux parents s'en vont et que ça démolit la cohésion de leur espace psychosocial déjà individué.

Dans les divorces, c'est beaucoup plus de l'espace brisé que les enfants souffrent, l'espace de l'activité dans laquelle l'enfant s'est construit allant-devenant homme ou femme. En détruisant cet espace, on détruit son ressenti d'allant-devenant homme ou femme. Encore plus, si on dévalorise un des adultes, sous prétexte que c'est lui qui a ou n'a pas la garde, a ou n'a pas autant d'argent que l'autre. Qu'un parent puisse avoir « les torts » (ce qu'il entend) est déstructurant pour son équilibre antérieurement acquis, ainsi que toutes ces choses imbéciles qui se disent dans les mots — qui, en plus, compliquent l'identification en cours à devenir un homme comme papa ou devenir une femme comme maman. Cette mère qui a cherché un homme comme papa, il faut qu'elle devienne une femme comme maman, qui ne cherche plus l'homme avec qui on est fécond et avec qui l'enfant est né. C'est comme si on désavouait l'enfant depuis sa conception ou sa naissance, au lieu d'accepter l'évolution de chacun et de confirmer l'enfant comme le fruit d'une très belle époque, celle où ce couple se complaisait dans l'union sexuelle. Malheureusement, cette époque est morte, mais non pas la valeur du fruit témoin de ce moment-là.

Imaginons une mère, par exemple, — et ça existe — qui s'entende avec son mari et qui dise à son enfant continuellement, à chaque fois qu'il y a un drame : « C'est à cause de toi que je ne me sépare pas de ton père ! »

Quand ils voient un psychanalyste — moi ou quelqu'un que j'ai formé — il dit à cette mère : « Mais vous savez très bien que ce n'est pas vrai ce que vous dites là. — Mais si ! Comment ? — Non, ce n'est pas vrai parce que lui c'est Paul, mais, si c'était Léon, Pierre, Marguerite ou un autre, ce serait pareil. Ce n'est pas parce que c'est Paul ; c'est parce que c'est votre enfant et que vous ne voulez pas faire à votre enfant ce dont vous avez souffert, vous, quand vous étiez enfant, ou dont vous sentez que vous en auriez souffert si vos parents s'étaient séparés alors. Mais ce n'est pas toi, Paul. Tu n'y es pour rien du tout. Ce n'est pas pour toi, Paul ; c'est pour l'enfant de ta maman, qu'il soit garçon ou fille. » Et ça soulage énormément, ça déculpabilise l'enfant et la mère. Ça la déculpabilise aussi parce qu'elle se rend compte que c'est pour elle qu'elle a préféré conserver la sécurité, ce qu'elle projetait dans l'enfant. Ce n'est pas tellement pour l'enfant lui-même, tel qu'il est, lui, sa personne. C'est aussi sa situation sociale à elle ou ses relations familiales.

L'ÉTRANGER : Pour préserver la bonne marche de l'évolution de l'enfant d'un couple divorcé, qu'est-ce qui est le plus important ?

LA PRATICIENNE : De lui reconnaître sa valeur d'avoir voulu s'incarner de ce couple, quoi qu'il advienne par la suite dans le couple. C'est de donner au sujet la valeur de celui qui a désiré se mettre, au moment de l'union sexuelle, dans l'œuf potentiel.

LE MAINATE : À chaque fois qu'on arrive aux limites de tes pensées psychanalytiques, on trouve quelque chose d'autre, qui ne relève pas de la psychanalyse.

LA PRATICIENNE : C'est toujours le sujet et son désir. C'est toujours le désir du sujet qui s'assume en son être et son advenir. Le désir du sujet qui existe avant même qu'il n'existe en tant qu'objet visible pour autrui. Et, pendant les premiers jours, les premières semaines, personne ne se doute qu'il y a un être en début d'évolution. Là, son désir est à l'état pur.

LE MAINATE : Une espèce de germe d'œuf spirituel, de graine spirituelle, qui s'incarne.

LA PRATICIENNE : Dire que c'est Dieu qui s'est incarné sous forme de chaque être humain, pourquoi pas ? On ne sait pas comment on peut le dire. En tout cas, c'est opérationnel, pour la sécurité de quelqu'un, de lui dire avec des mots et de lui reconnaître ce vouloir inconscient de vivre, de prendre vie du couple géniteur qui a été le sien, même si ça n'a pas été facile pour lui, ce destin sien.

C'est fou de voir comme c'est ressenti comme juste par tout enfant à qui on dit : « C'est toi qui as choisi de naître de ton papa et de ta maman. » Un enfant, à treize-quatorze ans, débarque ; mais, petits, ils reconnaissent tout de suite que c'est vrai.

Je leur dis : « Tu n'as pas choisi quelque chose de facile. » C'est fou ce que ça aide un bébé de lui dire : « Tu n'as pas choisi quelque chose de facile, mais tu es bien vivant et tu es beau physiquement. Eh bien, je pense que c'est la même chose moralement, que tu en as la force et que tu aideras ta mère à assumer cette chose très difficile de l'union sexuelle de laquelle tu es né. » On dit cela devant un enfant de six mois, devant la mère. Ça change toutes leurs relations.

L'ÉTRANGER : Quand tu parles de traiter dignement l'enfant, pour une autre vie que la nôtre, comme pour les bouddhistes, il s'agit de tous les petits nœuds du classement de la vie qui s'incarne...

LA PRATICIENNE : Mais je pense que c'est le cas de tout ce que disent nos théories, y compris nos théories psychanalytiques qui comprennent les nœuds qui se font ou, au contraire, le fluide qui se fait dans les relations entre les humains. De toute façon, on n'élude pas le sens d'être né et le sens d'assumer soi-même dès son origine, sa vie, ce destin génétique et ethnique social dépendant de notre naissance. Les gens qui ne veulent pas admettre cela, c'est parce que ça les inquiète de le supposer, mais alors, toutes leurs théories sont pour essayer de ne pas aller à la source et, à la source, qu'y a-t-il sinon le sujet, le centre essentiel de vie et de survie de cet être de langage qu'est chaque être humain ?

L'ÉTRANGER : À propos de divorce, ce qui est le plus important pour l'enfant, c'est l'espace qu'il s'est constitué. On connaît, par les faits divers, tous les drames que fait la garde qui est donnée à l'un ou l'autre et ensuite les embêtements, les revendications de l'autre pour lesdits « droits de visite », obligations de pension, etc. Évidemment, il n'y a pas de solution.

LA PRATICIENNE : Non, il n'y a pas de solution et je trouve que c'est dommage que la loi s'en mêle dès la décision de séparation entre conjoints. Elle ne devrait pas s'en mêler dès le début ; elle ne devrait s'en mêler qu'à la demande, s'il y a des complications et surtout répandre beaucoup plus l'information, faire publier, dans toutes les écoles, par voie d'affiches et par dire aux enfants que, s'ils ont des difficultés dans leur famille, ils peuvent aller en parler à quelqu'un qui garde le secret et qui est telle personne dans l'école, qui ne parlera de ce que l'enfant lui dira ni au maître ni à la maîtresse ni à la directrice et pas non plus à ses parents. Si les enfants pouvaient parler leur difficulté à quelqu'un qui est formé pour ça, je suis convaincue qu'ils supporteraient mieux les avatars de leur destin parce que, à mon avis, ils l'ont choisi — enfin, depuis le premier jour de leur conception, ils ont choisi et supporté, la vie continuant, ce qui se passait pour eux. Ils savent intuitivement qu'ils ont la force d'assumer, mais personne ne leur dit : « Tu as de quoi t'en sortir. C'est difficile mais, quoi qu'il arrive, aie confiance en toi. Tu peux t'en sortir. » Tant qu'il y a survie, il y a espérance si un interlocuteur vous entend et vous reconnaît cette force d'espérer.

Un petit peu comme moi j'étais perdue dans cet espace-là pour faire le tai-chi. Ce matin, je me retrouvais moi-même et je me disais : « C'est curieux ; ça va maintenant être par rapport au garage », et j'essayais de me repenser dans la salle ; du coup, je ne savais plus ce que je faisais.

Mais c'est ça avec l'enfant ! Quand les parents sont séparés et qu'il est avec le père, il ne sait plus comment il est avec la mère. La mère lui dit : « Qu'est-ce que tu as fait avec ton père ? » Il n'en sait rien. Il est avec la mère, il n'est plus le même qu'avec le père ; il est ailleurs et autrement. Et puis, en quoi est-ce que cela la regarde ? C'est son père à lui (ou à elle, si c'est une fille).

L'ÉTRANGER : Il change de salle, comme toi pour le tai-chi...

LA PRATICIENNE : Oui, il change de salle, d'espace et d'articulés relationnels et il n'a plus les mêmes articulés musculaires — enfin, articulés affectifs.

L'ÉTRANGER : Donc, tu penses que ce serait mieux, par exemple, si tout simplement on laissait les gens s'arranger ?

LA PRATICIENNE : Oui, sans rien légaliser. « Débrouillez-vous avec vos enfants comme avec vos biens. Débrouillez-vous. » C'est pour cela qu'il faudrait toujours faire la séparation de biens comme contrat aux mariages, pas de communauté du tout. Si les gens s'entendent, ils se donnent mutuellement de l'argent; s'ils sont en séparation de biens, tant pis. Pour la femme : « Eh bien oui, vous savez que vous aurez peut-être perdu quinze ans de votre vie si vous divorcez et que votre mari ne vous laissera rien si vous n'avez pas gagné votre vie. Débrouillez-vous. » C'est pour cela que les femmes arabes se font donner des colliers et des bracelets chaque fois qu'elles font l'amour, pour avoir de quoi vivre en vendant ces bijoux au cas où leur époux qui en a le droit les répudie. Au moins, elles ont cela, preuve d'avoir été désirées sinon aimées. Les gens se débrouilleraient autrement. Mais je trouve que la loi n'a pas à se mêler des histoires de cul et de passage de bonnes femmes entre les bras de bons hommes ou vice-versa. Ce n'est pas son affaire.

L'ÉTRANGER : D'ailleurs, on se demande comment juge le juge ? À partir de quoi ?

LA PRATICIENNE : Il juge, c'est tout. C'est son boulot. Maintenant, on peut se séparer par décision commune, à l'amiable. Le couple décide et le juge paraphe. Il y avait eu une enquête sur les enfants, parce qu'il y a eu beaucoup plus de tentatives de suicide chez des enfants à partir de sept-huit-neuf ans, le maximum de neuf à treize ans, depuis qu'on avait créé juridiquement le divorce à l'amiable. Deux conjoints s'entendent entre eux, signent ensemble les décisions qu'ils prennent et le juge paraphe ce qu'ils ont signé comme entente, y compris la garde des enfants, la réunion, tout et n'importe quoi; il signe tout sans s'occuper de l'application nuisible aux enfants parfois de ce qu'ils ont décidé. D'ailleurs, les juges ont été tout épatés de voir les conséquences que pouvait avoir ce qu'on appelait la « garde conjointe » et la « garde alternée ».

Par exemple, un enfant de neuf mois qui va un mois chez son père en Normandie, un mois chez sa mère dans le Gard. À seize mois, la mère, inquiète, me téléphone. Son bébé est fou ! Le père vit avec sa propre mère au Havre où il est enseignant, s'occupe le dimanche de son bébé et la mère vit à Valence en étant institutrice et le met chez une autre nourrice pendant le temps qu'elle travaille. Eh bien non, ce cirque n'est pas vivable pour un enfant de neuf mois (quand ils ont commencé) en ne s'étant jamais disputés !

Qu'à douze ans, l'enfant ait sa chambre, sa table de travail chez le père pendant un mois et chez sa mère l'autre mois, s'il fréquente la même école, c'est un moindre mal. Mais il y a des enfants — on en a découvert de sept, huit ans — qui étaient trois jours de la semaine — lundi, mardi, mercredi — avec leur mère dans une école au nord de Paris, jeudi, vendredi et samedi dans une autre école au sud de Paris chez papa, un dimanche chez chaque grand-mère. À huit ans. Il y a de quoi dissocier complètement les êtres humains. Les parents avaient décidé cela, le juge avait signé l'accord. On se partage les jouets, à toi, à moi.

Maintenant qu'on est entré dans ces mœurs-là, je ne dis pas comment cela peut changer, mais ce sont les enfants dans leur structure qui en pâtissent, surtout à long terme.

L'ÉTRANGER : Sous des aspects de simplicité et d'amabilité, ils ignorent tous les éléments qui donnent une individualité à l'enfant : le changement de lieu, d'ambiance, le changement de tout.

LA PRATICIENNE : Il n'y a pas de juges qui jugent.

« Non, je vous interdis de divorcer ! » Il n'y en a pas. Les gens qui demandent à divorcer divorcent toujours. Est-ce que cela pourrait exister ? « On vous interdit de divorcer. Pour les enfants, ce serait actuellement dangereux, attendez trois ans, attendez quatre ans. » Non[43].

La langue de l'inceste

L'ÉTRANGER : Tout à l'heure, tu parlais des enfants de l'Assistance publique, qui sont des sujets de psychanalyse. Tu te souviens de Parent-de-Rosan[44], cet hôtel particulier à Paris, où étaient regroupés des enfants abandonnés, dans des états de prostration ? Jenny Aubry[45] avec son groupe a fait une recherche là-dessus.

LA PRATICIENNE : C'étaient des bébés autistes, des enfants psychotiques. Parent-de-Rosan recueillait ces enfants abandonnés qui étaient tombés dans des états d'absence de contact. Oui, j'ai eu à suivre des enfants vraiment très atteints venus de cette pouponnière de la D.D.A.S.S. Le travail qu'ils ont fait avec moi est arrivé à les récupérer à peu près pour la communication, mais vraiment c'étaient des enfants dont on sentait qu'ils n'avaient jamais rencontré quelqu'un d'humain dont ils auraient pu dire le nom, qui leur aurait parlé leur situation réelle. C'était l'anonymat d'éducateurs eux-mêmes probablement persécutés par le lieu. Il y a des psychologies de groupe diverses, selon le personnel et surtout les échanges entre eux et l'organisation.

Dans une autre pouponnière, ce sont aussi des enfants du même âge, également abandonnés. Les personnes qui s'en occupent sont très humaines et la direction leur donne beaucoup d'initiatives vis-à-vis des enfants. L'enfant est soutenu nominativement.

L'ÉTRANGER : Et ces enfants étaient devenus autistes à la suite de l'abandon ?

LA PRATICIENNE : Certains d'entre eux, oui. Peu à peu, progressivement, à la suite de l'abandon.

J'ai soigné un enfant autiste dont on a pu très bien comprendre le processus psychotisant. Il était devenu autiste quand la seule maternante qui avait vu sa mère au cours de deux visites à quinzaines, mutée, l'a quitté — parce que les maternantes tournent, changent de poste ou, leur contrat terminé, s'en vont sans prévenir l'enfant ; à ses yeux, elles disparaissent. Donc, au début, les trois maternantes connaissaient sa mère ; elle était venue le voir trois fois à quinze jours de distance après sa naissance, après qu'elle avait dû le déposer là. Il y a eu roulement de maternantes, mais il en restait une qui avait parlé avec la mère. L'enfant s'est bien développé jusqu'à cinq mois. Quand il avait entre quatre mois et cinq mois, cette maternante est partie et il s'est arrêté de se développer — poids, taille, communication. La maternante suivante qui s'occupait d'elle — puisque c'était une fille — était obligée de la ficeler le jour où elle partait pour ses quarante-huit heures de congés, qu'elle prenait par roulement — pas toujours samedi-dimanche. Elle devait la sangler sur son lit et, ces deux jours-là, on la changeait et la nourrissait comme on pouvait — elle hurlait d'insécurité à l'idée de ne pas être sanglée à son lit par la personne qu'elle connaissait pendant que celle-ci était absente — et on ne pouvait la dessangler que lorsqu'elle revenait.

Elle avait eu comme un début de langage étant petite, à quatre-cinq mois. Elle était parmi les plus éveillées et elle est devenue autiste. Puis, elle a guéri, parce qu'on a pu remonter toute cette histoire en paroles. Mais, pour ça, il faut des gens attentifs à l'enfant. « Mais oui, c'est vrai. J'étais la dernière personne à avoir vu la mère », a dit cette maternante.

Alors, on s'est aperçu que l'enfant refusait de vivre, elle n'avait plus d'appétit, elle ne mangeait plus. Elle n'a pas été malade. Elle a ralenti toutes ses fonctions et elle avait peur de tout mouvement. Elle était devenue phobique et, en fait, suicidaire en intention, probablement parce qu'elle avait perdu le seul jalon vivant de contact à sa mère. Elle pouvait penser que, si sa mère revenait et la recherchait, elle ne la retrouverait pas. Oui, inconsciemment, c'est un raisonnement de ce genre, je crois. Quand la personne qui s'occupait alors d'elle s'en allait, il fallait que, elle, la petite, ne disparaisse pas. C'était sans doute la raison de son angoisse à pouvoir quitter son lit.

Par rapport à ce que j'ai dit tout à l'heure de la façon dont un enfant se crée, quelque chose ne s'est pas fait à ce moment-là. Les personnes qu'elle connaissait l'emportaient, elle. Ce qui restait de sa notion d'exister n'était plus qu'un petit tas de rien qu'il fallait fixer à ce lit dans la pièce qu'elle n'avait jamais quittée depuis que, à trois semaines de sa vie, elle avait été confiée par sa mère à cette pouponnière. Au début, pendant les quatre, cinq mois, elle s'était très bien développée : très vivante et même particulièrement douée aux tests par rapport à d'autres enfants. Elle a perdu sens au moment où une des maternantes, le dernier lien à la mère génitrice, a quitté son poste.

L'ÉTRANGER : Elle n'avait rien ? Je veux dire des objets.

LA PRATICIENNE : Des petits joujoux ? Il n'y en a presque pas, paraît-il, dans les pouponnières : ils sont à tous et très vite démolis.

LA NÉGRESSE VERTE : Ça me rappelle une scène très émouvante dans un film, je pense de Visconti. C'est une femme, à la fin de sa vie, qui va mourir, qui est dans son lit. Elle gardait sur sa table de nuit un petit bouton depuis qu'elle était gosse. Sa mère lui avait dit un jour : « Quand tu as peur, tu prends ton bouton dans ta main et tu le serres très fort. » Et elle fait ça avant de mourir, pour ne pas être seule.

LA PRATICIENNE : Oui, mais il faut qu'il y en ait un qui soit demeuré un objet élu comme les bébés en ont. Winnicott a surnommé cet objet l'« objet transitionnel ». Mais, dans une pouponnière, aucun enfant n'a rien — tout est à tout le monde. Ce n'est pas possible autrement. Ils vivent à trente ; ils sont six par chambrée, ils changent ; certains vont et viennent — sont déposés puis repris par leurs parents. Il y en a qui sont confiés par leurs parents momentanément, d'abord délaissés, puis abandonnés ; il y en a qui sont adoptés. On n'a à soi, durablement, que la maison de son corps qui reste, c'est tout. Encore faut-il qu'il ait valeur, ce corps, valeur de lieu d'amour complice.

L'ÉTRANGER : « Si l'enfant doit rester seul à certains moments, il apprendra qu'il faut grandir pour avoir droit à l'autre conjoint. »

LA PRATICIENNE : Par rapport au fait que le couple est dans une chambre, dans le lit ? Mais ça c'est le prêtre qui l'a écrit ! Ce n'est pas moi qui l'ai dit comme ça.

Je parle d'un fait, mais pas justifié comme une règle morale. S'il reste seul dans sa chambre, si c'est cela qui est son habitus, sa mère et son père, eux, ne sont pas seuls, ils sont ensemble. Il veut être comme eux.

L'ÉTRANGER : « Solitude qu'il occupera pour découvrir des sensations nouvelles. Il découvre son sexe... »

LA PRATICIENNE : Oui, il découvre la masturbation. Il se masturbe. C'est ressentir une variation de sensibilité excitatoire, suivie de détente agréable.

L'ÉTRANGER : N'est-ce pas parce qu'ils ont l'intuition, la sensation de ce qui se passe ?

LA PRATICIENNE : Ils l'ont sûrement. Ils l'ont *in utero*. Et puis, le garçon ressent son pénis mobile, protrusif, érectile et donnant le plaisir. L'enfant garçon a très rapidement l'association d'une analogie du pénis avec un doigt de la main qu'il peut mettre en bouche, doigt à pénétrer... dans un trou imaginé.

L'ÉTRANGER : Alors, ce n'est pas une découverte de la sexualité.

LA PRATICIENNE : Si, mais au niveau de la représentation de plaisir qui est connu : sein, téton, bouche. Et la fille a quelque chose comme une bouche qui cherche à ce que quelque chose lui rentre dedans, puisqu'elle a eu ça quand elle a tété, elle avait une bouche érogène qui cherchait le téton érectile du sein maternel qui entre dedans, agréable et sécurisant. Le garçon aussi a eu un téton érogène, il a encore souvent une tétine de biberon dans la bouche. Ce plaisir indispensable à survivre, associé à leur mère nourrice, se déplace sur doigts dans la bouche, sur trou et forme pénétrante.

C'est une découverte de la sexualité prégénitale. Plaisir avec un objet partiel associé à la relation besoin-désir, mêlé à l'adulte nourricier. C'est fonctionnel d'abord. Puis c'est l'originalité extraordinaire de la perception sensorielle, c'est les fantasmes que ça donne qui font la sexualité. Ça donne des fantasmes avec la mère. C'est pour cela que le désir est d'abord incestueux. La masturbation est toujours incestueuse, à cause des fantasmes que l'enfant a vis-à-vis de la première femme de sa vie, sa mère.

L'ÉTRANGER : Tu parles du garçon.

LA PRATICIENNE : Du garçon comme de la fille. Chez elle c'est incestueux homosexuel. La fille commence par l'homosexualité structurante et le garçon par l'hétérosexualité structurante. C'est ce qui fait la différence entre le garçon et la fille. Mais tous deux sont aussi incestueux l'un que l'autre, ces innocents !

L'ÉTRANGER : La masturbation, à ce moment-là, c'est simplement la découverte de ses sensations ou... ?

LA PRATICIENNE : C'est la découverte de ses sensations qui, il se trouve, amènent des fantasmes de la relation à la mère (ou au père). À la mère, c'est-à-dire à toute la problématique que la mère propose à l'enfant dans sa manière de vivre.

Par la masturbation, il obtient des orgasmes après lesquels il s'endort, content.

L'ÉTRANGER : Ça l'aide à ne pas se sentir seul également.

LA PRATICIENNE : Naturellement, puisqu'il imagine un autre. Il imagine la ou le partenaire. Très souvent d'ailleurs, l'enfant se masturbe avec son ours, un joujou.

C'est amusant cette histoire du bouton que tu racontes. Le « bouton », c'est ainsi qu'une fille appelle son clitoris. La maman qui avait dit : « Tu serres ton bouton », elle parlait de serrer dans sa main. Eh bien, c'est ce que les filles font en serrant leurs cuisses : elles serrent le bouton érectile et ça donne l'orgasme, une forme d'orgasme. Les femmes ont beaucoup de formes d'orgasmes différentes. Il y a des hommes qui ont rouspété, en me disant que ce n'est pas vrai que les hommes n'en avaient pas autant. Je crois que si. Je crois que c'est un peu toujours pareil, cette éjaculation. La femme, c'est tellement compliqué, tellement varié, capable de voluptés diverses. Mais, en tout cas, le bouton, toutes les filles en ont.

L'ÉTRANGER : Le curé qui a pris ces notes a noté : « Pas par le vice. »

LA PRATICIENNE : C'est ça. On voit tout de suite « pointer » le désir de la culpabilité que le témoin y projetterait.

L'ÉTRANGER : « Sa solitude est compensée à ce moment-là. »

LA PRATICIENNE : Ce qui m'a étonnée dans Kaspar Hauser[47], c'est qu'il n'en est pas question.

L'ÉTRANGER : Il n'est pas question de masturbation ?

LA PRATICIENNE : Non. C'est étonnant pour ce garçon qui a été esseulé si longtemps...

L'ÉTRANGER : Sa solitude est-elle compensée fantasmatiquement ?

LA PRATICIENNE : Fantasmatiquement, oui. Il quitte le moment où tout est substitut de maman.

Ce qui est intéressant, c'est que les enfants ont toujours intuitionné la fécondité dans les rapports sexuels. Je me demande comment ça va être maintenant qu'ils sont au courant de l'avortement fréquent et de l'« évitement » conscient de la fécondité. Je ne sais pas du tout si ça va demeurer dans les fantasmes ou si les fantasmes vont s'aligner sur les possibilités de la réalité.

L'ÉTRANGER : Ça ne se voit pas encore ?

LA PRATICIENNE : Non, ça ne peut pas se voir. C'est dans quinze ans qu'on verra les conséquences chez des adolescents, par associations libres, rêves.

L'ÉTRANGER : Ont-ils l'intuition de la fécondité tout naturellement ?

LA PRATICIENNE : La fécondité au sens de fruit porté, comme expression d'accomplissement dû au plaisir, existe dès l'âge oral. Dans la jouissance orale avec la mère, c'est le mot qui est le fruit de la relation incestueuse à elle — incestueuse orale, pas incestueuse génitale. Quand on parle d'inceste, on parle du niveau génital, de l'enfant vivant, conçu, engendré. Mais l'inceste existe, justement, fœtal[48], dans le porter fruits oral, porter fruits de paroles. La castration orale excite cette fécondité subtile de porter fruits de sons et de paroles pour un plaisir complice entre les deux partenaires, le bébé et sa mère qui impose le sevrage au moment propice. Le sevrage est le modèle de la castration orale. La castration anale excite la fécondité de porter fruits d'objets découverts et conservés pour la complicité de jeux, la valeur d'objets manufacturés, d'objets modifiés, bricolés. La main étant comme un sphincter anal qui va faire, pour le plaisir partagé avec maman aimée, autre chose que le répétitif caca, ce caca-boudin justement dont elle le prive du plaisir à jouer avec. Elle déplace ainsi l'idée du caca sur des objets accompagnés d'une idée représentée : faire un beau dessin peinturé, prendre plaisir à des variations d'objets colorés, les accumuler, les garder, les donner, les perdre, les retrouver, avec la complicité de l'amour relationnel à la personne pour qui on fait l'objet. C'est la « sublimation » dans un agir, un faire. C'est le « fruit porté » de la castration anale, de la privation imposée des jeux manuels excrémentiels, mais ce sont des fruits encore incestueux pour le plaisir de maman et papa. C'est après qu'il faut renoncer à l'inceste, au moment où arrive la primauté génitale. « L'enfant de chair, tu ne dois pas le concevoir avec la personne la plus proche de toi : ta mère, ton père et pas non plus ta sœur, ton frère. »

L'ÉTRANGER : Tous les autres incestes se pratiquent ?

LA PRATICIENNE : Tous les autres incestes non génitaux perdurent, « innocents », agréables dans la douceur ou la violence, mais toujours stimulés par le désir dans son aspect prégénital, entendre, voir, sentir, toucher, goûter, faire ensemble moi et l'autre (mère, père, frère, sœur), plaisir partagé ou pris à ses dépens. Oui, l'inceste continue à se pratiquer, ne serait-ce que par la parole, le regard, l'audition, le goût. Et c'est autour de cela qu'il peut y avoir des complications de paroles avec la mère qui ne parle pas le langage du social. Pourquoi les enfants arabes ne parlent-ils plus arabe avec leur mère ? Parce que ce serait incestueux. Si les pulsions incestueuses ne sont pas sublimées dans le social, elles sont ressenties dangereuses, freinatrices du développement. À moins qu'ils puissent parler arabe avec d'autres femmes que la mère et d'autres hommes à l'école, socialement aussi, et qu'on leur enseigne l'arabe à l'école. Pourquoi ne le fait-on pas ? À long terme, il y aurait beaucoup moins d'angoisse à effet délinquant, si on comprenait cette nécessité de socialiser les pulsions orales pour que leur castration incestueuse porte fruits de culture.

Je pense à des enfants de parents immigrés, dont la mère ne parle jamais la langue française. Cela lui est interdit inconsciemment, par surmoi. Aussi, le fait qu'elle leur parle uniquement arabe paraît à ses enfants scolarisés en français coupable d'inceste car ils en sont à des échanges sur le plan de libido anale sublimée. Le père le parle parce qu'il travaille[49].

L'ÉTRANGER : Tu rencontres beaucoup ce problème dans les pouponnières ?

LA PRATICIENNE : Pas tellement avec des enfants arabes n'ayant pas de parents, mais avec des enfants qui ont des parents de deux langues différentes. On croit parfois que c'est à cause du bilinguisme qu'ils restent muets. Pas du tout. Ils restent muets à cause de l'Œdipe. Ils vivent la réalisation incestueuse qui semble être le parler, ou seulement l'entendre, leur mère leur parlant sa langue, qui n'est pas celle qu'elle utilise avec la société, ou celle qu'elle n'utilise qu'avec le père. Or l'enfant ne peut sublimer les pulsions orales dans le langage parlé que dans une relation interdite de l'inceste. Alors, ils restent bébés sans parler avec la société ou, au contraire, ils parlent avec la société et ils ne sont plus les enfants de leur mère qu'ils ne respectent plus et ça fait des drames.

L'ÉTRANGER : Ou ils ne leur apprennent pas

l'arabe, parce qu'ils veulent qu'ils s'intègrent dans le pays où ils vivent.

LA PRATICIENNE : Non, c'est l'école française qui ne leur permet pas de socialiser l'arabe avant la langue française. Ce pont de l'arabe parlé et écrit, avec des maîtres auxiliaires arabes à l'école primaire serait la solution, ou alors il ne faudrait pas les scolariser avant douze ou treize ans, pas avant la puberté.

Parce que la mère ne s'intègre pas. Le danger de s'intégrer à la société française pour elle serait de changer de style de mœurs maritales. Le père ne veut pas qu'elle fréquente la société. Il a raison. L'alphabétisation en arabe et en français par des femmes arabes devrait être la transition. Si ses enfants lui apprennent le français, ils sont incestueux en le faisant si bien que, pour garder l'équilibre familial, la mère, elle, parle arabe et les enfants répondent en français. S'ils répondaient en arabe, ils auraient la parole que le père parle avec elle au lit. Ils ne veulent pas parler la langue que le père parle dans l'intimité du couple.

J'ai vu cela avec une petite Américaine de parents juifs israéliens. La mère était née en Israël mais avait vécu en Amérique de l'enfance à son mariage, le père était d'origine polonaise mais israélien depuis son adolescence. Fixés en France, la petite parlait parfaitement le français avec moi et avec leur femme de ménage. Avec moi elle parlait très peu parce que je parlais avec sa mère, mais à la femme de ménage qui était familière, elle parlait couramment et un parfait français. À sa mère, elle ne parlait qu'américain. Quand la mère lui parlait français, elle répondait américain. Quand le père lui parlait français, elle répondait toujours américain, mais, bizarrement, elle ne pouvait pas, ou refusait, de leur parler à eux deux ensemble américain ou français ; c'était en hébreu qu'elle leur parlait. (Ils allaient tous les étés en Israël.)

Un jour, en vacances en France, ils ont rencontré des amis dont les enfants étaient bilingues, américain et français. Elle était tout à fait étonnée et elle a dit tout bas à sa mère : « Mais alors, j'ai le droit de vous parler à tous les deux ensemble américain ? » Alors, la mère a dit : « Oui, pourquoi pas ? — Je croyais que c'étaient les mots du secret que papa te disait au lit. — Et le français ? — Tu as un accent. Tu ne parles pas bien le français. » (Comme si parler mieux que l'adulte mère, ce serait triompher d'elle vis-à-vis du père !) C'est drôle. Donc, elle était homosexuelle de sa mère quand elle lui parlait ; de même, en répondant américain seulement, elle disait des mots secrets d'amour à papa. Quand ils étaient ensemble, les parents disaient : « Elle fait la sotte qui ne comprend pas ; elle ne veut pas répondre quand nous sommes ensemble, si nous lui parlons ensemble. Elle va répondre à l'oreille du père ou à l'oreille de la mère. » Elle avait entre deux ans et demi et trois ans. Il lui a fallu voir d'autres enfants parler de façon sociale les deux langues à leurs parents bilingues, américain et français. Cela l'a déniaisée, pensait le père. Mais jusque-là, elle avait mis tous ses fantasmes érotiques sur le fait que papa et maman se parlaient américain.

L'ÉTRANGER : « La sensation pour l'enfant est porteuse du sens de l'intimité des parents. »

LA PRATICIENNE : Ce n'est pas la sensation, c'est l'accomplissement des pulsions qui portent un fruit. Justement, c'est là la fécondité qui porte un fruit du développement de l'enfant dans les armes qu'il développe — le savoir et les connaissances — pour la communication avec autrui.

Ce garçon, par exemple, à qui Bernard parlait allemand. Il comprenait et, paraît-il, parlait un peu l'allemand ; avec son père, il comprenait le français, peut-être le lui parlait-il, je ne sais pas. Mais, à la Maison Verte, il ne parlait ni à sa mère ni à aucune autre personne adulte ou enfant. Il ne voyait que sa mère. Il restait complètement seul à des jeux pas loin de sa mère ; il ne jouait pas avec les autres enfants. Il rapportait des jouets à sa mère — il n'était pas autiste avec elle, tandis que les autistes le sont avec leur mère. Et, à un moment où il manipulait des cubes rouges, Bernard s'est penché sur lui et lui a dit : « Das ist rot. » Cet enfant s'est sauvé vers sa mère comme s'il était brûlé par cette parole de Bernard et s'est réfugié la tête dans le ventre de sa mère comme pour se cacher. La mère a demandé : « Mais mon Dieu, qu'est-ce qui se passe ? » Et Bernard lui a expliqué : « Je lui ai dit que le cube était rouge ; je le lui ai dit en allemand. — Ah mais oui ! Son papa lui parle français, moi, je lui parle allemand et lui ne veut parler aucune langue. — Mais dites-le-lui. » Elle lui a dit : « En allemand, ça se dit "rot" ; en français, ça se dit "rouge". Regarde celui-là. » Bernard associe sa langue d'homme à la langue de la mère et lui dit : « Das ist blau » — pour un cube bleu. La mère dit : « Oui, ça, c'est "blau" en allemand, "bleu" en français. » Et ils ont nommé toutes les couleurs. L'enfant a supporté parce qu'il était dans la sécurité de sa mère. À partir du lendemain, il allait montrer les objets aux gens pour entendre le mot qu'ils disaient. Il allait à sa mère, qui savait le manège qu'il faisait et lui parlait alors dans les deux langues. En quinze jours, il a parlé très bien, alors qu'il ne prononçait pas de phonèmes. Il gardait la langue allemande pour un inceste et la langue française, c'était la langue homosexuelle des hommes mais seulement avec son père. Il y avait quelque chose qui ne se faisait pas dans la triangulation.

L'ÉTRANGER : Ce qui est extraordinaire dans toutes ces histoires d'enfants, c'est la précision.

LA PRATICIENNE : Oui. Quand on a dit le mot juste, là c'est tout de suite la libération immédiate. C'est tout à fait un piège refermé qu'il faut ouvrir.

L'ÉTRANGER : On a l'impression qu'il sort tout d'un coup des ténèbres et que, après, en expérimentant cette découverte, il doit voir si vraiment la société l'intègre, sorti de son piège, l'autorise vraiment à déboucher sur les échanges sociaux, tout en restant l'enfant de sa mère.

LA PRATICIENNE : Et, à tous les niveaux, accepter une castration tout en conservant le fantasme de l'inceste. Le désir reste toujours fantasmatiquement incestueux et ne doit pas être satisfait comme tel. C'est cela qui donne les fruits culturels. L'imaginaire doit rester dans l'imaginaire. Et pourtant, de temps en temps, on dit que la réalité dépasse la fiction. La réalité réalise la fiction de façon sublimée. Par le détour culturel, il utilise les pulsions sexuelles et ce sont des moments de grand bonheur, pas solitaire, avec les autres.

L'ÉTRANGER : À propos de l'intuition de l'intimité des parents : « Cela amène des questions importantes qui feront qu'il devra assumer ou non son destin de fécondité et l'intégrer ou non à sa vie sociale. »

LA PRATICIENNE : Oui, le fait que, pour tous les enfants, tout acte sexuel s'appelle se marier et si on se marie, on a un enfant. Pour eux, il faut se marier pour avoir des enfants. Marié veut dire compagnonner. Et quand ils sont au courant de l'union sexuelle entre mariés, ils imaginent que le couple qui a trois enfants, par exemple, s'est sexuellement rencontré trois fois et pas une de plus. C'est comme cela que l'enfant fantasme. Pour lui, une relation sexuelle est toujours féconde.

Comme maintenant ils ont acquis la notion consciente de l'avortement possible et que tout le monde en parle devant les enfants, empêcher une vie ne contredit pas le fait que si un enfant vit c'est parce qu'il a voulu vivre et naître. Mais le fait que les parents savent et ont le droit de tuer un enfant à l'état de fœtus, c'est-à-dire d'empêcher volontairement une vie d'arriver à naissance, va sans doute faire comprendre aux enfants d'aujourd'hui et de demain le rôle de la responsabilité maternelle et paternelle. Peut-être que cette histoire de responsabilité paternelle et maternelle s'introduira précocement dans les valeurs des enfants concernant la vie supposée et la survie de poupées, d'animaux domestiques, de plantes aimées d'eux, et pas dans la valeur de responsabilité d'éducation. On sait que les enfants n'ont pas ce sens encore, du moins de façon consciente, et que les géniteurs masculins immatures qui n'ont pas le sens de leur responsabilité paternelle sont légion. Il y a aussi des jeunes femmes immatures qui n'ont pas le sens de leur responsabilité. Actuellement il semble que l'avortement, hélas, est « légalisé » alors qu'on devrait dire « dépénalisé ». Les moyens anticonceptionnels, la dépénalisation de l'avortement, en formant les jeunes générations à considérer autrement qu'inéluctable la fécondité mise en route, déresponsabiliseront-ils ou, au contraire, initieront-ils la relation sexuelle à ses conséquences assumées de transcendance du désir humain, responsable de sa maternité et de sa paternité, et non plus les subissant comme fatalité de destin ?

Avant cette loi, l'avortement n'était possible qu'aux gens des classes privilégiées ; il était possible, mais dangereux, pour la vie et pour la fécondité future des femmes des classes non privilégiées. De plus, il culpabilisait toujours la femme et jamais l'homme qui était seul responsable, en définitive, d'avoir laissé naître un enfant puisque c'est lui qui, jusque-là, était le seul capable de dire non, de refuser sa semence à la femme qui désirait enfanter. Maintenant qu'il y a des moyens anticonceptionnels, c'est une transformation complète des fantasmes de la sexualité : ce n'est plus l'homme qui donne un enfant à une femme, c'est la femme qui décide si, oui ou non, elle accepte qu'un homme se sente responsable de l'enfant qu'elle aura ; elle lui en concède ou non une part de responsabilité. Mais elle peut aussi la lui voler, le père n'ayant plus aucun droit ni devoir vis-à-vis de son enfant dont il arrive que sa partenaire lui cache la gestation, refusant de donner un enfant à cet homme et une famille paternelle à son enfant.

L'ÉTRANGER : Mais les conséquences n'en sont pas encore bien intégrées.

LA PRATICIENNE : Pas du tout intégrées. Ce sont des choses à venir.

L'ÉTRANGER : Donc, à propos de l'avortement, le revers de la médaille, ce serait que les générations actuelles se déresponsabilisent, qu'elles sachent dès le départ que la gestation n'est plus un risque encouru dans une rencontre sexuelle, que la paternité, comme la maternité, n'est pas une obligation, que ce n'est pas non plus une conséquence de l'acte sexuel.

LA PRATICIENNE : Oui, que ce n'est qu'un accomplissement lié au plaisir. Le plaisir a sa valeur en soi, indépendamment de tout accomplissement, de tout fruit porté charnel. Évidemment, si les gens sont très cultivés, le fruit est un fruit culturel de la rencontre de deux êtres, mais ça peut n'être simplement qu'une foire d'empoigne et pas du tout un fruit culturel, une relation duelle ouverte à l'hôte inconnu, l'enfant tiers dans le couple qui, par sa vie, symbolise la réalité d'un désir et d'un amour assumé en société.

Adolescence solitaire : l'angoisse au ventre, à la bouche et au sexe

Entre l'obéissance qui paraît démission de la fierté de son sexe à défendre et le respect dû aux parents, entre l'affection filiale et la soumission d'auxiliaire dans les difficultés matérielles et émotionnelles de ses proches, entre la tendresse qui voudrait s'exprimer et la pudeur angoissée de se montrer vulnérable enfantinement ou séducteur-séduit, désarmé par les charmes interdits de ses proches, le jeune homme, la jeune fille sont aiguillonnés par le devoir d'affronter le monde hors du foyer familial et le doute amer sur eux-mêmes, sur leur capacité d'assumer leur liberté à conquérir leur corps, séparés du foyer familial, jusque-là leur place. Leur corps dont le miroir absorbe l'attention critique laisse très peu d'espoir aux plus avantagés par la nature et aux autres la certitude du délaissement et de la solitude à vie. La solitude est parfois tragique aux adolescents bien que peu de parents s'en doutent, eux qui redoutent les rencontres pour ces enfants parés à leurs yeux de leur jeunesse pour eux perdue, et qui de la vie ignorent les dangers.

Lorsque jeunes gens et jeunes filles sont retenus au foyer paternel au-delà du temps de leur adoles-

cence, soit par leur propre timidité, soit par un sentiment de culpabilité que distillent les parents au nom du travail en famille ou du travail sérieux des études par lesquelles on acquiert des armes pour l'avenir, qui ne souffrent pas de distraction (entendons la recherche d'un ou d'une autre à aimer), leur solitude, rançon des risques non courus, fait que beaucoup, au nom de «vertu» à garder, retournent aux rivalités puériles pour des privautés parentales à gagner ou à supplanter qui sont insupportables dès qu'obtenues. On fuit la solitude dans des disputes feutrées que la chasteté forcée fait déraper sur des paroles fraternelles ou sororales blessantes qui visent la fierté sexuée de l'autre, les recherches vestimentaires, l'originalité exhibée, bref tout ce qui d'autrui, de l'un ou de l'autre sexe, provoque un regard que le sexe revendique.

Amour fraternel et sororal, désir dénié quand le sexe est frustré hors la famille, on ne réussit pas aisément à transcender le désir incestueux en chaste tendresse et entraide des aînés aux plus jeunes, pour les aider à sortir de l'étau de l'angoisse, à braver la vindicte d'un père jaloux de ses filles adolescentes, d'une mère jalouse de ses fils et qui tisse un réseau de paroles perfides pour les garder loin de tous risques féminins.

Ce que nous connaissons alors comme névroses des jeunes provient de deux sources : l'une est leur impréparation à s'assumer sans l'aide et la protection parentale, qui se paye de leur renoncement aux rencontres sexuelles dont ils redoutent la responsabilité, l'autre est la solitude angoissée du père et de la mère, de leur couple déserté d'amour. Ils redoutent le face-à-face, la table familiale vide au départ des enfants, où les époux, économiquement dépen-

dants l'un de l'autre, ne connaissent plus la liberté de s'échapper ni la joie de s'aimer.

Les haines sourdes, camouflées sous un chauvinisme refermé de certaines familles, sont attisées par l'ambition d'une réussite matérielle à l'exclusion d'une ouverture sur la vie de la cité et le plaisir des rencontres nouvelles, par la poursuite espérée d'un avoir rapace des biens parentaux, des choses fétiches de l'enfance, d'une part illicite d'héritage à conquérir (prises de guerres fratricides) : ce sont de tristes palliatifs d'une solitude prudentielle, remèdes morbides à l'inguérissable blessure de la césure du lien charnel incestueux dont le désir interdit demeure vivant.

Continuer d'aimer, de communiquer, d'œuvrer de son corps et de ses mains, mais nier l'appel au lieu du sexe où le désir se focalise, voici la loi qui, en soumettant la conjonction génitale à l'interdit de l'inceste, révèle au garçon qu'il est à jamais séparé de la chair de sa mère, à la fille de son père. Voici que la mère n'a plus d'oreilles. Voici qu'aux inquiétants cauchemars de leur enfant, la couche de ses parents n'est plus refuge et paix de sens.

La loi, sa signifiance de désespoir au désir imaginaire, burine au cœur de l'enfant la limite infranchissable entre son désir solitaire ardent et la réalité qui le bafoue.

Différencier l'amour du désir, tel est ce nouvel apprentissage du langage qu'aiguillonne cette nouvelle découverte qui marque le sexe. L'inceste interdit, symbole définitoire de notre appartenance à la gent humaine, cette « sexion » séparatrice soutient et exacerbe en l'enfant sa virilité et sa féminité dans son vouloir actif et passif de transcender cette brûlure.

Voilà aussi que cet interdit de conjonction de vie au lieu des sexes où voulait s'apaiser la flamme du désir dans l'œuvre de chair réaffirme la marque de la première séparation oubliée que cette trace à l'ombilic avait déjà déterminée, chez les humains, une voie qui du corps à corps entre géniteurs et engendrés est interdite; trois fois, au ventre, à la bouche et au sexe, les individus humains sont marqués à jamais d'impuissance face à la loi de leur espèce que seul le langage peut délivrer transcendé du désir dans l'amour.

Si père et mère adultes sont barrés au désir sexuel, les frères avec les sœurs ne pourraient-ils pas, associés qu'ils sont à ces parents, secourir l'impérieux appel aux plaisirs dont jouissent ces possédants jaloux de leur couche conjugale?

Pourquoi faut-il encore qu'en famille, frères et sœurs qui, dans leur enfance, s'accordaient pour soutenir leur solitude dans les jeux de corps immatures partagés et les rêves complices, pourquoi aux attraits de leur sexe et à son appel à l'autre, la loi des hommes contraint-elle frères et sœurs à se distancer? Rester sous le toit familial, dérisoirement appelés au désir qu'il leur faut ici fuir, muter cette attirance du corps en affectueuse et chaste entente, nous en savons tous la difficulté, un temps adoucie par un relatif oubli du sexe, impuissant à procréer charnellement. Mais à l'adolescence, la maturation sexuelle éveille à nouveau le désir conjoint au besoin et au pouvoir de fécondité. Le sexe exige, mais peu armé pour la lutte sociale, c'est encore au foyer familial que chacun voudrait trouver sa paix et tout son contentement.

C'est alors au foyer parental que la solitude s'installe, souffrance angoissée de ne pouvoir s'exprimer parce que coupable au regard de la famille, ardeurs nouvelles qui ne savent pas où se porter ou se dire. Elles prennent le masque du rejet acerbe de tout geste affectif, masque de paroles blessantes, stigmatisant entre frères et sœurs leur séduction naissante, trop solitaires dans une tension sans répit. Trop proches, ils sont plus rassurés par leurs querelles prudentielles, leurs rivalités puériles que par la tendresse. Leur chasteté forcée rend leur sensibilité pointilleuse à la compassion ou à la connivence fraternelle, sororale ou parentale.

Masturbation et fantasmes

L'ÉTRANGER : « Temps rempli de fantasmes, de promotion jusqu'à la résolution du complexe d'Œdipe. Là, dans la certitude que les parents sont satisfaits l'un par l'autre, départ définitif de son piédestal, compréhension définitive de la signification du désir et prise de conscience d'une vie conforme à la parole donnée. Par ce renoncement, accède à une solitude si grande qu'il doit la remplir par des méditations culturelles. »

Ce doit être vers les six, sept ans.

LA PRATICIENNE : Oui, c'est ça. Sept ans. Et en réalité, ça se révèle irrévocablement à neuf ans. À neuf ans, la masturbation ne suffit plus, parce qu'il y a eu un ralentissement des pulsions sexuelles prégénitales : le corps grandit, et la région génitale devient très petite par rapport au corps total à ce moment-là. C'est là que s'origine toute la création culturelle. C'est le règne de la technologie, de l'astuce, de l'intelligence appliquée à tout et l'acceptation, le désir même de jeux avec des règles, des lois — le jeu de l'oie justement —, des jeux de la vie où il y a des interdits, où il y a des possibilités de gagner, de perdre et où « c'est ça la vie sociale ».

Arriver à avoir sa place dans la vie sociale domine chez l'enfant et c'est raté quand les parents le retiennent trop, quand ce sont des enfants uniques et qu'ils sont trop tout seuls ; ils ont besoin d'autres enfants à ce moment-là. Ils ont beaucoup d'intérêts culturels qui sont des déplacements de toutes les pulsions sur des acquis culturels de la société où l'enfant désire se promotionner.

« Il accède à une solitude si grande », parce que la masturbation ne suffit plus, c'est terminé. Alors, quoi faire de son énergie ?

L'ÉTRANGER : Il se déverse dans le social.

« Après ce renoncement total, l'enfant se met à juger père et mère. »

LA PRATICIENNE : Par rapport à d'autres. « Il a une 2 CV. L'autre, il a une Volvo. Ah ! il gagne combien ? Et puis l'autre gagne combien ? Est-ce que c'est mieux ? » C'est là qu'il y a différentes valeurs d'éthique et que les gens qui ne jugent que d'après la réussite sociale et d'argent nuisent à toute l'évolution de l'enfant, puisque s'il estime son père et si son père a une 2 CV mais est heureux de sa vie, il trouve que c'est mieux d'avoir une 2 CV en étant heureux que d'avoir une Mercedes en étant trompé par sa femme.

C'est très important d'entendre les paroles crédibles d'adultes qu'il estime, concernant les différentes valeurs dans la société. Il y a beaucoup de niveaux de réussite et l'enfant est capable de les juger et de les passer au crible de sa raison, si on ne lui bourre pas le crâne toujours de la même façon. C'est là le danger de l'éducation matérialiste qui ne lui dit qu'une seule manière d'apprécier les choses. Ça aura peut-être l'effet contraire si un beau jour, au moment de la puberté, il pense qu'on ne lui a raconté que des bobards. Parti du matérialisme moderne, « scientifique », il va peut-être se tourner vers la subjectivité totale, les jouissances sensorielles solitaires obtenues par les drogues, ou encore la sorcellerie des Yaqui.

Je ne comprends pas du tout cette obsession de la rationalité, du rationnel. Sous la Révolution française, cela se comprenait encore, la déesse Raison représentée par une femme vivante très belle, le désir et l'amour, « la beauté toute nue », etc. Mais ce n'est même plus ça. La femme toute nue en U.R.S.S., on ne trouve pas ça beau. Si on avait mis la beauté du corps pour symboliser le matérialisme ! La révolution pour la République c'était la déesse Raison, c'était le retour à l'Antiquité, une Vénus vivante nue, la reine de beauté ; mais ce n'est même pas ça en U.R.S.S. : c'est le travail, c'est la science, la mort du charme, de l'imagination poétique.

L'ÉTRANGER : La science est une valeur très sérieuse pour les grands. Mais pourquoi ? Parce que la science permet cette projection fantasmatique dans une société qui n'existera jamais, c'est-à-dire le communisme qui est reporté tout le temps à plus tard.

LA PRATICIENNE : Oui, où tout le monde aurait tout ce qu'il voudrait, comme racontait Marchais l'autre jour à la télé, aux enfants de huit ans. Il y avait tout un groupe d'enfants. Il était heureux comme ça. Et les enfants : « Mais qu'est-ce que ce serait si le monde... — Mais, mes enfants, ce serait merveilleux. Tout le monde aurait tout ce qu'il voudrait et sans avoir à le payer. — Ah ! formidable ! disent les enfants. Il faut être communistes ! — Mais oui, il faut être communiste ! » C'est vraiment le conte de fées !

L'ÉTRANGER : Donc, la science, c'est une valeur qui permet d'accéder, petit à petit et par un labeur énorme, à cette société qui recule de plus en plus. Une société supposée. Ils interdisent toute spiritualité religieuse, sans doute parce qu'ils ont peur que les gens ne travaillent plus, s'ils sont des esclaves de l'idéal.

LA PRATICIENNE : Je ne comprends pas du tout. Pourquoi ne travailleraient-ils plus ? Le travail n'est pas en opposition avec l'idée qu'il y a un sens transcendant à la vie.

L'ÉTRANGER : « Après ce renoncement total, l'enfant se met à juger père et mère. Il veut entrer en compétition pour défendre ses parents, même s'il les dévalorise en famille, pour paraître plus valable vis-à-vis de ses camarades. »

Pourquoi a-t-il besoin de défendre ses parents ? Par rapport aux autres ?

LA PRATICIENNE : Par rapport à lui, par rapport aux autres, parce qu'il est valeureux s'il fait partie de parents valeureux. Par exemple, les enfants qui se chamaillent entre eux et disent : « Mon frère est plus fort que le tien. Tu vas voir, il va lui foutre une raclée. »

L'ÉTRANGER : « Le désir d'échapper à la maison, car la maison représente la solitude. »

LA PRATICIENNE : La maison commence à représenter la solitude, à cause de la résolution du complexe d'Œdipe : « Maman est à papa. À la maison, je suis seul. »

L'ÉTRANGER : Même s'il a des frères et sœurs ?

LA PRATICIENNE : Oui, parce que, justement, si la castration a été bien donnée, même sa sœur, elle est pour les autres hommes ou les autres garçons, pas pour lui. Alors, on se console en se disputant un peu, mais ce n'est pas créatif, et c'est lourd à supporter. On est bien obligé de faire quelque chose de ses pulsions, alors, on s'asticote, on se suit mutuellement pour occuper le temps et pour faire réagir les parents. « Tu vois, tu ne m'aimes pas ! »

C'est vraiment perdre son temps. À ce moment-là, l'enfant a besoin de sa vie hors famille et que cela lui soit permis au lieu que ses parents souffrent. « Comment ? Les autres sont plus intéressants que nous ? », alors que c'est en vivant à l'extérieur qu'il va devenir un citoyen de valeur.

L'ÉTRANGER : L'enfant peut leur dire à un moment donné : « Même ici, je suis seul, je me sens seul avec vous. »

LA PRATICIENNE : Mais généralement c'est ce qu'il fait : il va dans sa chambre tout seul. Et les parents disent : « Mais tu t'enfermes. Viens avec nous. » Il vient comme un chien. Ce n'est pas pour leur dire que ça l'embête tout ce qu'on lui dit : « Pourquoi ? Nous ne sommes pourtant pas désagréables. Tu as tout ce qu'il te faut. Qu'est-ce qui te manque ? »

L'ÉTRANGER : C'est à ce moment-là que naît le besoin de groupe extérieur, le besoin de voir d'autres familles.

« À la puberté, même problème. Qui va complémenter son sexe solitaire ? »

LA PRATICIENNE : À la puberté, c'est le développement rapide, tout d'un coup. Il sent une puissance de fantasmes qui le dépassent, de fantasmes rivaux, de fantasmes amoureux qu'il peut arriver à mettre dans une langue qui n'existe pas qui s'appelle la poésie, qu'il crée ; parfois, il crée de la musique. Il découvre un talent de création à travers des plaisirs sensoriels qui n'avaient pas existé jusque-là : soit la langue, soit les yeux, soit la musique, soit la danse, soit le groupe, soit parler ou défendre des idées politiques. L'idée de modifier le monde commence avec la puberté. Porter un fruit de la convivialité qui soit une amélioration de la vie conjugale et qui fantasme une vie à deux d'amour... éternel.

L'ÉTRANGER : Dans les cas positifs. Il y a des pubères qui retombent dans la masturbation.

LA PRATICIENNE : Oui, il y a des pubères qui retombent dans la masturbation d'abord parce qu'ils croient qu'ils sont les seuls à avoir cette anomalie : le besoin de se masturber. Ils ne savent pas que c'est physiologique et que c'est un piège toutes ces pensées — les pensées voyeuristes, sadiques et érotiques — qu'ils ont et qui les étonnent. Qu'ils essaient au moins de vivre ça avec quelqu'un qui y pense, au lieu de rester avec l'imaginaire, seul, et une fois qu'ils ont déchargé, c'est fini, ils ont éjaculé et ils n'y pensent plus. Non! «Tu penses à cette fille. Écris-lui des mots d'amour, fais quelque chose pour elle. Tu verras qu'elle est peut-être plus accessible que tu ne crois. Si elle n'est pas accessible, eh bien, au moins tu penseras à une autre. Il y en a certainement d'autres à qui tu plairais.» Mais il se croit moche. Surtout ceux qui ont l'amour idéalisé, ils ne peuvent pas comprendre comment cet amour idéalisé leur donne des images en même temps qu'ils se distraient avec leur corps. C'est très difficile pour les adolescents de comprendre ça.

L'ÉTRANGER : Dans la satire, dans la caricature, le solitaire est représenté souvent comme un masturbateur.

LA PRATICIENNE : Oui. Mais de toute façon, le solitaire est peut-être un masturbateur oral ou anal. Il fait quelque chose. Le solitaire collectionne, bricole du matin au soir. C'est une masturbation, le bricolage. Tout peut être masturbatoire.

Ce qu'on appelle masturbatoire, c'est quand le sexe, dans sa localisation physiologique, est en jeu dans le fantasme ; c'est l'objet partiel nécessaire pour représenter une activité de plaisir qui aide à vivre. C'est aussi la passion des collections. Mais justement c'est un autre substitut qui est obsessionnel, un peu comme les clones : il clonise les objets qu'il désire.

À la puberté, on est fasciné par son propre corps et par le plaisir qu'il peut donner. Toutefois ce plaisir est accompagné de fantasmes de rencontres d'autrui puisqu'il y a des difficultés à quitter le connu qui est le familial, et à courir des risques, en abordant des personnes nouvelles, en vue d'un corps à corps dont on ne sait pas s'il sera accepté. De nouveau, ce qu'on a connu du risque quand on était petit arrive, et ces risques font que l'on voudrait se réconcilier dans le giron maternel ou sous la tutelle paternelle, en leur confiant tout ce qu'on éprouve, ce qui apporte encore plus de complications. L'inceste interdit veille et provoque de l'angoisse devant cette « récupération » fantasmée qui ne peut pas se faire pour le garçon sans risque du viol de la mère ou de viol de ses secrets par la mère et de l'éveil de sa jalousie. Pour la fille, cela ne peut se faire sans risque d'être violée par le père ou bien d'éveiller la jalousie du père confident. D'où les complications et cette espèce de mythe verbal et certainement sensitif aussi pour tous les adolescents qu'est le mot « sortir ».

« Sortir », c'est le maître-mot des adolescents. « Elle ne veut pas que je sorte. Il ne me laisse pas sortir. » « Sortir » veut dire, justement, sortir de la sécurité de leur maison, pour aller vers les autres, là où ils sont en insécurité ; ils ont besoin de supposer l'interdit pour calmer l'angoisse qu'ils ont à se risquer.

L'ÉTRANGER : C'est une scène qui se répète comme lorsque le bébé a quitté le giron de sa mère pour rencontrer l'agression et qui cherche à y retourner dès qu'il a rencontré une épreuve, mais ne veut pas être empêché par sa mère de retourner au risque.

LA PRATICIENNE : C'est une répétition. Seulement, c'est difficile, car les jeux intersubjectifs libidineux font que la mère a peur que son enfant, son jeune homme se risque avec une femme qui ne saura pas l'initier... Le père dit ou pense : « Il n'y a que moi qui saurais la dépuceler. Pas un autre. Il va me la gâcher pour la vie. » Et cela répond, sans que les enfants le sachent, à leurs propres angoisses : « C'est ma mère avec qui je devrais rester, tout confier à elle. » « Mon père, il est tout pour moi. » Ou, au contraire : « Mes parents ne sont plus rien pour moi ! », et ils y croient parfois. C'est ce quitus donné à la famille, que l'enfant, au lieu de le voir sous forme d'un quitus qui est son devoir, voit comme une culpabilité du désir de s'en aller. C'est quelque chose d'inhérent à l'adolescence.

C'est beaucoup plus compliqué à notre époque de civilisation dite occidentale, parce que les enfants n'ont pas le droit légal de s'assumer hors du milieu familial, c'est-à-dire de recevoir de l'argent légal pour un travail, si bien qu'ils ne peuvent pas compenser la souffrance que leur mère (ou leur père) peut éprouver, la souffrance du risque qu'il court en leur disant : « Mais tu vois, je sais en société me faire valoir. La preuve : je t'apporte de l'argent. Ne crains rien. Je commence à connaître la vie. » C'est une chose absolument indispensable chez les jeunes, de se faire valoir par le travail en société, la réussite conquise par eux-mêmes. Or ils ne peuvent plus se faire valoir que par ce qui les travaille eux-mêmes, c'est-à-dire par la séduction et ses futiles triomphes, éphémères comme leur jeunesse.

L'ÉTRANGER : Et dans les sociétés où les enfants de cet âge travaillent et gagnent déjà leur vie, ça se passe différemment ?

LA PRATICIENNE : Ça se passe différemment. Le problème existe certainement, mais ça se passe autrement, dans le sens où ils n'ont pas la déréliction dans l'échec amoureux au point où l'ont les adolescents d'aujourd'hui, parce qu'ils n'ont pas de consolation du non-échec valeureux du travail. Il y a ceux qui font des études et peuvent avoir des satisfactions, mais ce sont des satisfactions imaginaires de lutte avec des camarades qui s'intéressent aux mêmes choses qu'eux et, finalement, ça provoque davantage d'amitiés de type homosexuel pour la même mère. Ce sont des valeurs reconnues par les maîtres ou les guides d'une même discipline, du jugement desquels les distinctions distribuées dépendent. La discipline est devenue une femelle qu'il faut conquérir ! Et ils sont alliés pour la même fille, déplacés sur la même fille...

L'ÉTRANGER : La fille « science ».

LA PRATICIENNE : La fille « science », la fille « sport »... En même temps, ils sont rivaux par rapport à la société qui cherche celui qui va le plus servir cette discipline à la suite des maîtres. Alors, ils sont attirés dans un milieu qui est cérébral ou physique, qui est consacré à telle ou telle discipline, telle science. On gagne une bourse d'étude ou d'entretien, au mieux, mais pas de quoi s'installer. Même s'il y a des filles avec eux, maintenant qu'il y a la mixité, on ne peut pas s'engager, ou alors aux dépens des parents — logement, budget On a essayé par la mixité de sauver un peu ce retard de la vie en société des jeunes et en fin de compte ça complique encore plus les choses, parce que le sexe s'en mêle et la rivalité avec le sexe. C'est très rare d'arriver à sublimer le sexe onze heures sur douze pour travailler, et avoir seulement une heure sur douze pour se regarder dans les yeux, s'aimer et chercher à se pénétrer d'amour. C'est très difficile pour des jeunes qui travaillent ensemble, si bien qu'il y a tout le temps des rivalités œdipiennes qui jouent. Le garçon en regarde une autre, la fille en regarde un autre et ça dissout leur unité de travail, à moins qu'ils ne soient d'une chasteté exceptionnelle due à la nature, et qui finalement les laisse frustrés aussi parce qu'ils ne sont pas intéressés par la joute sexuelle. Alors, on dit : « Ah ! c'est une grosse tête ! » Si ça rapportait de l'argent, ce serait tout autre chose, parce qu'ils pourraient avec l'argent qu'ils gagnent montrer à une fille qu'elle les séduit.

Anorexiques et timides

L'ÉTRANGER : On parlait d'adolescents et de sortir : ce « sortir avec lui », ça m'a toujours intrigué. Pourquoi on dit ça ?

LA PRATICIENNE : À la campagne, on disait « fréquenter » parce que tout le monde est tout le temps dehors. Dans les villes, c'est « sortir ». Ce n'est même pas « sortir avec quelqu'un ». « Avec qui vas-tu ? — Mais je ne sais pas ! » Sortir là où on entend de la bastringue, où les lumières scintillent dans un espace attractif où on est déréalisé dans le temps.

« Elle sort avec Un Tel », cette expression signifie en général un amour, un amour qui commence, qui se cherche.

L'ÉTRANGER : Et la timidité à cet âge ?

LA PRATICIENNE : La timidité, je crois que c'est un état dépressif latent, c'est trop de risques et ça peut justement venir du temps où, tout petit, la maman surveillait tellement son enfant qu'elle avait peur de tout.

Avec la puberté on recommence les mêmes épreuves qu'au début de la vie. Et même les retrouve-t-on à tel point ces épreuves que, par exemple, lorsqu'un enfant a passé trois à quatre semaines anorexique, et qu'on a dû le soigner pour ça, il peut entrer dans une soi-disant anorexie des adolescents qui n'en est pas encore, mais où lui et la famille pourraient se piéger. C'est une reprise rapide d'un moment d'anorexie qui, dépassé dans sa petite enfance, avait été l'accompagnant d'une période de croissance saine. Si les parents ou les médecins s'en angoissent, cela peut angoisser le jeune. Au contraire, si, sachant cette « revue » des moments clefs de l'enfance, les parents disent : « Tu sais, ça ne m'étonne pas parce que tu as fait un moment de refus de nourriture quand tu étais petit et c'est certainement cela que tu revis maintenant. Ne t'inquiète pas. » Si la maman dit ça, au lieu de faire la guerre à son adolescent ou à son adolescente qui ne veut pas manger, ce moment de « dévivance digestive » est vite dépassé, comme dans l'enfance.

Le tube digestif fait partie de la première « maison », lieu de sécurité avec la mère, qu'il faut laisser aussi. L'anorexie des jeunes filles vient de là.

C'est ce corps d'enfance, sa façon de penser et d'aimer qu'il faut quitter, la première maison, ce corps où avaler et excréter étaient des fonctionnements de plaisir à une sexualité d'enfant et, comme il y a une mutation de la sexualité, il faut perdre cette première image du corps dynamique érotisée qui est l'absorption suivie du péristaltisme de la bouche à l'anus et de l'expulsion de tout cela érotisé chez l'enfant qui n'est plus compatible avec le désir, quand vient et domine la génitalité. Il y a incompatibilité d'érotisme. Il s'agit de la même personne, du même corps, et une mutation est en cours. On ne peut pas avoir deux lieux érogènes, la bouche et le vagin, pour la fille. Ce sont surtout les filles qui font de l'anorexie, pour empêcher l'érogénéité ou comme on ne peut pas avoir deux lieux érogènes — il ne faut pas manger pour ne pas avoir trop d'appétit du côté vagin — ou bien parce qu'il y a un tel désir sexuel de porter un enfant que l'on vit la culpabilité sur l'appétit qui s'éveille au sexe.

C'est culpabilisé parce que, si cette grossesse qui fait redouter de grossir l'adolescente portait fruit, elle ne saurait pas de qui elle est enceinte sinon d'une origine complice associée à une entité référée aux archaïques parents préœdipiens. C'est un désir mammifère, mais ce n'est pas un désir de sujet humain, aimant, pour telle ou telle personne actuelle, dans la réalité sociale, si bien que c'est très compliqué. L'anorexie peut s'originer consciemment au refus des parents qu'elle sorte avec telle ou tel camarade. Ce frein à sa vie lui fait d'abord freiner la nutrition. Ce refus parental alors qu'on dépend d'eux est trop dur à avaler. C'est curieux, ça freine la nutrition et la vitalité ovarienne et testiculaire, en même temps que ça suractive la motricité et le mental. Les anorexiques travaillent beaucoup de la tête, sont culturellement surexcités et, en même temps, arpentent la ville, font du sport. Ils sont squelettiques et pourtant productifs. Ils avalent des livres, des kilomètres, mais ils ne peuvent pas manger.

Cela se présente plus chez les filles parce que, chez elles, la poussée pubertaire suractive les pulsions passives à l'affût de qui peut faire advenir en soi un aspect génital du porter fruit, sa libido jusqu'alors concernant le savoir et le faire oral et anal.

L'ÉTRANGER : Néanmoins, parfois, ça peut se présenter chez les garçons également...

LA PRATICIENNE : Oui, ça se présente chez les garçons mais toujours relié à leur relation à la mère véritable plus qu'introjectée, au sens d'une mère elle-même frustrée d'argent ou d'amour par son homme. Une mère frustrée sexuellement peut provoquer cela chez le garçon, surtout si son père est indifférent à son égard.

J'ai vu le cas chez un garçon. On a dû le faire venir à Paris. C'était un garçon provincial que m'avait adressé son médecin traitant inquiet pour sa vie. Ce n'était pas indiqué, à mon avis, que ce soit moi, une femme, qui assume sa psychothérapie, en admettant seulement qu'il ait le désir d'en faire une. Il désirait guérir. J'ai donc organisé la possibilité pour lui de faire un traitement psychanalytique, en l'envoyant pour cela à un collège masculin. Il était très intelligent et scolaire — il était en troisième à treize ans. Les parents, très catho, voulaient qu'il fasse sa scolarité chez les Jésuites. J'ai parlé au téléphone avec le directeur du collège afin qu'il comprenne un peu le cas. Il a tout à fait admis que le garçon fasse ses études chez eux et soit par ailleurs en pension de famille. Il prendrait ses repas à la pension de famille ou à la cantine selon son choix. Ainsi, jamais on ne lui demanderait de manger. Il y avait ainsi deux endroits où il pouvait à son gré prendre ses repas. Il fallait lui laisser cette liberté et surtout celle de sortir du collège, car ce garçon avait besoin de faire des kilomètres et des kilomètres de marche. Il ne jouait pas avec les autres, il n'aimait aucun sport. Il marchait, marchait; il déambulait sans but et il disait que, pendant qu'il marchait, il pouvait penser. Il aimait les maths et, dans l'ensemble, les disciplines scolaires. Et c'est grâce à ce que jamais plus personne ne s'est soucié s'il mangeait ou pas qu'il a pu faire une psychothérapie psychanalytique.

Sa mère est venue me voir afin que je l'aide, elle, à supporter son inquiétude devant cette liberté relative laissée à son fils et pour qu'elle supporte de ne pas téléphoner sans cesse au directeur de son collège ou de la pension de famille : « Est-ce qu'il a déjeuné chez vous ? Mais comment ! Il n'a déjeuné ni chez l'un ni chez l'autre ? » Alors, elle venait me voir pour arriver à se désangoisser. Son mari, médecin spécialiste, était un personnage important de l'Ordre des médecins dans son département. Il ne donnait pas un sou à sa femme. Ils avaient quatre enfants et elle n'osait pas aller prendre en cachette dans le secrétaire de son mari, où tous les billets, l'argent que les patients donnaient, étaient là, en vrac. Elle ne savait pas ce qu'il en faisait. Il était très silencieux. Il la traitait de dépensière abusive... Notables, ils vivaient à crédit chez l'épicier et le boucher. Parfois, elle devait changer d'épicier parce qu'il y avait trop de dettes. Enfin, c'était pour elle une vie dramatique. Elle se sentait vraiment frustrée. De plus, il ne faisait pas du tout attention à elle en tant que femme. Il était dans ses occupations administratives professionnelles et ses réunions de syndicats de médecins. Il semblait ne pas s'intéresser à sa famille, pas même à ce fils intellectuellement brillant. Il n'est même pas venu me voir une seule fois, alors qu'il venait à Paris pour sa profession et que son fils était quasiment en danger de mort !

La mère me raconta aussi que le jour où ce garçon était parti pour Paris, un matin, ayant soi-disant déjeuné — il fallait pour manger qu'il se mette dans le noir sous un escalier, car il n'arrivait à manger qu'en ne voyant pas qu'il mangeait ni ce qu'il mangeait —, ce jour-là même, c'était sa fille de neuf ans qui n'avait pas pu manger. Elle aussi s'était mise à maigrir de façon inquiétante et cela à partir du soir même où l'autre n'était pas au repas. On aurait dit que le second enfant prenait le relais, pour que la mère ait quelqu'un qui la souciât.

La mère est venue me voir régulièrement pendant un certain temps. C'était un problème presque insoluble pour elle, car elle n'avait pas d'argent pour prendre le train. Son mari ne voulait pas qu'elle vienne à Paris ou, si elle voulait y aller, il fallait qu'elle se débrouille : il ne lui donnerait pas d'argent pour cela. Des amis qui connaissaient leur situation l'ont aidée.

Alors, elle me disait : « Je suis dans le train, je vis, je vois les gens et, en même temps que tout ce que je vois, je vois une bouche. Je me dis : est-ce que c'est celle de mon fils ? est-ce que c'est celle de ma fille ? Je vois une bouche. Qu'est-ce qui entre dedans ? Qu'est-ce qui n'entre pas dedans ? » C'est curieux. Cette femme était comme hallucinée par l'organe bouche de son fils ou de sa fille. Avait-il mangé ou pas ? C'était obsédant. Tout était fixé sur cette image partielle, la représentation du fonctionnement alimentaire d'absorption. Je n'ai pas pu du tout faire d'analyse avec elle. Je l'écoutais. C'était déjà beaucoup pour elle que je puisse l'entendre sans la trouver folle — parce qu'elle se croyait folle. Elle découvrait dans cette relation de mère à ses enfants une dimension de folie, alors que, jusque-là, elle avait cru que son fils y mettait de la mauvaise volonté. C'était un enfant opposant, il voulait la mettre à bout, un méchant qu'elle grondait. C'est ainsi qu'elle avait interprété le début de l'anorexie de son fils vers ses onze ans. En réalité il ne faisait que faire écho à son angoisse à elle, mère intendante de la maisonnée à qui le chef hiérarchique ne donnait pas de quoi vivre pour le quotidien. Elle manquait d'argent de son mari qui ne reconnaissait pas qu'une famille a besoin d'argent pour vivre.

Le garçon était en analyse avec quelqu'un d'autre. Il a survécu à sa période adolescente. Mais les parents habitaient en province. Je n'ai plus vu la mère après quelques semaines. J'avais donné l'adresse d'une psychanalyste pour la fillette, dans leur ville.

L'ÉTRANGER : À propos d'anorexie, te rappelles-tu de cette fille qui a écrit son cas, Valérie Valère[50] ?

LA PRATICIENNE : J'ai lu son livre. C'est au premier degré. On voit quelqu'un qui n'a pas du tout été analysé et qui en veut à papa, qui en veut à maman. C'est ce qu'elle a construit en elle à l'époque orale-anale. Ce qu'elle disait sur sa mère était assez virulent.

Il y avait consciemment le refus de s'identifier à sa mère et, en réalité, elle s'identifiait beaucoup plus profondément à elle qu'une adolescente qui aurait normalement vécu. Elle ne sortait pas de son Œdipe. Finalement, elle voulait faire se disputer ses parents à son propos.

En faisant ce livre, elle s'est sûrement elle-même fait du bien. Elle était en maison de santé pour écrire.

C'est un petit peu comme Fritz Zorn[51] qui a écrit *Mars* et qui est mort d'un cancer. C'est vraiment des fantasmes et des fantasmes. Le lecteur peut croire que l'auteur a des parents épouvantables, alors qu'ils ont la même névrose avec des effets différents, fusionnels chez le fils. C'est un autre aspect de la même dynamique libidinale inconsciente que ses parents, c'est du mimétisme. C'est une névrose familiale où le sujet est piégé dans un moi fusionnel au moi asexué des deux parents. Ça me fait de la peine de voir des gens rester ainsi au premier niveau comportemental, se débattre pour essayer de se séparer les uns des autres et n'y arrivant pas, tellement ils sont fusionnels. C'est comme des mouches sur du papier-mouche. En se défendant, ils ne peuvent pas faire autrement que d'en être encore plus prisonniers. Alors que dans le cas de Valérie Valère c'est par une interprétation de la souffrance de sa mère avec sa propre mère, la grand-mère maternelle transférée sur son mari, le père de la jeune fille, qu'elle aurait pu se dégager des séquelles de sa petite enfance œdipienne homosexuelle que traduisait son anorexie, sa fixation à l'oralité. Pourquoi, née de cette mère-là, s'est-elle complu dans sa relation infantile ? Elle s'était piégée dans l'amour de sa mère, petite, une mère restée enfant. Elle essayait de se sortir de son désir si fort d'inceste, en se sevrant de la nourriture, comme si manger c'était rester au sein de cette mère enfant.

Elle a été en maison de santé pendant un an et demi. Ce livre lui a rapporté de l'argent et c'est grâce à ce livre où elle vomissait (du vomi sur les parents) qu'elle a gagné assez d'argent pour se libérer de leur tutelle économique.

L'ÉTRANGER : Et après, elle s'est suicidée.

LA PRATICIENNE : Ça ne m'étonne pas du tout.

Elle avait une culpabilité inconsciente beaucoup trop grande : elle avait écrit cela dans sa chambre, mais que ça devienne public et que ses parents passent pour des gens épouvantables, elle ne pouvait plus vivre, puisqu'ils l'avaient construite. C'est comme si elle était construite par de la merde.

À la puberté, il faut mourir à son enfance, mais il faut que l'essentiel de ce qui s'est construit dans l'enfance reste la base de l'adolescent.

L'ÉTRANGER : On parlait aussi de la timidité.

LA PRATICIENNE : La timidité est le retournement de l'agression supposée d'autrui sur soi et elle s'explique par le fait que soi-même on voudrait agresser de façon séductrice ou attirer, si on est la fille, se faire remarquer si on est le garçon. C'est ressenti comme agressif puisque c'est supposé ne pas toucher son but et que l'autre vous rejette. Donc, il y a toute une timidité de l'adolescent. Si un enfant est timide et s'il a une famille où la timidité fait partie d'une éthique — ne pas se montrer, ne pas être exhibitionniste, etc. c'est difficile. Il faut que l'adolescent ait un certain exhibitionnisme pour pouvoir se supporter dans cette crise.

La timidité est le sentiment d'impuissance devant le nouveau à assumer et la projection de l'agressivité, l'agressivité de défense contre qui vous rejetterait. La crainte d'être refusé est projetée sur les autres, *a priori*, et on n'ose pas les aborder. Et l'adolescent reste cantonné sur son propre corps au lieu de chercher un autre avec qui il pourrait échanger les impressions nouvelles qu'il a concernant la recherche de son désir, à tous les niveaux, pas seulement génital.

C'est un âge où les jeunes élaborent les associations pour tout ce qui peut les intéresser, qui les a intéressés déjà avant, dans la phase de latence ou même petit, mais qui est repris sur un autre plan, hors famille, dans l'ensemble de la société, en « sortant », en s'exprimant, tandis que la timidité oblige à rester à l'intérieur de sa propre famille. Et, comme il y a un danger incestueux tout le temps, l'adolescent s'enferme en lui-même, à l'intérieur de son propre corps, dans sa chambre (s'il a un coin personnel), et même plus dans la pièce commune de la maison familiale.

L'ÉTRANGER : Il y a des personnes qui restent timides toute leur vie. Il y a aussi des psychologues qui donnent des recettes contre la timidité.

LA PRATICIENNE : Oui, on en voit dans tous les journaux. Des recettes qui ne touchent pas au tréfonds du mécanisme. Mais ça vient de cette espèce d'entraide entre gens qui souffrent de la même façon et qui disent : « Vous n'êtes pas tout seul. Il y en a d'autres qui s'en sont sortis. Alors, vous pourriez vous en sortir aussi. » En fait, c'est dépasser l'histoire de chacun et l'angoisse de la mutilation, c'est-à-dire l'angoisse de castration qui est une angoisse de mutilation parce qu'on ne fait pas confiance à celui qui fait subir l'échec de l'imaginaire, échec nécessaire pour qu'il y ait une réussite dans la réalité. Pour cela, il faut compter sur quelqu'un qui connaît, qui a aussi éprouvé des émois du même ordre, qui les a dépassés et peut soutenir quelqu'un à dépasser cette angoisse de mort, car la timidité est une angoisse de mort ou d'annihilation en quelque chose devant la rencontre d'autrui dans sa réalité.

L'ÉTRANGER : Donc, si on suit ce cycle, il y a pas mal de solitaires qui se déterminent en tant que solitaires à la puberté parce que c'est, à nouveau, une naissance à un monde inconnu, peut-être hostile. Peut-être plus à la puberté...

LA PRATICIENNE : Plus à la puberté, parce qu'il y a des pressions fortes et pas de mère, en effet. Les pulsions génitales imposent une rencontre nouvelle qui a été barrée tout le long de l'enfance du fait que les personnes proches étaient interdites de sexe. Or tout d'un coup c'est la recherche concernant ce sexe qui est à la base des pulsions les plus importantes. On ne peut donc les trouver dans son groupe proche, mais on reste attaché à la sécurité que les gens du groupe proche apportent et on essaye de trouver cette sécurité à l'extérieur. À l'extérieur, on trouve des gens qui vous recherchent comme vous, vous recherchez les autres.

L'ÉTRANGER : Et c'est à ce moment-là, que, si tous ces obstacles ne sont pas dépassés, la timidité se substantialise, devient un mode de comportement; à ce moment-là, la personne peut avoir recours à des moyens, je dirais technologiques, mécaniques pour rencontrer les autres.

LA PRATICIENNE : Certainement, puisque tout de même beaucoup de gens ont été timides à ce moment-là et dépassent leur timidité par l'expérience de la rencontre d'autrui.

Les gens vraiment timides sont les plus agressifs. Ils n'arrivent pas à ventiler leur agressivité; ils la projettent à l'extérieur, parce qu'ils sont incapables de l'assumer pour chercher ce qu'ils désirent. C'est un retour sur soi de l'agression supposée d'autrui sur vous. Et cette agression se lie avec la compulsion masturbatoire. Finalement, il y a des gens qui s'agressent physiologiquement puisqu'ils prennent plaisir à leur masturbation.

Cela a été très bien décrit par Bergman dans

Cris et chuchotements, cette femme qui s'agresse le sexe avec un tesson de bouteille. Lui, il l'a vu sur une femme, mais c'est la même chose chez les hommes. Il y a des garçons qui en arrivent à se mutiler ou à risquer de se mutiler par jouissance masturbatoire. En fait, c'est une agression terrible, qui se retourne contre eux, parce qu'ils n'arrivent pas à atteindre l'objet imaginaire de leur désir à qui, dans la réalité, ils ne font pas confiance. Plus ils restent solitaires, moins ils rencontrent quelqu'un pour exprimer leur manque, dire leur désir, plus ils s'auto-agressent parce que l'agression monte de la tension sexuelle génitale qui, ne pouvant pas s'exprimer là où elle est à exprimer avec un autre objet, se retourne sur le sujet au lieu même où il a les pulsions pour essayer de supprimer la tension.

L'ÉTRANGER : À propos de mutilation, à la fin du film de Ferreri, *La Dernière Femme*, l'homme se coupe le sexe avec un couteau électrique.

LA PRATICIENNE : Oui, mais est-ce que c'est l'aboutissement d'un timide ?

L'ÉTRANGER : Pas vraiment, non.

LA PRATICIENNE : C'est peut-être autre chose. C'est peut-être un révolté, un révolté contre Dieu justement, contre la force libidinale qui est dans un être humain, et qui est en quelque sorte divine. Cette demande a porté fruit dont nous sommes le théâtre et dont nous ne comprenons pas comment aboutir à humaniser dans une relation d'échange ce que nous ressentons comme force. Ce serait donc plutôt dans ce sens-là. « Celle-ci, c'était la dernière. Je n'en veux pas une autre. Plus jamais une autre. »

Perdre la face : des bègues et des muets

L'ÉTRANGER : « À la puberté, un attrait morbide pour des personnes interdites. »

LA PRATICIENNE : C'est le prêtre qui a écrit ça, celui qui a pris des notes sur ma conférence. Je n'ai jamais pensé à dire les choses comme il les a écrites. C'est plutôt les idéaliser. Interdites, oui. « Elle n'est pas pour lui. Il n'est pas pour elle. » On entend dire ces choses-là, qui relèvent d'un tabou social. Par exemple, du genre : « C'est parce que maman est une grande personne que je ne peux pas coucher avec elle et être son mari (ou la femme de mon père). » Beaucoup d'enfants disent : « Mais quand je serai grand, je pourrai. » La mère pourrait dire au moins : « Non, je ne crois pas » ou : « Je ne crois pas parce que, moi, je ne te désirerai pas. » Alors là, il est tout à fait épaté si la mère répond cela. Mais si la mère répond : « Non, c'est parce que tu es petit et que je suis adulte », alors, l'enfant reste dans une idée que l'inceste est permis dans d'autres conditions. Alors, pour que ce ne soit pas permis, il faut que la situation relationnelle fils-mère soit idéalisée : « On ne couche pas... Ne t'en fais pas pour cela. Ça s'arrangera. »

Cela me rappelle mon fils, Gricha, quand il avait deux ans et demi, trois ans. Il plaignait le pauvre Père Noël, après Noël, parce que : « Qu'est-ce qu'il va faire tout seul ? Jusqu'à Noël prochain ! Il faut qu'il attende un an, le pauvre Père Noël ! » Gricha disait cela à la femme de ménage qu'il aimait beaucoup et il pleurait presque sur le destin de pauvre Père Noël. Alors, elle l'a consolé en disant : « Mais ne t'en fais pas » (imitant l'accent méridional). « Il s'embête pas ! Il couche avec une grosse Sainte Vierge et personne ne le sait. » C'était amusant, parce que la projection de cette femme correspondait aux fantasmes du petit garçon compatissant. Il fait, ce Père Noël, quelque chose de tout à fait merveilleux, idéalisé, et personne ne le sait. C'est tout à fait du niveau de Castaneda, ces choses de bon sens, chez cette femme. Pour elle, ce n'était pas du tout transgresser c'était... une grosse Sainte Vierge !

L'ÉTRANGER : « L'échec de l'objet d'amour est envisagé comme perte de la face, comme perte de la parole que l'on commence à donner. » Qu'est-ce que tu entends par « perte de la face » ? Le sentiment de l'honneur ?

LA PRATICIENNE : De la dignité, oui. Parce que la découverte de la face pour l'enfant, de sa face à lui, se fait en même temps qu'il découvre son propre sexe qui n'est pas comme celui d'autrui, « en bas ». C'est des garçons... c'est des filles. C'est donc par là qu'on est fille ou garçon !

C'est très particulier parce que l'enfant ne confond pas le sexe et la face chez les animaux : le sexe est plutôt sous la queue, il est horizontal, il est en dessous des pattes, ce qui complique la compréhension pour les enfants d'ici. Les vaches, dans leur observation, ont quatre pénis. Ils mettent assez longtemps avant de comprendre que ce sont des mamelles, l'équivalent chez les femelles mammifères des poitrines des femmes. Les vaches les ont entre les jambes.

Le fait d'être debout, de se voir vertical a permis que l'enfant voie son sexe en même temps que sa face, comme chez ses semblables et chez son père. On perd la face quand le sexe n'est pas reconnu comme digne, valeureux, puisque les deux ont été découverts en même temps.

C'est ce qui fait les érythrophobies — la peur de rougir. Chez nous, les gens rougissent pour ne pas perdre la face. C'est une accumulation de sang qui vient pour ne pas la perdre dans un moment où on la perdrait par timidité ou honte de ses sentiments (de fille ou de garçon).

Il y a aussi la peur de la parole. Le bégaiement, le rester coi, ne pas pouvoir dire ce qu'on éprouve, parce que ce qu'on éprouve touche trop profondément dans le narcissisme sexué. Mais il y a des bègues d'autre chose que de la voix : il y a des bègues moteurs squeletto-musculaires qui reculent, avancent, reculent. On en voit quelquefois dans la rue devant les trottoirs à descendre ou à monter. Ce ne sont pas des tics, des manies : ils bégaient du mouvement ; ils n'osent pas avancer, ils ont peur. C'est comme s'ils hallucinaient un mur qui les empêcherait d'avancer.

Le bégaiement, c'est un cas particulier de oui-non. Il y a des gens qui bégaient en urinant. J'ai vu des enfants qui urinent par petits jets saccadés... Ce sont les mêmes d'ailleurs. Ils bégaient en paroles. Tous les bègues ne bégaient pas en urinant, mais il y a des bègues qui bégaient aussi en urinant. Et c'est très important parce que ça prouve que c'est autour de la valeur de leur sexe qu'ils sont devenus bègues, autour de deux ans et demi, trois ans, quand ils ont cru que c'était mal d'avoir leur sexe, ce qui est le cas souvent de l'enfant aîné quand le second naît. Les parents sont très heureux du sexe de leur enfant aîné mais, à notre époque où l'on a peu d'enfants, ils aimeraient que le second soit de l'autre sexe. Donc, ils dévalorisent chez leur enfant son fantasme d'avoir un enfant et celui de sa valeur en tant que sexué garçon (ou fille). Il entend des propos comme : « Ah non ! ne me dites pas que ce sera une fille ! » (si l'aîné est une fille). « J'ai déjà une fille. Je veux un garçon. » Ou l'inverse : « Ne me dites pas que c'est un garçon. J'ai déjà un garçon. Je veux une fille. Ce sera une fille. Je vous assure, ce sera une fille. » Pour l'aîné, le fait que cet enfant naisse garçon, alors qu'il est lui-même garçon, c'est mal et il se sent perdre la face de sa valeur en entendant les visiteurs de sa mère et de son père les consoler de n'avoir pas eu dans leur second le sexe qu'ils désiraient.

D'autre part, à ses yeux, les parents aussi ont perdu la face car pour un jeune enfant, les parents sont le *deus ex machina*, les maîtres de l'univers.

Il y a à ce propos le cas d'un enfant figé qui a dû être publié dans un article du *Nouvel Observateur* repris dans un de mes livres. Cet enfant est tombé en état de catalepsie apparente une première fois, et, une deuxième fois, est devenu et est resté gravement malade psychique — on l'avait mis en hôpital psychiatrique. Il ne pouvait plus avancer parce que, quand son frère est né au mois de juin, la mère a dit : « Si c'est un garçon, je le jette au feu.» Et puis, elle ne l'a pas jeté au feu. Et il est resté stupéfait pendant huit heures. On l'a retrouvé par hasard à quatre heures de l'après-midi avec sa chaussette à la main : il n'avait pas bougé depuis le matin. Il a recommencé la même chose après avoir eu l'occasion d'assister aux rapports sexuels de ses parents, quand il avait trois ans, dans une chambre d'hôtel. Il n'avait jamais vu ses parents au lit. Ils vivaient dans une grande ferme et il couchait à part. Le deuxième soir, son père lui a dit : «Pourquoi tu ne dors pas ? — Parce que je vous attends pour voir jouer aux derrières.»

Il est entré en quelques jours en état psychotique figé et muet. Il avait complètement perdu la parole. Parce que tout était sain, si l'on peut dire, dans cette famille sauf, à la fin, le père qui a dit à sa femme : «Si ce n'est pas lui qui est fou, c'est moi. Alors, je te quitte, je divorce.» Le père est devenu fou en une seconde, de constater la «guérison» de son fils après avoir compris la scène de l'hôtel; il l'avait cru trop jeune pour comprendre l'acte qui se passait entre les parents et qui peut engendrer un enfant. Le père avait alors dit : «Je ne veux pas d'enfant. Quand on est père, on devient imbécile. Mon père et ma mère se sont toujours disputés à cause de moi. Certainement que si je n'étais pas né, ils ne se seraient pas disputés. Alors, je ne veux pas d'enfant.» C'est intéressant, parce que l'enfant est devenu justement complètement coi même de motricité, devant ce qu'il avait cru être une dévalorisation du sexe masculin dans l'absolu, parce que ses parents désiraient un deuxième enfant de sexe féminin. Et le petit n'avait pas été atteint autant que le grand frère par ce fantasme de frustration car il admirait son grand frère ! Et la mère disait : « Qu'est-ce qu'on peut être bête quand on est enceinte ! J'étais convaincue que, si j'accouchais d'un fils, je le donnerais immédiatement à élever ailleurs. Je ne voulais pas le connaître. Et puis, dès qu'il est né, j'étais tellement heureuse de ce petit, je me suis sentie folle d'avoir pensé des choses pareilles pendant que j'étais enceinte. »

Dans des cas semblables, il est bien dommage au cours d'échographies, de dire aux mères enceintes et aux pères le sexe du fœtus. Cette femme, on lui aurait dit à quatre mois le sexe de son fœtus, elle aurait certainement avorté si cela avait alors été possible ou elle aurait fait une grosse dépression ; elle aurait peut-être même fausse-couché spontanément, alors qu'elle le confirmait : l'enfant a apporté avec lui de quoi l'investir très positivement.

L'échographie, ce n'est pas bon déjà pour la mère, en tout cas inutile pour des renseignements médicaux. De plus, il y a des fœtus qui mettent un bon moment à se remettre d'avoir été échographiés ; ils sont comme « escargotés » : ils ne bougent plus, ils sont dans un coin de l'utérus, ils ne veulent plus bouger, parce qu'ils ont été agressés. C'est un radar. Ils reçoivent des ondes et certains y sont très sensibles et ne bougent plus. Alors, la mère est inquiète. Jamais un enfant n'est mort d'une échographie, mais très fréquemment est inhibé *in utero* un temps.

L'ÉTRANGER : Il en reste quand même quelque chose.

LA PRATICIENNE : Il en restera probablement, quand on analysera ces enfants, une faille, là, devant l'agression — justement la timidité. C'est une timidité brusque du fœtus qui se dit : « Qu'est-ce qui m'arrive ? Je ne sais pas de quoi il s'agit. Je n'ai plus le droit de bouger puisque, si je bouge, je reçois des ondes. »

L'ÉTRANGER : Donc, une timidité très enracinée dans une réaction de protection à l'agression précoce, archaïque, prénatale.

LA PRATICIENNE : Oui, sûrement. Ce n'est pas différent. Et c'est la différence avec l'haptonomie, où la main de la mère et du père invite le fœtus à sa rencontre, langage d'amour qui sécurise dès l'utérus par rapport à la relation avec ses géniteurs. C'est Frans Veldman[52] un Hollandais, qui la pratique. C'est lui qui a découvert l'haptonomie et l'a enseignée aux Pays-Bas et maintenant en France.

L'ÉTRANGER : Reprenons la question du savoir du sexe du fœtus.

LA PRATICIENNE : Si elle redoute d'avoir un enfant d'un sexe et qu'on lui dit : « Il est de ce sexe-là », elle se navre parce que c'est imaginaire. Et l'enfant qui arrive apporte de quoi se faire aimer. Ce n'est pas rien. Lui-même, il aime ses parents. Lui-même, il montre qu'il a besoin d'eux, et il suscite chez eux un amour par l'existence de la réalité de sa présence.

L'ÉTRANGER : Et dans l'haptonomie, on essaie d'entrer en contact avec le fœtus seulement par le tactile, en lui laissant le secret de son sexe.

LA PRATICIENNE : Uniquement le tactile et la voix. Cela prouve déjà qu'un lien réel et non imaginaire peut se détecter et se développer dans une complicité de plaisir, de tendresse et de sécurité entre le fœtus et ses parents. Un être interlocuteur déjà.

L'ÉTRANGER : On demande au fœtus de changer de position ?

LA PRATICIENNE : Oui, par la communication avec lui, alors qu'avant c'était en pressant le ventre, — presser pour arriver, par force, à lui faire changer de position. C'était très douloureux pour les femmes. Tandis que là c'est la mère ou le père lui-même qui pose la main et dit : « Tu vois, si tu veux bien naître, il faut que tu mettes la tête en bas. Alors, tu vois, maintenant, je pose ma main par là. Tu vas mettre le dos par là. » Et puis sans presser, sans rien du tout, l'enfant tout seul fait le mouvement. Il faut être très prudent — c'est Veldman qui le dit — parce qu'il y a des enfants qui s'emmêlent dans leur cordon ombilical.

Mais ils le font aussi quand on fait une version podalique tandis que, là, s'ils sentent qu'il y a une résistance, on les voit qui cherchent à se changer de place et ils ne peuvent pas. C'est pour ça que Nicolas, mon petit-fils, a été pris par ses arrières parce que justement il ne pouvait pas changer de place ; il voulait changer de place et il ne pouvait pas ; il était coincé. Même dans ce cas-là si le bébé s'emmêle, s'il le fait lui-même, c'est moins dangereux. Parce qu'il s'arrête à temps. S'il ne peut pas passer, il ne passe pas.

Enfin, c'est tout à fait nouveau ce savoir-là. Ce qui est curieux, c'est qu'ils faisaient ça depuis trente ans puisque tous les médecins ont été formés comme ça et on ne le savait pas en France. Les Français devaient trouver ça farfelu, comme la médecine parallèle.

L'ÉTRANGER : On était partis de la perte de la face et de la perte de la parole et du bégaiement. Tu connais des cas de bègues qui ont été guéris par une psychanalyse ?

LA PRATICIENNE : J'ai eu neuf bègues, de six à

neuf ans et deux adultes jeunes, tout à fait guéris. Et, chose étonnante par la suite, tous ont exercé un métier où la parole est nécessaire : professeur, officier qui donne des ordres, conférencier, et même un avocat ! Après la guérison, avocat. C'est sur ce qui les manifestait le plus, qui leur donnait sens dans la société, dans leur organe sexuel (oral) vocal qu'ils avaient été marqués de l'interdit.

L'ÉTRANGER : Il y a des cas intéressants d'acteurs, très bègues à la ville mais pas sur scène.

LA PRATICIENNE : Oui. J'ai aussi connu des enfants bègues qui ne bégayaient plus quand ils disaient des textes.

Je me souviens d'un enfant qui a passé deux années scolaires, privé de ses parents, à Paris, pour avoir des exercices de bouche ! La femme qui me l'a envoyé m'a dit : « Il n'y arrive pas. Moi, vraiment, je suis contre la psychanalyse mais je ne comprends pas. » Je lui téléphone et lui dis : « Mais est-ce que vous savez que, s'il récite des fables de La Fontaine, il ne bégaie pas. »

Là, il y a la sécurité totale du sujet en tant que livré à autrui. En disant une poésie ou en lisant un texte, les paroles n'étaient pas de lui. Il était d'une timidité maladive à vingt-deux ans quand il est revenu me voir. Enfant, je l'avais à peine vu, juste le temps d'observer qu'il n'avait pas besoin de gymnastique instrumentale de l'appareil phonatoire. Du coup, on l'a renvoyé dans sa famille qui vivait dans le Midi. Il est venu à vingt-deux ans faire une psychanalyse à Paris. Il a voulu me revoir. C'était un homme qui paraissait malade mental de timidité. Il était enfermé chez lui, il fumait trois paquets de cigarettes par jour. Il n'avait pas pu passer d'examen à cause de l'oral. Partout bien reçu à l'écrit, il était recalé à l'oral. Et ce qui a été retrouvé en psychanalyse, à vingt-deux ans, c'est le jour où son bégaiement s'est déclaré. C'était en classe maternelle — sa mère l'a confirmé. La petite classe se promenait sur la route, quand ils rencontrent la mère de cet enfant arrêtée sur le bord de la route avec un pneu dégonflé. La maîtresse et les enfants regardent. Et la maîtresse aide maman à changer la roue de sa voiture. La mère dit à la maîtresse qu'elle va chercher sa fille, sa petite fille. Lui, il était l'aîné. Et quand il revient à quatre heures, il y avait un bébé, une petite fille qui ne marchait pas mais qui était déjà un grand bébé dans le souvenir qu'il me raconte. J'ai dit : « Mais c'est un souvenir-écran. Ça ne peut être vrai. — Ah si, si, c'est vrai..., etc. D'ailleurs, j'en ai reparlé à ma mère. Elle a dit que c'était vrai. — Mais alors, votre sœur est une enfant adoptée. Votre mère n'a pas été accoucher comme elle semblait le dire, sans le dire vraiment. — Non ! ce n'est pas possible ! » me dit-il. Il restait comme ça, stupéfait de ma réflexion. Il n'a pas osé réécrire à sa mère. Sa mère est venue trois ou quatre mois après à Paris. « Mais on ne leur a jamais caché. Mais je croyais qu'il le savait, puisqu'il m'avait vue avec cette voiture. J'avais dit que j'allais chercher à l'hôpital sa petite sœur, c'était vrai. »

Pour elle, c'était évident. Ensuite, il y a eu deux autres enfants comme ça, pour aucun d'eux on n'a parlé du mot adoption, aucun d'eux ne se savait adopté, dit la mère. Car « Pourquoi leur dire ?... — Et vos autres enfants ? » Quatre enfants allaient bien. Lui, il était l'aîné. Il est devenu bègue ce jour-là. Enfin, il avait perdu la face aussi. D'un pneu dégonflé, on fait une petite sœur !

Pour moi, j'avais entendu cela comme un souvenir-écran. C'était poétique. Voilà l'interprétation d'un enfant : « Maman, le pneu dégonflé » (le ventre) « c'est une petite sœur. — Pas du tout. » C'était la réalité plus forte, comme on dit, que la fiction. Là c'est le contraire.

L'ÉTRANGER : Tu te souviens d'un autre cas de bègue ?

LA PRATICIENNE : Un cas de mutisme complet. Des jumelles de vingt et un, vingt-deux mois qui parlaient comme des pies et la mère attendait un bébé. Elle était couturière en chambre. Elle descend du grenier le berceau des filles pour faire un joli petit berceau pour sa deuxième grossesse et elle se pique un doigt. Elle a un panaris, si bien qu'au lieu de garder les petites filles, elle les met chez sa mère, au moins trois semaines avant la naissance du bébé. Quand elles reviennent avec la grand-mère, le bébé a trois semaines, un mois. Elles demandent où elle était, et la maman dit : « Vous vous rappelez ? J'avais été chez le docteur. Il m'avait mis une poupée et le petit frère était dans le doigt. » Elles en sont devenues sur-le-champ muettes toutes les deux, jusqu'au moment où je les ai vues vers leurs sept ans, à l'hôpital Trousseau.

Elles avaient certainement perdu la face du fait d'un tel mensonge. C'est très curieux. Arrêt de l'identification à elle à un âge où cette identification était en cours d'organisation. C'est grâce à leur mère tout de même qu'elles ne sont pas devenues des arriérées puisqu'elles ne parlaient pas. Donc, à l'école, on les croyait arriérées, surtout qu'elles avaient aussi une certaine anomalie de comportement moteur. Non seulement elles ne parlaient pas, mais il y en avait une qui se servait des bras et jamais des jambes et l'autre des jambes et jamais des bras. Par exemple, une pouvait appuyer sur la sonnette de la porte pour l'ouvrir et pas l'autre ; une pouvait taper sur le ballon avec ses pieds et l'autre ne pouvait pas. Elles étaient deux en une pour le schéma corporel.

Elles ont accepté de faire une psychothérapie avec moi. J'ai demandé qu'elles soient séparées de classe. Au début, je les ai prises en séance séparément, mais le même jour, et elles faisaient comme tous les enfants un dessin et un modelage, seule chacune en vue de la séance. Au début, elles ne dessinaient et ne modelaient que des berceaux et bébés. L'une faisait un bébé avec des jambes, l'autre faisait un bébé avec des bras ; l'une faisait la tête avec deux yeux, un nez, l'autre faisait une bouche et des oreilles. Enfin, on aurait eu la représentation complète si on avait réuni les deux productions. Et elles ne se le disaient pas : c'était normal. Après, j'ai demandé qu'elles viennent une semaine l'une, une semaine l'autre, la mère les accompagnait. La mère leur faisait faire leur travail scolaire par écrit pour qu'elles n'aient pas de retard. Par écrit, il n'y avait aucun retard. Alors, j'ai commencé à demander que la maîtresse cesse de ne les interroger que par écrit. Elle les a alors notées zéro quand elles ne répondaient pas oralement. Malgré tout, elles étaient tout de même premières de leur classe. Quand elles sont arrivées à la fin de la septième, elles ont passé l'examen de fin d'études primaires avec succès.

L'ÉTRANGER : Par écrit ?

LA PRATICIENNE : Oui, par écrit. Et elles ont passé dans les trois, quatre premières toutes les deux.

J'ai su que c'était hystérique parce que la surveillante avait entendu l'une parler à l'autre, en sortant de la séance avec moi : « Je suis sûre que tu lui as parlé, salope ! — Non, je te promets que je ne lui ai pas parlé. » Cela m'avait prouvé qu'il s'agissait dès lors d'un mutisme hystérique.

L'ÉTRANGER : Et après, elles se sont tues ?

LA PRATICIENNE : Personne jusque-là, en famille, ne les avait entendues parler, mais c'est la surveillante qui les avait entendues se dire ça. Elle me l'a dit en coin. « Bon, très bien. Ça prouve qu'elles parlent, mais qu'elles doivent ne pas parler. Leur parole est pour elles leur lien contre la société. »

Quand elles ont été reçues en sixième, le règlement du quartier les a automatiquement fait inscrire dans le même lycée. Elles ont supplié leur mère de les mettre dans deux établissements différents. À ce moment, elles n'étaient déjà plus en traitement. Elles allaient très bien. En effet, au bout de cinq à six mois de cure, elles ont commencé à parler dans leur chambre, en cachette de leur mère. Et la mère a dit : « Elles parlent comme elles le faisaient à deux ans et demi, âge où elles avaient arrêté de parler. » Alors qu'elles écrivaient comme des filles de sept ans, elles parlaient le langage de bébé entre elles, face à la glace, en se regardant l'une l'autre dans le miroir. Et la mère, en ouvrant la porte, a vu. Elle entendait qu'elles parlaient comme des bébés à la glace.

Après, c'est dans le métro, quand elles étaient assises, elles aimaient se mettre en face à face et avec le bruit du métro qui empêchait qu'on les entende, la mère les voyait se parler en se regardant dans la fenêtre qui fait miroir.

L'ÉTRANGER : Elles ne pouvaient pas se parler face à face ?

LA PRATICIENNE : Non. Pour commencer, elles se parlaient dans une glace. Alors, la mère était rassurée. Elle s'est dit : « Elles ne sont pas muettes puisqu'elles parlent » et elle avait compris avec moi qu'il valait mieux ne pas insister, ne pas s'en mêler ni les culpabiliser. Elles venaient régulièrement. Peu à peu, elles se sont, paraît-il, tout à fait démutisées en famille mais jamais encore à la fin de leur cure, en public.

Quand elles sont entrées en sixième, elles ont dit à la mère : « Tu sais, il faut que nous allions dans deux lycées différents, parce que nous sommes "les jumelles de la classe". Nous sommes "leurs jumelles qui ne parlent pas" et, si nous parlons, on ne nous aimera plus. Il faut que dans l'endroit nouveau où nous irons, on ne sache pas que nous sommes jumelles. » Et c'est ce que la mère a fait. Elles ont sûrement fait des études normales très bien.

La mère était un cas assez particulier, elle avait été élevée dans un foyer où il y avait sa mère, sa grand-mère, une tante et des cousins. Personne ne portait le même patronyme qu'elle. Sa mère avait un autre nom, ainsi que les autres personnes.

Voilà ce qui était arrivé. C'était après la guerre de 14 (nous étions en 46-47). La mère était la fille d'un premier mariage avec un homme qui était mort tout de suite à la guerre. Sa mère s'était remariée après la guerre. Elle avait des frères et sœurs d'un autre nom, qui portaient le même nom que la mère. La mère avait divorcé du deuxième père, quand elle avait sept, huit ans. Ses frères et sœurs portaient le nom du deuxième père, elle celui du premier père et leur mère avait repris son nom de jeune fille. Sur leur boîte aux lettres il y avait une quantité de noms. En effet, la grand-mère maternelle qui vivait avec eux portait le nom d'un deuxième mari qui n'était pas le premier dont sa fille était issue, et la sœur de la grand-mère restée célibataire, autre personne au foyer, portait encore un autre nom puisqu'elle portait son nom de jeune fille, ne s'étant jamais mariée. Cette tante faisait tout le travail à la maison.

Cette femme, qui avait la particularité de ne jamais avoir eu quelqu'un qui ait porté son patronyme, était la mère de ces jumelles.

Irène Roublev[53], une autre psychanalyste, avait étudié le cas de cette mère. Elle avait beaucoup parlé avec elle. Pour cette mère, ça avait été stupéfiant d'avoir des jumelles qui se ressemblaient tellement qu'elle les confondait souvent. Moi, je ne les ai pas confondues longtemps, une fois ou deux.

L'ÉTRANGER : Tu les distinguais par quoi ?

LA PRATICIENNE : Je ne sais pas. Par quelque chose qui se dégageait d'elles. Et la mère ne les distinguait toujours pas, et puis elle les coiffait et les habillait pareil.

L'ÉTRANGER : Et ça, c'est encore la perte de la face — perte de la parole ?

LA PRATICIENNE : Alors là, est-ce la mère qui a perdu la face plutôt que les filles ? Je crois que c'est la mère qui avait perdu la boule, la tête, mais donc aussi la face en déclarant une imbécillité pareille à ses filles qui la questionnaient sur le lieu d'où était sorti ce petit frère. On ne pouvait plus s'identifier à une femme aussi bête. C'étaient des enfants visiblement intelligentes.

Seuls, unis contre la solitude

Si sa raison, conjointe à ses possibilités médiatrices — langage, travail et créativité (toutes fonctions symboliques du désir) —, lui permet de triompher, l'adolescent ou l'adolescente réussit à accomplir dans la loi ses désirs et à les communiquer pour son plaisir et celui de ses élus que, séduit ou séducteur, il attire ; l'interdit de l'inceste le pousse à chercher ses élus pour l'amour ailleurs que parmi ses proches familiaux.

C'est ce qui le fait participant à la vie sociale avec ses camarades d'âge, dans des ardeurs tant passives qu'actives qu'il engage dans des activités ludiques, industrieuses, mentales, artistiques et sportives, où son désir l'excite à la compétition. Son ambition soutient son narcissisme à réussir ce qui facilite son accès à des objets de son désir sexuel, grâce aux pouvoirs qu'il acquiert et qui peuvent servir ses buts séducteurs.

L'organisation sociale et politique captive les intérêts des jeunes ; ils découvrent que c'est elle qui facilite ou rend difficiles les réalisations de leur désir de s'insérer dans des responsabilités qu'ils briguent d'assumer, mais le détournement du désir génital qui fait peur et l'envie de fuir le foyer parental pour une cause noble, malheureusement aussi la formation professionnelle assidue ou les études qui permettent de se libérer de l'aide financière des parents, tout cela induit la motivation de ces engagements précoces dans une passion politique, dans laquelle le jeune se lance en néophyte religieux, et qui est souvent un piège.

Là encore combien en voyons-nous piégés dans des contestations et des revendications brouillonnes à l'époque prégénitale, d'enfants grandis dans l'absurde soumission à des parents dont l'exemple ne «faisait» pas autorité, mais qui imposait «leur» loi, et qui ont par soumission craintive empêché les jeunes soumis à leur éducation de se développer responsables d'eux-mêmes et libres du choix de leurs amis, de leurs sorties de congé, de leur activité.

Enfin, jeunes adultes par l'âge, c'est avec des besoins et des désirs d'enfants géants revendicants qu'ils se plongent, sans avoir exercé leur intelligence aux jugements personnels, dans la discussion des lois et de l'organisation sociale, prêts à se conjoindre à n'importe quel groupe qui les accueille. Par crainte des représailles de cette nouvelle fratrie, ils en sont dépendants, sans liberté à leur intelligence. Bandes de mammifères debout et non d'hommes et de femmes, certains sont mûrs au nom d'une soi-disant revendication de justice dans le mode de vie fantasmatique qui associe la délinquance à leur projet. D'autres, par séduction, se livrent à des chefs qui imposent leurs idées par volonté de pouvoir, à ces gogos devenus des objets irresponsables de leurs choix et qui, à coups de slogans de liberté et de justice, se livrent aux fantasmes ou aux actes, allant jusqu'aux pires exactions sur la personne humaine.

Tout différents sont les citoyens, travailleurs conscients de leur devoir et responsables d'eux-mêmes, assumant personnellement leurs actes et leurs paroles qui vivent pour promouvoir un monde de plus de justice pour les générations montantes et sont disposés à donner leur vie pour de meilleures lois, pour une évolution de la société. Cette option exige maturité personnelle et grande intelligence des pièges du désir, toujours prêt à la vanité du narcissisme individuel ou chauvin d'un petit groupe pseudofamilial choisi parce qu'il parle le même langage d'élus profiteurs et non ouverts à plus de justice pour tous, dans le respect de tous les vivants, le refus absolu de toute cruauté physique ou morale, de tout esprit de vengeance.

Rares sont les adolescents et les jeunes adultes qui ne fuient pas dans les intérêts et les passions politiques, de façon irresponsable et infantile, leur responsabilité sexuelle et morale personnelle.

La passion politique, comme la passion religieuse, servant au jeune «militant» à fuir la solitude pourtant nécessaire sont autant pièges de l'adolescent et de l'adolescente prolongés dans le refoulement sexuel que la délinquance juvénile ou la drogue, si le jeune y trouve son compte de satisfactions — sadique, masochique, nirvanique ou de puissance — qui, au nom d'une «bonne cause» pour laquelle il milite et à laquelle il s'identifie, le détournent de ce qui devrait l'occuper — apprendre à vivre sans aide matérielle même en gagnant chichement sa vie, à s'assumer totalement pour son entretien et à se garder des communications hystériques où il se fait exploiter et mener autant qu'auparavant il l'était dans sa famille.

Il est navrant de voir ces «bons jeunes gens» cul-

pabilisés du temps qu'ils donnent (s'ils le font) à des amitiés à découvrir, à des amours, au sport, à la danse, à la musique, aux voyages et à cultiver un travail manuel, bref à sa culture personnelle. Car cette formation personnelle demande une disponibilité au jour le jour de tout le temps qui reste au jeune en dehors des obligations scolaires ou professionnelles, une disponibilité pour ouvrir des yeux neufs sur le monde, sans prendre trop tôt et aveuglément des engagements durables d'où le choix est exclu du fait de ne rien connaître d'autre.

Acquérir et conquérir son identité ce n'est pas s'identifier à une cause, à un mouvement qui exploite la jeunesse, pas plus que se laisser gagner par les tentations de la vie facile de fils à maman dévouée ou à papa riche ou de délinquant. Ni exploiteur ni exploité. C'est la juste mesure, la plus difficile à garder à cet âge de l'adolescence et de jeune adulte où l'on veut jouer au responsable, avant de savoir l'être de soi, mais qui mérite bien qu'on les y fasse réfléchir. C'est plus commode et moins risqué en apparence que de se risquer en amour, en amitiés, d'apprendre à connaître ceux de son sexe et de l'autre sexe autrement que comme objets de plaisir sexuel, et dans des efforts personnels travailler à sa culture personnelle et à développer son jugement personnel sur toutes choses. Le désir, l'étreinte accomplie, laisse des partenaires sexuels, ou des amants, après leur duo et leur rencontre passagère, à nouveau livrés à leurs certitudes ou à leurs doutes, ensemble unis contre la solitude, ou, séparés, et par elle guettés.

Cependant, dans l'invisible, cette parole dans l'étreinte en appelle à un autre qui parfois y répond. Trois désirs alors un instant conjoints se font chair dont l'un prend corps en devenir, confirmant à ces amants la fécondité qui les mute en parents, les confrontant à la responsabilité d'un enfant qui les a choisis pour naître (peut-être). Les voilà, ces inconscients, affrontés à la métamorphose qu'il leur faut à leur tour choisir d'assumer, eux, si peu sûrs d'eux-mêmes et qui sont promus, pour ce petit, chair de leur chair, fils ou fille, à lui assurer ce que réclame à son aube toute vie, et plus encore celle des petits d'hommes si longtemps fragiles et impuissants : sécurité, protection, nourriture, chaleur pour le corps, présence d'amour et paroles de savoir, exemples à donner, éducation, tout cela étant charges à assumer et restriction à la liberté des géniteurs qui, s'ils les acceptent, les engagent chacun ensemble et séparément de façon irréversible, en paroles et en actes, à la responsabilité de leur descendance. Des joies certes leur sont promises, mais aussi des soucis non moins certains pour un avenir inconnaissable.

Désirer et aimer l'autre avec corps, intelligence et cœur, et former, le temps venu seulement, un couple responsable de sa progéniture, être capable de servir d'exemples authentiquement humains à des enfants qui ne se sentiront ni de trop, ni insuffisants à combler le narcissisme blessé de leurs parents, tel est le but de la vie à deux, dans l'intimité et la totale communication entre homme et femme, que la vie sexuelle propose au désir humain dans un corps arrivé à maturité.

La maturité morale est longue à acquérir et ne se fait pas sans des épreuves d'amour trahi de désirs puissants en fantasmes et décevants face à la réalité, quand les partenaires ne se conviennent pas quant à leur mode de sensualité, à leurs rythmes de vie, à leurs options culturelles ou de loisirs, au choix de leurs amis, quand, trop pressés de se donner plaisir, ils oublient de se connaître.

La maternité et la paternité humaine demandent aux parents une stabilité dans le choix de leur partenaire sexuel et que ce choix soit viable tant sur le plan de la santé que sur celui d'une ouverture aux relations sociales et au développement des potentialités de chacun.

Cela implique que, avant de faire œuvre de chair (un enfant qui pourrait naître de leur étreinte et les rendre responsables ensemble d'une vie d'homme et de femme future), ils soient l'un et l'autre complètement responsables par leur travail, c'est-à-dire économiquement autonomes, financièrement indépendants de leurs familles respectives.

Le désir d'enfant n'est pas le besoin du spécimen anonyme de l'espèce, ce n'est pas non plus la satisfaction apportée à un manque, sinon l'enfant est objet de plaisir seulement et non ce qu'il doit être : don vivant reçu et donné de l'un à l'autre, pour les conjoints, et, quant à l'enfant, initié au respect, à l'amour et à la confiance dans les personnes de ses deux lignées rencontrées par la médiation de ses parents, il est dans le temps et dans l'espace, de ses géniteurs et ascendants morts, la représentation. Mais on ne peut aimer ses parents et ses beaux-parents que librement et parce qu'on se sent leurs égaux, parce qu'on leur est reconnaissant d'avoir mis au monde celui ou celle qu'on a la joie d'aimer et dont on est aimé.

Avec les moyens anticonceptionnels nous pouvons espérer que nous ne verrons plus de jeunes couples dire que leur enfant est le fruit d'une bêtise régularisée. On ne pourrait si bien dire aussi inconsciemment : « par rut, j'ai enceinté une femme, alors, par devoir, j'ai sciemment fait son malheur, et celui de l'enfant (par peur de mes parents, de ceux de ma femme, par refus d'assumer ma paternité sans jouir de droits et de pouvoirs conjugaux)». Pas étonnant que cet homme, incapable d'être père, indigne de l'être, au lieu de faire autorité, use de répression ou de lâcheté face aux désirs de ses enfants. Pas étonnant qu'une telle mère victime de son éducation, de la société, de son homme et de sa femellité, enfant elle-même, s'accroche à son enfant comme à une poupée consolatrice, et, mère par raté de son désir, rate aussi l'initiation à la responsabilité de son enfant, dans la joie de se libérer de sa tutelle culpabilisée et culpabilisante.

Le progrès de la science permettant aujourd'hui d'éviter les conceptions que les adultes de corps ne se sentent pas capables d'assumer, sans parler de l'avortement qui n'est plus légalement un crime mais qui n'en est pas moins contre nature pour le corps, nous pouvons espérer qu'une vraie révolution dans l'éducation et la formation sexuelle des jeunes est peut-être en marche, que les jeunes pourront exercer leur désir sexuel dans l'amour et non dans la crainte, qu'ils auront aussi appris à mieux se connaître les uns les autres, quant à leurs correspondances physiques et émotionnelles et que moins de conceptions refusées par manque de maturité sociale, psychologique ou morale (au sens d'éthique adulte responsable) feront porter aux enfants la lourde charge d'avoir piégé le désir inconscient de parents infantiles.

Mais cette découverte de la régulation des naissances — comme on l'appelle politiquement — risque aussi de piéger à leur seul narcissisme les partenaires sexuels, si l'éducation ne fait pas une part majeure à la culture du sentiment de responsabilité des jeunes tant vis-à-vis d'eux-mêmes et de leur corps — hygiène corporelle et alimentaire, hygiène de l'habitat, hygiène sportive, conformité de leurs paroles et de leur agir, respect d'eux-mêmes dans les engagements contractuels à court terme, dans leurs options d'étude ou leurs options ludiques ou créatrices — que dans le respect les uns des autres, l'entraide dans la vie de groupe, et la responsabilité civique.

Ce n'est qu'à cette condition que, confiants en eux-mêmes, dans la réalité de leur vie personnelle et de la vie sociale, bien avant la puberté, ils pourront entrer dans la vie active sexuelle.

Il faut savoir assumer les épreuves, les erreurs de choix que la passion n'aveugle qu'un temps, et librement assumer l'amour qui, chez l'être humain, est fait de renoncement consenti pour la joie de se connaître chaque jour davantage et chacun plus confiant en lui-même grâce à l'autre sans redouter la lassitude et l'ennui. Le désir et l'amour n'ont que faire des « obligations légales », avant que le couple stable, fruit d'une première mutation chez deux êtres humains, chacun pour lui-même arrivé à maturité, décide librement de s'associer pour la vie dans une totale confiance réciproque, et quoi qu'il arrive.

Fils de la vérité : beuveries et dandysme

L'ÉTRANGER : À propos de perdre la face et de la perte de la parole, dans les notes on lit : « Solitude qui demande plus d'écoute que de conseils. »

LA PRATICIENNE : Oui. Mais celui qui a pris ces notes se mettait à la place du confesseur à qui les enfants viennent raconter leurs petites histoires.

L'ÉTRANGER : Mais on ne peut pas sortir quelqu'un de la solitude, du bégaiement ou du mutisme, en lui donnant des conseils.

LA PRATICIENNE : Absolument. C'est en l'écoutant. Et même, c'est inouï, les bègues, quelquefois on croit les aider, tellement c'est long d'arriver au bout d'un mot, en le finissant. Mais ils sont furieux ! Ils recommencent à bégayer la première syllabe. Il n'y a rien à faire.

L'ÉTRANGER : « Confusion du visage et du siège. Masturbation ou se cacher la face. »

LA PRATICIENNE : Après s'être masturbés, ils se cachent, ils ne veulent pas être vus. Il est question des jeunes, des adolescents.

L'ÉTRANGER : « Les intentions qui n'arrivent pas à toucher leur objet se retournent en déception et en agressivité. La mère d'autrefois est un manque.

Il y a une mère réelle à laquelle il vaut mieux s'affronter, s'opposer. »

LA PRATICIENNE : La mère d'autrefois, dont on ne soupçonnait pas qu'elle était encore interdite sexuellement. La mère de maintenant est une salope, dans le sens qu'elle tente, par sa féminité. On voudrait s'y nider et, de nouveau, le corps banderait comme un cerf. Ou bien la fille, elle, serait agressive parce que la mère est une rivale, elle prend la place du père dont elle voudrait être encore l'interlocutrice préférée.

La mère d'autrefois n'a plus de charme. Le charme est rompu de la mère d'autrefois. Où trouver le réconfort ? Où trouver quelqu'un en qui le sexe ne parle pas et où on puisse se réconcilier avec son enfance ? Finalement, peut-être que Dieu fait partie de ça. Pas seulement Dieu, les dieux, Vénus, Aphrodite, enfin ces dieux qui sont de deux sexes, hermaphrodites ou spécifiquement sexués dans la séduction de leur sexe. Alors, il n'y a pas de danger : les deux côtés veulent bien de vous. Sûrement que ces dieux païens, et puis les dieux lares, les dieux de la maison, les petits lutins, les lares et les pénates, ceux qui gardaient le sens des choses quotidiennes, sont sûrement comme des zones érogènes personnalisées. Un peu comme par amusement, nous avons conservé dans notre famille B.A.G., le bon Ange gardien. L'Ange range-voitures, l'Ange cherche-clefs, etc. Ça a toujours existé ; les gens ont besoin d'être aidés dans leurs impuissances et sûrement que ces divinités nobles ou banales servaient à ça. Un peu comme la superstition à propos de saint Antoine qui fait retrouver les objets perdus.

Cela a dû toujours exister, ce besoin devant

l'impuissance de l'être humain de trouver des aides, des auxiliaires qui sont des fragmentations fantasmées du pouvoir supposé de la mère provende de quand on était bébé. Ça permet de supporter les difficultés grâce au fait qu'on parle, on exprime, qu'on les appelle au secours et même qu'on les engueule.

Ainsi, l'autre jour, notre gentille gardienne d'immeuble me racontait qu'elle faisait une neuvaine pour je ne sais pas quoi et qu'elle disait à une dame : « Je n'ai jamais vu faire une neuvaine sans retrouver ce qu'on a perdu », etc., et cette dame est allée faire sa neuvaine. Ça a toujours existé. Et justement, c'est quelque chose qui est tout à fait inhérent à l'être humain, mais qui vient de la mère perdue, de la provende perdue dans la période chaste. Tout est sexué sans ça, à la mère, et ces dieux ne sont pas du domaine spirituel, ils sont fonctionnels, pensables sexués entre eux, pas sexués vis-à-vis de l'humain qui les sollicite, comme l'adulte mère par rapport à l'adulte père, tous deux tutélaires chastes pour leur enfant confiant.

Alors, on est moins seul. C'est aussi un baume vis-à-vis de la solitude, cette invention, c'est une fragmentation de puissance hiérarchisée qui déculpabilise de l'impuissance et déresponsabilise de notre imbécillité, de nos actes manqués. Dans la mesure où nous sommes responsables de ce qui nous arrive de désagréable, ça nous déculpabilise de notre responsabilité et, dans la mesure où nous ne le sommes pas, ça nous aide à supporter ce qui est le lot commun de la perte de la sécurité de l'enfance et l'acceptation des castrations entre l'imaginaire et la réalité.

L'ÉTRANGER : « Lorsque le père ou la mère les a déçus... » Là, on parle des actes héroïques.

LA PRATICIENNE : Actes d'exhibition salvateurs, oui. C'est une solution hystérique, parce que, justement, il n'y a plus de retour possible. Ce sont les plus timides qui sont héroïques. On le sait dans l'histoire. Ce sont toujours les gens les plus timides qui, dans certaines situations, deviennent des héros absolument stupéfiants pour les gens qui les voient.

Quand j'avais vingt ans ou vingt-deux ans on avait parlé dans les journaux de l'histoire suivante : Il y a eu un terrible accident de chemin de fer en Angleterre et il y avait une fille complètement repliée sur elle-même, une adolescente. Les gens de son entourage croyaient qu'elle était malade mentale, parce qu'elle n'osait voir personne, elle était toujours toute seule ; elle avait même lâché ses études et ses parents étaient inquiets pour elle. Et c'est elle qui a sauvé le plus de monde dans cet accident de chemins de fer, elle a alerté les sauveteurs et pendant trois jours de suite n'a pas arrêté de sauver des gens avec une efficacité extraordinaire... Et ça l'a guérie. On disait que cette fille avait été énormément fêtée après l'accident, parce que plusieurs mères devaient la vie de leurs enfants à sa rapidité d'action et à son efficacité.

J'étais étonnée. On disait qu'elle était tellement timide avant, et puis qu'elle avait été transformée par l'événement survenu dans la vie de ce patelin.

L'ÉTRANGER : L'héroïsme dans l'acte.

LA PRATICIENNE : Dans l'acte et aussi probablement tous ses fantasmes sadiques... Une autre personne aurait peut-être été trop bouleversée pour agir. Ça aurait freiné son activité. Au contraire, elle avait une activité absolument décuplée de voir tant d'horreurs, de gens à s'occuper. Je ne sais pas. Il y a là quelque chose dans le tragique et dans le sadique de la situation qui, pour elle, était familier de ses fantasmes. Familier dans le sens des représentations imaginaires qui l'avaient mithridatisée, vaccinée contre la paralysie par l'horreur. Elle n'était pas terrassée par l'émotion : elle n'était pas anéantie par des situations de telles mutilations, elle en éprouvait tellement qu'elle pouvait y faire face pour les autres. C'est sûrement ça. C'était une fille qui était *a priori* agressée par tout.

Elle s'est comportée comme une héroïne, mais elle-même ne se savait pas capable, avant un incident pareil, d'une potentialité d'héroïsme qui l'habitait à son insu.

L'ÉTRANGER : On peut rapprocher cette tentative d'héroïsme de l'héroïsme symbolique ?

LA PRATICIENNE : Des kamikazes ? Tout à fait.

L'ÉTRANGER : Et aussi de l'héroïsme dans la culture, comme le dandysme... Je pensais au film d'hier soir, avec Stewart Granger, *Brummel*...

LA PRATICIENNE : Le dandy lance un style de vie. D'ailleurs, une des dernières répliques est celle du prince de Galles devenu roi — c'est un homme qui avait des principes — qui dit : « Je n'ai jamais rencontré quelqu'un qui vivait selon ses principes, comme lui. » Les gens ont des principes. Ce sont des mots. Mais lui, il vivait ces principes, il a eu une influence considérable sur le style de vie en Angleterre.

L'ÉTRANGER : C'est pour ça que tu disais que le dandy se voit comme le fils de la vérité. Parce qu'il vit ses principes.

LA PRATICIENNE : À propos des « dandy[54] », je dis quelque chose d'un peu poétique : « C'est le voile de Véronique qui leur sert de pochette. Ils meurent dans un cri comme une flèche qui s'arrache aux lèvres de l'arc, flèche qui va se ficher au cœur de Dieu, fils abandonnés de père qu'ils sont pour se faire reconnaître. » Je crois que j'ai touché quelque chose d'assez vrai dans cette histoire. Cela correspond tout à fait à l'histoire de Brummel.

L'ÉTRANGER : Tu parles sans doute de ces adolescents qui se trouvent perdus à cet endroit de leur trajectoire.

LA PRATICIENNE : Oui. Et qui en font des renoncements héroïques pour pouvoir s'en sortir, justement des kamikazes.

L'ÉTRANGER : Et tu ajoutes ici : « Aide alors des poètes qui savent décrire la solitude. »

LA PRATICIENNE : Oui, c'est ça : Brummel, Baudelaire, Byron, Shelley, peut-être Barbey d'Aurevilly. Ou même des révolutionnaires, comme Nazim Hikmet, le poète turc qui a écrit des poésies magnifiques pendant vingt ans de prison. Des révolutionnaires comme Lénine, Che Guevara qui a inspiré beaucoup plus les jeunes que Fidel. Fidel était juriste…

L'ÉTRANGER : C'est bizarre, là, le curé qui a pris des notes te fait dire — « Les beuveries dans le coude à coude aident aussi à passer cette étape. »

LA PRATICIENNE : Oui, c'est vrai. Boire ensemble, ça crée une ambiance de contamination de chaleur entre les gens et c'est quand on boit qu'on n'est plus responsable de ses actes, de ses discours et il y a une extralucidité qui vient de la compréhension des autres, une sorte d'amitié prégénitale. « Mon pote », c'est un mot associé au boire. Et l'alcool produit un état d'impuissance sexuelle. Alors, tout peut se dire, tout peut se supposer parce que, justement, on est dans un état de chasteté obligatoire du fait de l'intoxication. Les beuveries d'étudiants permettent de pouvoir demeurer dans le climat d'homosexualité alors qu'on n'est pas homosexuel. C'est un climat de chasteté entre hommes ou entre filles (ça existe aussi). Je crois plutôt que la beuverie, pour les femmes, est solitaire. Je ne crois pas que les femmes boivent en commun, mais ça changera peut-être. C'est terrible la boisson pour les femmes. J'en connais deux ou trois qui se sont confiées à moi sans faire d'analyse. C'est dramatique. Elles boivent seules. Elles font leur ménage, le mari n'est pas là, les enfants ne sont pas là, elles sont dans la détresse. Elles boivent. Elles s'aperçoivent que ça leur permet de passer la journée et ça devient une drogue.

L'ÉTRANGER : Le mécanisme est complètement différent.

LA PRATICIENNE : C'est la solitude et c'est toujours associé à une mère qui a manqué subitement ou de façon chronique. C'est tout de même le manque d'amis intimes. Le mari est leur seul intime, leurs enfants leurs seuls interlocuteurs aussi, mais ils ne sont ni l'un ni les autres des compléments. Le mari a trop à faire. Il demande que sa femme le « complémente » quand il rentre le soir. Il demande qu'elle soit bonne avec lui, qu'elle le repose de son travail et, elle, elle aurait besoin à ce moment-là de parler, d'être autre chose qu'une petite chatte aimée. Les hommes ne comprennent pas. Ce sont des hommes qui aiment leurs femmes, ce sont des femmes qui aiment leurs hommes — c'est tout ce que j'ai vu de frappant chez celles qui boivent — ce ne sont pas du tout des femmes malheureuses au sens où leur mari les respecte, ne les bat, ni les néglige sexuellement parlant. C'est un amour véritable, mais où, peu à peu, s'est installée une impossibilité de communiquer.

LA NÉGRESSE VERTE : Il y a des statistiques faites aux États-Unis. C'est un des pays au monde où l'alcoolisme féminin est le plus répandu...

LA PRATICIENNE : Oui. Il y a probablement peu de chaleur maternelle pour les fillettes, tellement tout est si vite porté sur la séduction, la conquête sexuelle. C'est à la mode. Il faut que les filles aient tout de suite leur gars. Ce n'est pas « vrai ». C'est un genre qu'il faut se donner pour paraître comme les autres...

Oui, les mères ne font peut-être pas elles-mêmes la cuisine, les vêtements. Le phallisme maternel est très peu marqué à la maison. On achète des boîtes toutes faites, on ne regarde pas longtemps, comme cela se fait encore dans les familles en France ou ailleurs, la maman qui fait quelque chose, qui chante, qui parle à ses enfants. Tout est rapide et chaotique, du moins c'est ce qu'on pense vu d'ici. Tout est à l'extérieur.

L'ÉTRANGER : L'image type de la femme américaine alcoolique, c'est la blonde de quarante-cinq ans...

LA PRATICIENNE : ... qui n'est plus séduisante, qui vit seule dans son pavillon, l'horreur du pavillon avec le gazon tondu et le mari qui part à son travail, revient le soir et, effectivement, tout est prêt dans ce cas-là. Alors, sans doute c'est ce style de vie qui les fait plonger, le manque de toute la complicité du faire ensemble, du projeter ensemble. Et maintenant il y a partout cette télé qui occupe les yeux et banalise tout. Tout le monde entend la même parole en même temps. On ne s'exprime plus.

LE MAINATE : On présente ça comme une conquête, dans le sens où un milliard de personnes ont regardé la même chose, en même temps. Comme un signe de la grande communauté.

LA PRATICIENNE : Oui, et c'est un signe de totalitarisme abêtissant. D'ailleurs, dans les pays totalitaires, avoir la télé est la première chose qu'on rend accessible à tout le monde. C'est de la propagande. Tout est propagande. Il n'y a pas un bout, une parcelle de film qui ne soit toujours, toujours liée à la propagande de quelque chose. Oui, j'en ai parlé à quelqu'un de là-bas, qui m'a dit : « Mais comment ? Ça vous étonne ? Nous, nous le savons. »

L'ÉTRANGER : Pour en revenir à cette histoire de beuveries, je ne trouve absolument aucun plaisir à boire avec des gens que je rencontre, n'importe qui...

LA PRATICIENNE : Avec qui tu n'as pas d'amitié.

Ce qu'il faut, c'est une certaine tempérance. C'est quelque chose qui me fait trop de mal physiologique alors que j'ai toujours besoin d'un peu de vin, mais jamais je ne dépasse un demi, trois quarts de verre. Et puis je ne fais pas de mélanges de vins, même excellents. Ça ne me tente pas du tout d'aller au-delà de l'agrément. Une bouteille reste tant qu'elle a à rester. Une fois en Allemagne, j'avais bu un « bol », tu sais, comme ils en font, des fruits dans du vin du Rhin. J'étais en visite dans la famille où était Jean[55] pour ses vacances. Le monsieur et mon frère ont dû me monter à ma chambre. Je ne me souviens de rien. Le lendemain, je me suis réveillée, le matelas, façon allemande, en trois pièces par terre et moi à même le sommier; je ne m'étais même pas rendu compte. J'avais dû me débattre toute la nuit contre le Mescalito du vin et je ne m'en suis pas rendu compte. Mais ce n'était pas du tout par goût. C'est parce que j'ai été surprise. Je venais d'arriver et ils avaient voulu me fêter. En deux minutes, j'étais saoule. Jamais je ne l'ai été autrement de ma vie.

L'ÉTRANGER : À propos de cet âge justement, entre quinze ans, seize ans. On parlait, tout à l'heure, de la Digue de la Salis, à Antibes. On voit maintenant, dans les banlieues, la constitution de bandes d'adolescents.

LA PRATICIENNE : Ils cherchent le coude à coude, un autre type de famille, une famille qu'ils se choisissent. Ils ont un style de paroles, de jeux, de joies et de leurs expressions, de rôles, et beaucoup de clonage, d'identification, de mimétisme les uns aux autres. Clonage biologique : ils sont tous pareils, ils se coiffent de la même façon, les garçons ont les mêmes T-shirt, la même façon de cranter les pantalons. C'est le style bande. Et très souvent, il y a une bande contre une autre bande. Ici, il n'y avait pas ça : il n'y avait qu'une seule bande, « la Digue », il n'y avait pas de bande ennemie, mais ça arrive. « La Digue pense ça », « Ah non, la Digue ne serait pas d'accord », disaient mes enfants en parlant le soir à table avec nous.

Dans les banlieues, maintenant, ils ont des luttes et on en parle beaucoup. C'était l'histoire de *West Side Story* — les préjugés. Dans cet espace de fausses villes, il n'y a pas de lieux de rencontre : cela se passe dans la rue. Et même quand il y a des lieux, quand on crée des Maisons de la culture (la municipalité voudrait en faire un lieu de rencontre et de culture), il n'est pas sûr que ce soit ce lieu qui soit investi par les jeunes.

Un désir d'enfant

L'ÉTRANGER : On arrive à l'adulte : « C'est le jour où une rencontre d'un être aimé laisse entrevoir une fécondité possible ou au contraire impossible, du fait de la réalité. » Supposons le garçon. Il est à la recherche de cette autre qui ne le mette pas en danger par rapport à son histoire passée...

LA PRATICIENNE : Oui, c'est ça. Et il rencontre dans cette autre — si c'est une fille...

L'ÉTRANGER : Pourquoi « si c'est une fille » ?

LA PRATICIENNE : Si c'est un garçon, il ne peut pas rencontrer un autre qui désire un enfant. Je prends ce modèle banal de fécondité (désirée ou non).

Si c'est une fille, il rencontre le désir d'enfant vivant. En fait, tout désir suscite le projet d'une « œuvre ». Cela peut être une œuvre abstraite : une réalisation politique, une idée de projet terroriste, c'est « on va faire le coup », mais, dans l'amour et le désir hétérosexuel, c'est l'idée d'un enfant fatalement qui plane, pour l'un ou pour l'autre. Que ce soit garçon, ou fille, si ce sont des relations du type justement beuveries, coude à coude homosexuel, ce n'est pas un désir d'enfant vivant dont il s'agit.

Même si un désir sexuel peut être suscité, les défenses d'un surmoi étant diminuées, c'est un acte enfanté par la libido du couple de corps, aux sexes complémentaires, comme cela, mais ce n'est pas un enfant vivant qui se réfère alors pour ces sujets, garçons ou filles, à leurs propres géniteurs.

L'entrée vraie dans l'âge adulte, c'est la question d'une œuvre durable et de sa responsabilité personnelle dans un destin nouveau éventuel. C'est le début qui généralement n'est pas solide du tout, mais c'est ainsi que commencent les flirts poussés entre amants. Ils tombent sur le désir d'enfant qui vient le plus souvent de la femme, qui est le désir et l'amour de cet homme dans la durée. Chez l'homme, c'est la durée aussi, retenir cette femme qui lui paraît symboliser sa réussite, qu'elle n'aille pas vers un autre. Il veut la garder. Chez la femme, c'est avoir un enfant de lui. Ce qui d'ailleurs la trompe souvent, puisqu'elle a un enfant et qu'il s'en va quand même vers une autre. Et c'est pourtant dans le même esprit. C'est une idée subjective de durée : « Il sera en moi pour toute la vie, puisque je mettrai au monde son enfant. » Là, si l'adulte s'inaugure en tant que désirant, ce n'est pas encore l'âge de la fécondité adulte, c'est encore l'âge des fantasmes. L'âge de la fécondité adulte, c'est quand la femme désire un enfant de la lignée de son amant, qui serait éventuellement, si elle devait mourir, élevé par la lignée de son homme. Quant à l'homme, il désire un enfant dont il serait fier qu'il soit marqué de l'hérédité de sa femme et des hommes ou des femmes de sa lignée, aussi bien que de celle de son amante.

C'est à ce moment-là que l'adulte atteint sa

maturité. Le désir sexuel prend un sens qui est relié aussi aux nécessités que la société a de se continuer. À ce moment-là la subjectivité rejoint le social.

L'ÉTRANGER : C'est un sentiment de responsabilité profonde vis-à-vis du circuit de la vie.

LA PRATICIENNE : C'est ça. Avec l'idée de la mort de soi-même qui est toujours incluse dans le désir d'engendrer.

LA NÉGRESSE VERTE : Ce sont des sentiments très diffus. Personne ne sait les exprimer d'une manière précise...

LA PRATICIENNE : Nettement comme ça, c'est sûr, mais c'est ça l'évolution.

LA NÉGRESSE VERTE : Si tu disais ça, à propos du flirt, à des jeunes d'aujourd'hui, sans doute ils éclateraient de rire. La fille te dirait tout de suite : « Moi, je n'ai pas de désir d'enfant. Moi, depuis l'âge de quatorze ans, je prends la pilule. Je n'ai pas de désir d'enfant. » Et le garçon te dirait peut-être tout simplement par bravade : « Mais non, moi, je m'en fous de la durée... » Et puis, ils te jetteraient Madonna à la figure...

LA PRATICIENNE : Oui, c'est vrai. D'ailleurs, ils le disent. Ils disent volontiers des choses comme ça, concernant le mariage : « Il faut bien pour la société. Il portera mon nom mais ça n'a aucune importance qu'il porte le nom de sa mère. »

L'ÉTRANGER : À ce moment-là, on peut dire que, entre cette mécanique profonde et la vie quotidienne, il s'est interposé des couches de langages idéologiques.

LA PRATICIENNE : Sûrement. Mais est-ce qu'on peut en faire l'économie ?

L'ÉTRANGER : Non, on ne peut pas. Mais je ne

sais pas si elles sont plus épaisses maintenant qu'autrefois...

LA PRATICIENNE : Mon frère, qui a été en Albanie, me disait : « On voit des calicots partout : "Faites seulement un enfant. Nous nous occupons du reste." » Ça semble stupéfiant qu'une société puisse dire ça. C'est une idéologie du social qui déborde la personne. L'objet devient plus important que le sujet. Le psychologique et le subjectif n'ont aucun intérêt.

LA NÉGRESSE VERTE : Pour revenir à nos pays occidentaux, c'est vrai qu'une jeune fille peut te répondre : « Je n'ai pas de désir d'enfant. »

LA PRATICIENNE : Oui, mais, moi, je dis oui. Elle est comme est une fille. Elle est étale pendant longtemps du fait de la pilule. On a artificiellement rendu étale ce moment de préfécondité qui, en effet, pour quatre-vingt-dix pour cent des jeunes filles, est un moment physiologique et psychologique homogène. Elles ne peuvent pas porter un enfant sans angoisse. Les premiers fruits doivent être avortés, parce qu'ils ne sont pas assez solides. D'ailleurs, quand on voit les généalogies des reines de France qui étaient mariées très jeunes à leurs époux, adolescentes, même préadolescentes quelquefois, leurs trois ou quatre premiers enfants mouraient — et on ne parle pas des fausses couches ; on parle de ceux qui sont nés, morts à la naissance, morts à deux mois, etc. Saint Louis, c'est net. Sa femme a eu quinze enfants ou seize enfants et elle en a eu quatre nés qui sont morts parce qu'ils étaient conçus et portés beaucoup trop tôt.

L'économie de cela est faite avec l'arrivée de la science de la fécondité, la science génétique, la manipulation qui apporte une idéologie nouvelle et renforce — pourquoi pas ? — le fait de se connaître en tant que deux êtres humains avant d'avoir porté un fruit, avec l'espoir que, si on se connaît, on se quittera peut-être moins et il y aura moins de malheur parce qu'on saura pour quoi on est fait, avec quel genre d'homme, quel genre de femme on a des chances de s'entendre durablement dans la vie commune, parce que la vie de compagnonnage, en gardant le sentiment de liberté, est quelque chose de très important dans la vie de chacun des partenaires du couple. Ça permettrait une période de maturation génétique de la femme et de l'homme dans des positions sans danger de fécondité.

L'ÉTRANGER : Alors, les filles, souvent plus âgées qu'adolescentes, qui sont restées prégénitales de cœur et de maturité mentale, tout simplement, elles veulent un enfant.

LA PRATICIENNE : Elles veulent un enfant, comme elles veulent une poupée, une robe ; elles veulent un pouvoir comme leur corps qui paraît adulte devrait leur donner.

Et ce sont celles qui font, maintenant que c'est « légal », trois avortements dans l'année. Cela pose problème aux responsables du planning familial, parce que ces névrosées se servent de l'I.V.G. comme d'un moyen anticonceptionnel. Elles veulent être sûres de leur maturité physique. Ça fait penser à « Théodore, cherche des allumettes » : elle essaie toutes les allumettes pour être sûre que les allumettes marchent. C'est un petit peu ça. Ce sont des filles qui se brûlent au désir d'enfant pour être sûres qu'elles sont femmes et elles ne deviennent pas femmes parce qu'elles confondent la potentialité d'être enceinte physiquement avec l'état adulte du développement, alors que la maturité, c'est le sens de la responsabilité de l'enfant. Et elles abîment leur corps, car tout avortement, si aseptique qu'il soit exécuté, est une mutilation pour l'utérus gravide, plus encore une blessure psychique pour la femme gestante. Elles n'en prennent pas conscience du tout. On ne le leur dit peut-être pas assez. Puisque ça ne va pas les faire mourir, elles ne savent pas que ça abîme les voies génitales de se lancer dans une grossesse qu'on interrompt traumatiquement.

Toutes les femmes que j'ai vues et qui avaient fait volontairement l'I.V.G. (exactement comme celles qui avaient subi une fausse couche involontaire) vivaient dans leur inconscient la même épreuve. Au moment où naîtrait l'enfant, de toute façon, de manière tout à fait inconsciente, ce sont des femmes dont les rêves tournent autour d'un bébé; elles ont les yeux attirés sur les vitrines des layettes, elles courent les jardins publics pour voir les bébés dans les berceaux, dans les poussettes. C'est étonnant et ça dure trois semaines-un mois du moment prénatal de naissance et puis la suite, avec des rêves, alors que vraiment l'I.V.G. a été nécessaire, voulue, soit par décision raisonnable, soit avec indifférence émotionnelle apparente, soit regret, soit encore haine d'être enceinte — cela, chez les femmes qui ont été violées. Et le processus joue inconsciemment. Elles sont frustrées de l'accomplissement qui eût été, sans l'interruption, un enfant vivant à aimer. Un deuil est à faire. Alors, ce n'est pas rien l'I.V.G. pour le psychisme inconscient de la femme. En ce moment, l'idéologie à la mode est que ce n'est rien du tout, totalement inoffensif et sans conséquences pour les femmes.

LA NÉGRESSE VERTE : «Nous sommes maîtresses de notre corps et nous faisons ce que nous en voulons.»

LA PRATICIENNE : C'est cela : «Mon corps est à moi et j'en fais ce que je veux.» Pourquoi pas ? Mais pourquoi en faire des imbécillités ? Pourquoi le mettre en danger pour l'avenir ?

LE MAINATE : C'est une idéologie du «moi, moi».

LA PRATICIENNE : Oui, absolument. Mais, pour l'instant, elles ne veulent pas entendre autre chose.

LA NÉGRESSE VERTE : Il y a ce cas-là, mais il y a des filles qui tout simplement veulent un enfant pour ne pas être seules.

LA PRATICIENNE : Oui, comme elles voudraient un chien ou un chat. Elles se font faire un enfant, sans avoir idée que c'est un homme ou une femme en devenir. Elles décident d'un enfant comme de l'acquisition d'un chien ou d'un chat pour avoir une compagnie, pour qui on fera quelque chose. «Ça va donner un sens à ma vie.» Mais non ! Le sens-miroir n'est pas un sens.

L'ÉTRANGER : Le «sens-miroir» ?

LA PRATICIENNE : Le sens de l'enfant pour soi, preuve de son existence valable. Se mirer dans un enfant est malsain pour la croissance et l'éducation de celui-ci. Il faut qu'il y ait une situation triangulaire. Il y a cet enfant au milieu des autres, cet enfant devenant un homme, devenant une femme, élevé à s'autonomiser et à quitter ses parents d'origine. «Si j'avais su que c'était si difficile d'élever un enfant, qu'ils étaient si ingrats, je n'en aurais pas eu.» Oui, elles savent que ça va leur coûter de l'argent. La plupart y trouvent précisément le sens à travailler : ça va les occuper ; elles auront quoi faire de leurs soirées ; après un travail insipide, ce sera la joie d'aller le chercher à la crèche. Mais ce n'est pas un projet de vie pour cet être né de deux origines croisées qui, homme ou femme, sera chargé de susciter son développement vers son choix de vie, informé des parentés dont il ou elle est issue.

C'est une façon de se fabriquer un objet transitionnel.

L'ÉTRANGER : Plus il grandit, plus il devient emmerdant.

LA PRATICIENNE : Parce qu'il est vivant et pas une chose, un « gentil ». On l'avait souhaité pour pouvoir supporter sa solitude, ou pour prendre pouvoir sur son compagnon de lit.

Heureusement pour beaucoup d'entre elles, l'enfant les fait évoluer et les fait changer, c'est vrai. Beaucoup de ces mères deviennent femmes avec leur premier-né. La maternité mature une femme, tandis que je ne suis pas du tout sûre que la paternité mature un homme, car ce n'est pas une initiation charnalisée comme la grossesse, le porter physiologique. C'est à travers l'amour qu'il a pour la femme enceinte aimée que l'enfant, dès le début, le concerne comme père. Sinon, l'enfant prend intérêt pour un homme à partir du moment où il est un véritable interlocuteur de jeux, compagnon de vie qui le questionne et le flatte, le soucie, le sensibilise selon sa nature et aussi selon le revécu de sa propre enfance.

Je crois que la maturité de l'homme vient à travers pas mal de femmes. Ce n'est pas du tout la même chose pour les femmes. Pour un homme, l'enfant fait partie de son expérience de couple à partir d'un certain moment si la femme est capable d'aimer cet enfant en ne lui donnant pas la préférence sur l'homme si ce n'est pas le géniteur et, s'il l'est, si elle l'aime en tant qu'enfant de cet homme. Mais si une femme devient enceinte parce que l'homme a déchargé sa semence en elle, ça n'a pas beaucoup de sens pour lui. Alors, si l'homme accepte l'enfant (je ne dis pas seulement subit l'enfant), c'est sans doute référé à son manque de famille, à son désir d'enfant compagnie. On revient au substitut animal de compagnie supposé.

Beaucoup de fils uniques ont « besoin » d'avoir des enfants, parce qu'ils ont souffert de leur isolement familial. C'est un peu comme ça dans notre société, dans notre civilisation. Je ne sais pas comment cela se passe dans les autres.

Ce qui change aussi, c'est qu'autrefois les enfants étaient une richesse, des bras pour travailler, et que maintenant c'est un appauvrissement. Ça coûte plus que ça ne rapporte, et ça coûte longtemps ! Dans l'idéologie générale de tout le monde : « Ah ! ils ont quatre enfants ! Les pauvres ! », tandis qu'avant, avoir quatre enfants suscitait l'envie : « Ils sont riches de bras. »

LA NÉGRESSE VERTE : Par exemple, pour les paysans, dans une ferme, c'était d'autant plus de force de travail.

LA PRATICIENNE : Oui. Ou même des ouvriers dans les villes ; des ouvriers artisans, des artisans distributeurs, réparateurs, et des commerçants, comme les bouchers, les épiciers. Ça gagne de l'argent. Donc, la famille aura plus d'argent si on est plus nombreux et si on se serre les coudes. Il y a des oncles, des tantes, des neveux. Ça fait une famille où on s'appuie les uns sur les autres. Dans cette famille-là, il y en a qui se reconnaissent tout le temps et qui se rendent des services mutuels, chacun selon ses capacités. « Lui, ton oncle, il est bien placé pour t'aider... » C'est ça encore, mais cette idéologie de l'entraide familiale est en train de disparaître. Au moins, chez nous. Peut-être pas chez d'autres ethnies. Chez les musulmans, je ne sais pas. Le nombre de chômeurs ici fait qu'avoir des enfants, ça pose problème. Au Sahel, dans ces pays de famine, de sécheresse, tous ces enfants qu'on ne peut pas nourrir, ça doit changer tout à fait l'idéologie de la fécondité.

En ce moment, ce qui fait muter l'idéologie de la fécondité, est, je trouve, le fait que socialement l'appauvrissement familial procède de la présence des enfants, alors que subjectivement c'est une joie. Cela peut être une joie pour le cœur et le rester, mais c'est un appauvrissement et une complication dans la société. Avoir des enfants c'est prendre des risques de pauvreté plus grands et, pour eux, c'est le chômage en perspective. Plus on est nombreux, plus il y aura de chômage et, en même temps, de façon contradictoire, on entend dire : « S'il n'y a plus de jeunes, nous n'aurons plus personne pour payer nos retraites. » C'est vraiment complexe. On ne sait pas quelle va être la résultante de cela.

Dans le temps, on allait sur le territoire où il y avait à prendre — c'était cela les guerres, et les colonies. Maintenant tout le monde est dans la même situation : défendre son sol, le garder ou le vendre. Et si on garde le sous-sol ou les produits du sol là où ils sont, soit il n'y a pas de quoi vivre dessus, soit on ne trouve pas à vendre ce qu'on a produit, soit on n'a pas de quoi acheter ce que d'autres ont en excédent.

L'ÉTRANGER : Mais revenons à ces jeunes filles qui, à la limite, refusent le couple. Elles veulent rencontrer l'homme pour avoir un enfant et puis se débarrasser de lui.

LA PRATICIENNE : Oui, ça paraît contradictoire à ce qui était autrefois, puisque autrefois c'était l'homme qui était seul capable de dire : « Non, je ne veux pas te donner un enfant. » Actuellement, c'est la femme qui peut dire : « Non, je ne te donnerai pas d'enfant. Je veux un enfant mais sans toi, sans l'aide de ta personne. Ton corps, je veux bien. Et encore ! Si ce n'est pas le tien, ce sera des paillettes de sperme d'un autre. Mais je ne te donne pas la joie d'être père, d'avoir des "droits" sur mon enfant, d'avoir une relation élective et de responsabilité égale à son égard. »

L'ÉTRANGER : C'est toute la science sur la fécondité qui a changé.

LA PRATICIENNE : Certainement. Cette technologie de la génitude a changé la façon de considérer l'enfant comme obligatoirement associé à une conjugalité de génitude. C'est aussi la technologie concernant le travail qui a modifié le marché du travail et pas seulement libéré les hommes et les femmes de la pénibilité de certaines tâches.

L'ÉTRANGER : Une femme qui part avec ces idées peut revenir à une dynamique « normale » ? Ça dépend des rencontres ?

LA PRATICIENNE : Oui, ça dépend de l'enfant qui naît aussi. Des expériences de la réalité que cet enfant lui fait connaître. La réalité n'est pas comme nous l'imaginons, et c'est ça qui fait évoluer les gens.

L'ÉTRANGER : On parle beaucoup maintenant de concubinage. Qu'est-ce que ça a changé dans la relation symbolique ?

LA PRATICIENNE : Soi-disant, c'est le désir de rester libre, de ne pas gâcher la relation d'amour ou seulement de désir par l'habitude. « Je ne veux pas être dépendant (ou dépendante). » Et dans le sens aussi : « Comme je ne peux pas être tranquille, ma femme n'étant pas retenue légalement à moi, je suis tout le temps sur le qui-vive », et ça entretient, dit-on, la puissance sexuelle et surtout, de part et d'autre, la recherche de rester séduisant. La séduction et l'inquiétude, sinon la jalousie, font ainsi partie du couple.

L'ÉTRANGER : Elle est vivace.

LA PRATICIENNE : Oui, elle est vivace. Sinon, les pantoufles, c'est la parole des belles-familles d'autrefois : « Ma fille est casée. Mon fils (ou ma fille) a fait un beau mariage. » On était tranquille ! On vivait de façon obsessionnelle avec ses petites habitudes. C'est cela que pensent les jeunes du mariage qu'ils récusent, en y préférant le concubinage, l'union libre, mais dès qu'il y a un enfant, les juges, les avocats disent que ça ne change absolument rien ; ils sont chacun à se disputer l'enfant, à se disputer les biens du couple quoique celui-ci n'ait eu ni contrat ni témoins légaux. Au début, tout semble facile : « Oh ! mais chacun apporte ce qu'il veut ; on ne compte pas. » Puis, quand on se sépare : « Ça, c'est à moi. Ça, c'est moi qui l'ai payé. » Ou encore la femme ou l'homme, quand l'autre est au travail, vient vider l'appartement ou va rapter l'enfant à sa sortie d'école.

En fait, à défaut du règlement légal de divorce, ils viennent cambrioler leur concubin, ou concubine, parce que : « C'est à moi. Elle n'aurait jamais eu son buffet de cuisine si ce n'était pas moi qui l'avais payé. » Et il n'y a rien d'écrit parce qu'il n'y avait pas de contrat. Alors, c'est la foire d'empoigne.

Ça peut aller jusqu'au rapt de l'enfant. C'est en ce sens-là qu'on peut dire que ces unions libres s'avèrent avoir été vécues dans une dépendance consciente bien plus grande qu'un mariage. Les humains ne sont pas capables de continuer à respecter la personne qu'ils ont désirée ou aimée quand ils ne la désirent ou ne l'aiment plus. C'est comme : « J'ai mangé quelque chose de bon qui avec le temps s'est corrompu. Je n'en veux plus. » C'est comme si la consommation génitale se vivait comme une consommation d'objet partiel de consommation oral-anal. Un vieux costume qu'on jette, ou un aliment tentateur dont on ne veut plus. « Je m'en suis saoulé. J'en ai ras le bol. Je le vomis. » Mais voilà. De ce compagnonnage, parfois un ou plusieurs enfants sont nés et ils ont cet homme-là comme père, cette femme-là comme mère.

Homosexuels : la fécondité culturelle

L'ÉTRANGER : Tu as commencé à parler de la fécondité, du désir de l'enfant. Dans le cas de l'homosexualité, deux garçons ?

LA PRATICIENNE : Justement, l'homosexualité du garçon, son désir de porter fruit est un désir dans le culturel, dans le compagnonnage et dans le construire d'un couple. Ils ont envie de construire le couple.

L'ÉTRANGER : Et qui n'aura pas un enfant vivant.

LA PRATICIENNE : Oui, mais il n'y a qu'un enfant vivant qui apporte la surprise, un beau jour, la surprise qui, face à cette intrusion du réel dans leur train-train programmé sans enfant, oblige chacun, provoque l'homme et la femme à résoudre la question de leur désir. L'enfant qu'annonce un retard de règles chez la femme, cela n'a rien à voir quant au désir questionné avec un gain soudain à la loterie ou une réussite en affaires. Il reste à un niveau non supposable tant qu'il n'était pas biologiquement là.

L'ÉTRANGER : J'ai envie de dire qu'on n'a pas besoin d'être homosexuel pour faire une affaire ensemble.

LA PRATICIENNE : Non, mais c'est tout de même de l'ordre sexuel indifférencié de faire une affaire ensemble, une œuvre culturelle à deux partenaires. C'est la part non génitale qui se vit à un âge génital, parce qu'on ne fait pas ça avant d'avoir atteint inconsciemment dans sa libido le niveau de la génitalité.

C'est la part qui peut se faire en société qui n'est pas une subjectivité, un homme, une femme, qui ne reproduit pas la vie, mais qui est au service de la vie — ou au service de la mort parce que des sociétés de terroristes comme la bande à Baader, c'est tout de même des sociétés au service de la mort, et c'est une expression libidinale d'idéaux pour lesquels les partenaires associés sont prêts à risquer leur vie. Ils y croient !

L'ÉTRANGER : Qui sont passés aussi dans des actes héroïques.

LA PRATICIENNE : Dans des actes d'abnégation. Ce n'est pas toujours héroïque. Je ne crois pas qu'on puisse appeler « héroïque » quelque chose qui nuit à la société.

L'ÉTRANGER : Tu as raison. Ce sont des actes d'abnégation, de suicide. Je pensais « héroïque », parce qu'ils sont sans doute héroïques pour leurs compagnons...

LA PRATICIENNE : Des actes suicidaires sacrificiels. Comme ces femmes libanaises qui faisaient partie des commandos-suicide et qui avaient donné des interviews à la télévision avant d'agir, avant de se suicider avec un engin explosif sur un objectif militaire.

Là c'était au nom d'une religion. Je crois que ce qui mène le plus les humains, c'est l'idéologie.

L'ÉTRANGER : Mais, pour en revenir aux homosexuels, la jeune femme homosexuelle, comment vit-elle cette mécanique ?

LA PRATICIENNE : Je cherche toujours une mère dans un homme ou dans une femme. Beaucoup de femmes sont homosexuelles, tout en étant mariées avec des hommes. Je crois que l'homosexualité chez la femme se vit dans la vie hétérosexuelle. Le conjoint, concubin ou mari, prend souvent la place de la mère de la femme, dans la relation d'amour et de dépendance. C'est beaucoup plus difficile à l'homme de vivre son homosexualité avec les femmes, tandis que les femmes peuvent vivre leur homosexualité passive avec des personnes des deux sexes ; si elles sont phalliques, actives homosexuelles, c'est-à-dire frigides avec les hommes, elles peuvent tolérer le compagnonnage au lit, pour elles sans charme, en échange de l'autorité que l'homme ne leur dispute pas au foyer ni vis-à-vis des enfants.

Celles qui jouent les mecs c'est dans la relation mimétique au père de leur enfance, c'est la conséquence de l'idéalisation du père qui, lui, était tellement prêt à désirer sa fille qu'elle a prudemment renoncé à la sensualité de fille en jouant le rôle neutre, comme si elle était le fils de son père resté attaché à lui et non la fille attirée par les garçons.

LA NÉGRESSE VERTE : J'ai connu beaucoup de couples homosexuels de femmes et il y a, comme tu disais à propos des concubins, toutes les atrocités qu'on peut trouver dans le vaudeville du couple normal, multiplié par cinq, par dix.

LA PRATICIENNE : Mais plus chez les femmes que chez les hommes ? Moi, je croyais que c'était chez les hommes, chez ceux qu'on appelle les « folles ». Pourquoi, entre eux les appelle-t-on des «folles»? On ne dit pas ça des femmes homosexuelles.

LA NÉGRESSE VERTE : Peut-être parce que ce sont des féminités folles, exagérées.

LA PRATICIENNE : Mais il y en a qui sont très virils parmi les homosexuels. Le mâle, celui qui joue le rôle actif.

L'ÉTRANGER : Exactement. Du temps où je baignais dans tout ce milieu, j'ai vu un film sur les homosexuels à New York. Les relations sexuelles des hommes, au cinéma, étaient beaucoup plus impressionnantes que dans un film porno hétérosexuel. La virilité des mâles était tellement exagérée, allant même jusqu'à l'introduction de l'avant-bras...

LA PRATICIENNE : Dans l'anus, oui.

L'ÉTRANGER : C'est peut-être pour ça qu'on les appelle les «folles». Ils poussent au-delà des limites. Dans les deux sens. C'est comme une drogue.

LA NÉGRESSE VERTE : Les mâles sont mâles jusqu'au ridicule, parce qu'ils doivent absolument se former des biceps.

LA PRATICIENNE : Oui, des biceps et des pectoraux qui ont d'ailleurs l'air de gros nichons.

LA NÉGRESSE VERTE : Tout à fait. Ce sont des mous, des gens qui ne souffrent pas la douleur. Ils sont seulement baraqués, ils craquent à la souffrance. Ceux qui jouent le rôle de femmes sont des femmes à outrance.

J'ai rencontré un travesti célèbre, Marie-France. Marie-France à L'Alcazar faisait Marilyn. Une féminité immédiate, une réussite. Qui paraissait authentique. Et «plus» qu'authentique : la chaleur de la main, un je ne sais pas quoi, j'ai failli me laisser prendre.

LA PRATICIENNE : C'était peut-être quelqu'un d'extrêmement structuré, de féminin valeureux, depuis son enfance.

L'ÉTRANGER : Sûrement. C'était étonnant, c'était trop, c'était au-delà. Une femme « réelle » ne serait pas aussi forte…

LA PRATICIENNE : Mais tout de même l'enfantement leur manque, la descendance leur manque.

LA NÉGRESSE VERTE : Ils en parlent. Ils aimeraient adopter un enfant. Ils parlent d'adoption. Il y a eu même une espèce de challenge qui a été lancé dans le milieu homosexuel international, un prix assez énorme, à celui qui le premier donnerait naissance à un enfant…

LA PRATICIENNE : Jean Rostand[56] recevait des tas de lettres demandant si ce ne serait pas possible de mettre maintenant un fœtus à se développer jusqu'à terme dans le péritoine d'un homme.

L'ÉTRANGER : C'était à quelle époque ?

LA PRATICIENNE : C'était avant la mort de Jean Rostand il y a dix ans. Lui, qui était scientifique, ne voulait pas considérer cette question sur le plan moral mais scientifique. Il répondait à ces lettres qu'il ne voyait pas encore l'époque où on pourrait se passer des hormones femelles. Quant au nidage d'un fœtus dans un péritoine, jusqu'à son terme, que ce soit d'une femme déjà, il ne voyait pas ça possible, encore moins d'un homme sans doute. On ne pouvait pas actuellement se passer d'utérus pour le développement d'un fœtus. Il répondait à ces hommes et à ces femmes très sérieusement.

L'ÉTRANGER : À propos de la solitude des êtres, parmi les homosexuels, j'ai rencontré probablement les personnes les plus solitaires, pas par goût. C'est un type de relations qui les plongent chacun dans son coin. Les rencontres entre eux sont souvent très éphémères et très frileuses. Je ne parle pas des couples. Très éphémères, comme une goutte d'eau et une goutte d'huile qui passaient l'une à côté de l'autre, qui se touchaient et qui ne donnaient rien. J'ai notamment un ami que j'aime beaucoup, qui écrit très bien...

LA PRATICIENNE : Il a tout de même la littérature.

L'ÉTRANGER : Il est malheureux de sa solitude ! Il n'y arrive pas. Et ce ne sont pas les endroits de communauté homosexuelle qui manquent...

LA PRATICIENNE : Oui, pour le corps, pas pour le cœur. C'est dans son cœur qu'il est solitaire. Il trouve des jouissances physiques dans le corps à corps, mais il ne trouve pas le compagnonnage de cœur à cœur.

L'ÉTRANGER : Ça me fait penser à ce que tu disais : cette dynamique de vie profonde, le désir de télescoper la vie, qui n'est pas reconnue dans le langage, et surtout dans le langage marqué par l'idéologie de la mort. Sans doute, profondément, il doit leur manquer cette dynamique de la vie, le but omniprésent de la vie. C'est ce qui fait le vide, peut-être dans leurs relations.

LA PRATICIENNE : Je ne crois pas que ça s'améliorerait si la société les acceptait totalement, ce qui va probablement se passer de plus en plus, puisqu'il vaut mieux que les couples ne fassent pas d'enfants. Donc, l'idéologie du non-enfantement peut faire que l'homosexualité ne soit plus du tout vue comme péjorative par personne. On peut même penser : ils ont bien de la chance, ceux-là ! Au contraire, ils ont bien de la chance de ne pas avoir le risque du désir d'enfant. Donc, ce serait plutôt des gens qui seraient vus comme avantagés par rapport aux hétérosexuels. Et pourtant, je crois que les homosexuels sont toujours plus dans la détresse que les autres.

En Angleterre, l'Église (certains groupes protestants) bénit leur couple. Mais pas la loi. En France, il y a paraît-il un prêtre qui bénit les couples homosexuels, qui est témoin qu'ils se promettent confiance l'un à l'autre et qu'ils veulent rester en couple toute la vie. C'est la même chose que la bénédiction nuptiale, sauf que, dans le cas d'homosexuels, on ne parle pas de sacrement de mariage. Mais qu'est-ce qu'on en sait ? La bénédiction, n'est-ce pas en cela que consiste le mariage religieux ? Le mariage au point de vue sacrement, comme on dit dans l'Église, personne ne sait qui l'a reçu, qui l'a donné, puisque c'est chacun des conjoints qui donne ce sacrement à l'autre, s'il est sincère à cet autre, qui sincèrement le reçoit et qui, de son propre désir, le donne à l'autre devant Dieu.

Bref, c'est un sacrement si c'est dans la pleine liberté et la sincérité du don de soi à l'autre. Si bien que des gens qui se sont unis sexuellement devant Dieu dans le Vercors, par exemple, au cours de la Résistance entre 41 et 44, qui ont eu ou non un enfant, ou qui se sont mariés légalement seulement, qui ont eu un enfant et qui étaient des gens chrétiens, pas mal d'entre eux ont été inscrits après la fin de la guerre sur les registres de leur église : « Un Tel et Une Telle se sont mariés en 1942 devant tel et tel témoin. » On l'a consigné en 1946 dans l'église de leur domicile conjugal. Pour l'Église, le sacrement ne coïncide pas toujours avec la bénédiction nuptiale et l'inscription sur les registres. Il suffit d'un ou deux témoins qui affirment que le couple s'est formé tel jour à tel endroit où les deux conjoints ont échangé leur parole publiquement. « Oui, je m'engage pour la vie avec telle personne pour le meilleur et pour le pire et en vue d'enfants à élever, s'il nous en naît. »

Mais, comme il n'y a pas d'enfants dans les couples homosexuels, enfants vivants, je ne pense pas que l'État puisse officiellement constituer une cellule familiale avec des homosexuels, hommes ou femmes ; l'Église, oui, puisque les églises sont pour des âmes plus que pour des corps.

Cependant, on donne des enfants à élever, à adopter même aux couples de femmes homosexuelles. On donne des enfants à adopter à des femmes célibataires dont on doit bien savoir qu'elles vivent en couple avec une autre femme. Je ne sais pas si on en donne à des hommes vivant ensemble, sans femmes.

Mais un homme célibataire doit pouvoir adopter. Cocteau était célibataire et il a adopté un fils. Le fils qu'il a adopté et qu'on connaît, il l'a reconnu comme son héritier. Et il ne lui est rien au point de vue génétique. Je ne sais pas du tout pourquoi il a adopté cet homme. Il y a sûrement une raison que d'autres connaissent.

Mais, enfin, il y a des couples homosexuels qui ont un sens d'œuvre en commun, qui ont tenu et se sont montrés fidèles et fertiles culturellement sinon féconds physiquement.

L'ÉTRANGER : Qui ont tenu par beaucoup de choses, par une communauté d'idéaux, de pensées, de travail. Et d'intérêts, aussi. Pour ce qui est de ce système d'entraide, il y a dans le milieu intellectuel — peut-être moins maintenant — un réseau d'entraide homosexuelle qui est très fort.

LA PRATICIENNE : Mais pas spécialement chez nous. Je crois que ça a été dans toutes les civilisations, dans toutes les sociétés, puisque la culture est certainement basée sur des pulsions homosexuelles.

L'Église, par exemple, tient sa valeur de l'homosexualité. Il est certain qu'une Mère Teresa ne serait pas Mère Teresa si elle n'avait pas vécu dans un milieu homosexuel et sans aucun contact charnel avec un homme. C'est une sublimation, pour celles qui en sont capables et qui n'en font pas des idées obsessionnelles et des hallucinations. C'est vraiment le don de soi à l'œuvre des hommes, à la vie, puisqu'on n'a pas engendré de vivants soi-même. C'est un grand renoncement, une castration symbolique, doit-on dire en jargon psychanalytique.

Et je pense que tous les homosexuels ont renoncé, consciemment ou inconsciemment, aux joies de l'hétérosexualité qu'ils ne connaîtront pas, qu'ils ne veulent pas connaître peut-être, mais, quelles que soient les raisons, je les vois comme des sacrifiés.

L'ÉTRANGER : On est partis de cette idée de la rencontre de la fécondité. Donc, on revient tout à fait à la mécanique « normale », si on peut dire : « Là encore, c'est-à-dire la rencontre d'une fécondité possible, épreuve terrible du fait du désir d'un être de chair dont il ne voudrait pas d'enfant à sa ressemblance mêlée à la sienne propre. »

LA PRATICIENNE : Je n'ai pas compris.

L'ÉTRANGER : Eh bien, moi non plus. « Une épreuve terrible »... du fait du désir. Par exemple, l'homme peut-il avoir le désir d'un être de chair et douter, ne pas savoir s'il voudrait un enfant de cette chair ?

LA PRATICIENNE : Je crois qu'il ne sait pas. La femme veut un enfant et, « moi », dit l'homme, « non, je n'ai pas envie d'un enfant. Je t'aime, toi, et un enfant, cela te retirerait à moi ». Pour l'homme qui aime une femme, *a priori*, très souvent l'enfant est un intrus entre eux, et pour une femme qui aime un homme, l'enfant est un présent et non un intrus : il est une représentation plus durable de l'homme pour elle, tandis que, pour l'homme, il n'est pas en général, *a priori*, une représentation de la femme plus durable ; il est un tiers qui risque de l'exclure, qui soustrait des potentialités de la femme jusque-là orientées vers lui.

L'ÉTRANGER : Tu disais que ce qui compte pour l'homme c'est la durée.

LA PRATICIENNE : ... tandis que la femme, c'est la durée de son amour de lui pour elle-même.

L'ÉTRANGER : Donc, c'est en ça qu'on pourrait dire que les hommes sont autrement égoïstes.

LA PRATICIENNE : Oui, c'est pour ça que les femmes disent : « Les hommes sont égoïstes. » Elles disent ça, mais elles le sont autrement. Les femmes ont douze ovules par an. Mettons quinze à vingt. Les hommes, eux, ont des milliers de spermatozoïdes par décharge. Tu vois la différence ! Alors, en effet, pour la femme, c'est quelque chose à soigner : sa potentielle fécondabilité. Il n'y en a pas tant que ça. L'homme, il gâche. Il est égoïste en ce sens qu'il agit pour lui. La fécondité n'a pas la valeur qu'elle a pour la femme.

Chaque fois que je vois (même dans les westerns,

où je sais que ce n'est pas vrai) qu'un homme en tue un autre, je me dis : « Ça a été tant de travail pour les femmes qu'un homme en soit arrivé à cet âge-là... Et tout de même ! un coup de fusil, il n'y a plus rien, et les hommes sont fiers d'eux. C'est là qu'ils font du gâchis de vies, mais de vies faites, pas de vies potentielles comme leur semence. » Quand je vois tous ces meurtres, je trouve ça abominable. La vie, ça demande tant de soins, d'amour pour que ça arrive à vingt ans, et puis voilà, c'est tué « pour rien » ou presque, des motifs futiles. Ça, c'est les hommes. Les femmes, si elles sont sadiques — et elles peuvent l'être — c'est pour quelque chose ; elles ne tuent pas sans beaucoup de raisons.

Un homme tue sans se poser des questions métaphysiques — enfin qui ont l'air métaphysique pour l'homme — mais, pour la femme, c'est vraiment à ses tripes que ça pose une insupportable question ; ce n'est pas métaphysique. Quand une femme tue, il faut vraiment que ce soit pour un motif passionnel vital pour elle, ou alors pour une idéologie d'une puissance extraordinaire.

Pour un homme une I.V.G., ce n'est rien. Pour une femme, c'est très important. Un homme qui dit à sa femme : « Écoute, non, tu vas te faire une I.V.G. », il dit ça sans même discuter et puis c'est tout. Il n'y pense même plus. Le drame que ça fait chez une femme qu'on n'en ait même pas parlé deux soirées de suite ! « J'ai dit ça et puis c'est fini. Et puis quoi ? Tu ne l'as pas encore fait ? Dépêche-toi. Prends ton rendez-vous. Tu n'as que jusqu'à la sixième semaine. Mais enfin ! » Il ne veut même pas en parler. « J'ai dit non, c'est non. » Et puis, c'est tout. L'enfant est appréhendé sous l'aspect d'un embarras, d'une complication budgétaire. C'est économique, ce n'est rien. C'est un acte qui n'avait d'importance que si la loi compliquait la suite. Mais maintenant! C'est une éjaculation annulée qu'il n'aurait pas faite dans la femme. Je crois que c'est quelque chose qui bien souvent n'a plus de valeur pour lui. Et ça ne veut pas dire qu'il n'aime pas sa femme. Il ne comprend pas du tout. Il ne comprend pas que, pour elle, même si raisonnablement elle sait qu'il faut arriver à décider une I.V.G., étant donné leur vie, les enfants qu'ils ont déjà, leurs charges, elle a besoin de temps pour se décider. Il faut qu'on en parle et qu'il comprenne que c'est une souffrance qu'elle accepte pour eux deux comme la moins mauvaise réponse à la demande de vivre de ce nouvel être humain. C'est pour elle la réponse nécessaire et malheureuse d'une gestion raisonnable et, consciente responsable de sa famille, de leur budget, des énergies disponibles de leur libido et de leur budget. Mais ça ne peut pas se faire comme ça. Ce n'est pas possible pour une femme. Et celles qui le font, ce sont des petites dindes qui croient jouer à la femme libérée. Ce sont des petites dindes mais pas encore des femmes.

La femme est un être métaphysique.

LA NÉGRESSE VERTE : Et pas l'homme ?

LA PRATICIENNE : Non. L'homme l'est par ascèse, par éducation, et rarement spontanément.

LE MAINATE : Il faut beaucoup plus de travail pour l'homme. On a posé la question à notre grand maître de karaté : « Mais pourquoi les femmes, dans le temps, chez les Japonais, n'étaient pas admises dans les arts martiaux ? » Il nous a regardés et a ri. « Mais, c'est clair. Parce que les femmes sont trop fortes. Les hommes ne veulent pas que les femmes passent par les arts martiaux!» L'homme a besoin des arts martiaux pour arriver à une sensibilité que la femme a déjà. Et ça, les Japonais l'ont bien compris. D'où cette attitude des Japonais par rapport à la femme qui paraît...

LA PRATICIENNE : Oui, qui paraît machiste...

LE MAINATE : ... est en réalité la peur que l'homme a de la femme.

LA PRATICIENNE : Je crois que c'est partout comme ça.

LA NÉGRESSE VERTE : Mais, chez les Japonais, c'est codifié. La femme doit rester à sa place, et surtout ne pas passer par cette éducation des arts martiaux, qui est une éducation métaphysique du corps.

J'ai vu un film japonais, il y a peut-être quinze, vingt ans, qui s'appelait *La femme des sables*. Cela se passe sur une île, au Japon, sur une plage. Il y a quelqu'un, un citadin, qui cherche des insectes. Éclate un orage. Il s'est perdu et il n'a pas un endroit où s'abriter. Alors, un paysan lui dit : «Venez. Je vais vous emmener à mon village.» Il l'emmène à son village, au milieu d'un désert balayé par les vents. C'était des entonnoirs dans le sable, et chaque maison était dans un entonnoir. On ne pouvait sortir de l'entonnoir qu'avec une longue échelle. Il le fait descendre de nuit dans un entonnoir où il y avait une femme. Seule. C'était un piège parce que cette femme était veuve, et le village voulait lui donner un homme. Je ne te raconte pas la suite. Tu peux l'imaginer. C'est le combat de cet homme pour sortir du piège.

LA PRATICIENNE : Du désir de la femme.

LA NÉGRESSE VERTE : Désir qui est insurmontable, des sables mouvants organisés en entonnoirs. Physiquement, il faut des échelles. Il ne peut pas sortir de là. C'est là qu'il rencontre l'amour et ça se termine dans une scène d'un érotisme puissant, désespéré.

Je pensais à ça à propos de la puissance, de la force de la femme.

Sciences et techniques de l'homme : éloge de l'imaginaire

La médecine, née de l'observation empirique des effets des poisons, des principes naturels contenus dans les minéraux, les plantes, les eaux qui provoquent des troubles de santé, les soulagent, ou les guérissent est, avec la méthode expérimentale, devenue déterministe, tout en découvrant que le corps de l'homme est comme celui d'un mammifère d'une espèce particulière.

Les sciences fondamentales et la biologie, pour lesquelles les animaux paient un tel tribut de souffrance, ont fait perdre à l'orgueil de l'homme ce qu'il croyait être — ses émotions, sa volonté, son intelligence — le fait d'un esprit divin qui habiterait son corps.

La modification totale des processus idéatoires, émotionnels, moteurs ou comportementaux de l'animal par des atteintes expérimentales de ses nerfs, de son encéphale, du fonctionnement de ses glandes endocrines a ouvert la porte à la thérapeutique moderne et à l'étude physico-chimique expérimentale des modificateurs de «l'humeur», et a fait perdre encore du terrain à ceux qui voyaient dans la moralité, le caractère et la santé, une ques-

tion d'âme, distincte d'un organisme soi-disant animal.

La chirurgie, d'abord thérapeutique, contondante, agressive et topique, après accidents et blessures, puis avec l'asepsie et l'antiseptie, les antibiotiques et l'adjuvant des processus de réparation naturelle des amputations squeletto-musculaires, est devenue quotidiennement mutilatrice avec succès pour la survie de l'individu, puis avec l'orthopédie et les prothèses, supplétive aux dysfonctionnements et récupératrice des fonctions perceptives et mécaniques de l'homme. Avec les greffes de peau, d'os, de muscles, de vaisseaux, elle en est avec le rein, et après avec le cœur artificiel, à la transplantation d'organes d'homme à homme.

Alors que le fléau des maladies contagieuses épidémiques décimait régulièrement les populations et les précipitait dans les églises pour prier, l'originalité première des travaux de Pasteur et les progrès de l'optique avec le microscope, ont permis de découvrir les infiniment petits responsables des maladies, et de fabriquer, après les sérums, des vaccins nés de la découverte de processus spontanés de lutte de l'organisme contre les micro-organismes. Les découvertes de la biologie avec les antibiotiques, de la chimie avec les sulfamides et ses dérivés ont encore ajouté à la possibilité, pour l'homme moderne, de soutenir la lutte de son corps contre la maladie et d'entretenir sa vie au-delà de ce qui, sans cela, entraînerait sa mort. Maintenant, l'âge moyen de la vie avançant, la gérontologie qui permet à des personnes âgées non pas de ne pas mourir, mais de vivre valides, de prolonger le bien-être, le plaisir et l'activité du corps, n'est certes pas rien.

L'ethnologie a ouvert la voie de la compréhen-

sion des processus idéatoires et émotionnels tant de l'individu que de son insertion cohésive dans le groupe, impossible à disjoindre de l'interprétation qu'il donne à l'existence de son espèce dans l'ensemble de la création.

La relativité de la réalité s'est imposée.

La symbolisation, processus de communication par le langage, s'est avérée fonction de cohésion civilisatrice, mais aussi processus de babelisation et de discorde entre les individus et entre les groupes ethniques et linguistiques différents.

L'imagination, processus de lutte contre toutes les impuissances de l'âge technologique, se montre à l'origine de toutes les formes de créativité — donc structurante et «cohésive» de créativités — de désirs contradictoires aux lois de la réalité connue qui les rendent, quoique irréalisables, représentables et communicables, soutenant la justification du désir de transgression du possible et provoquant par la communication des imaginaires, apaisement, stimulation, excitation des désirs d'autres formes d'intelligence jusqu'à rendre réalisable technologiquement — grâce aux découvertes de maîtrise de la réalité — ce qui n'était auparavant qu'affabulation.

La psychanalyse — étude du rôle provocateur de la seule présence d'un autre non intervenant — a permis de comprendre le processus du langage à l'œuvre fonctionnellement dans cet être de désir inconscient qu'est l'homme. La découverte du transfert et son étude analytique à distance de l'interprétation des désirs a également permis de comprendre le rôle structurant indélébile, muet et langagier des premières années de la vie, des articulations signifiantes responsables de l'adaptation fixée ou ouverte dans l'adaptabilité au jeu de la relativité de la réa-

lité, au libre consentement à l'imaginaire ou à son inhibition, à la mouvance vitalisante ou à la fixité mortifère de la fonction symbolique.

C'est actuellement au mystère des paroles, à l'ambiguïté du sens qu'elles médiatisent pour chacun de nous quand il pense, parle, écoute ou lit, et au pouvoir de résonance vitalisante ou mortifère à ces énergies désirantes que sont les paroles que la science linguistique se confronte.

La psychologie a découvert des attractions utilitaires ou sexuelles. Après la sociologie, à l'étude de la formation des groupes par association rédhibitoire, se confrontent des interactions individuelles émotionnelles. Elles renvoient au-delà ce qui dans la structure individuelle s'apparente au désir archaïque. Celui-ci provoque entre individus des affinités en résonance avec les premières fixations du désir ou des attractions inattendues autour de la semblance corporelle, visagière et vocale de nos premières relations langagières de la petite enfance, qui ont marqué nos a priori *affins ou non, dans toute rencontre sociale, et constitué un soubassement aux motivations raisonnées qui sont des motivations inconscientes dans lesquelles la puissance du désir inconscient décuple ou interdit le libre jeu du désir conscient, celui-ci, au service de la survie des groupes, contredisant souvent le désir de survivre individuel.*

Ici encore, solitude et communication, processus d'individuation et processus de covivance entre l'individu et son environnement, processus de communication émotionnelle et langagière, processus de survie, montrent la complexité des contradictions internes qui font la résultante comportementale des masses et des individus, le désir coexistant à l'être chez l'homme le menant croit-il où il sait, en fait où il ne sait pas...

N'est pas fou, n'est pas névrosé, n'est pas malade, n'est pas délinquant, n'est pas débile mental, n'est pas génial, n'est pas criminel qui veut l'être... Et pourtant, qui y consent plutôt que de rester seul, plutôt que de mourir, l'est. Et au nom de quoi jugerait-on l'autre de son choix, le jour où il le fait et qui même se jugerait soi-même ?

Freud a découvert et nommé psychanalyse l'étude de la dynamique du désir inconscient sexuel, à l'œuvre chez l'être humain, de l'oral au génital, et de ses avatars, mutations des interdits en symbolisations langagières.

Cette dynamique du désir inconscient est à l'œuvre toute la vie chez l'être humain, depuis l'instant où elle inaugure, encore invisible dans la réalité, un être de langage qui entre dans la dimension du temps, en symbiose avec un autre, et accomplit les énergies potentielles des cellules reproductrices de ceux qu'il a choisis pour parents. Les ratés de la symbolisation du désir non accompli créent chez l'être humain, dans la vie rationnelle les malentendus de la communication et le font retourner à la solitude, épreuve pour le désir qu'il éprouve en fantasme d'impuissance surajouté à son impuissance réelle.

Durant le temps de sa vie fœtale, en symbiose avec sa génitrice, il développe les promesses d'un corps encore non individualisable qui, allant vers un devenir masculin ou féminin, charnalise cette dynamique au jour le jour, entré qu'il est dans la dimension du temps par son métabolisme : adjonction, disjonction, absorption, élimination des éléments constitutifs de sa chair.

Simultanément, les émois de sa mère, dans leurs variances, informent de façon subtile et prélangagière le mode de sensibilité de ce corps, destiné à croître puis à reproduire. Le terme de sa vie fœtale brise son lien de covivance symbiotique. La naissance qui l'introduit à l'espace le sépare de celle qu'il rend mère et le rend dépendant de qui lui assure moyens de survie individuée. Suit une longue covivance assistée, tant dans la matérialité substantielle des échanges corporels que dans la subtilité des échanges sensoriels, qui l'initient aux langages de la vie de relation au monde.

La vie de relation de l'individu avec le monde développe ses potentialités génétiques en son corps soumis à la constante de l'espèce par son schéma corporel. Son fonctionnement organique est entretenu par les échanges substantiels auxquels sa croissance impose évolution et mutations de ses besoins, de l'enfance à sa maturité, la disparition de certaines caractéristiques de ses fonctionnements faisant place à l'apparition de comportements spécifiques de l'espèce. Sa croissance achevée, il assure la pérennité de l'espèce par l'attraction sexuelle des individus pour la rencontre de leurs organes reproducteurs.

Simultanément, la fonction symbolique, conjointe à la mémoire inconsciente, élabore en langage les variations des échanges subtils. Celles-ci festonnent d'émois affectifs les perceptions sensorielles de communication et de rupture de communication de l'individu avec les autres dans la réalité des rencontres, que symbolise le langage en joies et peines interrelationnelles, les variances plaisir et déplaisir du corps croisant les caractéristiques du sujet aux sensations d'individu. Ainsi se constitue un réseau de son corps au monde, un réseau articulé de rencontres synchroniques et diachroniques dans l'espace tangentiel qui métaphorise en langage les variantes de ces perceptions et informe la dynamique de son désir de sujet du plaisir et déplaisir éprouvé.

Souvenirs et anticipations de rencontres distantes ou proximales des limites de son corps dans ses échanges vitalisants, se constituent en images olfactives, gustatives, visuelles, reliées ou non entre elles, qui constituent un champ de réalité — celui où tous les individus s'accordent sur leurs perceptions et leur langage — et un champ de l'imaginaire, dans le même temps et le même espace, où chacun diffère selon son capital génétique solitaire. Un sujet de langage se discrimine ainsi conjoint aux expériences de l'individu séparé des autres — solitude — ou en situation de rencontre et de communication substantielle ou subtile avec les autres. Un système symbolique se crée et programme dans la mémoire de chacun, en code signifiant, à la fois l'aise et le malaise de son organisme et le plaisir et le déplaisir auquel la dynamique de son désir est soumise, dans les rencontres et les séparations de communications substantielles et subtiles. Restées en sa mémoire en fantasmes, elles organisent et créent le sujet symbolique de son histoire relationnelle. Sur ce réseau imaginaire co-charnel, la mémoire anticipatrice guide la dynamique du désir à la recherche d'une répétition conforme au fonctionnement des besoins du corps de l'individu de l'espèce. La satisfaction répétitive de ces besoins ne donne pas satisfaction au sujet du désir, la perception du plaisir ne peut pas se fixer si une variante nouvelle de perception n'y ajoute pas un élément de surprise, signifié à ses sens par la réalité, différant en quelque chose de ses fantasmes, ce qui stimule sa fonction symbolique à lier cette découverte dans le temps du ressenti de son corps à une perception subtile dans l'espace, simultanément perçue. Cette rencontre synchronique constitue un signifié qui donne signifiance au désir, lui donnant un repère de fiabilité pour ce nouveau sens qui guide le sujet à en conserver souvenir en fantasme et à tendre à nouveau vers sa retrouvaille dans la réalité. Ainsi de fantasme de rencontre en réalité nouvelle à chaque rencontre, le réseau des signifiants symbolise au sujet à la fois le ressenti de son corps individualisé dont il découvre les potentialités ignorées, et les autres avec lesquels il développe un réseau de langage.

Reprenons le petit humain dépendant de sa mère au moment où, nourri et bien soigné, inclus dans la vie familiale, pour lui sécurité, il est encore sans parler, sans se mouvoir de façon autonome, désireux plus que tout de relations, aimant s'endormir et se réveiller en compagnie, le corps en bonne santé.

L'individu conforté éprouve la sécurité existentielle de son corps — en tant que continuum substantialisé dans sa masse et ses limites formelles — par la satisfaction répétitive des besoins fonctionnels de son organisme.

Simultanément, le sujet du désir, déjà inclus au langage par sa signifiance pour autrui qu'il connaît et reconnaît en quelque chose par la similitude de la perception subtile gardée en souvenir de ses rencontres aux instants de leur rupture, est au guet d'une retrouvaille dans la réalité, conforme aux fantasmes qui meublent sa solitude d'individu séparé.

L'objet de son désir à nouveau reconnu présent, il découvre une expérience sensorielle nouvelle qui nuance de façon différente son plaisir dans la rencontre et la modalité des échanges. Ce qui diffère informe le sujet de la réalité de l'impact sensoriel de l'autre sur sa sensibilité, en comparaison des fantasmes qu'il avait gardés de lui dans l'imaginaire solitaire qui soutenait la continuité de la dynamique de son désir. L'accord ou le désaccord de son désir au désir de l'autre, ainsi rencontré dans la réalité, associé aux perceptions du corps et au perçu subtil des sens, crée un nouveau signifié qui développe, co-charnalisé, le langage interrationnel de sujets désirants et constitue entre eux le champ du symbolique.

Ce langage, dans toutes ses modalités, organise un espace humanisé de désirants, à la recherche les uns des autres, qui, dans leurs accomplissements, se rencontrent ou se manquent. Ces réussites ou ces ratés sont des expériences où les valeurs de joies, de peines du fait de la fonction symbolique constamment entretenue chez l'être humain par la parole, enveloppent le champ de l'imaginaire et celui de la réalité. La réalité organise le champ des rencontres aussi bien d'individus de besoins que de sujets de désirs et beaucoup d'autres rencontres avec le monde existentiel, animé et inanimé, vivant ou inerte, cosmique et terrestre. Un code de valeur symbolique du possible et de l'impossible articule la réalité au temps et à l'espace des vivants, dans les limites de la conception qu'annonce leur naissance à ce champ et la corruption qui confirme leur mort à ce même champ, et, entre ces deux limites, l'articulé de ses formes et des fonctionnements d'individuation viable.

Ah, le désir de rester avec un corps entier, intègre ! Impossible prétention qui oblige l'homme à assu-

mer la perte de cette illusion et à se contenter quant à son corps, entre les deux limites du commencement et de la fin, de se savoir être de chair, chose dans la réalité, et jouir de ce que, faute de mieux, nous appelons la santé — le manger, le digérer, le mouvoir de l'articulé de nos formes et les fonctionnements autonomes de notre individuation viable. Bref, en ce corps nous contenter de sa réalité et de son possible plaisant, parce que toujours précaire.

Mais que ferions-nous sans le champ de l'imaginaire ? Car il organise, pour le temps désirant, le champ des fantasmes libéré des limites du possible et de l'impossible, du champ connu de la réalité pour la satisfaction de leur corps. L'imaginaire soutient la dynamique cohésive des vivants de besoins, soutient la dynamique du sujet aans la connaissance de son corps, objet nécessaire de sa conservation dans sa relation au monde, et soutient aussi la dynamique de son désir dans sa relation de langage qui articule son présent à son passé en devenir de souvenirs fantasmés, et à son futur en projets fantasmés.

L'imaginaire réfère le sujet par le temps à l'espace, par les fantasmes aux images du corps du sujet de désir et au schéma corporel de l'individu de l'espèce, pour l'affabuler dans le connu comme dans l'inconnu de ses plaisirs.

L'imaginaire soutient le sujet à fantasmer son passé, en souvenirs conformes ou non à la réalité, à fantasmer dans son présent des perceptions que la réalité ne donne pas à ressentir, à fantasmer en anticipation des projets conformes ou non aux lois de la réalité connues comme lois valant pour lui et les autres.

L'imaginaire, obéissant à la dynamique du désir

et pas seulement du besoin, entraîne chez le sujet des émois qui produisent des effets modificateurs dans son corps, lesquels entretiennent l'illusion d'une réalité objectivale absente, mais apportent plaisir-déplaisir, peines et joies référées à la relation symbolique que le sujet entretient avec son propre corps, seul objet présent de sa réalité dans la solitude.

Une symbolisation de ce langage intérieur fantasmatique vise à s'exprimer aux autres pour leur en faire partager les émois.

La réalité, faite d'expériences, de rencontres, se construit des effets produits par ces rencontres sur la viabilité, l'intégrité connue du corps dans sa totalité ou ses parties différemment informées de sensibilité et d'expériences que le langage avec les autres codifie en prudence et en interdits concernant l'impossible et le possible de la réalisation du désir.

L'imaginaire qui n'émarge pas à ces catégories objectives soutient la dynamique du désir du sujet à transgresser ces lois dites objectives et, en risquant son individualité dans des expériences que son désir lui fait fantasmer, il découvre en réussissant ou en échouant à confirmer ou infirmer, à son avantage, en plaisir ou aux dépens de son intégrité formelle ou fonctionnelle, les limites que la réalité impose ou non à son désir, selon ce qu'en disaient les autres.

C'est l'imaginaire qui incite l'individu à la transgression des lois de la réalité, jusque-là connue et symbolisée dans le langage entre les sujets désirants.

C'est toujours le désir qui rend audacieux l'homme qui découvre parfois comment reculer les limites du possible, par les moyens mêmes de cette réalité et non par la magie. Ainsi sont nées la technologie et la science où l'homme, en agissant par des moyens fantasmatiques, ne modifie que les fantasmes des hommes. Autrement dit, la technologie et la science modifient les conditions de la réalité.

C'est ce désir qui tout au long de notre vie avec les autres, se ressource dans l'échange, le partage, le don réciproque d'aide et d'espoir à nos impuissances, si grandes et si longues dans l'enfance et encore pendant toute notre vie. C'est dans l'enfance, si longue, que nous en faisons l'apprentissage. Ces impuissances de la condition humaine dans la réalité, humiliantes pour notre narcissisme, douloureuses parce que nous les ressentons comme manques (qui nous en a privé ?), castration (n'étions-nous pas entiers ?), et parce que, dans notre enfance, nous avions l'illusion de la toute-puissance de nos parents et nous interprétions les épreuves comme effets de leur désir à notre égard jaloux, rejetants, dévorants (ce que notre désir contaminé par fantasme des fonctionnements de notre corps pour son plaisir nous faisait croire le leur à notre égard) — désirant dans notre imaginaire le lait qui au sein se tarit. Quelle souffrance ! Mais le gosier peut appeler, la bouche parler ! Quelle puissance retrouvée !

Quand désirant, sans notre imaginaire, agir, commander notre mère qui à nos soins du siège s'empresse ; hélas, l'excrément est rare ! Mais nos mains se découvrent en prenant le relais du siège, font, manipulent, divisent, rassemblent et produisent. Quelle puissance retrouvée !

Quand découvrant notre sexe masculin ou féminin, pas les deux, pourquoi ? Qui a blessé certains d'entre nous et pourrait nous blesser ? Non, c'est la réalité, en grandissant les uns seront hommes, les autres femmes ! Ah ! devenir comme eux, tel est alors notre désir imaginaire. Survient alors le comment je suis né, qui m'a «fait»? Je veux être homme comme cet homme qui «te fait» des enfants, dit le fils, je veux te prendre et te garder, ma mère! Je veux être femme qui «fait et nourrit des enfants», je veux que tu me prennes et me gardes comme cette femme, mon père, dit la fille.

Désir actuel impossible dans la réalité. Qu'à cela ne tienne, plus tard! Non, jamais! Désir en sa source bafoué! Castration? éviscération? Sauvons notre peau. Gardons le corps à défaut du sexe, interdit par loi de parents. Soumettons-nous à ces maîtres. Peut-être nous livreront-ils leurs secrets de puissance. Ou bien révoltons-nous. Ils sont angoissés! Ont peur? C'est que nous sommes plus forts qu'eux. Ils ne sont pas tout-puissants. Vraiment difficile. Ils travaillent. Ils nous aiment. Ils nous protègent. Ils sont soumis à la même loi que nous. Aimons-les.

Le monde est là, ouvert à nos désirs, à nos ambitions. Apprenons comme ils l'ont fait.

À l'occasion des rencontres interrelationnelles entre humains, accordés dans leur langage, transparaît parfois à leur insu ce qui, sous-jacent au savoir, au penser, au travail, à ce qui est maîtrisé dans le dire, le faire, exprime ce que chacun de nous ignore et qui se donne de l'un à l'autre, grâce à une disponibilité de la communication suscitée par la rencontre en chacun de désirs jusque-là inconscients.

Ceux-ci, nonobstant l'inadéquation du langage qui exprime le conscient pour celui qui parle, tentent de se signifier. Si les sujets, suscités les uns par les autres dans ces désirs inconscients, se rencontrent dans leur accomplissement dont ensemble ils éprouvent jouissance, ils se connaissent ensemble renouvelés, ils ont découvert ensemble des potentia-

lités qu'ils ne savaient pas posséder, si bien qu'ils créent un lien de covivance tel qu'un nouveau signifiant, inventé par l'un, fait l'autre s'y accorder. Une création s'ajoute. Leur précédent langage témoigne de leur expérience dont il est métaphore, ce qui leur permet de la revivre à l'évocation de ce signifiant. Celui-ci, dorénavant, pour chacun seul, chacun pour l'autre et pour les autres, témoigne de leur alliance émotionnelle repérée au désir qui, précédemment inconscient, devenu par leur rencontre et par son signifiant, nouveau, témoigne non plus d'un fantasme de désir mais d'une réalité dorénavant dévoilée et consciente, dont ils peuvent communiquer par langage à ceux qui n'ont pas encore éprouvé cette réalité de la jouissance. Ce signifiant excite leur désir à en connaître le sens, à en éprouver les effets, puisque ceux qui les ont éprouvés paraissent en posséder un savoir qu'ils n'ont pas mais dont la fiabilité de plusieurs témoignages, concernant cet éprouvé par un même signifiant qui le symbolise, entraîne la conviction. C'est ainsi qu'une vérité, découverte dans le champ de la réalité et révélée par quelques-uns par le langage, est seulement admise par ceux qui n'en ont savoir que par ouï-dire — signifiant verbal — ou image dessinée, photographie — signifiants usuels — à condition que le sujet qui le rapporte soit crédible, c'est-à-dire que son dire et son agir répondent l'un de l'autre. C'est ce qui fait que dire : «J'en donne ma tête à couper», «Je le jure sur ce que j'ai de plus sacré», n'entraîne pas chez les autres la conviction de sa vérité dans la réalité.

C'est aussi pour cela qu'un fantasme, qui, par les émois dont il s'accompagne, met en danger le corps en tout ou en partie, prend pour celui qui l'élabore dans son imaginaire valeur de vérité, ce qui lui fait confondre le champ de l'imaginaire avec celui de la réalité, origine des névroses phobiques. C'est ainsi qu'un événement survenant dans la réalité qui semble la matérialisation, dans le temps et l'espace, d'un fantasme imaginaire, d'un désir interdit, traumatise le sujet par la confusion soudaine entre le champ du désir et celui de la réalité, ce qui bouleverse ses repères. Comme on dit : « Il n'en croit pas ses yeux », lorsque cette confusion apporte plaisir, il croit rêver, car l'impossible est devenu magiquement possible ; le déplaisir, il voudrait que ce soit un rêve, c'est-à-dire un éprouvé solitaire qui n'implique pas le signifiant vérité. S'il l'implique, il s'en prend à son corps en tout ou en partie. Œdipe se crève les yeux. Narcisse, déçu de ne rencontrer qu'Écho, alors qu'il cherchait réponse à son appel, cherche complément à son manque...

Bébés paranoïaques

L'ÉTRANGER : Donc, cet homme-là, dont nous parlions, rencontre une femme, il ne sait pas s'il veut un enfant d'elle.

LA PRATICIENNE : Oui, il lutte contre elle qui veut un enfant de lui.

L'ÉTRANGER : Oui. Et si l'enfant naît, tu dis qu'il ne pourra pas être aimé, ne pourra recevoir la parole donnée.

LA PRATICIENNE : Oui ! Il saura qu'il n'est pas né de deux paroles croisées. Il est né d'une demande de la mère au corps du père, ce corps lui a donné l'opportunité de naître, le corps a dit oui, mais la conscience du père et le cœur du père n'ont pas parlé.

L'ÉTRANGER : Donc, l'enfant, le bébé, le nourrisson, c'est le sujet qui a dû s'assumer dans un manque de désir paternel.

LA PRATICIENNE : C'est lui qui a voulu naître et il se sent coupable de s'être imposé à la femme, alors que le père a seulement laissé les choses se faire. Il doit ressentir aussitôt sa solitude par rapport à ses parents. Il naît avec la solitude dans l'âme.

L'ÉTRANGER : « Quand il y a vrai amour, le problème posé est vite résolu. Sinon, l'idée d'avoir été la conséquence d'un moment désavoué. »

LA PRATICIENNE : Je me souviens du cas très étrange d'un enfant qui a été donné — enfin, qui a été le fruit volontaire d'un homme à sa femme, laquelle ne voulait pas d'enfant[57]. Ils étaient mariés mais elle ne voulait pas d'enfant. Peut-être avait-elle peur pour sa vie ? Comme elle ne voulait pas d'enfants, ils étaient amants, elle ne voulait pas se marier avec lui car lui disait en désirer. Les deux familles étaient au courant que ce couple vivait ensemble depuis quatre ans et que cette femme était amoureuse de cet homme et réciproquement. L'« accident » est arrivé ! Et elle l'a haï du moment où elle a été enceinte. Ça a été un enfer entre eux. J'ai vu cet enfant quand il avait six ans, alors qu'elle venait d'en avoir un second. Cette femme m'a raconté que pendant toute sa grossesse, sa haine était à un niveau fantastique. À ses yeux, cet homme l'avait trompée ; elle disait même « violée » ! Il lui avait promis qu'il ne lui ferait pas d'enfant et il lui en avait fait un. Ils avaient des rapports sexuels très fréquents. Elle avait des orgasmes, elle n'était pas frigide, mais elle ne voulait pas d'enfant. Quand elle s'est vue enceinte, elle a vécu cette grossesse (c'était avant la dépénalisation de l'avortement) dans la haine pour son mari et pour ce fœtus. Le père, lui, était très content du coup et les deux familles aussi. Elle était obligée de l'épouser ! Et en effet, elle l'a épousé en disant : « Le jour de la naissance, je laisserai l'enfant à l'hôpital, je ne rentrerai pas chez "toi" » (alors qu'ils vivaient chez eux déjà depuis plusieurs années) « je divorcerai le jour de la naissance. Je te laisse l'enfant. » Avant d'accoucher, elle a redit sa décision. Et puis elle a accouché et elle a été dans une telle jubilation, une telle jouissance d'amour, qu'elle n'avait jamais éprouvé autant d'attachement et de reconnaissance à cet homme, son amant devenu son mari, de la joie d'être mère de cet enfant.

Mais voilà : cet enfant criait chaque fois qu'elle le prenait; il se calmait quand elle le nourrissait — elle l'a nourri au sein, mais jamais elle n'a pu l'embrasser : il hurlait dès qu'elle l'embrassait. C'est très curieux. Et moi, je l'ai vu parce que, quand il avait cinq ans et demi, la maîtresse a parlé avec cette mère, car elle était très étonnée des dessins que faisait cet enfant et en même temps d'apprendre alors de la maman qu'il n'avait jamais accepté d'être embrassé ni de l'embrasser, qu'il n'avait jamais un moment de câlins, de douceur, comme les enfants en ont. Elle disait que cet enfant en intelligence, en maturité, était surdoué. C'était un enfant surdoué socialement leader.

Il aimait bien son papa mais là non plus, jamais de corps à corps, ni de câlineries. Ardent aux jeux, très aimé de ses camarades. La maîtresse disait même qu'il était très précocement viril pour son âge et sa taille; aucun conflit de discipline ni à la maison, ni en classe.

Les parents venaient d'avoir un deuxième enfant dont il ne se montrait aucunement jaloux. Il aimait bien ce deuxième qui était un garçon. Et son second était un enfant câlin qui aimait se faire cajoler, être embrassé.

La maîtresse envoyait l'enfant consulter le psychologue de l'hôpital pour savoir si elle devait lui faire sauter une classe. Les dessins de cet enfant m'ont beaucoup frappée, moi aussi, parce que c'était comme des négatifs de photos : il n'utilisait que le noir et le blanc : le soleil était noir, les yeux blancs. Enfin, tout était à l'envers. Et tout à fait bien constitué. Les paysages étaient tout à fait des négatifs de photos. En avait-il vu ? Non. Il avait toujours dessiné comme cela.

Il n'a pas fait de psychothérapie — il n'y avait vraiment pas de quoi. Il était heureux de vivre, mais il ne comprenait pas du tout quand on disait : « Mais tu n'aimes pas ta maman ! » Il disait : « Qu'est-ce que ça veut dire "aimer" ? » Il répondait comme ça : « Si, j'aime mon papa, j'aime ma maman, j'aime mon petit frère. »

C'est un enfant qui n'avait pas d'élu. Et je pense que c'est d'avoir été porté comme ça. Sa solitude *in utero* a été sa défense. Grâce à elle, il a survécu jusqu'à terme, désiré par celle qui le portait. Inconsciemment, elle était bonne mère gestante ; consciemment non.

Ce que disait la maîtresse : « Il n'a pas d'amis intimes. Toute la classe l'aime et il aime être dans la classe, il aime tous les enfants, aucun en particulier. Je n'ai jamais vu un enfant comme lui sans jalousie, sans passion. » C'est curieux. Il se protégeait d'une mère qui n'a pas osé s'avorter parce qu'elle avait peur pour sa santé. Je pense, quoiqu'elle ne l'ait pas dit, que ce dont elle avait peur, c'était de le mettre au monde. Et puis, comme elle avait passé l'obstacle, qu'elle n'en était pas morte, tout a basculé.

Moi, je n'ai pas étudié la mère. C'était en 47-48 ; la question ne s'était pas posée. Elle voulait savoir s'il était normal, étant donné qu'il n'était pas comme les autres, si ça pouvait être plus tard un enfant anormal. L'institutrice était étonnée de ce mutant, de cet aberrant. J'aurais bien aimé d'ailleurs savoir ce qu'est devenu cet enfant qui me paraissait particulièrement doué pour son âge et sans les freinages habituels dus à la culpabilité.

Le père était venu me voir, confirmant l'enfer qu'avait été la grossesse de cette femme et sa peur qu'elle le plaque le jour de la naissance de l'enfant. Il était convaincu qu'elle allait le faire. D'où sa joyeuse stupéfaction de voir la transformation subite de cette femme après avoir accouché !

LA NÉGRESSE VERTE : Dans cette hypothèse de non-désir de l'enfant ressenti par lui, peut-il y avoir autisme ?

LA PRATICIENNE : Je le crois. Autisme ou paranoïa. Haine du monde, de soi-même, bien sûr, mais manifestée par celle des autres ou l'appréhension de tout être humain qui veuille quelque chose de lui.

LA NÉGRESSE VERTE : Il y a des bébés paranoïaques !

LA PRATICIENNE : Oui. Ils se manifestent à vouloir se faire détester, rejeter, à être répugnants. C'est très difficile de les avoir « à la bonne ». Ils provoquent même la gêne des soignants qui s'en occupent et qui sont honteux, tellement ils sont dégoûtés par ce bébé radicalement « ingrat ». Toutes les femmes se le disent au bout d'un certain temps : « Occupe-t'en parce que, moi, il me dégoûte. — Moi, il me dégoûte aussi. »

J'en ai connu un, un enfant abandonné à la D.D.A.S.S. à trois semaines. Il refusait de manger, criant, geignant tout le temps, toujours sale, morveux, vomissant, salissant ses couches dès que changé, le regard comme hagard. Cet enfant de deux ans paraissait neuf à dix mois et il avait l'air fou. Il est resté retardé. Il a quatre ans et demi, cinq ans maintenant. Une cure psychanalytique a été tentée. Il a accepté le contact avec moi, en hurlant de détresse et en me regardant. Je lui ai expliqué son statut particulier : ses trois prénoms, le sens que cela signifiait. Lui seul savait pourquoi il avait survécu.

C'est un de ces rares enfants qui a été abandonné avec la demande spécifiée de sa mère que jamais il ne puisse savoir qui elle était, ce qui est très rare. Souvent la D.D.A.S.S. répond aux enfants devenus majeurs qui recherchent trace de leurs parents : « Nous n'avons pas le droit de vous le dire : votre mère a demandé le secret. » J'ai su par un juge que le plus souvent ce n'est pas vrai. La femme demande ça une fois sur mille. Elle le prouve en donnant trois prénoms. Et la mère lui avait donné trois prénoms, ce qui voulait dire que jamais plus il ne pourrait trouver sa trace.

L'ÉTRANGER : La mère a le droit de demander ça ?

LA PRATICIENNE : Oui, la mère peut le demander. Ce sont des mères qui « accouchent sous X ». C'est d'ailleurs très courageux et assez bien pour le bébé, adoptable tout de suite. Mais, en pratique, il y a malheureusement un délai imposé avant l'adoptabilité. Ça s'appelle « accoucher sous X ». Hélas, ces parturientes anonymes sont très mal vues des autres femmes du service d'accouchement. « Ah ! la voilà, Madame X ! » Elles sont haineuses qu'une femme puisse accepter de se débarrasser de son enfant sans lui laisser de trace de sa maternité. Pourtant, elle l'a mis au monde jusqu'au bout. Quelles sont ses raisons ? C'est peut-être une femme très, très intelligente et, qui sait, très aimante de son enfant — on n'en sait rien —, qui sait ne pouvoir ni l'élever, ni payer pour lui. Peut-être veut-elle qu'il soit mis à l'abri de la possessivité d'une famille, de la possessivité de son mâle ou même d'elle-même ? Je ne sais pas. Peut-être cette femme a-t-elle été violée, et n'a-t-elle pas voulu ou osé avorter, mais elle n'en veut pas.

On ne peut pas du tout dire ce que le refus *a priori* de laisser trace de son lien matriciel symbolique à son enfant signifie pour une mère.

Il n'a commencé à changer que lorsque j'ai donné comme hypothèse d'interprétation que c'était lui qui, par amour pour sa maman qui l'avait mis au monde et qui l'avait porté en sachant qu'elle le rejetterait du jour de sa naissance, voulait recréer avec tout le monde ce mode relationnel : être rejetable par tout le monde pour que tout le monde soit comme maman. Il a eu un reflet étonnant dans son regard quand je lui ai dit ça et je lui ai dit : « Mais ta maman qui t'a rejeté, elle t'a rejeté pour que tu sois sans elle moins malheureux qu'avec elle. » Là, j'ai senti que j'avais touché quelque chose et, à partir de là, il n'a plus vomi, il n'a plus pissé et chié partout. Et sans cesse des otites, rhinopharyngites, toujours deux chandelles. Il était dégoûtant : un déchet passif ! À cette pouponnière, jusqu'à lui, on n'avait pas vu ça. D'habitude, un enfant handicapé, un enfant mal portant qui vomit, qui chie, on en a compassion. Et celui-là, jamais. Tout le monde le haïssait.

LA NÉGRESSE VERTE : Et après, il a arrêté ?

LA PRATICIENNE : Il a tout à fait changé, à tel point que la pouponnière en était tellement heureuse. Quand je l'ai soigné, il avait déjà deux ans et demi. Ils l'ont trop aimé comme « un petit » dont il avait la taille et le poids. Il a commencé à regarder, sourire, jaser, prendre du poids, être propre. Elles ne l'ont pas stimulé à se développer. Finalement, comme il faut quitter la pouponnière à trois ans et demi ou quatre ans, en tout cas, il a été placé dans des «familles d'accueil» prêtes à accueillir des handicapés divers. Ces familles sont payées un peu plus que pour un enfant sans problème, mais ce n'est pas cela seulement qui incite des familles d'accueil à cette préférence. C'est aussi leur compassion pour des enfants peu favorisés.

Pour lui, on ne savait pas très bien : il était handicapé, retardé. À quatre ans, il marchait, mais il n'avait commencé qu'à trois ans. Sa dentition était encore celle d'un bébé de deux ans et demi, alors qu'il avait quatre ans. C'était étonnant à quel point il avait freiné la vie pendant ces deux premières années avant la psychothérapie.

L'ÉTRANGER : Quelle puissance !

LA PRATICIENNE : Quelle puissance, oui, tu peux le dire. La libido qui se met au service du désir, du désir positif — je veux dire désir d'aimer et d'être aimé. La morve, la bave, chiant, pissant, il ne pouvait rien toucher sans être dégoûtant. On lui mettait un petit T-shirt comme tous les enfants. Dix minutes après, tout était dégoûtant. On ne savait pas comment il faisait.

LE MAINATE : Quelque chose de magique.

LA PRATICIENNE : Absolument. C'est un enfant qui portait une magie, une magie maléfique sur lui.

G.F.R. : J'ai été la seule à l'appeler de ses trois prénoms inscrits à l'état civil à la demande de sa mère et choisis par elle. Les maternantes l'appelaient Gilles tout court, bien qu'il soit l'enfant de sa mère. Il a été adopté et il s'appelle maintenant d'un autre prénom et du nom de la famille d'accueil devenue sa famille légale. Il est frère d'adoption de cinq autres enfants diversement handicapés. Il est, paraît-il, très heureux...

Or, cet enfant était constamment hors de la pouponnière à l'hôpital, parce qu'on s'en débarrassait : il n'avait qu'otites, mastoïdites, troubles digestifs. En plus il était couvert d'eczéma. Et personne ne savait pourquoi il avait tout ça, parce que ça n'arrêtait pas depuis qu'il était né. Les rapports de service de médecine, c'était pareil. « Ah ! celui-là, si vous pouviez nous en débarrasser ! »

Dévoration mutuelle

L'ÉTRANGER : « L'adulte ne se sent pas adulte. » « Il faut toujours le devenir par la recherche de l'objet de désir et l'impossibilité d'y arriver. »

LA PRATICIENNE : Il ne se sent pas terminé alors que sa croissance l'est. Vu par les autres, c'est un adulte. En réalité, il se sent toujours en devenir. On sait qu'on est adulte, mais subjectivement il y a toujours la sensation d'un manque encore à acquérir.

L'ÉTRANGER : Ici, c'est lié à la recherche du partenaire !

LA PRATICIENNE : Oui. La recherche de l'objet du désir.

L'ÉTRANGER : « Il peut y avoir introjection partielle narcissique de cet objet. »

LA PRATICIENNE : C'est ça. L'identification à l'objet qu'est l'enfant. C'est le piège de la maternité ou le piège de la paternité ; c'est l'identification de chacun de la famille qui bêtifie autour d'un enfant. Ils ne sont plus des adultes qui s'aiment ; ils sont des enfants qui jouent à la poupée et qui parlent comme l'enfant quand il commence à parler en déformant les mots. En simplifiant la syntaxe. L'enfant essaie de parler comme eux et, eux, ils se mettent à parler avec un langage approximatif, comme parle l'enfant.

C'est un autre piège, le piège de la maternité qui consiste à s'identifier à l'objet aimé, au lieu de rester des sujets à la recherche du sujet complémentaire aidant ce nouveau sujet à s'élever, puisque lui aussi doit être à la recherche d'un objet qui ne peut pas rester dans ses parents. Ses parents lui servent de leurre d'objet, mais c'est momentané.

L'ÉTRANGER : « La jalousie est faite de notre homosexualité rémanente. »

LA PRATICIENNE : Par son existence et son mode d'aimance possessive, l'enfant piège à nouveau les adultes dans le système de la jalousie de l'objet duel. Or, on est trois, chacun jouant son jeu narcissique, le père, la mère et l'enfant. C'est aux trois ans de l'enfant que les couples commencent à ne pas aller et, quand l'enfant aîné (ou seul) a sept ans, ils courent le risque de se dissocier. D'ailleurs, les gens qui ont fait des enquêtes sur les couples le constatent. C'est à trois ans que l'enfant garçon ou l'enfant fille provoque des tensions entre ses parents. À sept ans, machiavélique, il excite leur jalousie et divise pour régner. Et souvent les adultes se lâchent par jalousie. La mère jalouse l'enfant qui aime mieux son père, ou le père l'enfant qui aime mieux sa mère. L'homme est jaloux de la mère que l'enfant écoute plus et à qui il se confie plus qu'à lui. Il entend, par exemple, sa fille ou son garçon dire : « Ah ! voilà papa qui rentre. Zut ! » Si le père se fâche, c'est alors la mère qui se fâche.

LA NÉGRESSE VERTE : L'arrivée de l'enfant n'est jamais inoffensive.

LA PRATICIENNE : Jamais. C'est toujours un risque à courir et c'est justement grâce à ce risque que les gens évoluent — s'ils sont capables d'évoluer. Sinon, ils s'aperçoivent que leur couple n'avait de sens que d'avoir cet enfant qui voulait naître, mais qu'ils ne sont pas encore prêts pour un couple de compagnonnage durable et pour évoluer ensemble et se faire évoluer l'un l'autre. C'était une étape.

Mais la rencontre d'un tiers, un psy, peut, en parlant de ce problème banal, en laissant le père donner ce que nous appelons la castration symbolique à l'enfant, permettre au couple parental de se retrouver... et de s'aimer sans risquer le drame. Ce n'est plus le désir imaginaire de l'enfant qui fait la loi. Les parents se laissaient avoir par une libido beaucoup plus forte et un enfant qui n'a que ça à penser, gagner sur son ou sa rivale.

Ils pervertissent l'enfant et le culpabilisent pour l'avenir en se séparant, au lieu de dire : « Non, tu ne nous sépareras pas. Je ne permettrai à personne d'emmerder mon mari comme tu l'emmerdes. Ce n'est pas toi, c'est moi qui suis la femme ici. » Le père disant à son garçon comme à sa fille : « Je ne permettrai à personne d'empoisonner la vie de mon foyer, que ce soit toi ou quelqu'un de l'extérieur. Tu n'as plus besoin de ta mère ni de moi. Si ça continue, je paierai une pension le temps qu'il faudra. Ça me coûtera cher, mais nous aurons la paix ! » Je vous certifie qu'en quinze jours, c'est fini, l'état de crise de ce trio familial. L'enfant se met à chercher des copains avec qui il va jouer les rivalités, les Jules et Jim et tout ça.

L'ÉTRANGER : Et si les parents cèdent à cette

puissante libido qui perturbe l'enfant, à ce moment de crise, quel est le retour sur lui ?

LA PRATICIENNE : Eh bien, très souvent, heureusement, l'enfant « tombe » malade. Je dis « heureusement » car, grâce à ça, il va à l'hôpital. Il est donc séparé de ses parents ; il s'aperçoit que ses parents tiennent à lui puisqu'ils viennent le voir à l'hôpital ; il en est tout étonné. Il fait une régression momentanée salutaire. Il trouve des personnes mercenaires, les infirmières, qui lui donnent des soins physiques et c'est étonnant puisque jusque-là il n'y avait que maman, et ces soins étaient toujours nimbés de désir, de complicités de tendresse, tandis que là, c'est seulement assister l'enfant dans ses besoins. Les infirmières ont aussi à s'occuper d'autres enfants. Il découvre qu'on peut vivre sans ses parents quand on est un enfant, que la souffrance et la mort frappent des enfants et pas seulement des vieilles personnes. Enfin, tout ça, c'est une formation. Ces maladies passagères de l'enfant sont parfois pour lui initiatiques et maturantes.

C'est une initiation rapide grâce à un fléchissement de santé psychosomatique qui était dû à sa rage de n'être pas le roi : s'il est trop écouté, alors, il peut en faire des otites ; trop câliné, il peut en faire une maladie de la peau ou trop gâté à ne manger que ce qu'il veut, il peut faire des troubles digestifs.

Pendant ces maladies de crise œdipienne, la vie continue, la mère continue son travail, le père aussi. On vient le voir à l'hôpital mais pas plus. Tout le monde fait ce qu'il a à faire. L'enfant réalise qu'il doit, lui aussi, s'assumer, s'intégrer à la société de ces humains comme associé reconnu pour lui-même, ne pas réduire à lui seul ses intérêts dans sa famille. Faire tourner en bourrique maman, papa, la petite sœur, ça ne lui suffit plus.

L'ÉTRANGER : Il y a des enfants qui y laissent leur peau par des maladies.

LA PRATICIENNE : Oui, par des troubles, au début, d'origine psychosomatique, qui peuvent entraîner de véritables maladies. Vous savez que c'était déjà le sujet de ma thèse de médecine en 1939, *Psychanalyse et pédiatrie*[58]. Maintenant, on en sait encore plus sur cette délicate période de cinq à sept ans, où la structure psychosociale du caractère s'organise grâce à la libido (désir inconscient) confrontée à l'angoisse dans la relation triangulaire, Père-Mère-Enfant, qui doit s'ouvrir à la relation de l'individu à sa classe d'âge face à la société dont il est, indépendamment de ses parents, un membre actif comme eux et comme tous les autres, soumis à la loi et à ses interdits majeurs.

L'ÉTRANGER : « La lutte pour prendre, garder, empêcher la liberté de l'être aimé, rapide envie de l'être aimé. » Ça c'est une pensée philosophique ?

LA PRATICIENNE : Oui, sûrement. Pensée philosophique que je reconnais. C'est vraiment les drames et les vaudevilles. Il n'y aurait pas de théâtres ni de cinémas sans cela.

L'ÉTRANGER : « Peut-être sommes-nous historiquement au moment où ce drame doit être vécu. » Pourquoi « historiquement » ? Parce que tu crois qu'il y aurait eu avant quelque chose d'autre ?

LA PRATICIENNE : Oui, je crois que le fait de notre civilisation permet au sujet de se penser sujet. Ça pouvait arriver à des gens très, très avantagés par la fortune pendant que d'autres écrasés par les nécessités du travail, les nécessités de la vie quotidienne jusqu'à s'en abêtir de fatigue, comme dit le slogan, métro-boulot-dodo, font qu'on ne peut guère prendre un recul suffisant, pour penser à ce jeu constant des relations et de leur sens.

On le subit mais on n'a pas le temps, on n'a pas le recul pour pouvoir penser. On est pris dans les conflits interpersonnels qui sont traités au théâtre sous forme de vaudevilles ou de drames... Notre époque est une époque qui, grâce à la technologie, a apporté une modification incroyable de la vie paysanne ; la science de l'agriculture permet pas mal de repos aux gens. Il n'y a qu'à voir maintenant, par exemple, les fermiers qui font du blé seulement. Ils ne sont plus retenus par les bêtes, ils peuvent aller se promener, ils ont du temps pour penser leurs relations l'un avec l'autre, ce qu'ils n'avaient pas du tout au début de ce siècle. Les mêmes étaient pris ; ils n'avaient même pas une journée de repos. Un petit peu l'hiver, mais il y avait tout de même quotidiennement les bêtes à soigner. Il y avait les enfants, il y avait les bêtes. Maintenant, tu vois des gens qui peuvent planifier tout. Ils n'ont pas d'enfant pendant cinq ou six ans. C'est fatigant les enfants.

Je me rappelle, quand ma fille a eu six ans, pour la première fois je pouvais passer des nuits de plus de six, sept heures, dormir un matin si j'en avais envie. Jamais je n'avais pu, depuis la naissance du premier enfant jusqu'aux six ans de ma fille, la troisième. Elle avait absolument besoin pour être en bon état de santé physiologique de prendre un petit déjeuner pour être tranquille. Alors, même le dimanche, moi, je ne pouvais pas dormir. Après, elle l'a très bien compris. À six ans, elle s'est mise à faire des choses pour ne pas me déranger : elle faisait le petit déjeuner pour elle et pour ses frères. Les frères étaient capables de le faire pour eux, mais ils ne l'auraient pas fait pour elle parce que : « Non, toi, débrouille-toi, ma vieille ! », mais pour moi, ce n'était rien. J'ai une santé très solide. Mais je me disais. « Comment d'autres femmes tiennent-elles ? » Il faut absolument qu'on généralise les hôtels maternels pour les femmes. Il y en avait très peu. Il faut que les femmes puissent aller avec leurs enfants en un lieu où leurs maris puissent venir coucher avec elles, un lieu où elles puissent trouver repos pour elles et aide pour les soulager des petits quand elles sont fatiguées.

Alors, je pense qu'il y avait à la fois le travail artisanal, le travail chez soi, les enfants, les guerres — parce qu'il y avait des guerres aussi, tout le temps — et que les gens n'avaient pas le temps de réfléchir, d'avoir un petit recul pour se penser dans leurs relations à autrui.

LA NÉGRESSE VERTE : C'était peut-être une existence beaucoup plus dangereuse ?

LA PRATICIENNE : Oui, mais qu'on ne savait pas telle.

LA NÉGRESSE VERTE : Dangereuse dans le sens où elle pouvait s'interrompre pour tout le monde.

LA PRATICIENNE : Ce qui doit être encore celle qui se vit en Afrique avec les famines possibles, avec les guérillas de tribus qui viennent faire la razzia.

L'ÉTRANGER : « Actuellement, dévoration mutuelle et intersexe permanent. »

LA PRATICIENNE : Oui. Le gros mange le petit, le gros magasin fait mourir le petit magasin.

L'ÉTRANGER : Tu parles du capitalisme ?

LA PRATICIENNE : Oui. Mais aussi de l'école. C'est le conditionnement précoce. Ce n'est pas seulement économique. Ce n'est pas que le pouvoir d'argent.

L'ÉTRANGER : Et l'« intersexe permanent » ?

LA PRATICIENNE : L'intersexe permanent c'est séduire l'autre pour arriver à ses fins de puissance. L'histoire de l'homme dans ce film dont nous parlions qui descend dans le trou où il y a la femme, il doit en passer par l'érotisme de la femme qui demande à la fois du plaisir pour elle, et puis l'espèce à travers elle qui parle et qui veut un descendant. Parce que c'est ça : la femme est le lieu — beaucoup plus que l'homme — où l'espèce parle à travers elle, où l'espèce soumet le désir de l'homme à la servir.

L'« intersexe permanent » : j'entends le jeu des sexes. Ça ne veut pas dire « sexe », ça veut dire le jeu des sexes. Le jeu permanent sexuel de la domination, du dominé-dominant. Dominé-dominant, pour moi, c'est sexuel, quel que soit le domaine interrelationnel en cause. C'est sexuel anal, mais c'est sexuel au sens de libido, désir inconscient provoquant des agissements. Dévorer, c'est oral cannibale. Anal, c'est sexuel fort sur faible, le gros écrase le petit, les armes, etc.

LE MAINATE : Il y a quand même quelque chose de plus que l'homme a introduit, c'est...

LA PRATICIENNE : C'est la culture.

LE MAINATE : Oui... mais dans le mal, je veux dire : la décomposition des éléments, jusqu'au non-dégradable. Celui qui a introduit de la manière la plus intelligente le terme d'« écologie », c'est Gregory Benson, savant anglais, qui a vécu en Amérique.

Il a parlé de l'écologie mais pas dans le sens militant et politique. Il a parlé de la disparition des dinosaures. Il se posait la question — personne ne peut savoir comment ils ont disparu. On dit que c'est les rats. Puis, il se posait la question : « Est-ce que les dinosaures n'ont pas fait quelque chose qui pourrait être comparé à ce que l'homme fait en ce moment à la nature et qui les a engloutis ? » Et ce que l'homme fait, c'est la destruction d'un circuit. Il y a un circuit et puis il y a des tangentes, et ces tangentes peuvent s'appeler dioxine, peuvent s'appeler déchets nucléaires, etc.

Donc, la dévoration de l'homme ne produit pas uniquement du caca, qui est intégrale dans la nature, mais produit aussi des choses monstrueuses. Ce n'est pas exactement la même chose que la jungle...

LA PRATICIENNE : Il y a une perversion de l'intelligence humaine.

L'ÉTRANGER : L'homme arrive à des produits qui sont des poisons pour l'entourage. À des produits inertes. Ce que les écologistes ont appelé le « non-biodégradable ».

LA PRATICIENNE : Oui..., ils arrivent à un produit au-delà duquel il n'y a plus rien. Des produits morts.

L'ÉTRANGER : Des produits à partir desquels, il n'y a plus rien à faire ; ce n'est même pas le reste — le reste vivant, je veux dire — mais quelque chose qui est au-delà du reste. Ils arrivent à produire la mort tout simplement.

LA PRATICIENNE : Intransformables. Ils ne sont plus source de vie. Ils ne sont plus associables à d'autres ou destructibles pour d'autres pour faire la vie se continuer.

L'ÉTRANGER : La mécanique de la famille. Alors, revenons à cette dévoration mutuelle et à l'interrelation sexuée.

La suite de l'idée, c'est : « d'où des parents qui restent juvéniles ». Pourquoi resteraient-ils juvéniles dans ce monde-là de dévoration mutuelle et d'intersexe permanent ?

LA PRATICIENNE : Parce que, pour vivre, il faut rester dans la lice de la sexualité, de la dévoration, de l'analité. On ne peut pas vivre végétativement. Les humains, dans notre société, doivent se défoncer. Sans cela, ils se clochardisent. C'est d'ailleurs pour ça qu'il y a tellement d'enfants psychotiques et de plus en plus d'asiles pour les vieux, qui sont complètement réduits à ne plus rien être du tout. Je crois que c'est parce qu'ils ne sont plus dans la lice. Les humains sont obligés, s'ils veulent rester vivants, de se défendre et de rester dans la compétition, parce qu'il n'y a pas d'autre valeur actuellement que d'être dans la compétition. La valeur de l'être, en tant qu'être qui aime et qui pense, n'existe pas dans notre société.

L'ÉTRANGER : « Tristesse qui vient de ce que les êtres sont vraiment seuls et que la solitude seule permet de dépasser le stade pathologique du sentiment de solitude. »

La solitude et le sentiment de solitude : ce sont deux choses différentes ?

LA PRATICIENNE : Le sentiment de solitude est un appauvrissement des potentialités relationnelles, tandis que la solitude est un fait qui peut s'accompagner d'un enrichissement de possibilités relationnelles.

Le sentiment de solitude est pathologique. La solitude peut être eugénique — pas pathologique ;

elle peut être revivifiante. Le sentiment de solitude est une épreuve et, de cette épreuve, on peut sortir, négativement ou positivement, par rapport au développement humanisant du sujet. Seule la solitude permet de dépasser le stade du sentiment de solitude. La solitude éprouvée comme un fait, reconnue comme une valeur. Le sentiment de solitude n'est pas pathologique, mais pathogène. Parce qu'il renvoie à la frustration, à l'affamement de la présence de l'autre, touche aux besoins frustrés, pas seulement aux désirs survoltés.

Comment arriver à zéro ?

L'ÉTRANGER : « Ce sentiment de solitude est fait d'angoisse de castration, de la crainte de la perte d'un objet transitionnel, qui est fait d'aigreur et d'amertume. Être pris en lui-même comme signe de valeur, et c'est un narcissisme qui ne mène à rien. »

LA PRATICIENNE : « Être pris en lui-même » comme se refermant sur sa solitude, ça devient l'hypertimide paranoïaque, un peu Céline. Céline était révolté contre tout le monde ; il vivait avec trente chats, mais il n'avait pas d'humains avec lui. Il avait tout de même des compagnons, mais c'étaient des animaux.

Je vois la différence entre ce qu'a fait de sa solitude Nazim Hikmet et ce que peut en faire un prisonnier qui est isolé et aigri d'avoir été rejeté par la société, alors qu'il n'avait rien fait pour elle, mais il ne savait pas. Il trouvait une récupération normale en étant contre les lois.

L'ÉTRANGER : Mais tu dis là : « Ce sentiment de solitude pris en lui-même comme signe de valeur est un narcissisme qui ne mène à rien. » C'est le solitaire forcené ?

LA PRATICIENNE : Par exemple, l'ermite. Prenons celui que l'on a appelé saint Antoine. N'empêche qu'il aurait bien mieux fait d'aller voir les filles en chair et en os plutôt que d'être assailli par toutes les images érotiques suggérées par son imagination excitée par un désir réprimé. C'est ce que raconte la légende. Ce devait être vrai pour ces gens qui se mettaient à vivre en ermites pour devenir des hommes de Dieu. C'était formidable. « Moi, je vais être un solitaire de Dieu. » Et puis ils devenaient des pauvres diables subissant des fantasmes sensoriels de toutes sortes, des hallucinés de désir sans rien que l'angoisse.

C'est la différence d'une solitude pour soi et d'une solitude qui est donnée aux autres. Je crois qu'il existe des gens qui se mettent dans la solitude pour être davantage avec les autres, mais alors là, c'est par la puissance psychique de la prière. Ce sont des veilleurs au service de ceux qui dorment.

La pensée est la plus grande des armes. Quand la pensée est donnée, elle donne des armes à tous. La pensée est très forte. Quand la pensée est donnée, elle n'est pas pour soi. La pensée peut être un moyen de fécondité.

LE MAINATE : La pensée vivante ?

LA PRATICIENNE : La pensée vivante, oui. Pas la pensée abstraite. La pensée vivante, la pensée d'amour. L'activité de l'esprit peut être comme une pluie féconde pour les autres humains. Mais ce n'est pas la solitude pour la solitude. Il se trouve que, si quelqu'un arrive à cette concentration, la solitude lui est certainement nécessaire. Enfin, il y a des gens qui sont faits pour ça et puis d'autres qui simplement deviendraient dingues ou animaux à vivre seuls.

LA NÉGRESSE VERTE : L'autre jour, on regardait le phare du cap qui tourne, et tu nous parlais des gardiens de phares d'autrefois.

LA PRATICIENNE : C'étaient des gens très curieux qui vivaient seuls six mois de suite, ils étaient relayés seulement tous les six mois. Ce sont des gens qui aimaient ça. Mais ils avaient tous des animaux de compagnie.

L'ÉTRANGER : Alors là, brusquement, question : « La femme peut-elle découvrir la solitude créatrice ? » Pourquoi tu poses cette question ?

LA PRATICIENNE : Eh bien, je ne sais pas. Je crois que la femme ne pense pas comme un homme. La femme pense par images. Un homme peut penser abstrait. Je crois que des femmes peuvent arriver à la pensée abstraite mais pas d'emblée, il leur faut dépasser un stade d'images. Enfin, moi, je ne connais pas bien la pensée abstraite. Je pense toujours par analogie, par images, par rapprochement de sentiments, d'affects, de formes, de sons, de perceptions, de couleurs. Enfin, c'est toujours imagé : images sonores, images visuelles, images tactiles, images biologiques, images formelles. Je crois que les hommes, eux, peuvent penser, et peuvent abstractiser.

Souvent, j'ai eu cette impression quand j'entendais des hommes parler, ne serait-ce que des mathématiques, une formule d'algèbre. Ils n'ont pas du tout besoin de mettre quelque chose sous A ou B pour comprendre qu'on parle de A et B. Ils parlent de A et B. Ça existe pour eux, abstraitement. Et puis, le fait qu'au bout ça fait une équation, que ça arrive à zéro, ils trouvent ça tout à fait normal, ce qui, pour une femme, est complètement idiot. Et pourtant, c'est grâce à cette abstraction qu'on peut faire beaucoup d'autres choses après, en se servant de ces substituts d'entités qu'on pourrait représenter. Ça correspond à nombre de situations qui se résolvent de la même façon. Mais les hommes ont trouvé ça en faisant des raisonnements par rapport à des égalités qui vont faire un zéro. C'est tellement absurde que je ne crois pas qu'une femme aurait pu inventer les mathématiques. Une égalité, c'est pour mener à un !

Alors, c'est en ce sens-là que je ne crois pas qu'une femme puisse narcissiquement se suffire à elle-même. Un homme le peut parce qu'il a eu sa mère ; il a été hétérosexuel au départ *in utero* depuis bébé. Il peut être nourri de façon artificielle par un homme au biberon, mais il aura toujours été nourri dans le sein puis au sein ou « comme » au sein d'une femme. Ce lait, c'est le bébé qui le fait monter dans sa mère. Est-ce celui de sa mère ou le sien ? Tandis que la fille, elle faisait venir un lait qui était le sien dans la femme, mais c'était du lait de femme avec un corps de femme. Très tôt, la future femme en elle se substitue à sa mère d'origine comme stimulatrice de développement. Le garçon n'est jamais totalement défusionné de sa mère archaïque. Cela doit jouer sur la pensée chez les mâles. Je ne sais pas bien comment.

Je crois qu'il y a une différence dans le conditionnement relationnel de la fille ou du mâle dans la gestation, quelque chose qui fait que la fille ne peut pas, seule, créer : parce qu'il n'y a pas de mâle, il n'y a pas en elle les deux sexes. Tandis que pendant les mois de gestation et de petite enfance, l'homme a connu la relation à l'autre *in utero*, puis la relation fusionnelle, puis celle de dépendance à l'autre sexe.

L'ÉTRANGER : Là, on dit : « C'est peut-être le propre de l'homme de découvrir la vraie solitude qui porte des fruits », dans le sens de « fruits abstraits ». La solitude ne peut porter que des fruits abstraits ?

LA PRATICIENNE : Je ne vois pas ce qu'elle peut porter d'autre. Un fruit abstrait... Par exemple, la pensée d'amour pour un être qu'on ne connaît pas, qui peut atteindre cet être là où il est — on ne sait pas — celui qui pense ne peut pas le savoir.

L'ÉTRANGER : « Dans la condition sexuelle de la femme reste l'illusion d'une fécondité permanente et d'une mère intérieure à elle. »

LA PRATICIENNE : Oui, mais pas intérieure au sens d'un double intérieur. Car elle, femme, elle en a pris la place entière. La mère introjectée est éliminée, dépassée. Elle est à la fois femme et mère en puissance.

L'ÉTRANGER : « Son destin est d'être attractive à l'homme. » Ça ferait bondir plein de femmes aujourd'hui si tu leur dis ça.

LA PRATICIENNE : Profondément, c'est ça ! C'est son rôle d'homme au féminin, d'être humain au féminin.

L'ÉTRANGER : « Et de là, danger dans sa solitude d'une identification narcissique à la mère. »

LA PRATICIENNE : Mais oui. Ou une identification narcissique à l'enfant. Tandis que l'homme, qu'est-ce qu'il peut ? Il peut avoir une identification narcissique à Dieu. Oui, puisqu'il crée de rien ; il crée pour aboutir à zéro, à rien. La joie d'aboutir à zéro !

L'ÉTRANGER : Schreber avait ce type d'individuation ?

LA PRATICIENNE : Il aurait voulu être femme.

L'ÉTRANGER : Mais son rapport direct avec Dieu ?

LA PRATICIENNE : Oui, les rayons. Moi, je pense que c'est parce qu'il avait eu un père qui l'avait réduit à être un objet de son sadisme. Il avait besoin d'un père qui soit au-delà de ça et qui le féconde au lieu de le martyriser.

L'ÉTRANGER : « Le garçon qui a vécu complètement son complexe d'Œdipe éprouve mieux sa solitude. La solitude, une fois acceptée, le rend vraiment fécond. »

LA PRATICIENNE : Sa pensée est sa compagne, abstraite, invisible, informelle. Sa pensée, plus qu'une femme, est une compagne féconde, continuelle et silencieuse.

L'ÉTRANGER : Il n'aboutit pas à zéro ?

LA PRATICIENNE : Ah non ! Je parle du zéro dans les mathématiques. Je ne crois pas qu'une femme aurait pu inventer le zéro. La technologie a été pour beaucoup des découvertes d'homme, alors que les femmes les exécutaient, les amélioraient mais les découvertes, le métier à tisser par exemple ce sont les hommes qui l'ont découvert ; ce ne sont pas les femmes.

Il pense et sa pensée peut porter. Il est ingénieur. La pensée porte fécondité pour lui. Est-ce parce qu'il travaille avec des pulsions extériorisables, alors que la femme, ce sont des pulsions d'intériorisation ? Je ne sais pas.

L'ÉTRANGER : « La solitude créatrice se trouve au fond d'une solitude acceptée et non recherchée (comme le sentiment de solitude, qui n'est qu'une guignolerie autour d'un Œdipe mal liquidé). »

LA PRATICIENNE : Oui, c'est se badigeonner le nombril. « Comme c'est malheureux d'être seul ! Ma maman me trompe. Les femmes sont des salopes » ou « les hommes sont égoïstes… me chipent tout ce que j'ai. »

C'est avoir mal résolu la relation où son imagination voulait commander tout, je crois que c'est ça le sentiment pathogène de la solitude.

L'ÉTRANGER : « Au fond de la solitude, dans l'humilité de toutes nos réactions, dans l'acceptation de nous-mêmes, nous trouvons cette liberté à laquelle nous aspirons. »

LA PRATICIENNE : Nous sommes dans la condition humaine et tous sont nos frères ou nos sœurs dans un corps au masculin ou au féminin. La condition de l'être humain, c'est la perpétuelle recherche du sens de notre vie qu'un autre, par sa rencontre, nous donne. Sans la rencontre de l'autre, nous sommes perdus. Nous pouvons nous rencontrer nous-mêmes du fait d'avoir rencontré les autres, mais, si nous ne rencontrons pas les autres, nous-mêmes devenons étranger ou ennemi pour nous ; donc, nous ne sommes plus féconds.

LA NÉGRESSE VERTE : J'ai l'impression que le sujet passe par tellement de dangers pour arriver à quelque chose de valable et, tout au long de ce parcours, à chaque fois qu'il y a quelque chose d'essentiel, d'authentique, quelque chose qui potentiellement est source de développement, il rencontre le danger de disparition. D'abord le danger de solitude, qui le fait réagir. Il connaît la solitude dès le stade fœtal, il la vit à chaque fois qu'il y a des expériences cruciales. Et derrière ça, il y a le danger de disparition, le danger de mort. La solitude comme l'humilité de notre être.

LA PRATICIENNE : Oui, en tant que caractéristique potentiellement féconde de l'être humain, à condition qu'il accepte cette épreuve permanente.

C'est une épreuve constante, sous-jacente, et qui, aux moments les plus importants de sa vie, se rend perceptible.

L'ÉTRANGER : C'est le moment où il peut être renvoyé à la rencontre de l'autre.

LA PRATICIENNE : Voilà. C'est ça. C'est toujours le moment où il est renvoyé vers le danger de la rencontre de l'autre, danger qu'il doit risquer. Ou danger ou survie. Et peut-être la surprise, la surprise du Réel[59] qu'il ignore et qui se dévoile à lui peu à peu à travers les illusions de la réalité.

Dans le texte que j'ai écrit sur la solitude, et que je n'ai jamais relu depuis, je vivais sans doute un moment très difficile. Un moment très difficile où quelque chose d'autre devait surgir. L'été 75... Boris avait pris sa retraite, lui. Il ne le disait pas, mais il se sentait vieillir fortement. Et puis, en 75, Jean avait trente-deux ans, Gricha, trente et un et demi et Catherine vingt-neuf. Qu'est-ce qui s'est passé en 75 ?

LA NÉGRESSE VERTE : C'est peut-être un pressentiment tout simple de ce qui allait venir.

LA PRATICIENNE : Je sentais que Boris souffrait aussi de sa solitude ; il souffrait ; il avait beaucoup de réminiscences de son enfance. En vieillissant, il en avait de plus en plus. Je souffrais de ne pas lui apporter ce qui l'aurait apaisé. C'était un anxieux.

Je crois que la souffrance la plus grande que j'aie connue, c'était de ne pas pouvoir lui faire sentir que je l'aimais, lui faire ressentir la sécurité de ma présence. J'avais beau être là, je sentais qu'il souffrait comme si je n'y étais pas. C'est douloureux.

Il avait à souffrir ce qu'il avait à souffrir. C'était son destin. Et moi, si positive que j'étais, impuissante à l'aider. Tout cela m'entourait de solitude.

Et 75, c'était douze ans après quc j'avais commencé à y penser en 63[60], et douze ans, c'est évidemment la grande épreuve familiale, la première épreuve après la mort de ma sœur, où ma vie s'est comme arrêtée pour aider ma mère à survivre.

J'avais douze ans quand elle est morte, en 1920, et ça a été très dur pour mes parents pendant les deux années qui ont suivi. Puis, mon frère Jacques est né. En 25. Oui, j'avais quinze ans. Donc, c'était vraiment à treize ans l'époque la plus sombre pour moi à soutenir ma mère qui déraillait et qui se collait à moi pour tenir, avec à la fois une nécessité de parler des moyens de communiquer avec les morts. Cela m'inquiétait, m'angoissait. Ça m'angoissait, toutes ces tables tournantes, tous ces esprits, tout ce dont elle parlait et je disais : « Mais ce n'est pas ça ! ce n'est pas ça ! » Et elle m'écoutait comme si j'étais une grande personne, et elle avait besoin de se suspendre à moi.

Elle m'habillait comme elle. Elle s'était jumelée à moi pour pouvoir survivre. Mais ça ne l'aidait pas. Heureusement qu'il y avait la musique ; elle faisait encore plus de musique pour essayer de tenir.

C'était donc le moment aussi où Boris a pris sa retraite. Il a senti qu'il était en fin de vie, par tout ce qu'il supprimait de son activité. Mais il ne me le disait pas je m'en apercevais après. C'est à partir de là qu'il a tellement souffert des histoires qui lui ont été faites par son associé qui voulait faire de l'école fondée par Boris une boîte à réussite de diplôme. Boris a créé la kinésithérapie en France ; il formait des gens. Ce n'était pas un homme d'argent. Cet associé voulait prendre sa place. Il aurait marché sur père et mère, cet homme, un administrateur certes, mais il était sans âme, sans cœur pour son maître. C'est ce qui est resté et qui a complètement déformé l'esprit de l'école. Ça prépare des examens, ça fait des gens qui passent, mais qui n'enseignent pas ce que Boris enseignait, c'est-à-dire comprendre chaque être humain dans sa relation à son corps.

C'est un peu ce qu'on disait sur l'adolescent qui entre dans la timidité et dans le repli sur lui. Une surprise peut être agréable s'il va à la rencontre de quelqu'un mais peut être aussi un rejet et il est pris là à rêver dans l'impossibilité de bouger. La tension dans le corps surnage et, solitaire, il fait tomber la tension. Avec la montée de tension, tout s'écroule des potentialités d'aller vers autrui.

C'est un peu la même chose, chez un bébé, chez un adulte ou chez un vieillissant sûrement.

On peut comprendre que je n'arrivais pas à prendre contact avec Boris et je sentais qu'il en avait besoin, moi aussi et nous n'y arrivions plus.

L'autre est trop différent, il vit quelque chose de «trop différent»... Dans mon cas personnel, c'est que l'autre se sentait trop différent pour prendre contact avec moi. Je l'ai su après. Il me disait souvent: «Tu sauras ça quand tu vieilliras mais, en ce moment, tu ne peux pas le comprendre.» Un petit peu comme dans Castaneda: «Ne réponds pas à la demande parce que tu ne peux pas. Tu sauras quand tu passeras l'expérience que j'ai.» Et alors, du coup, il n'y avait plus rien. Ce n'était pas hostile, c'était: «Ce n'est pas possible.» Il y avait ce qu'il souffrait, lui, mais il y avait ce que, moi, j'essayais de mettre en forme.

Désir, solitaire

Solitude, toi qui au cours de ce vivre es si souvent le piège qui fait se rédupliquer les liens qui nous enchaînent à l'écoute amplifiée de l'éprouvé, variante dans la chair, dans ce corps, cette chose qui nous possède dans son pesant et que, sur terre, occupant son espace à elle attaché, nous croyons être nous-même et qu'âprement nous chérissons, nous défendons, réabsorbant dans le souvenir de ses besoins apaisés, de ses plaisirs cherchés, le désir qui le meut, le désir qui, lui, n'est pas du corps et ne trouve aucune chose qui puisse l'apaiser.

Solitude du vivre pour les créatures humaines, êtres de langage qui, au-delà de leur individu, chose-corps de besoin, les fait exister autrement que grégaires, par l'échange, l'attrait les uns pour les autres, la souffrance et la joie de leurs retrouvailles, créatrice du sens à leur désir par-delà leurs épreuves de séparation ; solitude, de l'enfance au grand âge, tu es piège pour leur désir, lorsque se redupliquant sur le ressenti de leur corps satisfait dans son imaginaire et fuyant les échecs, ils se laissent prendre à ta séduction délétère jusqu'à refuser ces autres avec lesquels, pour lesquels et par lesquels leur native faiblesse peut seule se transfigurer en puissance créative.

Enfant, assoiffé de ce qui manque à son corps, tu attises sa bouche à rechercher apaisement de sa chair dans ce que, pour sa soif, un autre en son corps détient. Impuissant à se mouvoir, ce sont bras et jambes siens imaginés qui l'initient à l'espace apprivoisé. Son être en son corps impuissant en appelle à cet autre tutélaire, à l'image duquel sa lente croissance lui permet d'advenir en se leurrant d'une conjonction dont le refus dans le corps à corps est pour lui partition imaginaire, mutilatrice d'un plaisir qu'il revendique comme un dû, que la loi des hommes par le langage marque d'interdit à s'accomplir du désir incestueux. C'est l'amour dans la communication trouvée par-delà le temps et l'espace qui sépare son corps du corps des autres.

Situation d'un enfant de cinq à sept ans (résolution de l'Œdipe) qui a admis, au détriment de son plaisir, que son père lui interdise le jouir sensuel et sexuel de sa mère et pour une fille celui de son père. Il comprend la chose ainsi, le plus souvent, puisque ni les parents ni l'école ne verbalisent l'interdit de l'inceste. Même de nos jours où pourtant c'est à la mode de tout verbaliser aux enfants du coït et de la biologie sexuelle.

L'enfant a à découvrir la contradiction entre ce que les adultes disent et ce qu'ils font, la différence irréductible entre les êtres humains, tant en jugement qu'en intérêts, en sentiments, et que, face à chacun de ses parents, qui affichent des opinions contradictoires, il n'est pas tenu de penser qu'ils ont ou raison ou tort, ou de se croire coupable parce qu'à son propos ses parents se disputent.

C'est que l'enfant a, dans la réalité, à découvrir et

à reconnaître, ignorant ou plutôt ayant refoulé le désir œdipien, que les adultes ne sont menés la plupart du temps que par leurs sentiments et leurs désirs de pouvoirs les uns sur les autres.

L'enfant, lui, pense en valeur « absolue » et se pose constamment à lui le problème de la crédibilité du dire et du faire, de la fiabilité d'autrui, surtout celle des adultes.

Pouvoirs matériels ou pouvoirs imaginaires, les uns par rapport aux autres, pouvoirs de séduction ou d'intimidation, pouvoirs psychiques, santé, intrigues et calculs sont des soucis d'adulte ; les enfants ne soupçonnent pas que les adultes en ont la tête pleine. Ne leur rebat-on pas les oreilles que tout ce qui soucie les adultes, c'est leur écrasant « travail » dont, quand il s'agit de leur père, ils ignorent tout, la plupart du temps dans la vie urbaine, sauf la fatigue au nom de laquelle la mère leur enjoint de ne pas y ajouter par leur bruit ou leurs questions ? Quant à celui de la mère, c'est la même chose s'il est à l'extérieur, c'est au nom de son travail que le temps qu'elle passe à la maison est fait de bousculade tendue ; et, si tout son travail est au foyer, ils comprennent mal qu'elle s'en fasse tout le souci qu'elle dit.

Un enfant souffre dans ses rapports avec un de ses parents d'un dire contradictoire à un dire précédent, de même pour un comportement de toute « grande personne » à son égard différente selon qu'il y a des témoins présents ou pas.

De toute façon, il est stupéfait et surtout, s'il a à souffrir, déçu et malheureux. S'il ne peut pas exprimer ce qu'il ressent, il fuit dans son monde imaginaire et risque de vivre en marge de la communication.

Les enfants s'expriment en termes de tort ou de raison, de reproches ou de dénégation totale de la personne adulte dont ils ont ainsi à souffrir; ils perdent confiance en elle. Si c'est un de ses parents, l'enfant est pris dans un conflit de perte de confiance en lui-même, sauf s'il peut s'exprimer et être entendu et qu'il lui soit délivré par cet adulte, non seulement son droit mais son devoir à l'égard de lui-même de se faire son propre jugement, lequel se rapporte toujours, pour chacun de nous, aussi bien adulte qu'enfant, à notre désir prévalent sur les autres. C'est le dépassement des conflits dans un agir dont chacun a à prendre la responsabilité, dans l'amour qui se fait tolérant à ceux que nous aimons sans pour cela nous identifier à eux, qui fait pour chacun la conquête difficile de son identité.

Les enfants sont parfois motivés par un désir très sain de promotion dans des initiatives qui, parce qu'ils sont encore sans expérience, peuvent leur être nuisibles ou nuisibles à d'autres. Blâmer l'enfant du résultat qui déjà le vexe ou le chagrine peut lui faire croire que son intention était mauvaise et lui faire totalement perdre confiance en lui-même. Il devient coupable de son désir, alors qu'il n'a été que maladroit ou désobéissant, par désir de prendre une initiative en présumant de ses capacités. L'adulte, en jugeant l'enfant sur des actes seulement, au lieu de susciter une communication du désir préalable à l'acte, peut faire croire à l'enfant qu'il est «mauvais», sans plus l'aider à réfléchir sur l'expérience d'une inadéquation de la réalité au projet qui l'avait motivé.

Quant à l'agressivité de l'adulte (due à son angoisse, ce que l'enfant ignore), comme l'enfant est en sa dépendance, il est obligé de la subir, mais c'est un grand dommage pour son intelligence s'il en arrive à penser que l'adulte a «raison», alors que l'adulte a «ses raisons» qui sont rarement explicitées à l'enfant, bien qu'il soit tout à fait capable de les comprendre.

La solitude (parfois détresse d'un être humain enfant) et la communication (demeure impossible parfois de prochaines rencontres, répondant aux souvenirs des anciennes qu'il garde dans sa mémoire), ce sont elles qui humanisent l'espace qui l'entoure et celui qui le sépare des autres, où son agir, manuel ou intellectuel, productif ou inventif, ordonné par sa pensée des autres anime à l'avance son faire du plaisir de prochaines rencontres d'échange et de communication.

Solitude, insipide compagnie, neutre et sans visage, toi qui inities nos mains à leur vide, nos actes à leur lassante répétition, tu te fais parfois, par l'ennui que tu distilles, le désœuvrement, la souffrance indicible, un danger. C'est grâce à toi peut-être que nous éloignons de nous l'attention au plus infime leurre de notre désir qui s'ignore appel à d'autres, invisibles de nous, dont ton étreinte nous isole.

Oh! surprise, d'autres parfois accourent à nos cris apeurés, repeuplant notre désert avec toi devenue notre présent, d'autres parfois répondent, réorientant nos pas qui s'enlisaient en toi. D'autres rencontrés — minéraux, végétaux, animaux — nous questionnent; d'autres aussi, dont il nous faut nous défendre. D'autres parlants, semblables ou dissemblables, avec qui jouer, avec qui commercer, avec qui ensemble travailler, ensemble devenir; d'autres qui, tous, chacun à sa façon, nous délivrent de toi, minable solitude, et du même coup de nous-mêmes, avec toi misérables.

C'est toi aussi, Solitude, quand leurs maisons sont pleines de leur avoir conquis, leurs espaces remplis de leur faire produit, c'est toi qui révèles aux hommes l'absurdité de leurs plaisirs, au meilleur de leur quotidien devenu monotone.

Toi, mêlée à toutes les choses auxquelles l'homme s'attache quand elles ne recèlent plus pour lui qu'elles-mêmes, jumelles de ses sens, pour lui, à leur emprise à son tour devenu chose, c'est toi qui deviens, mêlée à elles, aiguillon à fuir. C'est toi qui lui fais par ces choses pour le corps conquises, par le corps amassées, s'en servir de tremplin, risquer son désir hors de l'avoir, du faire, répétés, en un saut dans ce qu'il croit impossible parce que de lui — et peut-être des autres — cet ailleurs, étrange, est inconnu.

Ces autres, se serrant alors ensemble, protégés derrière de prudentes lois implicites ou explicites qui sont à leur désir barrières, qu'en fantasmes seulement ils s'imaginent jouir à passer, sans s'y aventurer, ces autres le laissent à lui-même ; mais même si c'est en solitaire que son désir le mène, solitude chosifiante, son ardeur, tout dans son projet engagée le démet de ton emprise.

Incité par la nécessité de te fuir, conjointe à celle de vivre, il se risque dans l'accomplissement de son dessein, par son inventivité créatrice, libéré des attaches antérieures. Il observe, il découvre, il va et transgresse les limites du savoir que la pensée, s'arrêtant au connu, n'osant ni le contester ni le dépasser, fige. Il est parfois objet de scandale pour ceux qui, sans rien risquer, gardent sécurité du faire toujours répété, du dire en paroles conservatrices bien pensantes.

Lui, dans l'agir nouveau que son désir lui fait

inaugurer, s'y découvre autre après la transgression, advenu à un savoir nouveau, exemple s'il réussit.

Pour te fuir aussi, leur désir à l'envi du sien, d'autres alors à l'imiter se risquent à sa suite, dans la voie ainsi par un seul ouverte, et, poignée d'audacieux pour leur temps, se retrouvent ensemble, au-delà du jusque-là possible, au-delà du jusque-là connu, dont la limite a reculé. Ils deviennent les agents de nouveaux progrès, de nouvelles alliances et de nouveaux langages.

Ainsi la science, l'art, la technique, c'est pour te fuir, solitude décréante, que les hommes s'y adonnent, arrachant leur vie à son triste ronron, leitmotiv des prudents avec leurs poncifs écoutés par ceux qui les subissent et qui, passifs, cultivent dans l'agir la répétition où le désir s'enlise dans un mimétisme au besoin et les paroles dans l'écho du passé, ou la répétition de paroles entendues.

Il est tentant, pour ceux-là, de fuir la solitude dans un coude à coude qui les met à l'abri du vide de leur pensée, de l'ennui de leur agir, de l'angoisse de leur désir, eux qui n'arrivent plus dans l'amour à transcender les différences et qui préfèrent les ignorer, tant pour leur tranquillité que pour éviter les responsabilités.

On les voit bêlant en écho des slogans de bouche en bouche repris sans réfléchir et s'agglutiner en groupes chauvins, qui se voudraient le tout, alors qu'ils se nomment fort justement «parti», en référence à un tout qui en diffère. Le sentiment d'appartenir à une masse permet à chacun l'illusion de la sécurité, comme dans son enfance, lorsqu'il était porté par sa mère et soumis à elle par fatale dépendance.

Grises sont les périodes de l'humanité où la pensée et l'imagination subissent ainsi l'étouffement du désir par soumission aux besoins du corps qui l'y font se confondre ou en être complices prudents, où la liberté n'est pas donnée à la pensée et à l'agir pour communiquer témoignage des différences qui, de chaque être humain, font la valeur de son irréductible identité à lui-même.

Grises sont les sociétés qui confondent sagesse et vertu avec une demi-somnolence, où c'est péché que prier, péché que désirer de réveiller l'homme, et où, pour éviter ce réveil, tout est fait pour le préserver de souffrir de la solitude où pourrait se ressourcer son désir; mais tout est fait aussi pour qu'il ne puisse trouver ni rencontre ni communication, collectivement embrigadé dans l'abrutissement turpide du travail alimentaire et de slogans bruyants remplaçant la pensée, de rythmes imposés à son agir totalement aliéné au service d'une collectivité aussi aveugle et somnolente que lui et qui est devenue son abri mortifère physiquement sécurisant.

Malheur aux marginaux qui, au risque de se tromper, veulent garder autonomie et personnelle responsabilité d'agir en réfléchissant, en aimant et en travaillant, pour un but que la masse méprise.

Ceux qui détiennent le pouvoir sur cette masse et pour laquelle ils prennent valeur de père archaïque tout sachant, lancent l'anathème sur ces marginaux, dont le désir solitairement assumé honore l'humanité plus que ne le fait chacun des moutons du troupeau, freinant les jeunes qu'ils risqueraient d'entraîner à leur suite par des discours séducteurs ou des menées punitives, leur faisant miroiter valeur de vertu à l'instinct grégaire qui leurre l'être humain de sécurité animale. Car l'homme, depuis le jour de sa naissance et ses cris d'allégeance au monde, dans un corps pour la première fois seul et démuni, a reçu d'un autre corps, pour son corps réconforté, preuve d'existence.

Mais c'est la réponse à ses appels, son appel à cette présence, à nulle autre pareille, sa mère qui, avec celui-là l'aime, parce qu'il est lui, ce qui fait de lui un être à nul autre confondable, comme eux pour lui, devenu qu'il est par son nom avec tendresse prononcé, sujet de désir et non plus objet de besoins et de corps à corps anonymes.

Créé au jour le jour, par langage signifiant d'amour à sa personne, en tant que différente de toutes les autres pour ceux qui l'aiment, il peut, par intimidation et détresse, perdre cette signifiance de sujet et, tout en répondant aux phonèmes de son nom quand il est prononcé sans respect ni amour, perdre cette identité d'amour si, pour survivre, il y est obligé.

Son corps a peur de souffrir, a peur de manquer. Ce qui reste en lui de l'instinct grégaire, semblable dans l'espèce humaine à celui des animaux, peut lui faire redouter la solitude où il serait rejeté si la masse dominante, ayant pris force de loi, pervertit son désir à se confondre avec la seule défense qu'on appelle légitime, qui est celle de son corps menacé dans son existence physique.

Ainsi ravalé au niveau d'un animal dressé, craintivement soumis à son maître, il se satisfait de plaisirs quand il peut les trouver, mais ignore la joie qui n'existe pas sans liberté de penser, d'agir et de communiquer. Il est déserté par l'honneur d'homme pour qui foi et espérance dans un ailleurs, un autrement vivre, doivent laisser ouvertes les questions auxquelles personne ne peut se targuer d'avoir la réponse — et jamais de réponse univoque —, personne n'ayant le droit d'interdire à aucun autre d'y consacrer son désir, ou d'en rencontrer d'autres pour communiquer ce qui, dans ses pensées, dans son agir créatif, est l'expression de sa recherche.

Si le respect de leur enfant que les parents humains ont introduit au monde langagier des valeurs (les leurs) par leur possessivité et l'abusif exercice répressif des initiatives du jeune, que son désir l'appelle à assumer librement dans ses pensées et ses actes, combien plus encore, dans la société, ce respect de chacun doit être le souci des chefs que toute société se doit de choisir, pour qu'à partir de sa nubilité, tout citoyen soit en droit et même en devoir (s'il ne nuit pas physiquement à un autre) d'exprimer tout ce qui fait l'originalité irréductible de chaque être humain, semblable aux autres en tant que spécimen physiologique de l'espèce, mais différent de tous les autres dans son insertion au langage, en tant que sujet de son histoire et conflit vivant de désirs que lui seul peut décider de résoudre dans ses paroles, ses actes et ses œuvres, dans une liberté d'expression que la loi doit reconnaître à tous et n'user de son pouvoir que pour défendre l'exercice de cette liberté, laissant à chacun le temps et le moyen (équipements sociaux, espaces libres et ateliers ouverts à tous aux heures de liberté que doit laisser le travail alimentaire), pour que ce « contrat social » puisse être autre chose que des mots sur du papier, ou encore que cette « liberté » ne soit accordée qu'aux « passifs », comme c'est le cas lorsque la télé ou la radio sont les seuls passe-temps proposés à tous, et que les « actifs » ou ceux qui veulent en rencontrer d'autres n'ont que la rue ou le café.

Lorsqu'il échoue, sa solitude est grande ; c'est d'en

souffrir qu'il occupe son isolement à s'imaginer en compagnie, à se remémorer les habitus langagiers de ses familiers et que son désir s'exerce à leur imitation, développant ainsi toutes ses potentialités à l'envi des puissants qui l'entourent.

L'épreuve du miroir, pour chacun de nous, la première fois, nous a montré réduit aux dimensions d'enfant, au visage étranger, présence au monde que, jusque-là, nous croyions semblable à celle des valeureux aînés que nous admirions.

Puis, quand vient la conscience claire du sexe et que l'enfant se sent attiré par ses premiers élus, parents et fratrie, détenteurs de ce qu'il n'a pas et qu'il désire connaître, avec qui son désir l'incite au corps à corps, c'est sa solitude qui noue le drame de sa castration. À jamais séparé de qui l'a initié au désir, il est, au sexe, marqué invisiblement par l'interdit de son bon droit incestueux sur sa mère ou son père, ses frères et sœurs où s'enracine son individuation licitement désirante.

Son désir bafoué marque alors son sexe de la loi qui sépare à jamais l'imaginaire de la réalité, lui interdit dans le corps à corps hors la loi, la même loi à laquelle ces adultes enviés, qu'il croyait faire la loi, sont, tout autant que lui, soumis quant à leur désir, dans son accomplissement incestueux.

L'identification aux géniteurs demeure, mais initie à la loi. «Papa n'est pas le père de maman et maman n'est pas la mère de papa. Papa ne s'est pas marié avec sa mère ni sa sœur, pas plus que maman avec son père ni son frère.»

Au moment de la castration œdipienne, entre cinq et sept ans, l'enfant subit la chute de sa première denture, épreuve aussi, transformation transitoirement mutilatrice qui confirme son statut d'enfant semblable dans son cursus de développement physique à tous ceux de son âge, comme l'ont été ses parents au même âge que lui.

C'est aussi le moment où les proportions des génitoires sont réduites par rapport à celles du corps et le resteront jusqu'à la puberté, ce qui facilite dans l'espèce humaine le renoncement au désir sexuel pendant cette période de grande enfance qui précède la nubilité, et où la plupart des acquisitions culturelles, l'habileté corporelle et manuelle, l'intelligence peuvent développer leurs potentialités selon le plaisir que l'enfant y trouve.

L'agir de l'enfant est ainsi marqué au moment de son désir génital par la loi qui impose le renoncement au corps à corps entre géniteurs et engendrés, et entre engendrés de mêmes géniteurs, et rend hors la loi le plaisir que, dans ses fantasmes masturbatoires solitaires, l'enfant espérait obtenir de sa réussite séductrice.

De sa mise hors la loi dans la réalité, la psychanalyse a montré que le désir subissait un refoulement qui faisait devenir inconscient, mais pas non agissant — et surtout dans l'imaginaire —, ce qui, au cours du développement de l'enfant, avait déjà subi des « catastrophes », c'est-à-dire des répressions dans le désir imaginaire à l'époque néonatale, orale et anale, ce qui en avait obligé les pulsions autant passives qu'actives, et menacé l'enfant de la solitude par les séparations d'avec la mère (part imaginaire en son corps du corps de l'enfant), dont il a été séparé par le sevrage, la continence sphinctérienne et le refus de l'auxiliariat moteur de l'adulte tutélaire. Toutes ces pulsions archaïques, dont certaines avaient trouvé communication et accomplissement à plaisir partagé (inconsciemment incestueux) avec les adultes tutélaires, et engagé l'enfant dans la voie des acquisitions symboliques, sont à nouveau remises en mouvement au moment de la castration œdipienne, c'est-à-dire génitale, et de l'interdit du corps à corps incestueux.

Il régresse imaginairement, et parfois dans des comportements dans la réalité vis-à-vis des proches, aux plaisirs érotiques passifs et actifs, masochiques et sadiques, qui sont les pièges de son narcissisme, tant dans la solitude de ses fantasmes que dans la communication compulsive, obsessionnelle, phobique et hystérique avec autrui.

La maîtrise de ce désespéré, qui défend la légitimité de son bon droit à rester dans un monde puéril, soumis ou révolté contre ce qu'il croit être une mutilation injuste de tous ses désirs, est le propre de l'éducation à cet âge, lorsque le père et la mère lui délivrent la révélation de leur commune soumission à la loi qui le frappe, en même temps qu'ils l'introduisent à la fréquentation de la société pour y trouver, hors inceste, le plaisir à ses désirs dans le jeu, les échanges, les amitiés et toutes les activités de maîtrise musculaires et culturelles qu'à l'envi des autres ses moyens lui permettent.

La crise œdipienne n'est pas rien et la façon dont l'enfant la résout marque toute la vie psychique, physique et caractérielle des humains qui peuvent rester frappés toute leur vie d'une dialectique de culpabilité du désir imaginaire, demeurant dans la rivalité jalouse et la revendication révoltée, compliquée de sentiments d'infériorité névrotique, au lieu d'acquérir un sentiment de liberté et de responsabilité d'eux-mêmes dans la communication et les acquisitions de pouvoirs culturels et de maîtrise qui sont des sublimations du désir dévorateur, meurtrier ou incestueux.

Tout ce qui du désir, au jour le jour, anime ce garçon ou cette fille de sept ans, du fait du refoulement qui interdit le désir et le plaisir en ce qu'il a d'interdit par la loi, la même pour tous, provoque une tension psychique qui stimule l'enfant, qui y est encouragé à accomplir son désir par la voie symbolique — le langage, le jeu, le travail — où des succès remportés ouvrent à son avidité de savoir et de créativité une communication de plus en plus riche avec les autres, dans la coopération et la combativité sociale dans la vie sociale et de loisirs.

Mais l'enfant est encore inexpérimenté en société et sa fragilité devant des blessures narcissiques dues à son infériorité vraie, source d'échec, nécessite des adultes tutélaires qu'ils sachent soutenir la confiance de l'enfant en lui-même. La culpabilisation des échecs par des parents plus désireux que l'enfant lui-même, tout autant que leur surprotection peuvent redupliquer le désir œdipien, si «faire plaisir» à ses parents le remet en position d'érotiser sa relation à eux, de même que leur «faire de la peine».

La crise œdipienne de chaque enfant est un piège pour le désir incestueux inconscient et non castré des géniteurs vis-à-vis de leurs engendrés. Les enfants perçoivent la détresse émotionnelle de leurs parents qui veulent continuer à les posséder comme objets de plaisir (ou de douleur) narcissique, c'est-à-dire comme objets érotiques.

La crise œdipienne de l'enfant se résout d'autant mieux que ses adultes tutélaires parentaux, exemple l'un et l'autre de valeur en société, sont au foyer, dans leur vie affective, liés par un amour réciproque et une entente indubitable, qui ne peut pas être trou-

blée par les paroles, ni les comportements de leur enfant.

L'enfant de parents désunis ou insatisfaits sexuels est lui, décréatif, réduit à la solitude, ou consolateur de l'abandonné, père ou mère, ce qui pervertit son désir d'un retour à l'ambiguïté d'un amour incestueux, infantile, passif ou agressif.

Toutes les acquisitions et les succès d'un enfant en période post-œdipienne ne sont des sublimations de ses désirs que dans la mesure où, les exerçant ailleurs que dans le milieu familial, avec d'autres personnes qui ne sont pas pour ses fantasmes sexuels imaginaires interdites comme incestueuses, sa réussite ne risque pas en se — et en leur — «faisant plaisir», de le remettre dans le piège incestueux.

Quand l'enfant a résolu l'Œdipe, comme on dit en psychanalyse, sa vie de camaraderie et d'amitié, surtout avec des enfants du même sexe, est riche, non sans émotions sexuelles et amoureuses avec des amis de l'autre sexe, en général plus âgés que lui.

Il développe pour son plaisir non plus son identification à ses parents, mais la conquête de son identité, tout à des occupations industrieuses et ludiques librement choisies, où sa ténacité, son ardeur à réussir sont meilleur signe de santé générale que son intérêt pour la scolarité ou pour la lecture. Celles-ci sont souvent refuge de solitaires peu libres de rechercher un plaisir formateur authentique, tant dans la solitude assumée et riche de réflexions, de recherche, d'inventivité que dans la communication enthousiaste et l'excitation à gagner et à faire gagner le clan avec lequel l'enfant s'est associé par affinité spontanée. Ce n'est possible que s'il se sent dégagé des problèmes familiaux et des appels à la raison, aux devoirs et aux leçons qu'on préfère bâcler, au rappel des horaires, dont les parents qu'on écoute distraitement veulent inculquer l'importance, tout comme l'hygiène rigoureuse, l'épargne des vêtements, ou l'ordre : toutes « habitudes » qui, telles, sont insipides mais qui peu à peu s'installent vers la prépuberté, par simple déduction de commodité ou par lest laissé à ces éducateurs ou parents s'ils sont exigeants, afin de mieux s'en débarrasser — parce qu'on les aime bien et qu'ainsi ils gâchent moins les plaisirs qu'on se choisit. C'est peut-être aussi parce que l'ambiance créée par les adultes au foyer fait partie de la nature des choses qui avec le temps imprègnent un modus vivendi *assez tolérant pour qu'on l'accepte.*

Ainsi l'enfant qui a résolu la crise œdipienne éprouve-t-il un sentiment tranquille de la valeur de sa personne et a-t-il l'esprit ouvert pour le plaisir qu'il trouve et qui structure au jour le jour son identité et sa personnalité en société. Son vivre, au jour le jour, associe son savoir à sa productivité et à sa créativité dans des projets qui soutiennent ses efforts dans la réalité, tandis que l'aventure et l'imagination occupent ses pensées au gré des événements du jour qui le questionnent, des histoires qu'il lit, des films qu'il voit, où, à peu de frais, il s'y voit jouer un rôle plus ou moins valeureux selon son tempérament.

Tout se passe sans complications caractérielles, pour peu que le milieu tutélaire, confiant en lui, mais le contrôlant, lui montre une affection véritable, l'aidant à développer ses qualités de fond sans lui rabâcher ses défauts, l'encourageant dans les moments où il doute un peu de lui-même devant ses échecs ou ses épreuves en amitié, en maladresse, et lui laisse prendre de plus en plus d'initiatives promotionnantes tant au foyer qu'en société.

Garçon comme fille, il attend avec confiance en la vie et en lui-même les promesses de sa croissance, fait des projets d'avenir, vagues ou précis, au gré des modèles rencontrés dans les aînés valeureux. Mais il reste toujours sensible à tout ce qui pourrait atteindre l'image de ses parents dans les dires qu'il entend sur eux en société, personnellement blessé lorsqu'il les entend critiquer, souffrant lorsque leur agir ne lui semble pas exemplaire. Confiant en eux, il les aime comme ils sont, ignorant d'autre amour que chaste, il est troublé jusqu'à la stupéfaction par ce qui dérange son ignorance réelle, due au refoulement, quant au désir sexuel, bien que ses jeux qu'il ignore «sexuels» soient pour lui secrets d'enfants dans leurs excitantes privautés amusées, contradictoires à sa pudeur pointilleuse en d'autres circonstances.

Il méconnaît le rôle du désir et des passions dans le comportement des adultes qu'il s'évertue à croire mus par la raison. Lui-même méconnaît le rôle du sexe comme tel dans ses attirances et ses hostilités. S'il pense à l'avenir, s'il aime, il rêve en termes de vie de couple, en parlant d'épousailles et d'enfants qu'il aura ou n'aura pas, garçon ou fille, selon son bon plaisir, le conjoint putatif jouant le rôle de comparse docile, plaisir imaginaire qui n'assombrit aucune des réalités qui l'entourent.

Des droits ou des devoirs

L'ÉTRANGER : « L'être humain risque le piège de solitude décréative. » Qu'est-ce que tu entends par « solitude décréative » ?

LA PRATICIENNE : Il y a une solitude créative de forces, de tensions utilisables dans une découverte dans le progrès ou dans une mutation de soi à un niveau supérieur.

Là, c'est décréatif dans le sens « démolissant », comme si c'était une force d'agression qui, n'ayant pas de milieu extérieur pour aller, se portait sur ce qui avait structuré le sujet avant ; décréatif du désir. Ou si ce n'est pas du désir, des modalités potentielles du désir. Le désir n'est peut-être pas décréativable, mais il se replie.

Le décréatif de la relation interpsychique la démolit pour se réduire au niveau même des fonctionnements d'échange entre les parties du corps.

On peut même revenir à cette sensation de péristaltisme œsophagien-anal. L'axe, la direction qui m'a aidée à approcher la solitude, c'est la façon dont j'ai compris comment un être humain tombait dans la psychose infantile. Mais c'est exactement le même processus plus tard. À des moments mutants, c'est exactement la même chose. L'adolescence c'est comme une nouvelle naissance, où il manque l'être sur lequel le nouveau va pouvoir s'amarrer. Alors, c'est le retour à, justement, l'impossible retrouvaille de sa mère pour le nourrisson.

C'est la même chose aussi chez l'adulte qui perd l'être aimé, qui s'éloigne ou qui sent l'être aimé sans communication possible, quelles que soient les raisons.

Il y a des gens qui paraissent fous à leur entourage, avec lequel ils n'ont plus de relations. On a parlé d'un cas typique de ce genre, lors d'un grave accident de chemin de fer. Il arrive un accident de chemin de fer ou un cataclysme et ces « fous » sont provoqués par le besoin d'aider autrui, des autruis qui n'ont pas de désir, qui sont dans un état de besoin, et cela soulage chez eux ces tensions de désir qui répondent à cet appel muet des victimes, cet appel de besoin. Cette accumulation en eux de tensions inconscientes de désir, fait que c'est dans le corps des autres que leur désir se retrouve, dans ces corps à secourir. Il y a des chocs sociaux qui peuvent guérir des psychotiques.

L'ÉTRANGER : Le désir par l'action ?

LA PRATICIENNE : Par l'action provoquée, correspondant à l'appel de besoin des autres et non du désir. C'est lui, sujet, qui rencontre ces autres trop démolis dans leur corps, démunis pour pouvoir même savoir qui les secourt. C'est n'importe qui, c'est un secours mais ce n'est pas une personne qui les secourt. Et cette personne qui n'est pas reconnue comme personne qui agit comme une personne, mais se « rédime » là-dedans ; elle est sortie de son piège, qui est toujours inconsciemment un sentiment de culpabilité la retenant à son corps à elle solitaire. Son corps, elle l'a vu, dans les autres, démembré. Je pense qu'elle l'a vu parce qu'il y avait un tel sadisme contenu sur elle-même pour se détruire. Ce sont des gens qui sont dans un état paranoïaque et qui, par le fait d'une situation absolument insolite, se retrouvent des hommes de compassion avec les autres. Évidemment, c'est difficile à comprendre. Les gens disaient : « Mais comment ? Cette personne qui était folle, comment se fait-il qu'elle soit si normale ? » Eh bien, non ! Elle est dans une situation anormale. Elle a pu retrouver ce que, sans tant de tensions intérieures, les autres gens ne pouvaient pas faire. Car elle a trouvé la détente à ses tensions à faire ce travail qui, pour elle, était un soulagement alors qu'il faut, aux personnes normales, tout un temps, toute une société organisée pour y arriver. Elle était la première à venir au secours de tous les autres, et c'était « la folle » qui n'avait de contact avec personne depuis déjà un ou deux ans.

C'est très frappant. Ce qui voudrait dire qu'aucun être humain n'est hors de la communication, sauf s'il a été piégé par lui-même. Il est récupérable de toute façon dans la communication ; il est toujours logos, il est toujours sens — mais il ne le sait plus — sens de communication. Il peut ne plus le savoir et être piégé dans son propre corps.

L'ÉTRANGER : « Éphémère, disent les blasés. Leurre d'une rencontre possible. »

LA PRATICIENNE : Oui. Ce sont des gens qui voient la rencontre de deux êtres.

Ce sont des observateurs. Ils disent : « C'est éphémère, ça ne dure pas. » Mais comment est-ce vécu par ceux qui se rencontrent ? Si c'est vécu uniquement dans le Narcisse de chacun, oui, c'est éphémère, mais si, bien que narcissique, il y a la joie que l'autre aussi éprouve en même temps, c'est vraiment le redépart dans la communication.

Ce n'est pas l'observateur qui peut dire quelque chose ; c'est le participant seulement.

L'observateur ne voit que des gestes où l'autre a l'air de se complaire peut-être, mais il ne sent pas que, pour cet autre, c'est une communication vraie, et pas seulement un plaisir compulsif à faire tels gestes.

LE MAINATE : On pourrait dire que la seule voie de la vérité passe par le sujet. L'observation ne peut pas apporter de renseignements sur ce qui se passe effectivement. Le comportement ne peut pas servir à autre chose que de masque, révélant à la fois qu'il se passe quelque chose mais qu'en même temps, de ce qui se passe, on ne peut rien savoir.

Alors, ne peut-on aussi mettre en cause le type de connaissance occidental, basé dès le départ sur l'observation ?

LA PRATICIENNE : Absolument ! On s'approche ainsi des philosophies orientales. Le danger de la philosophie orientale sans la correction occidentale, c'est l'anthropomorphisme, alors que la nature n'est pas faite de créatures qui soient, dans leurs rites et dans leur style de connaissance, des humains.

LE MAINATE : La connaissance occidentale apporte cette correction ?

LA PRATICIENNE : Elle apporte cette correction d'étudier tout sujet sous la forme où il est aussi objet. La science découvre que nous ne pouvons rien observer, si nous ne traitons pas de nous dans ce que nous observons, d'où le rôle perturbateur de l'observateur, découvert aussi par la science.

LE MAINATE : Tout à fait. Qui a été découvert par la science, mais par la science qui se remettait en question.

L'ÉTRANGER : «L'alternance de solitude et de communication, de repos et d'activité de notre désir.» Là, on trouve non pas un élément nouveau de *notre* activité de désir, l'alternance de solitude et de communication. On retrouve le rythme.

LA PRATICIENNE : On retrouve le rythme respiratoire, le rythme pulsionnel, le rythme cardiaque, diastole-systole.

Et cette alternance, dans une mécanique «normale», saine, eugène (contraire de pathogène), est le seul rythme qui peut rendre supportable ce passage de la solitude à la communication, et le contraire. Rythme et musique de notre être au monde créatif de vie, recréatif et procréatif, quand paroles et actes sont imposés dans la vie relationnelle.

L'ÉTRANGER : Qu'est-ce qui, selon toi, serait encore plus nécessaire que l'instruction ?

LA PRATICIENNE : Ce que j'appelle l'éducation : susciter la maîtrise de ses passions, susciter la maîtrise de son imagination, susciter la curiosité pour les codes divers d'expressions de la vie maladives ou saines, pas seulement chez l'être humain, mais aussi chez les animaux, chez les végétaux. Cela dépasse une information d'instruction et s'accompagne d'une certaine philosophie de la vie. Voilà ce qui manque aux enfants, car si cela ne leur est pas donné en famille, l'école ne comble pas ce manque, ce que je déplore. C'est donné par des gens qui ont fait ce travail pour eux-mêmes, mais beaucoup de parents ne l'ont pas fait et ne respectent pas, chez un enfant, sa liberté d'évolution. Ils veulent qu'il devienne une copie conforme de leur désir actuel. C'est la même chose, pour les maîtres. Les maîtres veulent une copie conforme, un élève conforme à ce qu'ils pensent d'un élève de tel niveau. Ils ne pensent pas que leur rôle est de soutenir le désir de s'informer, désir du monde, désir qui existe chez tout être humain ; c'est la pulsion fondamentale, c'est la pulsion épistémophilique. Elle existe, vivace, chez tout enfant. On devrait la respecter, la soutenir, au lieu de la diriger immédiatement vers ce que veut le maître. C'est réduire l'information et l'instruction aux « programmes », au lieu de répondre à toute demande d'un enfant en suscitant son effort personnel dans la direction de sa recherche et de soutenir son énergie à le faire lui-même, après lui en avoir indiqué les moyens. C'est difficile, puisque c'est une maîtrise de sa propre faiblesse à laquelle il arrive, mais une maîtrise de sa faiblesse pour lui et non pas pour le plaisir du maître.

C'est alors une éducation que, je crois, les maîtres religieux pouvaient atteindre s'ils étaient authentiques, c'est-à-dire s'ils donnaient à l'être humain encore enfant en tant que pépinière pour l'avenir de leur société, une valeur au moins aussi grande qu'à eux-mêmes. Laisser l'enfant libre de se développer comme cette nature a à le faire. Et je pense que les philosophies anciennes le faisaient. C'était en tant qu'âme et corps associés par Dieu. Je ne sais pas. Mais peut-être que je me trompe et que les enfants ont toujours été un gibier de colonisation pour les maîtres. C'est possible.

C'est-à-dire là où leur violence pouvait s'exprimer pour empêcher la surprise nouvelle qui pourrait naître d'un enfant, l'inconnu à refouler, comme ils ont refoulé l'inconnu qui est en eux.

L'ÉTRANGER : Pour faire un saut dans l'actualité, aujourd'hui, à l'école on introduit les ordinateurs partout, les jouets, les tortues électroniques, etc. Donc, à la limite, on pourrait dire que cette instruction s'abstractise de plus en plus. Je me demande si les filles réagissent de la même façon que les garçons aux nouvelles machines, à l'intelligence artificielle ?

LA PRATICIENNE : Je ne sais pas du tout. Je n'ai pas de contact avec les enfants qui sont fans d'ordinateurs, je ne les connais pas.

Il me semble que, dans l'ordinateur, il manque le peut-être. Si tu les compares à une graine qui est en train de germer, est-ce qu'elle est un, est-ce qu'elle est zéro ? Est-ce que ça se dit dans l'ordinateur que c'est une potentialité de plante ? C'est un ou zéro, mais ce n'est rien en devenir. L'ordinateur ne parle pas de ce qui est en devenir.

L'ÉTRANGER : Non, l'ordinateur ne peut que reproduire les combinaisons et compliquer les combinaisons.

LA PRATICIENNE : C'est cela. Alors que ce qui est essentiel à la fille — à l'homme aussi, enfin, à l'être humain, mais surtout sous forme féminine —, c'est l'éventuellement possible.

L'ÉTRANGER : Là où l'ordinateur regroupe le langage binaire seulement.

LA PRATICIENNE : Binaire seulement, alors que la vie est au moins trinitaire.

L'ÉTRANGER : Et même, dans la dialectique de Hegel, où on parle des trois termes, en réalité, celui qui fait le travail, c'est le quatrième.

LA PRATICIENNE : C'est le quatrième, c'est pyramidal.

L'ÉTRANGER : On passe à un autre point qu'on devait éclaircir ici. C'est toujours à propos des enfants et de leur dépendance aveugle à l'égard du couple parental, souvent immature. Pour beaucoup d'enfants, cette dépendance est due à la loi.

LA PRATICIENNE : Oui, ils croient que les parents ont tous les droits sur eux. Si la mère lui dit : « Je te mets à la porte et je ne te connais plus », il pense que ce peut être vrai, alors qu'elle est soumise à des institutions, qu'elle ne peut pas le faire comme ça. Mais il le voit faire pour un chien. Ils ouvrent la porte et ils mettent le chien dehors. Dans une famille où l'on fait ça, l'enfant pense que ses parents peuvent faire la même chose de lui. C'est l'observation de tous les droits des adultes sur lui. Si les adultes ne comprennent pas ce qu'il veut dire, ils peuvent le rejeter lorsqu'il y a une tension due à cette incompréhension. Il se sent rejetable. Le fait qu'il a désiré naître dans cette famille, que son désir en fait partie, et que définitivement les parents sont redevables à la vie de sa naissance, il ne le sait pas. Et ça, je trouve que l'école devrait le lui dire.

LA NÉGRESSE VERTE : « Redevables ». Donc, les parents sont redevables dans le sens où tu considères que c'est le sujet, l'enfant qui a désiré venir au monde…

LA PRATICIENNE : Qui a désiré naître et qui a trouvé des créatures qui ont accepté de lui permettre de prendre vie. Même s'ils ne s'entendent pas avec lui, si lui voit le monde autrement, c'est déjà beaucoup de le lui dire : « Mais ce n'est ni bien ni mal. C'est comme ça. Tu t'es incarné avec des gens dont tu savais qu'ils n'allaient pas te comprendre, et il faut que tu fasses avec. Ce n'est pas qu'ils ont raison ni que, toi, tu as raison. Personne n'a raison ni tort. C'est seulement difficile de vivre. » Voilà, quand on a quelque chose à dire. « Et ça ne sert à rien que tu imagines qu'ils ont tout les droits sur toi et pas le devoir de te comprendre ! Ce n'est pas vrai. Ou que tu butes contre leur incompréhension et que tu en arrives à penser : "Il faut que je me mutile pour arriver à rester, sans ça, je vais perdre la vie." Non, tu ne perdras pas la vie. La société te recueillerait. Tes parents ne peuvent pas te rejeter, même s'ils s'en vont (comme des mères ou des pères en font la menace). Elle (ou lui) peut s'en aller, mais il ne t'a pas rejeté. Tu ne seras pas rejeté complètement. Il y aura quelqu'un. La société est ainsi faite qu'il y a quelqu'un qui s'occupera de toi. Tu es un citoyen à part entière, pas un animal domestique. »

LE MAINATE : Tu dis ça depuis toujours, mais je suis persuadé que tous ceux qui t'ont écoutée ont pris cette affirmation pour une astuce. Une astuce psy, pour libérer l'enfant de quelque chose...

LA PRATICIENNE : Mais non ! Ce n'est pas du tout une astuce ! C'est fondamental. Ça ne servirait à rien d'utiliser des astuces pour donner un sens à sa souffrance, s'il y en a un, ou à la souffrance de ses parents s'il sent qu'ils souffrent de son fait.

L'ÉTRANGER : À la lisière de ce que tu dis là, il me semble que l'enfermement — parce qu'on a souvent reproché à la psychanalyse l'enfermement dans le triangle —, l'enfermement n'existe pas.

LA PRATICIENNE : Pas du tout. C'est un conditionnement temporaire, dont il faut tenir compte, parce qu'il se rédupliquera plus tard. Il fait partie du travail, on peut dire, d'émancipation du sujet. C'est là qu'il est obligé de revenir comme parcelle de l'inconnu dont il est représentant. Alors, on peut appeler cet inconnu Dieu, si l'on veut, l'inconnaissable, mais qu'il a assumé en tant qu'autre référence que son désir avec le risque dont ce désir s'accompagne.

LE MAINATE : Si on regarde les choses comme ça, on peut dire que potentiellement tout sujet naissant est un dandy, est un fils de la vérité.

LA PRATICIENNE : Absolument, oui. Mais seulement il y en a qui n'y arrivent pas.

L'ÉTRANGER : Parlons du devoir par la loi.

LA PRATICIENNE : Du fait de la loi sociale, de la loi du groupe ?

Les enfants ignorent les devoirs. D'ailleurs, même dans les cas de divorce où ils entendent parler du droit de garde de tel parent, droit de visite, etc., ils n'entendent parler de parents qu'au titre de droits. La mère lui dit : « C'est moi qui ai le droit de garde. » Le père a « le droit de visite », alors que c'est un devoir de garde principale pendant le temps scolaire et le devoir de visite de son enfant. Pourquoi dit-on « droit » ?

L'ÉTRANGER : La terminologie est comme ça.

LA PRATICIENNE : La terminologie est perverse. L'enfant entend que son père a des droits sur sa personne, alors qu'il n'a que des devoirs. L'enfant a des droits ; les parents n'ont que des devoirs. Lui adviendra aussi à n'avoir que des devoirs quand ses enfants n'auront que des droits. Et c'est progressivement, à sept-huit ans, qu'il découvre la joie de partager les devoirs avec les parents, par rapport à lui et par rapport aux autres.

C'est ça que l'école ne fait pas : elle instruit, elle informe du monde extérieur mais elle n'informe pas, elle n'éduque pas l'enfant par rapport à ses propres pulsions, à ses devoirs en société, ses devoirs vis-à-vis de son école, de ses camarades et aussi vis-à-vis de lui-même. C'est-à-dire que même la non-nuisance à son propre corps n'est jamais enseignée. L'interdit de l'inceste, qui est fondamental à la vie en société, ce n'est pas enseigné.

L'ÉTRANGER : La «non-nuisance à son corps». C'est-à-dire ?

LA PRATICIENNE : La non-nuisance à son corps, pas plus que la nuisance au corps d'un autre. Parce qu'il est un objet de la société, il est un citoyen, il n'a pas le droit de faire mal à un citoyen, même si ce citoyen c'est lui.

Aux États-Unis, il y a une loi sur l'automutilation. Le suicide est puni de deux à cinq ans de prison quand il est raté, même s'il s'agit d'un Français sur le sol américain.

L'ÉTRANGER : Donc, il a intérêt à ne pas se rater.

LA PRATICIENNE : Il a intérêt à ne pas se rater quand il veut se suicider ou, au contraire, s'il se rate, ça veut dire qu'il veut un moment de repli assisté par la société, ce qui est généralement le cas. Le suicide est généralement un appel à la micro-société qui entoure et qui ne comprend pas. Et je crois qu'ils ont très intelligemment compris ce fait.

Boris a connu une femme — une agrégée de lettres — qui s'est suicidée par amour pour un Américain. Elle s'est ratée et s'était coupé le chiasma, le nerf optique central qui va aux deux yeux, d'une balle de revolver. Elle était devenue aveugle. Elle a été en prison et, au bout de deux ans, l'ambassade française à Washington est arrivée à la libérer. Boris l'a connue, car elle apprenait le massage, ne pouvant plus lire. Elle n'arrivait pas à lire le braille. Le massage, elle y arrivait bien, mais le braille, pour étudier, pour passer l'examen, elle disait à Boris que ça avait été difficile. Elle a dit qu'elle avait été mise en prison. Pas la prison comme on l'imagine ici. On est vraiment avec des éducateurs, des psychologues et c'est formidable, parce que c'est un repli sur soi par rapport à son passé. Ce n'est pas une cure psychanalytique, mais on est débarrassé du pathos de la famille et du pathos des amis qui vous reprochent cet acte ou qui vous plaignent. On est avec des gens qui ont vu un fait. « Comment se fait-il que vous ayez nui à votre propre vie, vous un être qui représente une fortune pour son pays, pour les humains ? Le suicide est un meurtre sur votre personne. Vous n'avez pas le droit de nuire à un être humain (y compris vous-même). »

Or, ce désirer nuire, à mon avis, fait partie du tabou anal. Avec le sevrage, le tabou oral, c'est ne prendre ni sang ni lait ni chair d'un autre être humain pour se nourrir. Il faut passer par la médiation du travail et la consommation d'une créature non humaine, animale, végétale ou même de minéraux de la terre. Le travail (le faire), c'est le plaisir anal, mais il ne doit pas être nuisible ni à un autre ni à son corps. On ne doit pas utiliser sa force pour nuire au bon fonctionnement et à l'intégrité du corps d'un autre, pas plus que du sien. Cela fait partie de l'interdit du stade anal.

Les parents le font sans le savoir, très maladroitement souvent, mais ils ne le savent pas. Le caca, c'est poison, et tout ce qu'il ne faut pas faire ou toucher. « C'est caca » ou ça emmerde. Ça, c'est quelque chose que je fais consciemment et que j'essaie de rendre intelligent. Il est évident que caca et emmerder, ça n'éclaire pas beaucoup l'intelligence des enfants. L'école pourrait le faire. Le rôle de l'excrément est tout autre que de servir de modèle moral à valeur négative.

Ce tabou de la non-nuisance à soi-même et à autrui se fait quand la mère veille à ce que son enfant ne prenne pas trop de risques. L'État y veille aussi en mettant des barrières, des sémaphores au carrefour en disant « danger de mort » en certaines occasions. À l'enfant aussi, on dit : « Ne transgresse pas, ne va pas sur le mur. » On ne veut pas qu'il risque son corps mais on ne lui explique pas pourquoi, que c'est interdit de nuire à son corps quand on sait par l'expérience d'autrui que quelque chose nuit. « Tu es aussi important qu'un autre. Veux-tu ne pas faire de mal à ce petit ! » Mais lui-même s'automord, s'autodétruit, parfois on l'invite même à se limiter tellement il en devient inhibé. Il s'interdit tout plaisir du toucher, du faire, pour le plaisir non nuisible à autrui ou à lui et pas toujours pour l'utile. L'éducation par « il faut », « il ne faut pas » est pathogène. C'est l'éducation qui ressort de l'information reçue de l'école. C'est un tort et ça fait partie du manque d'éducation actuelle.

C'est une éducation à la maîtrise de ses pulsions homicides jusque sur soi-même — destructrices ou dysfonctionnantes. Chaque fois qu'il y a un désir de transgression, transgresser avec la prudence. La prudence fait partie du respect qu'on a pour les autres ou pour soi-même en tant qu'objet de la société — pas seulement sujet mais objet de la société. L'objet de la société a des devoirs et des droits. Et peu à peu, les devoirs de l'enfant, mais, avant, savoir qu'il a des droits d'être... « J'ai des torts envers toi », devraient savoir dire maîtres et parents.

LA NÉGRESSE VERTE : Pour revenir au langage, c'est étonnant que le langage juridique, en cas de divorce, ait conservé uniquement la terminologie de « droits de garde ».

LA PRATICIENNE : Un juge m'a dit que, dans le texte, il y a « devoirs et droits des parents », mais qu'on a laissé tomber, en en parlant, le mot « devoirs ». Il paraît que le texte de la loi parle de « devoirs et droits des parents, droit de visite ».

Le devoir d'assistance, c'est donner de l'argent. Le devoir : le père et la mère doivent donner une part de leur argent pour élever les enfants séparés d'eux. Les droits de visite sont tout autant le devoir de visite et le devoir de garde principale et de garde partielle.

LA NÉGRESSE VERTE : Le rapport avec le maître d'école a été plus ou moins amélioré aujourd'hui. On n'est plus dans l'Angleterre de Dickens, par exemple.

LA PRATICIENNE : Non ! Mais enfin, dans les cas particuliers... Hier même dans le journal, on citait le martyre d'un enfant handicapé. Maintenant on intègre les handicapés dans les classes. C'est d'un sadisme terrible parce que, si le maître n'arrête pas le rejet par la classe, c'est vraiment le rejet comme celui d'un greffon parce qu'en fait, dans la réalité du groupe, il n'est pas intégrable. Il est expulsé. Il est expulsé comme un organe qui ne peut pas s'intégrer. Et si le maître est ou impuissant ou d'accord avec ça, c'est le martyre pour l'enfant handicapé.

LA NÉGRESSE VERTE : Mais au nom de quoi a-t-on intégré les handicapés ?

LA PRATICIENNE : Une décision en haut lieu, pour faire des économies sûrement.

L'ÉTRANGER : Au nom de l'égalité des droits ?

LA PRATICIENNE : Oui, aussi, mais alors, il faut préparer pour cela autant les enfants que les maîtres. En Italie, il n'y a pas d'écoles spécialisées. Tous les enfants vont à l'école. Même les infirmes moteurs cérébraux, les arriérés, ils y vont tous, au moins à mi-temps. Dans chaque région, il y a un autre lieu éducatif pour l'autre mi-temps. Quand ce sont des patelins, on cherche une personne pour prendre ces enfants handicapés à partir du repas de midi et l'après-midi avec des maîtres spécialisés. Dans les villes, c'est un centre médico-psycho-pédagogique, où il y a des maîtres, des rééducateurs, des psychothérapeutes. Ça peut aussi bien être un enfant handicapé physique récent, par accident, qui a besoin de kinésithérapie, qu'un enfant qui a manqué par maladie et doit rattraper son retard scolaire. Il y a des maîtres qui donnent des leçons particulières à certains, qu'ils font rattraper, ou d'autres qui sont des psychothérapeutes pour les enfants arriérés ou des aliénistes pour des enfants fous. Les enfants sont transportés là l'après-midi, mais, tous les jours, ils sont à l'école pour tous, au contact du tout-venant, si bien que, au fur et à mesure de leurs progrès, ils peuvent s'intégrer ou se réintégrer à la classe des enfants de leur âge, parce qu'ils sont au contact des enfants normaux. Et tout le monde à l'école trouve ça normal parce que jamais on n'a fait autrement, jamais on ne les a mis en dehors. Les professeurs que j'ai vus, les maîtresses me disaient : « Mais un enfant idiot qui est grabataire dans sa poussette, eh bien, parmi une trentaine d'enfants de la classe, il y en a toujours trois ou quatre qui vont lui parler, qui s'occupent de lui. » « Tu vois ? Voilà ce que j'ai dessiné. Si tu pouvais dessiner. Quand tu dessineras... » Même avec un enfant complètement perdu, il y a toujours un contact qui peu à peu s'établit avec un autre enfant, même si c'est impossible pour nous, adultes, d'y arriver.

Comme toujours, ces enfants aliénés sont très souvent élevés d'une façon aliénante par les parents, et l'école les sort de leur solitude. Grâce à cette double insertion à la fois sociale et d'éducation individualisée, ils font des progrès. L'idée d'accueillir tous les enfants à l'école est bonne, mais à condition de faire aussi autre chose à mi-temps et de modifier l'esprit de rivalité compétitive de l'école primaire. Si on met les handicapés avec des handicapés et des maîtres spécialisés, il n'y a pas de raison que ça change puisque, dès que ça change, l'endroit qui les accueille devrait les perdre et gagnerait donc moins d'argent. Alors, ils les gardent handicapés. C'est la ségrégation institutionnelle. Quand un handicapé va mieux, on s'y intéresse davantage mais surtout on ne le met pas avec les autres à l'école ordinaire avec d'autres enfants sains en le soutenant à s'y adapter.

Autrefois en Italie, les enfants retardés, infirmes, ne fréquentaient pas l'école, les parents croyaient qu'ils ne devaient pas les y mettre. Maintenant, on les aide à fréquenter l'école et on peut le faire parce qu'il y a des centres qui les prennent en charge à mi-temps. Avant, il n'y avait même pas de centres l'après-midi pour eux, mais ils étaient toujours admis si les parents le voulaient. Les maîtres avaient une certaine attitude positive : peut-être parce que c'est un pays profondément catholique — c'est possible d'accepter cette âme qui dort ou cet enfant insupportable. Alors, on l'envoyait par-ci par-là pour qu'il ne gêne pas trop, mais c'était plutôt avec humour. Et les autres enfants ne se laissaient pas distraire. C'est ça qui est intéressant. Tandis qu'ici on dit : « Ah ! tu nous gênes ! tu nous embêtes ! » Les enfants qui déjà le pensaient, le disent comme l'adulte.

L'ÉTRANGER : L'humiliation.

LA PRATICIENNE : C'est l'humiliation pour l'enfant handicapé.

L'ÉTRANGER : Malgré les progrès qui ont été faits dans le comportement physique, l'humiliation peut être très violente, même en restant verbale.

LA PRATICIENNE : Oui, on trouve ça tout le temps. Tu te promènes dans un jardin public. Il faut lui expliquer à propos de la pelouse : « Si tout le monde allait marcher sur la pelouse, ça l'abîmerait. Il n'y aurait plus le plaisir d'un jardin, qui a une pelouse et des fleurs. C'est pour ça qu'on ne cueille pas les fleurs. » Mais on ne dit pas ça à l'enfant. On dit : « Si le garde te voit, il va t'emmener en prison ! »

On refoule la personne au lieu d'expliquer la répression d'un désir qui, parce qu'on est en société, est nuisible. Tout le monde ne peut pas réaliser ce désir ; il faut contenir certains désirs du fait qu'on est en société. Le désir de cueillir des fleurs, il faut le contenir, mais ce n'est pas parce qu'on va aller en prison.

Filiation symbolique

L'ÉTRANGER : Parlons de la symbolisation des pulsions sexuelles des adultes, des parents, pour faire le rapport avec la mécanique qu'on a développée.

LA PRATICIENNE : La première symbolisation, c'est la parole. Certains parents, au lieu d'avoir symbolisé l'amour qu'ils ont pour leur enfant par des paroles, ont montré leurs pulsions par les baisers et les caresses imposées ou la violence imposée par des dires les abandonnant à leur destin. Ce sont des symbolisations perverses. Ce n'est pas la symbolisation de l'amour que les géniteurs ont pour leurs enfants, pour leur descendance…

C'est la parenté symbolique qui forme, et qui est vue par l'enfant comme étant l'amour de parents responsables de lui afin qu'il advienne à se passer d'eux et qu'il devienne, lui aussi, comme eux, responsable et aimant de ceux qu'il mettra au monde, qu'il éduquera.

L'ÉTRANGER : On parlait du grégarisme et de l'imitation.

LA PRATICIENNE : Ce qui est actuellement le moyen d'éducation habituelle : « Faites comme le voisin. Imitez-vous les uns les autres. »

L'ÉTRANGER : Pour faire des copies conformes. Pourquoi est-ce que tu dis que c'est le propre des individus dans les sociétés animales ?

LA PRATICIENNE : Les singes qui vivent en horde, ou les animaux qui vivent en société — fourmis, termites, abeilles — sont, de ce fait, désexualisés par rapport à celui qu'ils servent et qui est le maître. Alors, si on veut comparer, on pourrait dire que chaque être humain devrait être comme une société animale, toutes ses pulsions seraient comme des fourmis ou comme des singes maîtrisés par le chef, le chef étant le mental au service de l'évolution du sujet et non pas simplement du plaisir de ce corps ne tenant pas compte de la vie des autres autour de lui (c'est-à-dire, chez un humain, la santé de ses organes ou l'évolution de ses facultés), ni même de son avenir humanisé. La raison du plus fort, qui fait la loi, c'est la société animale. Chez un être humain, c'est une pulsion qui écrase toutes les autres — la boisson, la drogue, le travail, la colère… La société humaine, c'est une autre formation. C'est la responsabilité de ses actes vis-à-vis de soi, vis-à-vis des autres, et pas seulement dans l'immédiat, mais aussi par rapport à un devenir maîtrisé, une maîtrise et une connaissance du monde qui est toujours à découvrir. C'est ça l'être humain.

Les adultes doivent non seulement exercer leur libido génitale dans leur rôle responsable, mais assurer aussi la symbolisation de la maîtrise des désirs à tous les niveaux dans la loi qui les régit. Il s'agit par exemple de la symbolisation de leur libido orale refoulée. C'est la musique, le chant, tout ce qui est la communication à travers les pulsions subtiles de la vue, de l'audition, dans la culture, la littérature, les contes.

Le refoulé qui ne peut pas se jouer dans la réalité peut servir au plaisir de certaines disciplines de la culture. C'est la même chose pour la libido anale, avec le faire, corporel gestuel, manuel, intellectuel. Ce qui des désirs nuirait est symbolisé en sport, en art, etc. Le karaté, les arts martiaux sont la sublimation des forces anales de nuisance qui ne sont pas au service de la violence mais au service de l'éthique et de la beauté, de l'accord social sur ce qui est beauté pour les humains : la beauté du geste, la beauté de la maîtrise du corps.

L'ÉTRANGER : Qu'est-ce que tu entends par « Les positions régressives »...

LA PRATICIENNE : Ce sont celles où, par exemple, la mère — on le voit dans certaines éducations — interdit à un enfant de manger telle chose. « Je t'avais *interdit* de le manger. — Mais au nom de quoi ? — Ça va te nuire. — En quoi ça me nuit ? » On voit ça tout le temps. Et elle punit l'enfant parce qu'il a mangé le bonbon qu'elle ne voulait pas qu'il mange, la sucette... Pour des choses complètement idiotes où elle met son intérêt : « C'est moi qui l'ai dit. Tu dois. Parce que je l'ai dit, tu ne dois pas. » Alors que, s'il transgresse et qu'en effet il est malade, elle devrait dire : « Eh bien, tu vois. C'était pour ça que je te l'avais défendu, parce que ça pouvait te rendre malade. Maintenant, tu sauras tout seul. »

La même chose si un enfant a mordu un autre et qu'elle va le mordre, lui, pour lui montrer comment ça fait d'être mordu. Le résultat, c'est qu'un adulte mord encore mieux que l'enfant. Donc : « Plus je vais grandir, plus je serai fort pour mordre le voisin. » Et tu as ça tout le temps !

La mère qui fesse son enfant ou qui bat son

enfant parce qu'il en a battu un autre, ce sont ses pulsions qui sont momentanément refoulées, prêtes à sortir. Cet enfant, tout à coup, a déclenché chez l'adulte le désir qu'il avait refoulé et pas du tout maîtrisé au nom de son intérêt pour l'être humain. Cet adulte n'a pas dépassé sa violence. Il l'a refoulée et profite de son pouvoir sur un enfant physiquement plus faible que lui, en le violentant sous prétexte que l'enfant a montré violence le premier.

L'éducation, cela devrait être un enracinement dans une filiation symbolique donnée par l'exemple d'adultes qui maîtrisent leurs pulsions sans l'agresser, ni l'humilier, ni user de leur force physique sur lui qui a des pulsions — orales (mordre) ou anales physiques — qui ne sont pas encore maîtrisées. C'est très important. Les éducateurs doivent donner la castration par la parole, dire : « Non, ce n'est pas possible de réaliser ça », eux-mêmes, par leur agir, démontrant qu'ils éprouvent du plaisir à vivre autrement. *A priori*, tout enfant croit que c'est ça être adulte : plus on est fort, plus on détruit, plus on méprise un autre, plus ça veut dire qu'on est grand, qu'on est fort. Cela du fait de sa masse corporelle petite à côté de l'adulte. Ce que l'adulte doit signifier, c'est que d'être un adulte, ce n'est pas avoir toujours raison ni être le plus fort, c'est être maître de ses pulsions. Et s'il n'y arrive pas toujours, faire alors savoir qu'en cela, il n'est pas un modèle et que l'enfant ne doit pas l'imiter dans ses défauts qu'il perçoit et est en droit de critiquer.

L'ÉTRANGER : C'est un deuxième accouchement.

LA PRATICIENNE : Oui, sûrement. C'est une naissance à une filiation symbolique de l'enfant qu'il choisit, qui est un fait créatif et qu'il ressent créatif.

LA NÉGRESSE VERTE : La plupart des parents pensent que l'enfant est arrivé au monde, reconnu légalement, et a donc un nom social. Et puis, c'est fini, ça y est : « C'est mon enfant. »

LA PRATICIENNE : « C'est mon enfant. J'ai des droits sur lui. » On parle tout le temps des droits des parents.

L'ÉTRANGER : Revenons à la tendresse, sur le mot : « chaste ».

LA PRATICIENNE : Sans recherche érotique.

L'ÉTRANGER : Ça peut arriver justement après le dépassement de...

LA PRATICIENNE : ... de l'Œdipe. Une tendresse qui peut se dire, qui peut aussi se manifester mais sans éveiller l'érotisme.

L'ÉTRANGER : Parlons un peu de ça. Dans le langage courant, quand on prononce le mot « chaste », on voit tout de suite une espèce d'injonction, d'interdiction.

LA PRATICIENNE : Non passionnée, il faudrait dire, non sensuel érotique.

On en vient aux épreuves de la réalité où les parents sont le recours. Au lieu de dire : « C'est le bon Dieu qui t'a puni », des imbécillités de parents sadiques, quand un enfant a fait une expérience malheureuse — il a transgressé un interdit, par exemple ; ou même sans transgresser un interdit : « Il ne faut pas faire des choses qu'on ne t'a pas dit de faire ; il ne faut pas avoir d'initiatives. » Dans d'autres cas, c'est quelque chose d'interdit que l'enfant a transgressé. Mais c'est ça qui est très utile. Au lieu de punir d'avoir transgressé, puisque justement la réalité lui a donné un échec dans son essai de transgression, le rôle du parent c'est de lui dire : « Voilà pourquoi c'était défendu ; parce qu'en effet tu n'es pas encore capable. Mais rien dans la vie n'est défendu si on arrive à être assez fort pour l'assumer. Tu vois, la preuve, c'est que même d'aller dans la Lune, c'est permis maintenant aux humains, alors qu'autrefois on disait : "Ne dis pas de bêtises !" quand un enfant disait : "Je voudrais aller dans la Lune." Mais, avec le travail de tous et les risques mesurés, on peut arriver à tout. »

Alors, si l'enfant trouve justement consolation quand il a eu un échec, un dol, une souffrance, même une blessure à l'occasion d'une initiative ou d'une transgression d'interdit et qu'on parle de son expérience, comment elle s'est passée, alors, à partir de là, il a une très grande confiance en l'adulte qui ne le punit pas d'avoir transgressé, qui lui dit : « C'est normal que tu aies eu envie de transgresser, mais la raison pour laquelle c'était défendu, c'est que ça pouvait t'arriver en effet comme ça. C'est une expérience. Cette fois malheureuse. Certainement qu'un jour, tu seras assez fort pour réussir. »

C'est surtout dans ces moments-là que l'on voit la façon dont un enfant a été éduqué, si c'est avec respect de la force qui est en lui et de sa libido, de son désir ou si, au contraire, c'était pour utiliser à son égard la violence répressive qui culpabilise et qui décourage les initiatives et sape les bases de la conquête de la responsabilité de ses actes.

Ces désirants disparus, étreints de solitude...

La solitude, souffrance née des séparations inévitables qui font de l'individu par son corps, dans l'espace et dans le temps — « ses limites tactiles » —, une créature unique est aussi le sentiment qui permet aux individus humains d'établir par le langage des liens subtils par-delà l'espace et par-delà le temps. La fonction symbolique de l'être humain y puise l'aiguillon de son inventivité créatrice, tout de besoins et de désirs en liens de langage dont la communication se transmet au-delà de leurs limites sensorielles.

Le sentiment aigu de sa solitude, né du désir interdit, immédiatement impossible, excite la créature humaine à communiquer ce désir en temporisant son ardeur, son trop-plein de vivre et ainsi de créer, à défaut de procréer. C'est ce désir, lorsqu'il lui est interdit de s'exprimer dans le circuit court du corps directement au corps d'un autre, qui délivre à l'homme la capacité de s'exprimer dans le travail pour la coopération et le partage de ses fruits avec les autres, pour le troc intéressé d'avoir et de pouvoir, mais aussi pour le pur don d'amour.

C'est ce désir qui donne aux arts et aux sciences

leur vigueur, ces arts et ces sciences qui sont l'honneur et le prestige des civilisations, le témoignage et le don muet d'amour, par-delà le temps qui les a engloutis dans leur mort, des individus des temps révolus et des civilisations passées. Nous recevons de ces désirants disparus, messagers du réel, en leur temps inconscients de l'être, qui ont su faire œuvre d'amour dans le langage qu'ils nous ont transmis, dans le matériau qu'ils ont marqué de leur volonté de survivre jusqu'à nous, les créations de leur désir à la rencontre du nôtre, nous incitant à notre tour à transmettre par notre travail les fruits du nôtre, étreints par la solitude que nous sommes tous. Ce désir nous incite à nous associer avec ceux dont nous sommes séparés dans l'espace et à laisser après nous le témoignage de nos œuvres aux générations qui suivront.

Mais la solitude peut aussi rendre le désir interdit d'œuvres de chair et incapable de créations, le faire s'exprimer en aigreur sans s'apaiser, sans trouver à se muter en travail récréatif. Elle le fait aussi, hélas, entre les peuples, entre les individus, provoque névroses et folies, et toléré par toutes les civilisations, le désir de création et de procréation contré, s'adorne panoplie de dents, de griffes, de rejection, d'écrasement, de terreur semée, de mort donnée qui, en écho aux névroses et folies d'individus, aux haines des familles, font les haines de groupes ethniques, les luttes fratricides à l'intérieur de l'espèce humaine honteuse et coupable depuis Caïn, mais toujours forte et justifiée de son désir quand trop d'individus y souffrent de leur désir qu'ils sentent bafoué. Alors, unis en masse, cette masse humaine hurlante cherche à se venger de l'affreuse solitude, impôt trop dur à trop d'êtres humains pris au ventre, à la gorge, au sexe, rendus incapables d'exprimer leur désir en langage, par le travail de l'art ou la science, dans l'amour donné, dans l'épreuve fraternellement unis. Solitude qui les oblige à être désir refoulé pouvant alors s'exprimer en découvertes de plaisirs, témoignage d'alliance retrouvée. Certes, c'est le sentiment de séparation qui rend coupable du besoin (cannibale) de mutiler, de tuer. Faute originelle ou malaise de civilisation, ne serait-ce pas ce désir qui ne se guérit pas de sa violence prématurée pour la mère cannibalisée qui nous a sevrés; violence pour l'autre à battre et morceler, rejeter ou tuer, violence pour faire disparaître la souffrance d'inégalité de l'autre sexe dangereux qui nous nargue, en se dérobant, ou nous séduit pour nous faire tomber sous le coup d'hors la loi?

Désir exacerbé lorsqu'une mère et un père, eux, ne supportent pas de libérer leurs enfants de leur dépendance inquiète, aux prises avec la crainte de leur solitude et masquant leur possessivité sur les fruits de leur chair du mot ambigu d'amour, alors que c'est par angoisse de leur propre dépossession d'avoir d'enfants et de pouvoir sur eux, qu'ils ne leur délivrent pas le droit aux découvertes des plaisirs et des risques de leur âge.

N'est-ce pas cette dépendance légale et prolongée, au-delà de la découverte par l'enfant des deux sexes de l'interdit de l'inceste, qui barre aux enfants de notre civilisation les élans à leur désir, l'exercice de leur liberté dans l'ensemble de la société à la recherche des compagnons et des activités de leur choix?

Colonisation de la jeunesse

LA PRATICIENNE : L'enfant découvre le monde de l'argent par les parents. Il voit les parents. Tous les enfants disent : « Tu vas aller acheter de l'argent. » Quand ils voient leur mère aller à la banque ou à la poste, elle est allée acheter de l'argent. Il faut leur expliquer, autant qu'on peut expliquer. C'est très mystérieux, l'argent.

Aujourd'hui c'est beaucoup plus difficile, en famille, d'expliquer à l'enfant le rôle de l'argent. Quand mes enfants étaient jeunes, l'argent représentait le travail, c'est-à-dire le métier de leur père. Les gens qui venaient lui demander d'exercer pour eux son métier le payaient. Nous, tous les citoyens, nous payons des impôts, et on leur expliquait, le jour où on payait les impôts, pourquoi : « Il faut payer les gens, la police, les gens qui font les routes, les gens qui font les trains, etc. » On pouvait dire : « Le travail représente de l'argent. » Mais, maintenant, avec les allocations familiales, les prestations, le chômage, etc., on touche de l'argent simplement parce qu'on est vivant. La société donne de l'argent aux gens vivants pour qu'ils restent vivants et qu'ils ne meurent pas de faim ou de maladie. C'est-à-dire qu'on donne à la vie un sens de valeur d'argent, au non-travail aussi.

Dans le temps, c'était plus clair quand c'était le père qui travaillait. Maintenant, non, ce n'est pas clair, par exemple, qu'une mère enceinte reçoive de l'argent parce qu'elle est enceinte.

L'ÉTRANGER : Et l'enfant est au courant de tout cela ?

LA PRATICIENNE : Il ne peut pas ne pas être au courant. Elle touche son allocation familiale. Il entend par la radio parler de prestations. Là aussi ce sont les droits : « Faites valoir vos droits. »

L'ÉTRANGER : Dans le temps, on peut dire que c'était le même cas pour les personnes très âgées qui touchaient leur pension : les grand-mères.

LA PRATICIENNE : Oui, mais ces pensions, elles se les étaient préparées elles-mêmes. Ce n'était pas l'État. C'était une retraite constituée par des retenues sur son salaire, qu'avait payée la vie de travail et qui faisait la pension vieillesse une fois qu'on ne travaillait plus... Mais maintenant, ce n'est plus ça. Un enfant, dès que la mère est enceinte, représente pour elle de l'argent. Pas autant qu'il va coûter, certainement, mais tout de même.

L'ÉTRANGER : Et cette histoire d'adoption d'enfants handicapés ? Ce sont les handicapés qui sont payés le plus cher ?

LA PRATICIENNE : Oui, la famille d'accueil est payée plus si l'enfant est handicapé.

Il y a une chose très curieuse. Quand des parents — des gens de chez nous, tout autant que des non-Français et non-Blancs, des Noirs, des Maghrébins, des Chinois — il y en a très peu chez les Chinois mais chez les Arabes énormément et chez les Noirs aussi — des gens qui n'élèvent pas eux-mêmes leurs enfants, les confient à l'Assistance publique en les visitant tous les dimanches, et ne paient rien pour eux, leurs enfants sont entièrement à la charge de la collectivité. On leur donne l'enfant du samedi au dimanche. Ils ne paient rien. Les enfants sont élevés complètement par l'Assistance publique. La seule chose, c'est que les allocations d'enfants que les parents toucheraient s'ils avaient l'enfant avec eux, vont à la pouponnière ou à la famille d'accueil. La nourrice qui élève leurs enfants est payée, mais ce n'est pas dit à l'enfant qui ne le sait même pas.

Je trouve ça très « immoral » au sens de la formation psychosociale. On paraît « aider » les parents. En fait, on déshumanise la maternité et la paternité. Les parents peuvent avoir fait élever leur enfant jusqu'à huit ans par la société. À huit ans, ils ont tous les droits sur leur enfant, sans jamais avoir rien payé pour lui. Je trouve ça nuisible à l'éducation civique. Qu'est-ce que ça va donner chez les jeunes, cette irresponsabilité institutionnalisée des individus, reconnus incapables ? Si on avait payé autant la mère qu'on paie la personne d'accueil, le couple parental, ou la mère seule, aurait la plupart du temps gardé son enfant. Et même si on l'avait payée beaucoup moins qu'on ne paie ces « travailleurs sociaux ». C'est un style de paternalisme démotivant, colonisateur de la société sur les individus irresponsabilisés et justifiés d'être tels. L'enfant est élevé par des gens mercenaires qui touchent de l'argent de l'Assistance publique alors que la mère n'est pas reconnue valable !

La D.D.A.S.S. paie beaucoup plus cher la personne d'accueil que ce que représente l'allocation donnée aux mères. Pourquoi ce système ? « Mais ce sont des gens qui n'élèveraient pas leurs enfants comme il faut ! » Voire ! Ils n'ont pas d'argent et ils ne sont pas soutenus pour s'occuper judicieusement de leurs bébés. Il pourrait y avoir un système d'accueil précoce, bébés avec mère et non pas bébés sans la mère. Des assistantes sociales les visiteraient comme elles visitent les personnes d'accueil pour contrôler que tout se passe bien entre l'enfant et la famille d'accueil et que l'enfant se développe correctement. Mais non. « Mais vous pensez ! Maintenant, c'est un métier d'être gardienne d'enfants. Alors, elles seraient toutes au chômage si on payait les mères deux ans pour chaque enfant à rester au foyer et un lieu de rencontres pour cette tranche de population dans chaque commune, chaque quartier de ville. » On est dans un monde fou.

L'ÉTRANGER : Une perversion globale. Et la D.D.A.S.S. ?

LA PRATICIENNE : C'est l'État ; c'est comme la S.N.C.F. La D.D.A.S.S. se fonde sur l'idée, le principe qu'il faut permettre à un enfant de vivre. « Les parents ne peuvent pas. Les pauvres, ils travaillent. » Ou : « La mère travaille. Elle ne peut pas s'occuper de son enfant. » Donc... « Mais, si vous lui payez ce que son travail lui rapporte, elle pourrait s'occuper de son enfant. — Ah oui ? Mais non. Ça, c'est une personne d'accueil qui va être payée pour que, elle, elle puisse travailler. » Ce sont des « redistributions ».

L'ÉTRANGER : La D.D.A.S.S. paraît être une autorité qu'on ne peut pas atteindre. Une espèce d'inquisition de la parenté.

LA PRATICIENNE : Une colonisation de la société

par la D.D.A.S.S. Les gens qui y travaillent sont des braves gens, administratifs, et l'ensemble constitue une administration très lourde.

On peut gagner sa vie à seize ans, on a le droit légal de gagner sa vie et, à dix-huit ans, on est majeur, c'est-à-dire qu'on ne dépend plus des parents, on peut les quitter sans que la loi vous appelle délinquant.

L'ÉTRANGER : Alors que, toi, tu dis qu'il y a des enfants qui arrivent beaucoup plus tôt à la maturité normale.

LA PRATICIENNE : Beaucoup plus tôt, très souvent déjà au moment de la puberté, ils sont déjà supérieurs à leurs parents en raisonnement et en maîtrise d'eux-mêmes, parce que ceux-ci, blasés, déçus, démotivés, ont régressé. Peut-être qu'à la puberté ils étaient au niveau où se trouve maintenant leur enfant, mais ils ont régressé du fait d'une peur de la nouveauté, des risques et aussi du piège de la possessivité de leur enfant. Si leur enfant les quitte, ils se sentent vieux, abandonnés, ont peur pour lui de l'audace de ses initiatives. Le colonisateur n'a plus autorité sur le colonisé.

C'est ce qui arrive quand ils n'ont pas traité leur enfant comme un égal en valeur humaine, fût-il encore moins expérimenté qu'eux. « Mais, après tout, tu verras par toi-même et tu feras ton expérience. Tant que tu es encore sous ma tutelle, je te défends de le faire. Garde tes idées pour après, si tu veux. »

On peut élever un enfant en exerçant une autorité que l'on sait temporaire parce qu'elle est légale. Si elle est éducatrice, cette autorité lui permet d'acquérir une expérience suffisante pour prendre, sans trop de danger pour lui et pour les autres, ses propres initiatives dans les limites de la loi pour tous. Malheureusement, la loi, de nos jours, ne permet plus aux enfants qui en seraient capables d'exercer leur liberté en s'assumant par le travail. Il faut attendre seize ans — et encore ; à cet âge, on n'a rien pour faire utilement un métier sauf manuel — et, on le sait, il n'y a plus de métiers manuels ! Il n'y a pas de logements possibles, il n'y a pas d'hôtels pour les jeunes — ou très peu — et ce sont des « foyers » de style paternaliste, semi-assistés, et non des hôtels où l'on peut simplement coucher et manger. Ça manque tout à fait dans la société. Un enfant, un adolescent n'a pas où aller s'il ne se plaît pas chez ses parents, quelles qu'en soient les raisons. Ce n'est pas juste ni sain. Donc, on continue à voir les effets d'une idée fondamentale qui régit nos sociétés, l'idée que les jeunes sont dangereux, qu'on doit les encadrer, les séduire, les prendre en charge. J'appelle cela colonisation de la jeunesse — quand ce n'est pas écrasement de celle-ci.

L'ÉTRANGER : Et de ne lui permettre de sortir qu'au moment où il est bien brisé et bien concassé pour ne pas exprimer quelque chose d'autre que ce qui lui a été enseigné.

LA PRATICIENNE : C'est ça. À lui de répéter le victimat qui fut le lot, à son âge, de ses parents. L'idée de quelqu'un comme Dom Hélder Camara, c'est la suppression de l'institution scolaire telle qu'elle est.

L'ÉTRANGER : Par ailleurs, on entend des cris de lamentations et de pitié quand les journalistes font des reportages dans des pays où les enfants peuvent travailler. Il y a aussi l'autre aspect : il y a l'exploitation.

LA PRATICIENNE : Il y a l'aspect d'exploitation. Oui, cela existe au nom de l'argent, de l'érotisme, du travail, certes, mais attention aux bons sentiments.

Aux États-Unis, par exemple, les enfants sont peut-être exploités, mais ils sont rudement heureux d'être libres de travailler pour gagner un salaire.

L'ÉTRANGER : La loi le leur permet ?

LA PRATICIENNE : La loi leur permet de travailler en partie et les assurances les couvrent en cas d'accident. Ici, soi-disant, on ne pourrait pas : le danger des assurances. Aux U.S.A., les assurances fonctionnent pour tout enfant qui travaille, fait la plonge, distribue les journaux. Il est payé pour tout travail qu'il fait et est assuré le temps qu'il travaille. Ce n'est pas un engagement à vie. Il reste libre.

Des gens m'ont dit avoir parlé aux U.S.A. avec des enfants qu'ils voyaient travailler comme jardiniers de squares, sortes d'ouvriers municipaux. C'était deux frères. Ils gagnaient de l'argent pendant l'été, pour payer à leur père l'université. C'est eux qui gagnaient la somme nécessaire au père pour être à l'université et se promotionner dans son travail. « Notre père veut devenir ingénieur. Il le deviendra en cinq ou six ans par les sessions d'été et nous, on travaille pour lui. C'est formidable. À nous deux, on rapporte assez à notre mère pour nous quatre. Nous sommes quatre enfants, voyez-vous ! »

L'ÉTRANGER : C'est très valorisant pour l'enfant. Alors que, selon une morale toute bête et quotidienne, on pourrait dire : « Le père se fait entretenir. »

LA PRATICIENNE : « Le père se fait entretenir », oui. C'est une relation d'amour qui est médiatisée par le fait que les enfants travaillent pour que le père puisse étudier pendant leurs vacances scolaires à eux.

L'ÉTRANGER : Il y a des lois qui ne tiennent pas compte de la réalité de chaque individu. Ce que tu disais tout à l'heure, c'est-à-dire les études prolongées...

LA PRATICIENNE : Oui, qui pourraient être des études toute la vie et du travail très tôt. Aussitôt qu'un individu voudrait travailler, il le pourrait, mais il pourrait aussi continuer ses études, même de façon temporaire dans l'année, avec alternance de travail et d'études rémunérés, et cela très jeune, au lieu d'être soumis à l'étude obligatoire jusqu'à seize ans, c'est-à-dire aussi à la dépendance financière et à l'autorité des parents. Il y a des garçons et des filles qui, dès douze ans, quatorze ans, n'ont plus d'intérêt pour les études et la vie scolaire. Ils y échouent, y perdent confiance en eux. Cependant, ils seraient capables de faire un travail artisanal, manuel ou en usine, art ou sport, ou toute autre activité très formatrice et maturante. Quand j'étais jeune, les gens travaillaient à quatorze ans et ça ne les a pas rendus moins intelligents que ceux qui continuaient des études, bien au contraire. À l'époque, ceux qui désiraient ardemment étudier obtenaient des bourses et payaient cette promotion intellectuelle de la dépendance pécuniaire immaturante. D'autres étudiaient par correspondance, tout en travaillant. Je pense que les temps sont venus pour que les études soient possibles à la carte dans tous les établissements d'enseignement et pour tous les citoyens. Les examens pourraient se passer non pas à dates précises, mais à la demande des candidats qui se sentiraient prêts pour s'y présenter. Ils y auraient ainsi des degrés de connaissances, sanctionnés par l'examen correspondant dans toutes les disciplines. Je suis convaincue que ce serait possible sans avoir le système que nous avons actuellement, le système d'école qui uniformise tout le monde dans la même mouture, tous en même temps, dans la même classe, et qui ne correspond pas aux curiosités de chacun et surtout au développement psychologique, social et politique (au sens non politicien du mot) de chacun. On passe bien le permis de conduire quand on se sent prêt pour affronter l'examen. Toutes les promotions dans toutes les connaissances et toutes les maîtrises pourraient être conquises dans des conditions similaires.

C'est cela que j'ai essayé et qui, en fait, expéri mentalement, actuellement, continue de porter ses fruits dans le système de la Maison Verte[61] : l'accueil des enfants de zéro à trois ans avec leurs parents.

Le principe, c'est que l'enfant s'initie à la société en y fréquentant des enfants de son âge et des adultes dans la sécurité de la présence des personnes adultes qu'il connaît et qui sont garantes pour lui de son identité. Ces adultes parentaux fréquentent aussi en sa présence des adultes de leur âge et d'autres enfants. C'est un lieu que les parents ne quittent pas, même une seconde. L'enfant le sait. C'est un lieu intermédiaire entre le foyer et les lieux institués comme les crèches ou les garderies, l'école maternelle, ces lieux de socialisation qui gardent un enfant à condition qu'il soit séparé de sa sécurité dans l'espace et dans le temps, de ce qui, dans son existence, répond de son origine, de son histoire. Et cela jusqu'à ce que l'enfant sache son identité et le sens des relations à sa personne dont sont chargés, par ses parents, les adultes qui, en l'absence des parents, s'occupent d'eux. On le sépare de qui fait sa sécurité, avant qu'il ne l'ait atteinte tandis qu'à la Maison Verte, il prend contact avec la société, les parents étant présents, si bien que toutes les épreuves qu'il y rencontre lui sont parlées par les personnes d'accueil que nous sommes et, en même temps, quand l'épreuve survient, il retrouve ses parents dans les bras de qui il récupère son intégrité de personne sociale, un moment éclipsée. Avant qu'il n'ait le langage parlé, l'enfant s'exprime par la mimique relationnelle à autrui, le jeu à côté ou avec les autres. Il acquiert ainsi la compréhension de lui-même et le savoir des droits limités que les adultes non parentaux, les personnes d'accueil ont sur sa personne et, en même temps, il apprend par l'expérience, l'attachement, le plaisir ou la peine qu'il fait ou qu'autrui lui procure, la valeur affective différente de chaque rencontre, le jeu des pouvoirs réciproques. Tout ça, ce travail de l'éducation d'avant trois ans qui est l'ouverture à la communication que nous essayons de susciter à la Maison Verte porte vraiment ses fruits. L'enfant fait l'expérience de sa liberté d'action, d'initiatives dans des jeux solitaires ou partagés avec d'autres et jamais dirigés. Sa liberté dans le respect de celle des autres et sa maîtrise de lui-même sont conquête quotidienne au fur et à mesure que l'enfant se développe. Alors, on voit vraiment les parents, eux aussi, changer, être moins anxieux des difficultés et des échecs dans les amitiés des petits entre eux. Ils constatent l'amélioration de l'équilibre caractériel de l'enfant. Il perd les petits troubles du sommeil ou de l'appétit. Parfois un retard moteur apparent disparaît en quelques après-midi de fréquentation libre d'autres enfants. Il apprend à vivre au milieu des autres et il découvre la sécurité en société autant qu'avec sa mère. Au début, toujours dans ses jupes, et peu à peu, il ne s'occupe plus d'elle et n'y revient que pour goûter ou se reposer d'une dispute un peu éprouvante avec un ou une autre. Ensuite, il demande à aller en garderie. La mère dit : « Mais je ne serai pas avec toi. » Et c'est l'enfant qui peut signifier ou dire : « Je n'ai plus besoin de toi », et c'est vrai. Il est prêt parfois plus vite que père et mère à se sevrer de leur présence, sûr de sa filiation et des droits limités sur sa personne des adultes mercenaires.

L'enfant peut s'auto-materner, assumer seul ses besoins, puis s'auto-paterner, c'est-à-dire se conduire dans le lieu social où il est temporairement confié selon les règlements implicites ou explicites en vigueur dans ce lieu. C'est ça, cette éducation d'avant l'Œdipe ; c'est au cours du début de l'Œdipe que vient alors l'âge de l'école et l'envie pour des acquisitions dirigées.

Comme ce n'est pas fait dans la plupart des foyers, ce devrait être assumé par l'éducation latérale, c'est-à-dire les éducateurs payés pour être éducateurs. Or cela n'est pas fait du tout à l'école puisqu'il s'agirait d'éduquer les jeunes avant l'âge de la puberté à tout ce qui leur sera nécessaire, garçon et fille, pour assumer leurs responsabilités relationnelles sexuées et affectives, devenir chef de famille et mère de famille, responsables de l'autre élu et co-responsables des charges d'un couple. Enseigner les droits de l'homme, quel que soit son âge et son sexe, oui, c'est indispensable, de même qu'enseigner les devoirs vis-à-vis du groupe. Cet enseignement concernant leur vie dans la réciprocité de l'entraide, particulièrement quand vient la saison des attractions sexuelles génitales et émotionnelles, cette formation à la responsabilité masculine et féminine spécifique devrait être enseignée aux garçons et aux filles, à mon avis, entre six et quatorze, quinze ans. L'entraînement à savoir s'occuper des jeunes enfants et savoir la pratique de la cuisine — aussi bien pour les hommes que pour les femmes —, de l'hygiène et de l'organisation d'un logement est aussi indispensable, car ils auront, un jour proche, ces problèmes à résoudre. Si ce n'est pas fait dans la famille, ces jeunes sont totalement démunis, source de déboires et d'échecs psychosociaux. On voit des jeunes bardés de diplômes totalement incapables de s'assumer pratiquement, ou des enfants élevés en institutions, à qui personne n'a jamais enseigné à rien faire. Il faut devenir couturière pour toucher une aiguille ou une machine à coudre. Il faut devenir menuisier pour toucher un marteau. Dans la maison où ils vivent, leur foyer déserté du père ou de la mère, ou bien dans leur école, ils ne font aucun des travaux qu'un père ou une mère doit faire dans un intérieur pour l'entretenir. Ils ne savent pas entretenir une maison. Comment pourront-ils être père et mère de famille ?

C'est la même chose pour ce qui est d'entretenir leur propre corps. Quand j'en ai parlé autrefois

— j'en ai toujours parlé — aux femmes responsables, des femmes des groupes communistes, par exemple, avec qui un moment j'essayais de penser l'éducation, je préconisais des après-midi de stages en crèche et maternelle. Ce fut le tollé. « Comment ? Voir les filles des écoles apporter leurs microbes dans les pouponnières ! » Je dis : « Mais alors, quand elles étaient à la maison, du temps des familles nombreuses, elles apportaient leurs microbes à leurs petits frères ou sœurs ? Elles apprenaient leur futur métier de mères. Pourquoi dans les écoles et lycées l'entretien n'est-il pas assuré par les élèves encadrés de moniteurs de pratique d'entretien des locaux ? » Tollé ! L'école est faite pour s'instruire, pour faire des cerveaux, pas des mamelles. Très bien quand tout cela est enseigné en famille. Mais ça ne l'est plus. On instruit des manchots.

C'est une angoisse. Ce qui n'est pas fait à la maison, ça n'existe pas.

Entre huit et treize ans à peu près, dix, quatorze ans, tout ce qui est manuel doit être acquis — du moins les bases — avant la puberté. C'est l'éducation ; ce n'est pas l'instruction. Ça pourrait être fait dans les écoles. Les grands après treize, quatorze ans, s'occuperaient des petits, aideraient à tous les niveaux : aux cuisines, en récréation, aux ateliers, ils aideraient le personnel administratif suivant le niveau de leurs connaissances. Avant cet âge de véritable auxiliariat des adultes par les adolescents, entre neuf et quatorze ans, tous les enfants peuvent partager les charges d'entretien tant à la maison qu'à leur école — le ménage, la cuisine, s'occuper des petits. Tout ça, comme dans une famille, ça peut être fait dans ces groupes qui sont des familles artificielles. Quelquefois, quand un adulte éducateur en prend l'initiative, il y a des enfants qui participent. Heureusement, ça existe dans certaines colonies de vacances, mais c'est beaucoup trop rare. Les éducateurs sont payés pour ça ; ils ne veulent pas que les enfants alourdissent leur travail. Ça va bien plus vite de faire soi-même, sans montrer aux autres comment le faire. Je trouve que c'est très dommage et qu'aucune réforme ne s'intéresse à ce problème de l'incurie pratique.

L'ÉTRANGER : Il y a les scouts.

LA PRATICIENNE : Mais les scouts, ça se passe dans la même classe d'âge. Ils ne s'occupent pas des plus jeunes. Des cheftaines adolescentes, des chefs adolescents s'occupent des jeunes et ce n'est pas mal. Ils s'occupent d'enfants qui sont déjà post-œdipiens et qui savent déjà se débrouiller, mais c'est dans des activités de plein air, ce n'est pas s'occuper de la maison, leur maison, se préparer à l'habileté nécessaire, résoudre les problèmes pratiques quotidiens. Dans toutes les pensions, on fait venir des techniciens pour mettre les rideaux, réparer l'électricité, etc. Tout ça devrait être fait par les enfants dirigés et enseignés par des éducateurs moniteurs artisans qualifiés. Pourquoi est-ce que les enfants ne l'apprennent pas ? Non pas la technologie du vrai métier, mais tout ce qui est nécessaire à l'entretien et aux travaux quotidiens dans une maison !

Il y a des pères et des mères qui enseignent ça. Ils enseignent la cuisine, le père à tenir la maison, à repeindre, à remettre en état et, s'ils ont un jardin, à l'entretenir. C'est vrai, mais de moins en moins, maintenant que les familles sont nucléaires et que les couples se séparent pour un oui pour un non, qu'on n'a même pas un bien ensemble. Mais à l'école, tout cela n'est pas envisageable. Je trouve cela très grave.

L'intelligence des mains, l'habileté artisanale, c'est la première forme de l'intelligence humaine, première non pas infantile, première créative. L'éducation des sens devrait prendre tout le temps de la vie scolaire. L'apprentissage professionnel en fin de scolarité ne remplace pas cet enseignement de tous les enfants à être adroits et efficaces dans des activités utilitaires et créatrices.

Faire quelque chose de ses mains, c'est un minimum pour un être humain. L'intelligence, c'est d'abord d'avoir les mains. Ensuite, on manipule avec le mental. Il y a des gens qui sautent l'étape des mains, mais il y en a très peu qui peuvent le faire, qui continuent d'être intelligents sans avoir de mains. On dirait des dauphins. Ils sont comme ça, ils ne font rien chez eux, ils mettent les pieds sous la table, attendent d'être servis, répugnent à l'activité pratique, ne pensent ou ne savent rien faire. En fait, ce sont des infirmes et ils se privent de beaucoup de plaisir.

L'ÉTRANGER : Plus tard, après cet âge, tu dis que c'est trop tard pour faire cette éducation ?

LA PRATICIENNE : En bien, j'ai dit que c'est trop tard parce que c'est un fait et que c'est l'âge où l'enfant est intéressé par la maîtrise des choses, que c'est à ce moment-là qu'il doit être soutenu à s'exercer dans ces tâches utiles et agréables, devenir un égal des adultes dans la maintenance des lieux et les initiatives organisatrices des lieux de vie.

Qui dira ?

Qui dira la solitude des amants emmurés dans l'incommunicabilité de leurs corps opaques après l'étreinte qui les apaise et leur donne l'éphémère certitude d'être totalement accordés à eux-mêmes et au monde.

Qui dira la solitude d'une mère devant le sommeil de son enfant dont le jeune destin réserve son inconnu, le corps, le regard, le parler, les jeux, le mystère d'un penser qui s'incarne et qui lui reste impénétrable ; la solitude du père face à la confiance aveugle de l'enfant dans la femme, des parents regardant leurs enfants, autrefois promesses qui au jour le jour font place à des réalités imprévues, et la réponse toujours autre qu'attendue aux questions que les géniteurs posent, pour trouver des réponses qui les sécuriseraient, à leur descendance distraite, confiante en son avenir ou n'y pensant pas, ignorant ce qu'il en est de leurs parents qui vieillissent, la solitude des jours sans nouvelles de ceux qui ont quitté leur toit.

Qui dira dans les plus joyeuses fêtes, la solitude de ceux qui aiment sans être aimés, de celles que désirent ceux qu'elles ne désirent pas.

Qui dira la solitude des compagnons de tous les jours au travail, dans les villes, inconnus de leurs voisins, où rien de la douleur secrète éprouvée au foyer ne peut se dire, la solitude du riche, du possédant toujours envié, la solitude du pauvre honteux de désirer sans avoir rien à offrir, la solitude de l'enfant qu'on prend pour un jouet, de celui dont les parents ne se désirent pas, ne s'aiment pas ou se haïssent, la solitude de l'infirme, la solitude du malade en guerre impuissante avec son corps qui le trahit, la solitude des vieux de qui plus personne n'a besoin, la solitude où l'homme perd confiance en lui-même et dans tous les autres, qui ôte jusqu'à l'espoir, jusqu'au sentiment même de la solitude — le dément.

Mères porteuses et animaux de compagnie

L'ÉTRANGER : «Tout être vivant s'origine dans un co-être avec un organisme porteur.» Ça me rappelle ta fréquentation de Jean Rostand[62].

LA PRATICIENNE : Ça voulait dire porté par l'organisme même qui l'avait élaboré, qui l'avait pondu. Mais maintenant, il y a des utérus porteurs qui ne sont pas l'utérus de la femelle ayant donné l'ovocyte.

L'ÉTRANGER : Qu'est-ce que cela implique ?

LA PRATICIENNE : Ça implique déjà que les humains sont arrivés à trafiquer la nature de façon que l'ovocyte d'une mammifère peut se développer dans l'utérus d'une autre de la même espèce mais ne peut toujours pas se développer dans le péritoine d'un mâle de cette espèce. Il faut vraiment un utérus d'une femelle de la même espèce que celle dont vient l'ovocyte.

LA NÉGRESSE VERTE : On parle beaucoup à présent de cette histoire de «mères porteuses»; on discute surtout des problèmes juridiques.

LA PRATICIENNE : Oui, on craint des problèmes juridiques car la mère porteuse peut être décidée à donner le nouveau-né dès sa parturition ; et puis, dès qu'il est là, elle ne veut pas le donner.

Cela rejoint l'histoire de cette femme qui avait décidé qu'elle plaquerait son mari le jour de la naissance de l'enfant (dont elle ne voulait pas) ; mais la naissance de l'enfant l'a complètement fait muter de caractère et d'option par rapport à son époux et par rapport à cet enfant[63]. Dès que l'enfant est sorti d'elle, elle s'est mise à aimer son homme et à ne pas pouvoir se séparer de cet enfant. C'est lui qui a conservé vis-à-vis de sa mère l'attitude de mise à distance qu'elle avait eue en le portant. Elle l'a vraiment porté comme une mère porteuse et, à sa naissance, elle l'a investi comme son enfant chéri, à sa grande surprise à elle.

Il y a des mères porteuses qui seront comme ça. D'où les problèmes juridiques des pères et mères légaux, le père étant fécondateur puisque c'est avec le sperme de cet homme qui veut être le père légal que cet utérus a été fécondé. Et elle, la mère porteuse, refusera, à la naissance de l'enfant, de le lui donner à lui et à son épouse légitime stérile ; elle peut le refuser. La loi ne pouvant l'obliger à donner cet enfant au couple du père fécondateur, car il semble que le contrat écrit n'a pas de valeur devant le contrat implicite de la vie entre la mère nidante qui désire allaiter son enfant et une femme qui biologiquement n'est rien pour cet enfant sinon désireuse de l'adopter.

Avec les possibilités technologiques des mères porteuses, c'est devant de tels problèmes que l'on peut se trouver, humainement et juridiquement. Problème juridique de maternité à deux niveaux — charnel sans désir émotionnel d'un côté, sans lien charnel de l'autre —, niveaux de désirs de maternité qui sont séparables l'un de l'autre, mais qui peuvent être conjugués.

LA NÉGRESSE VERTE : Du point de vue du fœtus, s'il survit, c'est que ça lui convient. C'est tout ce qu'on peut dire. Parce que, après toute la période fœtale, le fait de changer de mère au moment...

LA PRATICIENNE : ... pourrait le traumatiser gravement au point de vue de son évolution. On le saura plus tard, nous n'en avons pas d'observations suffisantes pour en tirer un enseignement.

S'il survit, c'est qu'en quelque chose, ne serait-ce que pour la survivance physiologique, ça lui convient. Mais peut-être qu'au point de vue psychologique, ça l'aura marqué.

Tel l'enfant de cette mère, furieuse contre son homme qui l'avait fécondée, et qui a été marqué par une gestation de rejet ; il est devenu un être sain, très brillant, social, mais pas du tout affectif, ni négatif ni positif vis-à-vis de sa mère ; refusant les baisers de sa mère et de toute personne dès son tout petit âge, mais, dès la marche, un être social avec les autres enfants.

L'ÉTRANGER : Il y a eu en France le cas de ces deux sœurs dont l'une a porté l'enfant de son beau-frère pour le donner à sa sœur stérile.

LA PRATICIENNE : Oui, mais je ne sais pas la suite. Je ne sais pas du tout ce qui s'est passé. Les journaux n'en ont plus parlé quand l'enfant est né. Quelques photos et c'est tout.

J'ai entendu parler d'un adolescent en psychothérapie qui a été conçu par une mère porteuse. Son père était allé aux États-Unis pour chercher une mère porteuse qui accepterait de donner son nouveau-né au couple de cet homme. Tout a bien marché. Mais le couple s'est dissocié quand l'enfant avait trois-quatre ans. Je ne sais plus par qui il a été élevé. La personne qui m'en a parlé, qui connaît le psychothérapeute, m'a dit que cet adolescent est très tracassé : il voudrait savoir le nom de sa mère porteuse, non pas la connaître au sens d'entrer en relation avec elle, mais il voudrait la voir ; il voudrait, de ses yeux, voir de quelle femme il est issu. Et c'est très compliqué, ce n'est pas possible puisque le père ne le sait pas. Ce garçon n'a pas de sentiments filiaux vis-à-vis de sa mère légale dont son père s'est séparé et très peu de sentiments filiaux vis-à-vis de son père. Justement, il n'a pas eu de sentiments positifs, et pas non plus de sentiments agressifs, mais il sait depuis qu'il est tout petit qu'il est né d'une mère porteuse et du sperme de son père. Ça ne lui a pas été caché.

Il n'est pas bien particulier par rapport à d'autres, mis à part ce désir obsédant de voir la femme qui l'a porté jusqu'à terme. Peut-être est-ce parce que c'est impossible à réaliser, qu'il ne peut se défaire de ce désir fantasmé. Il dit : « Ce n'est pas que je l'aime, mais je voudrais la voir. » Est-ce parce que c'est une castration et qu'il voudrait la transgresser que les pulsions épistémologiques de l'être humain prennent cette forme chez lui ? C'est possible.

L'ÉTRANGER : Bon. Ça, ces histoires d'animaux...

LA PRATICIENNE : Mais c'est parce que l'être humain a aussi quelque chose d'un mammifère. C'est pour cela qu'il m'a semblé nécessaire de parler de ce qui relève du schéma corporel qui n'est pas l'image du corps, mais qui est pourtant comme une sorte de pré-langage relationnel. Cela vient de la maîtrise de l'homme sur les animaux.

Et sur les plantes aussi, quand il fait une greffe. Les animaux de compagnie sont des objets transitionnels non pas entre le sujet humain et une personne extérieure, mais entre le sujet humain et une partie de lui-même, la part non verbalisable de ses affects. C'est à l'intérieur de lui-même, l'animal jouant le rôle de lui petit avec un adulte quand il était petit, un adulte qui le protégeait... ou qui l'exploitait. Et il est ainsi avec son animal de compagnie qu'il éduque et dont il refoule les pulsions, comme les siennes ont été refoulées. L'animal qu'il a éduqué et qu'il dresse à être un animal d'exhibitionnisme, comme lui l'a été, toutes proportions gardées, par l'éducation. Je crois que ceux qui dressent les chiens, ceux qui dressent les animaux, sont des gens qui font avec l'animal ce qu'ils ont ressenti leur avoir été fait.

L'ÉTRANGER : Il y a des animaux, des chiens par exemple, qui ressemblent étonnamment à leur maître.

LA PRATICIENNE : Oui ! Il y a un mimétisme. Même la démarche. Tout est pareil. Une espèce de fusion.

Ils deviennent un objet partiel du corps de cet humain. D'ailleurs, la preuve en est que, quand cet humain meurt, ils vont sur sa tombe ; ils ne veulent plus être nourris et ils sont attractés par la masse corporelle qui est là sous la tombe. On raconte, et c'est vrai, des histoires d'animaux en détresse qui vont là où leur maître a été enterré et y meurent de chagrin. D'état dépressif.

Il y a d'un côté cette fusion et aussi une interférence dans le schéma corporel, expliquant que par-delà le mutisme et le deuil de la communication de tendresse, l'image du corps en détresse en perd ses fonctionnements physiologiques.

L'ÉTRANGER : De l'autre côté, il y a les humains qui se comportent avec leurs animaux comme s'ils étaient des objets, disons, temporaires. Ils les abandonnent, froidement.

LA PRATICIENNE : Comme s'ils en avaient besoin ; ce sont pour eux des objets utilitaires, le temps pendant lequel ils leur sont utiles. Et quand ils ne le sont plus, qu'ils leur coûtent trop cher ou leur compliquent la vie, ils s'en débarrassent, justement parce qu'ils n'aiment pas cet animal-là. Ils ont besoin un temps de cette présence, de leur chaleur mais, en juillet, ça les gêne. Au mois d'octobre, en revenant chez eux, ils reprendront un autre chien mais ils n'ont pas, ils n'élaborent pas une relation de sujet à sujet. Ils ont besoin d'une compagnie qui n'est pas personnalisée pour eux. Je pense que c'est parce que ce sont des humains qui eux-mêmes ne se sentent pas des sujets ; ils ont des rôles fonctionnels dans leur couple, des rôles dans leur famille, leur travail, un rôle, mais ils n'ont pas une structure de sujet.

C'est un être humain, mais il n'a pas de cœur. Il y a beaucoup de pères et de mères qui sont comme ça avec leurs enfants. Parce qu'ils sont déjà comme ça avec eux-mêmes ! Ils se rejettent quand ils ne se satisfont pas. Ce n'est donc pas un comportement particulier vis-à-vis d'animaux ; c'est une structure de dépendance physiologique à quelqu'un, mais pas de relation personnalisée à un être vivant qui est respecté en tant qu'il est aimé. Cet autre est comme une robe usée, un vêtement usé : on le remplace par un autre. Ce n'est pas comme une créature particulière, irremplaçable, exceptionnelle. Sa vache ne lui donne plus de lait ? Il la vend et en a une autre. Mais ce n'est pas un animal de compagnie. Il la traite comme un animal de valeur d'argent, de service utilitaire. Un chien, c'est utilitaire pour la compagnie ; pas comme une vache utilitaire alimentaire. De même pour un cheval de course qu'on élève pour qu'il gagne des courses mais qu'on tue immédiatement s'il est blessé.

Kaspar Hauser, l'enfant séquestré, a continué de vivre selon sa génétique. En ce sens-là, il était dans les conditions d'un mammifère habituel. Mais c'est parce qu'il a été privé de relation d'éducation qu'un enfant de ce type génétique aurait dû recevoir qu'il a fait preuve d'abord d'une très grande résistance, ensuite d'une extraordinaire adaptabilité tardive.

Je crois que c'est quand un être est encore jeune qu'il peut apprendre. Et là, il a pu apprendre en étant déjà adulte de corps. Il a su monter à cheval comme s'il s'était exercé sans devoir s'entraîner aux épreuves corporelles qu'implique l'équitation. Il savait. Quelqu'un comme lui peut faire comprendre qu'il y a des potentialités génétiques qui sont innées, développées ou non développées.

Je suis par exemple convaincue qu'il y a des musiciens n'ayant pas appris, étant jeunes, le code des sonorités musicales et qui, à cause de ça, n'ont pas pu développer leur talent de compositeur ou d'exécutant, mais vont le transmettre à leurs enfants — quelques-uns —, sans savoir qu'ils sont eux-mêmes musiciens. Mais ça, on ne peut pas le deviner. Peut-être plus tard on arrivera à le savoir.

Une histoire comme celle de Kaspar Hauser

nous fait réfléchir. Dans l'éducation qu'il a reçue, la classe éthique de cet homme est surprenante. Elle semble avoir été due à une sélection génétique due à son origine familiale.

Solitude et communication

Accepter de laisser passer sans prendre, sans rejeter, de voir, d'entendre, en regardant, en écoutant même sans comprendre, c'est accepter, mêlé aux autres, la solitude. C'est se reconnaître humain, désir sourcé dans la chair, désir qui, à la tête, au cœur, parle aux entrailles, au sexe, appelle, désir qui entend celui des autres, désir incarné toujours, qui se connaît à jamais séparé, dans l'espace, des objets qui le suscitent dans le temps, des fruits de ses accomplissements, des suites inconnaissables de ses actes, fussent-ils les plus matérialisés, et plus encore les subtils dont les fins nous échappent et que notre désir voudrait maîtriser.

C'est s'accepter témoin, exemple, illustration individuée éphémère d'une espèce dont le désir jamais ne peut trouver dans notre corps caduc et dormeur, justification de ce qui dans nos rêveries et nos songes contredit les limites de notre pouvoir, le sens d'une vérité que nous sommes impuissants à appréhender et à assumer dans nos actes, et qui échappe à nos paroles tout en s'y glissant à notre insu.

C'est accepter le conditionnement sexué parce que notre raison s'amarre à la réalité, celle de notre corps, c'est accepter de maîtriser les élans de chair qu'amour ne soutient pas ; et accepter — par ce qui garde mémoire, en notre esprit, de nos perceptions et médiations de corps — de connaître l'insensé dont s'origine le mot « amour ». C'est accepter la déraison comme certitude d'une raison plus lucide que l'intelligence.

C'est reconnaître en la haine l'amour qui s'y masque par pudeur ou par prudence, et savoir que, dégradés, amour et désir s'accomplissent sous masque de travail ou de vertu.

Et pourtant être, homme ou femme, c'est accepter le destin de cette fallacieuse unité prénommée au jour de notre naissance, centre que nous ne connaissons que par sa périphérie, avec ces contradictions dont notre parole ne peut répondre, et c'est accepter de nous aimer par amour de ceux qui nous aiment.

C'est accepter d'ignorer le commencement et la fin de cette apparente unité d'individu que je suis, avec ce corps dont la naissance a été par d'autres déclarée, dont la mort par d'autres encore le sera, toutes deux et leurs franges ainsi par les autres assumées, l'histoire mienne par d'autres déterminée, par d'autres racontée, oubliée, par moi toujours affabulée. Et pourtant de mes actes me sentir responsable, alors que moi ne suis quand je parle qu'un halo irisé impuissant à me connaître, ni dans l'espace où mon apparence me déconcerte, ni dans le temps où mes souvenirs comme mes projets n'ont pas les autres pour référents.

Ce vécu de trajectoire que dans ma solitude j'appréhende comme mon histoire, en suis-je l'objet ou en suis-je le sujet ? Sans la communication, moi sans les autres, sans lieu ni temps, serais-je ? Suis-je ? (puisqu'aux autres je les dois tous deux). Comme l'a dit Merleau-Ponty, dans cette «trajectoire du vécu», lorsqu'elle est acceptée, «la solitude et la communication ne doivent pas être les deux termes d'une alternative, mais deux moments d'un seul phénomène». Oui, ce phénomène qu'est l'Homme transparaît, pour les autres qui en sont témoins gratifiés, lorsqu'un enfant, un adolescent, une jeune fille, un homme, une femme, inconscients de leur nécessité, dans une parfaite coïncidence entre leur âge, leur apparence, leur expression dans l'espace où ils ne sont que relief et ombres pour leur surface qui renvoie la lumière, deviennent prismes éphémères de leur espèce qui s'y exemplarise à leur insu, tels qu'ils sont, quand ils se donnent dans une présence qui s'ignore, riches de cette vie qui les habite et les anime dans une rayonnante simplicité qui ruisselle d'eux-mêmes. Ils sont là présents avec et pour les autres, naturellement donnés dans une communication vivante qui s'exprime en éblouissante vérité. Émouvant phénomène humain.

Isolement sensoriel : sourds et aveugles

L'ÉTRANGER : À force de t'écouter, j'ai une oreille qui bourdonne. C'est peut-être à cause de ça que j'ai envie qu'on parle un peu de la solitude sensorielle. Tu as travaillé beaucoup sur les sourds et non-entendants.

LA PRATICIENNE : Oui. Les sourds et les non-entendants sont à la recherche de la communication, sans comprendre le remuement des lèvres et les mimiques des parents avec lesquels ils entrent en contact. Entre eux s'installe une espèce d'intuition, une ambiance d'intercommunication, mais pas du tout avec un code de communication qui soit symbolique et compréhensible par d'autres et pas seulement par les proches.

L'ÉTRANGER : Qu'est-ce qui t'a fait travailler avec les non-entendants ? Peut-être parce que tu as été la première à faire de la psychanalyse d'enfants.

LA PRATICIENNE : Oui. Peut-être aussi parce que notre appartement, rue Saint-Jacques, habité depuis 1942, a ses fenêtres qui donnent sur la cour de l'Institut des jeunes sourds de la région parisienne, mitoyen avec notre immeuble. Et puis parce que, à mon séminaire de pratique psychanalytique de l'École Freudienne, était venu un couple d'enseignants de cet Institut — psychanalysés sans être thérapeutes par rencontre contractuelle avec un enfant —, la femme chez les petits, l'homme, son époux, chez les grands adolescents en formation professionnelle.

Quelle était la différence entre un enfant fou entendant qui ne parle pas et un enfant sourd rendu fou de ne pas comprendre son entourage familial ni d'être compris de lui, et surtout rendu fou d'être séparé de ses parents pour entrer dans un pensionnat pouvant assumer son instruction spécialisée ?

Cette scolarisation, loin du domicile familial, est nécessairement la première séparation d'avec leur mère et leur famille pour beaucoup d'enfants. Isolés par leur surdité, ils sont restés avec leurs parents, surtout la mère et leurs frères et sœurs, jusqu'à six ans, âge de l'école obligatoire. Puis du jour au lendemain, ils en sont séparés, alors que c'était la mère, le père moins souvent, ou un frère ou une sœur très proche qui, pour eux, faisait la médiation avec le monde. Pour certains de ces enfants il faut deux ans de récupération émotionnelle avant que, confiants en eux-mêmes, ils puissent profiter de l'enseignement spécialisé d'un code de communication, la langue des signes ou la compréhension du langage parlé par lecture sur les lèvres.

J'ai voulu participer avec ces enseignants à leurs recherches concernant la communication entre sourds et entendants. Nous avons étudié le comportement d'un enfant de six ans dont on ne savait pas s'il était fou ou s'il était autiste, et d'un autre dont on ne savait pas s'il était caractériel ou sous le coup d'un traumatisme familial. On les croyait tous les deux non entendants et c'était la raison de leur orientation scolaire spécialisée. L'un s'est avéré entendant et est devenu sain en fréquentant les sourds. Il ne peut parler que le langage des sourds, alors qu'il entend, mais il ne répond qu'en langage des sourds ; il ne répond pas avec sa voix. Son évolution lui a permis depuis d'accéder à l'échange. Maintenant, il parle.

Donc, avec cette institutrice chargée de la première classe de cet Institut pour sourds et confrontée à ces enfants, sourds ou non, tous en état de traumatisés familiaux ou sociaux, nous avons essayé de comprendre en psychanalystes leur refus de contact ou de communication. D'après la relation de tel enfant à elle, le refus pouvait être affectivement positif dans le comportement négatif. Elle, étant analysée, avait compassion et désir vrai d'entrer en communication avec ces enfants qui lui étaient confiés.

Voilà les multiples raisons qui m'ont fait m'intéresser aux sourds. Ayant connu ces personnes dans mon séminaire, nous avons constitué un sous-groupe avec des gens analysés s'occupant de sourds à des titres divers : soit au contact d'adultes professionnellement, soit les pré-adultes pour l'enseignement professionnel, soit les scolaires d'un professeur de classe de troisième — des adolescents des deux sexes — cette institutrice qui était chargée des débutants afin de les rendre scolarisables, et aussi des médecins chargés de direction de services spécialisés concernant les sourds et malentendants. Moi-même, dans mon travail psychothérapique, en consultation, je m'occupais d'enfants et d'adolescents névrosés et sourds.

Ainsi constitués en groupe, nous nous réunissions régulièrement pour exposer chacun aux autres son expérience et nous éclairer des réflexions mutuelles. Les réunions avaient lieu deux fois par mois. Nous avons eu ainsi cinq années de travail dans ce sous-groupe de séminaire. Il vient de sortir un travail dû à l'une des participantes, très intéressant sur ce qui s'est éclairé entre nous à propos d'un élève qu'on avait diagnostiqué sourd et qui était psychotique[64]. C'est maintenant un enfant intelligent, entendant, mais il est scolarisé chez les sourds et ne veut pas vivre avec des enfants entendants. S'il retourne chez les entendants, il va redevenir psychotique. Il se sent très bien adapté et accueilli chez les sourds, d'autant plus que ses parents veulent le croire sourd. Ils ne peuvent admettre que sa surdité jusqu'à six ans était un symptôme. Dès son jeune âge, c'est comme sourd que sa mère l'a reconnu, comme enfant à aimer et à élever différemment de tous les autres. Le problème avec cet enfant est qu'en classe il est bon élève, qu'il aime ses camarades, parle avec la maîtresse et les adultes, se sert de la langue des signes comme ses camarades, mais l'établissement n'est pas fait pour un cas si marginal ! Ne devrait-on pas avoir le droit de s'instruire avec les sourds, même si on ne l'est pas ? Beaucoup d'enfants musiciens sans le savoir et qui le découvrent plus tard restent bien en classe avec des enfants qui n'ont pas l'oreille musicale ! De même des enfants peintres ou doués de façon marginale.

L'ÉTRANGER : Tu te souviens de l'histoire de cet enfant ?

LA PRATICIENNE : Non, ça a été étudié au jour le jour entre nous et c'est dans le vif de notre intérêt pour ces cas cliniques que notre travail psychanalytique à tous, dans le groupe, s'affinait. Ce n'est pas les détails de ce cas qui sont importants ici.

Avec ces personnes psychanalysées et travaillant auprès des enfants sourds ou de leurs familles, nous avons fondé une petite association qui s'appelle « L'Arc-en-ciel[65] » (Association Enfance et Communication) qui a notamment trois buts et applications. D'abord, aider les parents qui apprennent l'infirmité de leur enfant. Le jour où l'on apprend que son bébé ou son jeune enfant est sourd, c'est un énorme traumatisme dans une famille. D'une minute à l'autre, cet enfant que l'on grondait, sur lequel on criait, qu'on secouait pour qu'il écoute, que l'on croyait inaffectif ou inintelligent, on le regarde avec compassion, on ne lui dit plus rien, on le traite comme un Martien, on est comme raciste vis-à-vis de lui. Tout ça parce qu'on vient de découvrir le diagnostic médical selon lequel c'est un enfant sourd et donc, que ça annule tout ce qu'on enseignait comme éducation... On disait : « Il ne veut pas écouter. Il est méchant. Il ne veut que se coller à moi », etc. Tout ça prend un autre sens : « C'est un infirme ! Qu'allons-nous devenir ? Vite une prothèse... » C'est l'appareil manquant qui obsède les parents ; et le sujet, le sujet du langage et de l'amour qui cherche à s'exprimer, on ne le considère plus que comme objet à « réparer ».

Nous avons compris que dans les quelques semaines qui suivent la révélation, l'oto-rhino-laryngologiste, le neurologue, le phoniatre disent : « Votre enfant, il est sourd ; il n'entend pas. » C'est tout. On dit bien aussi aux parents : « Il y a beaucoup d'enfants comme lui. Il sera sans doute appareillé. Vous verrez cela. Et puis, il y a dans la région un établissement scolaire spécialisé pour les sourds. Vous l'y mettrez. Il ne faut pas vous en faire. » De bonnes paroles visant à colmater l'angoisse de cette révélation. Et puis, c'est tout. Les gens restent avec leur problème et l'enfant avec ce drame que les parents ont vécu et le sien, celui d'être tout à coup pris dans un diagnostic dont il ne comprend pas le sens, qui fait changer le style de comportement de ses parents et surtout avive leur souffrance de parents angoissés.

Nous pensons que des entretiens tout à fait libres avec ces parents et leur enfant sont indispensables, à condition que l'esprit « médical » en soit exclu. Un travail de convivialité humaine entre entendants et non-entendants, le maintien et le développement du lien symbolique, autrement dit ni sa rupture, ni son substitut compassion pour un handicapé. Qu'il y ait ensuite des problèmes médicaux, c'est autre chose.

Le choc, cela arrive même à quelqu'un de non névrosé, mais le choc peut être l'ouverture à une relation névrotique. Nous croyons possible d'empêcher cette évolution douloureuse si l'enfant est « entendu » en même temps que ses parents dans ces entretiens qui font suite au choc du savoir de son infirmité auditive.

Deuxième but de notre association : enseigner la langue des signes aux parents et à ses frères et sœurs entendants pour que l'enfant puisse communiquer à distance du corps avec les signes d'une langue que parlent dans son pays les adultes sourds. Ainsi l'enfant, seul sourd dans sa famille, peut communiquer à la fois en famille et en société au-delà de son foyer.

Et le troisième but de notre association entendants-non-entendants, c'est de promouvoir la fabrication de films pour enseigner aux enfants entendants comme deuxième langue entre huit et dix, douze ans la langue des signes par vidéocassettes. Je pense que beaucoup s'y intéresseraient. On pourrait organiser des concours parmi ces jeunes, parmi ceux qui sauraient bien la langue des signes. On pourrait alors prévenir les parents isolés de telle région qui, loin des villes équipées pour l'éducation précoce, pourraient inviter en fin de semaine ou en petites vacances, un enfant sachant la langue des signes afin de l'enseigner à leur enfant sourd et à eux-mêmes au foyer. « Telle fillette ou tel jeune garçon, qui sait la langue des signes, peut venir passer quelque temps chez vous, afin de vous enseigner à parler à votre enfant. »

Cette idée m'est venue après avoir remarqué que les Yougoslaves, les Portugaises, les Espagnoles apprennent aisément le français dans les familles où il y a des enfants et ne l'apprennent pas du tout quand elles travaillent chez des patrons qui pourtant leur parlent mais qui sont tous adultes. En France depuis des années, travaillant avec des adultes, ils (ou elles) ne parlent pas français. Quelques mois dans une famille où il y a des enfants de six à dix ans et en trois semaines, tous ces gens étrangers commencent à parler le français et font de rapides progrès. Ce sont les enfants qui enseignent le mieux. Et c'est de cette constatation qu'est partie notre idée de vidéocassettes enseignant la langue des signes, le vocabulaire essentiel à la communication avec un jeune enfant.

La langue des signes peut devenir la première

langue pour le sourd et la deuxième langue pour beaucoup d'enfants qui le désireraient. C'est une langue que parlait Kaspar Hauser. C'est un peu comme ça : « cavalier comme père ». Ce n'étaient pas des vraies phrases, mais des articulés très étonnants. Comme, par exemple, le mot « mère » ; on ne peut pas dire « ma mère » ou « la sienne ». C'est toute une périphrase en langue des signes pour dire « la mienne de mère ». De même, quand on veut parler de sa mère dans le passé, on fait le signe du mot « mère » et ensuite le geste de la main par-dessus l'épaule qui indique « derrière moi, le passé ». Enfin, il y a beaucoup de signifiés autres que ceux de la langue verbale et qui font de la langue des signes une véritable langue.

Encore une autre chose intéressante : l'une d'entre nous, professeur de sourds d'une classe de troisième, s'est aperçue que des garçons et des filles non entendants de seize, dix-sept ans ne connaissaient pas l'interdit de l'inceste. Un jour, elle est ainsi questionnée (à la fois en langue des signes et en français parlé) : « N'est-ce pas, madame, qu'on peut se marier avec sa sœur si par hasard elle est gentille ? Les sœurs sont toujours très embêtantes. C'est pour ça qu'on dit qu'on ne se marie pas avec sa sœur. Mais si elle est gentille ? » C'était une perplexité pour tous ces adolescents de sa classe et elle-même était tout à fait étonnée. Ayant été analysée, elle a pu faire face à la question et les faire s'exprimer. Aucun des jeunes de cette classe n'avait la notion de l'interdit de l'inceste. Elle leur a dit la loi. Elle a vu deux de ses élèves garçons devenir complètement dépressifs après cette révélation de la loi. Elle a même craint que l'un de ces élèves n'en vienne peut-être à se suicider qu'on lui ait ainsi interdit de penser à la légalisation d'un couplage incestueux avec sa sœur.

L'ÉTRANGER : D'avoir appris.

LA PRATICIENNE : Oui, d'avoir appris qu'il ne pourrait jamais se marier avec sa sœur, celle qui lui avait servi de médiatrice avec le monde. Pour lui, bébé et jeune enfant, la médiatrice en effet n'avait pas été sa mère mais sa sœur aînée parce qu'elle était plus proche de lui. C'est pour cela qu'il est important de faire des consultations après la révélation de la surdité, aussi bien pour l'intéressé, bébé à ses parents, que pour ses frères et sœurs. Car c'est quelqu'un de la fratrie qui sert de personnage proche auquel l'enfant se colle pour pouvoir communiquer avec le monde par son intermédiaire, c'est lui qui traduit aux autres ce qu'il veut, etc. Mais le plus souvent, on traduit presque tout en besoin et presque jamais en désir, si bien qu'ils ignorent ce qu'il en est du désir barré. On interprète presque toujours les cris d'un bébé en besoin, alors que bien souvent il s'agit du désir de communiquer émois ou questions.

Voilà comment beaucoup de choses se sont mêlées, qui ont fait que je me suis intéressée au problème de la communication des non-entendants. À l'hôpital Trousseau, où j'ai assuré près de quarante ans une consultation psychanalytique[66], j'ai eu à suivre trois enfants sourds sans qu'on sût au départ que c'étaient des enfants sourds. On les envoyait là comme psychotiques ou arriérés, rejetés par les maternelles ou les écoles, ou encore désespoirs de leurs parents. On a découvert que c'étaient des sourds. J'ai reçu aussi des enfants autistes que l'on avait cru être des sourds et qui ne l'étaient pas. Tout ça a fait que le problème me questionnait.

Et puis, j'ai guéri une sourde[67] — enfin, guérie... au sens où, grâce au travail fait avec moi, elle a pu revenir en liberté dans sa famille, occupée à travailler en atelier protégé, alors qu'elle était en hôpital psychiatrique depuis l'âge de quatorze ans. Une fille presque totalement aveugle et presque totalement sourde des suites d'une maladie *in utero* due à la rubéole de la mère, les premières semaines après sa conception.

Tout ceci m'avait intéressée parce que, quand il manque un paramètre sensoriel, on comprend bien mieux ce que c'est qu'un être communiquant qui en a le désir, alors qu'il lui manque pour communiquer tels moyens médiateurs codables que les autres possèdent. Vision et audition nulle ou presque, par où et comment percevoir et émettre les signaux nécessaires à la communication langagière ?

Par exemple, pour cette fille-là, le transfert s'est noué autour de l'olfaction. Je croyais que je n'y arriverais jamais. On venait l'asseoir devant moi. Elle ne me voyait pas. Elle balançait sans arrêt sa jambe croisée sur l'autre et elle fumait un demi-paquet de cigarettes pendant le temps passé en ma présence, une demi-heure.

L'ÉTRANGER : Quel âge ?

LA PRATICIENNE : Dix-huit ans. Elle se trouvait dans un hôpital psychiatrique où le médecin, lui-même psychiatre psychanalyste, me l'avait adressée en se disant qu'il fallait faire quelque chose. En effet, à quatorze ans, en entrant à l'hôpital — lui-même n'y était pas à ce moment-là, mais il a lu ça dans le dossier — elle n'était pas là depuis trois semaines que cette fille aveugle courut comme une flèche pour mordre à la joue et prendre un morceau de la joue de quelqu'un, une personne habillée en bleu avec un petit voile bleu, comme les assistantes sociales en portaient autrefois. Quatre ans après, à dix-huit ans, ce médecin étant alors responsable du service, même scénario. Quelqu'un entre dans l'hôpital psychiatrique, quelqu'un qui n'a rien à voir avec elle, une personne qui est habillée en bleu avec voile et souliers plats. Elle part comme une flèche, personne ne sait pourquoi. Et elle va la mordre à la joue. Ce psychiatre qui me connaissait m'a demandé : « Est-ce que vous vous occuperiez d'une jeune de dix-neuf ans, internée chez nous, inoccupée et qui n'est pas arriérée ? Elle ne voit pas, elle n'entend pas et cependant elle est capable de faire une chose intelligente, comme cet acte répété deux fois en quatre ans, et qui prouve un désir mais uniquement dans la méchanceté. Elle ne fait rien, elle ne s'occupe à rien, elle ne veut même pas se promener. Je suis sûr qu'elle n'est pas bête, mais emmurée et dépressive. »

J'ai obtenu de Trousseau qu'on puisse faire une exception pour l'âge — puisqu'elle avait dix-huit ans passés et qu'on n'y reçoit les enfants en consultation que jusqu'à quinze ans. J'ai donc soigné cette jeune fille à Trousseau, et elle a pu retrouver le désir de communiquer et de travailler — avec d'ailleurs une adresse exceptionnelle — dans un atelier protégé où elle s'est parfaitement insérée, avec des jeunes de quinze à trente ans, tous atteints de handicaps divers. Elle souffrait seulement de déficience sensorielle, visuelle et auditive grave, mais était très intelligente et aussi très volontaire...

En ce qui concerne le transfert et la manière dont il s'est établi dans ce cas particulier, voilà ce qui s'est passé. Au bout de trois fois où elle était amenée par sa mère, en ma présence pendant une demi-heure, moi, j'étais attentive à elle de l'autre côté de la table. Elle était dans le climat de ma présence. J'avais essayé de parler. Elle n'avait pas paru entendre. La troisième fois, il n'y avait donc pas eu de contact du tout, mais seulement, devant elle au début de sa séance, quelques instants de contact avec sa mère. Sa fille acceptait, disait celle-ci, de venir à Trousseau — mais elle accepterait n'importe quoi. Donc, cette troisième fois, il se trouve que j'avais mis sur mes mains parce que c'était l'hiver une pommade sentant la citronnelle. Alors, je l'ai vue qui cherchait à flairer l'air, au lieu d'être impassible à fumer et balancer sa jambe. J'ai rapproché ma main et j'ai vu qu'elle flairait dans la direction où je mettais ma main. Elle cherchait. Et puis, elle a pris ma main et elle l'a approchée de son nez pour la sentir. J'ai parlé de l'odeur et de la crème contre les gerçures du froid. L'a-t-elle entendu ? La fois suivante, j'ai apporté un tube de cette crème pour les mains et je lui en ai mis sur ses propres mains. Elle était dans la joie et, pour me le montrer, elle m'a embrassé les mains. Le transfert s'est noué comme ça.

Et elle dessinait la tête de côté, regardant du coin de l'œil droit ; elle dessinait des petits bonshommes : des triangles pour les filles et femmes (sa mère, elle et moi), des rectangles pour les garçons (son frère). Elle écrivait les noms en majuscules, dessin et graphisme, comme ceux des enfants très jeunes. Et elle faisait, elle, papa, maman, Madame. Avec tout ça, on arrivait à avoir un certain langage. Je ne raconte pas le cheminement de cette cure. En tout cas, elle s'est sortie d'affaire. Elle a pu reprendre la vie familiale et sociale. Voilà une sourde qui m'avait intéressée, et cela bien avant le sous-groupe de mon séminaire.

Un autre enfant m'avait été amené à Trousseau, pour lui trouver un hôpital psychiatrique. Les parents et leur médecin pensaient qu'il devait être séparé du milieu familial où il était intolérable. Aucune école ne pouvait l'accepter.

C'était un enfant de sept ans, de famille juive, le père gendarme ; et la mère portait une perruque noire. L'enfant était tellement insupportable qu'il arrachait sans arrêt la perruque de la mère qui, quoique encore jeune, avait en dessous des cheveux totalement blancs. Et son mari n'acceptait pas qu'elle ait des cheveux blancs ni qu'elle se les teigne, il préférait qu'elle porte une perruque.

L'enfant était le troisième garçon, venant après deux aînés très intelligents. On le croyait fou et arriéré. « Jamais on ne pourra le mettre à l'école parce qu'il est fou. » Personne ne se doutait qu'il était sourd. C'est moi qui m'en suis aperçue.

En fait cet enfant se posait des questions, voulait constamment communiquer, faisait sans arrêt des mimiques qui vous obligeaient à le regarder à vingt centimètres de son visage ; il traçait des signes sur le papier, les montrait, etc. Difficile à comprendre mais visiblement anxieux de communiquer. Et sa mère qui lui cassait les pieds : elle était sur son dos à propos de tous ses gestes comme avec un bébé de dix mois. Le père, très brave homme, était un coléreux. Après l'insertion de son fils dans un milieu de sourds, il a fait une psychanalyse pour lui-même. C'est d'ailleurs inouï l'éducabilité de cet homme qui était au début comme un rustre, très simpliste.

Lorsque je les ai reçus, l'enfant venait de faire quelque chose de spectaculaire et de très intelligent. Mais cela l'avait rendu encore plus insupportable qu'avant parce qu'au lieu de reconnaître l'intelligence de son acte, les réactions du groupe ont induit qu'il devienne plus insupportable encore.

Il se trouve donc qu'un jour, le père étant en grande colère envers sa femme — qui le mettait souvent hors de lui pour des riens, étant toujours en train de se plaindre — est allé jusqu'à se saisir de la hache servant à couper le bois et a esquissé le geste de vouloir frapper, tellement il en avait marre. En avait-il vraiment l'intention, sous l'empire de la colère ? Quoi qu'il en soit, l'enfant s'est sauvé. C'était vers dix, onze heures du soir, en plein hiver. Il était en pyjama. Affolé, il a traversé le canal à la nage et est allé tout droit chez les gendarmes qui le connaissaient comme le fils de leur collègue. C'était la gendarmerie de leur village. Au lieu d'aller faire le tour par le pont au-dessus du canal, comme il le faisait souvent avec sa mère, cette nuit-là, il a traversé le canal à la nage. Les gendarmes ont vu arriver, par ce froid, cet enfant en pyjama, trempé, qui avait traversé le canal et dû grimper à un endroit difficultueux. Et il secouait l'un d'eux, le tirait, le tirait. Eux savaient que leur collègue avait un enfant fou. Il les tirait qu'il fallait venir ; il leur montrait leur auto et montrait le chemin par le pont pour aller à sa maison. Ils l'ont mis dans la voiture et conduit chez lui. Ils sont arrivés en plein drame. Elle avait mis tous les meubles entre son mari et elle, et lui, le père, était comme un fou avec sa hache. Quand il a vu son capitaine, il s'est tout de suite calmé. « C'était pour rire. C'était pour lui faire peur. Elle m'emmerdait », a-t-il dit. Enfin, il était tout de suite calmé. Ni l'un ni l'autre ne s'étaient aperçus du départ de l'enfant.

L'enfant avait sauvé la situation, une situation de tension dramatique, peut-être seulement hystérique mais qu'il avait perçue comme elle le paraissait : vraiment dangereuse pour sa mère. C'est à la suite de ça que les gendarmes ont dit : « Il faut faire quelque chose. Votre fils est intelligent. Il est intelligent et il faut le mettre dans un hôpital psychiatrique au lieu de le garder à la maison, car maintenant il peut s'échapper, il peut faire des choses. » La mère croyait qu'il n'avait besoin que d'elle, ce qui était aussi vrai : il ne pouvait rien faire sans elle mais ça, cet exploit, il l'avait fait sans elle, et pour la sauver. Et personne ne savait qu'il pouvait nager, ni qu'il connaissait son chemin. Jusque-là, il ne sortait qu'en donnant la main à son père ou à sa mère.

Un jour, six ou sept ans après l'avoir suivi à Trousseau, je l'ai rencontré avec ses parents, un jour que j'étais à Saint-Jacques. Son traitement était terminé depuis deux ou trois ans. Il était scolarisé et ça marchait bien pour lui. Il était content de me voir. C'était un garçon superbe de quatorze ans, d'apparence très sociale dans le groupe où il se trouvait. Le père m'a dit qu'il faisait maintenant un apprentissage, après avoir appris à lire et à écrire. Il parlait la langue des signes, mais on le comprenait mal. Il parlait aussi en verbo-tonal, mal également. On comprend mal, comme beaucoup quand ils sont pris trop tard. Il apprenait un métier manuel, je ne sais plus lequel. L'informatique l'intéressait, disait le père. Malheureusement, ajoutait-il, on ne croit pas qu'il pourra faire son métier dans cette voie à cause de sa surdité. On est actuellement en train de construire des appareils informatiques pour sourds, mais, à ce moment-là, il n'y en avait pas encore quand je les ai rencontrés. Et il m'a dit : « Vous savez, nous ne vous oublierons jamais parce que vous avez sauvé notre fils. »

Leurs deux fils aînés étaient, eux aussi, très intelligents. Voilà un autre sourd qui m'avait beaucoup appris.

Un autre cas me revient en mémoire. C'était vers 1943 ou 44. Un petit garçon de deux ans, très beau, très intelligent, qui avait un visage si mobile en mimiques, à tel point intelligent que tout le monde le comprenait. Mais voilà, il ne parlait pas et aucun son varié ne sortait de son larynx. C'est à cause de cela qu'il a fallu que je me dise : « Mais ce n'est pas possible. Il est sourd ! » J'ai fait venir l'infirmière qui, derrière lui, entrait sans qu'il la voie et faisait du bruit jusque tout près de sa tête. Il n'entendait pas. Il se faisait tellement bien comprendre, c'était étonnant. Alors, j'ai dit à la mère ce que je croyais découvrir. Elle-même, derrière lui, s'est mise à l'appeler. Il n'a pas réagi, occupé qu'il était à jouer avec moi. Ça a été dramatique pour moi autant que pour elle. Lorsque je lui ai dit : « La crèche se trompe. Votre enfant est très, très intelligent mais simplement il est sourd. » Cette pauvre femme s'est mise à hurler de chagrin ! « J'aurais mieux aimé que vous me disiez qu'il avait une maladie mortelle. C'est épouvantable, un enfant sourd. Mieux vaudrait qu'il meure ! » Alors, le petit consolait sa mère : il lui prenait le visage, la caressait, me regardait, inquiet. Il a bien compris que j'avais expliqué quelque chose à sa mère qui la bouleversait. Mais quoi ? Je ne sais pas comment elle s'en est sortie parce qu'elle a fui la consultation ; elle est allée à la consultation d'oto-rhinolaryngologie à l'hôpital. Je lui ai dit : « Mais votre enfant est tout à fait éducable. » Il n'avait que deux ans. Il était même précoce : il dessinait, jouait, mimiquait si parfaitement qu'il se faisait comprendre. C'est très rare de voir ça. Il avait des frères et sœurs plus âgés et il était encore très petit. Il n'avait pas été déformé. Probablement on ne s'attendait pas encore à ce qu'il parle. Il pouvait ne pas parler encore sans qu'on s'étonne. Bien des enfants, à deux ans, ne parlent pas encore, mais quand ils bruitent, mimiquent, ils sont dans l'activité intelligente. Pour lui, la seule chose qui avait étonné c'était l'absence de vocalisations et de « papa-maman », bref des quelques signaux sonores que sortent tous les enfants entendants.

Voilà. Ce sont les raisons pour lesquelles je me suis intéressée aux sourds, aux sourds enfermés en eux-mêmes qui paraissent anormaux, aux sourds au contraire tellement intelligents qu'ils paraissent communicants ; ils ont l'air d'entendre ce que vous dites et ce n'est pas vrai, ils n'entendent pas mais ils intuitionnent ; et, si ça continue, ils deviennent caractériels clastiques ou au contraire dépressifs et découragés de se sentir marginaux, à tel point qu'ils ne vont plus prendre contact avec les humains. Je me suis intéressée aux sourds à cause du problème de leur solitude.

L'ÉTRANGER : Comment se fait-il que les parents se rendent compte si tard, qu'on se rende compte si tard qu'un enfant n'entend pas ?

LA PRATICIENNE : C'est très étonnant en effet, très étonnant, parce qu'ils prêtent à leur enfant ce qu'ils imaginent.

Des parents qui ont un enfant arriéré, ils ne le voient jamais. « Vous savez, il comprend tout. » On voit un enfant qui est quelquefois grabataire, après lésion encéphalique. Évidemment, il a un contact spécial, émotionnel à la mère mais il ne « comprend » pas ; c'est un contact. Et les parents fabulent n'importe quoi. Et pourquoi pas ? N'est-ce pas mieux que de ne plus s'y intéresser ? C'est pour ça que lorsqu'on reçoit des parents qui vous parlent d'un enfant, il faut le voir parce que quelquefois il ne ressemble en rien au tableau que les parents en ont présenté. L'enfant imaginaire est tellement important pour les parents par rapport à l'enfant réel. Que ce soit un enfant sain ou un enfant handicapé, la description que les parents vous font de leur enfant et de ses difficultés est complètement sans proportion et parfois sans rapport avec les faits et l'observation vraie de cet enfant.

L'ÉTRANGER : Tu m'as dit avoir découvert que, dans ces écoles de non-entendants, il y avait des enfants mélangés.

LA PRATICIENNE : Ce n'est pas moi qui l'ai découvert. C'est un fait. Moi, je m'en suis aperçue, mais aussi les maîtres et maîtresses qui, analysés, sont plus objectifs que d'autres adultes dans leur contact avec les enfants.

Ainsi, par sa dépendance prolongée à sa mère, un enfant sourd est en état de névrose fusionnelle. Ce n'est pas la même chose qu'un autisme — isolement psychogène par rupture de relation émotionnelle et de corps à corps avec la mère, chez un enfant dont les perceptions restent excellentes au point de vue physiologique. C'est alors une anomalie de langage, mais pas d'instrumentation.

L'ÉTRANGER : Les autistes sont physiologiquement entendants ?

LA PRATICIENNE : Oui, physiologiquement, mais ils ne désirent plus entendre.

L'ÉTRANGER : Et, dans les projets dont tu parlais tout à l'heure, vous proposez de créer des langages de remplacement ?

LA PRATICIENNE : Non, pas de créer. Ce langage existe. La langue des signes existe dans chaque pays. Nous voudrions promouvoir des moyens de l'enseigner au cours de l'enfance, à la population des entendants, dans les mass media, pour que les entendants puissent communiquer avec les sourds et que, sourds et non sourds, les enfants puissent communiquer en société. Pour cela, au-delà des relations de mimiques familiales, il faut communiquer par des moyens codés admis en société de sourds. Actuellement, sans la connaissance de la langue des signes, avant la vraie scolarisation avec la langue française grammaticale écrite et lue sur les lèvres, toutes les communications se font associées au toucher et au corps à corps. La langue des signes a une version pour chaque pays, mais c'est aussi une langue presque internationale.

Je connaissais le médecin qui fut l'oto-rhino-laryngologiste de l'Institut des sourds pendant de longues années. Lors du premier congrès international des non-entendants, il a accompagné la délégation française. Il m'a raconté que ceux qui se sentaient vraiment sourds (gênés pour se comprendre), étaient les entendants! Les professeurs, les médecins de chaque pays sont allés avec les sourds de leur pays mais, entre eux, les sourds allemands, suédois, français, anglais se comprenaient fort bien. Personne, me disait-il, ne sait très bien comment. Ils inventaient dans leurs assemblées très animées des quantités de mimiques, de gestes qui n'étaient pas codés d'avance puisque la langue des signes est dans chaque langue différente, mais c'étaient des moyens symboliques de «s'entendre», de se comprendre. Il a fait une excursion en autobus et, à côté de lui, il y avait des sourds qui ont essayé de prendre contact avec lui. Et lui, comme il y avait beaucoup de bruit dans l'autobus, ne comprenait pas les paroles que disaient ces sourds dont certains parlaient le français. Par exemple, des Anglais sourds parlant verbalement le français qu'ils écrivaient parfaitement. Lui ne comprenait rien. Mais les sourds entre eux, internationaux, se comprenaient. Le bruit de l'autobus ne les gênait pas. Il y a maintenant une Association internationale des non-entendants — car ils ne veulent pas être appelés «sourds»: ils sont «non-entendants». Ils sont pleinement dans le langage et dans la communication malgré une médiation sensorielle manquante.

Il y a des gens qui sont «voyants» au sens de connaître le passé, le présent ou l'avenir par un sens que les autres n'ont pas. La plupart d'entre nous, non, mais nous ne nous sentons pas pour autant des handicapés, nous ne nous sentons pas aveugles de ne pas être voyants du passé, du non-visible à l'œil, et de l'avenir. Il y a des enfants «voyants» — ce ne doit pas être commode d'ailleurs avec des parents qui ne le sont pas. Peut-être certains psychotiques ont commencé à l'être à cause du non-dit sur ce qu'ils comprennent. Mais bien des enfants entendent ce que pensent les gens et qu'ils ne disent pas. Heureusement, ce ne sont pas des choses dramatiques. Ils n'en tiennent pas compte et, comme tout le monde, se mettent à n'écouter que ce qui circule des paroles.

Quand les gens ne sont pas entendants — au sens que l'on pourrait dire extralucide — ceux qui le sont projettent que ce sont des pauvres malheureux (ou heureux !). En tout cas, ces marginaux voyant au-delà, entendant au-delà, se sentent et se savent marginaux. Certains en font commerce. D'autres cachent ce « pouvoir » inconscient, parfois mal commode. Mais on ne se sent pas infirme de n'être pas voyant, car la plupart des gens n'ont pas ce don ou ce pouvoir.

L'ÉTRANGER : Cette fille dont tu as parlé tout à l'heure, elle était, disais-tu, pratiquement aveugle.

LA PRATICIENNE : Oui, elle avait un dixième de vision à chaque œil et elle avait un dixième d'audition pour une oreille.

L'ÉTRANGER : Comment vous êtes-vous expliqué ces deux événements ?

LA PRATICIENNE : La personne qui l'avait conduite à l'hôpital psychiatrique à quatorze ans était une assistante sociale qui, avec l'infirmier chauffeur, l'avait prise à sa mère.

L'ÉTRANGER : Et avec un dixième de sa vue, elle a pu repérer une femme ainsi vêtue ?

LA PRATICIENNE : Oui. Comment ? L'avait-elle vue, ou entendu quelqu'un en parler, ou l'avait-elle sentie ? Elle avait une olfaction très aiguë à distance. Ce devait être l'olfaction, puisque moi qui étais à deux mètres d'elle, j'ai vu qu'elle prenait contact avec moi par le flair questionné à mon propos. Et peut-être déjà avant puisqu'elle venait, avait-elle repéré une certaine odeur de ma personne ; mais elle ne manifestait rien. C'est la modification de mon odeur par cette crème sur les mains qui l'a fait réagir ; et c'est alors que moi qui la voyais, j'ai pu l'observer. C'est de là que le transfert est venu : de ce que j'ai répondu à cette reconnaissance qu'elle montrait d'une variation de mon odeur en apportant pour elle le même tube parfumé de crème de mains que j'avais mise sur les miennes. Je lui permettais de s'identifier partiellement à moi. À partir de là, j'étais son amie.

L'ÉTRANGER : Arrive-t-il qu'il y ait des enfants non voyants simplement par névrose ?

LA PRATICIENNE : Oui, j'en ai reçu. Non voyants, aveugles hystériques. J'en ai reçu deux, deux enfants qui ont guéri, mais je ne sais pas comment au juste ils ont guéri ni à quel moment de leur psychothérapie.

Le premier m'avait dit : « Guérissez-moi de mon bégin. Si je guéris de mon bégin, je pourrai de nouveau voir. » Et son bégin — un amour, un béguin qu'il avait écrit très maladroitement « bégin » car il ne voyait presque plus. On cherchait des lunettes en vain. Il n'y avait pas de lunettes qui puissent l'aider. C'est d'ailleurs la consultation d'ophtalmologie de l'hôpital Trousseau qui l'avait envoyé en psychiatrie car il n'y avait pas de lunettes correspondant à l'accommodation impossible de cet enfant perturbé. Ce qu'il était depuis le retour de son frère, parti en S.T.O. en Allemagne, et rapatrié pour raison de santé. Ce frère aîné s'était fiancé avant son départ. Quand son fiancé de frère avait été absent, ce garçon de onze, douze ans avait beaucoup vu sa future belle-sœur qui venait dans sa belle-famille. Le fiancé est rentré parce qu'il avait eu un accident physique oculaire dans son travail en Allemagne. Quand il est rentré, il était aveugle, il n'a pas pu « voir » sa fiancée ! Il a été repris par sa famille, en service d'ophtalmologie, cependant qu'on découvrait que son accident n'expliquait pas sa cécité. Celle-ci était une cécité psychogène secondaire hystérique chez un jeune homme de vingt-quatre, vingt-cinq ans. Et son frère qui avait douze ou treize ans est devenu aveugle aussi, pour s'identifier à son aîné. Peu à peu et non à la suite d'un incident des yeux, sa vue s'est perturbée et il devenait aveugle. Il me disait que c'était à cause de son « bégin » (le béguin qu'il avait pour sa belle-sœur). Il se sentait coupable. Son frère ne pouvait pas la voir et lui, pour s'identifier à son frère, ne pouvait plus la voir non plus. Et il faisait un Œdipe sur cette belle-sœur, sur cette future belle-sœur.

Un autre enfant, que je croyais vraiment être aveugle — comme me l'avait dit le médecin qui me l'avait envoyé pour le préparer à vivre aveugle, — ne l'était pas non plus. Je ne sais pas du tout comment ça a disparu : dans le transfert, comme ça. Mais je ne pourrais pas dire après quel rêve ou après quel revécu dans le transfert. Il s'agissait donc aussi d'une perturbation névrotique non décelée telle.

J'ai reçu aussi de vrais aveugles, que l'on m'amenait parce qu'ils étaient insupportables en classe d'aveugles, en pension, et comme il n'y en avait qu'une pour la région parisienne, on ne savait où faire continuer la scolarité de ces enfants que l'on pensait devoir renvoyer. Il n'y avait plus que l'hôpital psychiatrique pour des aveugles trop caractériels pour rester en pension.

Dans l'un de ces cas, c'était un conflit œdipien. Il n'arrêtait pas de dire : « Voir, voir, voir. Ah, je vois bien ! » « ... Notre salope de maîtresse flirte avec le maître d'à côté ! » Je lui ai dit : « Comment me dis-tu “je vois” puisque tu es aveugle ? — Ah ! moi, je dis “voir” parce que tout le monde dit “voir”. Vous comprenez, moi, je vois rouge quand... » Il parlait comme ça. « Qu'est-ce que ça veut dire “voir rouge” ? Qu'est-ce que c'est “rouge” pour toi ? — Ah, eh bien, je vois “colère”, je sens “colère”. À cause des mots. On dit ça. Ils emploient des mots comme ça. » Il dessinait en gravant sur une plaque de pâte à modeler qu'il préparait bien lisse et il gravait avec la pointe du crayon, puis il palpait son « dessin » et m'en parlait. « Elle ne s'occupe pas de nous », « Elle flirte avec le maître d'à côté », « Je vois bien ». Elle achetait des cerises pour son collègue — enfin, ils mangeaient ensemble des cerises du marchand de fruits et légumes d'à côté de sa pension. Il le savait parce que c'était le bruit du papier des sacs de ce magasin. Les cerises, il « voyait » bien... (en fait il entendait) : la maîtresse et le maître de la classe à côté crachaient les noyaux. « Visiblement », le maître et sa maîtresse crachaient les noyaux. « Visiblement », le maître et sa maîtresse crachaient exprès les noyaux de son côté à lui, le garçon, pour l'humilier et le vexer. Etc., etc. tous ces fantasmes œdipiens — transférés sur la maîtresse et le maître de sa pension.

J'ai ramené cela aux épreuves de son petit âge vis-à-vis du couple de ses parents. Jusqu'à quatre ans il avait espéré voir. Enfin, ses parents le disaient, d'après l'avis des médecins de la région dans laquelle ils vivaient. Et puis, il a beaucoup souffert de ses opérations, en étant ainsi séparé de sa famille plusieurs fois et très jeune dans un hôpital de province, ses parents vivant à la campagne. Après avoir tant souffert, il ne voyait rien du tout. Il a donc été à six ans envoyé dans la région parisienne, interne dans une pension spéciale pour les aveugles. Des parents éloignés pouvaient le sortir le dimanche.

C'est de cette pension d'aveugles qu'on l'a conduit à Trousseau pour essayer une psychothérapie afin de tenter de le garder. Il était devenu odieux. On ne sait pas quoi faire d'un enfant odieux quand il n'y a pour lui qu'une école au monde et qu'il fait tout pour s'en faire renvoyer. Ça s'est arrangé très bien. C'était sa culpabilité œdipienne qui le faisait chercher à se faire renvoyer, très conscient car très intelligent que, s'il était exclu, c'en était fini des études.

C'est ainsi, grâce à cette consultation du tout-venant, dite psychiatrique d'hôpital d'enfants, que j'ai eu l'occasion de voir des handicapés sensoriels et de constater que le travail avec eux pouvait se faire, certes difficultueusement, mais qu'ils étaient dans les mêmes conflits dynamiques inconscients que les autres et qu'ils pouvaient, comme les autres, établir un transfert qui se décodait un peu différemment mais en révélant les conflits libidinaux de tous les enfants de leur âge.

Et puis mes fenêtres donnent sur cette institution pour sourds depuis 1942, avant la naissance de mes enfants. J'ai pu observer ces enfants vivre dans la cour entre eux et avec les maîtres, ce qui m'intéressait beaucoup. Tout cela m'a sensibilisée à cette population handicapée auditive.

L'ÉTRANGER : Il y a quelque part un centre au Canada ou aux États-Unis où ils apprennent à parler.

LA PRATICIENNE : Oui. Mais ici aussi. Seulement, ici, on ne veut pas qu'ils aient une langue des signes avant l'apprentissage de la langue parlée, si bien qu'on impose à certains parents de ne pas parler par signes ni mimiques à leurs enfants sourds. L'enfant n'est pas inséré à la communication avec ses parents, avant le moment où il sera séparé d'eux, pour être, soi-disant, instruit en classe. Il arrive à six ans en ayant été privé de toute communication. C'est stupide et dangereux, car il a vécu en symbiose prolongée avec mère, père, grand-mère, sans contacts sociaux et toujours en corps à corps comme pour les besoins d'un tout-petit.

Il y a encore actuellement une lutte, une guerre qui dure depuis Jules Ferry. C'est Jules Ferry qui avait décidé que, dès que les parents savent que leur enfant est sourd, il ne faut jamais lui faire le moindre signe, afin qu'il soit tellement privé de communication que, le jour où on lui enseignera la lecture sur les lèvres de la langue parlée, il se précipitera sur ce modèle de communication.

C'était peut-être possible quand les gens vivaient à la campagne. Il y avait tellement de communication : avec la basse-cour, avec les animaux, avec la nature, etc. Ils avaient beaucoup d'autres communications que celles qu'ont seulement entre eux les humains. Mais maintenant ce n'est plus possible. Ça rend les enfants fous d'attendre jusqu'à six ans avec des parents qui ont peur du docteur qui leur a dit : « Il ne faut surtout pas que votre enfant comprenne ce que vous voulez faire ou dire. Il ne faut rien lui faire comprendre d'avance. »

L'ÉTRANGER : C'est comme s'ils essayaient de les affamer de communication.

LA PRATICIENNE : Oui, exactement. Même dans leur idéologie, c'est cela. Et ce n'est plus vivable maintenant pour les enfants de ville. On crée une très grave névrose fusionnelle à la mère.

L'ÉTRANGER : Ils sont déjà isolés.

LA PRATICIENNE : Oui, ceux qui ne sont pas en famille nombreuse et qui n'ont pas d'animaux de compagnie sont totalement sans échanges ni communication, sauf en ce qui concerne les besoins. Tout ce que l'on apprend — on allait au puits, on allait tout chercher; tout se faisait à la maison... maintenant, avec de l'argent, on ramène tout. On est tout seul. On tourne un bouton. Ça fait la lumière. Il y a des gens à la télé. Et puis tout ce qu'on voit sur l'écran, on ne peut pas comprendre. Ils se battent. On ne sait pas ce qu'ils se disent ni pourquoi. Et la maman ne vous dit pas qu'elle prépare la soupe et que c'est pour vous ou pas pour vous. Il n'y a pas de moyens médiateurs, même pour exprimer ses besoins — on ne peut que montrer les zones fonctionnelles pour dire les besoins, manger, pipi, caca — et encore moins ses désirs. Alors, ne reste que se battre avec les autres, se mettre en colère, rêver, avoir des occupations compulsives. C'est tout.

Solitude refuge

La solitude se fait cependant attirante aux heures d'échec du désir, de peine ou de déception dans la communication manquée. Elle livre alors l'humain à l'expérience de la magie de sa seule rêverie, où le désir brode ses fantasmes en apaisant ses tensions dans un plaisir qui endort l'épreuve de la solitude. Mais le sujet dont le désir ne s'exerce plus dans la réalité n'opère plus aucun renouvellement à son soi-même connu qui, hors le corps et la monotonie de son vivre de besoins, est livré au champ de l'imaginaire. Le désir s'y réduplique au narcissisme.

Lorsque chez un être humain, de l'enfance au grand âge, le désir se décourage d'en appeler à un autre (chez l'enfant, la notion de l'autre s'ébauche : le dommage est plus rapide), un autre qui dans la rencontre et l'échange de communication détient l'éventualité d'un renouveau, d'une surprise peut-être agréable mais dont il redoute soit l'inaccessibilité voire le rejet, ou bien que l'autre n'est ni à portée de voix, ni à portée de regard, que l'autre est trop différent, que la séparation de lui dans la réalité ne peut se muter en langage par un autre compris, ni trouver un substitut pour leurrer son attente, alors l'être humain risque le piège d'une solitude décréative.

Parce qu'il manque l'attention d'un regard, la tendresse d'une voix, la douceur d'une caresse, la chaleur d'un geste, le désirant sans visage aimé qui lui rendrait le sien, égaré, devient dans son corps masse de chair à son anonymat rendu, dans son devenir arrêté, ramené au dialogue avec son corps.

Si rien ni personne ne vient le délivrer de ce piège, son désir se leurre de fantasmes de moins en moins différenciés en sa nostalgique impuissance ambiguë qui le rend, quoique désirant, ignorant de son désir, quoique être de langage, inexpressif et muet : tonus relâché, visage hébété ; à moins que son corps en ses fonctionnements se dérègle en recevant l'impact de ce désir sans issue d'accomplissement dans l'ailleurs extérieur à l'individu, et l'on parle de troubles « psychosomatiques » — en fait langage d'angoisse —, pour autant que la santé du corps, toujours psychosomatique, est l'effet du désir en relation d'accomplissement langagier avec le monde extérieur, où des rencontres entretiennent l'économie libidinale dans une tension supportable pour l'homéostasie et le silence du fonctionnement des organes du corps

Cette solitude pathologique, devenant pathogène, il faut à l'individu humain la fuir avant qu'elle ne lui soit devenue refuge dont l'issue vers le monde extérieur pourrait se refermer. Bien qu'il en souffre, il lui faut alors supporter et assumer verdeur renouvelée de blessure mâle ou femelle, tendre vers un ailleurs qu'en lui-même, où peut-être d'autres êtres aussi sont en quête, ou d'autres qui à sa blessure sauront compatir, à son manque délivrer des mots, un geste d'apaisement.

Dans cet ailleurs, d'autres comme lui ont à par-

ler, à crier leur désir impuissant, leur manque à combler, et cherchent aussi peut-être qui ou quoi les contenterait, car, séparés, sans autres rencontres en qui se reconnaître, tous les humains souffrent.

C'est en s'entre-recherchant, en s'entre-conjoignant que sens de langage est rendu à leurs besoins dans le plaisir partagé d'ensemble les apaiser, qu'est donné à leurs émois sens d'amour ensemble s'exprimant dans la peine ou la joie communiquée, et qu'est offert à leur désir de l'apaiser ensemble, à la mesure d'un recevoir et d'un donné rencontrés qui délivrent le désir dans le jouir enfin trouvé ensemble.

Éphémère, disent les blasés, leurre d'une ren contre impossible. Éphémère certes si, narcisse demeuré, c'est de son seul plaisir et de son seul jouir que chacun se contente, et leurre peut-être, mais leurre qui redonne sens au désir. Et si, non content de ces à-peu-près, cependant non négligés, le désirant continue de chercher, au lieu de retourner à sa solitude refuge, un autre parmi les autres un jour lui révélera, dans la réalité dont le champ est immense et plein d'imprévu, un autre lui apportera le rebond d'espérance, la résonance d'amour conjoint au désir renouvelé dont les vraies rencontres humaines sont occasion de surprise, de trouvaille d'un jouir, mieux, d'une joie encore inconnue.

Ainsi va le désir de tous les humains individués, masculins ou féminins, dans l'alternance de solitude et de communication, de repos et d'activité de désir — rythme et musique de notre être au monde, créatif, récréatif et procréatif de vie, quand paroles et actes sont accordés dans la vie relationnelle.

Mais pour qu'à huit ans, filles et garçons puissent être aptes à l'éducation en société et au désir de s'instruire (l'instruction est actuellement la seule prestation jugée nécessaire à délivrer aux enfants par les institutions sociales), il faut qu'au foyer parental les enfants aient été préparés par père et mère à la conscience de leur personne, aux devoirs vis-à-vis d'eux-mêmes, aux droits qui sont les leurs de par la loi, devant laquelle ils sont des citoyens égaux en valeur, sinon encore en âge, à leurs parents. La dépendance aveugle à l'égard du couple parental, souvent immature et de ce fait narcissique sinon pervers à l'égard de sa progéniture, est pour beaucoup d'enfants un fait dû à la loi. Personne ne leur dit que c'est faux : les enfants d'âge scolaire ignorent que leurs parents ont de par la loi des devoirs envers eux, devoirs qu'ils auront à leur tour vis-à-vis de leurs enfants. Les enfants ignorent que leurs maîtres n'ont pas le droit de les humilier, de les violenter et que s'ils le font, ils ont peut-être des excuses personnelles mais pour autant leur exemple n'est pas à suivre car ils ne se comportent pas en adultes dignes de ce nom, quelles que soient leurs raisons. Les enfants ne savent pas que l'école, les hôpitaux, la police, ce sont leurs parents qui en paient les frais et que ces institutions sont à leur service autant qu'à celui des adultes.

La société telle qu'elle se présente aux citoyens sortis de l'enfance — sept, huit ans — est pour la plupart d'entre eux à l'image que père et mère leur ont donnée, c'est-à-dire formée d'adultes qui ont sur eux pleins pouvoirs. Cet état de choses provient de la carence éducative des premières années, liée elle-même à l'absence de symbolisation des pulsions sexuelles de ces adultes devenus parents.

Car ce n'est ni la parenté naturelle, ni la parenté légale qui forment un enfant, garçon ou fille, à sa conscience personnelle et à sa vie de citoyen. Subir l'autorité d'où qu'elle vienne, développer le grégarisme et l'imitation les uns des autres dans une interrelation de dominés et de dominants, c'est le propre des individus dans les sociétés animales.

L'individuation de chacun selon ses goûts, ses désirs, ses capacités, le respect des différences qui seules permettent à chaque être humain de développer le meilleur de lui-même, chacun développant ses caractéristiques personnelles selon ses désirs et les plaisirs créatifs et langagiers qu'il en retire, telle devrait être l'éducation de chaque enfant non seulement en famille mais tout le temps de sa formation.

Cela exige chez les adultes non seulement l'exercice de leur libido génitale et des pulsions prégénitales sublimées au service de la libido, mais encore la symbolisation de tout ce qui ne se satisfait pas des pulsions génitales dans les relations entre adultes et qui, sinon, refoulé sur des positions régressives d'éthique anale et orale, sans l'option sociale dominant sur le narcissisme individuel, se met au service de l'autorité possessive anxieuse de leur progéniture qui, en âge d'échapper à ce climat dévitalisant, voit alors ses désirs d'autonomie et d'initiations personnelles empêchés ou culpabilisés. Leurs désirs sexuels qui les appellent hors de la famille à la recherche de partenaires d'amour, leurs désirs de s'assumer économiquement, sont réprimés au nom d'études prolongées qui, sans l'ouverture aux autres, retardent et compromettent gravement leur évolution morale et sociale par manque, en temps voulu, d'expérience affective et sexuelle laquelle ne peut s'acquérir qu'au jeu du désir mis en œuvre ailleurs qu'au foyer familial et loin du contrôle parental.

La psychanalyse nous a appris que ni la parenté naturelle ni la parenté légale — si l'une donne un corps individuel et l'autre un nom social à l'enfant —, ne forment à elles seules la cohésion personnelle qui permet l'accès à l'autonomie, au langage d'échange et d'expression individuelle, et l'intégration de cet individu en tant que coopérant à la société avec les autres.

En tant que parents, c'est le don du meilleur d'eux-mêmes, de leur présence attentionnée aimante et prévoyante à leurs enfants tout petits, c'est le savoir de leurs besoins, la compréhension de leur désir, qu'ils ont à initier au langage des paroles et des gestes, par paroles véridiques des adultes conformes à leurs actes, par l'exemple, et non par des conduites répressives et des discours moralisateurs scandés de répression. C'est cela qui forme les petits d'hommes à la confiance en eux-mêmes et dans les autres, qui forme l'individu à l'autonomie conservatrice et créatrice de sa personne intégrée à son groupe social et y coopérant.

C'est la maternité et la paternité symboliques, effet du désir génital ainsi arrivé à maturité de procréation, qui suscite la filiation symbolique chez les enfants. Ce n'est pas le développement physique et le savoir d'entretien et de conservation du corps en bonne santé qui constitue le tout de l'élevage des êtres humains.

C'est d'abord la sécurisation de l'enfant dans la confiance qu'il peut avoir en son corps et la connaissance de ses sensations et de ses activités au contact chaste, tendre, et non passionnel du corps des parents, tolérants à ses manifestations maladroites et initiateurs de sa coordination motrice et langagière. C'est ensuite avec le développement neuromusculaire et la découverte de la marche, la distanciation progressive du corps de l'enfant par rapport à l'assistance physique du corps des adultes, l'accès dans la sécurité de leur vigilance attentionnée à sa découverte de l'espace et à sa maîtrise que soutiennent chez le père et la mère le respect de l'enfant, la tendresse et la chasteté des rapports corps à corps auxiliaires. Rapports encore nécessaires pour soutenir le désir de l'enfant à conquérir son autogouverne, à connaître et à satisfaire librement ses besoins, à assumer ses désirs, à en discriminer les plaisirs, les peines et les difficultés possibles ou impossibles encore à surmonter pour lui, à découvrir la joie d'agir et de communiquer avec les autres, qui étend son monde au-delà de sa cellule familiale à la société avoisinante et à la rencontre de ceux de son âge.

C'est la mise en langage avec les parents de toutes ses expériences, chacun selon les sublimations féminines et masculines dont ils donnent l'exemple dans leurs comportements, à l'imitation desquels les enfants désirent s'initier. C'est l'inventivité des jeux, les trouvailles industrieuses et ludiques où père et mère collaborent, attentifs à apporter leurs conseils techniques, c'est la créativité partagée avec des camarades, les rivalités et la coopération dans laquelle, encouragés et éveillés à la prudence, les enfants aiment à risquer leurs pouvoirs grandissants, sûrs qu'en cas d'échec, ils trouveront consolation auprès de leurs parents et moyen de tirer profit des expériences manquées, car l'imagination des enfants fait souvent fi de la réalité, ce qui crée à leur impuissance des obstacles formateurs parfois éprouvants.

C'est aussi au jour le jour les observations des

adultes, des autres, de soi-même, la découverte de la sexualité, de ses plaisirs et de son rôle dans la formation des couples, la venue au monde d'enfants et aussi la découverte du phénomène de la mort, des lois auxquelles les parents que l'on croyait tout-puissants sont autant que l'enfant soumis : loi de l'interdit de l'inceste et lois de la société, rôle de l'argent, c'est-à-dire droits et responsabilités, devoirs, qui limitent chez les adultes le règne du bon plaisir.

Tout cela implique colloques ouverts, paroles justes, sentiments de sa valeur et fierté de son sexe accordés au jour le jour à chaque enfant qui se sait intégré par les lois réglant les désirs dans leurs expressions, où chacun prend plaisir sans nuire à celui des autres.

Ce sont les parents qui, par leurs paroles et leur comportement, font comprendre aux enfants combien la vie d'adulte peut être attirante et que c'est à l'école, aux activités de loisir dans l'amitié avec les autres de leur âge que, comme leurs parents à leur âge, ils peuvent apprendre et peut-être trouver des réponses à tout ce qui les questionne. Père et mère, se soustrayant alors à la dépendance de l'enfant, lui donnent l'exemple d'acquérir sa liberté. On se retrouve en famille, chacun apportant jour après jour de ses occupations, de ses plaisirs, de ses difficultés, de ses réflexions, de ses relations sociales, la vie de communication qui fait le climat du foyer. On se partage les charges familiales, on fait des projets pour les jours de congés. Chacun selon ses capacités et ses talents aide à la maison, coopère, les enfants comme les adultes n'empiétant pas les uns sur la liberté des autres. C'est le climat de la vie de famille au sens symbolique du terme, où chacun trouve sa place et, après les séparations auxquelles l'incitent son âge et ses intérêts, le plaisir de se retrouver et d'être ensemble jusqu'au moment venu d'échapper à la tutelle parentale pour choisir sa voie en en prenant les risques.

Tâche personnelle actuellement difficile pour les adolescents auxquels la société n'accorde le droit de gagner leur subsistance qu'à seize ans révolus, d'échapper à la dépendance des parents qu'à dix-huit ans, alors que beaucoup d'entre eux à douze, treize ans devraient, si les institutions sociales le comprenaient, échapper de leur plein gré à la régression imposée à leur libido par leurs parents réels, carencés au point de vue symbolique, qui les retiennent dans la dépendance infantile.

Le statut de sujet c'est tout petit déjà qu'au jour le jour l'enfant doit sentir son père et sa mère le lui délivrer, au lieu de le conserver objet de leur bon plaisir et le maintenir, par leur angoisse ou leur autoritarisme, dans une dépendance qui le retarde et le pervertit en le soustrayant aux contacts formateurs de ses expériences personnelles dans ses initiatives et à la fréquentation précoce des autres enfants et de la société, de sorte qu'au nom de leur névrose ils lui inculquent la méfiance de lui-même et des autres.

Père ou mère, naturel ou légal, tout adulte tôt ou tard désire le devenir. Cela engagera la femme de quelques instants à quelques mois quant à son corps, cela peut engager sa vie économique, du moins la loi y veille, pour alléger les dépenses de la collectivité. Mais la maternité comme la paternité humaine engagent la vie affective jusqu'à l'âge de la puberté des enfants.

Mais que fait-on pour éduquer les garçons à leur responsabilité affective, pour les préparer à leur responsabilité symbolique paternelle, pour préparer les filles à leur responsabilité maternelle, conjugale affective et symbolique ? Rien. Alors que c'est de huit à treize ans qu'une société devrait s'occuper de cette formation. À l'âge des amours et de la formation professionnelle, c'est trop tard...

Castrations[68]

LA PRATICIENNE : C'est pour se protéger de la castration que l'on se réfugie parfois derrière le mur de son égoïsme pour se défendre soi-même sans plus communiquer, par peur que la castration entraîne des effets castrateurs ou mutilateurs. La castration n'est pas agréable mais elle est nécessaire. À partir du moment où on est conscient de la castration, on essaie de l'éviter, ce qui est stupide, mais humain ! La bêtise humaine. On évite tout le temps la castration bien qu'on sache ne pas pouvoir s'en passer. Mais elle est fantasmée comme une mutilation dangereuse pour l'individu.

L'ÉTRANGER : Qui est le plus conscient de la castration ?

LA PRATICIENNE : La femme. Les femmes l'acceptent plus facilement que les hommes à cause, je crois, du conditionnement, historiquement incontournable, fait d'une part, des règles, du saignement cyclique, d'autre part de leur rôle procréateur qui impose la gestation suivie de la parturition. L'enfant est l'œuvre de chair qui leur coûte une mutation de corps ressentie toujours par des malaises — au moins des malaises — et la mutation de l'accouchement qui est plus ou moins douloureuse, parfois partiellement mutilatrice, laissant alors sur les femmes des cicatrices d'épreuves indélébiles. De toute façon, l'enfantement est pour la femme une mutation de son corps, que confirme ensuite l'allaitement, l'assujettissement de sa liberté aux besoins vitaux de son bébé. Donc, la déprivation de ce qui était jusque-là connu quant au fonctionnement de leur corps est vécue par les femmes comme une imposition de la loi par la vie. Leur menstruation, qui les soumet en quelque chose aux rythmes cosmiques, les femmes l'acceptent comme faisant partie de leur équilibre de santé. Pourtant, c'est une partition d'elles-mêmes. Saigner, c'est une partition de soi, une scarification vitalisante, la rançon de leur puissance génitrice, force indubitable de l'humanité, mais force sourcée dans leur faiblesse cyclique, leur liberté remise en question à chaque enfantement. La castration dont dépend la vie symbolique, les femmes y sont initiées par la nature.

La seule voie d'humanisation, c'est le sens transfiguré que prend la vie après l'acceptation de la castration, cette loi de la culture chez tous les humains. La continuation de la vie à travers l'épreuve redoutée des dangers de la mort partielle supposée, mort éventuellement totale. Perdre la face ou perdre la vie. Et il faut ça, il faut passer par là pour sentir la liberté de l'amour.

C'est difficile à dire aux enfants, mais c'est beaucoup si quelqu'un leur dit : « Ça existe. Tu y arriveras. » Leur faire confiance devant n'importe quelle épreuve au lieu de les gronder, même celles qu'ils ont encourues en transgressant sciemment un interdit. « Tu as pris ce risque. Tu n'aurais pas dû. Le savais-tu ? Tu as choisi d'agir malgré le danger de te risquer tout entier. Tu en es sorti. C'est que tu es fait pour vivre. Moi, j'ai eu très peur mais, toi, ne regrette pas le prix que tu paies cet essai malheureux. » L'enfant a bien suffisamment l'expérience de son échec. Aidons-le plutôt à en profiter, à découvrir seul l'importance qu'il donne à sa propre vie. Ce n'est pas la peine de moraliser : « ne recommence pas », etc. Il vaut mieux, au contraire, donner sens à son intelligence inconsciente (ce qu'on appelle instinct de conservation), lui dire : « Tu as passé une épreuve et tu t'en es bien sorti. Ça aurait pu te coûter bien plus cher encore. Bravo. C'est comme ça dans la vie. »

L'ÉTRANGER : On peut parler de l'amour ?

LA PRATICIENNE : Oui. Il faut leur parler de l'amour. Même s'ils ne comprennent pas, ça les questionne parce qu'ils ont l'intuition que l'amour existe ; ils ont une intuition de durabilité parmi l'éphémère de tout ce qui est passion. Leurs passions, ils les sentent éphémères ; ils le savent. Ils veulent absolument quelque chose ; ils l'ont et c'est fini. Les enfants ont cette expérience. Ils savent que c'est tant qu'ils n'ont pas ce qu'ils désirent qu'ils le désirent. Une fois qu'il l'ont, c'est un moment de plaisir, puis autre chose les appelle. Ils ont cette expérience de l'éphémère du désir. Et ça les questionne. Nous en avons la preuve par leurs dires. « Tu m'aimeras toujours. » Ils cherchent un « toujours », les enfants, parce que le Réel[69] est un toujours, est un toujours surprenant qui est comme un réceptacle de surprises imprévisibles. Il est l'inattendu qui surgit et qui rend le « toujours avoir », le « toujours garder », le « toujours aimer », jamais sûr. Le Réel, c'est le réceptacle d'inattendu, alors que nous cogitons et raisonnons sur ce que nous appelons la Réalité, le répétitif attendu.

Et nous aimons l'inattendu. Nous vivons dans un attendu qui nous rend soi-disant maîtres des choses et intelligents. Notre intelligence, nous la mesurons au savoir de ce qui est attendu, de ce qui peut revenir, etc. Et pourtant, nous savons que ce qui nous réjouit parfois aussi ce qui nous peine, c'est souvent l'inattendu et donc, c'est l'existence du Réel qui est tout à fait l'inattendu, qui est le surgissement du véritable vivant dans la vie d'un être humain, du véritable ressourcement de la vie. Ça, c'est l'inattendu et c'est du Réel.

D'où vient-il ? De quel absolu vient-il pour qu'il demeure, qu'est-ce qui fait que plus nous comprenons le répétitif, plus il y a du non-répétitif surprenant qui survient tout à coup dans ce que nous connaissons par savoir scientifique, connaissance par l'intelligence, l'observation, la logique, l'intuition elle-même, toujours subtile induction et déduction de perceptions sensitives inconscientes.

L'ÉTRANGER : Il y a trois choses qui me viennent à l'esprit à propos de ça. La première — un philosophe allemand, Nicolai Hartmann, de la fin du dix-neuvième siècle, qui a fait un schéma très simple, pour représenter le paradoxe de la connaissance : au centre d'un cercle se trouve le sujet. Après, on trace une circonférence et, à l'intérieur de cette circonférence, c'est le champ des objets connus. L'homme sans cesse étend ce champ. Qu'est-ce qui se passe ? Il dessine un cercle plus grand. Donc, plus il étend le cercle, plus la circonférence est grande, plus ses contacts avec l'inconnu sont nombreux, la progression de la connaissance est aussi un agrandissement de...

LA PRATICIENNE : De l'inconnu connaissable.

L'ÉTRANGER : Plus la connaissance progresse, plus la frontière avec l'inconnu s'agrandit. Frontière avec l'inconnu qui est source de surprises.

Deuxième chose à propos du Réel, parlant toujours d'hommes et de femmes : le personnage de la femme qui se joue des hommes, une femme très forte, et qui peut jouer, pour l'homme qui est amoureux, le rôle de ce Réel plein de surprises.

LA PRATICIENNE : Oui, mais c'est aussi vrai pour une femme vis-à-vis d'un homme, de sorte que l'homme peut jouer un rôle qui semble de femme et vice versa. Aucune femme n'est « la femme » ; aucun homme n'est « l'homme ». Dans un couple homosexuel par exemple, c'est l'être aimé qui mène le jeu auquel l'aimant est soumis. Je pense que c'est l'amour qui crée ça. L'amour, parce qu'il crée, qu'il crée justement l'attraction pour ce qui reste d'inconnu et d'inconnaissable encore et qu'on voudrait connaître chez l'être aimé.

Et qu'est-ce qui se passe dans l'amitié ? Dans l'amitié, il y a une sécurité. Ce n'est pas sous tension de la connaissance de l'inconnaissable dans l'autre (mien soi-même). On laisse une part de l'inconnaissable qui peut le rester et, dans le connu, il y a assez pour asseoir une relation qui sera durable, même si dans l'inconnu ou dans l'inconnaissable de cet ami devaient surgir des choses inattendues. Mais ça ne fait pas partie de ce qui va susciter l'amour. Ça continue de susciter la fidélité. C'est curieux l'amitié, parce que c'est comme si l'ami faisait partie de la structure sexuée en même temps que somatique de la personne, tandis que l'amour ne fait pas partie de la structure dans ce qu'elle a d'acquis. L'inconnu toujours questionnant de l'aimé est nécessaire pour que la structure de l'amant reste vivante et en éveil de désir. Ce n'est pas la même chose que dans l'amitié.

L'ÉTRANGER : La troisième chose, c'était à propos de la psychanalyse. J'ai eu l'impression que, non seulement les psychanalystes, mais les analysants aussi, pendant une longue période, ont peuplé la place de Paris. Ils étaient partout. Ils vidaient l'amour de tout sens. C'était très négatif. À cause de ça, dans la mondanité parisienne, l'ouverture à l'intelligence de l'Inconscient qu'est la psychanalyse me semblait très négative, stérilisante.

LA PRATICIENNE : Parce que c'était une idéologie ou du moins, beaucoup prenaient la psychanalyse pour une idéologie. « Je n'y crois pas », disait-on. Comme si on refusait de croire que la vapeur est aussi de l'eau. H_20, la formule de l'eau, est aussi celle de la vapeur : la physique le démontre. On peut ne pas y « croire », ça ne change rien au fait.

C'est la même chose pour l'inconscient du désir. L'idéologie marxiste survenait dans le même temps, le matérialisme voulant vider la vie humaine de tout inconnaissable par la science, par l'intelligence et la raison. Tout doit être connu, tout doit être réglé, tout doit être maîtrisé. Tout doit être dit et ce qui n'est pas dit n'existe pas. Ce qui n'est pas dicible n'existe pas. Je crois que c'est ça.

Pour en revenir à la psychanalyse dans ses débuts, il faut dire que les analysants étaient dans un leurre d'amour avec leur analyste, et ils se croyaient à l'abri de la passion alors qu'ils étaient dedans sous la forme transférentielle, passion de la psychanalyse mêlée aux franges séductrices occultées du transfert sur leur analyste de la relation au père et à la mère que chaque enfant a vécue.

Cela provient de ce que, pour en connaître de la psychanalyse, il faut accepter de se soumettre à la technique — le divan, les associations libres — chez un psychanalyste qui, derrière, écoute. Il faut donc entrer dans l'expérience d'un leurre, le transfert, c'est-à-dire projeter sur celui qui écoute, l'analyste — auquel sont dédiés les rêves et les associations d'idées dans l'inconnu de soi-même que l'analysant plaque entre lui et l'autre dans cette relation analytique qui par définition est narcissique — une relation imaginaire rémanente des relations passées ayant jalonné l'histoire de l'analysant, et surtout celles qui furent insuffisamment satisfaisantes ou traumatisantes.

L'ÉTRANGER : « Chaque individu de l'espèce cherchant sa pérennité au-delà de lui-même ressent en son sexe le besoin qui mène tous les mammifères à la copulation. »

LA PRATICIENNE : Le besoin n'est pas le désir. L'instinct génésique peut mener homme et femme à l'acte sexuel mais sans la maturité féminine et masculine qui s'exprime en comportement maternel et paternel. Pour les humains, ce n'est pas comme les animaux, leur comportement n'est jamais seulement instinctuel. C'est du langage. Cela fait partie d'un code symbolique. Ça ne vient pas avec la maternité physiologique ni avec la paternité physiologique associée au couplage à la femelle comme chez les animaux — je veux parler de ceux qui restent couplés pendant le temps de la couvade ou de la jeunesse des petits.

L'ÉTRANGER : « Leurrés par leur désir excité en fantasme. »

LA PRATICIENNE : Oui, c'est un fantasme et c'est donner du désir, tandis que le besoin est un fait biologique auquel la créature est soumise sans avoir à juger si c'est bien ou mal, agréable ou désagréable : c'est comme ça.

La castration est accordée sexuellement et affectivement à l'adulte castrateur, à l'autre adulte, son conjoint. Il ne le met pas en défaut. Il est d'accord avec la castration qu'il donne à l'enfant.

C'est quand cet accord n'existe pas entre les géniteurs ou les éducateurs d'un enfant que celui-ci est contré ou freiné dans l'acquisition de sa structure post-œdipienne, pour entrer dans la communication et dans la responsabilité de son désir à tous les niveaux. À ce modèle, flou ou contradictoire quant au sens de sa sexualité humaine aux époques prégénitables correspond plus tard, au niveau génital, un désarroi semblable quant à son sexe dont le désir est flou ou, au contraire, resté puéril, inadapté aux rencontres satisfaisantes de partenaires. Ici, on se trouve carrément dans la compétition pour l'objet du désir. C'est l'âge de la puberté ou de l'âge adulte.

L'ÉTRANGER : Quand la rencontre réelle a lieu. Mais justement, tu disais qu'elle n'est jamais celle qu'on attendait.

LA PRATICIENNE : Oui. Et le fait qu'elle n'est pas celle qu'on attendait, qu'on avait imaginée, informe de la différence entre l'imaginaire et la réalité. Mais le plaisir de cette rencontre, quoique non prévu tel, suscite la découverte de soi-même à la recherche des autres.

L'ÉTRANGER : Forcément, parce qu'il y a une confrontation de fantasmes anticipatoires avec la réalité. Et dans le cas de la déception ?

LA PRATICIENNE : Dans le cas de la déception, quand elle est vraiment acceptée, elle vient rejoindre les autres déceptions de la réalité par rapport au désir. Et chez ceux qui ont été élevés avec un narcissisme suffisant sans culpabilité devant les échecs, c'est un encouragement à ne pas ruminer la déception, ce qui est bien compris dans la phrase « Un (ou une) de perdu(e), dix de retrouvé(e)s. »

Autrement dit : « Tu y arriveras la prochaine fois. » Exactement comme un enfant qui a manqué quelque chose, qui en a souffert et auquel, au lieu de le gronder d'avoir manqué, « Tu es un idiot ! Il ne fallait pas t'y prendre comme ça », on dira : « C'est raté (ou : ce n'est pas mal) ; la prochaine fois, ce sera mieux. » Si la déception n'est pas totale, ce narcissisme est consolateur. Il y a mieux mais c'est déjà ça...

C'est que le schéma de la confiance en soi devant l'échec — qui a été construit au long de l'enfance, avant neuf ans est tellement important pour la vie, la vie adulte à construire. À chaque échec, il y a risque de réveiller les cicatrices des blessures du désir non satisfait ou ayant échoué, risque d'agrandir la faille narcissique qui a « fêluré » la confiance en soi et en son narcissisme qu'on peut évaluer en valeur à être aimé ou à aimer.

L'ÉTRANGER : À chaque nouvelle épreuve, on revit toute la série des échecs.

LA PRATICIENNE : Oui, c'est ça. C'est comme une note qui réveille les harmoniques dans l'espace où elle est émise.

L'ÉTRANGER : Et c'est cette résonance qui peut faire rompre le pont ?

LA PRATICIENNE : Qui peut faire rompre le pont dans la confiance en soi, faire entrer dans la dépression-déréliction, et même jusqu'à se débarrasser de soi puisqu'on est convaincu de ne plus rien pouvoir réussir de valable. Comme on jette un outil qui n'est plus bon à rien. Étant soi-même l'instrument, c'est ça le suicide.

L'ÉTRANGER : Suicide d'amour.

LA PRATICIENNE : Mais pas seulement amour d'un autre ; plus souvent amour de soi à cause d'un échec. Par exemple, en affaires, quelqu'un qui n'a pas réussi ce qu'il comptait faire. Bien sûr, ce peut être associé, au moins en fantasmes, à sa réussite en amour, mais il peut s'agir aussi bien d'un échec seul, sans effet aucun sur l'objet d'amour. Comme dit l'expression « lancer le manche après la cognée ». La cognée manque. Et du coup, on ne veut même plus de son manche. Au lieu de tenir, de réparer l'attache entre le manche et la cognée et se dire : « Il faut m'y prendre autrement. Je vais y arriver, après l'enseignement de cette expérience. »

Je pense aux *Souffrances du jeune Werther*, de Goethe. On a dit que ça avait déclenché une vague de suicides. En réalité, c'était dans l'air. Goethe avait rendu ce héros sympathique au point que les gens s'identifiaient à lui. C'était tout à fait œdipien : Werther amoureux d'une Charlotte très maternelle, donnant à chacun selon ses besoins, selon sa faim, partageant le pain entre ses frères et sœurs cadets, tous orphelins de mère. Et elle-même, d'après mon souvenir, mariée à un homme de style paternel, élevait ses frères et sœurs.

L'ÉTRANGER : « L'accord ou le désaccord de son

désir au désir de l'autre rencontré crée un nouveau signifié qui module un langage.» C'est la découverte de la réalité que l'imagination avait parée d'illusoires promesses. La réalité est autre que les illusions la faisaient paraître.

LA PRATICIENNE : Et par exemple, plutôt que : «tu t'es trompé; c'était celle-là ou rien», dire : «celle-là ne te plaît pas. Tu t'es trompé. Mais en quoi t'es-tu trompé ? Où est l'expérience ? Eh bien, tu réussiras mieux la prochaine fois. Si tu as mal choisi ta compagne (ou ton compagnon), admets-le, et cherche ailleurs».

L'ÉTRANGER : Ça fait sans doute comprendre quelque chose sur soi de se tromper de partenaire.

LA PRATICIENNE : Oui, c'est une expérience qui fait comprendre sa sensibilité et aussi pour quel type de femme (ou d'homme) on est fait. Et c'est ça que je pense être le positif du concubinage presque généralisé et assez précoce actuellement. Parfois, dès l'adolescence, garçons et filles vivent en couples. On dit : «Ils vont être blasés. Il n'y a plus d'amour.» Pourquoi, pas ? Je crois surtout que là où chacun arrivait en couple constitué avec beaucoup de fantasmes d'amour et peu d'expériences, n'ayant parfois pas même le temps de se connaître l'un l'autre avant d'engendrer, ces jeunes-là sauront que c'est difficile de trouver le partenaire. Par l'expérience de rupture, après des périodes de bonheur temporaire, ils sauront pour qui ils ne sont pas faits, du moins pour un amour durable. Ils savent qu'ils sont facilement séduits, mais leurs liaisons éphémères leur ont appris que, pour quelque chose de durable, il vaut mieux ne pas aller dans ce sens-là. C'est-à-dire qu'ils font la différence entre qui suscite un désir feu de paille et quelqu'un avec qui, non seulement le désir mais le bonheur de compagnonner, prend sens. Je crois que tel peut être le positif de ces concubinages juvéniles qui frappent tant les gens d'autrefois. « Ces jeunes, ils vont être blasés. Il n'y aura plus d'amour. Il n'y a plus de poésie. » Je crois que ce n'est pas vrai. L'être humain aura toujours son monde poétique, mais pas nécessairement en opposition avec sa vie quotidienne. Ce sera différent, moins en fantasmes et plus en joies et peines échangées dans des attachements peut-être tardifs mais durables.

Le difficile est pour les enfants qui sont nés de ces concubinages temporaires. Difficile aussi pour les parents ! Mais ça l'était déjà pour les couples constitués qui se supportaient péniblement ou pour ceux qui divorçaient. Autrefois, les enfants croyaient indispensable que leurs parents restent ensemble. Il est possible qu'on arrive aujourd'hui à les élever avec une structure solide, sans la sécurité dans la réalité du couplage durable de leurs parents. L'indissociable unité d'être avec ses géniteurs, qui est indispensable à l'individuation psychique de chacun, peut se construire, grâce au langage, aussi bien avec des parents vivants qu'avec des parents disparus, auxquels les éducateurs permettent à l'enfant de se référer, qu'ils lui permettent d'aimer. Parfois même, les parents, absents en réalité mais présents dans la vie symbolique, sont meilleurs garants de l'identité psychique d'un enfant que par leur présence effective.

C'est ce qui me frappe, lorsque je vois qu'on peut structurer très solidement des enfants abandonnés ou restés sans parents et que c'est souvent beaucoup plus difficile avec des enfants qui ont leurs parents. Ce seront les décades suivantes qui le montreront.

Il est vrai que c'est une épreuve pour les enfants, une épreuve de l'espace de leur corps qui est comme brisé de voir leurs deux parents se séparer quand ils ont été ensemble au début de leur vie et, surtout, que le divorce se produit entre deux et huit ans[70]. De toute façon, c'est un drame, quel que soit l'âge, mais c'est un drame qui les empêche de se structurer quand c'est avant trois, quatre ans, et surtout quand le parent avec lequel ils vivent dénie valeur à l'autre. Que ce soit l'homme ou la femme ou que l'enfant soit élevé par d'autres, c'est pareil.

L'ÉTRANGER : Et il en est de même dans le cas de la séparation ou du divorce ?

LA PRATICIENNE : Que les parents soient légalement mariés ou concubins ne change rien pour l'enfant quant à sa première structure émotionnelle, disons pré-sociale.

Ainsi la grossesse pour une femme non mariée, c'est tout à coup le fait non prévu. « Me voilà prise. Je ne m'y attendais pas. » C'est-à-dire qu'un être humain veut naître. Mais cela, elle n'y pense pas. « Je suis prise. Tu m'as fait un enfant », mais jamais : « Comment se fait-il qu'un enfant veut naître de moi, de nous ? » Mystère. Le Réel a surgi. « Un être humain veut prendre chair de nos étreintes. Ce n'est pas possible. On n'est pas prêts. »

L'ÉTRANGER : Il y a toujours ce détournement du langage qui dit les choses à l'envers.

LA PRATICIENNE : Oui. Là, on s'en rend compte surtout lorsque ça vient de se passer : dans la seconde qui suit la conception ! Beaucoup de femmes l'ont ressenti. Il y a eu un moment divin.

Il y a de tels moments divins au contact de la nature et dans la solitude; cela arrive aussi à plusieurs, mais c'est toujours éprouvé de façon solitaire. On peut le dire après, mais c'est peut-être éprouvé en même temps par les deux conjoints au cours de leur étreinte suivie de fécondité.

D'ailleurs, c'est ce que Kaspar Hauser dit si bien. Il a pleuré le jour où il s'est rendu compte à propos de celui qui l'a emprisonné : «Il m'a privé de la beauté de la nature.» Eh bien, c'est ça. C'est le moment où tout à coup la beauté de la nature vous étreint à tel point que c'est du divin, c'est du Réel. Seulement on ne s'en aperçoit que lorsque c'est passé. Là, c'est dans la beauté; mais il en va souvent de même dans le mystère d'une conception. «Pourquoi dans cet acte sexuel et pas dans un autre?» On est tout à fait stupéfait. Il n'y a pas de réponse.

L'ÉTRANGER : «La suppression partielle d'un co-être ou d'un co-agir.»

LA PRATICIENNE : La suppression d'un co-être, c'est par exemple l'enfant qui naît prématuré. La mère a accouché trop tôt. Il faut mettre le nouveau-né en couveuse qui remplace la chaleur de la mère. On le perfuse ou on le gave, parce qu'il n'est pas encore capable d'avaler. Il est encore dans le conditionnement fœtal, comme *in utero*, où c'est du placenta par le cordon qu'il était nourri. Il faut le réchauffer et le couvrir pour remplacer la chaleur que la mère ne peut pas donner par la nidation maternante dans son giron. Sinon, il mourra.

L'entretien de la vie d'un bébé exige des conditions de co-être et des conditions de co-agir. Ainsi, il faut lui donner à manger et qu'il puisse manger de la main de la mère, parce qu'il ne saura pas encore se donner à manger. Si la mère disparaît, il faut que quelqu'un d'autre prenne soin de lui.

Racisme et inceste

LA PRATICIENNE : Le racisme est articulé à l'inceste.

L'ÉTRANGER : Dans quel sens ?

LA PRATICIENNE : C'est-à-dire qu'avec celui-là, l'autre de l'autre race, on est sûr qu'il n'y a pas de rencontre incestueuse. Et alors, ça fait perdre le goût du désir puisque le goût du désir s'est formé vis-à-vis des géniteurs et des co-engendrés, de la fratrie. Le racisme peut être articulé à un désir dangereux parce qu'il ne contient pas le fantasme de l'inceste. Un être d'une autre race, on est sûr qu'il ne peut pas être associé à un parent consanguin, sœur ou frère. Étant d'une autre race, il n'est pas articulé à l'inceste.

Or le désir a besoin du fantasme d'inceste mais aussi de l'impossibilité de sa réalisation. Et quand il n'y a pas de fantasme d'inceste, qu'il n'y a plus de désir au sens génital, qu'est-ce qui reste ? Il reste un désir de rivalité. Il ne faut pas que celui-là, qui n'est pas de ma famille, qui n'a rien à y faire, vienne se mêler de faire quelque chose à ma sœur, à ma mère ou à mes biens. J'accepte les gens qui sont, comme moi, barrés par l'interdit de l'inceste.

L'ÉTRANGER : Un personnage politique connu pour ses idées racistes était, enfant, fasciné par l'ordonnance noire de son père.

LA PRATICIENNE : C'est comme aux États-Unis. La plupart des enfants ont eu comme serviteurs, comme nounous, des gens de race noire et, en devenant adultes, ils ne peuvent pas supporter l'idée d'un croisement, d'« inter-course », comme ils disent, c'est-à-dire de vie sexuelle partagée avec des Noirs. Ils ont eu une vie sensuelle de bébés avec des Noirs, des Noirs aimants et tendres avec eux, et eux avec ceux-là. Mais en réalité, pour l'inconscient sexuel archaïque, cette vie sensuelle les a fait assimiler ces Noirs aux parents et à la fratrie.

L'ÉTRANGER : Question bête...

LA PRATICIENNE : À combien ?

L'ÉTRANGER : À... dix mille dollars. Comme peut-on lutter contre le racisme ?

LA PRATICIENNE : Ça passe par l'éducation des tout-petits, par la parole qui donne le sens vrai à ce que vit l'enfant sans le laisser à sa seule imagination. En tout cas, je ne crois pas qu'on puisse lutter rapidement, car cela vient sûrement d'une idéologie enracinée chez les gens.

C'est comme pour les Droits de l'Homme que l'on commence à incruster comme ça. Mais ce sera très long parce que chacun, concernant une autre race — aussi bien les Noirs que les Blancs les uns vis-à-vis des autres — use de l'argument raciste suivant : « Oui aux Droits de l'Homme, mais ceux-là ne sont pas des hommes ! »

Surgissement du Réel[71]

Nous découvrons les joies de la communication et le dépassement fécond grâce à nos impuissances conjuguées.

Mais le Réel — et non la réalité — ce n'est ni la solitude ni la communication qui peuvent nous le faire connaître. Et c'est pourtant de lui dont nous sommes assoiffés, Réel au-delà de nos contradictions, de nos séparativités, de nos imageries, de nos symbolismes, de nos plaisirs cherchés et trouvés.

L'étude des sciences nous apporte le savoir, la connaissance des lois, tout ce qui nous permet la maîtrise technique des choses de notre planète — et maintenant, même au-delà. En associant notre travail à celui des autres, la technologie nous rend maîtres de modifier nos conditions naturelles de vie, mais aussi de mort.

Depuis la découverte du feu, que de transformations l'espèce humaine n'a-t-elle opérées sur la planète! — mais toujours menée par l'alternance entre la nécessité du désir imaginaire, appui aux conditions de la réalité, et la nécessité de consommer et de se protéger, la volonté de construire et de s'entraider à vivre entre élus et alliés et la volonté de détruire et dissocier les alliances de ses ennemis.

Nos recherches sur l'infiniment petit, les découvertes de l'énergie qu'il recèle, les recherches sur l'infiniment grand, tout cela qui nous rend, à l'aide de l'imagination, inventif de techniques et de maîtrise de la réalité, ne nous enseigne rien du Réel. L'art nous en fait approcher plus que toutes nos autres activités, mais les problèmes de technologie limitent l'expression de nos intuitions le concernant.

Nos recherches sur l'homme lui-même sont-elles plus avancées quand le savoir croît sur la formation des groupes, sur les énergies affectives en jeu qui les font et les défont ?

La psychanalyse, la médecine, la chirurgie, la biologie se heurtent à ce phénomène humain toujours imprévisible. Les lois qui nous paraissent les plus sûres se heurtent toujours à l'exceptionnel qui surgit sous nos yeux, effet du Réel que nous ignorons.

Le déterminisme des choses ne nous permet, pour l'homme, que de comprendre a posteriori *chez l'un d'eux ce qui chez un autre a entraîné d'autres effets. L'homme pour l'homme recèle une liberté qui échappe à nos prévisions.*

Le Réel qui pourtant nous constitue, auquel nous nous heurtons sans le connaître et pour lequel nous n'avons qu'un mot opaque, toujours singulier, comment l'aborder ? Comment aborder ce qui se cache sous ce concept ? N'est-ce pas un mystère déjà que nous l'ayons nommé sans en rien savoir ?

De ce Réel qui nous échappe dans nos avenues codées du possible et de l'impossible dont nous passons notre vie à comprendre les lois, espérant ou redoutant son impact dans notre réalité — le surgissement parfois se fait alors punctiforme pré-

sence : aux entrailles de la femme, par ce dont tout à leur plaisir donnés l'homme et la femme s'ignoraient porteurs ou émetteurs. L'étreinte accomplie, après le duo de leur jouissance passagère, le désir laisse les partenaires ou les amants à nouveau livrés à leurs doutes ou à leurs certitudes, unis par l'amour ou séparés. Cependant, dans l'invisible, cette parole en appelle à un autre, qui parfois répond. Trois désirs, un instant conjoints, se font chair en devenir.

L'inattendu

L'ÉTRANGER : Qu'est-ce que tu peux dire du Réel, tel qu'il apparaît ?

LA PRATICIENNE : Justement, c'est une instance dont nous avons l'intuition qu'elle existe, mais qui ne tombe pas sous le coup des sens ni n'est sertissable dans la vie symbolique. On en parle, puisqu'on parle du Réel. Mais, pour donner une image, prenons par exemple une créature soumise à la mutation telle qu'un papillon. Nous voyons une forme d'œuf, forme de ver, forme de chrysalide et forme d'insecte volant, mais le Réel du papillon, nous ne savons pas ce que c'est. On peut connaître l'histoire de quelqu'un, on peut savoir quelque chose de lui comme sujet quand il parle, mais on ne sait pas qui est cette personne dans le Réel. Tout être humain, en tant que sujet réel, est une énigme.

Généralement, nous nous contentons des réalités successives en croyant que c'est ça le Réel. Nous nous contentons de : « Ah oui, Un Tel, je le connais bien. Il est né telle date de tels parents, tel lieu. » C'est comme ça, notre identité. Nous nous satisfaisons d'identité repérable dans le temps et l'espace par les mots de la réalité prouvée par d'autres témoins. Mais ce qui est de l'ordre du Réel ? Nous avons notion qu'il existe. Comme la Vérité, nous avons notion qu'elle existe. Sans cela, nous ne la chercherions pas. Nous découvrons des vérités, comme nous témoignons d'éléments de la réalité, mais nous ne savons pas ce que c'est. Cette réalité exprime et, en même temps, cache, du Réel, sa vérité. Voilà ce que je voulais dire.

L'ÉTRANGER : Et les conditions naturelles — réelles — de mort ?

LA PRATICIENNE : Par exemple, les conditions naturelles de mort sous l'eau, on les modifie par un scaphandre, par les bonbonnes d'oxygène, en tenant compte des paliers parce qu'on a analysé des éléments de réalité pouvant entraîner la mort, par exemple des bulles dans le sang si le plongeur remonte brusquement. On empêche ce phénomène de se produire. Donc, la mort ne surgit pas. Par l'analyse des phénomènes physiologiques de l'avant-mort, on peut ainsi retarder les conditions naturelles qui entraînent parfois la mort. Mais on n'empêche pas la mort, de toute façon, d'advenir un jour à toute créature vivante. C'est ça qui est étrange chez l'humain, alors qu'il espère pouvoir maîtriser tout de la réalité. Certains disent : « Avec la science, les humains ne mourront plus. » Mais qu'est-ce qu'on deviendrait ! Où se loger sur terre ! ? Il faudrait aller dans la stratosphère, envoyer des satellites pour y mettre les gens dont on ne saurait pas quoi faire sur terre.

LE MAINATE : Oui. C'est le genre de bêtises extrapolées de la science, parce qu'en plus, l'être humain perdrait alors la notion qu'il est vivant. L'être humain ne peut savoir qu'il est vivant que parce qu'il y a la mort qui guette son organisme.

L'ÉTRANGER : La vie éternelle n'a aucun sens !

LA PRATICIENNE : Maintenant, on en arrive à dire : le mieux est d'arriver à vivre sainement jusqu'au moment où l'on meurt, sans la décrépitude du vieillissement. Les gens ont raison.

Que l'on pense au temps qu'il a fallu pour en arriver à la technique du bronze, pour savoir préparer des couleurs qui résistaient à la lumière et au temps, produire le matériau pour faire une architecture qui résiste au temps. Et aujourd'hui encore, des barrages s'écroulent parce que la technicité ne permet pas de faire un barrage qui ne subisse pas les infiltrations de la nature. L'art, comme la technologie, est assujetti aux matériaux avec lesquels l'idée de l'artiste, qui s'apparente au Réel, se concrétise par la médiation de la réalité.

On peut comprendre ce qui se répète, soit dans le même être, soit dans les êtres apparemment semblables, les analogies, mais le Réel c'est la surprise de la vie, que nous ne pouvons ni prévoir ni comprendre. Le Réel, c'est l'imprévisible. Il semble que là-dessus, nous n'avancions pas.

Pour que des lois soient intelligibles chez l'humain, il faut que ces lois correspondent à une répétitivité analysable. C'est ce que j'appelle une science. Les psychanalystes, dans leur langage dit lacanien, jargonnent le Réel. Mais de quoi parlent-ils ? Ils ne parlent que du témoignage de réalités diverses, mais pas du tout du Réel.

En particulier, le Réel de la solitude, nous ne savons pas ce que c'est. C'est une méditation pour moi que d'essayer d'élucider un peu ce que nous entendons par le mot « Réel ». On finit par dire :

« Mais comment même se fait-il qu'on ait pensé à dire ce mot ? C'est donc que nous en connaissons quelque chose ? »

LE MAINATE : Justement, parce que vous avez besoin d'un mot pour couvrir toutes ces situations limites qui surgissent et qui vous projettent au-delà des conjectures...

LA PRATICIENNE : Au-delà du conceptualisable.

La casquette des morts

L'ÉTRANGER : La venue au monde est aussi la découverte du phénomène de la mort. On en a très peu parlé à propos de l'enfant.

LA PRATICIENNE : Oui, c'est vrai, parce que pour l'enfant, c'est une découverte objective. Comme quand il ressent l'amour, il ne sait pas ce que c'est, l'amour.

Quant à la découverte de la mort, il la découvre à l'occasion de l'arrêt moteur total d'un animal, à l'occasion de l'alimentation : la mort d'un poulet, d'un lapin, d'un poisson.

Je me rappelle mon fils Gricha qui, vers dix-huit mois, n'a plus parlé que comme ça : « Ce soir, on mange du lapin mort. Demain, du poulet mort. Ah ! c'est du veau mort. » Il ne parlait des aliments que sous le nom de telle créature morte. C'était sans doute pour être bien sûr qu'on ne mangeait pas des vivants. Il était juste au moment de dépasser le cannibalisme, tabou lié au sevrage. D'ailleurs, sa petite sœur tétait et « mangeait donc maman vivante ». C'est la première expression qu'il en avait eue. Alors, il fallait bien manger, mais des animaux morts. Il défendait ce tabou. Ainsi, la mort, c'est ce qui nous permet de manger sans cruauté des animaux, et l'enfant ne peut pas ne pas voir la mort à cette occasion. On n'y pense pas. Mais certains enfants qui parlent plus facilement — parce qu'ils ont été élevés de façon plus libre — le disent.

LE MAINATE : Mais il y a sans doute la tentation des parents de cacher la mort à l'enfant.

LA PRATICIENNE : Mais oui, toujours. Cacher la mort à l'enfant parce qu'ils ont souffert, eux, de la mort de personnes aimées et ils voudraient retarder chez leur enfant la connaissance de la mort, l'expérience douloureuse qu'ils ont connue. Mais quand il se trouve qu'il a lui-même à faire cette expérience, et à la dire, les parents ont tort s'ils cherchent alors à l'empêcher, en ne répondant pas par exemple. Ils veulent refouler le fruit que porterait dans l'intelligence de l'enfant le savoir concernant l'inévitable de la mort.

Par exemple, quelqu'un de la famille est mort, que l'enfant n'aimait pas particulièrement. Les parents souffrent, mais l'enfant chante, sa vie joyeuse continue. « Mais cet enfant n'a pas de cœur ! Alors, il faut ne pas lui en parler ; il vaut mieux ne pas le lui dire. » Du coup, les parents se mettent en deuil sans avertir leur enfant — tel le chat ou le chien — de la mort de quelqu'un dont ils ont pourtant beaucoup de peine. C'est inhumain.

Sous prétexte que l'enfant ne comprend pas. Ils nous disent : « mais il ne comprendrait pas ce que ça veut dire », car il n'a pas vu cette personne morte. Mais justement, s'il peut voir le cadavre de quelqu'un qui ne lui tient pas trop à cœur, pourquoi pas, si ça lui permet de comprendre que la mort existe, chez l'humain comme chez l'animal, par arrêt de toutes les fonctions physiologiques et des fonctions de communication. Ce que l'enfant ne comprend pas, c'est la notion de cadavre et de corruption. C'est pour ça qu'il joue à donner la mort. C'est simplement parce que la vie est une puissance à maîtriser. Mais, pour lui, «je te tue», c'est un jeu. «Je te tue. J'ai été le plus fort. Ah oui, tu es mort», mais on continue à parler.

Pour lui, c'est de l'imaginaire. Pour que la mort devienne une réalité, il faut qu'il l'ait observée sur quelqu'un d'humain et, en plus, qu'il ait senti l'épreuve du manque de retrouvaille de quelqu'un qu'il aime et dont il sait que ce ne sera plus jamais possible parce que cette personne ne sera plus jamais en échange sensoriel avec lui.

Peut-être les difficultés de l'expérience découragent-elles les parents, qui préfèrent ne pas en parler à leur enfant.

LA NÉGRESSE VERTE : On dirait que les parents ont peur de provoquer un traumatisme chez l'enfant.

LA PRATICIENNE : Oui, ils ont peur de provoquer un traumatisme ou ils ont peur aussi que l'enfant veuille mourir.

L'ÉTRANGER : Ça serait un mauvais exemple ?

LA PRATICIENNE : Oui, comme si c'était un mauvais exemple. Alors qu'à la question de l'enfant : «Quand est-ce qu'on meurt ?» la réponse : «On meurt parce qu'on a fini de vivre» est ce qu'il y a de plus soulageant. Parce que c'est la vérité. «Et comment est-ce qu'on le sait ? — Il n'y a que celui qui meurt qui le sait. Personne ne sait pour un autre. On le sait pour un animal parce qu'on lui donne la mort. Mais la mort naturelle, y compris celle d'un animal ou d'un végétal, personne ne sait.» C'est comme cela qu'il faut parler à un enfant. Bien souvent, les gens lui disent: «On meurt quand on est vieux», et il apprend qu'un enfant est mort. Alors, il ne comprend rien. «On meurt parce qu'on a fini de vivre. — Pourquoi a-t-on fini de vivre? — Personne ne sait.»

L'ÉTRANGER : Tu veux dire que l'adulte, même dans sa parole, doit accepter son impuissance, doit être humble...

LA PRATICIENNE : Humble devant la situation. L'enfant, par rapport à la mort, est exactement dans la même situation que l'adulte. Par rapport à Dieu, c'est la même chose alors que, dans les dires des adultes, Dieu semble être à leur service. «Tu vas voir. Dieu va te punir. Dieu te voit.»

LE MAINATE : Ça, ce sont des propos de curé!

LA PRATICIENNE : Oui, mais aussi de parents qui veulent utiliser la peur, tant du gendarme que du «bon» Dieu. À présent, on invoque plutôt «monsieur le directeur», mais aussi: «Tu vas voir la police. Je vais appeler la police.» On voit ça tout le temps dans l'éducation des enfants.

C'est lorsque les parents cherchent à faire appel à une force au-delà d'eux, au lieu de dire: «Je n'en peux plus, je n'ai pas plus de force que toi. Il faut absolument que tu arrives à te vaincre parce que nous ne pourrons plus vivre.»

L'enfant comprend vraiment très, très tôt quand il arrive à une telle situation limite — parce qu'il l'a connue pour naître. On voit ça par exemple chez l'enfant qui empêche ses parents de dormir, quand c'en est au point où les parents en deviennent fous, quasiment suicidaires même! Qu'alors on parle vraiment à l'enfant, ce petit qui a neuf, dix mois, quatorze mois, qu'on lui explique : « Peut-être voudrais-tu aider ta maman et tu voudrais la prendre dans tes bras mais, comme tu es petit, c'est elle qui te prend dans ses bras et ça la fatigue. Alors, si tu veux vraiment aider ta maman parce que tu la sens fatiguée, ce soir, après ta bouillie, après ta tétée, eh bien, tu dormiras tout de suite pour que ta maman, elle aussi, puisse dormir. »

Et la mère de me dire ensuite — je pense à un cas précis : « Je ne sais pas ce que vous lui avez dit mais, immédiatement après sa bouillie, je n'ai eu qu'à le coucher jusqu'à ce matin. Enfin une nuit ! » Voilà un enfant qui sentait sa mère dépressive — le père était parti au service militaire — et il voulait vraiment consoler sa mère. On aurait pu penser : « Il exige sa mère. Il prend la place de l'homme. » Non, parce qu'il n'était pas encore à l'âge de l'Œdipe ; il était encore dans le fusionnel secourant. Il voulait aider sa mère qui se trouvait seule, évidemment, sans son mari. Elle avait besoin de dormir et elle ne pouvait plus. L'enfant hurlait dès qu'elle n'était pas là, et si elle le prenait dans son lit, elle craignait comme il était petit de l'étouffer, et ne s'endormait pas non plus. L'enfant ne se rend pas compte : il est dans ses bras, il croit qu'elle est dans les siens. Pour lui, c'est la parité.

D'autres fois, à partir de dix-huit mois, deux ans, c'est le réveil nocturne et le retour dans le lit des parents. « Même si tu voulais redevenir un bébé de ta maman, ou la femme de ton père, tu ne peux pas. C'est impossible. Pas seulement pour toi. C'était pareil pour ton père (ou ta mère) quand ils étaient petits. Alors il faut accepter ça. C'est comme ça. Ton père l'a accepté quand il était petit. Il ne pouvait pas être le mari de sa mère. Ta mère l'a accepté de ton grand-père qui était son papa. C'est comme ça ; c'est très dur, pour tout le monde. Mais bientôt tu te feras une copine, tu auras une fiancée, un fiancé. » En deux jours, l'enfant accepte cette situation, à condition que les parents lui en parlent. Alors que les parents d'abord consolent puis se fâchent. C'est tout ce qu'ils font. Ils veulent maîtriser la situation au lieu d'aider l'enfant à comprendre son angoisse et à dépasser ce conflit en lui disant que c'est une souffrance qu'il a à reconnaître. C'est-à-dire justifier l'enfant d'en souffrir et l'aider à l'assumer.

Même chose pour la mort. C'est l'initiation à la connaissance de ce que nous ne connaissons pas complètement. C'est aussi pour cela que les parents ne peuvent pas en parler, parce que c'est trop mystérieux pour eux.

LE MAINATE : La phobie de l'inconnu.

LA PRATICIENNE : Et l'enfant, je crois, en connaît plus que nous. En tout cas, il en dit des choses intéressantes.

J'ai le souvenir de la réaction de mes trois enfants à la mort de mon père[72]. Jean avait trois ans, Gricha, vingt-quatre, vingt-cinq mois et Catherine, six mois. Pour eux, le grand-père était quelqu'un de tout à fait vivant adulte puisqu'il venait déjeuner tous les jeudis ; il était encore très alerte. Donc, ils apprennent la mort du grand-père, voient ma peine et, le jour même où nous devions aller à la maison mortuaire visiter maman, Jean dit : « Je veux venir avec vous. » Boris, mon époux, me regarde. Nous hésitons, puis disons à Mme Verger, qui était la promeneuse : « Eh bien, venez aussi parce que nous ne voulons pas qu'il soit tout le temps avec nous. » Et Jean : « Je veux voir Moune. » (C'était le nom déjà donné à ma mère par les autres cousins.) « Je veux voir Moune ! » Nous partons donc. En voiture, Jean dit à son père : « Il faut s'arrêter chez le fleuriste », alors que nous n'y avions pas pensé ; nous aurions envoyé une couronne pour les obsèques. Alors, échange parlé avec son père : « Bon, viens avec moi. — Je veux apporter une fleur à Moune. — Viens avec moi. » Il descend avec son père. Je reste dans la voiture. Son père lui dit (Jean avait trois ans) : « Qu'est-ce que tu veux ? — Je veux trois roses : une pour moi, une pour Gricha, une pour Catherine. » Jamais je n'aurais pensé ça. Et Boris dit à la fleuriste que nous connaissions : « C'est pour sa grand-mère, parce que nous venons d'apprendre que mon beau-père est mort. » La fleuriste qui nous connaissait donne les trois roses. Jean les prend et ne les lâche pas jusqu'à notre arrivée. Il se place le premier devant la porte, à la surprise de ma mère quand elle nous ouvre : « Oh ! vous avez amené le petit ! », d'un air un peu étonné, réprobateur peut-être aussi. Et Jean lui dit : « Voilà, Moune. Ces trois roses pour essayer de te consoler : une de moi, une de Gricha, une de Catherine. » « Ah ! mais c'est très gentil », répond ma mère. Et lui ajoute : « J'ai beaucoup de peine de la mort de grand-père. » Et à partir de là, il s'est assis dans le salon. Il y avait tous mes frères, leurs femmes, il y avait toutes ces grandes personnes qui étaient là. Il n'a pas bougé. Il est resté assis, faisant signe à Mme Verger qu'elle reste à côté de lui. À un moment, mon mari a parlé en russe avec elle. Comme elle avait demandé à faire une prière devant le corps de mon père, Boris lui a fait signe de venir. Après, une fois de retour en voiture, Jean, qui n'avait rien dit, en a fait le reproche à Mme Verger : « Ce n'est pas bien, madame Verger, d'être allée faire une prière. Ce n'est pas bien ! On ne dérange pas les morts. Il faut les laisser tranquilles. Maman, oui, elle pouvait : c'est sa fille. Papa aussi : il est son mari. Mais pas toi. » Donc, à la mort de son grand-père, il y a eu cela.

Et puis aussi l'histoire de Grincheux, un petit nain de Blanche-Neige en caoutchouc qu'il avait. Ça a été le lendemain. Grincheux, c'était un petit objet transitionnel qu'il prenait de temps en temps et dont il a dit : « Il ressemble à grand-père quand il était fâché. » Nous ne savions pas qu'il avait identifié Grincheux à son grand-père. Je l'ai appris comme ça.

Jean allait donc partir au jardin du Luxembourg avec Mme Verger et il lui dit comme il le faisait de temps en temps en prenant une petite auto, un petit nounours ou n'importe quoi : « Aujourd'hui on prend Grincheux. » Bon. Et il met Grincheux dans le sac de Mme Verger. Arrivé au Luxembourg, il dit : « Tu as Grincheux ? — Oui. » Il prend alors son Grincheux et le jette dans le bassin. Mme Verger ne comprend rien. Elle m'en a parlé ensuite pendant que Jean faisait la sieste, en me disant : « Je voyais qu'il était préoccupé parce que Grincheux flottait. » Ils sont ensuite allés se promener et il n'était pas content : « Pourquoi il flotte ? Pourquoi il flotte ? » Et voilà que l'un des gardiens du jardin qui avait vu de quel enfant il s'agissait est allé repêcher le précieux Grincheux en le rendant ensuite à Mme Verger : « Madame, le petit garçon a lancé son petit jouet dans le bassin. Alors, je l'ai repêché. » Jean n'a pas dit un mot. Il était furieux. Mme Verger était très embêtée. «Mais qu'est-ce que j'en fais? — Mets-le dans le sac!» Elle l'a remis dans le sac. En revenant du jardin, il dit à Mme Verger: «Demain, il faudra encore emmener Grincheux, mais il faut qu'il rentre sous l'eau.» Elle ne comprenait pas du tout pourquoi.

J'ai écrit d'ailleurs tout ça sur le moment, parce qu'il a dessiné l'histoire de grand-père sous l'eau dans la caserne des morts.

L'ÉTRANGER : Dans la caserne des morts?

LA PRATICIENNE : Oui, sous l'eau. C'est comme cela qu'il a fantasmé. Le lendemain, pendant qu'il faisait la sieste, Mme Verger me raconte l'histoire, me dit: «Qu'est-ce qu'on va faire? Il veut absolument que Grincheux descende dans le bassin mais il flotte toujours. On ne pourra rien faire. Pour lui, Grincheux, c'est son grand-père et il faut le mettre à l'eau.» On en était là... C'était une femme merveilleuse, cette femme. Elle n'avait pas d'idées préconçues. Elle n'avait jamais vu d'enfants de sa vie. C'était une artiste. C'est elle qui a peint toutes les affiches de Joséphine Baker. À l'époque où je l'ai connue, elle était vieille, retraitée. Elle était une sainte femme de l'église russe et c'est comme ça que j'ai fait sa connaissance. Je cherchais une dame pour promener Jean et lui parler russe (la langue de son père). «Cette dame-là est très gentille», m'avait-on dit. Surtout, elle connaissait les contes russes, les dessins russes. Elle a été parfaite pour nos enfants. Donc, pour ce Grincheux, sans comprendre, nous réfléchissions toutes les deux. Je lui dis: «Il y a une chose que l'on peut faire. On va fendre avec une lame de rasoir le Grincheux en question et comme ça il coulera sous l'eau. Pourvu qu'il ne s'aperçoive pas qu'on lui a abîmé son Grincheux. »

Le lendemain, ça se répète à la même heure. Ils vont se promener. À ce moment-là, Gricha, le petit frère, ne sortait pas, ou bien Gricha était en dehors de la question, parce qu'il était encore en voiture. Il n'y a vraiment que Jean qui a vécu la mort du grand-père. Le lendemain donc, il a seulement vérifié que Mme Verger avait encore Grincheux dans son sac et il n'en a pas parlé en allant au jardin. Arrivés au jardin, il dit à Mme Verger : « Je prends Grincheux. » Elle ouvre le sac en se disant : « Pourvu qu'il ne voie pas qu'il est fendu d'un bout à l'autre ! » Il le prend et aussitôt le lance. Et puis il surveille bien que le gardien ne vienne pas. Et puis : « Ah ! c'est bien ! Ah ! c'est bien ! » Il était content, apaisé parce qu'il était tombé dans le fond. On le voyait, mais ça ne faisait rien : il était tombé dans le fond. Et c'est là qu'il lui a dit : « Ça y est ! Maintenant, grand-père, il peut aller dans la caserne des morts. »

Ils sont rentrés. Je ne sais pas ce que c'est devenu, si le gardien l'a vu. Le lendemain, il n'y était pas. C'est tout ce qu'on peut savoir. Quand elle y est retournée, elle a dit : « Mon Dieu, Grincheux n'y est plus. Tant mieux. »

Et alors, Jean a dessiné la mort de son grand-père. Il l'a représenté avec une casquette qu'il ne portait jamais. C'est ça qui m'a beaucoup frappée : la casquette des morts. Le grand-père avait la casquette des morts dans la barque des morts. Il était emmené dans cette barque avec une casquette qui lui couvrait les yeux et il descendait dans la caserne des morts où il était accueilli avec plaisir par tous les autres. Cette histoire d'avoir caché les yeux m'a intéressée, car dans les campagnes, on cache tous les miroirs. J'avais vu aussi le film d'une petite guenon, Youdi, élevée dans une réserve. Quand on ramenait un animal mort de la réserve — lion, buffle, pour en faire la dissection, savoir la cause de la mort, etc. — elle faisait le geste de se cacher les yeux pour ne pas voir le camion qui ramenait l'animal. Le commentaire du film disait : « Pour ne pas regarder la mort en face. »

Par d'autres cas, je sais combien c'est important quand on ne dit pas la mort à un enfant. J'ai sauvé des enfants qui tombaient dans un état dépressif lent et qui surtout perdaient leurs acquisitions scolaires après la mort d'une grand-mère, mort qui ne leur avait pas été dite parce que c'était soi-disant pendant les vacances, et qu'il ne fallait pas leur gâcher leurs vacances. Les parents sont partis et sont revenus plus ou moins en deuil. Les enfants, soi-disant, n'ont pas fait attention. Quand ils sont revenus : « On va voir grand-mère ? — Eh bien, non, elle est à l'hôpital. » Et eux de redemander un peu plus tard : « On va voir grand-mère ? — Non » (sans plus de commentaires), alors qu'on voyait la grand-mère habituellement le dimanche. Est arrivé Noël et, à Noël, on n'a pas vu grand-mère alors que d'habitude c'était la fête avec grand-mère.

Elle était morte pendant l'été, au mois d'août, mais on ne le disait pas à l'enfant. On l'avait peut-être dit aux aînés, je ne sais plus, mais pas à leur frère qui avait sept ans à ce moment-là. Il s'est complètement détruit. J'ai vu arriver un enfant pâle comme un navet, mal portant. Le médecin disait : « Je ne vois rien. Il ne va pas bien, mais je ne sais pas ce qu'il a. » Et puis il ne pouvait pas travailler. « Il faudra peut-être l'envoyer au grand air, dans un aerium. » Du coup, il a ajouté : « Vous pourriez peut-être aussi aller voir un psychologue, voir si ce n'est pas un blocage scolaire d'origine psychologique. »

C'est là que j'ai découvert la situation. J'ai indiqué aux parents qu'il fallait qu'ils lui expliquent la mort de la grand-mère, qu'on avait pensé qu'il était trop petit pour lui dire, que ça lui ferait trop de peine. Ils étaient catholiques. « Allez à l'église voir des obsèques avec lui pour lui montrer ce qu'a été la cérémonie pour sa grand-mère. » En quinze jours, cet enfant avait retrouvé ses couleurs, était de nouveau vivant et avait très simplement retrouvé l'intérêt scolaire.

Autrement dit, quand on donne à connaître les médiations culturelles, symboliques — la parole, le rite, le rituel, les fantasmes culturels, sociaux, etc. — on humanise la souffrance de l'abandon de quelqu'un d'aimé. Le deuil, c'est ressenti comme un abandon, une perte d'une partie de soi, un rejet qui entraîne une déréliction de soi. « C'est qu'il ne m'aime pas. Pourquoi elle ne me l'avait pas dit ? » etc. La mort est un fait inéluctable, une connaissance brutalement nouvelle pour le sujet mais qui est humanisée si elle est mise en paroles, et l'épreuve peut être dépassée. Sinon, l'épreuve est corporellement vécue d'une façon mortifère (partielle) pour l'individu qui aimait celui qui est mort. Et d'ailleurs, le deuil est un peu ça de toutes façons. Alors, pourquoi ? Quelle image du corps ? Dans le cas de cet enfant, c'est la dynamique qui l'avait déserté.

Tous les êtres que nous aimons font partie de notre propre vie et, quand ils meurent, il nous faut l'humaniser par la symbolisation qui est rites de deuil ou paroles même absurdes, mais paroles.

L'ÉTRANGER : Paroles qui se reconnaissent impuissantes.

LA PRATICIENNE : Oui. Nous sommes tous dans la même épreuve. L'enfant est autant dans l'analyse, donne des explications. L'histoire de la barque des morts, il s'est donné une explication, il s'est rassuré lui-même par ce qui était d'aller sous l'eau, dans les eaux amniotiques. L'archaïque masculin de lui a été dans les eaux amniotiques de moi, qui étais la fille de cet homme qui est mort. Mme Verger, il ne fallait pas qu'elle le dérange. « Maman, elle peut parce qu'elle est sa fille. » Lui-même n'avait pas demandé à voir son grand-père mort. Il avait bien dit : « Je veux y aller, chez Moune », et les fleurs étaient pour elle, symbolisant l'amour, la peine de Moune à consoler. Ce qui est étonnant, c'est qu'il tombe exactement sur le mythe des Égyptiens, la barque des morts.

J'ai beaucoup admiré la façon dont a été Boris à ce moment-là. Il ne s'est pas du tout opposé. Jean a voulu venir. Nous avons été étonnés. Nous nous sommes regardés tous les deux. Je n'avais pas d'explication. Lui non plus. « Pourquoi pas ? Madame Verger, venez avec nous. » C'est tout. Et puis, quand il a dit : « Je veux acheter des fleurs », un autre homme aurait pu dire : « Fiche-nous la paix ! Nous faisons ce que nous avons à faire. » Pas du tout. Il lui a dit : « Bon, on va s'arrêter. »

Il y avait des choses très profondes qui réunissaient Boris et son fils. C'est pour ça d'ailleurs qu'au moment de l'adolescence, enfin de jeune adulte, ça a été tellement tendu entre eux.

L'ÉTRANGER : Ça, c'est dans le cas de la mort de l'adulte, mais, par exemple, dans le cas de la mort d'un frère ou d'une sœur aînée ?

LA PRATICIENNE : Eh bien, c'est ressenti avec culpabilité parce que, comme c'était un rival que l'on voulait dépasser, il y a tout à coup deux choses : d'abord, on est dérouté de ne plus avoir de but, le but de le dépasser. C'est comme le fantasme qui devient la réalité. Donc, il n'y a plus le soutien du désir qu'est le fantasme. Et puis, en plus, c'est un modèle; c'était un rival, mais c'était aussi un modèle. En outre, il y a la souffrance des parents. C'est très complexe.

L'acte le plus important, c'est de bien dire à l'enfant qu'il reste le second même si l'aîné est mort, qu'il reste le troisième même si le second est mort. « Maintenant, tu es mon second. » Non, ce n'est pas vrai. « Tu es toujours le troisième. Aucun mort n'est remplaçable par un autre dans la fratrie. »

L'ÉTRANGER : Il n'y a pas de promotion.

LA PRATICIENNE : La place reste la même, parce que symboliquement quelqu'un de mort reste dans la famille à sa place. C'est pour ça que l'autre peut intégrer son absence comme une présence continue.

L'ÉTRANGER : Dans le cas du cadet... ?

LA PRATICIENNE : Quand c'est le second qui meurt ? Eh bien, c'est la même chose. Ça a été le rival. C'est quelque chose d'un peu œdipien.

L'ÉTRANGER : Sauf qu'il n'y a pas cette représentation de modèle.

LA PRATICIENNE : Si, quelquefois. Il faut qu'il le remplace pour la mère; il bêtifie, il régresse « parce que tu es toujours l'aîné ».

L'important est de rester chacun dans le corps qui se trouve être le sien et pas, par mimétisme, s'identifier à l'autre dans son corps. S'identifier, c'est faire aussi bien dans sa vie à soi que la personne modèle le fait à sa place à elle. « Pourquoi est-il mort ? Comment est-ce qu'il savait qu'il devait mourir ? Qui l'a tué ? »

Les enfants pensent, étant donné leur conviction de la toute-puissance de leurs parents, que ces parents n'ont pas su éviter, qu'ils auraient pu empêcher cette mort. Au moins empêcher, si même ce n'est pas eux. « Pourquoi tu l'as tué ? Parce que tu ne voulais pas qu'il vive ? » Ils projettent sur le père ou la mère des sentiments qu'ils avaient, eux, un moment, sur le frère ou la sœur.

C'est en somme tout cela qu'il faut mettre en mots pour dire : « Oui, ce sont des choses qu'on pense mais ce n'est pas du vrai. »

Après la mort du grand-père, Gricha, le second — qui avait donc vingt-deux, vingt-quatre mois alors que son frère avait déjà trois ans et demi — n'en disait pas un mot. Un jour, à table devant les enfants, je parlais avec Boris de mon père. Gricha, tout en mangeant, a dit : « De grand-père, il ne faut pas en parler. C'est défendu de parler des morts. Il ne faut pas en parler. » Jean n'a pas pipé. Il avait l'air d'être d'accord avec ce que disait Gricha. Nous nous sommes regardés avec Boris et on a changé de conversation. On a respecté sans comprendre pourquoi. Et Gricha n'en a pas parlé du tout jusqu'à au moins six ou sept ans. Lui, il n'avait rien fait de symbolique. Il avait subi. Peut-être s'était-il jumelé un peu à son frère pour ça ? Catherine, elle, n'avait que six mois.

L'ÉTRANGER : Une compréhension de la mort profonde.

LA PRATICIENNE : Oui, aussi profonde ou plus profonde que nous pourrions en avoir.

Solitude heureuse

Ces moments de grâce du phénomène humain — que nous sommes aussi pour nous-mêmes — nous en connaissons tous depuis notre enfance, lorsque la solitude n'est pas par nous ressentie comme l'amer rejet de notre désir par celui des autres mais quand, las de nous être exercés jusqu'à notre meilleure expression donnée, dans la veille, dans un travail ou dans nos rencontres avec les autres aux limites de notre désir et de notre pouvoir, nous sombrons avec délices dans le sommeil réparateur. Car l'homme après les jeux du désir se doit de revenir à son corps dans une solitude récupératrice de son être au monde, au rythme de son souffle, dans l'oubli de ses pensées, de ses gestes, de ses sentiments, de lui-même et des êtres chers comme de ses ennemis, dans la plongée à son anonymat réassumé.

Il s'y ressource en son dormir dans des forces qui, aux franges de son inconscience, réaniment la foi archaïque en un vivre qui s'ignore créature individuée, dans l'éclipse rythmée de son «moi» qui toujours désire, le confiant au repos qui le fait s'ignorer jusqu'à son réveil. Là, parfois surpris de l'étrangeté qui en songes l'a visité, menant ses pensées dans des chemins que sa veille ignore, il retrouve ses besoins d'échanges et de consommation qui le rendent alors à nouveau à son corps attentif et, par ses désirs repris, de nouveau prêt à en poursuivre les desseins.

Il est aussi des lieux de la nature où les hommes goûtent, cette fois tout éveillés, tous leurs sens réceptifs, la grâce d'une solitude heureuse. Lieux de beauté, de sérénité, de douceur, de maternance impalpable, lieux de paix et de joie ténue pour le cœur, de repos pour le corps qui dans son activité s'y sent léger; lieux où, bien que solitaires, les hommes peuvent trouver un temps l'oubli de leur destin séparé, dans un silence de paroles humaines peuplé du bruitement rassurant et vibrant d'une nature à la sienne accordée, où tout est langage de présence spirituelle, où, sans code appris, sans grammaire connue, toute la nature semble donner à l'homme foi en lui-même et lui parler d'amour.

Bénis soient ces lieux et bénis y soient le ciel, l'air, la terre et l'eau. Bénies les créatures végétales, arbres, fleurs, fruits, sites amis, dans le souffle du vent qui nous porte, légères et familières, les odeurs de la vie et les sons lointains ou proches qui, sans alerter nos oreilles, nous confirment dans notre être par l'existence aimée des autres. Dans ces lieux, nos angoisses perdent leur aigu, ramenées à des proportions que notre imagination ne boursoufle plus, nous retrouvons une communion avec le monde et l'alacrité de notre cœur. Ces lieux d'ordonnance naturelle parfaite, à nos sens accordés, sont des lieux où le temps semble s'arrêter dans un instant de grâce.

Chaque être humain, enfant, adulte ou vieillard, a rencontré de tels lieux où l'écho d'une archaïque paix de son être a résonné en lui, paix d'avant le temps des apparences, connivence au sang et au respir aux limites de sa peau, d'avant le miroir, ô Narcisse, sourire de tout l'être d'avant que ce soit visage, solitude qui loin de peser au cœur et à l'esprit l'enivre de sérénité.

Chacun de nous, quand l'étreint le sentiment de n'être pas compris, d'éprouver un sentiment impossible à communiquer, sentiment douloureux qui fait le corps mal être au milieu des autres, en famille, en société, dans un groupe, dans la foule, ressent la solitude amère que nous traduisons par ennui, angoisse, tristesse, mélancolie, désespoir ou avec des mots populaires encore inadéquats mais plus proches de ce mal-être : « cafard », « bourdon ». Fuyant l'état obsédant qui nous fait prisonniers, nous aspirons alors à retourner sinon en réalité, du moins en imagination, à l'un de ces lieux où la solitude est paix, un de ces lieux de la planète où la nature un jour a su nous redonner vie confiante, espérance dans notre douleur de mal-aimé mal-aimant, lieux de bonheur trouvé.

Alors la solitude nous apparaît douce malgré l'impossible communication avec les êtres chers, les compagnons de travail, malgré ces visages rencontrés sans regards échangés, ces bouches parlantes sans mots qui nous touchent, ces corps mobiles étrangers, aux gestes de guignol, sans bras fraternels posés sur notre épaule et sans main secourable.

Bénis soient ces lieux terrestres de ressourcement où, solitaires et assoiffés d'amitié, la nature sait nous être fraternellement jumelée, où rien qu'en y rêvant, en retrouvant une photo, un dessin évocateur, un sourire, une joie humanisée nous est rendue. D'abattus que nous étions, nous sentons notre courage revenir, par la nature déchiffonnés, soula-

gés de ce qu'il y avait d'incommunicable dans notre épreuve et rendus au langage du jour qui reprend son cours.

Bénis soient aussi les animaux dont l'espèce amie des hommes depuis des millénaires est une présence secourable, nos auxiliaires aux fardeaux du travail comme aux choses plus subtiles qui font la solitude humaine pesante.

Que de détresses solitaires du corps et du cœur ils ont aidé et aident encore chaque jour à supporter, que de plaintes et de secrètes angoisses ils permettent à leurs maîtres et à leurs maîtresses, aux très jeunes sans autres camarades comme aux vieillards, aux clochards comme aux milliardaires, de dire à leurs oreilles discrètes. Que de fois ces animaux qu'on dit domestiques ont apprivoisé la sauvagerie réveillée au cœur des hommes, abandonnés par le compagnon traître ou l'ami disparu. Ces vivants d'une autre espèce qu'humaine, fidèles, affectueux, patients, qui savent entendre, comprendre et partager au jour le jour tristesse et peines des hommes.

Bénis soient, consolation de notre ennui, acceptation de notre ingratitude, nos bêtes de somme, nos bêtes de trait, nos animaux domestiques, humbles présences muettes et compagnie rassérénantes dans notre monotone et décevant quotidien aux heures de fatigue, d'insomnies, d'inquiétude, de solitude.

Poussières

Tout désir est toujours discutable par autrui, mais lorsqu'il se conjoint à l'amour, il rend l'être humain qui assume alors entièrement son option non pas être de raison et de prudence, mais responsable de toutes les résultantes de ses contradictions.

Désir qui brigue de s'accomplir, en feignant de s'ignorer, et qui recourt pour ce faire aux modes sexuels non féconds ayant précédé la découverte du désir génital. C'est le mode agressif, rapteur ou destructeur, ou la jalousie térébrante, antinomique de vie symboliquement rayonnante, celle qui transcende le véritable amour et qui ne se trouve que dans la liberté et tous ses risques affrontés.

Ce désir incestueux barré, dégradé du mode génital au mode anal et oral (comme on s'exprime en psychanalyse) provoque dans les familles — et par transfert sur les individus des familles alliées, entre frères et sœurs humains, de races différentes, honteux de ne pouvoir s'aimer différents et de ne pouvoir s'entre-posséder les uns les autres — le désir devenu haineux d'exclure et de déposséder celui qui n'est pas semblable, celui qu'à notre plaisir nous ne pouvons soumettre.

Et comme le désir ne s'interrompt jamais depuis qu'il a fait se conjoindre les éléments séparés originaires de la première manifestation de vie humaine — laquelle est apparue à travers apports et déports, la multiplication cellulaire elle-même s'organisant en vie par adjonction et élimination simultanée, allant s'individuant par le jeu de partitions et mutations — lorsque, refermé sur lui-même, le désirant s'enferme, c'est à l'intérieur de murs que son énergie psychique de désir refusé construit...

Et si l'amour resurgit avec l'espérance d'un autre, dans la foule trouvé, qui vêt le corps de splendeur ravivée, le cœur de joie ruisselante, le maître d'œuvre n'est pas longtemps comblé. La solitude le guette, ultime séparation quand vient la mort du corps qui sépare ceux qui s'aiment avant que n'ait sonné la fin du temps qui les conjoint.

Ce sont ces contradictions inhérentes à notre condition humaine qui font, lorsqu'ils les assument, l'honneur des humains et libèrent aussi les pouvoirs de la communication créatrice. Si l'enfant comprend que selon la raison tout désir est discutable et que ce qui crée les tensions du désir, c'est désirer autrement que la loi autorise, cela le conduit à dépasser dans l'amour des contradictions qui sans amour sont irréductibles. Dans l'amour et les œuvres que l'amour seul suscite.

Mais, dans chaque individu humain, l'espèce qui à travers lui cherche sa pérennité, lui fait en son sexe ressentir le besoin qui mène tous les mammifères à la copulation reproductrice. Rares sont ceux, assez délinquants ou irresponsables pour s'y livrer comme les animaux, mais nombreux sont ceux qui se livrent à ce besoin, leurrés par leur désir excité en fantasmes et qui l'accomplissent sans engager la responsabilité de leurs actes au-delà de l'instant du plaisir qu'il procure.

L'agir est marqué exemplairement par la loi qui impose au désir hors la loi, quant au plaisir du corps incestueux, la castration. Le refoulement de ce désir irréalisable le stimule à ne s'accomplir que par la voie symbolique, travail et langage par quoi l'enfant entre de droit dans la communication et la coopération sociale, cela d'autant plus que la délivrance de l'interdit œdipien est le fait de l'adulte tutélaire du même sexe que l'enfant, porteur aux yeux de l'enfant de valeur sociale, et que l'adulte tutélaire de sexe opposé est accordé à son adulte conjoint.

Lorsqu'en son sexe à sa maturité parvenu, ceux de l'autre sexe l'attirent, par l'effet de nature qui à travers les individus de toutes les espèces veille à leur conservation par le génie reproducteur qui chez les humains est procréateur, le désir informé par le besoin nimbe d'attraits l'autre qui détient ce qu'il n'a pas. La crainte de l'échec ressenti lors de ses premiers projets incestueux réactive le désir à conquérir l'objet qui, à sa vue, lors des rencontres, est pour lui paré de séductions, objet qu'il vise à connaître, séduire et retenir. Que de difficultés réelles et imaginaires il lui faut affronter et résoudre pour arriver à ses fins, d'autant plus désirables que l'objet est par d'autres brigué ou par d'autres attiré, et que les obstacles en semblent plus insurmontables.

Le désir des petits d'hommes, au début associé aux besoins, en est devenu dissociable et dédié à la communication au-delà des séparations. Et ce, grâce aux vocalisations codées créatrices de sens, pour le plaisir des oreilles, aux manipulations modificatrices des matériaux et créatrices de formes, à l'in-

ventivité sans limites originée dans l'observation des lois répétitives que le jeu se voulait imiter, contrer, réordonner, au gré du plaisir de tous les sens, qui se découvraient moyen d'union et d'intercompréhension avec des semblables.

L'individu conforté éprouve la sécurité existentielle nécessaire à sa survie dans un continuum substantialisé que représente son corps, pour lui satisfait dans ses besoins. Mais le sujet au guet, dans la réalité de la rencontre de l'autre, objet de son désir, découvre une expérience sensorielle nouvelle, qui nuance son plaisir de la rencontre et la modalité des échanges. Celle-ci diffère en quelque chose de ses fantasmes anticipatoires qui, dans l'imaginaire solitaire, soutenaient la tension de la dynamique de son désir. L'accord ou le désaccord de son désir au désir de l'autre rencontré crée un nouveau signifié qui module en langage au sujet sa signifiance avec, par et pour l'autre.

Souffrir pour vivre

Le désir jusqu'à la mort corporelle ne s'interrompt jamais chez l'être humain depuis que celui-ci est entré dans la manifestation, depuis qu'en sujet de parole il est rassemblement des cellules reproductrices de ceux qu'il a choisis pour parents de son incarnation. Le désir continue sa route qui se développe en spirale à mouvement dynamique expansif à travers ce qui, dans le corps de l'homme, est croissance et multiplication, par adjonction-disjonction-élimination, que la vie de relation symbolise en langage expressif en sa continuelle mutance fruit de ses partitions.

Ce désir, quand sa dynamique s'emmure dans son isolation au lieu de continuer son destin expansif, voit la spirale infléchir son mouvement, s'enrouler sur elle-même et, après consommations fantasmatiques des structures du moi antérieures devenues ersatz d'éléments extérieurs, enkyste le langage et la fonction symbolique inhérente au désir humain, lui fait scissionner ses propres potentialités prises pour un ailleurs et inverser, sans jamais cesser, si nul ne vient de l'extérieur à cet individu briser le cercle vicieux, la croissance et la multiplication en symbolique de mort et de division.

Le champ de la réalité est envahi par le champ de l'imaginaire, affolé de n'être plus arrêté, par contact des autres perdu, et le champ symbolique voit son réseau antérieurement constitué par le langage à travers le jeu des rencontres interhumaines qui le créent n'être plus ni expansif ni même entretenu, mais allant se déstructurant. C'est comme si la fonction symbolique du désir qui, en langage, se fait métaphore de l'image du corps — elle-même métaphore en son origine de la dialectique du schéma corporel en relation au monde des formes que le désir rend vivantes — se détournait de son destin sexué par refus d'en admettre les risques et les épreuves.

C'est ce que la psychanalyse a permis de comprendre des névroses et maintenant des psychoses où, à des niveaux divers, le désir est arrêté dans ses échanges symboliques ; c'est aussi ce que les psychanalystes entendent comme le fait d'un malheur dont les adultes non coupables sont inconsciemment responsables vis-à-vis des enfants. Je ne parle pas des parents seulement, mais de l'organisation même des relations humaines, et des relations de l'homme avec les créatures vivantes de son environnement.

Toutes les séparations sont douloureuses. La souffrance est inévitable mais c'est aussi à moins de malheur et moins de souffrance inutiles que travaillent les humains quand leur désir s'y trouve y avoir pris son sens désirant, si impuissant que soit chacun dans son individuation, souffrance incluse dans l'ensemble des autres désirants.

C'est la souffrance née des séparations premières — naissance, sevrage, développement neuromuscu-

laire et déambulation dans l'espace — qui fait l'individuation progressivement acquise du corps de l'enfant lequel, dans ses limites tactiles, se découvre créature unique et séparée.

C'est autant l'isolement que la séparabilité du corps qui révèle le petit d'homme, si long à atteindre sa pleine croissance, qui stimule l'enfant si longtemps tributaire d'une tutelle parentale pour survivre physiquement. C'est l'absence de cette auxiliaire qui le stimule à se créer des moyens subtils, à distance du corps à corps : le langage — truchement des regards, des vocalisations sonores, des gestes expressifs de ses besoins et désirs.

La fonction symbolique et la mémoire spécifique de l'espèce humaine permettent à l'enfant un système de signes qui crée un lieu symbolique de reconnaissance entre les individus. Grâce à quoi se crée un lieu module de perceptions à distance par lequel les besoins de leur corps — sans l'apaisement desquels ils cesseraient de vivre — et leur désir de retrouvaille — capable de se temporiser — s'expriment en utilisant l'énergie sourcée en des éléments élus, internes et externes à leur corps, pour exprimer leurs désirs et communiquer, au-delà de l'isolation individuée, pour une conjonction subtile entre individus.

Attisé par la solitude, le désir invente des médiations de communication.

C'est bien la solitude éprouvée par le petit d'homme qui stimule sa mémoire et sa fonction symbolique à s'exercer et à créer des substituts de présence tutélaire, à s'imaginer l'autre présent, à lui parler, comme s'il était là, à imiter les gestes de l'autre en son absence, à travailler de ses mains en attente de son retour, à découvrir son pouvoir sur le milieu environnant, qu'il s'ingénie à modifier pour le plaisir de tous ses sens, plaisir qu'il se donne et qu'il donne aux autres.

Bienheureuse épreuve, cette solitude progressivement apprivoisée, bienheureuse souffrance stimulatrice du langage pour appeler l'autre à l'aide et pour répondre à son appel, est stimulatrice d'activité motrice et industrieuse pour apaiser les besoins du corps et le désir de communication à distance, stimulatrice d'entraide, d'alliance des hommes entre eux pour lutter contre leur impuissance face à la nature, alliance des hommes avec les éléments et les créatures que leur imagination créatrice réussit à soumettre à leur vouloir après que leur savoir observateur communiqué les uns aux autres leur permette de s'entraider à découvrir les lois de toutes choses de la nature et à se les soumettre.

Bienheureuse épreuve, cette solitude qui cherche, depuis l'alliance entre familles jusqu'à l'alliance entre groupes ethniques, à découvrir leurs différences, les codes de langage qui d'abord les séparent puis les rapprochent pour une commune reconnaissance de leurs besoins et de leurs désirs dans l'entraide mutuelle.

C'est encore toi, Solitude, qui pousse hommes et femmes curieux les uns des autres, au guet de leurs différences, de leurs manques dissemblants, chacun d'eux au plaisir qui le questionne, avec toi enfermé dans son corps, à son sexe, en son plaisir sans autre, abscons et monotone, chacun rivé à toi qui les fait impuissants.

C'est pour te fuir encore qu'ils découvrent l'un par l'autre s'allumer une ardeur qui s'ignorait, leur désir transfiguré dans la joie du don à l'autre de ce qu'aucun d'eux n'a jamais possédé. Dans l'au-delà de leur rencontre, au-delà de leurs mots d'amour, au-delà de la jouissance du désir accompli, s'opère parfois le surgissement du Réel[73]*. Ce Réel visible dans l'événement, ce Réel qui échappe, nous tentons de l'enserrer dans les avenues codées du possible et de l'impossible, dont nous passons notre vie à comprendre les lois pour en maîtriser l'impact dans notre réalité, espérant ou redoutant le Réel qui sans s'annoncer y prend rôle de maître indubitable. Ce surgissement du Réel, c'est la vie dans sa punctiforme présence qui prend racine aux entrailles de la femme. La vraie parole délivrée que les mots ne peuvent jamais dire mais que nos actes recèlent, prend alors parfois sens de vérité, de cette vérité dont nos corps sont médiateurs mais jamais possesseurs, et nos dires muets dans les silences qui les scandent, les silences de notre plaisir pris ou donné.*

Ce que réclame à son aube toute vie, et celle des petits d'hommes, si longtemps fragile et impuissante, c'est sécurité, protection, nourriture, éducation, toutes charges et restriction à leur liberté, qui s'ils l'acceptent, les engagent chacun, ensemble ou séparément, de façon irréversible.

Sans toi, Solitude du vivre humain qui, de l'enfance au grand âge, est piège ou aiguillon pour le désir humain, celui-ci guetté par toi à chacune des parutions fait le corps, le sexe, resté attiré par l'autre qui détient ce qu'il n'a pas et qu'il désire connaître, sans toi qui le menace, l'attire et l'empoisonne, sans toi qu'il lui faut fuir, il n'y aurait dans l'espèce humaine que pensées monologues, bruitement de paroles bavardes de besoins singuliers ou pluriels, mais point d'œuvres, point de civilisation, point de rires d'enfants, point de joie, de fêtes, de poésie, d'art, de sciences, d'invention, point de vivant mystère trinitaire, ce mystère quotidien qui porte nom banal d'amour paternel, maternel et filial, point d'armes, point d'artisanat, point de maîtrise des choses, point d'arts, point de sciences, point de questions au ciel étoilé, aux forces des rivières, à la fertilité de la terre, point de trocs, d'échanges.

Il n'y aurait dans l'espèce humaine que têtes à pensées monologues, bouches à ronchonnements bruitants, besoins de ventres et revendications singulières ou plurielles en échos, qu'absorptions.

Il y aurait sur notre planète la nature certes, en son état premier, violentée par les seuls éléments, grèves nues, fleuves lents ou ravageurs, montagnes aux sommets enneigés, pics inviolés, grottes aux parois sans images, ossuaires sans objets complices, point de chasse, point de bêtes apprivoisées, point d'abris familiers, point de questions aux forces du feu, à celles des rivières et des mers; à la terre, point de questions à sa fertilité; entre les hommes, point de travail productif, point de repos dans la joie du breuvage qui fait rire et danser, point d'œuvres, témoignages des civilisations, ni de conquêtes qui font la gloire caduque de notre espèce, point d'inventions ni de savoir gardé et en science enseigné, point de jaillissement d'art parmi l'usuel quotidien, point de récits de songes et d'aventures qui aux veillées font les yeux s'émerveiller, les yeux, rire et pleurer, point de Dieux faits à l'image des hommes, secourables ou redoutables.

Il y aurait des souffrances et des plaisirs certes, mais point de peines ni de joie d'aimer, point d'entraide, point d'ardeur à se nuire, point de lois pour assembler des familles et régler les alliances, point de groupes amis.

Il n'y aurait point de racisme peut-être, mais point de chants de guerre, de deuil et de triomphe, point de danse et de poésie, point de nombres et d'écriture, point de jeux d'adresse et de hasard, point d'enfants espiègles et frondeurs, point de colliers, de bagues et de bracelets, point de gages d'amour, point de philtres savants à forcer les émois, à calmer les douleurs.

Il y aurait sans doute l'espèce humaine, mammifères nus au gré des sites et des saisons assemblés en troupeaux motivés par la faim, se serrant dans le froid, se terrant dans le sommeil, hurlant aux cataclysmes, nourrissant et portant leurs petits, mais point de sages pour interpréter les signes, point de mystère trinitaire aux entrailles de chaque spécimen de cette espèce humaine, pas non plus ce mystère qui fait l'âpreté du besoin s'ignorer, qui fait l'envie, la jalousie, la rivalité du désir au sexe devenir étrangère, ce mystère quotidien qui a nom amitié.

Au-delà de la solitude, la méditation

Quand notre vivre se dépouille de toute quête, sûr de Qui veille quand nous dormons, et que notre esprit sait s'y conjoindre sans céder au sommeil ;

Quand notre faire n'est pressé d'aucun lucre ;

Quand les paroles jaillies de la surabondance de notre amour vivant s'éteignent sur nos lèvres, nous laissant sans mots ;

Quand le temps des autres, et le nôtre oublié, ne mène pas notre rythme ni notre saison, en son jour, présent incomparable en son maintenant qui respire ;

Quand aucun lieu ne nous paraît plus adéquat que notre corps en son inconnaissable réalité, accepté tel dans son instant qui passe ;

Quand nos yeux ne cherchent plus aucun regard et, n'étant plus ouverts ni fermés, sont prêts au voir mystérieux sans forme appréhendable, et nos ouïes vigilantes à l'écoute du silence, dans l'ineffable attente d'une musique encore inouïe ;

Quand notre cœur, tout accueil, s'est préparé à connaître la vérité au-delà des leurres sensoriels et psychiques dont peines et joies ont scandé notre temps de rencontres humaines, de celles qui — la vraie communication nous rendant fiables les uns aux autres — ont porté des fruits qu'à leur destin nous avons laissés ;

Alors, homme ou femme, dans le secret de notre végétative existence, au jour le jour accordée au monde, parce que notre chair est pétrie des mêmes éléments qui le constituent, dans un ordre conforme à notre espèce ;

Alors, sans plus rien demander, homme ou femme que vous êtes, femme que je suis ; alors, mais alors seulement, parfois, peut-être, accédons-nous, le temps d'un éclair, aux délices ineffables de l'Absolue Rencontre.

Tout manque-à-être enfin ignoré, la parole inconnue qui a rassemblé notre première cellule en notre corps devenu chair bavarde ou éloquente, nos pensées alourdies dans des mots, nos désirs dans des actes visant à conjoindre les uns aux autres par-delà nos séparations, cette parole qui, dans son continu fluide et son discontinu cahotant, fait notre vivre, notre allant-devenant, c'est au VERBE, *que cette parole en appelle et auquel elle aspire.*

La mort : clameurs et chuchotements

Solitude, pour nous vivants, pleins de sève, tu es, épreuve insolite d'être sans savoir, qui nous fait languir d'un visage en qui nous connaître, avec qui nous reconnaître et découvrir par-delà nos dissemblances et nos différences, par-delà nos séparations dans le temps et l'espace, la joie de la communication, l'ardeur d'un vivre qui, dans chacun de nos corps, à ses besoins, à ses limites réduit, est à sa détresse confiné.

Qu'en sera-t-il, solitude ennemie, quand sans plus pouvoir te fuir, notre sève ralentie, prête à se figer, et le vivre avec ce corps épuisé, viendra l'heure de notre mort? Seras-tu le gouffre, le néant qui nous guettait vivants et qui nous engloutira ?

Solitude et Communication, qui alternez tout le long de la présence sur terre du phénomène humain, que serez-vous quand s'achèvera notre appartenance au temps, que plus rien en nous du désir renouvelé ne quêtera ni avoir, ni échanges, ni faire, ni penser, ni dire possible; quand assistés nous serons, peut-être, sans plus les entendre ni les voir, par nos proches, confrontés par nous au mystère d'un destin qui s'achève, d'un regard qui s'éteint?

Solitude de l'agonie, au moment venu de la séparation dernière de ce corps toujours connu et reconnu mien au sortir des sommeils, quand quitus j'aurai donné à ce cadavre, qui de moi, je ou lui, sera chose tienne ?

Comme à l'heure de notre naissance, nous avons aux entrailles de notre mère parturiente laissé notre délivre en poussant notre premier cri pour sa joie, conjointe à celle de notre père — les premiers pour qui avait signifiance de communication notre premier cri — n'est-ce pas aussi une enveloppe qu'alors nous saurons ce corps avoir été quand, à l'heure de notre mort, avec le dernier souffle, nous le laisserons aux derniers battements de son viscère cœur ? Ce cœur, honneur lui soit rendu, inlassable et courageux, jusqu'à la fin notre allié, et qui, délivré de sa charge, ne sera plus nôtre.

La terre, pleine de vie bruissante, donnera place à ce corps laissé en sépulture où d'autres l'auront confié. La terre où l'ont précédé notre placenta et toutes choses qu'à elle prises nous lui avons au long de notre vie rendues. Celles, faites de ses éléments, que nous avons crues nôtres, celles que de nos mains nous avons façonnées, gardées, troquées ou données, celles que des mains des autres nous avons reçues, utilisées, aimées, toutes ces choses resteront après nous pour l'indifférence, l'usage ou le plaisir des autres jusqu'à leur destruction chacune en son temps venu.

C'est en vain, Solitude, que tu t'appliqueras à garder pour toi la chose à toi laissée, ce cadavre qui tout à l'heure corps encore vivant nous défendait de toi, moi intriqué à ce je qui au souffle du seul esprit n'osais encore prétendre ; mais dans la paix des cimetières il te sera dérobé. La vie d'autres créa-

tures, de celles qui ne te craignent pas, toutes à leur besogne, vie dans sa multiforme manducance, aux entrailles de la terre, dissoudra jusqu'à l'apparence de corps à ce cadavre, et c'est en poussière que ses os finiront, échappant à être chose.

Solitude et Communication, crédibles et fallacieuses magies dans voire alternance à nos corps mortels, l'êtes-vous pour notre dérision ou pour notre initiation à toutes deux vous dépasser ?

Solitude insolite, séduisante et redoutable selon les jours, tu es dévitalisante ou stimulante pour notre désir qui découvrait son génie, tour à tour en son passif et en son actif ardent, en son féminin ou en son masculin. Désir ainsi soutenu à découvrir ses aptitudes par-delà les séparations, les deuils et l'abandon des autres, soit à se réfugier dans le bienfaisant sommeil (lui-même repos ou communication avec l'invisible), soit à découvrir la communication avec la nature tout entière dans la paix du cœur ou la méditation, ou avec les humains présents ou absents, disparus et à venir, par la compréhension du sens de leurs langages et par-delà le temps et l'espace des œuvres qui transmettent leur message.

Solitude, parfois piège à nos viscères et à notre chair, communication, piège à notre désir acculé à son contraire, toutes deux sources de joies et de douleurs, vos masques tomberont-ils en nous délivrant, notre agonie passée, le sens véritable de notre existence sur terre, au moment où nous quitterons ce qui conjoignait espace et temps à l'alternante clarté de notre soleil, à notre ambiguë appartenance aux apparences ?

Ce sens, c'est lui que nous cherchons dans la solitude et dans la communication, le pistant tout au long de notre plus ou moins long et plus ou moins difficile chemin que notre vivre à chacun nous fait tracer. Ce sens inconnaissable de notre humble nécessité parmi les créatures animées ou inanimées (peut-être avant nous, hasardeuses manifestations), ce sens parfois nous l'avons pressenti en nos instants de grâce, quand tout ayant place et ordre, nous l'avons soudainement, indubitablement aperçu l'instant d'un éclair dans nous ne savons quelle lucidité.

Si, vivants participants à cet ordre, nous sommes parfois clairement pour les autres — et eux pour nous — en notre appartenance charnelle précieuse ou odieuse, mais crédible présence alors que rien en nous n'est certain et que tout est éphémère ; si ombres opaques mais réfléchissantes, nous sommes les uns pour les autres parfois des témoins de lumière ;

Si, à la recherche du vrai sens de notre vie, nous sommes parfois, les uns pour les autres, leurres exquis de notre désir par la médiation de nos corps vivants, par l'amour humain, originé dans ce désir qui nous le rend fiable ;

Si nous pouvons les uns par les autres élus connaître ensemble nous entr'aimant une joie qui dépasse l'entendement ;

Si malgré les déconvenues, les déceptions, les chagrins dont nous sommes les uns les autres l'occasion, si malgré cela, au-delà des corps, notre désir, qui est de vraie communication et de rencontre sans limites, fait que toujours les uns par les autres nous nous soutenons dans son espérance ;

Alors, je crois qu'à notre mort, masques moirés de vérité que vous êtes pour notre attente au jour le jour reconduite, solitude autant que communication, en cessant votre alternance, vous tomberez ces masques, et que nous connaîtrons le vrai sens de notre unique désir.

Je crois que ce que nous nommons mort accomplit l'inconnaissable métamorphose, comme le fait au fœtus le cataclysme de la naissance qui accomplit la mutante transformation l'introduisant au monde. Monde que, ne nous souvenant pas de notre existence fœtale et n'en connaissant pas d'autre que terrestre nous appelons ainsi, alors qu'il n'en est qu'un des modes — le monde des vivants, celui de la chair qui respire.

Que pourraient dire les chenilles, si elles parlaient, de leur futur papillon, quand elles se figent en devenant chrysalides et que nous les voyons tout quitter de leur connu rampant, tout perdre de leur avoir et de leur faire, et disparaître du monde de leurs congénères ?

Je crois que notre total désarroi, notre total dénuement, celui du mourant, sans recours possible, libère notre unique et vivant désir. Vivant, nous le connaissons à peine et qui peut savoir à cet instant tout proche, le mystère du désir, et la mort opérant sa question ? Ce désir, nous vivants, nous le déclinons en langage qui prend image des impressions du corps en ce qui lui manque. Et, du corps en ses multiples perceptions et sensations, des images de ses manques — qu'en des phonèmes d'appels d'abord jaculatoires, nous assemblons en mots — nous lissons le langage, trame et chaîne dans le temps, au rythme pulsatile de nos viscères et à la masse articulée de notre corps par notre peau limitée dans l'espace, entre appelants et répondants, nous constituons les signes, les signifiants et les symboles de nos rencontres. Dans ces rencontres faites de nos présences sensées, le Réel survient par-

fois, toujours imprévisible, surprise sur un fond continu, connu et reconnu, que nous appelons réalité et dont notre intelligence décode les lois répétitives sur lesquelles notre savoir et notre raison en sécurité s'accordent.

Ce tissu langagier, notre mémoire le colore de souvenirs, nos émois de magie, notre vitalité de projets anticipatoires qui soutiennent nos efforts à maîtriser le possible, le distinguant de l'impossible, à valoriser nos acquis et nos faire en pouvoir du désir, en ce que nous apprenons à nous communiquer, à nous partager, à nous dérober, les considérant toujours comme liens sûrs avec la terre, notre seule sécurité commune.

Je crois aussi que le moment venu où plus rien au monde des apparences et des signifiances langagières ne leurrant plus ce désir, il est alors prêt à lâcher ses dernières amarres au relatif des semblances et dissemblances, du nombre et des différences. Par rapport à ce moment que je redoute, sans doute moment de solitude dernière, je sais tous ceux sans doute qualitativement et quantitativement moins atroces. Mais les expériences passées de souffrances réelles et imaginaires, si définitivement désespérantes que je les aie éprouvées, ne se sont jamais révélées telles mais au contraire transformatrices et transfiguratrices d'un allant-devenant qui jamais n'a fait s'arrêter le devenir mien. Je crois que le moment de ma mort sera aussi celui où ce que je connais de plus essentiel de mon désir, ce qu'est la vie, et pas seulement ce qu'est une vie, fût-ce la mienne, révélera le sens.

Veuille le fils de l'homme, lui qui sur sa croix a vécu de façon exemplaire pas à pas ce chemin redouté, veuille Jésus m'assister et avec lui tous ceux qui, connus ou non, m'ont précédée dans cet insolite passage. Qu'ils veuillent m'assister, ceux qui, parvenus au-delà nous attendent, comme nous attendaient pour nous recevoir à notre naissance des amis respirants et parlants.

Pour chacun de nous, mourant enfant, adulte ou vieillard, quel que soit notre sexe, absurde doit devenir, ayant perdu visage de notre mère — la plus archaïque image, celle du réconfort de la soif apaisée qui, au corps du besoin, cherchant à en retrouver le goût n'en connaîtra plus la douceur.

Personne non plus, aucun secours à notre cohésion allant se dissolvant. Muet doit devenir le médiateur initial à notre cellulaire et vivante incarnation, celui-là même qui avait nom de père et qui doit prendre le visage inhumain de celui qui abandonne l'enfant qui l'appelle et qui toujours en lui croyait trouver recours.

Alors le souffle, premier et impérieux besoin, sera rendu à l'air, ce placenta substitutif commun à toutes les créatures animées. Alors seulement viendra la mort de ce témoin visible en corps humain d'une parole issue du verbe, avant que père et mère à notre conception, l'aient, ce Verbe, alourdi de charnel, et que de générations en générations, clameurs et chuchotements aient éveillé aux hommes l'intuition que leur existence n'est signifiance que de leur appartenance à lui, unis par le langage les uns aux autres dans le temps, les uns aux autres dans l'espace.

Je crois qu'alors ce désir dévoilera son ineffable VÉRITÉ d'appartenance à l'invisible et totale PRÉSENCE.

Au moment de ses ultimes vibrations dans la chair, conjoignant ce désir au VERBE qui, jour après jour, saison après saison, s'est manifesté dans notre passif ou actif agir fécond, au décours de nos rencontres, de nos communications, je crois que le Réel enfin sera reconnaissable.

De notre cheminement terrestre le sens en vérité nous sera délivré de ce que nous croyons terminé et nommons notre vie, quand ce corps n'en est qu'une modalité.

Dans l'au-delà du pensable enserré dans nos concepts, au-delà de l'amour le plus pur qui dans notre vivre avec corps nous a enseigné sur terre joie et espérance, je crois que «résurrection de chair», moi ici-bas surréaliste est la vérité du Réel, et je crois que nous participons déjà sur terre par langage de façon mystérieuse à l'incorruptible et à l'infinitude. Nous atteindrons la joie en Dieu, Désir de notre désir, et ayant enfin rejoint l'ineffable et éternelle réjouissance de la vie de notre chair en sa vérité conjointe au Verbe et transfigurée, nous connaîtrons ce que nous n'avons pu qu'entrevoir dans nos plus pures rencontres, et dans la poésie créatrice de nos plus exquises communications de bouleversantes tendresses entre humains.

ADAGIO[74]

FRANZ SCHUBERT

QUINTETT

FÛR 2 VIOLINEN,
VIOLA UND 2 VIOLONCELLI
OPUS 163

C-DUR

ANNEXES

ANNEXE 1

Texte lu en introduction à la conférence[1]

Accepter de laisser passer sans prendre, sans rejeter et de ne pas comprendre, c'est accepter d'être seul;

c'est se reconnaître humain en soi, avec son désir d'être incarné qui se connaît à jamais séparé, dans l'espace, de l'objet de son désir; dans le temps, du fruit de son accomplissement;

c'est s'accepter exemple et illustration actualisée de l'espèce humaine, et sans jugement pour cette unité prénommée au jour de la naissance;

c'est en accepter le conditionnement sexué;

c'est accepter ce support d'une histoire périmée, cette apparente unité introduite par la naissance et détruite par la mort, toutes deux déclarées par un autre, indicibles et insensées, incompréhensibles puisque liées à l'origine et à l'absence du souffle maîtrisé, condition pour l'être humain de son incarnation et de sa parole intelligible à lui-même.

Dans cette «trajectoire du vécu», comme le dit Merleau-Ponty, lorsqu'elle est acceptée, «la solitude et la communication ne doivent pas être les deux termes d'une alternative, mais deux moments d'un seul phénomène». Oui, ce phénomène qu'est l'homme, il transparaît aux heures de grâce, dans un homme ou dans une femme, prismes éphémères de l'espèce :

quand leur vivre se dépouille de tout comportement dont ils soient conscients ;

quand leur faire n'est pressé par aucun lucre ;

quand leurs paroles venues de la surabondance de leur amour donné s'éteignent sur leurs lèvres d'avoir été toutes dites ;

quand le temps des autres ne mène pas leur rythme, ni leur actuelle saison intérieure ;

quand aucun lieu ne leur paraît plus sûr que celui de leur corps, totalement assumé, calmement porté dans son état du jour, ici et maintenant disponible et totalement oublié d'eux ;

quand leurs yeux grands ouverts sont purs de regard cherché et sans aucune secrète vision qui poursuive ou attende son reflet ;

quand leurs oreilles sont plongées dans l'attentive écoute du silence intérieur qu'aucune fréquence audible ne peut déranger ;

que leur cœur, tout amour donné est préparé à reconnaître la vérité par l'affinement qu'apporte la connaissance dépassée de ces leurres sensoriels et psychiques qui ont jalonné de peines et de joies consommées leurs fécondes rencontres interhumaines qui sont éphémères et vraie communication,

alors, mûri, cet homme ou cette femme, dont le secret de sa végétative existence est et fut toujours accordé au monde parce que sa chair est depuis des millénaires pétrie des mêmes éléments qui le constituent dans un ordre conforme à son espèce,

alors, parce qu'il ne demande rien, cet homme, cette femme, que les autres croient seul ; cet homme que vous êtes, cette femme que vous êtes, que je suis, alors peut-être, peut-être accéderons-nous à ces délices ineffables de l'absolue rencontre où il n'est pas d'échange et où notre dénuement a suscité Sa présence.

ANNEXE 2

Une soirée avec Françoise Dolto sur la solitude[1]

FRANÇOISE DOLTO : En ce moment, comme vous a dit M. Pérennès, je suis très souffrante. J'ai fait une décompensation. Je vais mieux mais ce n'est pas terminé. Je n'ai pas beaucoup de souffle et le fait que vous posiez des questions pourra m'aider, et puis je trouve qu'il est bien plus vivant d'échanger des idées. Je ne vais pas vous raconter mon livre *Solitude* qui a été tiré de notes personnelles et que vous pourrez lire.

LA CURIOSITÉ D'UN ÉDITEUR

Il n'y a aucun humain qui n'ait cette expérience de la solitude. Je me suis moi-même surprise d'avoir écrit tant de pages sur cette expérience, pages dont je n'avais même plus le souvenir.

C'est une découverte de mon éditeur venu chez moi pour corriger mon livre *Sexualité féminine*[2] à ma villa Soledad, endroit où je passe mes vacances. Il était dans mon bureau pendant que je travaillais dans le jardin. Il m'a demandé : « Qu'est-ce donc que ce fatras de papiers dans votre bureau, il y a beaucoup de manuscrits.» Je lui ai répondu: «Je ne sais pas, je n'ai pas le souvenir qu'il y ait un fatras de papiers.» Alors il est arrivé avec une chemise pleine de papiers dans tous les sens. J'ai ajouté: «Ah! ce sont des papiers à jeter!»

En effet, quand j'écris un livre, il m'arrive d'être parasitée tout à coup par quelque autre chose qui m'empêche de reprendre le fil conducteur de mon propos. Alors j'écris ce qui me parasite pour m'en débarrasser et je le jette le soir venu puisqu'il n'a aucun lien avec mon travail d'écriture en chantier. En ce qui concerne la solitude, j'ai donc dû écrire des notes pour me laver l'imagination qui était coincée et ne pouvait plus faire son travail. Il m'arrivait aussi de les mettre de côté en pensant qu'elles pourraient servir un jour à étoffer un article. C'est ainsi que pendant quinze ans, surtout pendant la période des vacances, j'ai accumulé toutes sortes de notes.

Mon éditeur m'a demandé: «Vous permettez que je lise ces notes?» J'ai répondu: «Pourquoi pas, mais cela pourrait aller aussi bien au panier.» Un peu plus tard il est revenu en s'exclamant: «Il y a des choses formidables là-dedans!» Je lui ai alors demandé de me les montrer mais il a refusé en disant: «Je vais d'abord les faire taper.» Il a donc fait tout taper et il m'a même fait croire qu'il avait tout fait imprimer. Il m'a montré des pages imprimées en me disant: «Vous voyez, vous n'avez rien à y changer.» Mais j'ai dit: «Non.» Alors nous avons fait des coupures. Cependant, je n'étais toujours pas décidée à publier; cela me choquait presque parce qu'il s'agissait de notes qui n'avaient pas été écrites pour quelqu'un mais pour moi. J'ai encore réfléchi, j'ai tout relu. Puis je me suis dit qu'après tout, à mon âge, on peut très bien montrer des textes qui n'ont pas été écrits directement pour un public mais par besoin de formuler des choses que l'on pense. D'écrire ainsi, je me suis aperçue que cela m'avait énormément aidée à passer les deux années qui ont suivi la mort de mon mari en juillet 1981 à Soledad, mais je ne me souvenais absolument pas d'avoir écrit tant de choses sur ce sentiment de solitude très particulier qui entoure un deuil.

Depuis la publication de mon livre, je reçois énormément de lettres et j'en suis très étonnée : pour moi, ce n'était pas un texte important mais une méditation. L'éditeur m'avait dit : « J'ai fait lire vos notes à deux amis qui m'ont déclaré : “Mais si, tu peux très bien publier ces textes, ce n'est pas de la psychanalyse, mais pourquoi pas ?” » Chaque jour, je reçois au minimum une ou deux lettres. Mais, d'un autre côté, je le trouve imparfait parce qu'il n'a pas été assez bien corrigé. Quand j'ai vu toutes ces fautes de typographie, j'étais désolée. J'ai donc préparé des corrections à faire mais l'éditeur a continué à diffuser avec le texte d'origine. On envisage maintenant une nouvelle édition, après l'été, dans laquelle je compte réinsérer des notes que j'avais retirées pour la première édition, ce qui fera l'équivalent d'un chapitre. D'ailleurs, on peut commencer le livre à n'importe quelle page : il ne s'agit pas d'un récit continu du début à la fin. Certes, on a regroupé mes notes par souci de cohésion en divers chapitres, mais ce ne sont pas vraiment des chapitres. C'est un document, un testament de la vie quand on est tout seul, alors que par ailleurs on est psychanalyste, qu'on reçoit des gens, qu'on les écoute.

La solitude est un moment d'expérience que chacun vit différemment selon son métier, son âge, son éducation. Il est aussi habité de nos réflexions ébauchées quand des gens sont avec nous. Cela médite en nous sans que nous le cherchions. C'est pourquoi, les moments de solitude sont précieux.

UNE SOLITUDE STRUCTURANTE DÈS L'ENFANCE

J'ai compris depuis bien longtemps à quel point laisser les enfants dans la solitude (pas dans l'isolement), respecter leur solitude apparemment inoccupée, c'est indispensable pour qu'ils ne deviennent pas des robots d'autrui. C'est très important. On ne s'en rend pas assez compte.

La solitude accompagnée apparemment de passivité corporelle peut constituer un enrichissement chez l'enfant. Il n'est pas nécessairement bon de lui dire : « Occupe-toi, il ne faut pas rester dans l'oisiveté. » Pourquoi ne pas le laisser vivre cette impression de solitude qu'il éprouve au milieu de l'activité des autres, dans le silence intérieur puisqu'il ne communique pas ? Il regarde, il écoute plus ou moins, il a l'air dans la lune. Que fait-il ? Parfois il se raccroche à quelque chose, une petite voiture, tout le temps la même, n'importe quoi qu'il démolit, reconstruit, quelque chose d'absurde apparemment, que les mains occupent pour faire quelque chose. Il ne faut pas lui dire : « Arrête-toi, tu m'énerves ! » Ces moments de concentration sont très importants pour l'enfant. Je vous le dis parce que les éducateurs empêchent généralement les enfants d'être inoccupés croyant que la solitude c'est mauvais. Il ne faut donc pas que la solitude des enfants soit mal vue des gens qu'ils aiment, qu'ils prennent comme maîtres à vivre et qui ont tendance à dire qu'il n'est pas bien de rester tout seul, qu'il faut être avec les autres. La solitude peut être très enrichissante quand elle n'est pas éprouvée comme un sentiment d'isolement avec le sentiment de rejet et d'indignité d'être au milieu des autres. C'est une solitude intérieure où on ne donne rien aux autres en apparence et où on vit porté par le mouvement d'autrui et respecté dans ce repli intérieur.

En psychanalyse, c'est ce que l'on appelle la revalorisation des pulsions passives et c'est très important. On peut conduire des enfants à des états dépressifs parce qu'on ne les laisse pas dans la vacuité. Les gens disent : « Il baguenaude » (c'est un mot que l'on emploie parfois en éducation), « il perd son temps ». Pas du tout. C'est tout à fait positif si l'adulte lui dit : « Cela te fait beaucoup de bien. Si tu t'ennuies, alors viens au milieu des autres, mais ne te crois pas obligé de parler et de te mêler à eux. Tu peux très bien être là à regarder, à ne rien faire, à être porté par les autres. » Les pulsions passives sont très enrichissantes. Mais elles sont trop méconnues aujourd'hui où le moindre moment de la vie d'un enfant doit être un moment de productivité, d'animation. Ne parle-t-on pas des « animateurs » ? Il faut que les enfants fassent quelque chose ; alors les animateurs s'agitent, leur font faire des « trucs ». C'est souvent tout à fait inutile. Il faudrait inventer des « passivateurs »...

J'ai le souvenir de longs moments, au temps de mon enfance où, heureusement, on n'avait qu'une lampe : il n'y avait pas l'électricité à la maison, si bien qu'autour de la lampe il y avait les personnes qui s'occupaient d'une façon active : une raccommodait, une autre dessinait, une troisième faisait une broderie, une autre son devoir; et celui ou celle qui n'était pas obligé d'être sous la lampe pour travailler se trouvait en dehors du cercle lumineux. C'était formidable pour moi de vivre en regardant celle qui tricotait ou raccommodait, en regardant gratter le papier et tracer des lignes quand mon frère faisait ses devoirs. J'ai vécu là des moments de véritable vie tout à fait passive à regarder les autres et ce n'était pas du tout oisif. Je crois que cela enseigne à vivre; c'est plein de poésie. Quand je repense au charme de ce rond de la lampe avec les gens autour, chacun occupé, et puis moi la petite fille qui n'avait rien à faire et qui était contente, là, à passer une heure, deux heures... J'ai beaucoup appris. Après, je savais tricoter, coudre, raccommoder, rien qu'en ayant vu. J'avais vu faire les mains, j'observais, je ne faisais rien. Je me rappelle que de temps en temps on me disait : « Mais pourquoi tu ne viens pas près de la lampe ? » Je répondais : « Non, je suis bien comme cela. » Alors on me laissait tranquille. C'était le soir. C'est à ces moments-là que je me suis mise à broder, j'aimais beaucoup broder, j'étais active. Mais, dans la journée, quand on était sur la plage, on nous houspillait : « Allez les enfants, on n'est pas là pour s'amuser, creusez des trous ! » Il fallait creuser des trous, alors que moi j'aimais être assise et regarder la mer. On m'appelait : « Françoise, tu baguenaudes, tu baguenaudes », et je me disais : « On ne peut donc pas vivre ? » Je vous le dis : laissez-les vivre, et vivre c'est baguenauder, ne rien faire, car on n'est tout de même pas toujours obligé de faire quelque chose. Cela, c'est la solitude positive.

La solitude des bébés existe. Ils ont besoin qu'on leur parle sans pour autant les manipuler (en les faisant manger, en les berçant), qu'on leur parle, qu'on leur chante une mélodie même de loin. Ils entendent la voix, ils ne sont pas tout seuls. Un être humain a besoin toujours de compagnie. Au début de sa vie, il a besoin de compagnie manifestée dans l'air par la voix, non pas dans la motricité du corps à corps. Il a besoin d'une présence où il sent qu'il est pour quelqu'un un interlocuteur, que la voix, la chanson s'adresse à lui et peuple son espace. L'espace d'un être humain, dès sa naissance, a besoin d'être peuplé par la présence psychique d'un autre être pour lequel il existe. C'est très important. Par exemple, le temps d'absence de la personne que le bébé connaît ne peut pas être trop long, sinon il perd la notion d'exister. Il est alors en danger. S'il n'a pas de paroles auxquelles se raccrocher, des séquences de variations auditives, il va se raccrocher à des séquences de variations tactiles ressenties à des zones de son corps qui sont répétitivement lieux d'occupation ou de transit (la bouche, la région périnéale), ce qui le fixe dans sa relation interpsychique à des sensations de besoins (nourriture et excrémentation) et ne développe pas les lieux de perception de la joie, du désir partagés (les yeux, les oreilles, l'olfaction, les lallations[3]). Ce qui revient très fréquemment dans la journée d'un bébé et que la mère ne laissera pas manquer, c'est la nourriture (la bouche) et le lange (région périnéale). Mais elle ne se rend pas compte que son bébé a autant et plus besoin de conversation, de chansons, de mots qui lui sont adressés, de son prénom chanté sur tous les tons, d'une petite chanson inventée et rythmée sur son prénom, etc. C'est beaucoup plus important pour meubler ensuite la solitude de son réveil. L'enfant a besoin de solitude, mais de solitude habitée par le souvenir de relations vécues en dehors du moment de la satisfaction des besoins. Il se structure par des souvenirs de séquences sensorielles qui ont accompagné une présence partagée pour un plaisir reconnu par quelqu'un d'autre comme émanant de lui et n'étant pas une peine par rapport au besoin, mais une peine par rapport au désir. Il se structure de même des joies par rapport au désir de communiquer avec une personne et pas simplement des joies par rapport à ce qu'elle l'entonne de bouillie ou qu'elle le débarrasse de ses excréments irritant son derrière.

Il existe une solitude qui est enrichissante et structurante pour un être humain, toute sa vie. C'est celle dans laquelle il se souvient de moments élus de relations interpsychiques vraies, à distance du besoin et pas simplement accompagnées de sensations du besoin que l'on a. Par exemple, si des gens ne sont ensemble que pour les repas, ils vont avoir des moments déprimants de solitude; mais s'il y a les repas où l'on se retrouve en famille et des moments de bonne rigolade en famille, d'histoires que l'on se raconte, de souvenirs racontés par papa et maman, voilà ce qui restera dans les souvenirs de l'enfant. Le jour où il sera seul et où il s'ennuiera, il se rappellera ces moments-là et ne sera pas déprimé à l'inverse de l'enfant qui n'aura eu avec les adultes que des rapports de nourriture ou de devoir. En effet, si les seules relations de l'enfant avec les adultes sont associées aux moments de repas ou de travail obligatoire : « Fais tes devoirs », si le père et la mère sont avec lui uniquement pour le nourrir et, plus tard, lui faire faire ses devoirs, c'est la solitude certaine de la dépression parce que manger et faire ses devoirs ne nourrissent pas la sensibilité d'échanges. C'est nécessaire, mais non suffisant. Quand il n'y a eu que cela avec ses parents, l'enfant n'a pas d'éléments pour nourrir sa solitude, il est tout seul. Au contraire, ce qui le structure, c'est d'agir en commun, lorsque par exemple il rend des services dans la maison avec le père ou avec la mère ; ou lorsqu'il bricole avec le père. Pour le père c'est un devoir, une nécessité, pour l'enfant c'est un plaisir parce que ce n'est pas obligatoire et qu'il le fait avec son père en même temps qu'il observe beaucoup de choses. Il observe l'habileté du corps de son père, de ses mains pendant qu'ils travaillent ensemble, même s'ils ne parlent pas énormément. Ce sont des moments qui resteront pour habiter d'une façon vivante sa solitude, dans une relation structurante où il admirait son père dans son travail et où son père le sentait autonome, avec des initiatives, lui permettant d'être présent, de l'aider ou de le regarder à certains moments, sans pour autant l'obliger à faire quelque chose.

Mais je m'aperçois que je vous parle des moyens de structurer des réserves d'éléments préventifs de la solitude dépressive.

H. PÉRENNÈS : *À votre avis, qu'est-ce qui fait la différence entre la solitude qui permet à l'être humain de se structurer et la solitude qui empêche de se structurer ?*

F. D. : Justement, c'est ce que j'étais en train d'expliquer. La solitude qui empêche de se structurer comme la solitude qui structure, il faut la chercher en amont et non au moment où on la vit. C'est en amont, dans les années qui ont précédé. Un être humain ne peut pas vivre sans éprouver de solitude ; il ne peut pas être constamment avec une autre personne. Ce qui est structurant, c'est d'être habité, depuis qu'on est petit, par une solitude meublée d'échanges en paroles avec son entourage et non seulement d'échanges de corps à corps ou de présence seulement visible.

Un enfant qui n'entend sa mère que remuer des casseroles reste tout seul. J'ai connu deux bébés que la mère nourrissait comme elle nourrissait ses chiens. Elle s'en est fort bien occupée physiquement pour leur donner leur pâtée à heures régulières, mais en dehors de ces moments-là elle était à ses casseroles, elle astiquait la maison, elle s'occupait de ses poules et de ses lapins, etc. Les enfants comme êtres humains n'existaient pas. Certes, ils étaient très bien soignés, comme elle le faisait pour ses chiens, même un peu mieux puisqu'on ne lange pas des chiens. Elle comblait leurs besoins mais jamais elle ne leur parlait, de sorte que pour eux penser « maman » signifiait « bruits de casseroles » et non communication verbale. C'est au moment de leur entrée à l'école obligatoire que ce n'était plus possible. La mère ne se rendait pas du tout compte de l'état de ses enfants, pour elle ils allaient très bien : « Ce n'est pas la peine de les mettre à la maternelle ; ici on a un grand terrain où ils s'amusent très bien. » Ils étaient comme des lapins ou des chiots en liberté. Leur seul plaisir était de se promener avec des boîtes de conserve vides dans lesquelles ils mettaient des bouts d'animaux en peluche, des bouts de poupée... Ils ne se seraient pas séparés de ces boîtes de conserve, boîtes en fer pour l'un, boîtes en verre pour l'autre. La mère faisait des conserves, c'était son violon d'Ingres; elle aimait bien en donner aux voisines ou peut-être en vendait-elle, je ne sais. Ainsi, les enfants, visiblement, s'identifiaient à une mère occupée à faire des conserves en ayant des morceaux d'enfants qu'elle avait satisfaits et qui étaient avec elle.

Ils étaient sans relation autre que de nourriture avec une mère besogneuse, qui les aimait bien. Mais, chose curieuse, quand je lui ai demandé de qui était formée sa famille, elle m'a répondu par le prénom de son mari, son prénom à elle, puis elle a ajouté : « Nous sommes sept. » Je pensais qu'elle avait d'autres enfants. Elle m'a répété le nom de son mari, le sien, et ceux des deux enfants qu'elle amenait, et elle a ajouté : « Et puis les trois autres. » Quand je lui ai demandé qui étaient les trois autres, elle m'a répondu : « Ce sont les chiens. » Je lui ai fait remarquer : « Mais les chiens ne sont tout de même pas de la famille » ; elle s'est écriée : « Oh si, c'est aussi sacré ! » Les chiens étaient aussi sacrés que les enfants, c'est-à-dire que les enfants étaient élevés comme des chiens bien étrillés, bien nourris, c'est tout.

Ces enfants étaient tombés dans un état de solitude parce qu'il n'y avait pas en eux d'éléments de désir mais seulement des besoins. Ce qu'ils entendaient du « désir » de la mère n'était que conserves et bruits de casseroles. Alors, ils faisaient des bruits. Quand ils trouvaient un objet métallique, ils le gardaient pour le cogner. Elle m'a raconté leur vie à la maison : bruits de casseroles, bruits de faire des conserves, c'est tout. Ils étaient surdoués, plus intelligents que la moyenne. Cette mère aussi était intelligente. Mais quand elle était jeune, pendant la guerre, elle avait vécu dans une campagne très éloignée avec la terreur des résistants et des Allemands. Elle avait donc été très traumatisée. C'est une histoire très particulière.

UNE SOLITUDE MEUBLÉE EN AMONT

Chaque être humain a besoin d'une solitude qui soit meublée en amont, pas au moment où on est seul à vingt ans. Depuis sa naissance, la solitude de l'être humain est meublée de ritournelles chantées par maman à l'intention de son enfant, pas pour se gargariser ou s'occuper elle-même, mais pour chanter une chanson à son petit, une autre à l'autre, pour occuper l'air par une présence complice souvent occupée ailleurs. Les enfants n'ont pas du tout besoin d'avoir sans arrêt quelqu'un sur leur dos; ils ont besoin, comme je disais tout à l'heure, de vivre des pulsions passives meublées par une affectivité positive à leur égard. Ils saisissent qu'on ne les oublie pas, même si on n'a avec eux que des relations mono-sensorielles. J'entends par là simplement l'oreille : on chante pour leur oreille mais on n'est pas présent. De même, quand on est avec eux et que l'on est occupé à quelque chose, ils ont le droit de regarder sans qu'on leur dise aussitôt : « Ne regarde pas comme ça, occupe-toi », alors qu'ils sont heureux de vous regarder faire. C'est souvent une déformation en éducation de dire à l'enfant : « Occupe-toi, tu vois bien que je suis occupé(e) ; alors va t'occuper, laisse-moi tranquille. » Mais, dites-moi, en quoi gêne-t-il à regarder quelqu'un ?

Cet être humain ensuite, quand il sera seul, aura son imagination pleine de souvenirs qui reviennent à l'occasion de n'importe quoi : une mouche qui passe rappelle tout à coup une séquence de vacances ; entendre aboyer un chien rappelle une certaine atmosphère dans une ferme ; on se remémore une fête, etc. C'est chargé de relations humaines, de réminiscences de moments heureux, de communication entre des esprits de personnes aimées, qui s'entr'aiment l'une l'autre en étant comme elles sont, aussi bien aux moments de tristesse qu'aux moments heureux. Il faut laisser les êtres humains être comme ils sont. Par exemple, il n'est pas en soi souhaitable de dire à un enfant : « Mais non, il ne faut pas pleurer comme cela » ; pourquoi pas ? « Tu pleures, eh bien ! cela passera, je pense à toi. »

En fait, la solitude est vivable quand les gens que l'on a connus nous ont suffisamment investis d'amour, même dans les moments dépressifs que l'on a pu vivre quand on était enfant ou dans des heures où on est mal à son aise.

COUPABLES !

Beaucoup d'enfants, lorsqu'ils sont malades, ont besoin de solitude, mais ils ne peuvent la goûter parce que la maman est anxieuse de leur maladie, de sorte qu'ils ne gardent qu'un souvenir de mère anxieuse. Quand un enfant est malade, il importe que la maman lui dise par exemple : « Tu sais, les mamans sont toujours affolées de la mauvaise santé de leur enfant, mais ne t'en fais pas ; je sais que je suis bête d'être anxieuse parce que tu vas guérir ; demain tu seras en meilleure santé. » Il est souhaitable que la maman puisse prendre ce recul, elle ou quelqu'un de la famille qui la voit dans tous ses états et qui voit l'enfant terriblement coupable d'être malade. C'est terrible comme un enfant peut se sentir coupable d'être malade parce qu'il alarme sa mère. Il est donc souhaitable qu'une autre personne aussi à côté de l'enfant puisse lui dire : « Ta mère est dans tous ses états parce que tu es malade, mais ne t'en fais pas, cela ne veut pas dire que tu es très malade ; cela veut dire qu'elle est toujours affolée ; ne t'en fais pas pour elle ; guéris-toi tranquillement ; ça lui passera. » C'est énorme de pouvoir parler ainsi à un enfant pour le rassurer ; sinon, il gardera le souvenir que c'est très mal d'être malade. « Que va-t-elle dire ? Je vais me faire gronder quand elle va revenir et me dire : "Tu as encore de la fièvre ! Ah, mon Dieu !" » Si elle manifeste de l'agitation devant son enfant malade ou au contraire de la compassion comme s'il était déjà mort, lui plus tard, devenu grand, il aura des angoisses à la moindre bagatelle ; s'il a mal au ventre, il voudra aussitôt aller voir le médecin. Il aura une solitude angoissée, une solitude phobique des moindres malaises.

Il arrive que certaines personnes croient avoir le cafard parce qu'elles ont envie de rien faire. Elles se croient très déprimées, mais elles ne le sont pas. Elles se croient déprimées parce qu'elles ont envie de rien faire, alors que c'est tant mieux pour elles : elles en font tellement à d'autres moments! «Reposez-vous donc!» Eh bien non! elles ne peuvent pas se reposer; c'est coupable de ne rien faire; on ne peut pas ne rien faire. Il y a là une éducation qui les a culpabilisées de leurs pulsions passives. Or, un être humain a besoin de pulsions passives. Des gens en arrivent à être insomniaques parce que leur endormissement n'est pas pour eux un moment d'acceptation de la passivité. Il y a des gens qui se sentent coupables d'accepter la passivité. Ils vont inventer quelque chose qui s'est passé dans la journée pour pouvoir le ruminer. Ils ne peuvent pas s'endormir. Il s'agit souvent d'une solitude mal intégrée depuis la petite enfance, sans communication interpsychique, alors que la solitude chez d'autres peut être un très grand enrichissement de communication en réminiscence avec les moments heureux du passé.

DES VARIATIONS ÉMOTIONNELLES

R. PLUSSE : *Vous parlez souvent de communication interpsychique et de communication des inconscients. Il y a toute une partie des rapports humains qui se passent dans l'inconscient.*

F. D. : Oui, mais comme c'est inconscient nous n'en savons rien. L'inconscient reste inconscient.

Quand la mère chante dans la cuisine occupée à faire quelque chose, elle vient, elle passe, elle dit bonjour à son enfant. Elle ne sait pas du tout qu'il y a communication des inconscients. Elle a plaisir à aller dire bonjour à son bébé. Il y a des mamans qui ont peur d'aller voir leur bébé de peur de le faire pleurer : «Ah non! si je vais le voir, ensuite il va pleurer, donc il ne faut pas que j'aille le voir.» C'est idiot. S'il pleure, c'est au contraire bon signe et signifie qu'il voudrait que ça continue. Alors la maman lui dit: «Je n'ai plus le temps mais je reviendrai tout à l'heure.» Il pleure un peu puis il se tait. Ensuite, elle revient, puis il pleure parce qu'il voudrait qu'elle reste. Toute cette comédie vaut mieux que de laisser l'enfant seul sans le voir.

C'est comme à l'hôpital où on interdit parfois aux parents de venir voir leurs enfants: «Si vous venez il pleure, si vous ne venez pas il ne pense pas à vous, il ne pleure pas.» C'est terrible pour après, pour plus tard. Il est vraiment préférable qu'un enfant pleure deux fois par jour, à l'arrivée des parents et à leur départ, qu'il vive ainsi une animation de sa vie autour de ses parents, plutôt que de vivre comme s'il n'avait plus de parents, dans une espèce de no man's land et de ne les retrouver qu'après dix jours d'hôpital lorsqu'il rentre à la maison.

Le fait d'avoir des variations émotionnelles autour des parents prépare pour l'avenir de l'enfant une présence qui sera riche. Au contraire, laisser les enfants petits dans le no man's land de l'absence va faire que, arrivés à l'adolescence, abandonnés par celui ou celle qu'ils aiment, ils vont sombrer parce qu'ils n'ont pas été habitués à exprimer leur peine. Elle habite leur corps d'une façon beaucoup trop profonde et ils n'ont pas de médiation fantasmatique, imaginaire, telle que les poésies que certains adolescents écrivent lorsqu'ils manquent le premier amour. Ils sont tout d'un coup dans le trou noir de l'absence. Cela remonte à leur enfance avec trois mois d'hôpital pendant lesquels on n'est pas venu les voir pour qu'ils ne pleurent pas. C'est très mauvais. Les médecins commencent à le savoir mais les infirmières pas assez : « Ah ! voilà la mère qui arrive ; il va se mettre à pleurer ; il vaudrait mieux qu'elle ne vienne pas ; on est plus tranquille ; cela complique le service. » Mais c'est néfaste pour l'après des enfants ; ils s'habituent à vivre dans une solitude-absence vide de relations.

Lorsque la maman est venue à l'hôpital et qu'elle est repartie, son enfant aussi souffre de cet arrachement. Il va tout de même s'endormir et quand il se réveillera il se rappellera le regard de sa mère, son sourire, ses gestes de l'au revoir, etc., et elle habitera sa solitude. Son inconscient est nourri de la présence rythmée de la mère avec le deuil douloureux de la perdre, puis sa nouvelle arrivée joyeuse, ou quelquefois même pas joyeuse s'il ne peut la voir : elle est là cependant de l'autre côté du box et cela vaut mieux que rien du tout : on ne l'a pas touchée, on n'a pu en sentir l'odeur, mais on l'a vue, on lui a fait signe. L'enfant en est à la fois content et mécontent. C'est de la variation émotionnelle, quelque chose qui habite ses désirs et qui sera ensuite revivable plus tard au lieu d'être dans l'absence totale quand il est seul.

Je viens de vous parler de l'absence à l'hôpital. Mais il est également important qu'un enfant éprouve un deuil dans la réalité quand il est petit, même à six mois ou un an. Il faut lui dire ce deuil et le faire aller au rite de deuil pour l'adulte qui est mort : la grand-mère, le grand-père... Il le faut, cela lui reste en mémoire et soutient la symbolisation de l'absence. La symbolisation de l'absence est ce qui nous permet de supporter l'angoisse de la solitude. Comme je le dis toujours, il faut aller en amont. L'adulte est dans la solitude qui détruit quand il n'y a pas assez de vie symbolique pour lui. Le pire, c'est la solitude dans la vie familiale.

UNE SOLITUDE MEUBLÉE EN AVAL!

H. PÉRENNÈS : *Je reçois une question sur l'aval : «Y a-t-il une solution à la solitude quand elle n'a pas été meublée en amont ou est-ce irrémédiable ?»*

F. D. : Il y a toujours des gens qui souffrent plus que soi, il faut s'en occuper. On est malheureux d'être seul mais il y a des gens encore plus seuls. Je pense, par exemple, à la détresse des grabataires dans les hôpitaux où certains croupissent là pendant de longues années sans aucune visite ! Donc, que les gens qui souffrent de solitude sachent qu'il existe des gens plus seuls qu'eux et qu'ils aillent les aider ! À ce moment-là, ils ne seront plus seuls. En aval, il y a toujours quelque chose à faire au lieu de se lamenter sur son propre sort ou de se suicider. Le suicide est ce qu'il y a de plus idiot quand on pense qu'on a tellement besoin de volontaires pour s'occuper d'êtres humains qui n'ont personne pour penser à eux. Il est dit dans l'Évangile que dans le plus petit, le plus malade, le prisonnier dans sa cellule, c'est Jésus qui y est[4]. C'est la dynamique divine en chacun de nous, une dynamique qui est à mal quand on ne rencontre pas quelqu'un pour un échange psychique. L'être humain a besoin d'un autre, il ne peut pas vivre dans l'absence.

La solitude peut conduire à la mort psychique, c'est-à-dire à l'impossibilité d'amorcer une relation avec autrui, avec quelqu'un de dynamique, parce que l'on est soi-même trop dépressif. Il faut alors penser qu'il y a toujours plus dépressif que soi, plus abandonné, et tenter de faire quelque chose pour ces plus dépressifs, ces plus abandonnés.

H. P. : *Une personne qui vous écoute dit ceci : « Quand on est seul et qu'on déprime, on ne peut pas aller vers les autres. On a déjà besoin d'être réconforté. »*

F. D. : Ce n'est pas vrai. Si la personne qui a dit cela a l'expérience de la dépression, pour la prochaine fois où elle entrera en dépression qu'elle s'établisse d'avance un petit programme : « Le jour où je serai déprimée, je sais que je peux aller à telle œuvre où on a toujours besoin de bénévoles. » Il faudra alors qu'elle se prenne par la main et s'y rende. Elle constatera alors qu'elle ne tombera plus dans sa crise de dépression.

Il faut dire aussi que les crises de dépression sont cycliques. C'est une espèce de rendez-vous avec soi-même que l'on prend. Il y a des gens qui sont rythmés ainsi. C'est là que la psychanalyse en particulier peut être très utile. Dans un moment de dépression de ce genre, il ne faut pas hésiter à aller voir un psychanalyste. On n'est pas pour autant parti pour dix ans de psychanalyse. Dans les moments où on n'est pas déprimé, on prend des adresses où on pourrait aller parler. Et le jour où on est déprimé après avoir parlé trois ou quatre fois avec quelqu'un, on l'est déjà moins. Le fait de donner à quelqu'un ce que l'on n'a pas fait survivre ; on donne toujours ce que l'on ne sait pas que l'on a, que l'on croit que l'on n'a pas. Il y a quelqu'un en soi-même qui veut voir quelqu'un d'autre. On ne sait pas qui. Si l'on voit quelqu'un d'autre, on rencontrera ce quelqu'un en soi.

H. P. : *Moi, j'entends quelque chose de ce genre, je ne sais pas si je vous trahis : pour que la solitude soit structurante, il est important qu'il y ait eu communication en amont mais pour sortir d'une solitude un peu dépressive il faut qu'il y ait communication également en aval !*

F. D. : Oui, au jour le jour, à la minute, peut-être des écrits faits pour cela, très courts. Il doit y en avoir justement dans mon livre *Solitude* sans même que je le sache et qui servent à remettre des déprimés dans la communication, puisque tant de gens m'écrivent. Ce livre, quand je le relis, il m'ennuie, il ne m'apporte rien mais il apporte aux autres. Il m'apporte tout de même le souvenir que je l'ai écrit et je me dis : « Ah oui ! mais c'est vrai, ce n'est pas si mal écrit ! » et je me fais un petit compliment : « C'est formidable que j'aie pu écrire cela ! Je ne m'en souvenais pas » ; et quand je constate qu'il est utile à d'autres personnes je dis : « Tant mieux. » J'ai écrit sur la solitude pendant des moments qui m'angoissaient. Quand on n'est pas angoissé, on n'écrit pas, on n'en a pas besoin ; on chantonne ; on est ravi. Mais c'est une angoisse qui n'est pas annulante puisqu'elle oblige à écrire pour la formuler. Soi-même, on n'en a plus besoin quand on est sorti de cet état, mais vous voyez que cela sert à d'autres, même quand on écrit dans un endroit solitaire. Alors, les gens déprimés, qu'ils écrivent leur angoisse, pourquoi pas ? C'est peut-être aussi une solution.

Il y a aussi la solution de faire quelque chose de ses mains, ce que malheureusement l'école n'enseigne plus à tout le monde. Il est très rare que des gens musiciens, jouant d'un instrument pour leur plaisir, soient déprimés, il est de même très rare que des musiciens soient délinquants. À en juger par une enquête qui a été faite, il n'y a pratiquement pas d'adolescents musiciens qui soient délinquants. C'est curieux, alors que l'adolescence est l'âge de la délinquance chez les mineurs, au moment de la modification des valeurs il y a toujours un peu de délinquance, qui n'est pas reconnue comme telle si l'enfant n'est pas pris sur le fait. Les gens qui jouent d'un instrument ont un moyen artistique qui leur permet de dépasser leur angoisse, de demeurer dans le circuit de la relation, car la solitude c'est se sentir hors du circuit de la relation avec autrui, quelle qu'en soit la raison.

Quand on se sent hors du circuit de la relation avec autrui, il est souhaitable de pouvoir meubler sa solitude par le souvenir d'une relation passée qui a été riche en amont. Pour le moment présent, il est souhaitable que les gens pratiquent un art, fassent quelque chose d'artistique avec leurs mains. Il est dommage que l'école ne valorise pas les pulsions passives, par exemple regarder travailler quelqu'un d'autre de ses mains. À l'école, les enfants aimeraient en regarder d'autres, sans rien faire eux-mêmes. Ils aimeraient que le professeur fasse du modelage, du tissage, toutes ces occupations manuelles qui ne font pas partie de l'école elle-même, alors qu'eux, simplement en regardant, construisent en eux quelque chose pour habiter leur solitude. C'est justement dans leurs moments dépressifs qu'on voit parfois des femmes s'en sortir en tricotant comme des machines. Celui qui les voit se dit : « Quel travail forcé ! Si seulement elles pouvaient respirer et regarder un peu le ciel ! » Mais faire quelque chose soulage énormément.

Ce qui est terrible dans nos villes, c'est qu'il n'y a rien à faire sauf s'asseoir devant la télé, encore que là les téléspectateurs sont occupés d'une certaine manière par les faisceaux lumineux. Dans une ville, pas moyen d'aller se promener dans la nature pendant une heure. Alors on fait du jogging. Ces pauvres gens, quel courage ils ont... les rues, le ciment, les voitures. S'ils pouvaient être dans la nature, ils n'auraient pas besoin de courir comme des dératés ; ils n'auraient qu'à se promener, regarder un arbre, contempler un coucher de soleil, et aussitôt ils seraient regonflés de la vie symbolique que transmet la nature dans sa beauté. Il y a ceux qui ont besoin d'exprimer une agressivité, ce qui est souvent le cas chez les déprimés. La dépression consiste souvent à ne pas savoir quoi faire de son agressivité. Autrefois, on pouvait au moins s'adonner aux travaux de la campagne, faire des bûches, aller chercher de l'herbe pour les lapins... mais dans une ville que voulez-vous faire en dehors du jogging ?

H. P. : *Encore une remarque : « Vous parlez de solitude dans la détresse. Que pensez-vous de la solitude dans l'amour, cette impossibilité de communiquer cet amour simplement parce que le cœur n'a pas de mots pour le dire ? »*

F. D. : Certes, il peut n'y avoir pas de mots pour le dire, mais il peut y avoir d'autres modes d'expression : l'écriture, la musique, la danse même si on est seul, pour exprimer son amour des êtres humains, sa joie d'être, sa joie de vivre qui est contagieuse. J'ai connu quelqu'un qui a vu dans la montagne un berger qui ne savait pas qu'il était observé : il dansait tout seul. On disait de lui quand il passait dans les villages : « Il est toujours gai. » Les bergers sont souvent peu causants. Ce berger occupait sa solitude à danser, puis assis au milieu de ses chèvres il jouait de la flûte ; quand il dansait, il ne jouait pas de la flûte ; il dansait pour le plaisir, tout seul, dans l'air, et c'était gracieux. Il y a donc d'autres manières que les mots pour exprimer sa solitude. Les inventeurs de ballets créent leurs ballets dans la solitude et les font ensuite jouer par les autres, de même la musique.

J'ai connu des gens qui avaient fait de la résistance pendant la guerre. Ils m'ont dit n'avoir tenu le coup que grâce à des bribes de poésies. Ils étaient tout étonnés de retrouver des poésies apprises à l'école quand ils étaient petits et qui remontaient dans leur mémoire dans ce grand besoin de meubler leur solitude. Aujourd'hui, à l'école, les enfants ne remplissent plus leur mémoire de poésies. On apprenait ces poésies et quand on était seul on s'en souvenait. À la place des mots pour dire aux heures de grande détresse, on est heureux de retrouver ces poésies du passé qui ont habité nos premières solitudes. On peut donc parler de prévention de la solitude en amont — même si on ne le faisait pas pour cela étant enfants, cela a servi.

LES TRAPPISTES

H. P. : *Une autre question porte sur les trappistes : « Ne croyez-vous pas que le luxe d'un trappiste est aujourd'hui un symbole nécessaire, indispensable, pour témoigner qu'une solitude peut être vécue heureuse, qu'elle peut être habitée, qu'elle peut nous aider à regarder la solitude comme le lieu d'une présence ? »*

F. D. : Le trappiste est comme un athlète de la vie spirituelle, une source vive de l'Esprit Saint à laquelle nous pouvons toujours puiser puisque nous faisons partie du même corps. Il n'est certainement pas toujours heureux, mais l'essentiel est qu'il soit bien orienté. Quelqu'un qui est vraiment bien orienté à être trappiste, c'est-à-dire un homme voué à la solitude, à la prière, pour moi c'est de l'or. Quand je disais tout à l'heure : « c'est du luxe », c'est vrai, mais il est utile à notre société. Quant à être heureux, il est heureux comme celui qui est bien à sa place, ni plus ni moins. On parle du bonheur des trappistes, pourquoi pas ? Mais ce qui importe, c'est qu'ils fassent couler sur nous un torrent de vie spirituelle, la richesse de leur prière pour les moments où nous sommes dépressifs. C'est ce qu'il faut dire aux gens au lieu de leur dire : « Voyez ces trappistes ; ils sont heureux ainsi ; ils sont contents derrière leurs murs. » Tout le monde n'est pas fait pour être trappiste : à l'essayer, beaucoup échoueraient complètement ; ils seraient simplement des parasites passifs.

RETOURS À LA PETITE ENFANCE

H.P. : *Voici une autre question sur le problème de la solitude : « Que pensez-vous de la solitude qui conduit de la dépression à l'alcoolisme ? »*

F. D. : C'est justement en rapport avec la petite enfance. N'est pas alcoolique qui veut. Il y a des gens qui aimeraient bien être alcooliques mais ils ne le peuvent pas, ce n'est pas dans leur nature. C'est quelque chose qui se construit avec la mère quand on est bébé. La potentialité de devenir alcoolique se rattache à un très grand bonheur de communion avec la mère au moment de l'allaitement et qui n'a pas été remplacé après le sevrage par un encore plus enrichissant échange de paroles avec elle. On en revient donc au besoin de sentir un courant qui passe entre la bouche et l'œsophage, car, pendant que ce courant passait, il y avait maman et le bébé n'était pas tout seul. On reproduit par le brûlant de l'alcool le chaud qui passait au lieu de la parole habitée par la présence d'un autre. Et on ne parle pas à cause de cela. Vous savez sans doute que l'intoxication par l'alcool produit une voix nasillarde qui serait la voix du nourrisson s'il pouvait parler à la naissance. Les gens intoxiqués par l'alcool ont une voix très haute. C'est vraiment une communication avec la première personne qui a représenté un visage pour eux, c'est-à-dire la mère. Les alcooliques sont des gens en mal de leur mère qui a été une mère étonnamment merveilleuse pour le nourrisson et qui n'a pas été une mère d'enfant moteur. À l'âge moteur de l'enfant, elle est devenue anxieuse mais elle a été presque toujours une mère merveilleuse pour l'enfant au sein.

H. P. : *Une autre question : « Que pensez-vous d'un enfant prématuré en chambre chaude pendant quinze jours sans corps à corps avec sa mère, nourri par le lait maternel tiré à la machine ? C'était il y a trente ans. Ce jeune homme ne supporte pas la solitude. »*

F. D. : Je vous ai décrit tout à l'heure l'enfant à l'hôpital qui ne voyait pas sa mère. Cela peut en effet se passer très tôt, quand il n'a pas la parole pour parler à tout le monde. Quand un enfant a la parole pour parler à tout le monde et dire sa peine, chaque personne est peu ou prou quelque chose de sa mère. Il n'est donc pas sans maman ; il est tout au moins avec quelqu'un qui la représente. Mais, avant l'âge de la parole, la présence d'une maman qui parle à son enfant est une nourriture encore plus valable que le lait qu'elle lui donne quand il est au sein.

Que se passe-t-il dans une chambre chaude avec un enfant prématuré ? On sait maintenant qu'il est souhaitable, si la mère le peut et si on la soutient à le faire, qu'elle vienne près de son enfant. Bien qu'il n'entende pas sa voix, qu'il ne sente pas son odeur, il reste le fait que c'est le lait de sa mère (que ce soit mécanique ou non importe peu), qu'elle le regarde, qu'il sent sa présence, de sorte que rentré à la maison il la retrouvera beaucoup mieux que le bébé nourri au lait artificiel. L'enfant nourri du lait de sa mère et de sa présence souffrira moins que l'enfant dont la maman n'a pas été habilitée à venir le voir : « *Laissez-le donc tran-*

quille, nous nous en occuperons très bien.» On déconseillait ainsi à la maman de venir voir son bébé, parce que la pauvre femme souffrait de ne pouvoir le toucher, de ne pouvoir s'en occuper.

Oui, c'est en amont qu'il faut s'occuper de la communication si on ne veut pas en aval être dans l'impossibilité de supporter la solitude de manière créatrice.

H. P. : *On en revient toujours au problème de la petite enfance par la question suivante : « Une mauvaise solitude vécue par un bébé de dix-neuf jours par une séparation de sa mère pendant trois semaines peut-elle se réparer ? »*

F. D. : Cela dépend de l'enfant et aussi de la mère en fonction de son anxiété. C'est ainsi que naît l'autisme chez les enfants les plus doués quand il y a eu brisure dans la relation avec leur mère du fait de son absence trop longue. La mère, à son retour, est trop modifiée pour que son enfant puisse faire le pas vers elle et elle souffre qu'il ne la reconnaisse pas. Cette souffrance est différente pour chacun d'eux ; elle crée parfois une telle distance qu'elle ne pourra jamais être comblée. C'est comme une fissure dans un vase qui s'étend et devient une véritable brisure. C'est cela l'autisme. L'enfant est comme un astronaute qui est sorti de la cabine, qui est dans le vide et qui peut tourner éternellement autour de l'avion sans pouvoir y revenir. Il reste dans l'apesanteur et c'est fini. La mère se trouve à l'intérieur de l'avion, l'enfant est à l'extérieur, ils ne peuvent plus se retrouver. Dix-neuf jours de séparation, c'est déjà beaucoup pour un bébé entre quatre et dix mois. Quand la séparation arrive bien plus tard, c'est tout à fait différent; il n'y a pas l'autisme mais une épreuve. Entre quatre et dix mois, l'autisme vient de l'absence prolongée entre la mère et l'enfant avec la non-compréhension de l'enfant qui, au retour de sa mère, ne la reconnaît pas. La mère, au lieu de s'affoler, doit prendre patience.

J'ai réussi à sauver une dizaine d'enfants de l'autisme sans l'intervention de quelqu'un d'autre que la mère, simplement par téléphone. Je disais à la mère d'essayer de retrouver un moment du passé où son enfant lui avait souri, était heureux avec elle et elle avec lui : « Il s'est passé ce jour-là quelque chose, essayez de vous en souvenir. » Il s'agissait d'enfants de deux, trois, quatre ans au maximum. Au-delà de quatre ans, il faut l'intervention de quelqu'un d'autre; avant quatre ans, la mère peut tenter de le faire et retrouver le contact avec son enfant. C'était l'époque où je parlais à France-Inter[5]. Des femmes de la campagne m'écrivaient : « Je suis allée à l'enterrement de ma mère; je devais m'absenter trois jours, mais mon père est tombé malade et je suis restée quinze jours. Quand je suis revenue, mon petit ne m'a pas reconnue. » Il y a dans ces cas toute une atmosphère d'angoisse : l'enfant perd pied, ne regarde plus sa mère, ne sourit plus à personne. La mère ajoute : « Et pourtant il n'est pas difficile, il mange n'importe quoi. » Ce sont des enfants qui ne sont pas gourmands, qui sont superbes, des mammifères humains debout superbes, splendides, mais qui ne sont plus dans le désir. Le désir, c'est fini. Pour eux, le désir, c'est dans une vie symbolique imaginaire, dans un bonheur indicible. L'enfant sourit aux anges parce qu'un oiseau a traversé le ciel. Pour lui, cela signifie beaucoup de choses mais on ne sait plus quoi. Il vit dans une vie symbolique constamment imaginaire et les gens autour de lui ne font plus partie de son monde. D'ailleurs, la famille le dit : « C'est un Martien ; il vit chez nous comme cela. »

Un enfant autiste, s'il ne souffre pas, on ne peut rien faire. Il n'est pas du tout malheureux. On pourrait presque dire que c'est un être spirituel sans spiritualité connue par nous. Il vit dans un monde de spiritualité qui n'est plus un monde d'échanges de moyens codés. Il n'est pas intéressé par les plaisirs des sens humains. J'en ai connu qui sont très contents d'avoir des rencontres régulières avec le psychanalyste tant qu'ils sont anxieux. Mais, à partir du moment où ils ne sont plus anxieux, parce que les expériences d'anxiété ont été revécues sans rendre le psychanalyste anxieux, ils remontent au moment où ils étaient avant la séparation d'avec leur mère, sans pour autant retrouver leur mère. Ils sont heureux avec un mode de vie à eux. S'ils pouvaient parler, ils diraient : « Fichez-moi la paix, je vais très bien, que venez-vous faire dans mon espace ? » Leur espace et leur temps ne sont plus les mêmes que les nôtres. Ils sont heureux.

PARENTS ENVAHISSANTS !

H. P. : *Après les questions du « pas assez », voici une question sur le « trop » : « Une mère trop envahissante n'est-elle pas un obstacle plus ou aussi gênant que son absence, pour la structuration de l'enfant ? »*

F. D. : Ce « trop » n'existe pas si la mère est aussi « trop » pour son mari, sauf si son enfant envahit sa vie affective en situation duelle, mère-enfant, au lieu d'une situation triangulaire, père-mère-enfant. S'ils sont trois, si la mère est pleine de libido pour tout le monde, si l'enfant n'a donc pas toute la place pour sa mère, il n'y a pas de « trop ». L'enfant a surtout besoin d'une situation triangulaire et de ne jamais être le miroir ni l'élu d'un adulte.

H. P. : *Dans le même axe : « On peut vivre une enfance très remplie affectivement avec des relations familiales très privilégiées, un entourage aimant et attentif, et avoir toujours souffert d'un sentiment de très grande solitude. Des relations parentales particulièrement fortes ne peuvent-elles pas être une entrave dans la communication avec autrui ? »*

F. D. : Je viens d'en parler. Là aussi, il s'agit de parents qui, sous prétexte d'aimer beaucoup l'enfant, sont tellement chauvins de la vie familiale qu'ils le blâment et le dévalorisent s'il tente d'avoir des amis à l'extérieur de la famille. À partir de quatre ou cinq ans, la situation triangulaire doit toujours se faire avec l'enfant sûr d'être aimé dans sa famille mais sachant aussi qu'elle l'aime aussi s'il est ailleurs avec des camarades, hors du cercle familial. La situation triangulaire devient alors : moi, maman, papa, et un ou des camarades dont les parents ne sont pas jaloux. Car il y a des pères et des mères jaloux des amitiés flambantes de leurs enfants, amitiés pleines de disputes : « Qu'est-ce que tu lui trouves à celui-là ? Pourquoi c'est mieux que chez nous ? » On voit des mères qui ne supportent pas qu'un enfant se dispute avec un autre.

C'est pourtant «merveilleux» pour des enfants entre deux et cinq ans d'être tout le temps en train de se disputer. Certains parents ne l'acceptent pas ; ils croient que ces enfants ne s'aiment pas : «Celui-là, il se dispute sans arrêt ! » Mais c'est là son bonheur. La preuve : il revient en hurlant parce qu'il a été mordu mais dès qu'il est un peu réfectionné il retourne à l'agresseur. Cela prouve qu'il en a besoin.

Ce sont des mères qui empêchent souvent la situation triangulaire de s'établir hors de la famille. Là aussi, c'est en amont que tout a commencé quand l'enfant a commencé d'être attiré vers le monde extérieur. Malheureusement, certains parents dévalorisent cela et se moquent d'un enfant qui a des ennuis avec les autres, alors qu'on sait bien que cela ne durera pas toute la vie. Il ne faut jamais dire à un enfant de se défendre. Quand il se plaint que les autres l'agressent, il faut lui dire : «Quand tu auras bien compris comment les autres t'agressent, tu auras appris à en faire autant et ils ne t'agresseront plus. » Je répète qu'avoir des amis hors de la famille est très important. La personne qui a posé cette question des relations familiales a sans doute vécu sa famille comme une geôle.

LA SOLITUDE DES ADULTES

H.P. : *Il y a deux ou trois questions sur le problème de la solitude des adultes. Aussi, la question suivante : «Qu'est-ce que vivre la solitude d'une manière créatrice ? »*

F. D. : La solitude des adultes, j'en ai parlé tout à

l'heure. Je vous ai dit que la solitude créatrice peut consister à exprimer ce que l'on éprouve, ce qui s'est d'ailleurs passé pour mon livre *Solitude* devenu créateur sans même m'en apercevoir en écrivant au cours de mes moments de solitude. Il a servi à ce que d'autres gens s'y reconnaissent, se sentent moins seuls, et me l'écrivent.

Il y a donc intérêt à écrire ses sentiments de solitude, de les mettre en musique comme font les musiciens, en peinture comme font les peintres, en poterie comme font les potiers... Tous les artistes sont créateurs dans leurs moments de solitude. La créativité de quelqu'un, sa création encore plus, sont le fruit d'une solitude. En définitive, nous ne sommes jamais tout seuls. Nous sommes avec ceux que nous contacterons sans savoir quand. Lorsqu'on a découvert Mozart, il y a longtemps que personne ne s'en occupait plus, de même Vivaldi. Dieu sait pourtant quelle joie, quel réconfort à la solitude ils apportent aujourd'hui à tant de gens.

Nous sommes faits pour communiquer les uns avec les autres. Il y a solitude quand il n'y a pas rencontre avec quelqu'un avec qui échanger, trop loin dans l'espace ou dans le temps. Mais si nous exprimons dans la solitude ce que nous avons à exprimer, un jour il y aura la rencontre qui donnera sens au fait que dans notre solitude nous avons su l'exprimer. C'est ce que je veux dire quand je parle de solitude créatrice.

RÔLE DE LA PSYCHANALYSE

H. P. : *Une question sur le rôle de la psychanalyse : « Vous montrez l'aspect intelligent de la psychanalyse et ses apports. Il serait cependant intéressant d'en montrer son usage idiot par les disciples inconditionnels du Dieu Freud qui, à côté d'intuitions géniales, a sorti parfois d'incroyables stupidités aujourd'hui figées dans un catéchisme obligatoirement athée (...). Perversion freudienne dans l'idée de monnayer l'échange, la chaleur humaine et la tendresse. Amour égale argent, égale horreur et symbole de notre société en décomposition. Danger du psychiatre, du psychanalyste qui se prend pour Dieu et joue un rôle destructeur. »*

F. D. : La personne qui se déclare contre la psychanalyse a raison. En effet, il y a eu bien des maladresses dans cette jeune science. Mais cette personne ne peut prétendre que la psychanalyse donne de la chaleur humaine. Celui ou celle qui fait une cure se parle à soi-même à travers quelqu'un qui lui prête ses oreilles, lui donne du temps, est un caméléon de ses relations du passé.

Le psychanalyste n'a pas de relation autre que de métier avec celui ou celle qui vient lui parler de son angoisse. Il ne se prend pas du tout pour Dieu mais il joue un rôle destructeur des illusions faussées de la vie depuis notre enfance. Les impressions de trahison, de détresse, tout ce qui fait le malheur de quelqu'un, il l'entend comme d'autres auraient dû l'entendre : l'éducateur quand ce quelqu'un avait treize ans, la petite amie qui l'a laissé tomber à dix-huit ans, l'ami intime dont il s'est senti trahi, le petit frère ou la petite sœur qui cafardait sur son compte quand il avait cinq ans, le père ou la mère au cours de son adolescence...

Le psychanalyste est le caméléon de service. Sa vie personnelle à lui est tout à fait ailleurs. C'est un métier, il faut le savoir. Les gens qui attendent de lui une affection se trompent. Certes, la personne qui est en cure développe une affection ou une haine qu'on ne peut éviter dans le travail psychanalytique quand on se confond avec quelqu'un, mais il faut savoir que le psychanalyste n'est pas dupe du tout. Il n'est là ni pour aimer ni pour donner de la chaleur humaine. Il est là au contraire pour que les gens parlent à leurs propres oreilles par cette personne présente pour écouter pendant un temps donné et tout à fait mesuré.

La psychanalyse détruit les fausses illusions. Mais quand on a tout détruit il reste la véritable vie qui n'est pas déguisée en choses que nous avons crues être vraies et qui ne l'ont pas été. La preuve, si elles sont parties, c'est qu'elles n'étaient pas vraies. Le psychanalyste démolit les fausses illusions que l'on va regretter, mais il n'est pas Dieu pour autant, au contraire. Si une analyse se passe bien, les gens retrouvent la confiance en eux-mêmes, l'amour d'eux-mêmes qui permet de vivre au jour le jour en n'étant plus fixés sur leur passé, ni sur leurs parents vivants ou morts. Ces parents ont fait ce qu'ils ont pu, étant donné leur propre éducation et les événements traversés pendant qu'ils étaient chargés de l'éducation de leurs enfants.

S'adresser à un psychanalyste, ce n'est pas du tout prendre quelqu'un pour Dieu et être psychanalyste ce n'est pas du tout se prendre pour Dieu.

Quand on a fait une psychanalyse, on peut ensuite l'oublier complètement : cela n'a aucun intérêt. Chaleur humaine et tendresse ? La tendresse n'a rien à voir dans un traitement, même si la personne en traitement éprouve des élans de tendresse pour son (sa) psychanalyste, pourquoi pas ? On peut le dire, on peut tout dire, on ne peut rien faire. Le psychanalyste écoute mais il se fout de tout, façon de parler car il ne se fout pas du tout de guérir une personne, mais cela ne le touche pas, lui, du tout. Le psychanalyste, c'est quelqu'un qui vient en tenant lieu de raison pour quelqu'un qui est tellement dans la passion qu'il n'a plus de raison par rapport à la vie qu'il a menée ou qu'il a subie ou aux souffrances qu'il a supportées.

LA VIE MONASTIQUE

On a posé tout à l'heure la question : «*Autisme et vie monastique*» et tout le monde a rigolé. C'est drôle parce que je ne pensais pas du tout que la vie monastique puisse en quelque sorte être comparée à l'autisme. Pour moi — c'est peut-être une idée tout à fait fausse — la vie monastique est la vie la plus donnée qu'un être humain puisse faire, la plus en relation avec le monde tout en ne connaissant particulièrement presque personne. Les moines sont les plus grands orateurs muets et orateurs de soutien de la population. Toute population a besoin d'ascètes dans le génie propre de ses croyances : dans une ethnie chrétienne, ce sont les moines chrétiens, dans une autre ethnie ce seront les moines hindous, etc. Je ne crois pas que la vie monastique chrétienne soit très différente de la vie monastique islamique ou bouddhiste par exemple.

Toutes les harmoniques du désir qui mènent vers la religion sont les étapes les plus raffinées de l'articulé de la pensée et de l'affectivité humaine et sont de la spiritualité. La spiritualité existe depuis la civilisation mais différente selon les images que nous en avons. Le folklore chrétien, c'est-à-dire les images que nous propose le dogme chrétien à la représentation de la vie spirituelle, est le plus proche de ce que nous vivons dans notre ethnie. Dans toutes les religions, on trouve exactement les mêmes caractéristiques de sublimations que la psychanalyse décrit comme des sublimations du désir dans une relation jusqu'à l'impersonnel qui recouvre toutes les personnalités et pas du tout dans l'autisme de quitter la personnalité. C'est une extension de l'amour sur tous les êtres humains grâce aux images du folklore chrétien ou du folklore islamique ou du folklore hindouiste pour d'autres.

On pourrait croire à vous entendre rire que vous pensez que les moines vivent enfermés en eux-mêmes, indifférents au voisin comme ont l'air d'être les autistes, mais ce n'est pas du tout cela. Les moines n'ont pas besoin de psychanalystes. Ils ont une technique de ventilation de l'angoisse qui leur permet de ne pas avoir d'effets égoïstes sur les gens mais un effet de générosité. Dans toutes les ethnies, on a besoin de gens dédiés à cette vie.

UNE SITUATION TRIANGULAIRE

H. P. : *Voici une autre question : «La mère est-elle seule à pouvoir comprendre et reprendre la communication avec l'enfant autiste ? Quelle est la place et le rôle du père dans la solitude dépressive de l'adulte ? Quelles sont les conséquences d'une absence de la mère pendant six mois pour un enfant entre deux et quatre ans ?»*

F. D. : Il est évident que la Trinité est vraiment une invention extraordinaire. Quand on pense qu'il y a 2 000 ans personne ne s'y était préparé, on n'en avait jamais entendu parler. C'est pourtant une deuxième naissance qui a été annoncée. La psychanalyse aussi est une deuxième naissance. C'est justement s'assumer, avoir désiré naître, alors que la plupart des gens disent : «Je n'ai pas demandé à naître, ce sont mes parents qui m'ont fait naître.» Ce n'est pas vrai. C'est qu'il y avait de quoi vivre. Il ne faut pas se plaindre. On a pris sa part, une drôle de part d'ailleurs pour certains cas, et la psychanalyse nous aide à remonter à l'histoire de notre désir et à nous débarrasser de toutes ces illusions : «C'est la faute à celui-là ; c'est la faute à celle-là !» Oui, cela nous a fait souffrir mais on ne ferait rien sans souffrances. Il faut s'en débarrasser et on s'en débarrasse sur cette personne, le psychanalyste, qui est décevante, qui est merveilleuse, qui est à jeter aux chiens, comme ont été papa, maman quand on était petit ; et puis c'est fini, au revoir, on a payé sa dîme, et puis c'est tout. On s'occupe de soi au jour le jour et demain ce sera mieux qu'aujourd'hui. C'est cela vivre.

Le fait de remonter à la Trinité, c'est-à-dire aux trois désirs circulants divins, c'est extraordinaire puisque c'est ainsi que nous avons été conçus. Deux désirs inconscients se rencontrent, le père et la mère. Il y en a un qui est conscient de son acte, c'est le père, sans cela il ne pourrait pas. Le père est feu vert, il est d'accord. La mère est feu orange au moins, mais la voiture, elle veut passer, elle passe : c'est celui qui naît. C'est la trinité humaine pour naître, un être appelé à parler un jour. Je trouve merveilleux de trouver en Dieu la Trinité, cette relation d'amour à trois. C'est quelque chose que nous rencontrons justement dans le désir de vivre de chacun de nous. Nous y avons pris notre part dans une situation triangulaire : père, mère, enfant.

Comme je disais tout à l'heure, c'est quand la situation triangulaire n'est pas toujours entretenue toute la vie qu'il y a drame plus ou moins touché de solitude. Nous sommes tout le temps en connivence de jouer avec cela parce que nous voudrions posséder l'autre et non partager la possession avec un autre. Nous voulons toujours pour nous tout seuls, « pour moi tout seul » comme dit le bébé, ce qui est normal à cet âge. Il demande à la maman : « Je suis ton enfant à toi tout seul ? », même quand elle a sept enfants. Et la maman intelligente doit répondre : « Oui, tu es mon enfant à moi tout seul. » Et si le petit voisin dit : « Et moi ? et moi ? — Toi aussi, tu es mon enfant à moi tout seul. » Il faut dire cela à tous les enfants : ils sont un enfant à moi tout seul parce que ce n'est pas la même mère à chaque enfant. Et même pour les jumeaux, elle n'est pas la même mère pour chacun. Donc chaque enfant est l'enfant à moi tout seul de son papa, à moi tout seul de sa maman. C'est dans ce sens-là que nous ne sommes pas des « dieux » dans la trinité. Il n'y a jamais dans la Trinité « à moi tout seul », ils sont toujours trois. Ils ne s'embêtent jamais. Tandis que l'enfant, lui, s'embête. C'est beau la Trinité ; ils ont une bonne conversation sereine, tandis que lorsqu'on est trois chez les humains ce n'est jamais serein : il y a toujours un qui veut avoir les deux ou un qui est contre les deux. Mais c'est ce qui fait dynamique : il n'y aurait pas de dynamique s'il n'y avait pas ce mouvement. Je le trouve extraordinaire ce Dieu qui est une dynamique à l'origine dans ce qui est donné comme image de base de la divinité créatrice. C'est quelque chose qui n'est pas du tout contradictoire parce que sur un plan à distance, d'une façon allégorique, c'est ce que nous rencontrons dans la vie de chaque être humain.

La mère a-t-elle seule le pouvoir de comprendre et de reprendre la communication avec l'enfant ? Oui, mais le père aussi en tant qu'associé à la mère. C'est la mère qui fait que l'enfant a un père, non pas du point de vue génétique mais du point de vue relationnel. Ce qui compte pour un enfant, ce n'est pas le père génétique, c'est le père compagnon de la mère. Le père est donc important en tant que répondant lui aussi de la mère importante pour lui. C'est pourquoi le père est important pour un enfant autiste, mais seul il ne peut faire se retrouver un enfant autiste, lequel a besoin d'être retrouvé comme au moment de sa naissance, ou même d'avant sa naissance, dans la relation intime avec sa mère. Personne ne peut savoir ce qu'est la communication entre une mère et son enfant, même pas la mère. La mère ne sait pas la communication inconsciente vivifiante qu'elle a avec son enfant, mais c'est elle seule qui peut lui rendre le sentiment d'exister.

Le livre que j'ai écrit sur l'image inconsciente du corps[6], livre difficile à lire parce que psychanalytique, a éveillé beaucoup de personnes à comprendre ce qu'est la dynamique de l'inconscient entre l'enfant et sa mère. Il est certain que la mère est une partie du corps de l'enfant. Il a perdu une partie de sa mère quand elle n'a plus été présente pendant un temps, et il vit sur un corps qui est mutilé. C'est par la parole, l'odeur, les rythmes de vie et la sérénité de la mère devant son état « d'absence » que cela se renoue entre elle et lui : il la reconnaît d'un coup, il se jette dans ses bras.

Quelqu'un a dit tout à l'heure : « *Mais vous n'avez pas guéri les jeunes enfants autistes !* » Personne ne guérit l'autiste ; il guérit en ce sens qu'il retrouve sa mère et à partir de là il redémarre dans la vie. L'autisme a disparu, c'est-à-dire que l'enfant est de nouveau entier de s'être retrouvé et de l'avoir articulé à une perception qui existe dans le corps de cette femme, alors qu'il ne savait plus où elle était mais il l'a retrouvée. Cela demande quelquefois six mois, huit mois, mais avec les mères que j'ai pu aider cela a duré huit jours, quinze jours...

Le soir, en endormant l'enfant, à cette heure où il est le plus à même d'entendre la parole, sa mère lui dit : « Il est arrivé quand tu avais six mois que j'ai dû quitter la maison. Je ne savais pas que tu t'en étais rendu compte. Je te croyais trop petit pour te l'expliquer; je suis restée absente longtemps et quand je suis revenue tu ne m'as pas reconnue. J'espère que tu vas faire un rêve et que tu vas me retrouver; c'est bien moi qui suis près de toi, ta maman qui... », et elle peut lui montrer des choses caractéristiques de sa vie d'enfant avant la séparation. C'est vers quatre ou cinq ans qu'une mère peut ainsi rattraper un enfant; vers huit ans, c'est souvent trop tard. Au moment du sommeil, bien qu'il soit sevré depuis quatre ans, elle lui redonne le biberon en même temps qu'elle lui parle, lui redonne encore le biberon du matin en allant le retrouver. Parfois, au bout de quelques jours, il la regarde avec intensité et hurle : « Papa, maman est là ! » C'est fini, il a retrouvé sa mère et il s'est retrouvé, il a refait la relation triangulaire. Quand la maman peut agir ainsi, c'est mieux que de faire appel à une tierce personne. C'est ainsi que des mamans me l'ont décrit : « Vous ne pouvez pas savoir l'émotion que c'était. »

S'il vaut mieux pour l'autisme que ce soit la maman qui fasse le traitement pour rétablir la communication, il vaut mieux aussi que ce soit le père pour déculpabiliser un enfant qui se croit coupable. On n'imagine pas à quel point les enfants peuvent se sentir coupables ! Prenons un exemple : le père est chômeur; l'enfant croit que c'est de sa faute; le père en dépression d'être chômeur devient coléreux; l'enfant croit encore que c'est à cause de lui : si papa est triste, s'il est renvoyé de son travail, s'il est impuissant, ce n'est pas dans la loi donnée par papa. Cela prouve que l'enfant a fait quelque chose de mal et que son père a fait quelque chose de mal.

J'ai vu cela pendant la guerre. Du jour au lendemain, à l'annonce que les pères étaient prisonniers, les consultations furent pleines d'enfants de huit à douze ans qui faisaient pipi au lit, alors qu'ils ne faisaient plus pipi au lit depuis l'âge de trois ans : « Mon père est prisonnier ; je suis un salaud, un rien, puisque papa est prisonnier, puisque papa est un salaud. » Les enfants croyaient que leurs pères étaient morts, morts pour la patrie, c'était formidable comme dans les récits de guerre, les récits de science-fiction, et ils étaient fiers qu'ils soient morts. Mais voilà qu'on apprenait qu'ils n'étaient pas morts mais prisonniers et les mamans étaient ravies : « Comment, cette salope, elle est contente que papa soit prisonnier ! », alors que pour l'enfant c'était fier d'être mort et c'était honteux d'être prisonnier, une déchéance : « Je ne suis qu'un pisseur au lit. » On guérissait les enfants en leur faisant comprendre le sens du mot prisonnier et pourquoi les mamans étaient heureuses que les papas ne soient pas morts mais seulement prisonniers.

La compréhension de la manière dont un enfant est en relation et ses valeurs, c'est ce qu'étudie la psychanalyse, ce n'est pas du tout de la morale. Si les illusions font partir l'enfant de travers dans la vie et qu'il tombe tout à coup sous une culpabilité ténébreuse, elle n'est pas déculpabilisante sauf par le père. Si l'enfant se sent coupable, ce n'est pas la mère qui peut pardonner ; c'est le père ou celui qui a la place du père. La mère, elle, pardonne toujours. D'ailleurs, cela ne console pas du tout les enfants quand les mères pardonnent : « Elle me gâte. » Mais un père qui punit, qui pardonne aussi, est un vrai père pour l'enfant.

La culpabilité n'a rien de religieux, c'est un sentiment laïc (même les chiens ont des culpabilités) et en rapport avec des expériences que l'enfant sent comme quelque chose de dévalorisant. Un exemple : tel enfant ne peut pas dire bonjour gentiment à quelqu'un de vieux ; c'est déprimant pour lui ; il lui tourne le dos ou lui demande : « Est-ce que tu vas bientôt mourir ? » On le gronde parce qu'il n'est pas poli, alors que la vieille personne aurait pu lui répondre : « Oui, bientôt, enfin pas trop tôt j'espère, mais bien avant toi... » Si on le culpabilise pour cela, comment voulez-vous l'en sortir ? Il a été vrai, on lui dit d'être vrai, et voilà que c'est mal ! Nous passons notre éducation à fausser les enfants. Je répète : la culpabilité d'un enfant déculpabilisée par la mère, cela ne vaut rien. Ce qui compte, c'est être déculpabilisé par le père, celui qui est marqué pour être plus sévère. Mais s'il pardonne, cela prouve que c'est vraiment effacé et que l'on peut se pardonner à soi-même. Le rôle du père et le rôle de la mère ne sont pas les mêmes par rapport au sentiment de culpabilité.

À L'ÂGE ADULTE, CE N'EST PAS FINI L'ENFANCE

H. P. : *Il y a une accumulation, de questions du genre : « Notre enfance est derrière nous. Peut-on laisser de côté cette solitude-là et parler de notre solitude et développer le thème solitude souffrance, solitude ressourcement ? »*

F. D. : Vos questions me déroutent beaucoup parce qu'il me semble que j'ai parlé de la solitude de l'adulte mais à partir de l'enfance. L'adulte qui n'est plus un enfant n'existe pas. La solitude de l'adulte, c'est de la solitude d'enfant rémanente. Je ne peux pas dire que l'adulte existe sans l'enfant en lui. C'est comme si vous me demandiez de parler des deuxièmes branches d'un arbre sans parler des racines de cet arbre. Quand cela ne va pas chez l'adulte, il faut remonter aux racines de l'enfance. L'adulte ne souffre pas de la solitude s'il n'en a pas souffert dans son enfance.

UNE INTERVENANTE : *« Oui mais c'est fini l'enfance ! »*

F. D. : Mais non ce n'est pas fini. La preuve, c'est la solitude actuelle de l'adulte, comme un enfant qui n'a pas de papa, maman à l'intérieur de lui. C'est parce qu'il n'a pas papa, maman qu'il se sent tout seul. Mais s'il joue le rôle d'être papa ou maman pour quelqu'un d'autre il ne sera plus seul, même s'il n'est utile qu'à des animaux domestiques comme le chien...

La solitude, c'est l'oubli de la situation triangulaire. On se badigeonne le nombril en se disant : « Comme je m'embête de ne plus avoir de cordon ombilical ! » Eh bien ! non, il n'y en a plus ; tu n'en auras plus ; ne cherche pas à cette place-là. Il y a des gens autour de toi qui ont besoin que l'on s'occupe d'eux par la parole, par le geste, par n'importe quoi ; et faute de gens, il y a les pigeons. Regardez dans les jardins publics ce qui se passe : quelqu'un qui souffre de la solitude et qui donne à manger aux pigeons est déjà moins seul, surtout s'il s'en occupe avec des voisins. J'ai déjà dit que la solitude ne peut se soigner que par son expression créative (un écrit, un matériau, un instrument...) et par le jeu d'aider quelqu'un d'autre pour créer une situation triangulaire. On est deux, on se parle, le troisième c'est la parole. La parole venant toujours d'un autre prouve que l'on est trois. On n'est jamais seul si l'on parle à quelqu'un, même à son chien. Le chien vous donne une satisfaction de paroles à soi-même dans sa partie « infans » (« qui ne parle pas ») et les paroles prouvent qu'elles sont venues d'ailleurs et que cet animal sert à n'importe quel âge.

C'est terrible la solitude des villes où les gens ont vraiment besoin de s'occuper d'autres êtres humains, alors qu'ils croient avoir besoin que l'on s'occupe d'eux. C'est une erreur d'interprétation. Les gens n'ont pas besoin d'être aimés sauf quand ils sont petits. Mais dès qu'ils ont passé cet âge, ce dont ils ont besoin, c'est d'aimer d'autres êtres humains, à défaut aimer un chien, un chat, un poisson rouge, une plante et, à partir de là, créer des relations avec les autres.

EXPRIMER SA SOLITUDE C'EST DÉJÀ EN SORTIR

H. P. : *Je crois que dans ce mouvement vers l'autre, aimer l'autre, certaines personnes présentes ici manifestent une résistance. Je lis deux questions : « Lorsqu'on est en état de dépression, on n'a justement pas l'énergie d'aller vers les autres pour la combattre ; alors, que faire ? » « Pour des personnes qui reconnaissent la cause de leur solitude, de leur dépression, qui la vivent comme une mise à l'écart, un rejet, où trouver le courage de donner à d'autres ce que l'on n'a pas eu et que l'on réclame avant de pouvoir le donner aux autres ? Peut-on sortir de ce cercle vicieux ? Quels peuvent être les lieux d'encouragements, de réconciliation avec son passé ? »*

F. D. : La personne qui a écrit ce papier parle-t-elle d'elle-même ou parle-t-elle d'une autre personne ? Si elle parle d'elle-même, le fait de l'avoir écrit prouve qu'elle en est sortie pour avoir pu en parler et elle en sortira toujours, même quand elle aura touché le fond. C'est pour cette raison qu'il ne faut pas empêcher les personnes qui se plaignent d'être seules de toucher le fond de leur solitude. Il est inutile de dire : « Mais non, mais ceci, mais cela... » mais dire : « Oui, vous avez raison, c'est intolérable ; vous avez bien eu raison de me téléphoner. » Il ne faut pas essayer d'aller plus loin ; elles ont entendu : « Vous pouvez me téléphoner » ; n'en faites pas davantage. Si vous vous mettez à en faire plus pour quelqu'un qui ne peut que vous dire : « Je suis malheureux », etc., vous allez vous noyer avec lui, tandis que c'est déjà beaucoup de dire : « Vous avez bien fait de me téléphoner ; je ne peux rien pour vous, mais vous pouvez me rappeler », ce qui équivaut à lui dire : « Ce que vous me dites ne m'angoisse pas, je ne cherche pas de solution, mais je vous ai écouté et la solution viendra d'elle-même. » Cela évite la perversion de celui qui se plaint sans cesse pour accaparer l'autre. Je crois que la personne qui a écrit ce papier est de ce fait déjà sortie de sa solitude. Elle en est sortie, sinon elle n'en parlerait pas ainsi.

Elle parle même de cercle vicieux ; elle y a échappé, elle s'en sort. Il y a là quelque chose de centrifuge ; on s'en sort à un moment donné et on écrit comme ce qu'elle vient d'écrire : on pose une question mais on a déjà trouvé la solution une fois. Elle risque maintenant de s'angoisser avec les personnes qui se plaignent et s'angoissent au lieu de les soutenir en disant : « Vous avez bien fait de me dire ; je vous ai entendu », sans en rajouter et sans se culpabiliser pour cela.

TROUVER DES LIEUX DE VIE

UNE INTERVENANTE : *J'ai envie de prendre la parole ; c'est moi qui ai écrit ce papier. Je ne pense pas aux autres, mais, pour moi, la question profonde est pour ceux qui ont, comme moi je l'ai vécue, une solitude difficile. C'est vrai que ma solitude m'a amenée à chercher. Mais il ne suffit pas de dire qu'il y en a qui cherchent et trouvent. Pour moi, celui qui m'a aidée à ne plus être enfermée dans la solitude, c'est quelqu'un qui a osé dire sa joie de vivre. Quand vous disiez tout à l'heure : « Le bonheur d'un trappiste, on s'en fout », moi, je dirai que ce qui manque aujourd'hui, c'est de trouver des gens heureux, qu'on puisse aller frapper à leur porte pour leur demander : « Mais quel est donc le secret de votre bonheur ? » afin que l'on puisse savoir où des gens arrivent encore à partager.*

F. D. : Mais vous voyez, vous ne l'avez pas trouvé.

L'INTERVENANTE : *Mais le problème n'est pas moi !*

F. D. : Mais si.

L'INTERVENANTE : *Pour moi, le problème est dans le fait de pouvoir dire, expliquer toutes les raisons qui ont fait que l'on est seul ; mais aujourd'hui où sont les lieux où l'on peut dire à ces gens seuls :*

« Écoutez, quand on veut partager, si on a telle ou telle attitude de timidité, voilà il y a des choses qui existent aujourd'hui » et montrer un peu ce qui existe ?

F. D. : Mais vous avez tout à fait raison.

L'INTERVENANTE : *Je trouve qu'on parle peu des lieux de partage qui répondent peut-être à une certaine solitude. On s'appesantit davantage sur l'arbre qui tombe, fait beaucoup de bruit, mais on ne parle pas de toute la forêt qui pousse et que l'on n'entend pas. Je crois que cette forêt qui pousse, ces lieux de vie dans la société d'aujourd'hui, il serait important de leur donner plus de place.*

F. D. : Vous avez tout à fait raison et allez-y.

L'INTERVENANTE : *Mais j'y suis.*

F. D. : Vous avez tout à fait raison, et vous voyez que si vous n'aviez pas éprouvé, vous, cette angoisse de la solitude, vous n'auriez pas trouvé cette solution et vous auriez raté la possibilité de vous accrocher à quelqu'un qui a justement remplacé la maman qui est le tout-secours.

L'INTERVENANTE : *C'est vrai que la solitude des adultes c'est la solitude des enfants, mais je crois aussi, et c'est ma foi, que pour la solitude des adultes il y a l'occasion que nous donne l'Esprit Saint par le pardon et la réconciliation avec notre passé en rechoisissant une vie et un amour qui nous ont manqué.*

F. D. : Vous avez raison tout à fait, bravo.

L'INTERVENANTE : *Quand vous parliez du rôle de la chanson de la maman pour le bébé, je pense que la prière que l'on apprenait autrefois aux enfants a un rôle tout à fait essentiel, parce que les prières, les mots pour prier que l'on a appris dans l'enfance, ce sont eux qui remontent à n'importe quel moment de la vie, un jour ou l'autre.*

F. D. : D'ailleurs, chez l'enfant, une chanson ou une prière, cela a la même valeur pour le début de sa vie. C'est après qu'il s'aperçoit que la prière était adressée à un Autre, à un troisième, hors du temps, un esprit qui n'est pas dans le corps de l'espace et du temps des corps. Au début, la chanson est pour lui une preuve de l'amour de sa maman pour lui ; c'est la même chose pour la prière.

H. P. : *Une autre question : «Je n'ai pas compris pourquoi, à propos de solitude, vous avez évoqué les moments où, dans le groupe familial autour de la lampe, vous étiez "inoccupée", regardant les autres tricoter, etc. Le fait de regarder les autres agir sans rien faire soi-même est-il plus utile pour bien vivre les moments de solitude ultérieure qu'une occupation avec le groupe familial réuni ?»*

F. D. : Plus utile ? Moins utile ? Il n'y a pas un moment à valoriser plus que l'autre, alors que l'on a tendance à valoriser les moments d'expression de l'enfant et moins ses moments réceptifs. C'est ce que je voulais dire : ni plus ni moins. On a tendance à ne faire attention qu'à l'expression d'une activité, alors qu'il faut aussi valoriser la passivité béate.

QUESTIONS SUR « SOLITUDE »

H. P. : *Il y a aussi des questions sur votre livre* Solitude. *Première question : signification de la couverture : la couleur, le rectangle au centre, des pas sur le sable, la mer ?*

F. D. : Situation triangulaire d'absence de personne. Il y a des pas : quelqu'un est passé.

H. P. : *Dans ce même livre, vous faites parler des personnages. Que signifient par exemple le Mainate, la Négresse verte ?*

F. D. : Le mainate est un animal marrant. Il ressemble à un corbeau qui serait ramassé sur lui-même. Il a deux petites plumes blanches. Il a l'air d'avoir les mains croisées derrière le dos et il marche ainsi dans le jardin au milieu des autres qui le regardent parce qu'il les dispute tous. Il a l'air de réfléchir beaucoup et il marche à grands pas. Le mainate existe vraiment à Antibes, chez moi à Soledad, mais il est misogyne : il ne supporte pas les femmes. Quand il y a une femme, il crie, mais dès qu'il y a un homme il s'approche et le regarde. Il est totalement solitaire. Il ne dort pas sur une patte mais couché comme un humain. Il est très drôle. Quand j'étais seule à la maison, je lui faisais des discours, mais lui ne voulait pas me voir ; il n'était pas content ; il m'invectivait chaque fois qu'il me voyait. Je lui disais : « Tu vois, mon homme n'est pas là, tant pis, il faut que tu fasses avec moi toute seule ! »

Quant à la « Négresse verte », c'est une statue en

plâtre que les enfants, petits, avaient appelée «Négresse verte» et qui fait partie du folklore familial. C'est le souvenir de leur enfance. Elle est d'ailleurs tout écaillée, la peinture verte est partie. Elle est grande comme un enfant de cinq ans. C'est une nymphe de Despiau en plâtre très jolie que mon mari avait reçue un jour comme cadeau. Quand j'ai connu mon mari, il y avait cette statue; quand les enfants sont nés, il y avait cette statue posée sur le sol dans l'entrée. Ils l'ont appelée «la Négresse verte» parce qu'elle était très sombre. À ce moment-là, il y avait un livre de Paul Morand qui s'appelait *La négresse verte*, donc pourquoi pas? Elle est négresse, elle est verte, alors on l'a appelée «la Négresse verte».

Il y a aussi dans mon livre le «Kangourou des Murs». Il s'agissait d'une moisissure du mur qui formait un dessin. Quand on s'ennuie, on demande avis à tout ce qui est là autour de soi. C'est ainsi quand on est seul: «Tiens, le kangourou, qu'est-ce que tu en penses, toi?» J'étais en train de penser; il vivait avec moi. Il est un peu idiot ce livre. Les gens croient tout cela très intelligent, alors que c'est l'occupation de la solitude. Cela a été trouvé dans mes papiers par mon éditeur. Quand je les ai relus, j'ai dit: «Il ne faut pas mettre cela.»

Il y a aussi l'«Étranger», c'est mon éditeur. Il me posait des questions à partir d'un vieux manuscrit, un reste de conférence qu'il voulait mieux comprendre, et il reprenait les pages pour que je lui explique, moi la «Praticienne». Quand le mainate passait devant nous, je lui disais: «Hein! ce que j'ai écrit là c'est complètement idiot; qu'est-ce que tu en penses?» Alors, l'Étranger (l'éditeur) riait de m'entendre parler au mainate.

RECEVOIR ET DONNER

Je reviens à une question que vous avez posée : *«L'enfant reçoit de l'adulte, l'adulte doit donner : quel est le passage ?»*

L'enfant ne reçoit de la mère que parce que la mère a reçu de l'enfant. On oublie qu'un enfant apporte une force fantastique à un adulte. On croit que la mère donne comme si c'était à une poupée devenue vivante ; pas du tout ; c'est la vie même qui l'a habitée qui lui a donné cette force fantastique morale qui se métabolise en sentiments maternels. C'est l'enfant qui crée la mère. La mère donne naissance à l'enfant que son homme lui a permis de mettre au monde ; situation triangulaire ; l'enfant apporte à sa mère une force qu'elle lui rend sous forme d'amour.

En ce moment, ce qui est terrible, c'est que les parents pensent : «Avoir un enfant, on ne pourra jamais, la vie est trop difficile ; on n'a pas d'argent, pas de place, pas de travail... comment fera-t-on ?» Ils ne pensent pas que l'enfant amène avec lui une grande force. Certains recourent à l'I.V.G. Je trouve cette histoire de l'I.V.G. soi-disant légalisée terrible. C'est tout à fait différent de *dépénaliser* l'aide à une femme à ne pas laisser venir son enfant à terme que de *légaliser* l'avortement. Dépénaliser, c'était indispensable parce qu'il n'y avait que les personnes riches qui pouvaient se faire avorter sans le risque de devenir infirmes et stériles pour la vie. Mais légaliser l'avortement est une folie décadente pour une société : c'est stupide, cela veut dire qu'elle est bien malade[7].

C'est fou la force qu'un enfant apporte à ses

parents. C'est une chose qui n'est pas assez dite. Toutes les personnes qui ont eu des enfants au milieu de difficultés considérables, économiques ou autres, vous diront que l'enfant leur donne la force de traverser quantité d'épreuves. Avant d'avoir un enfant, ils disent : « On n'aura plus de liberté ! », mais quand l'enfant est là ils n'ont plus envie de leur liberté, tellement il remplit leur existence de la joie de vivre, d'être avec lui, bien sûr à condition qu'ils soient suffisamment adultes pour être prêts à vivre cette expérience unique pour le premier enfant et qui se répète pour les enfants suivants.

« L'adulte doit donner », dites-vous ; mais non : il se trouve que l'adulte donne parce que l'enfant lui a donné.

LE FANTASME DE SUICIDE

Je voudrais reprendre une question sur le suicide : *« Vous avez parlé du suicide comme d'une idiotie de personnes dépressives qui pourraient sortir et aider les autres. Vous parlez sûrement de personnes en bonne santé mais pas vraiment de malades, n'est-ce pas ? »*

Quand j'ai parlé du suicide comme d'une idiotie, c'était un raccourci rapide. J'ai dit « idiotie » parce que c'est vraiment dommage alors qu'il y a tant de choses à faire. Les gens qui comme moi aiment la vie trouvent que c'est idiot de se suicider. Nous ne nous sommes pas donné la vie et je ne vois pas pourquoi nous nous la retirerions. Nous avons été d'accord avec la vie : soyons d'accord jusqu'au bout. C'est mon idée. Je suis quelqu'un qui pense ainsi. Mais je vais jusqu'à comprendre que, après tout, ceux qui se suicident ont peut-être raison. C'est sûrement une maladie de se suicider, bien que l'on paraisse bien portant. C'est un appel qui n'a pas été entendu, une overdose d'angoisse, on peut mourir d'angoisse.

Le fantasme de suicide est indispensable. Aucun humain ne peut s'en passer, surtout à l'adolescence et chez ceux qui ont gardé les qualités de l'adolescence toute leur vie. Mais le fait de passer à l'acte du suicide est tout à fait autre chose, quelque chose de névrotique, une maladie aiguë tout d'un coup, un appel au secours raté. C'est cela le suicide. Il est certain que si je n'avais pas eu des idées de suicide, je ne serais pas pleinement vivante. Tout le monde à un moment ou l'autre a des idées de suicide ; ceux qui n'en ont pas eu n'ont pas encore passé leur adolescence, mais ils en auront, soyez tranquilles... peut-être à cinquante ans ! Il est nécessaire de passer par là ; c'est une manière de comprendre les autres qui passent aussi par là, une manière de ne pas passer à côté de ceux qui appellent au secours.

Il est important que les jeunes qui ont des idées de suicide puissent vous le raconter. Il ne faut pas dire : « Ne veux-tu pas parler ainsi, tu dis des bêtises », mais dire : « Eh bien ! raconte-moi ça. » Il y a heureusement des grands-parents (ils s'angoissent moins que les parents) capables de dire : « Eh bien ! raconte-moi ça ! Tu sais, tu me rappelles... » Il y en a même qui font appel à des romans où des gens ont fini par se suicider. Il y a transfert, c'est-à-dire une relation très riche avec une grand-mère par exemple, qui vous fait lire un bon texte sur le suicide de Werther ou d'un autre, pourquoi pas ? Le suicide fait partie des conditionnements de la pensée humaine à cause de notre orgueil de nous donner la vie, de nous donner la mort. Nous sommes ainsi faits, nous voulons tout maîtriser. Affronter le fantasme de suicide et y survivre, c'est faire son deuil de la toute-puissance.

Il arrive qu'un enfant pas content de ses parents leur dise pour les embêter : « Bon, je vais me tuer ! » Les parents s'affolent au lieu de faire parler l'enfant qui dit : « Comme cela tu n'auras plus personne à gronder ! » À la maman de lui répondre : « Raconte-moi, que se passera-t-il quand tu seras mort ? » L'enfant : « Tu seras bien embêtée. » La maman : « J'aurai du chagrin. » Il y a des mamans qui trouvent astucieux de répondre : « Oh alors ! ce sera un bon débarras. » Elles ont tort de ne pas le prendre au sérieux. Ce n'est ni sérieux, ni pas sérieux. C'est un fantasme tentateur chez l'être humain que l'enfant peut exprimer sans pour autant être culpabilisé. Il verra que ce fantasme existe chez tout le monde. On aide quelqu'un en lui montrant qu'il n'est pas un paria de penser comme cela. Il croyait que c'était mal, alors que cela fait partie de la culture, cela s'exprime, et c'est le drame humain de tous.

La solitude n'est pas évitable, l'angoisse n'est pas évitable, les fantasmes de suicide ne sont pas évitables. Nous avons tous à passer par là. Ce n'est ni bien ni mal. C'est la condition humaine. Alors, nous pouvons nous entraider les uns les autres. C'est vivre. Qu'on n'y arrive pas toujours, c'est vrai.

Voilà, mais je ne peux pas répondre à toutes vos questions.

ON NE PEUT PAS RÉPONDRE EN GÉNÉRAL

H. P. : *Peut-être que vous pourriez nous dire en un mot ce que vous entendez à travers ces questions auxquelles vous ne pouvez répondre !*

F. D. : J'entends que tout le monde est déçu. Enfin, beaucoup de gens sont déçus et c'est tout à fait juste. Vous attendiez beaucoup plus de réponses à des questions auxquelles on ne peut pas répondre en général parce que la réponse dépend de chacun à travers son histoire à lui, dans sa relation privilégiée à telle personne qui n'est pas moi actuellement.

Nous avons parlé autour de la solitude avec quelqu'un qui a une formation psychanalytique qui est moi, qui a la nature qui est la sienne, très dynamique par typologie, par génétique. J'ai tout de même connu des moments de solitude, peut-être moins en quantité mais autant en qualité, que d'autres personnes, ils m'ont permis d'en parler et tant mieux si cela aide les gens.

En même temps, je m'excuse de ne pas faire mieux, de ne pas aider mieux à travers ce que j'ai comme expérience analytique, parce qu'il s'agit toujours de questions personnalisées. Il est très difficile de parler en général à des gens qui ont tous une histoire différente.

LA SOLITUDE CHEZ LES FEMMES

UNE INTERVENANTE : *Et pour les femmes ?*

F. D. : Comme je n'ai pas été homme, je ne sais pas la différence ! Les gens venus chez moi en analyse sont des hommes et des femmes. Chez les femmes, j'ai retrouvé des choses qui étaient comme chez moi mais chez les hommes aussi. Je ne crois donc pas qu'il y ait beaucoup de différence chez les uns et chez les autres d'éprouver la solitude, parce que ce n'est pas quelque chose de génital mais de sexuel, c'est-à-dire le manque à notre désir à tous les niveaux de la sexualité, depuis la sexualité néo-natale jusqu'à la sexualité génitale de l'adulte, la maturité totale des gonades. La sexualité évolue. Or, on n'est vraiment homme ou femme qu'au moment de la possibilité de procréation. Jusqu'à ce moment-là, on a tellement de fois éprouvé la solitude que celle que l'on retrouvera plus tard sera du même ordre. La solitude est plutôt dans la détresse de ne pas avoir de langage, beaucoup plus que de ne pas avoir de complément corporel pour porter fruit. Peut-être qu'un psychanalyste homme vous parlerait autrement de la solitude qu'il a comprise chez les hommes et chez les femmes. Je ne peux pas répondre à cette question, je ne sais pas.

Quand on aime un homme, son conjoint, ce qui est le plus difficile, c'est de ne pouvoir l'aider dans ce que l'on ressent de sa solitude à lui. Si c'était la même solitude que celle que l'on éprouve soi-même, on aurait les mots pour communiquer. Mais on ne peut avoir qu'une compassion muette. Celui qui souffre dit : « Tu ne peux pas comprendre », et c'est vrai. On ne peut que dire : « C'est sûrement vrai que je ne peux pas comprendre malgré mes efforts pour essayer de comprendre. » La plus grande douleur quand on aime quelqu'un, c'est de ne pouvoir l'empêcher de souffrir de sa solitude. Souffrir de la solitude fait partie de l'existence humaine. Des gens qui s'aiment ne peuvent empêcher que l'autre souffre de la solitude. Ce n'est pas une question d'amour de telle personne pour telle personne, mais d'une qualité de manque que l'autre ne peut pas combler.

Peut-être qu'une femme souffre plus, étant donné sa composante « nidante », maternante ! Elle croit qu'en aimant de façon « nidante », elle va combler l'autre mais pas du tout. Nous femmes, nous avons peut-être l'illusion que nous pouvons mieux consoler la solitude des hommes. Avec mon expérience psychanalytique et mon expérience d'épouse et de mère de garçons et de filles, je crois que nous ne pouvons pas grand-chose pour la solitude qui est éprouvée par quelqu'un de l'autre sexe. Nous pouvons davantage pour ceux qui nous ressemblent, qui sentent nous ressembler et que nous sentons leur ressembler, en expliquant notre expérience de solitude et comment nous l'avons dépassée. J'ai reçu pour *Solitude* beaucoup plus de lettres de femmes que d'hommes, un homme pour cent femmes. J'ai peut-être reçu mille lettres pour *Solitude*, et presque toutes de femmes. Cela prouve donc qu'il y a une différence de manière de souffrir de la solitude et de l'exprimer selon qu'on est homme ou femme. Je l'ai sûrement exprimée d'une façon plus reconnaissable par les femmes. Voilà comment je peux répondre à votre question.

H. P. : *Elle était malade, elle est sous antibiotiques et vous voyez qu'on pourrait continuer pendant des heures. Je remercie Mme Dolto de nous avoir livré ses réflexions sur la solitude. On apprend toujours avec elle.* (Applaudissements chaleureux...)

En l'accompagnant en voiture pour venir ici, j'ai appris une chose : «La Soledad», «Solitude» en espagnol, «La Soledad», c'est sa résidence d'été près d'Antibes. «Soledad» signifie «Solitude» et signifie «ensoleillée», et je trouve que Mme Dolto nous a parlé de la solitude avec du soleil et je l'en remercie. (Applaudissements...)

ANNEXE 3

Kaspar Hauser, le séquestré au cœur pur[1]

Un crime contre l'enfance. Un enfant qu'on a fait vivre et grandir sans air, sans espace, sans relation, sans communication avec les autres enfants de son âge ni avec la société. Lorsqu'il est libéré de son cachot, il est inapte à la marche, inapte à la vision, il a même une anatomie modifiée, due à sa position angulaire, assis sur une pierre, les jambes complètement étendues. Comment a-t-il pu le supporter si longtemps, car il en est sorti à l'âge de dix-sept ans ?

Peut-être grâce à la très bonne relation affective qu'il a entretenue avec son geôlier : « l'homme-qui-a-toujours-été-avec-moi » a été pour lui une « mère suffisamment bonne » — comme dirait Winnicott — la, pour lui faire accepter tant de restrictions au plaisir et à la variation des sensations.

Cet homme mystérieux lui a même laissé l'accès à quelques plaisirs limités : de petits chevaux en bois et des rubans de couleurs. Des joujoux qu'il aimait beaucoup et dont il est arrivé à faire de petits jeux de parure et de soin. On ne sait pas comment vivait son imagination là-dessus, mais il est miraculeusement arrivé à ne pas être sous tension psychique intense. C'est un fait très curieux.

Il a toujours aimé « l'homme », il n'est pas sorti aigri de sa longue détention. Plus tard, au fur et à mesure qu'il découvre le monde, et surtout la beauté de la nature, son seul désespoir est de réaliser que « l'homme » qu'il aimait l'avait privé du bonheur de connaître la nature, les choses. « Je suis si vieux déjà et c'est maintenant qu'il faut que j'apprenne ce que les enfants savent depuis longtemps. Je voudrais ne jamais être sorti de ma cage. » Il sanglote pendant des heures lorsqu'il découvre la beauté des étoiles...

D'un autre côté, « l'homme » — qui n'était que la partie visible d'un complot pour écarter l'enfant de la vie sociale — l'avait bourré de papiers de religiosité idiote que l'enfant n'avait jamais assimilée. Personne ne lui avait donné des notions spirituelles, ni même des notions de superstition. Il avait tous ces papiers sur lui, il savait lire, il savait écrire, mais rien de tout ça ne faisait image : il ne se représentait pas ce que disaient ces papiers.

Une séquestration, un crime contre l'enfance... Mais sans doute un moindre crime que celui de l'avoir tué. Kaspar a toujours dit qu'il ne fallait pas faire de mal à « l'homme », parce qu'il n'avait jamais été méchant avec lui. Il l'a seulement privé de découvrir le monde, de toutes les formes de libertés. De l'espace, de la marche... Mais tout cela n'avait pas suffi pour faire naître la haine dans le cœur de l'enfant.

Des personnalités haut placées avaient intérêt à le faire disparaître de la scène sociale. Histoire qui peut nous faire penser au « Masque de fer » dont l'énigme n'a jamais été élucidée, mais qui était certainement un héritier légitime à camoufler.

Pourquoi ne pas l'avoir tué ? Il doit probablement sa vie au prestige dont jouit une famille princière vis-à-vis de tout ce qui est civilisé dans un pays : on ne peut accepter facilement de tuer un prince. C'est un petit peu comme l'histoire d'Œdipe. Fils de roi, son père ne voulait pas qu'il grandisse à ses côtés, effrayé par la prédiction qui pesait sur cet enfant. Il l'a donné pour qu'il soit tué dans la forêt.

Il y a eu deux relais de gens à qui il a été confié, mais qui ont su qu'il était de souche royale ; ils n'ont pas pu attenter à sa vie parce qu'il avait en lui quelque chose de sacré.

C'est un tabou d'attenter à la vie de quelqu'un, quand ce n'est pas la guerre, quand il s'agit d'un innocent, d'un enfant sans défense. En plus lorsqu'il s'agit d'un prince. On y rencontre la faiblesse absolue avec la grandeur imaginairement absolue (un prince), quelque chose que, narcissiquement, il est impossible d'accomplir de sang-froid.

L'homme qui a eu Kaspar, qui avait lui-même dix enfants, était pauvre. Il ne l'a nourri que de pain et d'eau, du pain noir qu'il agrémentait de graines — cumin, fenouil et coriandre — dont on sait qu'elles apportent suffisamment de vitamines. Il lui a donné régulièrement des soins matériels : son linge était blanc, soigné, repassé — ce qui fait supposer la présence d'une femme. À chaque fois qu'il lui donnait des soins matériels ou des soins de corps, il l'abrutissait d'opium pour qu'il ne puisse pas voir la personne qui le faisait. Après, il se retrouvait propre, les ongles et les cheveux coupés. Ainsi, il a gardé un goût pour la propreté naturelle.

Un élément éclaircissant dans son histoire c'est le rêve — on n'en cite qu'un —, rêve d'un petit dans un château dans lequel il ne rencontre personne. Il décrit les lieux, il décrit la pièce d'eau, et il ne décrit jamais la personne qui le portait. Car, tout petit, il était porté. Il décrit le berceau dans lequel il était, là où cette personne venait le chercher et il décrit le *Tableau.* On s'aperçoit par la suite qu'il ne reconnaît pas la différence entre un tableau en deux dimensions et le volume, les personnes dans l'espace. Ce Tableau dans son rêve est pour lui tellement détaillé, tellement important, qu'il fait penser à un représentant du père qu'il s'était structuré imaginairement. Père qui était un cavalier, un cavalier habillé de vêtements princiers.

Kaspar a été enfermé pendant environ dix-sept ans. Quand il est sorti, vers seize, dix-sept ans, il n'avait pas encore ses dents de sagesse ; elles ont poussé après. Et puis, lui-même a grandi de deux pouces après avoir été mis dans la famille qui s'est occupée de lui à Nuremberg : une famille de médecins.

Malgré son long enfermement, Kaspar n'est pas du tout un enfant autiste, grâce au fait qu'il a eu des relations privilégiées avec « l'homme ». Il ignorait tout le reste du monde, mais, avec tous ceux qu'il connaissait — l'homme, les chevaux en bois, les rubans de couleurs —, il avait des relations vivantes et suffisamment de satisfactions pour aimer *vivre.* Son monde « raréfié », au lieu d'atrophier ses sens, les a aiguisés. Il a une hyperacousie, il reconnaît des qualités de sons très subtiles, il voit dans le noir tout en étant très sensible à la lumière.

Il n'aime pas le vert qu'il découvre comme une

agression. Devant de beaux paysages : « Affreux, affreux. » Devant les murs blancs de sa chambre : « Ici, pas affreux. » Lorsqu'il découvre la neige il manifeste une grande joie devant les rues, les toits, les arbres couverts de blanc. Il court chercher la couleur blanche. Il revient en pleurant : « La couleur blanche m'a mordu les mains. » Il vit dans un univers animiste. Devant la fenêtre, il se sent comme enfermé derrière un portail transparent où tout vient l'agresser violemment dans son regard. Surtout le vert des arbres.

Il aime le rouge, de sorte que, bien que détestant le vin — comme tous les alcools —, il aurait voulu le boire, « parce que c'est une chose tellement jolie »... Il aurait voulu être habillé de pourpre et d'écarlate. Il n'y a là rien d'étrange car l'expérience nous montre que le rouge est la couleur préférée de tous les petits garçons. Pour les filles, c'est le bleu. Les enfants des deux sexes préfèrent en premier le violet, la couleur composée des deux. Mais si on leur demande de choisir, les garçons prennent le rouge, les filles le bleu.

Pourpre et écarlate sont les couleurs qu'il avait dû voir et aimer dans le château dont il rêvait, où il a dû vivre avant ses six ou huit mois. Tout se trouve autour de ce rêve, autour de ce qu'il avait découvert comme plaisir de vivre à cette époque-là, avant six mois.

Sorti de son cachot, il ne peut toucher à la viande. Mais la nourriture fait partie de son éducation, on l'oblige à manger de la viande. Après cela toutes ses aptitudes, l'acuité de ses sens, s'affaiblissent. Tout s'affaiblit : la vivacité de ses passions, de ses intérêts, sa mémoire. Il attribue ça au changement de sa nourriture.

Sa première rencontre avec le monde a été très violente, d'une violence extrême : la bête curieuse qui, sans arrêt, a été stimulée, sans repos compensateur, par les gens qui le voyaient comme une chose étrange, pas comme quelqu'un avec qui on entre en relation.

Lui, cependant, il entrait toujours en relation, même si les autres ne le faisaient pas. Les gens lui disaient leurs noms. Il les regardait intensément et, à partir de là, il n'oubliait jamais ni leur nom ni ce qu'il savait sur leur personne. Il entrait directement en contact avec l'être profond de la personne et de son nom. Il avait immédiatement la fonction symbolique.

Il avait le sentiment du Réel qui était là, qui lui était bénéfique ou maléfique. Enfin, il *savait les choses* et, en même temps, il avait une mémoire intense, étonnante. Il dit qu'il en a perdu la capacité depuis qu'ils l'avaient obligé à manger de la viande. Ce qui a été très long.

Malgré l'affaiblissement de ses capacités, il conserve un sens de l'humour très marqué. Quand on lui dit qu'il devait faire du latin pour mieux parler l'allemand, il répond : « Mais alors, les Romains, ils auraient dû venir en Allemagne pour apprendre leur langue. » Malgré la pression qui s'exerçait sur lui pour le « normaliser », il a gardé une grande intelligence pour être capable de raisonner encore comme cela, en rappelant des choses historiques.

Il a une passion obsessionnelle pour la propreté. Il remarque la moindre poussière sur les vêtements, une miette de tabac sur une fraise. L'attention pour ce qui est petit se trouve chez tous les bébés : quand ils voient une fourmi sur la table, ils en sont préoccupés jusqu'à ce qu'ils aient réussi à la faire partir ou qu'elle disparaisse de leur champ de vision. Une fourmi, c'est passionnant pour un bébé de six mois. Il aurait gardé cette acuité d'intérêt pour de toutes petites choses qui font trace. Cela aussi marque le fait qu'il a été physiquement très bien soigné quand il a été petit.

Cela repose le problème de sa séquestration mystérieuse, de l'abrutissement auquel il a été soumis étant petit. Il a sûrement été drogué, bébé, pour qu'il ne pleure pas, pour qu'il ne fasse pas de bruit, pour que personne ne sache que cet enfant existe. Destiné à la mort, il a été sauvé parce qu'il était sympathique à tout le monde par les qualités de son être, par toutes les choses exceptionnelles et inexplicables qui l'ont marqué : sa mémoire étonnante, la délicatesse de ses sentiments, la gamme de sa sensibilité, sa connaissance immédiate. Dès qu'un mot lui a été dit sur les étoiles, il les connaissait toutes. Il connaissait les constellations…

Il y a sa sensibilité extraordinaire aux métaux, au magnétisme. Le pôle Nord de l'aimant « tire », alors que le pôle Sud émet un flux qui « souffle sur moi ». Peut-être avons-nous tous cette sensibilité, atrophiée cependant par le fait que nous sommes attirés trop par ce qui est visible et ce qui est tactile, grossièrement tactile, dans les volumes ?

Kaspar est dans l'impossibilité de comprendre la valeur de l'argent qu'on a essayé de lui expliquer avec des chiffres. Ça ne l'intéressait pas. C'est le scintillement d'une petite pièce qui brille qui a pour lui plus d'importance. Le brillant « comme une étoile » a plus d'intérêt pour lui qu'une pièce qui a une valeur d'achat. Il n'a jamais compris la valeur d'échange abstraite.

Il est persuadé que chaque chose, chaque être, est fait par quelqu'un. Comment une telle question a pu naître dans son esprit alors qu'il a été enfermé dans un espace limité où il n'a pu voir aucune élaboration matérielle ? Il demande pour tout ce qu'il découvre : « Qui est-ce qui l'a fait ? Qui est-ce qui l'a fait ? » « L'homme » avait dû déjà répondre à ce genre de question. « Qui est-ce qui a fait le pain ? » On a dû lui dire que c'était quelqu'un. Ou sinon « l'homme » lui a dit : « C'est moi. » Peut-être, pour lui, « l'homme » était la mère toute-puissante, cet homme qui l'endormait, qui magiquement le changeait, le nettoyait, qui lui avait apporté ces joujoux et ces rubans de couleurs...

Il est étonnant que personne ne lui ait jamais dit : « C'est Dieu. » Les prêtres l'avaient assommé avec des pieusetés, mais ne lui ont jamais donné l'essentiel de la foi. Il devait être tout de même en communication inconsciente, parapsychologique, avec l'homme qui s'occupait de lui, comme il l'avait été avec la personne qui l'avait pris dans son berceau. Les quelques relais humains qu'il a eus ont joué un très grand rôle identificatoire pour lui.

Ce qui avait l'air de les frapper à l'époque, c'était le fait qu'il accordait des intentions à toutes les choses. Ce fait ne me paraît cependant pas étrange car c'est comme ça que sont tous les enfants. Les poètes également, et même nous tous, dans la vie quotidienne. Maladroits, nous nous surprenons parfois à dire : « Eh bien, l'assiette est tombée. Mais pourquoi ça ne veut pas tenir ? », à propos d'un objet, comme s'il possédait une volonté propre. Ça existe chez tout humain, l'idée que chaque objet a une certaine malice, une certaine intelligence d'être ; une fois créé, manufacturé par quelqu'un, nous projetons sur lui qu'il s'ingénie à déjouer notre adresse...

Pour Kaspar, les boules qui roulaient se faisaient du mal entre elles, l'une tapait sur l'autre qui souffrait... Un chat gris aurait dû se laver pour devenir blanc...

En fait, il s'identifiait à tout objet, à tout animal. La question qu'il posait à propos de chaque chose était la sienne : « Qui m'a fait naître ? » Derrière toutes les questions à propos de la manufacture des objets, c'est *sa question* qu'il posait. Et si l'on ne lui a jamais répondu : « Dieu », c'est qu'on n'osait pas ou qu'on ne voulait pas lui dire qui étaient sa mère et son père.

Lorsqu'il est arrivé à Nuremberg, sur le papier qu'il portait, il était inscrit : « Cavalier veux, comme père était. » Il avait donc référence à une idée de père. C'est probablement cela qui a fait que cet enfant n'était pas déséquilibré : cette référence au père et sa relation à « l'homme-qui-a-toujours-été-avec-moi » — mère toute-puissante, être humain qui n'a jamais été ni bon ni méchant. Il l'a ressenti comme celui qui l'alimentait et qui lui donnait de minimes satisfactions sensorielles. Cet homme, il l'a vu, il a vu son visage. C'est pourquoi, lorsque les journaux annoncent qu'il écrira sa vie, on tente de l'assassiner. Sa famille craint qu'on ne redécouvrît « l'homme » et que, par lui, on ne remontât à la source...

« Cavalier veux, comme père était. » Et il sait monter à cheval tout de suite, n'a pas besoin d'apprentissage. Il le sait déjà parfaitement. Et, avec son humour, il parle alors de la solidité de son postérieur : « Si tout le reste était aussi solide que mon postérieur, tout irait bien pour moi. »

Il sait d'emblée monter à cheval, il sait même dresser des chevaux très durs. Est-ce l'hérédité des gènes qui, depuis le temps, a établi une aptitude venant du fait que les hommes, dans sa famille, étaient des cavaliers ? Comme pour les musiciens. Quand naît dans une famille de musiciens un enfant musicien — ils ne le sont pas tous —, si la famille ne reconnaît pas l'aptitude de cet enfant, il peut devenir même apparemment arriéré parce que son intelligence est orientée vers les sons et que l'on ne s'est pas servi de ce qui est son principal intérêt dans la vie. C'est un musicien non reconnu.

Kaspar avait été un cavalier non reconnu. Un cavalier-né. Il aurait pu être éleveur, dresseur de chevaux, puisqu'il demandait les chevaux les plus fougueux, les plus durs et qu'il les dressait immédiatement. Il avait un charisme particulier, les animaux lui obéissaient. Entouré de chevaux de bois qu'il soignait et parait, lorsqu'il sort de son cachot il appelle tous les animaux (chats, chiens) « cheval », animal qu'il trouve très beau.

Étonnante aussi la délicatesse de ses sentiments dans les familles diverses où il a été avec des enfants, ceux du médecin, ceux du gardien. La délicatesse de ses sentiments envers les animaux, envers les choses... Raison pour laquelle lui-même suscitait l'amour. C'était un être d'amour. On rencontre rarement quelqu'un qui ne soit pas du tout ambivalent, qui soit aussi positif dans ses sentiments.

Il distingue les hommes des femmes uniquement par leurs vêtements. Il aime beaucoup plus les vêtements féminins qui sont plus colorés. Il aimerait même être une femme pour pouvoir les porter. On ne peut cependant pas déceler son orientation sexuelle. Il demeure quelqu'un qui paraît au-dessus, ou en dehors, ou bien protégé par rapport à l'attraction sexuelle. Il n'y est pas encore. Enfermé dans son cachot, il a dû être drogué depuis qu'il a été pris par « l'homme ». Il a dû vivre dans une sorte de nuage d'opium, d'abrutissement. Connaissait-il son sexe ? On ne peut pas le savoir.

On ne le voit pas beaucoup au contact de chiens, de chats, de poules, de lapins, comme s'il n'en était pas intéressé. Il a des frayeurs qui sont surtout provoquées par des couleurs, par des sensations étranges : une poule noire qui passe lui provoque un choc par sa couleur. S'il touche la queue d'un chat, ça lui fait comme un creux dans le ventre, il sent comme un flux d'électricité bizarre. Quand il touche un cheval, ça lui fait froid dans les bras. Et lorsqu'il monte à cheval, il a la sensation parfaite de l'animal. Comme s'il faisait partie d'un centaure...

Feuerbach dit : « Il paraissait un être d'une autre planète. » Cela rappelle les propos que l'on tient sur les enfants autistes. Les parents disent : « Tous nos enfants ont leur caractère. Ils sont comme ci, ils sont comme ça, mais celui-là, je ne peux rien vous dire. C'est un Martien. » C'est une façon de parler qui veut dire qu'il n'y a pas d'échange. On ne comprend pas leur logique. On sent bien que ce sont des êtres qui ont une vie intérieure, mais on ne peut pas trouver la clé pour entrer en contact avec eux. On dit des autistes que ce sont des mutants. Mais tout être humain ne pourrait-il pas être un mutant s'il est mis dans des conditions telles qu'il n'ait aucun rapport avec son ethnie, avec sa culture ?

Kaspar Hauser n'a rien d'un enfant autiste. Il a été séparé du monde, privé de contacts par sa captivité. Ensuite, une fois sorti de son cachot, une agression extérieure violente l'a surmené, et il a risqué deux fois d'y laisser sa peau. Il a été surexcité d'un point de vue neurologique, un peu comme une plante sensitive qui se recroqueville quand on la touche et que l'on fatigue pour la voir faire. Les gens l'ont tellement fatigué qu'il ne pouvait tenir. Mais Kaspar n'était pas psychotique au sens où on l'entend aujourd'hui. Chez les psychotiques, il y a une part qui semble être un refus du contact. Lui, il était avide de contacts mais n'avait pas eu la possibilité d'en avoir et ne s'était pas fait à ne pas en avoir, tandis que les autistes se défendent du contact. On essaie de prendre contact avec eux et ils refusent.

Lui, il refusait la nourriture. C'était plutôt son tube digestif qui était autiste, mais pas sa personne.

Son odorat, comme celui de tous les bébés, est extraordinaire. Il reconnaît les odeurs de toutes les personnes. À distance, il les sent. Il ne supporte pas les odeurs artificielles, sans doute trop grossières pour son acuité sensorielle : « J'aime mieux l'odeur des crottes que vos parfums et vos savons. »

Il a également la capacité de voir dans le noir. Un médecin qui a étudié les habitants de l'île de Pâques m'a raconté que les Pasquins sont accouchés dans l'obscurité, au fond de la dernière pièce de l'habitation. Pendant un mois, ils ne voient pas le jour. La mère vit avec le bébé et l'on entre avec un tout petit lumignon, pour être en relation avec la mère et l'enfant, jusqu'à ce que celui-ci ait l'âge d'un mois. À un mois, on le sort en pleine nuit, une nuit sans lune.

Aujourd'hui, les Pasquins sont accouchés par des sages-femmes qui ont fait leurs études au Chili puisque l'île de Pâques dépend du Chili d'un point de vue administratif. Les anciens ont une acuité visuelle absolument extraordinaire ; on pense que cela vient de ce qu'ils n'ont pas vu la lumière pendant leur premier mois de vie et que la lumière leur a été révélée progressivement, avec le lever du jour, en même temps que leur nom. Ensuite, ils ne retournent plus dans la pièce sombre. La mère les protège du soleil, de toute lumière, parce qu'ils feraient facilement de l'ophtalmie.

Ce médecin qui a étudié les Pasquins a rencontré des gens qui avaient plus de quatre-vingts ans et qui avaient une acuité de vue étonnante, comme tous ceux qui avaient été accouchés selon les rites. Les nouvelles générations, accouchées à l'hôpital dans les maternités officielles, n'ont plus cette acuité visuelle et, plus tard, ont besoin de lunettes...

Il est également étonnant que Kaspar Hauser ait été préservé de toute vermine à une époque où tout le monde en avait, plus ou moins. Des poux, des souris, des rats, des araignées, il n'en connaissait pas. Il avait été enfermé dans une prison d'une propreté exceptionnelle ; « l'homme » avait dû être d'une vigilance extraordinaire pour ce qui concernait la propreté de son cachot. Ce qui ne fait qu'amplifier la contradiction de l'état obsessionnel de cet homme : on dirait qu'il avait comme la charge d'un ciboire à garder. Cet enfant était sacré pour lui. On ne laisse pas de la poussière dans un tabernacle !

Avec l'éducation à la vie sociale, avec le changement de sa nourriture, Kaspar perd son acuité visuelle, auditive, l'intensité de sa mémoire, il perd l'intérêt pour les choses, la vivacité de son intérêt pour les gens. Il le dit. Il le sent. Il y a même un moment où il a des idées de suicide, étant très dépressif à cause de cela. Avec l'éducation, il devient un être tout à fait inodore et sans saveur, banal, mais tout de même avec des capacités de jugement personnel. Comme l'histoire de lui bourrer le crâne pour apprendre le latin. Ça ne prend pas, mais il le fait parce qu'il est docile. « L'homme » l'avait instruit qu'il fallait toujours obéir. Alors, il obéit, mais garde un sens critique.

Le moment fort de sa vie « en liberté » me semble être le désespoir de découvrir que « l'homme-qui-a-toujours-été-avec-moi » l'avait privé de tant de joies. Le désespoir, son seul sentiment négatif. Mais il n'arrive pas à lui en vouloir, il ne veut pas qu'on le punisse si on le retrouve. Mais il souffre, et il ne souffre pas seulement de la privation dont il s'aperçoit. Il souffre d'avoir été trompé par quelqu'un qu'il aimait. Car « l'homme » lui avait permis, en relation avec son père — « cavalier veux, comme père était » — de désirer, il lui avait donné les chevaux en bois, les rubans de couleurs. « Moi, je vous dis qu'il ne faut pas qu'ils le cherchent parce qu'il ne m'a fait que du bien. »

Et puis, il y a la tentative de meurtre. Un complot se tisse contre lui. Le médecin chez qui il habite lui donne une noix empoisonnée dont il ne mange qu'un quart et se sent tout de suite mal à l'aise : « Je voulais me mettre à écrire, mais des maux de ventre m'en empêchèrent et un besoin naturel m'obligeait à aller aux cabinets. » Dans la cour, quelqu'un se faufile jusqu'à lui — il savait où le trouver — et Kaspar le prend pour un ramoneur dont il a peur; il en a rencontré, sales et noirs comme la poule qui lui a coupé la route... Frappé à la tête, au cou, il se glisse jusqu'à la cave pour se mettre à l'abri. Et c'est là qu'il a l'idée de sa mort: «Voilà, maintenant tu es tout à fait abandonné ici. Personne ne te trouvera et tu vas mourir.» Avant, il ne s'était jamais senti abandonné.

Il n'y a aucune méchanceté dans son âme, même pas la possibilité de projeter du méchant. Dans les cabinets, il s'est défendu comme il a pu, il a baissé la tête. Mais, à aucun moment, même se sentant proche de la mort, il n'a eu l'idée d'une vengeance. Dans son délire de convalescent, il prononçait des mots à voix basse: «J'aime tout le monde. Je n'ai rien fait à personne... Homme, toi aussi, je t'aime. Pas me tuer. Pourquoi me tuer? Je ne t'ai jamais rien fait. J'ai bien demandé que tu ne sois pas emprisonné.»

Sa bonté naturelle s'étend à tout ce qui l'entoure, aux animaux, aux choses. Lorsqu'il voit un crucifix, il veut absolument que l'on détache cet homme crucifié qui doit souffrir.

Et pourtant, il détestait les médecins et les prêtres. Sortant un jour de l'église, il dit que le chant des fidèles lui semblait être un cri déplaisant: «Au commencement les gens crient et, quand ils se sont tus, c'est le prêtre qui s'est mis à crier.»

Médecins et prêtres connaissaient sans doute son histoire. Et ils n'avaient jamais répondu à *sa question*: «Qui m'a fait naître?»

Enfant d'une famille notoire, il fut déclaré mort en bas âge, à six ou huit mois. Un enfant mort ou mourant lui a été substitué. Il a été déclaré mort et puis enterré. «L'homme» qui a gardé Kaspar dans sa prison était son bienfaiteur, son sauveur: il l'a séquestré pour le soustraire à ceux qui en voulaient à sa vie. L'imposture, bénéficiant de complicités multiples, a bien réussi, dit Feuerbach. Cependant, prêtres et médecins connaissaient la vérité : Kaspar Hauser était l'héritier de la maison de Baden.

L'enfant qui a été probablement enterré à la place de Louis XVII avait l'apparence physique d'un enfant de treize ans, alors que Louis XVII n'en avait que huit. Un nommé Naundorff prétendit plus tard être cet enfant donné à une famille en Allemagne... Anastasia, une des quatre filles du tsar, rescapée du massacre de sa famille, fut sauvée, blessée, au milieu de la nuit. Elle fut déclarée morte. Non reconnue, elle mena une vie misérable et mourut dans la clochardise... Histoires de pouvoir et de possession.

Kaspar Hauser, dépouillé de tout, mis dans le plus grand dénuement par les humains, ne garde aucun esprit vindicatif, aucune haine : « J'aime tout le monde ; Homme, toi aussi, je t'aime ! » Comment a-t-on pu dire qu'il n'a jamais rien compris au christianisme ? Il est un Christ lui-même, sacrifié au vice de possession des humains.

Un homme qui honore l'humanité.

En même temps un mystère pour lui-même et un mystère pour nous autres. Son histoire ne s'explique pas par ce que nous connaissons de la psychologie expérimentale, ni non plus par ce que nous connaissons sur l'inconscient. Elle ne s'explique tout simplement pas...

Notes

1. Il s'agit des conférences des 22 et 23 février 1962 à l'École des sciences philosophiques et religieuses Saint-Louis à Bruxelles. L'erreur de date a été laissée pour comprendre les associations de Françoise Dolto.

2. « Solitude ». La maison portait déjà ce nom quand la famille Dolto l'a acquise.

3. Hermann, 1967, préfacé par Françoise Dolto.

4. Maloine, 1982.

5. Cf. Carlos Castaneda, Voir (Les *enseignements d'un sorcier yaqui)*, Gallimard, 1973. L'édition originale portait le titre *Separate Reality*.

6. *Ibid.*, p. 34.

7. *Ibid.*, p. 15.

8. Il s'agit de ce que Françoise Dolto désigne par ailleurs comme castration ombilicale. Cf. par exemple *L'image inconsciente du corps*, Le Seuil, 1984, pp. 90-98.

9. Cette expérience se trouve mentionnée également dans *Au jeu du désir*, Le Seuil, 1981, p. 277, et dans *Séminaire de psychanalyse d'enfants*, t. 1, chap. 2, Le Seuil, 1982.

10. Cf. « Premières attractions hétérosexuelles », p. 79, in *Sexualité féminine*, Gallimard, 1996.

11. Cf. le cas d'Agnès et les développements théorique dans *L'image inconsciente du corps*, pp. 66-67, et « Personnologie et image du corps » in *Au jeu du désir*, Le Seuil, 1981.

12. Ici apparaît une des grandes dualités conceptuelles de Françoise Dolto. Cette distinction procède de l'enseignement de Lacan qui en a fourni une théorisation circonstanciée, notamment dans son séminaire « Le désir et son interprétation ». Françoise Dolto reprend de façon toute personnelle cette différenciation fondamentale, en étudiant comment le désir en vient à se différencier

concrètement du besoin. Cf. la conférence «Au jeu du désir les dés sont pipés et les cartes truquées», prononcée en 1972 à la Société française de philosophie et publiée dans *Au jeu du désir*, pp. 268-328.

13. Françoise Dolto définit les objets «mamaïsés» comme «les objets qui font surgir en l'enfant, par associations de fantasmes, la présence sécurisante mémorisée de sa mère». Cf. *L'image inconsciente du corps*, p. 70, et *infra*, p. 79.

14. Ce double aspect du ressenti et du figurable est essentiel à la notion d'image du corps. Cf. «Personnologie et image du corps» in *Au jeu du désir*, pp. 60-95.

15. Gallimard, 1949.

16. Françoise Dolto introduit ici une notion inhabituelle dans ses formulations. Ailleurs, elle parle plutôt d'image de base et à ce propos de narcissisme primordial ou fondamental. Cf. par exemple *L'image inconsciente du corps*, pp. 50, 156, 200.

17. Dans l'édition initiale, il était fait mention du syndrome de Korsakov. Il s'agit ici indiscutablement du syndrome de Cotard ou délire de négation, où le malade peut exprimer des idées qui vont de la transformation des organes à leur négation, voire à celle du corps en entier. Cf. Antoine Porot, *Manuel alphabétique de psychiatrie*, P.U.F., 1952.

18. Nom d'artiste de Jean, fils aîné de Françoise Dolto.

19. Cf. le cas cité *infra*, p. 245.

20. Cette notion est, chez Françoise Dolto, distincte de celle d'image inconsciente du corps. Le schéma corporel spécifie l'individu en tant que représentant de l'espèce. Il est en principe le même pour tous alors que l'image du corps est propre à chacun, elle est liée au sujet et à son histoire, et est spécifique d'une libido en situation. Cf. *L'image inconsciente du corps*, chap. 1, et *infra*, pp. 336-337.

21. Cf. Annexe 3.

22. Lieu d'accueil et de socialisation fondé à l'initiative de Françoise Dolto en 1979, dans le XVe arrondissement de Paris. Cf. notamment *La cause des enfants*, Laffont, 1985, pp. 395-438, *La difficulté de vivre*, Gallimard, 1995, pp. 393-410, et «Françoise Dolto, la Maison Verte», *Esquisses psychanalytiques*, n° 5, Printemps 1986.

23. Ce que Françoise Dolto appelle par ailleurs «mamaïsé». Cf. note 13.

24. Il est fait ici référence à la castration primaire qui n'est pas première chez Françoise Dolto, mais renvoie au fait de n'être que d'un seul sexe.

25. Cf. la notion freudienne d'angoisse de castration développée dans la thèse de Françoise Dolto de 1939, *Psychanalyse et*

pédiatrie, Le Seuil, 1971, pp. 78-81, et « Lutte contre l'angoisse de castration » dans le même volume, pp. 80-124.

26. Cf. la découverte de la marche de Jean, *supra*, pp. 73-75.

27. Cf. note 22.

28. Cf. Annexe 3.

29. Sur l'évolution de la désignation de cette relation chez Françoise Dolto, voir, entre autres, la notion de dyade dans « Personnologie et image du corps » in *Au jeu du désir*, pp. 82-88, *L'image inconsciente du corps*, p. 66, et dans le présent volume, le chapitre suivant, « Moi — ma mère, je vous dis bonjour ! »

30. La sécurité de base est constitutive de l'image de base, elle-même constitutive du narcissisme primordial. Cf. *supra*, note 16.

31. Appelée le plus souvent image fonctionnelle. On retrouve ici la ternarité de l'image inconsciente du corps : base, fonctionnelle et érogène. Cf. *L'image inconsciente du corps*, chap. 1.

32. Voir annexe 3.

33. *Le voyage à Ixtlan* (*Les leçons de don Juan*), Gallimard, 1974.

34. Cf. « Pathologie des images du corps et clinique analytique avec les premiers risques d'altération de l'image du corps » in *L'image inconsciente du corps*, pp. 42-43 et 209-230.

35. Cf. le cas clinique « Prends avec ta bouche de main » in *L'image inconsciente du corps*, p. 36.

36. Cas évoqué in *Dialogue québécois*, pp. 200-201.

37. Sur l'importance de ce que Françoise Dolto a théorisé sous le nom de paiement symbolique, voir entre autres *Séminaire de psychanalyse d'enfants*, t. 2, chap. 7, pp. 107-124, Le Seuil, 1985.

38. Concept de D. W. Winnicott présenté dans un exposé à la Société psychanalytique britannique le 30 mai 1951. Cf. *De la pédiatrie à la psychanalyse*, Payot, 1969, pp. 109-125. Françoise Dolto prend elle-même position critique par rapport à cette notion. Voir entre autres *Dialogues québécois*, p. 195, Le Seuil, 1987, et *L'Image inconsciente du corps*, pp. 64-65 et 220.

39. « Activité mentale mal contrôlée par la volonté, proche de la rêverie diurne (...) souvent provoquée par l'anxiété et la difficulté de s'endormir. » Cf. Jacques Postel in *Grand dictionnaire de la psychologie*, Larousse, 1991, p. 465.

40. Dans sa thèse *Psychanalyse et pédiatrie*, Françoise Dolto avait repris la distinction freudienne d'angoisse de castration — vs complexe. Cf. note 25.

41. On peut lire le *Manuel à l'usage des enfants qui ont des parents difficiles*, par Jeanne Van den Brouke, avec une préface de Françoise Dolto, Le Seuil, coll. Points Virgule, 1979.

42. Édouard Pichon (1890-1940) fut un proche de René

Laforgue, psychanalyste de Françoise Dolto. Tous deux figurent parmi les fondateurs de L'Évolution psychiatrique (1925) puis de la Société psychanalytique de Paris en 1926. Parmi l'œuvre très variée d'Édouard Pichon — dont Françoise Dolto suivit les cours — on peut citer *Développement psychique de l'enfant et de l'adolescent* (1936) ainsi que *Bégaiement, sa nature, son traitement* (1937). Il fut, en France, parmi les pionniers de l'introduction et de la défense de la psychanalyse (cf. *Nouvelle histoire de la psychiatrie*, sous la direction de Jacques Postel et Claude Quétel, Privat, 1983).

43. Pour un complément de réflexion sur cette question, cf. *Quand les parents se séparent*, Le Seuil, 1988.

44. Cf. Jenny Aubry, « Les formes graves de carences de soins maternels », conférence à l'Évolution psychiatrique le 23 janvier 1953.

45. Jenny Aubry (1903-1987). Médecin des hôpitaux (neurologue en 1939), elle se tourna vers la psychanalyse au moment où elle s'occupait d'enfants psychotiques. Analyste en formation à la Société psychanalytique de Paris, elle donna sa démission pour rejoindre Lacan, Dolto et Lagache à la Société française de psychanalyse, puis en 1964, devint l'un des membres importants de l'École freudienne de Paris.

46. Cf. Françoise Dolto, *Sexualité féminine*, Gallimard, 1996.

47. Cf. Annexe 3.

48. « Le langage est un enfant que les petits engendrent avec les parents (...) le langage est donc un enfant incestueux », *Séminaire de psychanalyse d'enfants*, t. 1, chap. 8, p. 97.

49. Sur la question du bilinguisme dans son intrication possible avec l'inceste, cf. *Séminaire de psychanalyse d'enfants*, t. 1, chap. 8.

50. Valérie Valère, *Le pavillon des enfants fous*, Stock, 1978.

51. Fritz Zorn, *Mars*, Gallimard, 1979.

52. Frans Veldman, *Bien porté, bien portant (Essai d'haptonomie)*, Vertige, 1986.

53. Irène Roublev (1912-1993). Médecin d'origine russe, psychanalyste à la Société française de psychanalyse, elle fut, auprès de Lacan, un membre actif de l'École freudienne de Paris. Restée proche de Françoise Dolto, elle s'est intéressée notamment à la psychanalyse d'enfants et à la question de la féminité.

54. Notons qu'on relève dans la bibliographie de Françoise Dolto (revue *Le Coq héron*, n°s 111/112, 1989) un article sur « The Dandy solitary and singularly » in *United States Paris review*, septembre 1962, publié sous le titre : *Le dandy, solitaire et singulier*, coll. Le petit mercure, Mercure de France, 1999.

55. Il s'agit de son frère Jean, de deux ans et demi son aîné.

56. Jean Rostand (1894-1977). Le biologiste, ayant exprimé

son vif intérêt personnel pour la thèse de Françoise Dolto (de 1939), resta durablement son ami. Cf. *Autoportrait, op. cit.*, p. 136 (la lettre de Jean Rostand est en note 65 p. 267).

57. Ce cas est évoqué également dans deux articles de *La difficulté de vivre* : «Dépendance de l'enfant» et «Acquisition de l'autonomie». On le retrouve ici même pp. 455-456.

58. La thèse de Françoise Dolto avait été publiée à compte d'auteur en 1940, une deuxième édition avait paru en 1961 aux éditions de La Parole, puis, en 1965, une troisième édition avait été diffusée par la Librairie Bonnier-Lespiaut, avant que l'ouvrage ne soit publié au Seuil en 1971.

59. Ce thème de Réel est repris de l'enseignement de Jacques Lacan. Françoise Dolto en fait toutefois ici même une élaboration qui lui est propre. Cf. aussi *Les évangiles et la foi au risque de la psychanalyse*, Gallimard, 1996.

60. Cf. note 1.

61. Cf. note 22.

62. Cf. note 55.

63. Cf. *supra*, p. 365 et note 57.

64. Il s'agit de «Faits et gestes d'où sourd la parole», paru dans la revue *La pédagogie institutionnelle en question*, n° 2-3, de juin 1985, revue de l'association M.P.I. (Maintenant la pédagogie institutionnelle).

65. La création d'A.E.C. (Association Enfance et Communication) date du 12 septembre 1985. Les statuts précisent : «Cette association a pour but d'établir et de favoriser la communication précoce entre entendants et non-entendants et la poursuite de cette communication au-delà de la petite enfance.» Une maison Arc-en-ciel a alors été créée sur le modèle de la Maison Verte pour accueillir les enfants sourds et leur famille.

66. Françoise Dolto a exercé à l'hôpital Trousseau où elle était attachée consultant de 1940 à 1978. Sur cet aspect de son activité, on peut se reporter aux *Lettres de l'École freudienne*, n° 25, vol. 1, 2, *Congrès sur la transmission*.

67. Cf. le cas de Corinne in *Séminaire de psychanalyse d'enfants*, t. 2, pp. 72-80.

68. La notion de castration est un thème majeur de l'enseignement clinique de Françoise Dolto, depuis sa thèse de 1939 qui y était essentiellement consacrée. Pour mesurer l'extension considérable qu'elle a donnée à ce terme, cf. entre autres *L'image inconsciente du corps*, chap. 2, «Les images du corps et leur destin : les castrations».

69. Cf. note 59.

70. Françoise Dolto a abordé cette question de la séparation dans le livre-entretien avec Inès Angelino, *Lorsque les parents se séparent*, Le Seuil, 1988.

71. Cf. note 59.
72. Le 21 mai 1947.
73. Cf. note 59.
74. D.R. pour la reproduction de la partition.

Annexe 1 : Texte lu en introduction à la conférence

1. Ce texte a été lu par Françoise Dolto le 22 février 1962 pour introduire sa conférence « Solitude et vie familiale ».

Mme Ackerman, des Facultés universitaires Saint-Louis, a assisté à ces deux leçons. À ce sujet, elle écrit : « Cette lecture a été suivie du silence d'un auditoire impressionné par le ton et le texte. Mme Dolto a ensuite entamé sa leçon (...), elle n'est arrivée qu'au terme de son exposé à ce que contenait sa lecture. »

Nous la remercions vivement de nous avoir fait parvenir cette introduction, les notes utilisées par l'Étranger dans les dialogues ainsi que son témoignage sur le déroulement de la conférence.

En mars 1962, après ces conférences sur la solitude, Françoise Dolto a beaucoup travaillé ce thème, dont elle a fait une élaboration théorique conséquente.

Annexe 2 : Une soirée avec Françoise Dolto sur la solitude

1. Françoise Dolto a commencé à collaborer aux travaux du Centre Documentation Recherche (C.D.R., 108 bis, rue de Vaugirard, 75006 Paris) en 1974. Elle a participé à plusieurs soirées-débats organisés par le « Forum 108 ». Elle a écrit ensuite dans la revue du C.D.R. *Approches* « Questions sur l'homme. Questions sur Dieu ». Quelque temps après la parution de *Solitude*, le 14 mai 1987, elle fut invitée dans le cadre du « Forum 108 » à intervenir sur ce même thème. Dans un premier temps, elle a rappelé les différents aspects, structurants ou déstructurants, de la solitude en s'appuyant aussi bien sur des réflexions théoriques que sur sa propre pratique de psychanalyste. Puis elle a répondu aux questions de l'auditoire qui réunissait plus de deux cents personnes de tout horizon. Le compte rendu de cette soirée fut publié dans *Approches*, n° 54, 2e trimestre 1987. Nous reproduisons ici l'exposé de Françoise Dolto et la majeure partie de ses échanges avec le public.

2. *Sexualité féminine*. La libido génitale et son destin féminin, Gallimard, 1996.

3. Cf. Françoise Dolto, *Séminaire de psychanalyse d'enfants*, t. 1, chap. 12.

4. Matthieu 25, 31-46.

5. Cf. Françoise Dolto, *Séminaire de psychanalyse d'enfants*, t. 1, chap. 11.

6. *L'image inconsciente du corps*, Le Seuil, 1984.

7. Pour une réflexion plus complète, cf. *Le féminin*, le chapitre «À propos de l'avortement», pp. 201-236.

Annexe 3 : Kaspar Hauser, le séquestré au cœur pur

1. Kaspar Hauser a défrayé la chronique allemande entre 1828 et 1833.

Il est né au monde âgé d'environ dix-sept ans, après avoir été maintenu au secret, enfermé dans un cachot, dans l'obscurité, nourri seulement de pain et d'eau, drogué à l'opium régulièrement pour être nettoyé et changé, afin de ne pouvoir reconnaître le visage de «l'homme» qui l'a ainsi maintenu dans cet état.

Cet homme le relâche une nuit, dans la ville de Nuremberg, où des habitants le trouvent hébété, perdu, au lever du jour.

Il sera exposé à la curiosité publique puis pris en charge par une famille. Anselm von Feuerbach, juriste allemand, rédige l'observation du cas. Il meurt en 1833, quelques jours avant l'assassinat de Kaspar Hauser, que l'homme qui l'avait enfermé avait peut-être ainsi sauvé d'une mort plus précoce encore.

Une traduction française anonyme de l'observation d'Anselm von Feuerbach a été trouvée et publiée, sous le titre *Kaspar Hauser*, aux éditions Vertiges, l'année même des entretiens sur *Solitude*, entretiens émaillés de références à Kaspar Hauser.

Françoise Dolto en a rédigé la préface qui est ici reproduite : «Le séquestré au cœur pur».

Index

Index des notions

Index des noms propres

Index des cas et exemples cités

Table des matières

Françoise Dolto : bibliographie

AUX ÉDITIONS GALLIMARD
dans la même collection

Articles et conférences :

1 — **Les étapes majeures de l'enfance**
2 — **Les chemins de l'éducation**
3 — **Tout est langage**
4 — **La difficulté de vivre**
5 — **Le féminin**

Essais :

Solitude
Sexualité féminine. La libido génitale et son destin féminin
Le sentiment de soi. Aux sources de l'image du corps

Entretiens :

1 — **Destins d'enfants — Adoption, Familles d'accueil, Travail social** (Entretiens avec Nazir Hamad)
2 — **Les Évangiles et la foi au risque de la psychanalyse ou La vie du désir** (en collaboration avec Gérard Sévérin)
3 — **L'enfant, le juge et la psychanalyse** (Entretiens avec Andrée Ruffo)

dans la collection « Folio essais » :

Les chemins de l'éducation

Les étapes majeures de l'enfance
Sexualité féminine. La libido génitale et son destin féminin

dans la collection « Le Petit Mercure » :

Correspondance père/fille (1914-1938)
Le dandy, solitaire et singulier
L'enfant dans la ville
L'enfant et la fête
Parler de la mort
Jeu de poupées

Ouvrages sur Françoise Dolto, hors collection :

Les Deux Corps du Moi. Schéma corporel et image du corps en psychanalyse, Gérard Guillerault.
Françoise Dolto, c'est la parole qui fait vivre. Une théorie corporelle du langage. Sous la direction de Willy Barral, et avec la participation de Marie-Claude Defores, Didier Dumas, Yannick François, Gérard Guillerault, Heitor O'Dwyer de Macedo, Juan-David Nasio.
Françoise Dolto, aujourd'hui présente. Actes du colloque de l'Unesco, 14-17 janvier 1999. Ouvrage collectif.

AUX ÉDITIONS GALLIMARD JEUNESSE

Paroles pour adolescents ou Le complexe du homard (avec Catherine Dolto-Tolitch, en collaboration avec Colette Percheminier).

CHEZ D'AUTRES ÉDITEURS

Le cas Dominique, *Le Seuil*, coll. « Le champ freudien », 1971 ; coll. « Points Essais », 1974.
Psychanalyse et Pédiatrie, *Le Seuil*, 1971 ; coll. « Points Essais », 1976.
Lorsque l'enfant paraît, tomes 1, 2, 3, *Le Seuil*, 1977, 1978, 1979 ; tomes 1, 2, 3 reliés, *Le Seuil*, 1990.
Au jeu du désir. Essais cliniques, *Le Seuil*, 1981 ; coll. « Points Essais », 1988.
Séminaire de psychanalyse d'enfants, tome 1 (en collaboration

avec Louis Caldaguès), *Le Seuil*, 1982 ; coll. « Points Essais », 1991.

L'image inconsciente du corps, *Le Seuil*, 1984 ; coll. « Points Essais », 1992.

La cause des enfants, *Laffont*, 1985 ; *Pocket*, 1995.

Séminaire de psychanalyse d'enfants, tome 2 (en collaboration avec Jean-François de Sauverzac), *Le Seuil*, 1985 ; coll. « Points Essais », 1991.

Enfances (photographies Alecio de Andrade), *Le Seuil*, 1986 ; coll. « Points Actuels », 1988.

Dialogues québécois (en collaboration avec Jean-François de Sauverzac), *Le Seuil*, 1987.

L'enfant du miroir, Françoise Dolto, Juan-David Nasio, *Rivages*, 1987 ; *Payot*, 1992.

La cause des adolescents, *Laffont*, 1988 ; *Pocket*, 1997.

Inconscient et Destins, Séminaire de psychanalyse d'enfants, tome 3 (en collaboration avec Jean-François de Sauverzac), *Le Seuil*, 1988 ; coll. « Points Essais », 1991.

Quand les parents se séparent (en collaboration avec Ines Angelino), *Le Seuil*, 1988.

Autoportrait d'une psychanalyste (1934-1988) (en collaboration avec Alain et Colette Manier), *Le Seuil*, 1989 ; coll. « Points Actuels », 1992.

Correspondance (1913-1938) (en collaboration avec Colette Percheminier), *Hatier*, 1991.

Composition Interligne.
Impression Bussière Camedan Imprimeries
à Saint-Amand (Cher), le 20 septembre 2001.
Dépôt légal : septembre 2001.
Numéro d'imprimeur : 014217/1.
ISBN 2-07-041990-8./Imprimé en France.

2930